El bazar de los sueños

Jojo Moyes nació en 1969 y se crio en Londres. Periodista y escritora, coordinó durante años la sección de arte y comunicación del diario inglés *The Independent*. Vive con su marido y sus tres hijos en una granja en Essex, Inglaterra. Autora de best sellers internacionales, de entre sus obras cabe destacar *Regreso a Irlanda*, *La Casa de las Olas*, *El bazar de los sueños*, *Uno más uno*, *París para uno y otras historias*, *La chica que dejaste atrás*, *La última carta de amor*, *Yo antes de ti*, convertida en película con el título *Antes de ti*, y sus secuelas, *Después de ti* y *Sigo siendo yo*, con las que ha vendido millones de ejemplares en todo el mundo.

Para más información, visita la página web de la autora:
www.jojomoyes.com

También puedes seguir a Jojo Moyes en Facebook, Twitter e Instagram:
 Jojo Moyes
 @JojoMoyes
 @jojomoyesofficial

Biblioteca
JOJO MOYES

El bazar de los sueños

Traducción de
Silvia Alemany

DEBOLS!LLO

Papel certificado por el Forest Stewardship Council®

| Penguin
Random House
Grupo Editorial

Título original: *The Peacock Emporium*

Primera edición con esta presentación: marzo de 2017
Cuarta reimpresión: abril de 2021

© 2004, Jojo's Mojo Ltd
© 2005, 2017, Penguin Random House Grupo Editorial, S. A. U.
Travessera de Gràcia, 47-49. 08021 Barcelona
© 2005, Silvia Alemany Vilalta, por la traducción
Diseño de la cubierta: Penguin Random House Grupo Editorial / Andreu Barberan
Fotografía de la cubierta: © Massonstock / Thinkstock

Printed in Spain – Impreso en España

ISBN: 978-84-663-4029-8
Depósito legal: B-2.234-2017

Compuesto en Fotocomposición 2000, S. A.

Impreso en QP Print

P 3 4 0 2 9 B

A mi madre y a mi padre,
Lizzie Sanders y Jim Moyes.
Con amor y agradecimiento

Agradecimientos

Me gustaría dar las gracias a Sophie Green y Jacquie Bounsall, quienes, a pesar de no parecerse a mis personajes principales, me sirvieron en cambio de inspiración para escribir *El bazar de los sueños*, así como la tienda de Sophie: la Radiante y Alocada Sophie Green; sin olvidarme de todos aquellos clientes cuyas historias individuales, cotilleos, escándalos y chistes contribuyeron a dar forma a este libro. Todavía me asombra lo que es capaz de contarte la gente si te quedas tras una caja registradora el tiempo suficiente...

Mis más sentidas gracias a todos los que trabajan en Hódder and Stoughton por su incansable apoyo y entusiasmo, y sobre todo a Carolyn Mays, Jamie Hodder-Williams, Emma Longhurst, Alex Bonham y Hazel Orme.

Gracias a Sheila Crowley y Jo Frank, cuya impagable pericia como agentes me ayudó a finalizar el libro, y también a Vicky Longley y Linda Shaughnessy, de AP Watt. Mi agradecimiento para Brian Sanders, por sus amplísimos conocimientos sobre el mundo de la pesca, y a Cathy Runciman, por conocer Argentina tan a fondo. A Jill y John Armstrong les quiero agradecer que me proporcionaran un espacio para escribir bien lejos de mi rebosante cesto de la ropa sucia, y a James y Di Potter darles mi más sentido reconocimiento por haberme iluminado en temas como la agricultura y la cría de animales. Gracias asimismo a Julia Carmichael y al personal de Harts, de Saffron Walden, por su apoyo, y a Hannah Collins por ponerme en contacto con Ben, quien sabe mejor que nadie cómo sacarse el trabajo de encima.

Mis tardías gracias a Grant McKee y Jill Turton, que fueron los primeros en editar mis libros: siento haber vendido vuestro coche.

Mis disculpas y también mi agradecimiento para Saskia y Harry, quienes ahora ya comprenden que cuando mamá habla sola, y de vez en cuando se olvida de preparar la cena, no es que manifieste síntomas precoces de locura, sino que, en realidad, está pagando la hipoteca.

Mis más sentidas gracias sobre todo a Charles, que me soporta cada día, enamorándose de mis personajes masculinos, y que ahora ya sabe tanto del proceso de escribir una novela que muy bien podría publicar una de su propia cosecha. Por todo eso, muchísimos besos.

Primera parte

1

Buenos Aires, 2001:
El día que asistí al parto de mi primer bebé

Era la tercera vez esa semana que el aire acondicionado se había estropeado en el Hospital de Clínicas, y el calor era tan intenso que las enfermeras habían dispuesto unos ventiladores de plástico de esos que funcionan con pilas para intentar mantener frescos a los enfermos de cuidados intensivos. Habían llegado trescientos aparatos en una caja, obsequio de un agradecido y genuino superviviente del negocio de importación y exportación, uno de los pocos usuarios del hospital público que todavía se consideraba lo bastante rico en dólares para hacer regalos.

Los ventiladores de plástico azul, sin embargo, resultaron ser casi tan fiables como las promesas de aquel paciente, el cual se había comprometido a conseguir más medicamentos y equipamiento médico, y mientras el hospital se sumía en el ruidoso calor estival de Buenos Aires, se oía por todas partes algún que otro repentino «¡Hijo de puta!» de las enfermeras (incluso las más devotas) al verse obligadas estas últimas a tener que aporrearlos para ponerlos en marcha.

Yo no me percataba del calor. Temblaba con un miedo gélido, propio de la comadrona recién titulada a quien le acaban de comunicar que asistirá a su primer parto. Beatriz, la veterana que había supervisado mi formación, me lo anunció con aparente naturalidad, propinándome un fuerte golpe en el hombro con su mano gordezuela y morena antes de marcharse para ver si podía robar un poco de comida de la sala geriátrica con la que alimentar a una de sus madres primerizas.

—Están en la dos —me dijo, señalando la sala de partos—. Multigrávida, con tres hijos, aunque este no quiere salir. No seré yo quien le culpe precisamente. —Se rió sin ganas y me empujó hasta la puerta—. Volveré dentro de unos minutos. —Al verme titubear frente a la puerta, prestando atención a los ahogados quejidos de dolor que procedían del interior, la comadrona me azuzó—. Vamos, Turco, solo puede salir por un sitio el niño, ¿sabés?

Entré en la sala de partos con el sonido de la risa de las demás comadronas todavía tintineando en mis oídos.

Tenía pensado presentarme investido de una cierta autoridad, para darme valor a mí mismo, así como a mis pacientes, pero la mujer estaba arrodillada en el suelo, empujando el rostro de su marido con sus blancos nudillos y mugiendo como una vaca, así que pensé que un apretón de manos no era lo más apropiado para la situación.

—Necesita medicamentos, por favor, doctor —me dijo el padre como pudo a través de la palma que tenía aferrada a la mejilla. Su voz, advertí, acusaba la deferencia con la cual yo me dirigía a mis superiores del hospital.

—¡Dios mío de mi vida! ¿Por qué durará tanto? —La mujer lloraba para sus adentros, balanceándose hacia delante y hacia atrás, en cuclillas. Tenía la camiseta empapada de sudor y el pelo, peinado hacia atrás en una cola de caballo, estaba tan mojado que dejaba entrever las pálidas estrías de cuero cabelludo.

—Los dos últimos vinieron muy rápidos —me explicó el padre, acariciándole el pelo—. No entiendo por qué este no sale.

Cogí el historial que colgaba de los pies de la cama. La mujer llevaba casi dieciocho horas de parto: mucho tiempo para un primerizo, por no hablar de un cuarto bebé. Luché contra el impulso de llamar a gritos a Beatriz y me quedé contemplando las notas fijamente, intentando aparentar experiencia mientras recitaba mentalmente los pasos a seguir del protocolo médico en función del sonido de los lamentos de la mujer. Abajo, en la calle, alguien había subido muchísimo el volumen de la música procedente de la radio de un coche: el golpeteo sintetizado e insistente de la cumbia. Se me ocurrió que podría cerrar las ventanas pero la idea de que esa habitacioncilla oscura se caldeara todavía más me resultó insoportable.

—¿Puede ayudarme a subirla a la cama? —le pregunté al marido cuando ya había agotado mi tiempo contemplando las notas.

El hombre se puso en pie de un salto, contento, creo, de que alguien fuera a actuar. Tras levantar a la mujer le tomé la presión arterial y, sin que ella me soltara el pelo, cronometré las contracciones y le palpé el estómago. Tenía la piel ardiente y resbaladiza. La cabeza del bebé estaba completamente encajada. Le pregunté al marido por su historial previo pero no hallé ningún indicio en su relato. Miré a la puerta y deseé que por ella apareciera Beatriz.

—No hay que preocuparse de nada —le dije, secándome la cara y deseando que mis palabras fueran ciertas.

Fue en ese momento cuando vi a la otra pareja, de pie y casi sin moverse en el otro extremo de la habitación, cerca de la ventana. No tenían el aspecto de quienes visitan habitualmente los hospitales públicos: quedarían mejor, con su ropa cara y de colores vistosos, en el hospital suizo situado al otro lado de la plaza. El pelo de la mujer, teñido en una peluquería buena, iba recogido hacia atrás, en un moño elegante, a pesar de que el maquillaje no había sobrevivido al sofocante calor que superaba los cuarenta grados y se le había cuarteado junto a los ojos en líneas y conglomerados que le chorreaban confiriendo brillos a su rostro. Asía a su marido por el brazo y miraba de hito en hito la escena que se desarrollaba ante sus ojos.

—¿Necesita medicinas? —preguntó, volviéndose hacia mí—. Eric podría conseguirle medicinas.

«¿La madre?», pensé con aire ausente. Algo me decía que esa mujer era demasiado joven.

—Ya es demasiado tarde para las medicinas —le dije, intentando que mi voz sonara confiada.

Todos me miraban con aire expectante. No había señal alguna de Beatriz.

—Voy a examinarla —dije. Dado que a juzgar por las apariencias nadie iba a detenerme, no me quedó otra alternativa que someterla a un breve examen.

Le coloqué los talones contra las nalgas y esperé a que relajara las rodillas. Aguardé hasta la siguiente contracción y, con toda la suavidad que pude, palpé el borde del cérvix, maniobra dolorosa cuando el parto ya está avanzado, pero la mujer estaba tan cansada por aquel entonces que apenas gimió. Me quedé en pie durante un minuto, intentando interpretar lo que veía. A pesar de estar absolutamente dilatada, yo no podía notar la cabeza del niño... Me pregunté, durante unos segundos, si aquello no se trataría de otra broma que me gastaban las comadronas, como la muñeca que me pidieron que mantuviera calentita en la incubadora. De repente, noté un leve sobresalto de excitación. Les dediqué una sonrisa tranquilizadora y me dirigí al armarito del instrumental, esperando que aquello que yo buscaba no lo hubiera afanado ya otro departamento. Allí estaba; igual que una aguja curva de hacer ganchillo: mi varita mágica. La sostuve en la palma de la mano, sintiendo una especie de euforia por lo que iba a ocurrir: por lo que yo, en persona, iba a hacer que ocurriera.

El aire se estremeció con otro quejido de la mujer que yacía en la cama. Estaba un poco asustado por tener que actuar sin supervisión, pero sabía que era injusto esperar más; por otro lado, ahora que ya no funcionaba el monitor que controlaba el latido cardíaco fetal, no tenía modo alguno de saber si el bebé corría peligro.

—Aguántela para que se esté quieta, por favor —le dije al marido y, cronometrando con muchísima atención entre contracción y contracción, introduje el gancho y perforé un diminuto agujerito en el volumen de aguas que advertí bloqueaba el avance de la criatura. A pesar de los lamentos de la mujer y del tráfico exterior, oí el hermoso y minúsculo sonido explosivo de la membrana que se rendía ante mí y, de repente, salió un borbotón de fluido y la mujer se incorporó y me dijo, algo sorprendida y no sin cierta premura:

—Necesito empujar.

En ese momento llegó Beatriz. Advirtió la herramienta en mi mano, la renovada determinación en el rostro de la mujer y, ayudando al marido a sostenerla, me hizo una señal para que prosiguiera.

Después de eso me flaquea la memoria. Sí que recuerdo, no obstante, haber visto una mata suave y sorprendente de pelo oscuro, haber cogido la mano de la parturienta hasta situarla sobre la cabecita y así darle ánimos para afrontar la situación. Me acuerdo de que le ordené que empujara y que jadeara, y que al empezar a salir el bebé, yo gritaba tan fuerte como cuando iba a un partido de fútbol con mi padre, con alivio, emoción y alegría. Recuerdo la visión de esa hermosa niña mientras se deslizaba entre mis manos, el azul marmóreo de la piel volviéndose rápidamente rosáceo, como un camaleón, antes de que la criatura dejara escapar un lozano grito de rabia y bienvenida por su tardío ingreso al mundo.

Para mi vergüenza, recuerdo que tuve que volver la cabeza porque, mientras cortaba el cordón y depositaba a la criatura sobre el pecho de su madre, me di cuenta de que había empezado a llorar y no quería que Beatriz les diera a las otras comadronas más motivos para que se rieran de mí.

Sin embargo, mi supervisora se había situado a mi espalda y, tras secarse la frente, me hizo un gesto para que la siguiera.

—Cuando hayas acabado, me escaparé arriba a ver si puedo encontrar al doctor Cárdenas —me dijo con voz queda—. Esa mujer ha perdido mucha sangre y no quiero que se mueva hasta que él la haya examinado.

La escuchaba apenas, y ella lo sabía. Me dio entonces una patadita en el tobillo.

—No está nada mal, Ale —me dijo, sonriendo. Era la primera vez que me llamaba por mi verdadero nombre—. Durante la próxima, de todos modos, iría bien que te acordaras de pesar al bebé.

Iba a responderle en consecuencia, notando que la euforia me daba alas, al fin, para hacer oír mi voz, cuando fui consciente, al empezar a hablar, de que la atmósfera de la habitación había cambiado. Beatriz también lo advirtió y se detuvo en seco. En lugar de presenciar las manifestaciones de cariño de la nueva madre, el murmullo suave de los familiares rendidos de admiración, solo se percibía un quedo ruego:

—Diego, no, no, Diego, por favor…

La pareja bien vestida se había situado junto a la cama. La mujer rubia, según pude ver, temblaba, con una vaga y peculiar sonrisa pintada en el rostro, levantando la mano en un gesto tímido hacia el bebé.

La madre agarraba a la criatura, que tenía ceñida al pecho, con los ojos cerrados, y le murmuraba a su marido:

—Diego, no, no. No puedo hacerlo.

El marido le acariciaba el rostro.

—Luisa, nos comprometimos. Sabés que nos comprometimos. No podemos permitirnos alimentar a nuestros hijos y aún menos a uno recién nacido.

La parturienta no abría los ojos y sus manos huesudas retorcían la talla desgastada del hospital.

—Las cosas irán mejor, Diego. Tendrás más trabajo. Por favor, amor, por favor, no…

Diego torció el gesto. Se inclinó y empezó a desprender los dedos de su esposa del bebé, despacio, uno a uno. Ella gimoteaba:

—¡No, no! Diego, por favor…

La alegría del nacimiento se había esfumado, y me entraron náuseas cuando me di cuenta de lo que estaba sucediendo. Quise intervenir pero Beatriz, con una expresión inusual semejante a una mueca, me detuvo con un imperceptible movimiento de la cabeza.

—Es el tercero en lo que va de año —murmuró.

Diego había logrado hacerse con el bebé. Lo sostenía contra sí, sin mirarlo, y entonces, con los ojos cerrados, hizo el gesto de entregarlo. La rubia había dado unos pasos hacia él.

—La amaremos muchísimo —le dijo con su atiplado acento de clase alta, quebrado por las lágrimas—. Hemos esperado tanto tiempo…

La madre se puso entonces como una furia, intentó salir de la cama y Beatriz dio un salto para sostenerla.

—No debe moverse —dijo, y su voz sonó dura por parecer cómplice—. Es muy importante que no le deje moverse hasta que el facultativo llegue.

Diego abrazó a su esposa. Costaba decir si con el objeto de consolarla o aprisionarla más bien.

—Se lo darán todo, Luisa, y el dinero nos ayudará a alimentar a nuestros hijos. Tenés que pensar en ellos, en Paola, en Salvador… Pensá en cómo nos fueron las cosas…

—¡Mi bebé! —chillaba la madre, sin oír nada, clavando las uñas en el rostro de su marido, impotente contra el peso arrepentido de Beatriz—. No se la pueden llevar.

Las uñas de sus dedos le dejaron un verdugón ensangrentado, pero no creo que él se diera cuenta. Me quedé junto al lavabo mientras la pareja se retiraba hacia la puerta, en mis oídos resonando el rauco quejido de un dolor que jamás he olvidado, incapaz ya de mirar siquiera a la niña a la cual me había dado tanta alegría asistir en su nacimiento.

Hasta el día de hoy no puedo recordar belleza alguna en aquel primer bebé que traje al mundo. Solo recuerdo los gritos de esa madre, la expresión de dolor grabada en su rostro, un dolor que yo sabía, a pesar de mi falta de experiencia, que nunca dejaría de pesarle; y recuerdo a aquella mujer rubia, traumatizada, aunque decidida, marchándose con sigilo, como un ladrón, y diciendo en voz baja:

—La querremos mucho. —Debió de decirlo unas cien veces, aunque nadie la escuchaba—. La querremos muchísimo.

2

1963: Framlington Hall, Norfolk

El tren había efectuado seis paradas no previstas entre Norwich y Framlington, y el infinito azul glacial del cielo se iba oscureciendo, aunque ni siquiera era la hora del té. Hacía ya rato que Vivi contemplaba a los guardas saltar con las palas para despejar otro ventisquero que se había formado en las vías y notaba una cierta impaciencia ante el retraso, camuflada por una satisfacción perversa.

—Espero que quien venga a recogernos lleve cadenas en el coche —dijo, empañando el cristal de la ventanilla del vagón con su aliento hasta que tuvo que trazar un agujero para ver con su dedo enguantado—. No me apetece nada empujar con la que está cayendo.

—¡Como si tuvieras que empujar tú! —exclamó Douglas, oculto tras el periódico—. Ya se encargarán los hombres.

—Debe de resbalar muchísimo.

—Con las botas que llevas, sí.

Vivi contempló su nuevo calzado de Courrèges con la muda satisfacción de constatar que él se había dado cuenta. «Absolutamente inapropiadas para llevar con este tiempo —le había dicho su madre. Luego se dirigió a su padre con tristeza—. No hay modo de que le entre en la cabeza.» Vivi, que, por lo general, era acomodaticia en todo, se había mostrado extrañamente decidida en su negativa a calzarse las botas de agua. Era el primer baile al que asistía sin carabina y no iba a llegar con el aspecto de una doceañera. No había sido su única batalla, sin embargo: con aquel pelo, una elaborada confección de rizos perfectos como burbujas y recogidos en lo alto de la coronilla, no le cabía un sombrero de lana, y su madre sufrió una verdadera agonía al tener que decidir si su arduo trabajo valía tanto la pena como para correr el riesgo de que su única hija se aventurara a salir bajo las peores condiciones climáticas de invierno de que se tenía constancia con un solo pañuelo anudado a la cabeza.

—Iré bien así —mintió Vivi—. Calentita, calentita…

La chica dio gracias al cielo de que Douglas no pudiera adivinar que llevaba calzoncillos largos bajo la falda.

Llevaban casi dos horas en el tren, y una sin calefacción: el guarda les dijo que la calefacción del vagón donde viajaban había pasado a mejor vida incluso antes de aquella racha de frío. Tenían pensado viajar en el coche de la madre de Federica Marshall, pero la muchacha había sucumbido a unas anginas («que no por nada», en palabras de la madre de Vivi, «las llamaban "enfermedad del beso"»). Por esa razón, y sin ocultar su reticencia, los padres de Vivi le habían permitido ir sola en tren, advirtiéndole repetidas veces y con toda seriedad que era muy importante que Douglas «cuidara de ella». A lo largo de los años Douglas había recibido muchas veces el encargo de cuidar de Vivi; pero la perspectiva de que Vivi fuera sola a uno de los acontecimientos sociales del año parecía haberle conferido a ese gesto una importancia desmesurada.

—¿Te importa viajar conmigo, D? —preguntó Vivi con un deje de coquetería.

—No seas boba. —Douglas todavía no le había perdonado a su padre que se hubiera negado a dejarle prestado su Vauxhall Victor.

—Es que no entiendo que mis padres no me dejen viajar sola. Son tan anticuados…

«Irá muy bien con Douglas —había dicho su padre con seguridad—. Es como un hermano mayor.» Vivi, con el corazón en un puño, sabía que tenía razón.

La chica colocó uno de los pies sobre el asiento que había junto a Douglas, sin quitarse las botas. Su amigo llevaba un grueso abrigo de lana, y sus zapatos, como la mayoría del calzado masculino, mostraban un pálido cerco de nieve fangosa.

—Esta noche vendrá gente importante, según me han dicho —comentó Vivi—. Muchos no han podido conseguir invitación.

—Les podría haber regalado la mía.

—Parece ser que esa chica, Athene Forster, irá también. La que fue grosera con el duque de Edimburgo. ¿La has visto en alguno de los bailes a los que asistes?

—No.

—Me parece terrible. Mamá leyó algo sobre ella en los ecos de sociedad y empezó a decir que el dinero no compra la educación y cosas por el estilo. —Vivi se detuvo para frotarse la nariz—. La madre de Federica cree que pronto ya no habrá bailes de temporada. Dice que las chicas como Athene están acabando con eso, y que por eso la llaman la Última Debutante.

Douglas, riendo con sorna, no levantó los ojos del periódico.

—La Última Debutante. Menuda burrada. Lo que es absurdo es un baile de temporada. Lo es desde que la reina dejó de celebrar recepciones en la Corte.

—Pero sigue siendo un modo muy agradable de conocer a gente.

—Un modo muy agradable de que chicos y chicas correctos se entremezclen con el material más apto para concertar bodorrios. —Douglas cerró el periódico y lo dejó en el asiento de al lado. Se reclinó y cruzó las manos a la altura de la nuca—. Las cosas están cambiando, Vee. Dentro de diez años no habrá bailes de sociedad como estos. No existirán estos vestidos de etiqueta tan pijos.

Vivi no acababa de estar convencida pero pensó que esas palabras debían de atribuirse a la obsesión de Douglas por lo que él llamaba «la reforma social», que parecía englobar desde la educación de las clases trabajadoras de George Cadbury hasta el comunismo ruso. Vía música popular.

—Ya; y ¿qué hará la gente para conocerse?

—Serán libres para verse con quienes quieran, sea cual sea su formación. Habrá una sociedad sin división de clases.

A juzgar por su tono de voz era difícil decir si el chico pensaba que eso era algo positivo o se había pronunciado a modo de advertencia. Por consiguiente, Vivi, que muy raramente leía el periódico y confesaba no tener opinión propia al respecto, emitió un ruidito de asentimiento y volvió a mirar por la ventanilla. Deseó, una vez más, que el peinado le durara toda la noche. «No te pasará nada con el *quickstep* y el Gay Gordons —le había dicho su madre—, pero tendrás que procurar mostrarte más comedida con el Dashing White Sergeant.»

—Douglas, ¿me harás un favor?

—¿Cuál?

—Ya sé que en el fondo no querías venir...

—No me importa.

—Y sé que odias bailar, pero si después de unas cuantas canciones, nadie me saca, ¿me prometes un baile? No creo que pueda sorportar quedarme plantada toda la noche. —Vivi alejó las manos un momento del calor relativo de los bolsillos. Un esmalte Escarcha Perlada cubría uniformemente sus uñas. Brillaba, opalescente, reverberando el velo cristalino que se formaba ya en la ventanilla del vagón—. He practicado muchísimo. No te decepcionaré.

Douglas sonreía y, a pesar del frío invasivo del vagón, Vivi notó un calorcillo interior.

—No te quedarás plantada —dijo él, colocando los pies sobre el asiento que había junto a su amiga.

—Pues claro que sí, tonto. Ya lo verás.

Framlington Hall no era una de las joyas del patrimonio arquitectónico de Inglaterra. La primera impresión de antigüedad resultaba decepcionante: cualquiera con el más mínimo conocimiento de arquitectura podía deducir con rapidez que las torrecillas góticas no encajaban a la perfección con los pilares paladianos, que las ventanas estrechas y emplomadas rozaban con mal tino el tejado a dos aguas del enorme salón de baile y que el clamoroso rojo de los ladrillos no lo había deslucido el paso del tiempo, el cual se reducía a poco menos que unas cuantas décadas. Era, en resumidas cuentas, un mestizo estructural, un híbrido de los peores anhelos nostálgicos por un tiempo pasado y mítico, cuyo sentido de la propia importancia imponía una cierta presencia en el paraje llano de los alrededores.

Los jardines, cuando no se encontraban enterrados bajo varios metros de nieve, eran de una rigidez formal; el denso césped, como el pelo de una alfombra cara, estaba primorosamente recortado y el rosal iba dispuesto no en una suave maraña de plantas silvestres, sino en rígidas hileras que conformaban unos arbustos brutalmente podados, imitando el mismo tamaño y forma. En cuanto al color, no habían elegido un rosa o un melocotón difuminado, sino un rojo sangre, meticulosamente cultivado o injertado en laboratorios de Holanda o Francia. A cada lado había hileras de *leylandii* de un verde uniforme, preparándose, aun en su extrema juventud, para circundar la casa y el terreno y protegerlo del mundo exterior. Como un día observó un visitante, aquello no era tanto un jardín como una especie de campo de concentración horticultural.

Por supuesto estas consideraciones no preocupaban ni lo más mínimo al flujo constante de invitados que, bolsas de viaje en mano, empezaban a llenar el gracioso caminito que se curvaba frente a la casa. Algunos eran invitados personales de los Bloomberg, los cuales habían diseñado la mansión (y a los cuales acababan de aconsejar que no compraran un título a juego), otros habían sido invitados por mediación de las amistades mejor situadas de los Bloomberg, con el permiso de los anfitriones, para crear la atmósfera adecuada. Hubo también quien simplemente se dejó caer en el lugar, esperando, con astucia, que en el orden general de las cosas unos cuantos extras con los rostros y los acentos adecuados no molestaran a nadie. Los Bloomberg, con su recién estrenada fortuna bancaria y la determinación de mantener viva la tradición de las puestas de largo para sus gemelas, tenían reputación de anfitriones generosos. Los tiempos, por otro lado, eran más tranquilos: nadie iba a despachar a los intrusos lanzándolos contra la nieve. Sobre todo cuando había un interior recién decorado del cual presumir.

Vivi pensaba en eso mientras se acomodaba en su dormitorio (toallas, artículos para el baño y secador de dos velocidades como complemento), situado a dos pasillos de distancia del de Douglas. Había sido una de las afortunadas, gracias a la relación comercial del padre de Douglas con David Bloomberg. La mayoría de las chicas se hospedaban en un hotel a unos kilómetros de distancia pero ella se quedaría en una habitación casi tres veces más grande que la suya propia, y el doble de lujosa.

Lena Bloomberg, una mujer alta y elegante que respiraba el aire hastiado de alguien que ya hace mucho que sabe que el único atractivo real de su marido es el económico, arqueó las cejas ante la bienvenida extravagante con que les recibió el señor de la casa y les dijo que había té y sopa en la salita para los que quisieran tomar algo caliente, y que si Vivi necesitaba cualquier cosa, fuera lo que fuese, no dudara en llamar (aunque no a la señora Bloomberg, se suponía). La anfitriona le dio entonces órdenes a un criado para que le indicara cuál era su habitación (los hombres ocupaban un ala separada) y Vivi, después de haber probado cada uno de los tarros de crema y olido todas las botellitas de champú, se quedó sentada durante un rato antes de cambiarse, deleitándose con aquella libertad inesperada y preguntándose qué se debía de sentir al vivir así cada día.

Mientras se embutía en el vestido (cuerpo ajustado y falda larga y lila, que le había cosido su madre a partir de un patrón de Butterick), y se cambiaba las botas por unos zapatos, podía oír un murmullo distante de voces a medida que la gente iba desfilando por su puerta, como si de las paredes emanara una atmósfera de promesas. Podía oír los sonidos discordantes de la banda ensayando en la planta baja, el paso anónimo y apresurado del servicio preparando los dormitorios y las exclamaciones de los conocidos que se saludaban en las escaleras. Vivi llevaba semanas deseando que llegara el día del baile; y ahora que finalmente era ese día, le embargaba esa misma especie de terror sordo que solía sentir cuando iba al dentista. No solo porque la única persona a la que conocía era a Douglas o porque, a pesar de haberse sentido absolutamente liberada y sofisticada en el tren, ahora se viera jovencísima, sino porque, comparada con las demás chicas, que habían llegado, resplandecientes y con piernas como palillos, con sus vestidos de noche, ella parecía de repente desarraigada y fuera de lugar, sin lograr conservar siquiera la pátina que le daban las botas nuevas. Todo porque el glamour no era algo connatural a Veronica Newton. A pesar de los accesorios femeninos de los rulos para el pelo y las prendas de corsetería, la muchacha se sentía obligada a admitir que solo llegaría a ser una chica normal y corriente. Ella era curvilínea en una época en que la belleza se medía en términos de delgadez. Tenía un saludable color rubicundo cuando debería haber sido pálida y de ojos grandes. Todavía llevaba faldas con peto y vestidos camiseros cuando la moda marcaba una modernísima figura en A. Incluso su pelo, rubio natural, era indomable, ondulado y pajizo, y se negaba a caer en rectas líneas geométricas como las que lucían las modelos de *Honey* o *Petticoat* en lugar de flotar en mechones junto a su rostro. Ese día, soldado en unos rizos artificiales, su cabello parecía rígido y rebelde en lugar de emular la creación melosa que ella había pretendido. Para acabar de complicar las cosas, sus padres, por algún atípico alarde de imaginación, la habían apodado Vivi, lo cual implicaba que la gente tendía a mostrarse decepcionada cuando la conocían, como si ese nombre sugiriera un exotismo del que ella carecía.

—No todas las muchachas han nacido para ser la bella del baile —le decía su madre con la intención de infundirle confianza—. Serás una esposa encantadora para tu marido.

«Yo no quiero ser una esposa encantadora para mi marido —pensó Vivi, observando su reflejo y sintiendo la familiar punzada de la insatisfacción—. Solo quiero convertirme en la pasión de Douglas.» Se permitió revivir por unos instantes su fantasía, tan manoseada ya como las páginas de un libro predilecto: aquella en la que Douglas, con un gesto de incredulidad ante la belleza inesperada de la chica con su vestido de baile, la llevaba en volandas a la pista y bailaba el vals hasta que ella se mareaba, con su fuerte mano colocada con firmeza en sus riñones y las mejillas tocándose... (Había que admitir que la imagen estaba terriblemente en deuda con *La Cenicienta*, de Walt Disney. Algo lógico, por otro lado, ya que todo solía volverse un tanto confuso después del beso.) Desde que habían llegado a la mansión ese sueño no había cesado de verse interrumpido por sucedáneos delgaditos y enigmáticos de Jean Shrimpton, que lo tentaban y miraban de alejarlo de ella con sonrisas astutas y cigarrillos Sobranie; por eso Vivi iniciaba una nueva ensoñación según la cual, al terminar la velada, Douglas la acompañaba a su enorme dormitorio, esperaba anhelante ante la puerta abierta y, finalmente, con ternura, la guiaba hasta la ventana, contemplaba su rostro iluminado por la luna y...

—¿Vee? ¿Estás visible? —Vivi se sobresaltó, culpable, mientras Douglas daba unos golpes secos contra la puerta—. He pensado que podríamos ir a picar algo abajo ahora mismo. Me he tropezado con un antiguo amigo de la escuela y me ha dicho que nos guarda un par de copas de champán. ¿Te falta mucho para terminar?

El placer de oír a Douglas llamándola luchaba por vencer a la desilusión de saber que él ya había encontrado a otra persona con quien hablar.

—Dos segunditos —le dijo, alzando la voz mientras se ponía rímel y rezaba para que esa noche fuera la ocasión en que él se viera obligado a mirarla de un modo distinto—. Ahora termino.

Le quedaba perfecto el traje de etiqueta, por supuesto. A diferencia del padre de Vivi, cuyo estómago empujaba con incomodidad el fajín como una vela hinchada por el viento, Douglas sencillamente parecía más alto y tieso, con aquellos hombros cuadrados bajo la tela oscura y recién planchada de la chaqueta, y la piel, de una viveza excitante contra el tono monocromo y liso de la camisa. Vivi pensó que quizá él ya sabía lo apuesto que se le veía; cuando se lo comentó, en son de broma, para ocultar la intensidad del deseo que le había provocado la aparición del muchacho, él se rió con brusquedad y confesó sentirse como un tonto atado de pies y manos. A continuación, azorado por haberlo olvidado, le dedicó a ella un cumplido.

—Pues tú te has arreglado a conciencia, muchachita —le dijo, rodeándola con un brazo y dándole un apretujón amigable.

No era exactamente lo que habría hecho el Príncipe Azul, pero la había tocado. Vivi todavía sentía su roce, radiactivo en su piel desnuda.

—¿Sabías que ya es oficial que estamos atrapados por la nieve?

Alexander, el pálido y pecoso amigo de la escuela de Douglas, le traía otra copa. Era su tercera copa de champán, y la parálisis que Vivi había sentido al principio, enfrentada al océano de caras glamurosas que se abría ante ella, se había evaporado.

—¿Qué?

El muchacho se inclinó hacia delante para que ella le oyera a pesar del ruido de la banda.

—La nieve. Está empezando a nevar otra vez. Parece ser que nadie va a poder salir por ese caminito de entrada hasta mañana, cuando traigan más sal. —Como la mayoría de los hombres, Alexander llevaba un chaquetón rojo («Rosa», le corrigió él) y una loción de afeitado fortísima, como si hubiera dudado a la hora de ponerse la cantidad adecuada.

—¿Dónde vas a pasar la noche? —De repente a Vivi la asaltó la visión de un millar de cuerpos acampados en la pista de baile.

—Ah, yo no tengo problema. Me hospedo en la casa, como tú. No sé qué harán los demás. Supongo que quedarse despiertos toda la noche. Alguno de esos tíos pensaba hacerlo de todos modos.

A diferencia de lo que le sucedía a Vivi, la mayoría de invitados en los que se fijó tenían todo el aspecto de querer seguir despiertos hasta la madrugada, como si eso fuera algo natural. Parecían tranquilos y seguros, nada intimidados por el magnífico entorno. Las poses y la charla sugerían que no sentían nada especial por el hecho de hallarse en aquella casa solariega, a pesar de la existencia de una flota de subalternos cuyo único deseo era servirles comida y bebidas, y de que fueran a librarse de las carabinas en una noche en la que, con toda probabilidad, chicos y chicas iban a quedarse en la misma casa. Las chicas lucían sus vestidos con gracia, con la despreocupación de aquellos para quienes los maravillosos vestidos de noche resultaban tan familiares como una gabardina.

No parecían extras de una película de Disney. Entre las tiaras y las perlas se veían ojos intensamente perfilados, cigarrillos y, de tanto en tanto, una faldita Pucci. A pesar de la elegancia incongruente de ese salón de baile que más parecía un pastel de bodas, y de los numerosos vestidos de baile y vestidos de noche girando, no tardaron mucho en persuadir a la banda para que abandonara el repertorio de bailes tradicionales y se embarcara en algo un poco más moderno: una versión instrumental de «I Wanna Hold Your Hand» se encargó de hacer saltar a las chicas a la pista de baile, quienes se pusieron a gritar y sacudir sus elaborados peinados, agitando las caderas, mientras las matronas que lo observaban todo desde los extremos no podían evitar un gesto de desaprobación perpleja y Vivi se veía obligada a aceptar, con tristeza, que era muy poco probable que bailara ese vals con Douglas.

Tampoco estaba segura de que él recordara su promesa. Desde que habían entrado en el salón de baile, parecía distraído, como si olfateara algo que ella no comprendía. De hecho, Douglas no actuaba con normalidad. Al contrario, fumaba cigarros con sus amigos e intercambiaba chistes que ella no cazaba. Además estaba bastante segura de que él no hablaba de la destrucción inminente del sistema de clases: más bien parecía identificarse con el traje de etiqueta y los chaquetones de caza de una manera inquietante. Vivi intentó hacerle algún comentario en privado en diversas ocasiones, decirle unas palabras que los retrotrajeran a sus vivencias compartidas y sirvieran para recuperar la intimidad. En un momento dado se atrevió a bromear con el hecho de que fumara un cigarro, pero él no pareció especialmente interesado en el chiste (la escuchó, como diría su madre, «como quien oye llover».) Luego, con sumo tacto, se había vuelto a incorporar a la otra conversación.

Empezaba a sentirse tonta y por eso casi se deshizo en agradecimientos cuando Alexander le prestó atención.

—¿Te apetece bailar un twist? —le preguntó, y ella tuvo que confesarle que solo había aprendido pasos de bailes de salón—. Es fácil —la conminó el chico, guiándola de la mano a la pista—. Apaga un cigarrillo con la punta del pie y frótate la espalda con una toalla. ¿Vale?

Tenía un aspecto tan cómico que Vivi se puso a reír a carcajadas y luego echó un vistazo atrás para ver si Douglas se había dado cuenta. Sin embargo, Douglas, en lo que sería una de tantas veces durante esa noche, había desaparecido.

A las ocho el maestro de ceremonias anunció que el bufet estaba preparado, y Vivi, un poco más trastornada que cuando llegó, se unió a la larga cola de gente que esperaba tomar lenguado Véronique o buey *à la bourguignon*, preguntándose cómo paliar su hambre canina visto que ninguna de las chicas que había junto a ella comía más que unas tiritas de zanahoria demasiado cocidas.

Casi por accidente se vio inmersa en un grupo de amigas de Alexander. El chico la presentó con un cierto deje posesivo, y Vivi se encontró incrustada contra los cuerpos de ellas, consciente de que mostraba un generoso y ruborizado escote.

—¿Has ido al local de Ronnie Scott? —le preguntó una de ellas, inclinándose tanto que Vivi tuvo que apartar el plato.

—No lo conozco. Lo siento.

—Es un club de jazz. En la calle Gerrard. Deberías pedirle a Xander que te lleve. Conoce a Stan Tracy.

—La verdad, no sé… —Vivi dio un paso atrás y se disculpó al verter una bebida ajena.

—¡Dios, qué hambre! Fui a la fiesta de los Atwood la semana pasada y lo único que sirvieron fue savarín de salmón y consomé. Tuve que pagarles a las chicas para que me dieran el de ellas. Creí que iba a desmayarme de hambre.

—No hay nada más rácano que un bufet rácano.

—Estoy totalmente de acuerdo, Xander. ¿Irás a esquiar este año?

—A Verbier. Mis padres le han alquilado la casa a Alfie Baddow. ¿Recordáis a Alfie?

—Pronto necesitaremos un buen par de esquíes para salir de esta casa.

Vivi vio que iba desplazándose hacia los extremos, esquivando diversas conversaciones que se desarrollaban junto a ella. Empezaba a sentirse desconcertada por el modo en que la mano de Xander le rozó el trasero «por accidente» en varias ocasiones.

—¿Alguien ha visto a Douglas?

—Estaba hablando con una rubia en la galería de retratos. Le he dado un susto de muerte al pasar junto a él, y bien mojadito, además.

—Otro de los muchachos hizo como si se lamiera el dedo y lo metiera en la oreja del vecino.

—¿Bailamos otra vez, Vivi? —preguntó Alexander, tendiéndole la mano y obligándola a seguirlo a la pista de baile.

—Yo… Creo que no bailaré esta pieza. —Vivi se llevó la mano al pelo y advirtió, con desespero, que ya no notaba los rizos suaves y redondeados, sino que el peinado se le había desmoronado en placas tiesas.

—Pues entonces probemos en las mesas —le dijo, ofreciéndole el brazo—. Serás mi encantadora pareja.

—¿No podríamos encontrarnos allí? La verdad es que necesito… empolvarme la nariz.

Una cola de gente charlando serpenteaba junto al lavabo de la planta baja, y Vivi, de pie y sola mientras la conversación y el ruido fluía como una marea envolvente, descubrió que cuando había alcanzado el primer puesto, ya le habían venido las ganas. Se quedó muy confusa, sin embargo, cuando, de repente, con un «¡Vivi! ¡Querida! Soy Isabel. ¿No te acuerdas de Izzy? De la señora de Monfort

¡Estás estupenda!», el escaso espacio que la separaba de la puerta del lavabo aumentó de distancia.

La chica, a quien Vivi tan solo recordaba vagamente (aunque quizá se debiera a la cantidad de champán que había bebido tanto como al hecho de que, en el fondo, no la reconociera), dio una vuelta frente a ella, levantando con muy poca elegancia la larga falda rosa con una mano y plantándole un beso justo tras la oreja.

—Querida, ¿no podría pasar delante de ti? La verdad es que me estoy muriendo. Voy a mancharme toda si no… ¡Fantástico!

La puerta se abrió de golpe delante de ellas e Isabel desapareció mientras Vivi se quedaba fuera, cruzándose de piernas, con la sensación de que el malestar de la vejiga pasaba de ser una vaga punzada a convertirse en una imperiosa necesidad.

—Marrana —dijo una voz a su espalda. Vivi se ruborizó porque se sentía culpable e imaginaba que las palabras iban dirigidas a ella—. Ella y esa chica de los Forster han estado monopolizando completamente a Toby Duckworth y la Guardia Montada durante toda la noche. Margaret B-W está ofendidísima.

—Además a Athene Forster ni siquiera le gusta Toby Duckworth. Solo tontea porque sabe que tiene debilidad por ella.

—Él y la mitad de los malditos cuarteles de Kensington.

—Parece increíble que no sepan ver cómo es esa chica por dentro.

—Pues mira, de eso, seguro que entienden bastante.

Se oyó un estallido de risas a lo largo de la cola y Vivi reunió fuerzas para echar un vistazo a sus espaldas.

—Sus padres apenas le dirigen la palabra, según me han dicho.

—¿Y eso te sorprende? Está cogiendo una fama que…

—Corren rumores de que…

Las voces de detrás se convirtieron en un murmullo, y Vivi se volvió hacia la puerta para que no creyeran que estaba escuchando a hurtadillas. Intentó, sin éxito, no pensar en su vejiga; y luego procuró, todavía con más triste resultado, olvidarse de dónde podría hallarse Douglas. Le preocupaba que sacara falsas conclusiones de su relación con Alexander. Además, estaba desilusionada porque el baile resultaba mucho menos divertido de lo que esperaba. Apenas había visto a Douglas y cuando estuvo con él, le pareció que era un extraño inalcanzable que en nada se parecía al Douglas de siempre.

—¿Vas a entrar? —le preguntó la chica de atrás, señalando la puerta abierta. Isabel debía de haber salido del baño sin dirigirle la palabra. Sintiéndose contrariada y estúpida, Vivi entró en el lavabo y maldijo cuando el dobladillo de la falda se oscureció debido a aquel líquido desconocido que volvía resbaladizo el suelo de mármol.

Hizo pis, se ajustó la ropa, molesta con su pelo, se dio unos toques de polvos compactos para matizar la sudorosa pátina de la piel e intentó añadir rímel sólido a sus pestañas, ya de por sí arácnidas, con muy poca maestría. Pensó que su aspecto ya no recordaba en nada al de los cuentos de hadas. A menos que se pudiera incluir a las hermanastras de Cenicienta en la ecuación.

Los golpes impacientes que resonaban en la puerta se habían vuelto demasiado insistentes para ignorarlos; y Vivi salió al pasillo, presurosa por disculparse de su larga estancia en el baño. Sin embargo, nadie la estaba mirando.

La hilera de chicas escrutaba a lo lejos, hacia el salón de caza, donde un estruendo había cambiado la atmósfera del ambiente. Vivi tardó un par de segundos en comprender, y entonces, junto con el resto de las muchachas, siguió despacio el sonido del trajín de vajillas y de exclamaciones esporádicas, notando que el aire, de repente, se iba helando. Se oyó la llamada de un cuerno estrangulado, y Vivi pensó que la competición de cuernos de caza, de la cual le había hablado Xander, debía de haber empezado. Sin embargo, ese cuerno no sonaba con delicadeza alguna; expelía el aire a borbotones, como si alguien perdiera el resuello, o bien se riera.

Vivi se detuvo en la entrada del salón de caza, tras un grupo de hombres, y observó a su alrededor. En el extremo opuesto del enorme salón alguien había abierto el balcón que daba al césped delantero y unos copos de nieve dispersos se colaban en el interior en ángulo agudo. Se protegió del frío con los brazos, notando que se le ponía la carne de gallina. Advirtió que le había pisado el pie a alguien y se hizo a un lado, mirando con aire culpable el rostro del chico, pronta la disculpa. No obstante, aquel muchacho ni siquiera llegó a darse cuenta. Estaba mirando fijamente hacia delante, con la boca parcialmente abierta, como si, en su confusión etílica, no alcanzara a convencerse de lo que veía.

En el salón, entre la ruleta y las mesas de blackjack, había un inmenso caballo gris, con las narinas dilatadas y los ojos desorbitados, pateando nervioso hacia delante y hacia atrás, con los cascos todavía cubiertos de nieve y rodeado de un océano de rostros jocosamente atónitos. A su lomo iba la chica más pálida que Vivi hubiera visto jamás, con el vestido levantado hasta revelar unas largas piernas de alabastro y los pies calzados con unas bailarinas de lentejuelas, el pelo largo y oscuro flotando al viento y un brazo desnudo levantado para guiar al animal, sirviéndose con maestría del collar de sujeción y la cadena para sortear las mesas, mientras con el otro se llevaba a los labios un cuerno de bronce. Vivi se percató con aire ausente de que, a diferencia de las manchas que decoraban sus brazos, las extremidades de la muchacha no acusaban la más remota impresión de tener frío.

—¡Hale, hale! —Uno de los jóvenes con chaquetón rosa que estaba en la esquina soplaba su propio cuerno. Dos más se habían subido a las mesas para disfrutar del espectáculo.

—¡No me lo puedo creer!

—¡Subamos a las mesas de la ruleta! ¡Juntémoslas todas!

Vivi vio a Alexander en la esquina, riendo y alzando la copa a modo de saludo burlón. Junto a él, varias carabinas y matronas conferenciaban angustiadas, gesticulando hacia el centro del salón.

—¿Puedo ser el zorro? Dejaré que me cojáis...

—¡Qué asco! ¡Por el amor de Dios! Esa chica haría cualquier cosa para llamar la atención.

Era Athene Forster. Vivi reconoció el tono despreciativo de la joven que hacía cola para entrar en el lavabo; pero, al igual que los demás, ella también se sentía cautivada por la increíble visión que se desplegaba ante sus ojos. Athene tiró del caballo para que se detuviera y se agachó sobre el cuello del animal, suplicándoles a unos chicos en tono serio y grave:

—¿Podría alguien ir a buscarme una copa, guapísimos?

Su voz emanaba una especie de sabiduría, algo más triste y extraño de lo que jamás podría imaginarse. Un quejido de dolor que debía de ser audible incluso en los momentos más felices. Un mar de copas avanzó hacia ella, brillando bajo el resplandor de mil vatios que proyectaban las arañas de cristal. La muchacha dejó caer el cuerno, levantó la copa y vació el contenido de un solo trago para el regocijo general.

—Veamos, ¿quién de estos maravillosos hombres va a encenderme un cigarrillo? He perdido el mío al saltar el rosal.

—Athene, guapísima, ¿no te apetecería regalarnos con una representación de Lady Godiva?

Se oyó un conato de risas, que terminó en seco. La banda se quedó en silencio y Vivi miró hacia atrás, siguiendo el sonido de las exclamaciones ahogadas.

—¿Qué diablos crees que estás haciendo? —Lena Bloomberg aparecía en ese preciso instante en el salón y se situaba en el centro de la estancia, con el vestido esmeralda rozando su figura enhiesta, frente al caballo, que no dejaba de dar vueltas, y con las manos, blancas por la tensión, ciñendo su cadera. Su cara se había ruborizado a consecuencia de la rabia contenida, y sus ojos resplandecían con la misma intensidad que los pedruscos esculturales que llevaba al cuello. Vivi notó un nudo en el estómago por lo que se avecinaba.

—¿Me has oído?

Athene Forster no parecía ni remotamente acobardada.

—Es un baile de caza. El viejo Forester, aquí presente, se sentía un poco abandonado.

Hubo otro conato de risas.

—¡No tienes ningún derecho…!

—Por lo que veo, él tiene más derecho que usted a estar aquí, señora Bloomberg. Su esposo me ha dicho que usted ni siquiera caza.

El hombre que había junto a Vivi lanzó un taco aprobatorio entre dientes.

La señora Bloomberg abrió la boca como si fuera a hablar, pero Athene la despachó con un gesto de la mano.

—Oh, procure que no le dé un ataque. Forester y yo pensábamos que podríamos contribuir a darle a todo esto un toque más… auténtico. —Athene se agachó para aceptar otra copa de champán y la vació con una parsimonia mortal; luego añadió, tan bajito que solo los que se encontraban más cerca de ella pudieron oírlo—: Cualidad de la que carece esta casa.

—Baja de ahí… ¡Baja inmediatamente del caballo de mi marido! ¿Cómo te atreves a abusar de nuestra hospitalidad de esta manera? —Lena Bloomberg debía de haber tenido un porte impresionante en sus buenos tiempos; la altura y el aire de autoridad que le otorgaba su inmensa fortuna sin duda le habían hecho olvidar lo que era sentirse desafiada. A pesar de no haberse movido desde que empezara a hablar, la sospecha de su furia reprimida había anulado la alegría que reinara en el salón. La gente se lanzaba miradas de angustia, preguntándose quién de las dos combatientes caería primero.

Siguió un silencio doloroso.

Parecía que iba a ser Athene. La muchacha se quedó mirando fijamente a la señora Bloomberg durante unos momentos que parecieron una eternidad, luego se echó hacia atrás y ordenó al caballo que girara despacio y se abriera paso entre las mesas, deteniéndose solo para aceptar un cigarrillo.

La voz de la mujer madura cortó el ambiente de la paralizada habitación.

—Me advirtieron que no debía invitarte, pero tus padres me aseguraron que habías madurado un poco. Es obvio que estaban completamente equivocados, y te prometo que cuando esto termine, se lo haré saber sin mostrar ninguna ambigüedad al respecto.

—Pobre Forester —canturreó Athene, tendiéndose sobre el cuello del animal—. Él, que tanto deseaba echar unas partiditas de póquer.

—Por ahora, no quiero verte en lo que queda de velada. Piensa que tienes suerte de que este tiempo no me permita echarte de aquí con un buen tirón de orejas, jovencita. —El tono glacial de la señora Bloomberg siguió a Athene mientras la muchacha se encaminaba a lomos del caballo hacia el balcón.

—Oh, no se preocupe por mí, señora Bloomberg —dijo la chica, volviendo la cabeza con una sonrisa despreocupada y encantadora—. Me han echado de sitios mucho más elegantes que este. —Entonces, azuzando al animal con sus zapatillas de lentejuelas, caballo y chica saltaron por encima de los pequeños escalones de piedra y salieron a medio galope, casi en silencio, para adentrarse en la oscuridad nevada.

Un silencio espeso como la niebla siguió a su marcha, y entonces, siguiendo las instrucciones de la rígida anfitriona, la banda atacó de nuevo con una melodía. Los invitados empezaron a exclamarse en corritos, señalando las huellas nevadas de cascos que había sobre el suelo pulimentado mientras el baile retornaba lentamente a la normalidad. El maestro de ceremonias anunció que el concurso de cuernos de caza comenzaría dentro de cinco minutos y se celebraría en el Gran Salón, y que, para los que estaban hambrientos, la cena todavía se servía en el comedor. En unos pocos minutos, lo único que quedó de la aparición de Athene fue una huella fantasmal, que caló en la imaginación de los que la habían visto (sus contornos ya difusos ante la perspectiva del próximo número de entretenimiento), y unos charcos de nieve derretida en el suelo.

Vivi seguía mirando fijamente a Douglas. De pie, junto a la inmensa chimenea, los ojos de su amigo no se habían apartado del balcón ahora ya cerrado, así como tampoco habían dejado de seguir a Athene Forster mientras la amazona cabalgaba a lomos del imponente caballo, a unos metros de él. Mientras el resto de la gente se había mostrado atónita, o bien conmocionada, y profería risitas nerviosas, en la expresión de Douglas Fairley-Hulme había algo más. Una inmovilidad embelesada. Un sentimiento que atemorizó a Vivi.

—¿Douglas? —lo llamó, dirigiéndose hacia él mientras intentaba no resbalar con el suelo mojado.

El muchacho parecía no oírla.

—¡Douglas! Prometiste que bailarías conmigo.

Su amigo tardó unos segundos en percatarse de su presencia.

—¿Qué? Ah, Vee. Sí, sí, claro. —Su mirada no cesaba de clavarse en aquellas puertas—. Yo… Es que… Necesito beber algo primero. Te traeré una copa. Ahora mismo vuelvo.

En ese momento fue cuando Vivi, y de eso se dio cuenta más tarde, se vio obligada a admitir que esa noche no iba a concluir con un final digno de cuento de hadas. Douglas no volvió con las bebidas, y ella se quedó junto a la chimenea durante casi cuarenta minutos, con una sonrisa vaga y frágil dibujada en el rostro, intentando parecer resuelta, procurando no parecer una chica a quien han dado un plantón de padre y muy señor mío. Al principio no quiso moverse porque había tantísima gente, y la casa era tan grande, que no estaba segura de que Douglas fuera capaz de volver a encontrarla, en el caso de que el chico se acordara de que le aguardaban. Sin embargo, cuando ella comprendió que el grupo que se había reunido junto a los adornos florales se estaba dando cuenta de su solitaria espera y el mismo camarero había pasado tres veces, dos para ofrecerle bebidas y la tercera para preguntarle si todo estaba bien, aceptó la segunda oferta de Alexander para bailar.

A medianoche propusieron un brindis y un juego extraño y oficioso que consistía en que un joven se ataba una cola de zorro a la chaqueta y salía disparado por toda la casa, perseguido con encono por varios de sus amigos, con chaquetones rosados y cuernos de caza. Uno de ellos resbaló y cayó estrepitosamente contra el suelo encerado, hasta el punto de que el golpe lo dejó inconsciente, junto a la escalera principal. Sin embargo, otro de sus compañeros le vertió el contenido de una copa del estribo en la boca, y el muchacho volvió en sí, escupiendo y dando arcadas, se incorporó y siguió con la persecución como si nada hubiera ocurrido. A la una en punto Vivi, que estaba deseando regresar a su dormitorio, le dijo a Alexander que lo acompañaría a la mesa de blackjack, donde, de un modo inesperado, el chico ganó siete puntos. En un arranque de exaltación, Alexander le ofreció todas las ganancias. El modo en que habló de ella diciendo que era su «encantadora pareja» le hizo sentir una vaga repugnancia; eso y la cantidad de champán que había bebido. A la una y media vio a la señora Bloomberg manteniendo una charla muy animada con su marido en lo que parecía ser su despacho privado. Eran también visibles un par de piernas femeninas postradas, con unas medias ostra brillante. Vivi las reconoció como pertenecientes a una pelirroja que había visto antes vomitando por una ventana.

A las dos en punto, mientras un reloj de campanario invisible confirmaba la hora, Vivi se vio obligada a reconocer que Douglas no iba a mantener su promesa, que ella no terminaría rodeada con cariño entre sus brazos y que no habría ningún ansiadísimo beso al final de la velada. Mezclada entre el caos general, con las jóvenes chillando, el rostro ruborizado y corrido el maquillaje a aquellas altas horas de la madrugada, los chicos borrachos y despatarrados por los sofás o, en algún caso, armando camorra chapuceramente, lo único que Vivi deseaba era estar sola en su dormitorio y llorar sin preocuparse de lo que pensaran los demás.

—Xander, creo que me voy a mi cuarto.

El joven le rodeaba el talle con la mano, con naturalidad, mientras hablaba con uno de sus amigos. Al oírla, se volvió sorprendido.

—¿Cómo?

—La verdad es que estoy muy cansada. Espero que no te importe. Lo he pasado estupendamente. Muchísimas gracias.

—Pero ahora no puedes irte a la cama... —protestó Alexander, echándose hacia atrás con aire melodramático—. La fiesta acaba de empezar.

Vivi observó que el muchacho tenía las orejas escarlata y los párpados medio cerrados.

—Lo siento. Has sido de lo más amable. Si tropiezas con él, ¿te importaría decirle a Douglas que... que me retiro a mi dormitorio?

Una voz surgida de las espaldas de Alexander les espetó:

—¿Douglas? No creo que a Douglas le apetezca mucho que lo molesten.

Algunos de los hombres intercambiaron miradas de inteligencia y dejaron escapar una risotada breve. Algo en su expresión le quitó las ganas a Vivi de seguir preguntando; o bien quizá se debía al hecho de que, como llevaba sintiéndose la primita ingenua y ramplona durante toda la noche, no tenía ninguna intención de reforzar esa imagen de sí misma. Salió, por consiguiente, de la sala de juegos, con los brazos cruzados y con semblante desgraciado, sin importarle ya el aspecto que ofrecía ante los demás. A fin de cuentas, la gente con quien se iba cruzando al paso estaba demasiado borracha para prestarle atención. La banda se tomaba un descanso, sentada y comiendo una bandeja de canapés, con los instrumentos reclinados contra las sillas, mientras Dusty Springfield cantaba por los altavoces, una melodía melancólica que le obligó a reprimir el llanto.

—Vivi, no puedes subir todavía. —Alexander se había colocado tras de ella. La detuvo con una mano en el hombro y le obligó a girarse. El ángulo que la cabeza del chico trazaba con el cuello le dio a entender clarísimamente lo mucho que el joven había bebido.

—Lo siento muchísimo, Alexander. Para ser sincera, debo decirte que me lo he pasado de perlas, pero estoy cansada.

—Ven... Ven a comer algo. No tardarán en preparar *kedgeree* para desayunar en el comedor —replicó Alexander, cogiéndola por el brazo, con mayor insistencia de la que ella toleraría—. ¿Sabes? Estás preciosa con este... con el vestido. —Fijaba los ojos en sus carnes, y el alcohol había anulado cualquier indicio de reparo en su mirada—. Muy bella. —Por si la chica no lo hubiera entendido, repitió sus palabras—: Muy, muy bella.

Vivi se quedó en pie, angustiada por la indecisión. Darse la vuelta y alejarse de él con brusquedad sería el colmo de la mala educación, teniendo en cuenta que el joven se había esforzado tanto para entretenerla. Sin embargo, el modo en que le miraba el pecho le hacía sentirse incómoda.

—Xander, podríamos quedar para desayunar.

El chico pareció no oírla.

—El problema de las flacuchas... —decía, mirándole directamente a los pechos— ...y hay tantas condenadas flacuchas en la actualidad...

—Xander, ¿qué dices?

—... es que no tienen pechos. No se puede decir que tengan un buen pecho —sentenció Alexander, acercando una mano con vacilación que no pretendía asir la de ella precisamente.

—¡Oh, pero serás...! —La educación de Vivi la dejó sin saber cómo reaccionar. Giró en redondo y se marchó apresuradamente de la sala, con una mano situada en el pecho con gesto protector y haciendo caso omiso de los ruegos desganados que oía a sus espaldas.

Tenía que encontrar a Douglas. No sería capaz de dormir hasta que lo encontrara. Necesitaba convencerse de que, por muy inalcanzable que se hubiera mostrado esa noche, una vez que se hubieran marchado de ese lugar, él volvería a ser su Douglas de siempre: el amable y serio Douglas que había arreglado los pinchazos de su primera bicicleta y que, en palabras de su padre, era «un joven muy decente», que la había llevado a ver *Tom Jones* al cine un par de veces, aunque no se hubieran sentado ni por asomo en la última fila. Deseaba decirle lo horriblemente mal que se comportaban los Xander (y albergaba la secreta esperanza, que empezaba ya a fructificar, de que ese comportamiento ruin significara para él la chispa que le hiciera percatarse de la naturaleza de sus verdaderos sentimientos).

Era más fácil buscar a esas horas, puesto que la multitud se había dispersado y trocado en grupitos reducidos por lo general, sedentarios, corrillos de invitados que se volvían menos amorfos y se consolidaban en hastiados apartes. Los invitados de mayor edad se habían marchado a sus dormitorios, lanzando una ofensiva de protestas que coleaba tras ellos como una estela, y en el exterior se oía por lo menos un tractor que intentaba abrir un sendero hacia la casa. Douglas no estaba en la sala de juegos, el salón de baile principal, el pasillo adyacente, bajo la magnífica escalinata o bebiendo con los chaquetones rosas en el bar Reynard. Nadie se percataba de su presencia, dado que la hora tardía y el consumo de alcohol la habían vuelto invisible. No obstante, también él parecía haberse vuelto invisible; Vivi se había cuestionado varias veces, en su estado de agotamiento, si, al expresar el disgusto que sentía ante esos eventos clasistas y pomposos, no habría terminado marchándose a hurtadillas a casa. La muchacha sollozó, sintiéndose desgraciada, dándose cuenta de que no le había preguntado en ningún momento dónde se encontraba su dormitorio. Había estado tan inmersa en sus propias fantasías, ante la perspectiva de que él la acompañara a su dormitorio, que en ningún momento se le había ocurrido pensar que a lo mejor podría necesitar saber dónde dormiría él. «Lo encontraré —decidió finalmente—. Encontraré a la señora Bloomberg y ella me lo dirá; si no, iré a la otra ala y llamaré puerta por puerta hasta que alguien me diga dónde puedo encontrarlo.»

Pasó junto a la escalera principal, sorteando las parejas sentadas y apoyadas contra los barrotes, escuchando el sonido distante de las chicas que gritaban cuando la banda volvía a arremeter animosamente. Sintiéndose agotada, Vivi pasó ante la hilera de retratos ancestrales, de unas tonalidades que el tiempo no había envejecido y unos marcos dorados sospechosamente brillantes. A sus pies la moqueta roja de pelo largo mostraba marcas de cigarrillos apagados con displicencia y alguna que otra servilleta perdida. En el exterior de la cocina, desde donde ahora emanaba un aroma a pan tierno, se encontró con Isabel, quien reía desencajada, reclinándose en el hombro de un joven atento. No pareció reconocer a Vivi.

A unos metros terminaba el pasillo. Vivi echó un vistazo hacia una pesada puerta de roble, se dio la vuelta, comprobó que nadie pudiera verla y dejó escapar un enorme bostezo. Se agachó para quitarse los zapatos, varias horas después de que hubieran empezado a apretarle. Ya se los volvería a poner cuando encontrara a su amigo.

Fue al levantar la cabeza cuando lo oyó: un sonido como de escarceo, un gruñido extraño, como si alguien hubiera caído borracho y otro intentara ponerlo en pie. Se quedó contemplando fijamente la puerta de donde provenía el ruido y vio que estaba entornada, mientras una rendija de brisa ártica se colaba por el fondo del pasillo. Vivi, descalza, se acercó con sigilo, protegiéndose con el brazo del frío ambiente, sin saber por qué no alzaba la voz para preguntar si esa gente se encontraba bien. Se detuvo, abrió la puerta, en silencio, y atisbó a su alrededor sin moverse de uno de los extremos de la estancia.

Al principio pensó que la mujer debía de haber caído, porque él parecía estar cogiéndola, intentando que ella se enderezara contra la pared. Vivi se preguntó si no debería ofrecerles su ayuda, pero entonces, con los sentidos embotados por el cansancio, o por la impresión, fue entendiendo a fogonazos rápidos y sucesivos que los sonidos rítmicos que había oído procedían de esas personas; que las largas y pálidas piernas de la mujer no estaban inertes, como las extremidades inútiles de los borrachos, sino que se envolvían sinuosas alrededor del hombre, como una especie de serpiente. A medida que los ojos de Vivi se ajustaban a la oscuridad, y a la distancia, reconoció, con un sobresalto, el largo y oscuro pelo de la mujer, cayéndole de un modo caótico por el rostro, y una sola bailarina de lentejuelas, sobre la cual se habían posado unos copos sueltos de nieve.

Vivi sintió repulsión a la par que se quedó paralizada, contemplando durante unos segundos antes de comprender con un rubor avergonzado lo que había estado presenciando. Se quedó de pie, pegada la espalda a la puerta entreabierta, y ese sonido resonando de un modo grotesco en sus oídos, contrastando con los latidos de su corazón.

Su intención fue moverse pero, cuanto más rato permanecía en ese lugar, más paralizada se quedaba, pegada a la superficie rugosa de la puerta, a pesar de que sus brazos se le veteaban con el aire nocturno y los dientes le castañeteaban. En lugar de escapar, Vivi se recostó contra la frialdad de la puerta de roble y notó que las piernas le desaparecían: había comprendido que aunque esas tonalidades jamás las hubiera oído con anterioridad, la voz del hombre no le resultaba desconocida; que la nuca de ese hombre, las orejas teñidas de rubor, el borde afilado donde el pelo iba a reunirse con el cuello de la camisa le resultaban conocidos: tanto como lo fueran doce años antes, cuando se enamoró por primera vez de ellos.

3

Quizá ella no fuera la Debutante del Año (y ahora que era «respetable» nadie discutía ya las razones), pero hubo pocos cronistas de sociedad que dudaran de que las nupcias entre Athene Forster, descrita por varias fuentes con nombres como la Última Debutante, la Chica Objeto o, entre las matronas de la sociedad menos tolerantes, con otros epítetos menos lisonjeros, y Douglas Fairley-Hulme, hijo de los Fairley-Hulme, hacendados de Suffolk, pudieran calificarse de Boda del Año.

La lista de invitados, con un buen surtido de nombres de rancio abolengo y apellidos con guión, garantizaba que todas las páginas de sociedad le dedicaran un lugar destacado, junto con algunas fotografías en blanco y negro bastante granuladas. La recepción se celebró en uno de los mejores clubes de caballeros de Piccadilly, con su acostumbrada atmósfera pomposa y bravucona aromatizada de tabaco y suavizada temporalmente por flores estivales y telas envolventes de seda blanca. El padre de la novia, a resultas de creer hasta la saciedad, desde la dimisión del señor Profumo, que la sociedad se desmembraba, había decidido que la mejor estrategia de defensa contra la anarquía moral era parapetarse en compañía de distinguidos colegas para negarlo. Lo cual habría podido redundar en una recepción muy sobria y bastante entrada en años, con la consabida representación de estadistas, antiguos camaradas de guerra, algún que otro obispo y numerosas referencias en su discurso a la «firme defensa de los valores» hasta arrancar risitas entre los invitados más jóvenes. Sin embargo, la juventud, y en ese tema todos coincidieron, consiguió que el evento fuera muy alegre; y la novia, de quien algunos sospechaban que se tomaría el acto como un desafío directo y se comportaría de manera desvergonzada, se limitó a sonreír con vaguedad desde la mesa de presidencia y contemplar con adoración a su recién estrenado marido.

En cuanto al novio, etiquetado universalmente como «un buen partido», su estilo grave, su aspecto agradable y cuidadísimo y la fortuna familiar dejaron con el corazón roto a muchas suegras potenciales de diversos condados. A pesar de mantenerse formal y tieso en su chaqué, soportando el peso del evento sobre sus anchos hombros, su evidente felicidad no dejaba de traslucirse, y resultaba evidente en el modo en que no paraba de mirar alrededor para localizar a la novia, para deshacerse acto seguido al verla. También era obvio en tanto que, a pesar de la presencia de su familia, sus mejores amigos y un centenar de invitados, que deseaban acercarse a él para transmitirle sus más calurosos deseos y felicitaciones, quedaba perfectamente claro que el chico hubiera preferido que los dejaran solos.

Respecto a la novia, cuyos ojos de cervatilla y vestido de seda cortado al bies, el cual resaltaba una figura que quizá podría parecer demasiado delgada, consiguió que incluso sus detractores más fervientes reconocieran que, con independencia de lo que fuera la muchacha (y no había precisamente escasez de opiniones en ese sentido), Athene Forster era una gran belleza. El pelo, que, por lo general, Athene llevaba siempre suelto, cayéndole por la espalda con un estilo algo salvaje, aparecía ahora domado y reluciente, recogido con majestuosidad en la coronilla con ayuda de una tiara de brillantes auténticos. El cutis de otras muchachas quizá se habría visto deslucido por la blancura de la seda, pero el de ella reflejaba una suavidad marmórea. Los ojos, de un aguamarina pálido, habían sido perfilados con profesionalidad y brillaban bajo unas sombras plateadas. En la boca se le dibujaba una sonrisita secreta que no revelaba diente alguno, salvo cuando se giraba hacia su marido y se abría en una ancha sonrisa desinhibida o, de tanto en tanto, se cerraba subrepticiamente en la de él como antesala de una pasión desesperada y privada que ocasionaba que los que se encontraban al lado de ellos rieran nerviosos y desviaran la mirada.

Si el rostro de la madre de Athene, al observar los invitados que «era un día fantástico y un acontecimiento maravilloso», expresaba mucho más que las acostumbradas dosis de alivio, nadie hizo comentario alguno al respecto. Habría sido desconsiderado recordar en un día como ese que varios meses antes todos calificaban a su hija de «incasable»; y si alguien se preguntaba por qué una boda tan sofisticada se había planeado con tantas prisas (solo cuatro meses después de que la pareja se conociera), cuando la novia obviamente no se encontraba en el estado que, por lo general, aceleraba esta clase de trámites, la mayoría de los hombres preferían darse codazos y observar que si el único modo de conseguir ciertos placeres de un modo legítimo era casándose, y la novia parecía un objetivo absolutamente delicioso, ¿por qué molestarse en esperar?

Justine Forster se hallaba sentada y sonriendo animosamente desde la mesa presidencial. Después de haber intentado ignorar el hecho de que su marido, ya de por sí colérico, todavía se sentía enojado por que la fecha de la boda hubiera interrumpido su viaje anual de soldados veteranos a Yprès (¡como si eso fuera culpa de ella!), dato que ya había mencionado al menos tres veces (una incluso durante su discurso), ahora intentaba hacer caso omiso de su hija, la cual, a dos sillas de donde ella estaba sentada, parecía estar obsequiando a su marido con un relato pormenorizado en clave de charla «de chicas» sobre el tema en que se había embarcado con poco tino la noche anterior.

—Ella piensa que la píldora es inmoral, cariño —decía en un susurro Athene, riendo con sorna—. Dice que si, de entrada, vamos a consultar con el viejo doctor Harcourt para que nos haga una receta, el griterío se oirá desde el Vaticano antes de enterarnos incluso nosotros, y nos condenaremos para siempre a ser pasto de las llamas del infierno.

Douglas, que todavía no estaba acostumbrado a esa clase de discusiones tan francas en materia de cama, se esforzaba por aparentar compostura mientras luchaba por desembarazarse de esa ola de deseo tan familiar que le invadía cuando se hallaba ante la mujer que tenía sentada al lado.

—Le he dicho a mi madre que creo que el Papa debe de estar bastante ocupado en otros asuntos como para preocuparse por una chica como yo, que traga caramelitos para el control de la natalidad, pero parece ser que sí. Al igual que Dios, el papa Pablo VI (VIII o como sea que se llame) lo sabe absolutamente todo: si tenemos pensamientos impuros o si no ponemos el dinero suficiente en la cesta de las limosnas. —Athene se inclinó hacia su marido y le dijo, con un susurro lo bastante alto para que su madre la oyera—: Douglas, cariño, es probable incluso que sepa dónde tienes ahora la mano derecha.

De repente, Douglas hizo un aspaviento con la izquierda, e intentó, sin lograrlo, que su mujer se callara. Al no conseguirlo, le preguntó a su recién estrenada suegra si quería que le fuera a buscar un vaso de agua, con las dos manos claramente visibles.

Al no ser demasiado sincero, el azoramiento de Douglas no duró mucho, sin embargo: el muchacho no tardó en decidir que amaba la despreocupación irreprimible de Athene frente a las costumbres y los impedimentos sociales que hasta entonces habían dictado sus vidas. Athene compartía ese punto de vista embrionario de Douglas según el cual la sociedad cada vez era menos importante, los dos podrían ser pioneros y expresarse como gustaran, actuar como desearan con independencia de las convenciones. Douglas tenía que adaptarse a su empleo, que desempeñaba en la propiedad de su padre, pero Athene era feliz llevando su propia vida. No le interesaba demasiado decorar su nuevo hogar («Las madres son muy buenas en esa materia», decía ella), sino que prefería salir a cabalgar con su caballo nuevo (el regalo de compromiso que Douglas le había hecho), echarse junto al fuego para leer un libro y, cuando él no estaba trabajando, irse a Londres a bailar, al cine y, sobre todo, pasar el máximo de tiempo posible en la cama.

Douglas desconocía que pudiera sentirse de ese modo: pasaba los días en un estado de tumescencia distraída, por primera vez en su vida incapaz de concentrarse en el trabajo y en los deberes de la herencia familiar y profesional. Sus antenas, en cambio, estaban sintonizadas a una frecuencia de curvas suaves, telas vaporosas y olores salitres. Por mucho que lo intentara, parecía que no conseguía apasionarse por aquello que antes lo había inspirado tanto, alimentara su creciente preocupación por los entuertos de la clase dirigente y profundizara en la ultrajante cuestión de si la redistribución de la riqueza significaba que él debería deshacerse de parte de sus tierras. Ya nada significaba lo mismo ni era tan interesante como antes. Sobre todo comparado con los encantos carnales de su novia. Douglas, que en una ocasión había confesado a sus amigos que jamás se había implicado con una mujer más de lo que lo había hecho con un coche nuevo (porque ambos, según sus palabras, que obedecían a la confianza banal de la juventud, era mejor cambiarlos al cabo de un año por un modelo más nuevo), se encontraba ahora engullido por un torbellino de sensaciones en el cual no existía sustituto alguno para aquella persona en particular. El joven que siempre había mantenido una distancia escéptica respecto de los complicados avatares de las historias amorosas más apasionadas y se vanagloriaba de su habilidad como observador imparcial, se veía ahora arrastrado hacia un vacío de… ¿lujuria?, ¿obsesión quizá? En cualquier caso las palabras parecían bastante inapropiadas para describir la ciega irreflexividad, la necesidad epidérmica, la voluptuosidad glotona y gloriosa de todo ello. La dura y ambiciosa…

—¿No le concederás a tu chica de siempre uno rapidito?

—¿Qué? —Douglas se quedó mirando fijamente a su padre, ruborizado, el cual había aparecido sin avisar a sus espaldas. Su complexión menuda y enjuta se advertía típicamente enhiesta bajo el chaqué, y su rostro, curtido por el sol y en general observador, aparecía relajado por el alcohol y el orgullo.

—Hablo de tu madre. Le prometiste un baile. Le apetecía dar unos cuantos giros si consigo que la banda toque un *quickstep*. Tienes que cumplir con tus obligaciones, hijo mío. A fin de cuentas, tu coche llegará enseguida.

—Ah, de acuerdo. Claro. —Douglas se levantó, esforzándose por seguir el hilo de sus pensamientos—. Athene, cariño, ¿me disculpas un momento?

—Solo si tu flamante padre le promete a esta jovencita uno rapidito también. —Su sonrisa, maliciosa tras esos ojos grandes e inocentes, le hizo fruncir el ceño.

—Encantado, querida; pero no me recrimines que pasemos bailando junto al viejo Dickie Bentall varias veces. Me gustaría demostrarle que todavía queda un soplo de vida en este viejo colega.

—Me marcho, mamá.

Serena Newton apartó la mirada de su escalope a la milanesa (muy bien hecho, por cierto, aunque no se atrevía a afirmar lo mismo de las setas con crema de leche) y miró con aire de sorpresa a su hija.

—¡Vivi! No puedes marcharte antes que ellos, cielo. Ni siquiera les han traído el coche.

—Le prometí a la señora Thesiger que cuidaría de sus hijos esta noche. Quiero ir a casa primero a cambiarme.

—Eso no me lo habías dicho. Creía que volverías a casa con papá y conmigo.

—Este fin de semana, no, mamá. Te prometo que regresaré dentro de un par de semanas. Me ha gustado muchísimo veros.

Las mejillas de la madre de Vivi eran suaves, cálidas y revelaban unos toques de polvos que les conferían la textura del malvavisco. Llevaba los pendientes de zafiros, los que su padre le había comprado en la India cuando los destinaron a ese país de recién casados. Él había ignorado el consejo del tallador de piedras preciosas, contaba su madre con orgullo, sin hacer caso de las gemas que en teoría eran más valiosas, y se había decidido por dos piedras que pensó hacían juego exactamente con los ojos de Serena Newton. Circundados de diamantes, los zafiros todavía conservaban una profundidad cara y exótica, mientras que la edad y una preocupación permanente habían difuminado la causa de su inspiración.

A sus espaldas oyeron una tanda de aplausos cuando el joven novio sacó a la novia a la pista de baile. Vivi, apartando la mirada de los ojos inquisitivos de su madre, no se inmutó. Se había vuelto bastante buena ocultando sus sentimientos durante esos últimos meses.

—Casi nunca estás en casa —le dijo su madre, cogiéndola por el brazo—. No puedo creer que te marches tan precipitadamente.

—No me voy de un modo precipitado. Ya te lo he dicho, mamá. Tengo que hacer de canguro esta noche —repuso Vivi, sonriendo con un gesto sincero y tranquilizador.

La señora Newton se inclinó hacia delante y colocó una mano en la rodilla de Vivi.

—Sé que esto ha sido tremendamente difícil para ti, cariño —le dijo, bajando la voz.

—¿Qué? —Vivi no pudo ocultar un rubor repentino.

—Yo también fui joven una vez, ¿sabes?

—Claro que sí, mamá, pero la verdad es que tengo que marcharme. Me despediré de papá al salir.

Con la promesa de telefonear y un ligero atisbo de culpabilidad ante la expresión dolida de su madre, Vivi se dio la vuelta y atravesó la habitación, logrando mantener el rostro en dirección a las puertas. Comprendía la preocupación de su madre: parecía mayor, lo sabía, la pérdida le había grabado la huella sombría del conocimiento en el rostro y el dolor aguzaba su perfil en otro tiempo lozano, volviéndolo más plano. «Es irónico, la verdad —reflexionaba Vivi—. Empezar a ganar esas cualidades que tanto había deseado, la delgadez y una especie de sofisticación hastiada, al perder la razón misma de mis anhelos.»

A pesar de ser de natural hogareño, Vivi se había esforzado en regresar con su familia lo menos posible durante los últimos meses. Mantenía conversaciones telefónicas breves, evitando hacer cualquier referencia a los que no pertenecieran a la familia, había preferido ponerse en contacto con sus padres a través de cortos y alegres mensajes escritos en postales graciosas y no dejaba de insistir en que no le resultaba posible ir a casa para celebrar el cumpleaños de su padre, las fiestas del pueblo o la fiesta de tenis anual de los Fairley-Hulme, alegando compromisos laborales, cansancio o una serie ilusoria de invitaciones de sociedad. Vivi encontró trabajo en las oficinas de una empresa textil cercana a Regents Park, y se lanzó a su nueva profesión con un celo misionero que cada día dejaba boquiabiertos a sus superiores por su capacidad de trabajo, a las familias para quienes cuidaba niños, agradecidas, por estar siempre disponible, y a Vivi demasiado exhausta, cuando regresaba al piso que compartía, para poder pensar. Todo lo cual le iba de maravilla.

Después del baile de la partida de caza, Vivi se había dado cuenta de que cada vez que mencionaba el nombre de Douglas con un interés que nada tenía que ver con el de una hermana, sus padres rehuían el tema con suavidad, quizá sabedores de que el muchacho tenía expectativas que ella no podría satisfacer. La chica hacía oídos sordos, sin embargo; quizá, concluyó un tiempo después, había seguido la misma política con él también. Douglas jamás le había mostrado ni el más mínimo atisbo de que el afecto que sentía por ella fuera algo más que un inocente interés fraternal.

Más adelante, al verlo con unos ojos absolutamente distintos, Vivi se resignó a su destino. No porque fuera a encontrar a otra persona, como su madre le había sugerido en repetidas ocasiones. No, Vivi Newton ya sabía que formaría parte de esa minoría desgraciada; la de las chicas que han perdido al único hombre al cual podrían haber amado y que, habiendo considerado las alternativas con atención, deciden que no se comprometerán con nadie.

De nada le serviría contárselo a sus padres, porque armarían un buen alboroto, protestarían y le asegurarían que era demasiado joven para tomar una decisión de tal calibre, pero ella sabía que jamás se casaría. La razón no era que se sintiera tan herida que nunca más fuera capaz de volver a amar (aunque muy dolida se había sentido... tanto, que todavía le resultaba difícil dormir sin sus «ayuditas», la receta de benzodiazepina), ni que, tal y como sucedía, albergara una imagen de sí misma que más se pareciera a una heroína romántica condenada a la fatalidad. Vivi llegó a la conclusión, en ese estilo directísimo en el que concluía muchos de sus pensamientos, de que prefería vivir sola con su pérdida que pasarse la vida entera intentando ser la pareja perfecta de otro hombre.

Había temido este viaje, y considerado un millón de veces qué legítima excusa podría dar para no ir. Había hablado solo una vez con Douglas, cuando el chico quedó con ella en Londres, y descubrió que su felicidad patente y lo que ella solo acertaba a calificar de un nuevo aire de confianza sexual le resultaban casi insoportables. Sin ser consciente de la incomodidad de su amiga, Douglas le había cogido las manos y le había hecho prometer que asistiría: «Eres mi amiga más antigua, Vee; y me haría muchísima ilusión que estuvieras allí ese día. Tienes que venir. Venga, colega, sé buena».

Vivi se marchó luego a casa, lloró durante varios días y, al final, fue buena. Sonrió, cuando deseaba gemir y golpearse los pechos como las mujeres de las tragedias griegas, y arrancar las cortinas de brocado y los estandartes nupciales de sus colgaduras, arañar el horripilante rostro de esa chica y aporrear su cabeza, sus manos, su corazón, para destruir todo aquello que en ella Douglas tanto amaba. Conmocionada entonces por ver que era capaz de albergar tan negros pensamientos sobre un ser humano (y teniendo en cuenta que en una ocasión lloró toda una tarde después de haber matado un conejito por accidente), Vivi volvió a sonreír. Con una sonrisa luminosa, benevolente, esperando contra todo pronóstico que si mostraba una fachada pacífica durante el tiempo suficiente, si seguía persuadiéndose de que tenía que vivir una vida normal en apariencia y dejar que un día sucediera a otro, algo de ese equilibrio ficticio podría volverse real.

La madre de Athene había sorprendido a su hija fumando en las escaleras. Con el traje de novia puesto, las piernas abiertas y sacando el humo como una asistenta, la muchacha fumaba un cigarrillo que, a juzgar por las apariencias, le había pedido a un miembro del personal del bar. La señora informó a su marido del descubrimiento con un tono de rabia queda, y logró sorprenderlo incluso a él cuando le relató la reacción subida de tono de la chica.

—En fin… Ahora ya no es mi responsabilidad, Justine —respondió el coronel Forster, reclinándose en la butaca dorada y apretando el tabaco de su pipa, sin querer mirar a su mujer a la cara, como si también ella fuera cómplice de esa indiscreción—. Nosotros ya hemos cumplido con la chica.

Su esposa se lo quedó mirando durante unos instantes y luego se volvió hacia Douglas, que estaba calentando un brandy en su mano, meditando con el aire de madurez que la copa de balón parecía imponerle.

—¿Ya comprendes lo que te llevas? —El tono de voz de la madre de Athene implicaba que no había perdonado a su hija su anterior indiscreción.

—La chica más deliciosa de toda Inglaterra, en lo que a mí respecta. —Douglas, saciado de alcohol, cordialidad y deseo sexual, se sentía magnánimo, incluso hacia esos suegros de rostro amargo. Estaba recordando la noche en la que le pidió que se casara con él, el día que separaba las dos vidas de Douglas en una especie de antes y después de Athene, en la cual esa segunda etapa significaba no tanto la iniciación de una especie de rito de paso cuanto un cambio fundamental en su identidad y la manera de sentirse vinculado al mundo.

Para él, un hombre ya casado, ese día parecía determinar un punto de inflexión: un vasto salto desde una división en la cual había vivido como alguien en perpetua búsqueda, experimentando con timidez nuevas actitudes y opiniones, distintas maneras de ser, hasta un espacio situado en el otro extremo y que lo calificaba con el sencillo apelativo de Un Hombre. Athene le había otorgado ese poder. Se sentía como una roca bajo la cual se guarecía el yo mercurial y cambiante de su amada, y la individuación de esa mujer le otorgaba una sensación de solidez, de seguridad. Ella trepaba hacia él como la hiedra, colgante y hermosa, un duendecillo parasitario y bienvenido. Douglas supo desde la noche en que la vio por primera vez que ella le pertenecía: la muchacha despertó un dolor, la sensación inesperada de una carencia, de saber que una parte fundamental de él estaba, sin que lo supiera de antemano, insatisfecha. Ella le hacía pensar en sí mismo de ese modo, lírico, fatalista. Ni siquiera sabía que esas palabras formaran parte de su vocabulario. Al principio, cuando consideró la idea de casarse, lo hizo con una especie de esperanza moribunda: era el modo de actuar cuando se encontraba a la chica adecuada. Era lo que se esperaba de él y, como siempre, Douglas satisfacería esas expectativas. Sin embargo, ella se quedó en pie en el ascensor del restaurante londinense donde acababan de cenar y, sin importarle la gente que esperaba haciendo cola tras ellos, colocó un pie infantil para atrancar las puertas del ascensor y, riendo a carcajadas (como si, cuando las palabras burbujearon inesperadamente de su boca trémula, él le hubiera sugerido algo extraordinariamente divertido), ella le había dicho que sí. ¿Por qué no? Era divertido. Se habían besado luego, con alegría, con glotonería, mientras las puertas del ascensor avanzaban y retrocedían pesadamente en un frenesí de propósitos frustrados, y la cola de gente que esperaba detrás crecía, murmuraba con enfado y, finalmente, se marchaba por las escaleras. Douglas se había dado cuenta de que su vida no seguía un curso predestinado, sino que se había desviado gracias a la intervención de una posibilidad fantástica.

—Es necesario que le metas en la cabeza un poco de responsabilidad.

Douglas se sobresaltó, echando la cabeza hacia atrás.

—¡Anthony! —le recriminó Justine Forster, frunciendo los la-

bios. Abrió entonces la polvera y examinó su maquillaje—. Ella…
Lo que ocurre es que ella puede llegar a ser muy difícil.

—A mí me gusta como es. —El tono de voz de Douglas era de
beligerancia controlada.

Athene lo había arrastrado a salas de baile dirigidas por negros y
situadas en los barrios más sucios de Londres, riñéndole si él manifestaba fastidiosas angustias y obligándole, en cambio, a bailar con
ella, a acompañarla bebiendo, riendo, viviendo, en resumen. Dado
que ella parecía encontrarse absolutamente cómoda en esos lugares,
en raras ocasiones se materializaron los peores miedos de Douglas, y
el muchacho se vio obligado a revisar sus propias creencias sobre la
gente pobre, las personas de color o, en última instancia, los individuos que no eran como él. Junto con sus temores, Douglas se obligó
a despojarse de ciertas inhibiciones, fumaba y bebía ron negro, y
cuando estaban solos, se permitía aventurarse sexualmente con Athene de un modo que, a juzgar por la educación que había recibido,
podía calificarse no solo de atrevido, sino probablemente ilegal.

La cuestión era que a ella no le importaba. Le daba igual ir de
compras, la moda, los muebles y todas las cosas que tanto le habían
aburrido a él y que eran patrimonio de la mayoría de las chicas que
conocía. Podría decirse que Athene era descuidada con sus pertenencias: al final de una noche de baile, solía quitarse los zapatos, quejándose de que eran un fastidio, y luego olvidaba llevárselos a casa.
Después, cuando se percataba de que no iba calzada, no dejaba tras-
lucir la llorosa sensación de pérdida que otra chica habría mostrado
y todavía menos la angustia de pensar en cómo volvería a casa, sino
que se limitaba a encogerse de hombros y reír. Siempre habría otro
par de zapatos, decía su risa. Preocuparse por esas cosas era un verdadero engorro.

—Sí, ya. Bueno, querido, no digas que no te lo advertimos.
—Justine Forster vigilaba un trozo de pastel de boda como si fuera a
saltarle encima y a morderla.

—Una boba —dijo el coronel Forster, encendiendo la pipa.

—¿Qué?

—Nuestra hija. De nada sirve andarse por las ramas. Ha tenido
una suerte de mil demonios casándose.

—¡Anthony! —exclamó la señora Forster, mirando a hurtadillas a Douglas, aprensiva, como si tuviera miedo de que el comentario condenatorio de su esposo pudiera, de repente, inducir a su nuevo hijo político a anunciarles que había cambiado de idea.

—Oh, venga ya, Justine. Vive rodeada de jóvenes irresponsables, y eso la ha convertido en una irresponsable. Desagradecida, irresponsable y boba.

—Yo no creo que sea irresponsable —protestó Douglas. Atónito al pensar que sus padres pudieran llegar a hablar de él de ese modo, se vio obligado a defender a su novia—. Creo que Athene es valiente, original y hermosa.

El padre de Athene lo miró como si el muchacho acabara de admitir que era un rojo.

—Ya, bueno… Se entiende que no quieras que hablemos de ella en estos términos. Nunca se sabe adónde nos podría llevar. Tú procura centrarla un poquito. De otro modo, terminará siendo una inútil.

—No habla en serio, Douglas. Solo quiere decir que… bueno, que quizá en ocasiones hemos sido un poco permisivos con ella.

—¿Permisivos con quién? —preguntó Athene, apareciendo detrás de Douglas. El chico olió a Joy y a humo de cigarrillo, y el estómago le dio un vuelco. Su suegro gruñó y se giró—. ¿Estáis hablando de mí?

—Estábamos diciendo que nos alegra muchísimo que hayas sentado la cabeza. —El tono de voz de Justine Forster era conciliador; aunque con un gesto de la mano sugería que preferiría dar por terminada esa conversación.

—¿Quién dice que vayamos a sentar la cabeza?

—No seas obtusa, querida. Ya sabes lo que quiero decir.

—No, no lo sé. Douglas y yo no tenemos intención de sentar la cabeza, ¿verdad, cariño? —Douglas notó su fría mano en la nuca—. De ningún modo, si eso implica terminar como vosotros dos.

—No voy a hablar contigo, Athene, si te muestras deliberadamente grosera.

—No soy una maleducada, madre. Ni tan grosera como es obvio que estabas siendo tú en mi ausencia.

—Una chica muy boba —murmuró el padre.

Douglas se sentía incomodísimo.

—Creo que son muy injustos con Athene —aventuró a decir.

—Douglas, querido, tú tienes muy buenas intenciones, pero no tienes ni idea de los líos en los que nos ha metido Athene.

La muchacha se inclinó y le cogió el brandy, como para examinar el contenido con aire despreocupado, y entonces se tragó el líquido ámbar de un solo trago.

—Oh, Douglas, no los escuches —dijo ella, dejando a un lado la copa y tirándole del brazo—. Son unos pesados. A fin de cuentas, este es nuestro día.

Al cabo de unos minutos, y ya en la pista de baile, Douglas casi había olvidado la conversación, perdido en la apreciación personal de las curvas vestidas de seda de su mujer, el aroma de su pelo, el tacto ligero de las manos de ella en su espalda. Cuando Athene le miró, tenía los ojos húmedos, con el brillo que confieren las lágrimas.

—Ahora que estamos casados no tenemos por qué verlos. —No era una pregunta, pero parecía que le exigiera alguna clase de garantía—. No tenemos que pasar la mitad de nuestro tiempo como muermos envarados, participando de horribles reuniones familiares.

—Podemos hacer lo que queramos, cariño mío —le susurró él junto a su cuello—. Ahora solo contamos nosotros. Podemos hacer lo que queramos. —Disfrutaba del sonido de su propia voz, la autoridad y el consuelo que prometían.

Athene lo estrechó con más fuerza, con un abrazo sorprendentemente intenso, el rostro oculto en su hombro. Por culpa del volumen de la música, sin embargo, Douglas no fue capaz de entender su respuesta.

—No tardaré más de un minuto —dijo la chica de los vestuarios—. Algunos resguardos se han separado de los abrigos. Necesitamos un minuto para clasificarlos todos.

—Muy bien —respondió Vivi, dando patraditas de impaciencia por marcharse. Los sonidos de la recepción aparecían ahogados, amortiguados por la extensión de moqueta que decoraba pasillos y escaleras. Junto a ella ancianas damas pasaban acompañadas hacia el tocador, y los niños pequeños, sin zapatos, iban patinando arriba y abajo, bajo la mirada colérica del personal uniformado y rígido. No regresaría a casa hasta Navidad. Era muy probable, por otro lado, que Douglas y esa mujer se hubieran marchado de vacaciones (todavía no tenía el valor de llamarla por su nombre, por no hablar de describirla como «su esposa»). Su familia, después de todo, era muy aficionada al esquí.

Sería más fácil, ahora que quedaba claro que su madre lo comprendía; y si el deseo de estar con sus padres era demasiado insoportable, siempre podría invitarlos a Londres, persuadir a su padre de que programara un fin de semana en la capital. Ella les enseñaría el mercado de antigüedades que hay detrás de Lisson Grove, los llevaría al zoo, tomarían un taxi para ir al salón de té Vienés, de St. John's Wood, y los obsequiaría con café espumoso y pastelitos especiados. Por entonces quizá ya no pensaría en Douglas en absoluto. A lo mejor ya no tendría la sensación de dolor físico.

Tardaban muchísimo en traerle el abrigo. Advirtió que, a su lado, había dos hombres fumando, enfrascados en la charla y con los resguardos en la mano, asidos con toda naturalidad.

—Alfie ha dejado bien claro que se marchará a Wimbledon. De todos modos, tienes que admitir que le ha salido bien la jugada. Quiero decir, que si te va a llevar al altar una que…

Ni siquiera se sobresaltó. Vivi fingió estar absorta ante un grabado colgado de la pared, preguntándose de nuevo cuánto tiempo tardaría esa inmovilidad exterior en traspasar su interior.

Casi veinte minutos después su madre se plantó frente a ella, con su traje bueno de lana bouclé y la cartera de mano por delante, como si se tratara de un escudo.

—Sé que no ha sido fácil —le decía—, pero no veo por qué tienes que marcharte corriendo hoy mismo. Ven a casa conmigo y con papá.

—Ya te he dicho que…

—No permitas que te echen de tu propia casa. El coche ya se ha ido; y ellos estarán lejos durante, al menos, dos semanas.

—Es que no es eso, mamá.

—No te lo diré más, Vivi; pero es que no podía dejar que te marcharas sin hablar claro contigo. No sigas alejándote. No me gusta pensar que estás sola en Londres. Eres muy joven todavía. Además, te echamos de menos, papá y yo. ¿Has perdido el resguardo?

Vivi estaba contemplando, sin verla, su mano vacía y abierta.

—Ah, creía que se había marchado. De todos modos, estoy segura de que sabremos encontrar su abrigo.

—Lo siento —murmuró Vivi, con un gesto de abatimiento—. Tendría que... Debo de tener algún penique por aquí.

—Papá tiene muchas ganas de estar contigo. Quiere que nos ayudes a elegir un perro. Al final, ha accedido a que tengamos uno, ¿sabes? Aunque cree que sería mejor para los dos que lo eligierais juntos. —La expresión de su madre era esperanzada, como si los placeres de la infancia pudieran borrar el dolor de la madurez—. ¿Un espaniel, quizá? Sé que siempre te han gustado los espaniels.

—¿Es verde?

—Perdón, ¿cómo dice?

La empleada de guardarropía intentaba ocultar su irritación con una sonrisa.

—Su abrigo, ¿es el verde, con botones grandes?

La mujer señalaba una hilera de abrigos a su espalda. Vivi entrevió el familiar color botella.

—Sí —dijo con un susurro.

—Oh, Vivi, querida, créeme: lo entiendo de verdad.

La compasión había empañado los ojos de la señora Newton. Esa mujer olía a los aromas que poblaron la infancia de Vivi, y la muchacha luchó contra el impulso de lanzarse en brazos de su madre y dejar que la consolara. Sin embargo, ya no existía consuelo alguno para ella.

—Sé lo mucho que amabas a Douglas, pero él... En fin, así están las cosas ahora. Ha encontrado su... su camino en la vida, y tú tienes que salir adelante. Superarlo.

—Ya lo he superado, mamá —puntualizó Vivi con una voz tensa y forzada.

—Odio verte así. Tan triste y... bueno, quiero que sepas... aunque no quieras hablar conmigo... porque yo ya sé que las chicas no siempre quieren confiar en sus madres... que lo comprendo de verdad. —La señora Newton acarició el pelo de Vivi, apartándolo de su rostro, con un gesto maternal e irreflexivo.

«No, mamá, no lo entiendes», pensó Vivi con las manos todavía temblorosas y el rostro blanco por lo que acababa de oír. Ese dolor no se originaba en los sentimientos que su madre adivinaba. Esa clase de dolor era prácticamente fácil de soportar. Había conseguido alcanzar una especie de ecuanimidad al consolarse a sí misma con el pensamiento de que él sería feliz. De eso se trataba, ¿no? En eso consistía amar a alguien. Pensar que, al menos, tu deseo era que fueran felices.

A pesar de que su madre quizá pudiera entender su sufrimiento, su anhelo, la sensación de dolor ante la pérdida del hombre amado, lo que no habría comprendido es la conversación que Vivi acababa de verse obligada a oír; ni los motivos de que Vivi ya adivinara, con un desconsuelo que le roía las entrañas, que jamás podría repetir esas palabras a nadie.

—De todos modos, tienes que admitir que le ha salido bien la jugada. Quiero decir, que si te va a llevar al altar una que…

—Sí, ya, pero aun así…

—¿Qué?

—Hablemos claro, el chico tendrá que ir con ojos bien abiertos.

—¿A qué te refieres?

—¡Por Dios! Esa chica es una fulana.

Vivi se quedó muy quieta. La voz del hombre se había fundido en un murmullo, como si se hubiera dado la vuelta para hablar.

—Tony Warrington la vio el martes. Tomaron una copa «por los viejos tiempos», como le dijo ella. Solían salir juntos, durante la época en que él vivía en Windsor. Lo que ocurre es que la idea que ella tenía de «los viejos tiempos» era mucho más parecida a «los buenos tiempos», tú ya me entiendes.

—No fastidies.

—Y una semana antes de la boda. Tony me contó que él ni siquiera tenía ganas. No estaba en buena forma y no le apetecía, pero ella se le echó encima como una furia.

A Vivi le zumbaban los oídos. Intentó mantener el equilibrio apoyándose con una mano.

—¡Qué chungo!

—Pues sí, pero no se lo digas a nadie, tío. No tiene ningún sentido estropearles el día. De todos modos… me da bastante pena el pobre Fairley-Hulme.

4

Douglas se recostó en la silla, chupó con aire absorto la punta del bolígrafo y se quedó contemplando las distintas láminas de los abigarrados planos que tenía enfrente. Había tardado varias semanas, trabajando hasta bien entrada la noche, pero estaba absolutamente seguro de que eran correctos.

Basaba sus ideas, en parte, en una mezcla de ideales comunes a los grandes reformadores sociales, una especie de programa utilitarista para vivir, y en lecturas sobre los criterios de Estados Unidos, que actuaban de un modo más comunitario. Era muy radical, admitámoslo, pero el muchacho pensó que podría salir bien. «No —se dijo a sí mismo, corrigiéndose—. Sé que saldrá bien; y además eso cambiará de raíz el aspecto de la propiedad.»

En lugar del inmenso rebaño de vacas frisonas (de cuyas normas y regulaciones, desde la introducción de la Política Agrícola Común, su padre no dejaba de quejarse diciendo que volvería al hombre juicioso en un imbécil de tomo y lomo), se cederían cien acres para fundar una comunidad que se autoabasteciera. Los individuos que intervinieran en el reparto podrían vivir en las casonas abandonadas y en ruinas destinadas a los campesinos, que arreglarían ellos mismos con madera procedente del bosque Mistley. En las proximidades había un manantial, junto con unos antiguos establos, que podrían ceder asimismo para la cría de un reducido número de animales de granja. Si venían trabajadores y artesanos, estos incluso podrían abrir un taller en los alrededores, vender alfarería o productos derivados y quizá contribuir con un pequeño porcentaje de los beneficios a restituir la inversión que haría la propiedad.

Respecto a los cuatro campos de Page Hill, los que en la actualidad se dedicaban al cultivo de la remolacha azucarera, podrían dividirse en minifundios que permitieran a la gente del pueblo cultivar sus propias verduras. Existía un mercado creciente para los productos alimentarios de carácter artesanal, y cada vez había un mayor número de personas que deseaba «regresar a la naturaleza». Los Fairley-Hulme establecerían un alquiler mínimo y cobrarían parcialmente en especies.

Sería como un regreso a la granja arrendada, la vuelta al estilo ancestral de la familia pero sin la actitud feudal; y el plan sería autosuficiente. Incluso puede que diera beneficios. Si funcionaba muy bien, el dinero sobrante podría invertirse en algún otro proyecto, quizá un programa educativo. Como, por ejemplo, uno que enseñara a los delincuentes del pueblo algo productivo y que versara tal vez sobre gestión de la tierra.

La propiedad era demasiado grande para que la dirigiera un solo hombre. Se lo había oído decir a su padre un millón de veces, como si Douglas no fuera lo bastante hombre para ser incluido en el proyecto. Contaban con el gerente de la propiedad, por supuesto, el capataz y los peones, el guardabosque y un hombre para trabajillos diversos, pero la responsabilidad última de todo lo que sucediera recaía en Cyril Fairley-Hulme, una responsabilidad que hacía ya cuarenta años que ejercía; lo cual ya no significaba tan solo dirigir la explotación de la tierra, sino que implicaba realizar cálculos complejos sobre subsidios, con su consiguiente incremento en el uso de maquinaria, una menor diversificación y la implantación de más herbicidas y fertilizantes químicos. Todo lo cual contribuía a que su padre siguiera protestando, descontento, y argumentara que si tenía que desenterrar más setos, más le valdría vender los animales, convertir la propiedad en una de esas granjas de cultivo de estilo americano y terminar con todo, mientras que los trabajadores de más antigüedad, los que habían aprendido a arar con caballos, especulaban con la idea de que si prescindían de los animales, llegaría un momento en que ya no necesitarían a los humanos.

El breve período de análisis introspectivo que siguió al momento en que conoció a Athene le hizo darse cuenta a Douglas que jamás se había sentido verdaderamente cómodo con la idea de heredar la propiedad Dereward. De algún modo, percibía que no se lo había ganado a pulso: en una época en la cual el nepotismo y el feudalismo agonizaban de muerte, no le parecía correcto asumir una posición de mayor relieve, gracias a la cual él, que todavía no había cumplido los treinta, adquiriría el derecho de dirigir la propiedad y ser responsable de las vidas de todos los que dependían de ella.

La primera vez que le esbozó el tema a su padre, el viejo lo miró como si fuera comunistoide. Puede que incluso empleara esa palabra; y Douglas, que era lo bastante astuto para comprender que su padre no iba a tomarse en serio un plan que no estuviera lo bastante estudiado, se tragó sus palabras y se marchó a vigilar la desinfección de la planta lechera.

Sin embargo, ahora tenía un conjunto de propuestas muy concretas, e incluso su padre tendría que admitir que, con toda probabilidad, contribuirían a lanzar a la propiedad hacia el futuro para convertirla en un modelo no solo de perfección agrícola, sino también de cambio social. Douglas, por consiguiente, podría enmarcarse en la tradición de los grandes reformistas: Rowntree y Cadbury, aquellos que habían pensado que amasar dinero no lo era todo, a menos que eso condujera a una mejora social y medioambiental. Se recreó con imágenes de trabajadores satisfechos que consumían alimentos de carácter artesanal y estudiaban para prosperar en lugar de licuar cuello abajo el sueldo semanal en el White Hart. Era 1965. Todo cambiaba con rapidez, aun cuando los habitantes de Dere Hampton no quisieran reconocerlo.

Douglas ordenó las páginas con cuidado y las dejó con reverencia en una carpeta que se colocó bajo el brazo. Hizo lo posible por ignorar el montón de cartas a las cuales todavía no había respondido. Durante el mes pasado se había dedicado a eludir las quejas de excursionistas y de gente que paseaba al perro sobre el hecho de que el joven hubiera levantado una valla de señalización en la parte central de las setenta y cinco hectáreas de campos que conducían al bosque para separar en dos terrenos el pasto del ganado. (Siempre le habían gustado las ovejas. Todavía recordaba con cariño los días que pasó de jovencito con un pastor de ovejas de Cumbria que contaba los animales empleando un antiguo e incomprensible dialecto: *Yan, tan, tethera, pethera, pimp, sethera, lethera, hovera, covera, dik*... La cuestión de que los habitantes del pueblo todavía pudieran seguir paseando por el campo no los amilanó: decían que no les gustaba que los delimitaran «a punta de bolígrafo». Douglas sintió tentaciones de replicar que podían considerarse afortunados por tener acceso al lugar y que si la propiedad estuviera asegurada en el orden financiero gracias a esa clase de medidas, se vendería en parcelas para urbanizar, como la propiedad Rampton, magnífica en otro tiempo y situada a algo más de seis kilómetros. A ver qué les parecería eso.

Sin embargo, consciente de que como un Fairley-Hulme que era se veía obligado, como mínimo, a mantener la boca cerrada ante las opiniones de los habitantes del lugar, les aconsejó que escribieran sus quejas en una carta y que él haría todo lo posible por atenderlas.

Consultó el reloj y tamborileó con los dedos el costado del escritorio en una mezcla de nervios y excitación. Su madre debía de estar preparando el almuerzo. Cuando su padre se retirara al despacho para dedicar su media hora habitual al «papeleo» (lo cual a menudo implicaba cerrar los ojos durante unos instantes; solo para dejar sedimentar las cosas, claro), le propondría sus ideas; y a lo mejor imprimiría su propia huella, más contemporánea, en la propiedad Dereward.

Algo más lejos, la madre de Douglas Fairley-Hulme se sacaba los guantes y el sombrero y guiaba a los perros hacia el cuarto de los trastos, advirtiendo por el reloj de la pared del vestíbulo que había llegado a casa casi media hora antes del almuerzo. La verdad, no había gran cosa que organizar; la mujer se había marchado con la expectativa de que, al menos, la invitaran a tomar un café, y ya lo había preparado todo de antemano. Sin embargo, a pesar de haber recorrido toda esa distancia y de aparecer en el umbral azotada por los vientos (cada año olvidaba lo mucho que puede sorprendernos el mes de marzo), con todo el aspecto, como era de esperar, de necesitar tomar algo, su nuera se había negado a invitarla a pasar.

No había empezado bien con Athene. Le costaba entender cómo esa chica podía llevarse bien con alguien. Era una pesada, siempre exigiendo imposibles a Douglas y casi nunca predispuesta a cambio a hacer lo que haría una esposa para apoyar a su marido. Sin embargo, Cyril le había dicho que tendría que esforzarse un poco más si querían ser amigas. «Ve a tomar un café por la mañana, por ejemplo. Douglas dice que se aburre. A él le convendría que fuerais amigas.»

A la señora Fairley-Hulme nunca le había gustado en especial la compañía de otras mujeres. Demasiados chismorreos y preocupaciones por cosas que nada importaban. Una de las desventajas de ser la matriarca de la propiedad era que la gente de algún modo esperaba que siempre estuvieras enfrascada en una conversación, que charlaras de fruslerías durante las reuniones matutinas de beneficencia y durante las fiestas del pueblo, cuando lo que únicamente deseaba ella era estar en casa y dedicarse a su jardín. No obstante, como eran muy pocas las ocasiones en que Cyril le pedía algo específico por su parte, la señora Fairley-Hulme se había encaminado, pensando que estaba cumpliendo con su deber, por el sendero que atravesaba los campos y que, al cabo de tres kilómetros, conducía a Philmore House, la enorme residencia estilo reina Ana que, con ocasión de su boda, hacía ya dos años, Cyril le había regalado a su hijo único.

Athene llevaba puesto el camisón, a pesar de que ya eran pasadas las once. Tampoco parecía que le importara demasiado que la hubieran sorprendido de esa guisa. «Lo siento muchísimo —le había dicho, sin parecer sentirlo en absoluto. Athene se mostró sorprendida durante unos instantes, pero luego esgrimió una sonrisa anodina y encantadora—. Hoy no recibo visitas.» Se cubrió con la mano el amago de un bostezo mientras la bata de cloqué revelaba un camisón finísimo y, peor aún, un buen trecho de escote debajo, a pesar del riesgo implícito de que pudiera pasar por ahí alguno de los hombres que trabajaban en la propiedad.

La madre de Douglas se sintió incomodísima ante esa falta inconmensurable de decoro. «Había pensado que podríamos tomar una taza de café juntas —le había dicho, obligándose a sonreír—. Apenas te vemos en la casa últimamente.»

Athene echó un vistazo a lo lejos, con un semblante de contrariedad distraída, como si a su suegra le hubiera seguido una falange de visitantes, ávidos todos ellos de té y conversación.

—Cyril estaba… Los dos nos preguntábamos cómo estabas.

—¡Qué amables! He tenido muchísimo que hacer. —La sonrisa de Athene flaqueó un poco al no moverse su suegra—. Además, hoy me siento muy cansada; por eso no recibo a nadie.

—He pensado que podríamos charlar un ratito. De cosas…

—Uy, no, no; pero es muy amable de tu parte haber pensado en mí.

—Hay un par de cosas que me gustaría que tú…

—Me ha encantado saludarte. Estoy segura de que volveremos a vernos muy pronto.

Después de ese breve intercambio de palabras, un adiós nada afectuoso y ni siquiera barruntar una disculpa, Athene cerró la puerta principal. Su suegra, quien, en general, llamaba al pan, pan y al vino, vino, se quedó tan estupefacta que ni siquiera se sintió ofendida.

De hecho, a pesar de ser una mujer bastante categórica, no estaba muy segura de cómo describir ese giro de los acontecimientos a su marido. ¿Qué podría esgrimir en contra de su nuera? ¿Que la chica la había recibido en camisón? A lo mejor Cyril encontraría el detalle encantador; peor aún, quizá empezaría a imaginar cosas, y ella ya sabía adónde les podría conducir todo eso. ¿Que Athene se había negado a invitarla a tomar café? Cyril simplemente diría que debía haberla avisado de antemano, telefonearla antes de salir de casa. Esa era una de las cosas que la sacaban más de quicio, la férrea determinación de su marido a mostrarse justo. Decidió no contarle nada, pero cuando Douglas llegó, se lo llevó en un aparte y le dijo a bocajarro que si su esposa no quería vestirse con un mínimo de dignidad, al menos no debería ir a abrir la puerta. Tenían un apellido que honrar. Cuando el chico la miró sin comprender nada, la mujer sintió un arrebato repentino de temerosa protección, combinado con la arrogancia distante de pensar que el muchacho era muy parecido a su padre. «Les adviertes durante toda su juventud. Durante años, quizá; y de nada sirve cuando entran en juego chicas de esa calaña.»

Cyril Fairley-Hulme dejó la servilleta sobre la mesa y echó un vistazo al reloj de pared, como hacía cada día durante los breves minutos que transcurrían entre el final de la comida y el momento en el cual su esposa se levantaba y le preguntaba si le apetecía una taza de café antes de marcharse al estudio. A su espalda la radio daba la previsión del tiempo en un tono mesurado, como sucedía al terminar cada comida, y los tres observaron un minuto de silencio para que el padre pudiera escuchar el boletín.

—Perfecto —dijo Cyril con voz queda. A continuación, como recalcando algo muy pensado, espetó—: Tu pastel de liebre es insuperable.

—Delicioso. Gracias, madre. —Douglas se quitó la servilleta del regazo y la dejó sobre la mesa, hecha un guiñapo.

—Es una de las tartas de Bessie. Le diré que os ha gustado. ¿Tenéis tiempo de tomar un café? —La mesa del comedor estaba dispuesta, como siempre, con pulcra formalidad, y con la porcelana buena, a pesar de lo cotidiano de la ocasión. Rosemary cogió los platos y se marchó de la sala, con andares erguidos.

Douglas la observó mientras desaparecía, notando que las palabras se resistían a salirle por la boca, compitiendo con una sensación galopante en el pecho.

Su padre dedicó unos minutos a llenarse la pipa con aire meditabundo y luego la encendió, con el rostro bronceado y enjuto fruncido en curtidas arrugas de concentración. Luego echó un vistazo al muchacho, sorprendido de que no se hubiera marchado al llegar esa parte de la rutina diaria.

—Dennis va a sembrar los tubérculos esta tarde.

—Sí —respondió Douglas—. Iré con él cuando me levante.

Su padre apagó una cerilla consumida y perjuró bajito entre dientes, mirando inconscientemente la puerta por donde había salido su mujer.

—Hay que asegurarse de que comprenda bien la distancia. El año pasado los plantó demasiado juntos.

—Sí, padre, ya me lo dijiste. Hablaré con él.

El señor Fairley-Hulme volvió a mirar la pipa.

—¿Esperando la cosecha? —le preguntó, alegre.

—¿Qué? Ah… —A veces era difícil reconocer cuándo su padre bromeaba—. No, no. En realidad, padre, quería hablar contigo de una cosa.

La pipa seguía encendida. Su padre se recostó en la silla y exhaló un hilillo de humo, con el rostro relajado durante unos segundos.

—Dispara —le dijo con ingenio.

Douglas lo miró y luego bajó los ojos, intentando recordar dónde había dejado la carpeta. Se levantó, la fue a buscar al vestidor y empezó a sacar cuartillas, depositándolas con esmero sobre la mesa, delante de su padre.

—¿Qué es esto?

—Es de lo que quería hablarte. Se me han ocurrido varias cosas. Para la propiedad.

Douglas recolocó dos páginas, luego se apartó, observando a su padre, que se inclinaba hacia delante para mirarlas con atención.

—¿Tienes nuevas ideas para la propiedad?

—Lo he estado pensando muchísimo. En fin, desde aquella historia en que tuviste que hablar con la PAC y considerar abandonar el negocio lácteo. Podríamos hacer las cosas de un modo distinto.

Cyril observó impasible la explicación balbuceante de su hijo. Luego bajó la cabeza y contempló la página.

—Pásame las gafas.

Douglas, siguiendo el dedo de su padre, encontró las gafas y se las tendió. Oía a su madre en la cocina, colocando la vajilla sobre la bandeja, y el sonido de los armarios que se abrían y cerraban. La sangre le subió a los oídos. Metió las manos en los bolsillos y luego las volvió a sacar, luchando contra el impulso de saltar hacia delante para señalarle párrafos aislados de las distintas páginas.

—Hay un mapa ahí abajo —dijo, incapaz de contenerse más—. He coloreado los campos para clasificarlos según su uso.

El tiempo parecía transcurrir muy lentamente, hasta que finalmente tuvo la impresión de que se detenía. Douglas, sin apartar la vista de la cara de su padre, no percibió ni el más mínimo rastro de emoción mientras el hombre iba escrutando las páginas metódicamente. En el exterior los perros ladraban enloquecidos ante la presencia de algún ofensor.

Su padre se quitó las gafas y se reclinó despacio en la silla. Se le había apagado la pipa y, tras examinarla, la dejó sobre la mesa, junto a él.

—¿Eso es lo que te enseñaron en la facultad de agricultura?

—No. De hecho, son ideas absolutamente propias. Quiero decir que he estado leyendo bastante, sobre los kibbutz; y, claro que tú ya conoces a Rowntree, pero…

—Lo digo porque si es así, hemos malgastado hasta el último jodido penique enviándote allí.

Le salió con fuerza, como si un arma hubiera expulsado esas palabras, y Douglas pegó un salto, como si hubieran impactado físicamente en él.

El rostro de su padre, como era habitual, no revelaba prácticamente emoción alguna. Sin embargo, un brillo extraño iluminaba sus ojos, y una palidez leve bajo la tez tosca sugería una intensa rabia reprimida.

Se quedaron sentados y en silencio, sin apartar la mirada el uno del otro.

—Creía que tenías sentido común. Creía que te habíamos educado con la noción de lo que estaba bien y lo que…

—Es cierto. —Douglas notó que su propia voz se elevaba en un tono de protesta—. Está bien devolver algo a la gente. Está bien que todos compartamos la tierra.

—Regalarlo todo, ¿eso es lo que tengo que hacer? ¿Fragmentarlo en parcelas para quien las quiera? ¿Pedirle a la gente que se ponga en fila?

—Seguiría siendo nuestra tierra, papá. Solo permitiríamos que otras personas la trabajaran. Ni siquiera la utilizamos como es debido.

—¿Tú crees que la gente de los alrededores quiere trabajar la tierra? ¿Se lo has preguntado a alguien, por un casual? Los jóvenes no quieren arar, ni cavar la tierra. No les gusta estar al aire libre cuando hace mal tiempo, sacando hierbajos y esparciendo estiércol. Quieren vivir en la ciudad, escuchar música moderna y toda esa clase de cosas. ¿Sabes cuánto tiempo tardé el año pasado en encontrar braceros suficientes para poder recoger el heno?

—Ya encontraremos gente. Siempre hay personas que necesitan un empleo.

Su padre golpeaba los papeles con la punta del dedo, en señal de disgusto.

—Esto no es un experimento social. Es nuestra sangre, nuestro sudor ha regado estas tierras. No puedo creer que haya educado a un hijo mío, le haya enseñado todo lo que sé de esta propiedad, para que a él le apetezca regalarla. ¡Ni siquiera venderla, carajo! Regalarla. Eres... ¡Eres un mariconazo!

Espetó esas palabras a su hijo, como si estuvieran cargadas de bilis. Solo en muy raras ocasiones Douglas había oído a su padre alzarle la voz y descubrió que estaba temblando. Intentó reponerse para hacer frente a la rabia concentrada de su padre y entonces vio a su madre, de pie, quieta, junto a la entrada, con la bandeja en la mano.

Sin pronunciar ni una palabra, su padre se levantó y pasó junto a ella, dando grandes zancadas y calándose el sombrero al marcharse.

La madre de Douglas dejó el café sobre la mesa y se quedó mirando fijamente a su hijo, cuya expresión reflejaba la misma mirada de conmoción e infelicidad contenidas que puso cuando tenía ocho años y su padre le pegó por haber dejado que uno de los perros entrara en el cobertizo del paritorio. Luchó por reprimir el impulso de consolarlo y, en lugar de eso, le preguntó con cautela qué había sucedido.

Douglas tardó unos segundos en contestar, y la mujer se preguntaba si el muchacho no estaría intentando reprimir las lágrimas. Al cabo de un rato, Douglas señaló con un gesto de la mano unos papeles que había sobre la mesa.

—Se me habían ocurrido unas ideas que podríamos haber desarrollado en la propiedad. —Se detuvo, y luego dijo con voz quebrada—: A papá no le han gustado.

—¿Puedo mirar esos planos?

—Tú misma.

La señora Fairley-Hulme se sentó comedida en la silla de su marido y estudió las páginas. Tardó unos minutos en comprender su propuesta y se quedó contemplando el mapa coloreado, hasta que se fue formando una idea de cuál era el punto de vista de su hijo.

Pensó en su marido, y en el estallido atípico de rabia, y la simpatía inicial que había sentido por su hijo se vio trocada en una cólera que iba aumentando por momentos. Los jóvenes podían ser tan descerebrados... Jamás valoraban lo que habían tenido que sufrir las generaciones anteriores. El mundo se estaba convirtiendo en un lugar más egoísta y, a pesar del amor profundísimo que sentía por su único hijo, la señora Fairley-Hulme estaba furiosísima por su falta de consideración; por la de su irresponsable y desvergonzada esposa también y por la de su generación en general.

—Te sugiero que tires eso al fuego —le dijo, amontonando las páginas.

—¿Qué?

—Deshazte de eso. Si tienes suerte, tu padre olvidará que habéis mantenido esta conversación.

—¿Ni siquiera vas a pensártelo? —exclamó Douglas, cuyo rostro delataba la desilusión y la incredulidad que sentía.

—Ya lo he pensado, hijo, y esas ideas son… descabelladas.

—Tengo veintisiete años, mamá. Merezco que oigáis mi opinión en lo que concierne a la gestión de la propiedad.

—¿Que tú mereces qué? —La madre cayó presa de la indignación, y la voz le salía a borbotones—. Eso es lo único que le preocupa a tu generación… Lo que se supone que merecéis. Tus ideas son un insulto para tu padre, y hasta que no lo comprendas, te sugiero que demos por terminada esta conversación.

Douglas tenía las dos manos sobre la mesa y se inclinaba hacia delante, sobre los brazos tendidos, como si la reacción de su madre lo hubiera derribado.

—No puedo creer que reaccionéis los dos de esta manera.

Las últimas gotas de simpatía maternal que la señora Fairley-Hulme sentía por su hijo se esfumaron.

—Douglas, haz el favor de sentarte —le ordenó, situándose al otro extremo de la mesa, frente a él. Inspiró profundamente, intentando que sus palabras sonaran pausadas—. Voy a contarte algo sobre tu padre, jovencito. No tienes ni idea de lo que ha tenido que sufrir para conservar esta propiedad intacta. No tienes ni la más remota idea. Cuando la heredó, estaba casi en la bancarrota. Los precios del trigo eran los más bajos de la historia, los trabajadores de la granja se marchaban a la ciudad porque no podíamos pagarles y no podíamos deshacernos de la condenada leche. Tuvo que vender casi todos los muebles de la familia, todas las pinturas, salvo los retratos, las joyas de familia de su madre, el único recuerdo que conservaba de ella, por si no lo sabías, solo para mantener la tierra.

La señora Fairley-Hulme se quedó mirando fijamente a su hijo, decidida a que el joven entendiera la gravedad de lo que le estaba contando.

—Tú eres demasiado joven para acordarte bien, pero durante la guerra nos requisaron la propiedad; incluso tuvimos prisioneros de guerra alemanes. ¿Lo sabías? El hermano de tu padre murió en un combate aéreo, y nosotros tuvimos que albergar a los alemanes —pronunció la mujer, escupiendo la palabra—. Para que pudiéramos seguir trabajando la tierra. Unos puercos y unos ladrones es lo que eran, lo robaban todo, comida, lo que fuera… Incluso piezas de la maquinaria de la granja.

—No robaron nada. Fueron los chicos de los Miller.

—Douglas —le cortó la madre, con un gesto de negación—, tu padre ha trabajado en esos campos un día sí y el otro también, lloviera, nevara, con aguanieve o granizo, durante toda su vida. Yo le he visto llegar a casa con las manos irritadas de arrancar hierbajos y la espalda quemada, de un rojo sangre, por haber trabajado doce horas bajo el sol. Recuerdo noches en las que cenaba y se quedaba dormido sobre la mesa; y cuando lo despertaba, se marchaba a reparar el tejado de los arrendatarios o arreglarles las cañerías. Esta es la primera vez que tenemos el dinero suficiente para que pueda tomárselo con más calma. La primera vez que se ha permitido que otros lo ayuden; y ahora tú, su esperanza, su orgullo, su heredero, tú vas y le dices que quieres regalar las tierras a un hatajo de *beatniks* o como se llamen.

—No es eso lo que quería decir —protestó Douglas, ruborizándose.

Su madre le había dicho lo que pensaba. Se levantó y sirvió una taza de té. Añadió leche y empujó la taza hacia su hijo.

—Me gustaría que esta fuera la última vez que hablamos del tema —sentenció, sin el acaloramiento que había presidido antes sus palabras—. Tú eres joven y tienes ideas fantásticas pero esta propiedad es algo más importante que tus ideas; y nosotros no la hemos conservado durante tantos años para que tú deshagas todo lo que nosotros hemos creado; porque, Douglas, ni siquiera es tuya para pensar que tienes el derecho de regalarla. Tú eres su fiduciario, su custodio. Tu trabajo consiste simplemente en actuar como ese intermediario que realizará los cambios necesarios para mantenerla a flote.

—Pero vosotros dijisteis…

—Dijimos que la propiedad sería tuya. Lo que no dijimos, en ningún momento, es que debiera apartarse de su propósito natural; que, en primer lugar, son las tareas agrícolas y, en segundo lugar, ofrecer un hogar y un sustento a las sucesivas generaciones de Fairley-Hulme. —Un largo silencio siguió a sus palabras. La mujer tomó un generoso y reconfortante sorbo de café. Cuando habló, lo hizo con un tono de voz conciliatorio—: Cuando tengas hijos, lo comprenderás mejor.

La radio crepitó por la interferencia que causó un avión que volaba en lo alto. La señora Fairley-Hulme se giró sin levantarse de la silla y ajustó el dial. Volvieron a recuperar la señal radiofónica.

Douglas, con la cabeza gacha, seguía sentado, mirando su taza.

Al regresar a su hogar, el joven encontró la casa vacía. Ni siquiera se molestó en llamarla al cerrar la puerta tras de sí; era raro que Athene se acordara de dejar una luz encendida para cuando él volviera, y en la casa reinaba la fría quietud que delataba sus muchas horas de ausencia.

Colgó el abrigo en el resonante vestíbulo y se encaminó hacia la cocina, con la gelidez del frío linóleo calándose en sus pies. Durante el primer año de matrimonio se encontraba muchas veces con una cena que consistía en cereales para desayunar o un bocadillo de pan con queso. Athene no era un ama de casa vocacional y, ya desde el principio, tras unos cuantos esfuerzos carbonizados, había perdido el interés incluso en fingir que lo era. Últimamente, sin decírselo a su madre, Douglas había contratado a Bessie, una de las esposas del personal más antiguo de la granja, para que llenara de provisiones la cocina y dejara algún que otro pastel o guiso en la nevera. Sabía que esa mujer consideraba escandalosa a Athene; y en un vago intento de proteger la reputación doméstica de su esposa, el muchacho le había explicado que la harina le provocaba urticaria en la piel.

Había una tarta de queso en el mármol. Douglas lo dejó en el armarito de la despensa, cerró la portezuela y escrutó la mesa de la cocina por si había una nota con algún mensaje. No es que fueran muy informativos, por lo general: «Querido Douglas, volveré pronto. A.», «He salido a respirar un poco de aire», o bien «He ido a dar una vuelta». Con el tiempo, Athene ya no se molestaba siquiera en dejarle una nota. Esa noche, sin embargo, no le importó. No estaba seguro de querer hablar con alguien en ese momento, ni siquiera con su mujer.

Sacó un plato de la alacena, echando un vistazo a la fotografía enmarcada de su mujer que le había hecho él en Florencia. Ese primer año fue maravilloso. Habían pasado tres meses viajando por Italia, conduciendo el MGB Roadster de Douglas de color rojo, hospedándose en pequeñas pensiones y, a menudo, ofendiendo a las patronas con desinhibidas demostraciones amorosas. Athene le había hecho sentirse un rey, chillando encantada por el modo como él conducía por las carreteras de los puertos de montaña, pegándose a él mientras sorbían café en terracitas al aire libre, envolviéndose bajo su cuerpo en la oscuridad, queriendo sentirse protegida. De vuelta al hogar, a pesar de la casa recién decorada, el caballo y unas clases de conducir que él le regaló, junto con un coche nuevo (la joven, por cierto, era una conductora pésima: hasta el punto de que Douglas dejó de enfadarse ante tantas abolladuras como hacía en el parachoques), Athene se había vuelto un poco menos adorable, algo más difícil de complacer. No le interesaban sus planes de distribución de la riqueza. Douglas había esperado que le sirvieran de inspiración. La idea, a fin de cuentas, provenía de ella. «Regalémoslo todo —le había dicho una tarde de verano mientras tomaban un pícnic solos, junto al río de las truchas—. Decidamos quién lo merece más en el pueblo y repartámoslo en parcelas. Como Estados Unidos hizo con los esclavos.» Bromeaba, por supuesto. Como cuando le anunció que sentía unas ganas irreprimibles de cantar jazz y él le procuró unas clases por sorpresa.

De hecho, durante las últimas semanas, y ese era un pensamiento sobre el cual no le gustaba extenderse, Athene se había mostrado muy exigente. Douglas nunca sabía a qué atenerse: de repente, ella se mostraba coqueta, se enganchaba a él, intentando hechizarlo para que se aviniera a realizar algún proyecto extravagante, y en el minuto siguiente se mostraba fría y distante, como si él hubiera transgredido alguna regla no explícita. Si Douglas se atrevía a preguntar qué le había hecho, ella estallaba colérica, gritándole que la dejara en paz. No osaba buscarla en la oscuridad. Todavía le dolía aquella vez en que ella se lo había quitado de encima con un empujón, hacía ya dos semanas, acusándolo de ser «un animal baboso».

Douglas miró la fotografía de aquella complaciente y sonriente esposa. Faltaban quince días para su segundo aniversario de boda. Quizá podrían regresar a Italia durante un par de semanas para cambiar de escenario. Douglas necesitaba pasar una temporada alejado de la propiedad, concederse un tiempo para mascar su decepción. Puede que unas vacaciones volvieran a su mujer menos irritable, menos mercuriana.

Athene llegó poco antes de las ocho, arqueando las cejas y sorprendida al ver el plato restregado de la cena que había delante de su marido. Llevaba un vestido azul hielo y un abrigo nuevo de cuello alto.

—No sabía que fueras a venir a casa tan temprano.

—Pensé que igual te gustaría tener un poco de compañía.

—Ay, cielo… Lo siento. Si me lo hubieras dicho, me habría asegurado de estar en casa. He ido a Ipswich a pasar la tarde y he entrado en un cine. —Estaba francamente de buen humor. Se inclinó en un arrebato para besarle la frente y dejó el rastro de su aroma en el ambiente.

—Mi madre me ha dicho que esta mañana ha venido a verte.

Athene se quitaba el abrigo, de espaldas a él.

—Supongo que todavía quiere que entregue el trofeo en las fiestas del pueblo. Ya le he dicho que eso no forma parte de mi estilo.

Douglas se levantó, caminó hacia el mueble bar y se sirvió dos dedos de whisky.

—Podrías intentarlo, Athene. Tampoco hay para tanto. Podrías hacerlo por mí.

—¡Oh, no discutamos ahora! Ya sabes que no se me dan bien las familias, Douglas.

Era una conversación absurda, que ya habían repetido demasiadas veces.

—He visto una película estupenda. Francesa. Deberías verla tú también. Me he sentido tan transportada que por poco no vuelvo a casa. —Su risa, quizá deliberada, traslucía la amenaza de sus palabras.

Douglas la observó mientras ella se movía ligera por la habitación: era el centro de todo, aunque sin pertenecer a ese espacio. A lo mejor siempre tendría ese aspecto para él: un ser de otro mundo, etéreo, negándose a sentirse atada por los lazos de la vida doméstica. Deseó, durante unos breves instantes, poder contarle la discusión que había tenido con su padre. Poder expresar su humillación, la decepción que había sentido ante la reacción del hombre cuya opinión valoraba más que nada en el mundo. Quizá incluso recostar la cabeza en su regazo y dejarse consolar. No obstante, había aprendido a base de disgustos que Athene repararía en cualquier diferencia potencial que existiera en la relación con sus padres y haría lo imposible por agrandarla. No deseaba que él estuviera tan unido a su familia: quería mantenerlos al margen.

Douglas tomó un largo sorbo de whisky.

—He pensado que podríamos marcharnos fuera.

Athene se dio la vuelta, con una expresión ilegible pintada en el rostro.

—¿Qué?

—A Italia.

Fue como si le hubiera propuesto saciar un hambre oculta. La joven se dirigió hacia él, sin apartar la mirada de sus ojos.

—¿Volveríamos a Florencia?

—Si quieres, sí.

Athene ahogó un gemido y a continuación le echó los brazos al cuello con una especie de abandono infantil.

—¡Oh, sí! Sí, volvamos a Italia. Oh, Douglas, ¡qué idea tan fantástica!

Él dejó a un lado el vaso y le acarició el pelo, atónito ante la idea de que hubiera sido tan fácil arreglar las cosas entre ellos. Notaba sus piernas, sinuosas contra las de él, y sintió que lo acuciaba una oleada de deseo. Athene levantó el rostro, y él la besó.

—¿Cuándo nos vamos? ¿Pronto? No nos llevará mucho tiempo hacer el equipaje —decía ella, con la voz apremiante y ávida.

—He pensado que podríamos ir por nuestro aniversario.

Los ojos de su mujer se hallaban en algún horizonte distante entonces, y sus pensamientos ya estaban allende los mares. Era como si su cara hubiera cambiado el óvalo, se hubiera suavizado y difuminado por los lados, como si la estuviera viendo a través de unas lentes de Vaselina.

—Incluso podríamos alojarnos en Via Condolisa.

—Pero ¿dónde viviremos?

—¿Vivir?

—En Italia.

Douglas contrajo la barbilla y frunció el ceño.

—No vamos a quedarnos a vivir en Italia, Athene. Había pensado que podríamos hacer un viaje para celebrar nuestro aniversario.

—Pero yo creía... —Athene contrajo la expresión de su cara mientras dilucidaba las consecuencias de lo que su marido le estaba diciendo—. ¿No quieres que nos traslademos?

—Ya sabes que no puedo residir en Italia.

—¡Vayámonos de aquí, querido! —exclamó Athene, con un desespero repentino—. Lejos de tu familia y de la mía. Odio las familias. Siempre nos arrastran con sus obligaciones y esperanzas. Vayámonos. No hace falta que sea a Italia. Ya la conocemos. Vamos a Marruecos. Me han dicho que Marruecos es fabuloso. —Sus brazos lo rodeaban con fuerza a la altura de la cintura, y sus ojos brillaban con intensidad, sin apartarse de los suyos.

De repente, Douglas se sintió muy cansado.

—Ya sabes que no puedo marcharme a Marruecos.

—No veo por qué no. —Su sonrisa era una sonrisa dolida, vacilante.

—Athene, tengo responsabilidades.

En ese momento ella se desasió del abrazo. Dio un paso atrás y lo fulminó con la mirada.

—¡Santo Dios! Hablando te pareces a tu padre. Peor aún. Te pareces al mío.

—Athene, yo...

—Necesito una copa. —La mujer le dio la espalda y se sirvió un whisky larguísimo.

Douglas advirtió, mientras ella servía el alcohol, que para ser una botella nueva, el nivel había bajado considerablemente. Athene se quedó un rato de espaldas a él. En otras circunstancias más normales

Douglas se habría acercado a su esposa, habría colocado una mano en su hombro para animarla y la habría obsequiado con palabras de afecto. Esa noche, sin embargo, estaba demasiado cansado. Demasiado agotado para esos jueguecitos con su imposible y veleidosa mujer.

—Douglas —dijo ella, volviéndose—. Querido, ya sabes que nunca te pido nada, ¿verdad que no?

Era inútil contradecirla. Douglas se quedó mirando su rostro pálido e inescrutable, la tristeza que, de súbito, se advertía en él. Luchó contra el pensamiento de que pudiera ser el resultado de su negligencia como marido.

—Marchémonos. Vayámonos de aquí. Di que sí, Douglas. ¡Por favor!

El joven sintió el breve y alocado impulso de meter todas sus pertenencias en una sola maleta y salir pitando por el caminito de entrada con el MG, con Athene encantada y asida a él, y luego desaparecer en un futuro en tecnicolor hacia una tierra desconocida y exótica.

Athene le sostenía la mirada.

—Necesito un baño —dijo Douglas y, con aire taciturno, se dirigió a las escaleras.

5

El día en que rompí el corazón de otro

Sí, ya sé que no doy el tipo. Quizá pensaréis que jamás he inspirado pasión alguna en un hombre; pues no. Lo cierto es que eso ocurrió hace muchos años, antes de que la madurez y el pelo cano ocultaran los pocos atributos que alguna vez tuve. Se llamaba Tom y era un chico dulce y encantador. No de los más atractivos, pero sí una persona de absoluta confianza. Firme como una roca era ese muchacho. De buena familia, por otro lado; y además me adoraba.

No era de los que hablan demasiado. En esa época los hombres no eran así. Al menos, en lo que a mi experiencia respecta. Sin embargo, yo sabía que me adoraba por el modo en que solía esperarme en la esquina todas las tardes para acompañarme a casa desde el despacho, por las hermosas cintas y puntillas que me guardaba del montón de sobrantes de la fábrica de su padre. Su familia pertenecía al gremio de los merceros, y él aprendía el negocio con su padre. Así es como nos conocimos. No es muy masculino, pensaréis probablemente, y sí, es cierto que había algún que otro mariquita, como solía llamarlos el señor Holstein, pero cuando lo veías… En fin, no había nada afeminado en él. Era un chico grande, de anchos hombros. Me traía rollos de tela que acarreaba a la espalda, tres o cuatro piezas de vez, con la misma facilidad con la que se echaría la chaqueta a los hombros.

Venía a verme con bandejas de botones y trocitos de encantadoras y ribeteadas puntillas victorianas que había rescatado de unas cajas que empezaban a enmohecerse. Las disponía delante de mí sin pronunciar palabra alguna, como si él fuera un perro que me obsequiara con un hueso. Yo solía coserme mis propios vestidos por aquel entonces y cuando me ponía alguno, él siempre sabía reconocer sus botones, o bien un trozo de ribete de terciopelo de su negocio. Creo que eso le hacía sentirse muy orgulloso.

Por otro lado, jamás me presionaba. Nunca se me declaraba con grandilocuencia, manifestándome sus intenciones. Yo le había dicho que no iba a casarme. Estaba muy segura y pensé que era justo decírselo desde el principio. No obstante, él se limitó a asentir, como si fuera una decisión cabal, y decidió adorarme igualmente. Poco a poco, sin embargo, descubrí que cada vez me importaba menos si le infundía esperanzas vanas o estaba siendo injusta con él y me dediqué a disfrutar de su compañía.

La década de los sesenta fue una época muy complicada para las chicas solteras. Sí, ya sé que pensáis que aquello iba de Mary Quant, el amor libre, los clubes nocturnos y zarandajas por el estilo, pero había muy pocas personas que en realidad llevaran esa clase de vida. Para las muchachas como yo, de familia respetable, que no iban de modernillas, los tiempos podían ser muy confusos. Había chicas que lo hacían y chicas que no. En cuanto a mí, jamás estaba segura del grupo al que debía seguir. (Aunque casi lo hice, con Tom. Varias veces. Él era buenísimo en eso, las cosas como sean, aun cuando le dije que yo había decidido ser virgen de por vida.) Por otro lado, había una cierta presión para que siguiéramos la moda, lleváramos los últimos modelitos, fueran de Biba o de King's Road, o bien, como era mi caso, los confeccionáramos con patrones de *Butterick* y *Vogue*. Ahora bien, nuestros padres estaban muy escandalizados y, por consiguiente, una vivía bajo la enorme presión de llevar una minifalda o lo que tocara y, no obstante, sentirse muy incómoda por el mismo hecho.

A lo mejor es que yo no estaba lo bastante liberada. Había muchísimas que sí lo estaban. Sin embargo, Tom parecía entenderme y amarme, fuere lo que yo fuese o pretendiera ser, y lo pasamos muy bien durante un par de años.

Por eso fue una pena que él tuviera que sufrir el primer día que le presenté a mis padres.

Los había invitado a venir a Londres para asistir a un espectáculo. Mi madre estaba nerviosísima, y papá se mostró muy dulce, a pesar de que no quiso reconocerlo porque yo apenas había ido a casa en lo que iba de año. Reservé entradas para ir a ver *Hello, Dolly!* en el Teatro Real, y una mesa para picar algo en uno de los nuevos restaurantes de la cadena Golden Egg. Quería invitarlos a todos porque el señor Holstein me acababa de conceder un aumento y me había ascendido de secretaria a directora de la oficina, lo cual era lo más fabuloso que me había pasado nunca. Por otro lado, estuve reflexionando sobre la cuestión durante muchos días y, al final, decidí invitar también a Tom porque era un encanto, y yo sabía que conocer a mis padres significaría mucho para él, aparte de que estaba segura de que les caería muy bien. Forzosamente. Nada había en aquel chico de desagradable. El espectáculo fue maravilloso. Mary Martin era Dolly Levi (jamás olvidaré su aspecto radiante, a pesar de que todos habíamos deseado en secreto ver actuar a Eve Arden). Mamá estaba tan contenta de verme que no dejaba de cogerme la mano a hurtadillas para apretármela, echando miraditas de inteligencia hacia Tom. Sé que estaba muy aliviada al ver que había un hombre en mi vida después de tanto tiempo, un hombre que le había regalado una caja de New Berry Fruits. La velada fue preciosa, hasta llegar a la hora de la cena. No, no es que ocurriera nada malo en el Golden Egg (mamá dijo, observando a su alrededor, «sin duda es… es muy vistoso»): la comida era muy buena, y yo me gasté un dineral en una botella de vino, a pesar de que papá dijo que no permitiría que me gastara el nuevo sueldo en distraer a mis «ancianitos». Tom seguía sentado y sonreía calladamente, de aquella manera tan propia de él, y habló con mamá durante muchísimo rato sobre cintas y artículos de antes de la guerra y de la vez que su padre conoció a la esposa del primer ministro el día que ella le encargó una delicada puntilla belga.

En ese momento fue cuando lo mencionó.

—Ah, quería decírtelo, cariño. Las cosas no van nada bien en el hogar de los Fairley-Hulme.

Me quedé mirando el pescado durante un instante y luego levanté la vista, con la cuidada expresión neutra que solía darle a mi rostro.

—¿Ah, no?

—Se ha largado —apostilló papá con una risita burlona.

—¿Quién se ha largado?

—¡Oh, Henry! Esa palabra está pasadísima de moda. Athene Forster. Lo siento, Fairley-Hulme. Se ha escapado con un vendedor del norte, nada más y nada menos. La ha hecho bien gorda esta vez. Las familias están desesperadas intentando que la noticia no salga en los periódicos.

Era como si mi madre creyera que sus palabras ya no me afectarían.

—No leo periódicos. —El pescado se había convertido en serrín dentro de mi boca. Me obligué a tragar y luego di un sorbito de agua. En cuanto a Tom, el pobre, iba dando cuenta de su comida, ignorante de todo—. Y Douglas… ¿Cómo está?

—Esperando que ella regrese, pobrecito. Absolutamente destrozado.

—Esa siempre ha tenido el aspecto de causar problemas.

—Bueno, sí; pero parecía que había sentado la cabeza.

—Esa clase de chicas jamás sienta la cabeza.

Sus voces se apagaron, y me pregunté, por unos instantes, si me iba a desmayar. Luego miré a Tom y, por primera vez, advertí con algo de repugnancia que abría la boca al masticar.

—Ni que decir tiene que sus padres están completamente furiosos. De hecho, la han desheredado. Le cuentan a todo el mundo que se ha marchado al extranjero a pasar una temporada hasta que las cosas se sosieguen. Ya sé que la muchacha había tentado a la suerte antes de casarse con Douglas. Además, tampoco tenía amigos de verdad, ¿no? Por no hablar de una buena reputación, si queréis que os sea franca. —Mi madre hizo un gesto de reprobación con la cabeza, pensativa, y limpió unas migas inexistentes del mantel—. Los padres de Douglas se lo han tomado muy mal. Eso los perjudica a todos. El tipo en cuestión vendía aspiradoras de puerta en puerta, ¿os lo podéis creer? ¡Aspiradoras, nada menos! Unas semanas después de haberse marchado, la muchacha tuvo la cara de llamarlos para pedirles dinero. ¡Pobre Justine! La vi en la velada de bridge de los Trevelyan hace dos semanas y el pelo se le ha vuelto cano.

Fue entonces cuando debió de darse cuenta de mi expresión. Me lanzó una mirada preocupada, que luego endureció, y echó un vistazo a Tom.

—Claro que preferirás que no parloteemos de gente que no conoces, ¿verdad, Tom? Ha sido un descuido muy grosero por mi parte.

—No se preocupe —repuso Tom, con la boca todavía abierta.

—Sí, muy bien… Pensemos en el pudin. ¿A quién le apetece un poco de pudin? ¿Alguien se apunta? —Su voz se había elevado casi una octava. Me dedicó otra mirada durísima, de esas que solo se cruzan entre madre e hija.

No recuerdo haber oído nada más de lo que dijo.

No regresé a casa. Entonces no. Sin embargo, no era justo para Tom que siguiera saliendo con él. No en esas circunstancias.

¿Basta con eso, o preferís saber qué pasó con el bebé?

Segunda parte

6

2001

Siempre discutían cuando se dirigían a una fiesta. Suzanna nunca estaba segura de la razón, aunque siempre podía atribuirlo a algo: el que llegaran tarde, la costumbre que él tenía de esperar hasta el último minuto para comprobar si la puerta trasera estaba cerrada, y la eterna incapacidad de ella para encontrar algo digno que ponerse. Quizá era la antesala de la presión que sentían al tener que mostrarse amables el uno con el otro durante la velada entera. A lo mejor, pensaba ella en ocasiones, era su propio modo de manifestar desde un buen principio que no existiría intimidad alguna entre ambos más tarde, al llegar a casa. Esa noche, sin embargo, no habían discutido. No era una gran victoria, por otro lado: habían ido a la casa de los Brooke por separado, Suzanna tomando la dirección del pueblo y orientándose con las instrucciones cuidadosamente anotadas de su anfitriona, y Neil llegando tarde del trabajo después de bajar del tren y coger un taxi. Por eso, al saludarlo ya en la mesa del comedor, ella sintió que la sonrisa se le calcificaba en el rostro y su jocoso comentario «¡Creíamos que no ibas a venir!», le salió entre dientes.

—Por cierto, ¿conocéis a la otra mitad de la pareja Peacock? Neil, te llamas, ¿verdad? —La anfitriona lo había guiado con elegancia hasta su asiento. Perlas, una blusa de seda cara pero pasada de moda y una falda estilo Jaeger; la ropa delataba todo aquello que Suzanna necesitaba para adivinar la clase de noche que les esperaba. Supo que iban a tratarla con condescendencia en lugar de admirarla, por sus maneras urbanas. Probablemente solo los habían invitado gracias a sus padres.

—Me retuvieron en una reunión —había dicho Neil, disculpándose.

Cuando, más tarde, ella lo riñó en el pasillo, él le susurró:

—Pues nadie más parece creer que eso sea tan importante.

—A mí sí que me parece importante —protestó Suzanna y se obligó a sonreír cuando la anfitriona salió de la sala de estar y, evitando, con gran sentido diplomático, mirarlos directamente a los ojos, les preguntó si querían algo más.

Había sido una noche interminable en la que Neil disfrazó su incomodidad con una alegría bastante fuera de lugar. El resto de los invitados se conocían desde hacía tiempo, a juzgar por las apariencias, y con frecuencia se enfrascaban en conversaciones sobre personas a las cuales ella no conocía, «personajes» del pueblo, aludiendo repetidamente a acontecimientos de años pasados: la fiesta de verano pasada por agua de hacía dos años, el torneo de tenis en el cual los finalistas se dieron un coscorrón mutuo, la maestra de primaria que se había fugado a Worcester con el marido de la pobre y querida Patricia Ainsley… Alguien había oído decir que la mujer había tenido un bebé; y que Patricia Ainsley se había vuelto mormona. La habitación estaba muy caldeada y Suzanna se había sentado dando la espalda a la enorme chimenea encendida, por eso, antes incluso de que sirvieran el segundo plato, se notaba ruborizada, y unas ocasionales gotas de sudor le recorrían la espalda, ocultas por una blusa demasiado a la moda.

Todos lo sabían, de eso estaba segura. Notaba que a pesar de su sonrisa, de la actitud segura al afirmar que, por supuesto, sí que era feliz por volver a vivir en Dere Hampton, que era fantástico disponer de más tiempo libre y que vivir cerca de la familia era algo positivo, ellos debían de adivinar que estaba mintiendo. Que la infelicidad estudiada de su esposo, entablando conversación animadamente con el veterinario sabelotodo y la esposa monosilábica del guardabosques, debía irradiar hacia el exterior, como un letrero que resplandeciera con luz de neón, suspendido sobre ellos. «No somos felices; y es por mi culpa.»

El año pasado Suzanna se había convertido en una experta en calibrar el estado de los matrimonios ajenos: identificaba las sonrisas tensas de las esposas, los comentarios espinosos y las expresiones neutras de los maridos cuando callaban en franca retirada. A veces se sentía mejor cuando veía una pareja que, sin duda, era mucho más desgraciada que la de ella, toda vez que en ocasiones eso le hacía sentirse triste, como si fuera la prueba de que la rabia contenida y la decepción eran inevitables en cualquier persona.

Lo peor, no obstante, era constatar que existían los que todavía seguían enamorados. No se refería a los que empezaban una nueva relación (Suzanna sabía que esa pátina terminaría por empañarse), sino a aquellos otros cuya duración de permanencia juntos parecía haber ahondado algo, haberlos tocado de un modo más íntimo. Conocía todos los síntomas: el «nosotros» del discurso, el contacto frecuente, rozando la cintura, acariciando la mano o la mejilla, las sonrisas calladas de satisfacción atenta cuando el otro hablaba. A veces incluso se desataba una discusión peleona, sazonada con risas, como si ambos todavía pudieran coquetear entre sí, el apretón secreto que hablaba de otra cosa. En esos momentos Suzanna se descubría a sí misma mirándolos fijamente y preguntándose qué argamasa les faltaba a ella y a Neil para que se sintieran igual de unidos; y si todavía estaban a tiempo de hallar esa masa que sellara su unión.

—Creo que ha ido bastante bien —dijo Neil, animado, mientras arrancaba el coche.

Habían sido los segundos en marcharse, lo cual era de lo más educado. Neil se había ofrecido a conducir para que ella pudiera beber; un gesto conciliador, y Suzanna lo reconocía, aunque de algún modo no se sintiera lo bastante generosa para demostrarlo.

—No estaban mal.

—Ha estado bien, de todos modos… Quiero decir, conocer a nuestros vecinos. Además nadie ha sacrificado un cerdo ni ha tirado las llaves del coche en medio de la sala. Me habían advertido que era mejor ir preparado a estas cenas rurales.

Suzanna observó que Neil se esforzaba en mostrarse animado y procuró ahogar aquel sentimiento de rabia tan conocido.

—No se puede decir que sean nuestros vecinos. Viven a casi veinte minutos de casa.

—Desde casa todos viven a veinte minutos —objetó Neil—. De todos modos, me gusta ver que haces amigos por la zona.

—Cualquiera diría que es mi primer día de escuela.

Neil la miró de reojo, seguramente para calibrar si su esposa iba a mostrarse muy testaruda.

—Solo quería decir que creo que es positivo que tú... que eches raíces.

—Yo ya tengo raíces, Neil. Siempre he tenido mis malditas raíces, y lo sabes muy bien. Lo que ocurre es que, si quieres que te diga la verdad, yo no quería que me plantaran en este lugar precisamente.

—Por favor, Suzanna —suspiró Neil, pasándose una mano por el pelo—. Esta noche no, ¿vale?

Se estaba portando fatal y ella lo sabía, lo cual todavía le hacía sentirse más molesta, como si por culpa de su marido se viera obligada a actuar de ese modo. Se quedó mirando por la ventana y observó los setos negros que pasaban a toda velocidad. Seto, seto, árbol, seto. La puntuación infinita del campo. El asesor fiscal les había sugerido que recurrieran a un terapeuta conyugal. Neil se mostró receptivo, como si estuviera dispuesto a acudir a uno. «No lo necesitamos —había respondido ella, sin embargo, con gran coraje—. Llevamos juntos diez años.» Como si eso les salvara de una ruptura inminente.

—Los niños eran un encanto, ¿verdad?

¡Por favor! ¡Qué predecible que llegaba a ser!

—Creo que esa pequeñaja que iba pasando la bandeja de patatas fritas era una delicia. Me ha estado contando que sale en la obra de teatro de la escuela, y que es una injusticia que le haya tocado ser una oveja en lugar de una campanilla. Le he contestado que era obvio que alguien engañaba a...

—Creía que habías dicho que no querías empezar de nuevo esta noche.

Se hizo un breve silencio. Neil se asió con fuerza al volante.

—Solo he dicho que los niños me han parecido muy agradables —protestó, volviendo la cabeza para mirarla—. Ha sido un comentario absolutamente inocente. Solo intentaba entablar una conversación.

—No, Neil. No hay comentarios inocentes cuando tocas el tema de los niños.

—Estás siendo muy injusta.

—Te conozco. Eres completamente transparente.

—¡Pues me parece muy bien! ¡Ni que fuera un pecado, Suzanna! Tampoco llevamos cinco minutos casados.

—Y eso, ¿qué tiene que ver? ¿Desde cuándo hay un límite de tiempo para tener hijos? No hay ningún manual de instrucciones que diga: «Lleváis tantos años casados, así que será mejor que os reproduzcáis».

—Sabes tan bien como yo que las cosas se complican a partir de los treinta y cinco.

—¡Oh, haz el favor de no volver a empezar!; además, yo no tengo treinta y cinco años.

—Treinta y cuatro. Tienes treinta y cuatro.

—¡Maldita sea! Sé muy bien la edad que tengo.

Una especie de subidón de adrenalina impregnó el vehículo. Era como si el hecho de estar solos los hubiera desembarazado de la obligación de tener que mostrarse felices.

—¿Acaso es porque estás asustada?

—¡No! ¡Y ni te atrevas a meter a mi madre en todo esto!

—Si no quieres tenerlos, ¿por qué no lo dices? Al menos, así sabremos el punto donde nos encontramos… Yo sabré cuál es ese punto.

—No digo que no quiera tenerlos.

—Bien, pues no tengo ni idea de lo que estás diciendo. Desde hace cinco años cada vez que saco el tema, me saltas al cuello como si te estuviera proponiendo algo monstruoso. Solo se trata de un bebé.

—Para ti, sí. Para mí, sería mi vida. Ya he visto cómo los hijos gobiernan las vidas ajenas.

—En el buen sentido de la palabra.

—Si eres un hombre, sí —puntualizó Suzanna, inspirando profundamente—. Mira, lo que ocurre es que no estoy preparada, ¿comprendes? Tampoco digo que jamás lo esté; pero ahora todavía no. No he hecho nada en la vida, Neil. No puedo ponerme a tener hijos sin haber conseguido nada por mí misma. No pertenezco a esa clase de mujeres. —Cruzó las piernas—. Para ser sincera, además, te diré que encuentro el proyecto deprimente.

—Me rindo, Suzanna —dijo Neil con un gesto de desesperación—. No sé qué tengo que hacer para que estés contenta. Siento que tuviéramos que mudarnos aquí, ¿vale? Lamento que tuviéramos que marcharnos de Londres y me sabe muy mal que no te guste el lugar donde vivimos, que te aburras y que no te guste la gente de aquí. Siento lo de esta noche. Te pido disculpas por haberte decepcionado tanto. No sé qué más decir. No sé qué decir para no equivocarme otra vez.

Hubo un largo silencio. Por lo general, Neil no se rendía tan fácilmente, y Suzanna se sintió incómoda.

Neil salió de la carretera principal y tomó una avenida sin iluminar. Encendió las luces de larga distancia, que provocaron la huida de varios conejos hacia los setos.

—Deja que me quede la tienda —dijo ella sin volver la cabeza, el rostro hierático, mirando al frente, para no tener que ver su reacción.

—No tenemos dinero. —Le oyó suspirar—. Eso ya lo sabes.

—Estoy segura de que puedo conseguir que sea rentable —añadió ella esperanzada—. Lo he estado pensando. Puedo vender mi cuadro para pagar la entrada.

—Suze, acabamos de pagar nuestras deudas. No podemos permitirnos meternos en más gastos.

—Sé que no eres partidario de esta idea, Neil, pero lo necesito —sentenció Suzanna, mirándole al rostro—. Necesito ocuparme de algo. Algo mío que no sean las malditas reuniones matutinas de señoras, los chismorreos del pueblo y mi condenada familia.

Neil no decía nada.

—Me serviría de mucho. —Su voz se había vuelto suplicante, conciliadora. Su tono ferviente la sorprendió incluso a ella misma—. Nos servirá a los dos.

Quizá advirtió algo implícito en su voz, porque Neil detuvo el coche en la cuneta y se la quedó mirando. En el exterior caía la niebla y los faros del coche brillaban a ciegas, intentando atravesarla y consiguiendo tan solo iluminar la humedad.

—Dame un año —le dijo Suzanna, cogiéndole una mano—. Dame un año y, si no funciona, tendré un bebé…

—Pero si funciona… —aventuró Neil estupefacto.

—También tendré el bebé pero, al menos, habré hecho otra cosa. No me convertiré en una de esas —indicó Suzanna, haciendo un gesto vago a su espalda al referirse a las mujeres de la cena, que habían pasado buena parte de la velada comparando historias truculentas de partos y lactancias, o bien hablando con velado desprecio de lo horribles que eran los hijos de los demás.

—Ah, te refieres a las nazis neonatales.

—Neil...

—¿Lo dices en serio?

—Sí. Por favor. Creo que eso me hará sentir más feliz, porque tú quieres que yo sea feliz, ¿verdad?

—Ya sabes que sí. Lo único que he querido siempre es que seas feliz.

Cuando la miraba de ese modo, Suzanna todavía alcanzaba a vislumbrar una vaga imagen de lo que había sentido por él en el pasado: la memoria de lo que representaba estar unida a alguien que no despierta en ti una cólera ni una rabia sorda, sino gratitud y expectación, y un apetito sexual permanente. Neil todavía era atractivo: si lo miraba desde un punto de vista estético, aún podía apreciar que su marido era de esa clase de hombres que envejecen bien. No tendría panza, ni entradas siquiera. Se mantendría erguido, con las carnes prietas, y su concesión a la edad oscilaría entre un pelo algo canoso y una atractiva piel de aspecto curtido.

En momentos como esos Suzanna lograba recordar lo que experimentaron al saberse unidos.

—Bueno, piensa que no tienes por qué vender el cuadro. Es demasiado personal; y sería mejor que nos lo quedáramos, porque es una inversión.

—No creo que pudiera resistir que trabajaras más horas de las que ya trabajas. —No era el vivir sin él lo que la asustaba, sino lo bien que le iba de ese modo.

—No me refería a eso —aclaró Neil, ladeando la cabeza mientras sus ojos azules se revelaban cálidos y considerados—. Siempre puedes pedirle a tu padre el dinero. Para la entrada. Recuerda que te ha dicho que te reserva una cantidad.

Se rompió el hechizo. Suzanna apartó su mano y cambió de posición, de tal modo que volvió a situarse de perfil a su marido.

—No quiero entrar en eso otra vez. Ya hemos tenido que aceptar bastantes cosas de él; además, no quiero su dinero.

Al principio, no lo consideraron deudas: tan solo vivían como todo el mundo, un poco por encima de sus posibilidades. Doble sueldo, sin hijos… Adoptaron un estilo de vida como el que salía en las revistas de categoría, una manera de vivir como les correspondía, a su entender. Compraron unos sofás enormes que iban a juego, de ante, en tonalidades discretísimas, pasaban los fines de semana con amigos de su misma mentalidad en ruidosos restaurantes del West End y hoteles discretos y se sentían con derecho a «concederse caprichos» ante la menor decepción: un mal día en el trabajo, la decepción por no haber conseguido entradas para un concierto o la lluvia. Suzanna, amparada por las ganancias de Neil y por el hecho de que a ambos les gustaba en secreto la idea de que ella pasara más tiempo en casa, aceptó una retahíla de empleos a media jornada: trabajó en una tienda de moda femenina, condujo una camioneta de reparto para una amiga que había abierto una floristería y vendió juguetes de madera educativos. Ninguna de esas ocupaciones, sin embargo, la atrajo lo suficiente para persistir en ella y renunciar al café de las mañanas que tomaba con las amigas en las terrazas de las cafeterías, a pasar el rato curioseando o al placer de cocinar elaborados platos. Luego y aparentemente de la noche a la mañana, todo cambió. Neil perdió su empleo en el banco, y le sustituyó alguien a quien su marido bautizó más tarde como la Condenada Marimacho Que Te Toca Las Pelotas. Desapareció su sentido del humor, junto con su liquidez monetaria.

Suzanna, por su parte, empezó a ir de compras.

Al principio, solo fue para salir de casa. Neil se había vuelto depresivo y colérico y empezaba a ver pruebas de una conspiración femenina por todas partes: en el hecho de que las niñas de la escuela de su barrio conseguían más sobresalientes que los niños, en los casos de acoso sexual que leía en voz alta en los periódicos, en el hecho de que la directora de recursos humanos que lo llamó para decirle que solo le correspondían tres meses de sueldo en lugar de los seis que él esperaba resultaba que, encima, era una mujer. Alternando entre una rabia petulante y un odio por sí mismo lamentable, Neil rescató la peor faceta de sí mismo, una personalidad con la que Suzanna era incapaz de tratar. Por consiguiente, ella esperó que le pasara, y se animaba comprándose jabones caros, comida preparada y algún que otro ramo de flores: azucenas por su aroma o amarilis y aves del paraíso que nutrieran su necesidad de sofisticación. Se decía a sí misma que lo merecía, y la sensación de que estaba en su derecho se le aguzaba al constatar el mal humor de Neil.

Suzanna se persuadió de que necesitaban muchas cosas: juegos de cama nuevos que hicieran juego con las cortinas (sin duda era una magnífica inversión comprar el algodón egipcio más caro que existiera en el mercado) y objetos de cristal antiguos. Inventó proyectos necesarios para la casa, encargó un suelo nuevo para la cocina y redecoró la habitación de invitados de arriba abajo. Todo aquello haría aumentar el valor de la casa, cuando menos. De ese modo, conseguirían el doble de lo que habían gastado en la propiedad.

De ahí a la transformación personal solo había que dar un paso. Era imposible que consiguiera un nuevo empleo con el vestuario que tenía; necesitaba cortarse el pelo y hacerse reflejos; el estrés causado por que Neil perdiera su empleo, por otro lado, le había dejado una piel que pedía a gritos que la obsequiara con tratamientos faciales. Sus dispendios terminaron convirtiéndose en motivo de chanza entre sus amigas, y por eso también Suzanna las invitaba a las sesiones. La generosidad le era connatural: se decía a sí misma que era una de las pocas fuentes de placer genuino que le quedaban.

Al principio, eso le hizo sentirse mejor, le dio un objetivo. Llenó un vacío. No obstante, a medida que iba gastando, Suzanna sabía que se había contagiado de una especie de locura, que los interiores profusamente iluminados y las hileras de jerséis de cachemir, las dependientas aduladoras y las cajas primorosamente empaquetadas resultaban cada vez menos eficaces a la hora de distraer su atención de la lúgubre realidad que la esperaba en casa. Suzanna obtenía poca satisfacción de sus compras: la premura inicial fue decayendo con rapidez hasta que terminó quedándose en casa, rodeada de bolsas enormes de patatas fritas y parpadeando incrédula ante su carga, o bien, de vez en cuando, llorando después de sentirse lo bastante valiente para calcular lo que se había gastado. Se levantaba prontísimo y siempre estaba preparada cuando venía el cartero.

No tenía ningún sentido preocupar a Neil.

El hombre tardó seis meses en descubrirlo. En justicia, ambos reconocieron, un tiempo después, que ese no fue precisamente uno de los mejores momentos que atravesó su matrimonio, sobre todo cuando él, agobiado por la depresión que padecía, se preguntó si su esposa estaría cuerda y le anunció que era ella, y no el despido, lo que le estaba volviendo impotente. Finalmente, y tras ser capaz de sacar toda su rabia, Suzanna se retrajo en su interior durante un largo período de tiempo (quizá más enfermizo de lo normal por culpa de no reconocer su parte de responsabilidad), y le dijo a su marido que no solo se había mostrado cruel, sino también injusto e irracional. ¿Por qué sus problemas tenían que influir de un modo tan terrible en su vida? ¿Acaso había incumplido ella alguna cláusula del contrato? Los cambios que había realizado eran para los dos. Incluso todavía consideraba con callado orgullo que tenía mucho mérito al no haber pronunciado jamás lo que pensaba en realidad: el hecho de que no había empleado la palabra «fracaso» a pesar de que, cuando miraba a su marido, eso era lo que sentía.

Su padre entonces mencionó lo de la casa y, a pesar de sentirse todavía furiosa con él por el testamento, Neil la convenció de que no tenían otra alternativa. A menos que quisieran que los declararan en quiebra. El horror de esa palabra todavía tenía la capacidad de dejarla helada.

Por ese motivo, nueve meses después Suzanna y Neil vendieron su piso de Londres. Con los beneficios pagaron las deudas de las tarjetas de crédito y las tarjetas comerciales de Suzanna, las deudas menores de Neil, que se habían ido acumulando antes de que él lograra conseguir un nuevo empleo, y compraron un coche pequeño y nada ostentoso, «muy útil para una temporada», tal y como lo había descrito el vendedor con un cierto aire de disculpa. Atraídos por la perspectiva de trasladar su hogar a una casa de tres dormitorios con la fachada de piedra en la que no necesitaban pagar alquiler y que acababa de ser restaurada por el padre de Suzanna, la pareja se mudó a Dere Hampton, el pueblo donde había crecido ella y por culpa del cual la muchacha llevaba los últimos quince años haciendo todo lo posible por huir.

Cuando entraron en la casita hacía frío: Suzanna se había olvidado de poner el termostato de la calefacción por enésima vez. Todavía le sorprendía cuánto frío hacía en el campo.

—Lo siento —musitó mientras Neil lanzó un silbido y se sopló las manos, agradecida de que su marido no hiciera ningún comentario al respecto.

Neil seguía mostrándose entusiasmado por todos los aspectos de la vida en el campo, persuadiéndose de que la mudanza tenía más que ver con la calidad de vida que con el recortar gastos, eligiendo solo valorar las ventajas de aquellas casitas lindas como cajas de bombones y la extensión de verdes acres ante sus ojos en lugar de entender la realidad como su esposa; la gente que sabía o creía saberlo todo de ti, la claustrofobia de los muchos años de historia compartida, la sutil vigilancia policial de las mujeres con demasiado dinero y poquísimo tiempo.

El contestador despedía una luz intermitente, y Suzanna luchó contra el impulso esperanzado y culpable de pensar que podría tratarse de alguna de sus amigas de Londres. Cada vez llamaban menos, dado que al resultarle imposible a Suzanna asistir a las cafeterías o acudir a alguna coctelería para tomar una copa a última hora de la tarde, iba deshilachando poco a poco el tejido de lo que ya sospechaba debía de haber sido la tenue trama de su amistad. Sin embargo, eso no le impedía echarlas de menos, a las amigas y a la cómoda confianza, la naturalidad que se había fraguado entre ellas a lo largo de los años. Estaba cansada de tener que pensar lo que diría antes de decirlo; a menudo le resultaba más fácil, como esa misma noche, no decir nada en absoluto.

—Hola, queridos. Espero que hayáis salido a pasarlo bien. Me preguntaba si habíais pensado en el almuerzo para celebrar el cumpleaños de Lucy el día dieciséis. A papá y a mí nos encantaría que pudierais venir, aunque entendemos perfectamente que tengáis otro compromiso. Avisadme.

Siempre con el extremo cuidado de no sugerir jamás ninguna clase de obligación o imposición; y ese tono animoso, toda vez que con un cierto deje de disculpa. Apenas un indicio del consabido: «Sabemos que tenéis problemas, y cruzamos fervientemente los dedos por vosotros». Suzanna suspiró, sabedora de que al haberse perdido varias navidades y numerosas reuniones familiares, le quedaban pocas excusas para evitar a su familia ahora que, geográficamente al menos, vivía tan cerca.

—Deberíamos ir —sugirió Neil, quitándose el abrigo y sirviéndose una copa.

—Ya sé que deberíamos ir.

—Tu padre seguro que encontrará alguna excusa para salir, de todos modos. Vosotros dos sois buenísimos a la hora de esquivaros.

—Ya lo sé.

A Neil le gustaba formar parte de su familia. Disfrutaba poco de la de él, con una madre a la que apenas visitaba y a la cual tampoco echaba mucho de menos, ubicada a varios cientos de kilómetros. Esa era una de las razones por las cuales las relaciones con su familia política resultaban conciliadoras.

Neil dejó el vaso a un lado y se le acercó. La rodeó con sus brazos y la atrajo suavemente hacia sí. Suzanna accedió a corresponderle, aunque sin ser del todo capaz de desprenderse de su rigidez natural.

—Significaría tanto para tu madre…

—Sí, ya lo sé. Ya lo sé —replicó ella, colocándole las manos a la cintura, sin saber muy bien si lo hacía para cogerlo o para mantenerlo a distancia—. Además, ya sé que es algo infantil. Pero me molesta la idea de que todos parloteen sobre lo maravillosa que es Lucy y el fantástico trabajo que tiene, y mira qué guapísima que está, y bla, bla, bla… Todos representando la función en la que somos una familia superfeliz.

—Mira, a mí tampoco me resulta fácil escuchar esa clase de historias. No me siento como el yerno estrella precisamente.

—Lo siento. Quizá no deberíamos ir.

Suzanna era el miembro decorativo de la familia. Su mitología genética le había otorgado belleza y desventuras financieras; a su hermano menor, Ben, la sabiduría del hombre de campo que trasciende su edad, mientras que Lucy siempre había sido la empollona, capaz de recitar grandes parrafadas de poesía a los tres años o preguntar con la máxima seriedad por qué determinado libro no era tan bueno como el último que había escrito ese mismo autor. Con el tiempo, andando los años, una especie de metamorfosis los había afectado a todos, y mientras Ben se convirtió, tal y como todos esperaban, en una especie de reflejo más joven y alegre de su directo, estoico y ocasionalmente pomposo padre, Lucy, lejos de semejar la típica ermitaña con gafas, había florecido y se había vuelto temerariamente decidida, hasta el punto de que en esos momentos, casi a punto de cumplir los treinta, dirigía la sección de Internet de un conjunto de empresas de comunicación extranjeras.

Suzanna, mientras tanto, se había ido dando cuenta de que el ser decorativa ya no bastaba cuando se cumplían los treinta, que su estilo de vida o la falta de visión para las finanzas habían dejado de ser un rasgo simpático y ahora tan solo parecía autocomplaciente. No quería pensar en su familia.

—Mañana podríamos ir a mirar tiendas —propuso ella—. He visto un local en el pueblo para alquilar. Antes era una librería.

—No pierdes el tiempo.

—¿Qué sentido tiene ir dando palos de ciego? Sobre todo si solo dispongo de un año de margen.

Era obvio que Neil se resistía a esa intimidad inusual y disfrutaba teniéndola cerca de él. Ella habría preferido sentarse, sin embargo, pero su marido no parecía dispuesto a dejarla ir.

—Está en uno de esos pasajes empedrados que hay junto a la plaza; y tiene una ventana georgiana en la parte delantera. Como la Olde Curiosity Shoppe.

—No querrás algo así, supongo. Vale más que, ya puestos, lo hagas como es debido y tengas un enorme escaparate de cristal. Para que la gente vea el género desde fuera.

—No va a ser esa clase de tienda. Ya te lo he dicho. Mira, será mejor que vengas a verla antes de decir nada más. Llevo el número del agente inmobiliario en el bolso.

—¡Vaya, vaya! Eso sí que es una sorpresa.

—Si quieres, los llamo ahora mismo. Dejaré un mensaje. Solo para darles a entender que me interesa el local. —Suzanna oía su voz nerviosa, y le sonó extraña, como si procediera de algún otro lugar.

—Llama por la mañana. No funcionará a las once y media de la noche.

—Es que no quiero perderlo.

—Tampoco querrás precipitarte en nada. Tenemos que ser prudentes, Suze. A lo mejor piden mucho dinero. Quizá exijan que firmemos un contrato de alquiler larguísimo. Puede que hayan estipulado muchas cláusulas en el leasing. Hay que avanzar con tiento y formular primero unas cuantas preguntas.

—Yo quiero conseguir el local.

Neil la estrechó entre sus brazos. Su marido olía a detergente y al inofensivo sudor humano que se acumula al final del día.

—Mira, Suze: deberíamos ir a ese almuerzo. Andamos bien. Volvemos a ganar dinero. Además, les podrás contar lo de tu tienda.

—Pero lo del bebé, no.

—Lo del bebé, no.

—No quiero contárselo a nadie. Empezarán a elucubrar, mamá se pondrá contentísima e intentará disimularlo y luego, si nada resulta de todo eso, la camisa les vendrá ancha y no sabrán encontrar las palabras más apropiadas para consolarnos. Así que, de bebé, nada de nada.

—Apuesto lo que sea a que Lucy no tiene estos problemas de descendencia.

—Neil, por favor.

—Solo bromeaba. Mira, llámalos por la mañana. Iremos, nos mostraremos contentísimos y pasaremos un día estupendo.

—Fingiremos que pasamos un día estupendo.

—A lo mejor te llevas una sorpresa.

—Eso te lo puedo asegurar —respondió Suzanna con una sonrisita burlona.

Lo curioso fue que esa noche, considerando que hacía casi ocho meses desde la última vez, hicieron el amor. Después Neil, casi con lágrimas en los ojos, le había dicho que la amaba profundamente y que estaba seguro de que eso significaba que todo saldría bien.

Suzanna, echada en la oscuridad, apenas vislumbrando el techo de vigas que tanto odiaba, no había experimentado la misma sensación de liberación emocional. Tan solo un vago alivio de saber que lo habían hecho; y la esperanza oculta, que solo lograba admitir ante sí misma con reticencia, de que aquello implicaba que contaba con un margen de dos meses antes de tener que volver a hacerlo.

7

Las guías turísticas describían Dere Hampton, por lo general, como «el pueblo con el mercado más bonito de Suffolk», y sus edificios de interés histórico, la iglesia normanda y las tiendas de antigüedades ofrecían su atractivo a turistas y visitantes durante los meses estivales y a los estoicos caminantes ocasionales en invierno. Los habitantes de mayor edad lo denominaban sencillamente «Dere» y la juventud, aquellos a quienes se podía ver en general los viernes por la noche bebiendo sidra barata y abucheándose mutuamente en la plaza del mercado, «un jodido lugar de mala muerte en el que no puedes hacer nada». No les faltaba razón. A decir verdad, era un pueblo más enamorado de su historia que de su futuro, tanto más cuando se había poblado de familias urbanas expulsadas de Londres y sus ajardinados suburbios por culpa de los precios desorbitados de la propiedad y animadas por la esperanza de encontrar «un lugar bonito para educar a los niños». Los edificios georgianos en tonos pastel, elegantes y altos, se erguían colindantes con casas estilo Tudor, con ventanucos y vigas, que se cernían sobre la calle como buques en alta mar, dispuestos en una red azarosa de callejuelas estrechas y adoquinadas y pequeños patios que arrancaban de la plaza. El pueblo disponía por lo menos de un par de tiendas que cubrían cada una de las necesidades del barrio (carnicería, panadería, estanco o elementos informáticos) y de una proliferación creciente de locales que no se dedicaban a vender artículos de primer orden sino que, en cambio, comerciaban con aceites de aromaterapia, cristales mágicos, almohadones carísimos y jabones aromáticos.

Hacía casi dos meses ya que Suzanna había comprendido qué era lo que le molestaba más del pueblo: el hecho de que durante el horario laboral fuera exclusivamente femenino. Se veían señoronas con pañuelos a la cabeza y chalecos verdes que iban a recoger la carne y llamaban al carnicero por su nombre de pila, jóvenes madres empujando cochecitos, mujeres de cierta edad y con el pelo recién salido de la peluquería que, en apariencia, no tenían nada más que hacer, salvo matar el tiempo. Ahora bien, aparte de los que trabajaban en las tiendas, los comerciantes o los alumnos de la escuela, casi no había hombres. Presumiblemente se habían marchado en los trenes que salían rayando el alba hacia la ciudad y regresaban después de oscurecer para disfrutar de sus guisos y sus casas iluminadas hasta bien entrada la noche. Suzanna farfulló enrabiada que era como si la hubieran transportado a la década de los cincuenta. Había perdido la cuenta de la cantidad de veces que le habían preguntado a qué se dedicaba su marido y, transcurrido ya un año, todavía esperaba que esa pregunta se la formularan a ella.

A pesar de que habría protestado de entrada diciendo que ella no tenía nada en común con esas mujeres, Suzanna se veía reflejada en algunas de ellas: por el modo en que compraban, paseando por los únicos grandes almacenes del pueblo con los andares de quien dispone de tiempo y dinero; por el hecho de que era imposible conseguir una cita en cualquiera de los dos salones de belleza de la localidad; y porque los cristales, las velas aromáticas y las pruebas de alergia a los alimentos se habían convertido no tanto en una «alternativa» cuando en un estilo de vida.

Suzanna no estaba segura de la categoría a que pertenecería su tienda. Sentada entre las cajas de productos, consciente de que no solo todavía no había empezado a trabajar, sino de que el lampista se había olvidado de comentarle qué clase de bombillas necesitaba para los puntos de luz, no estaba segura de que aquello llegara a convertirse algún día en una tienda. Neil había llamado dos veces, para asegurarse de que realmente era necesario comprar tantos artículos de entrada, y la compañía del agua le había mandado varias cartas exigiendo dinero incluso antes de inaugurar.

Para ser alguien acuciado por deudas recientes, Suzanna no sentía preocupación alguna por el tema. A partir del momento en que le entregaron las llaves, disfrutó del hecho de permanecer dentro del local durante semanas, haciendo realidad, lentamente, esa imagen que había visualizado durante los últimos meses. Le encantaba viajar por los alrededores para investigar y descubrir posibles proveedores, ir a ferias o a tiendecitas de saldos situadas detrás de la calle Oxford, en Londres, conocer a jóvenes diseñadores ansiosos de exhibir su obra o profesionales más establecidos que le hablaban en función de sus muchos años de experiencia. Le encantaba tener un objetivo, poder hablar de «mi tienda», tomar decisiones basadas en su propio gusto y elegir solo lo que consideraba bello e inusual.

En cuanto al local, Suzanna había dado una capa de pintura blanca en el exterior, y el interior, donde rondaban fontaneros de la zona y carpinteros y en el que ella aplicaba sus dotes de aficionada con la brocha, iba cobrando forma poco a poco. Suzanna sabía que la tildaban de quisquillosa y excesivamente reflexiva, pero las decisiones que afectaban a la colocación de los objetos eran complicadas de tomar porque aquello no iba a ser una tienda convencional. Era, más bien, una mezcla de diversas cosas: una cafetería, razón por la cual en la pared trasera había un antiguo banco de iglesia, varias mesas y sillas y una cafetera italiana restaurada. Aquello era una tienda de segunda mano que ofrecía artículos dispares sencillamente porque a la propietaria le gustaba su aspecto. Había ropa, joyas, cuadros y adornos. Vendía asimismo objetos modernos; y eso era todo lo específico que se podía ser al respecto.

Suzanna colocó objetos muy diversos en el escaparate. Al principio, para darle un poco de vida al lugar, había dispuesto algunas de las cosas más hermosas adquiridas durante su fase «consumista» y que jamás había podido utilizar: bolsos de brillantes cuentas, anillos de cristal gigantes y un marco antiguo con un moderno grabado abstracto. Cuando llegó el resto de los artículos, no le apeteció alterar el montaje inicial, así que se limitó a añadirle más cosas: preciosos círculos concéntricos de pulseras indias, antiguos cajones de cómoda llenos de bolígrafos metalizados y especieros con la tapa de plata en distintos colores.

—Es como una especie de casita de muñecas. Quizá una cueva de Aladino —le comentó Neil cuando se dejó caer en el local durante el fin de semana—. Parece muy… hummm… bonito. ¿Estás segura, de todos modos, de que la gente va a entender a qué te dedicas?

—¿Es que tengo que dedicarme a algo?

—Bueno… Dime qué clase de tienda vas a poner.

—Mi tienda particular —respuso Suzanna, paladeando la mirada confusa de su marido.

La cuestión era que Suzanna estaba creando algo hermoso, un proyecto ideado en su propia imaginación, que ningún marido o socio iban a alterar en lo más mínimo. Libre de hacer lo que más le complaciera, se encontró colgando bombillas de colores que había comprado de oferta en las estanterías, poniendo cartelitos pintados con su intrincada letra manuscrita, decorando el parquet en un tono violeta pálido porque el color le había gustado. Dispuso las mesas y las sillas —las había comprado a muy buen precio en una tienda de muebles de segunda mano y las había pintado con botes de pintura de muestrario—, de la forma que a ella le habría gustado cuando tomaba café con las amigas. Fueron las sillas las que le inspiraron la visión: se había quedado mirándolas, esbozando en su mente un rinconcito mágico, quizá algo cosmopolita, un lugar donde pudiera volver a sentirse en casa, aislada de los ojos provincianos y las actitudes que veía en torno de ella.

—Dime, ¿qué clase de tienda va a ser? —le había preguntado uno de los anticuarios después de fijarse en el marco que tenía colgado en el escaparate. Su voz apuntaba una leve nota de desdén.

—Seré… Soy un emporio —contestó ella, ignorando el arquear de cejas que le dedicó el hombre antes de regresar a su propia tienda.

Ese nombre le quedó: Emporio Peacock; y lo anunció con un letrero pintado en tiza azul y blanca y un dibujo en técnica *stencil* de una pluma de pavo real al lado. Neil lo contempló con una mezcla de orgullo y temor; más tarde le confesaría que, al ver su nombre en la puerta, se había preguntado si podría volver a enfrentarse con una bancarrota en el caso de que todo aquello fracasara.

—No fracasará —repuso Suzanna con firmeza—. No seas tan negativo.

—Vas a tener que trabajar como una negra.

Ni siquiera la angustia de Neil la molestaba. Le costaba más discutir con él ahora. Además, dormía plácidamente.

Aparte de los artículos en venta, Suzanna no adquirió nada más durante semanas.

—¿Está abierto?

Suzanna levantó la vista desde donde se hallaba sentada. Las velas de iconos religiosos le habían parecido una buena idea en el distribuidor al por mayor de Londres pero ahora, mientras observaba desfilar frente al escaparate un chaleco acolchado verde tras otro, que hacían caso omiso de lo que allí se exponía o bien escrutaban a través del cristal de una manera vagamente despreciativa, se preguntaba si no habría sido demasiado cosmopolita en sus gustos. Quedaban preciosos junto a los bolsos de cuentas pero, tal y como Neil no paraba de decir, de nada servía comprar cosas bonitas si la gente del lugar no estaba preparada para comprarlas.

—Todavía no. Quizá el lunes.

La mujer entró en la tienda de todos modos, cerró la puerta tras de sí y paseó la mirada alrededor con una expresión arrebatada. No llevaba chaleco verde, sino un anorak marrón y una boina de lana tejida a mano, de múltiples colores, de la cual sobresalía su pelo cano en un ángulo estudiado. A primera vista Suzanna la habría tildado de vagabunda experimentada, pero mirándola más de cerca, advirtió que sus zapatos eran de calidad, así como su bolso.

—¿No es una preciosidad? ¡Qué diferente de antes!

Suzanna se puso en pie con algo de dificultad.

—Sí. Esta tienda era un colmado, ¿sabe?, cuando yo era pequeña, quiero decir. La fruta iba a este lado… —indicó la mujer con un gesto hacia donde ahora se encontraban las mesas y las sillas— y al otro lado, las verduras. Ah, y solían vender huevos frescos. Criaban a sus propias gallinas en la trastienda. No creo que a usted le haya dado por ahí, claro —apostilló riendo, como si hubiera dicho algo divertido.

—Sí, ya… Bueno, será mejor que…

—¿Para qué son las mesas? ¿Servirá comidas?

—No.

—A la gente le gusta comer algo.

—Para eso se necesita licencia. Allí voy a servir café *espresso*.

—¿*Espresso*?

En momentos como esos el renovado optimismo de Suzanna la abandonaba. ¿Cómo iba a vender café en un pueblo cuyos habitantes ni siquiera sabían lo que era un *espresso*?

—Es una clase de café. Bastante fuerte. Se sirve en tacitas.

—Claro, imagino que es la manera de que salgan los números. Siempre digo que el salón de té de Long Lane sirve el té en tazas muy pequeñas. Supongo que también es para equilibrar gastos.

—Es que este café siempre se sirve en tacitas.

—Estoy segura de que ellos dirían lo mismo, querida —atajó la señora, desplazándose hacia el escaparate y murmurando para sus adentros mientras tocaba con los dedos los objetos expuestos—. ¿Qué se supone que es esto? —le preguntó, sosteniendo la pintura abstracta.

—No creo que signifique nada en especial —la atajó Suzanna, notando un primer amago de dureza en la voz.

La mujer observó el cuadro con detenimiento.

—¿Esto es lo que se llama «arte moderno»? —pronunció las palabras como si hablara en un idioma extranjero.

—Sí. —«Por favor, que no diga ahora aquello de que hasta un niño podría hacerlo», pensó Suzanna.

—Yo podría hacer eso. Si le pintara uno igual, ¿lo vendería?

—La verdad es que no soy una galería. Tendría que hablar con una galería de arte.

—Pero usted vende esa pintura.

—Es un caso excepcional.

—Pero si la vende, no hay razón para pensar que no podría vender otra. Me refiero a que eso demostraría que hay demanda para esta clase de artículos.

Suzanna notaba que empezaba a perder la paciencia. A buenas, podría decirse que tenía malas pulgas; y ese día precisamente no se había levantado con muy buen pie.

—Ha sido un placer hablar con usted, pero me temo que debo seguir trabajando —dijo Suzanna con el ademán de guiarla hasta la puerta.

Sin embargo, la mujer se había anclado en mitad de la estancia.

—Crecí en este pueblo —empezó a contarle, cruzando los brazos—. Soy costurera de oficio pero me mudé al casarme. Muchos nos fuimos del pueblo en aquella época.

¡Santo cielo! Ahora iba a contarle su historia personal. Suzanna miró alrededor con aire de desesperación, intentando encontrar alguna tarea práctica que le sirviera de excusa para librarse de ella.

—Mi marido murió tres años después de casarnos. De tuberculosis. Pasó casi seis meses en una clínica suiza y terminó por morirse igualmente.

—Lo siento.

—Pues yo no. Era un hombre bastante estúpido. Claro que solo me di cuenta después de casarme. No tuvimos hijos, ¿sabe? Prefería tocar su armónica.

—¿Cómo? —exclamó Suzanna con una risita burlona.

La mujer se pasó la mano por el pelo con un ademán inconsciente.

—No sabía cómo hacerlo, reina. Yo sí, porque mi madre me lo había explicado. Se lo conté durante nuestra noche de bodas, y se quedó tan horrorizado que me dijo que no, que muchísimas gracias, que él prefería tocar la armónica; y eso fue lo que hicimos cada noche durante dos años. Yo leía en la cama y él tocaba la armónica.

A su pesar, Suzanna no pudo reprimir una carcajada.

—Lo siento. ¿Encontró… conoció a alguien más?

—Oh, no. Nadie con quien quisiera casarme. Tuve muchas aventuras, muy agradables, sí, pero no quería tener a alguien en la cama todas las noches. Vaya usted a saber si no habrían querido tocar algún otro instrumento musical. Solo Dios sabe cómo habría podido terminar todo aquello. —La mujer, acosada durante unos instantes por lo que debían de ser visiones pobladas de bombos y tubas, movió la cabeza en señal de desconcierto—. Sí, todo ha cambiado. Solo hace seis meses que he regresado y ya veo que todo ha cambiado… ¿Es usted de la zona?

—Nací aquí, pero vivimos en Londres hasta el año pasado. —No estaba segura del motivo que la había impulsado a decir la verdad: tenía la vaga impresión de que cuanto menos le contara a esa mujer, tanto mejor.

—¡Vaya, así que usted también es una hija pródiga! ¡Qué curioso! Bien, veo que se han encontrado dos almas gemelas. Me llamo señora Creek. Johanna Creek, pero llámeme señora Creek. ¿Cuál es su nombre?

—Peacock. Suzanna Peacock.

—¡Anda, Peacock! «Pavo real» en inglés. Nosotros tuvimos pavos reales en la casa donde nací. Está a las afueras del pueblo, en la carretera de Ipswich. Son unos pajarracos espantosos y meten un ruido de mil demonios. Solían hacerse sus cosas en los alféizares de las ventanas.

La mujer se dio la vuelta y se llevó una mano a la boina, como para comprobar que aún seguía en su sitio.

—Bueno, Suzanna Peacock. No puedo quedarme todo el día charlando. Me temo que tendré que marcharme. Tengo que ir a comprar un pastel de carne al mercadillo del Instituto de la Mujer. Les voy a hacer unos delantales y unas bolsas para las pinzas de la ropa. No es precisamente lo que yo suelo coser pero así mantengo los dedos ocupados. Volveré cuando haya inaugurado y me tomaré una de sus tacitas de café.

—Muy bien —contestó Suzanna con tono cortante.

Antes de marcharse, la señora Creek volvió a mirar con atención la pintura abstracta, como si quisiera memorizarla para preparar su propia versión del tema.

Suzanna llegó a casa unos minutos antes de las nueve y media. Se encontró a Neil sentado, con los pies sobre la mesita de centro y un cuenco vacío, junto con un plato lleno de miguitas, a su lado.

—Iba a organizar un grupo de búsqueda —le dijo, apartando la mirada de la televisión.

—Intentaba ordenar convenientemente los artículos.

—Ya te dije que necesitabas más estantes en la parte delantera.

—¿Qué hay para cenar?

Neil pareció sorprenderse un tanto.

—No he preparado nada. Pensé que quizá llegarías a tiempo para cocinar.

Suzanna se quitó el abrigo, sintiéndose de repente enojada y cansada.

—Abro dentro de tres días, Neil. No me sobra el tiempo que digamos, y pensé que, al menos, por una vez, podrías cocinar algo para mí.

—¿Y si ya habías comido algo? Por otro lado, tampoco sabía a qué hora regresarías.

—Podías haberme llamado.

—Podías haberme llamado tú a mí.

Suzanna tiró el abrigo, que fue a caer sobre el respaldo de una silla, y entró en la pequeña cocina a grandes zancadas. En el fregadero todavía había las cosas del desayuno.

—Bueno, ya veo que mientras tú estés bien servido, Neil, no tienes que preocuparte por mí.

La voz de su marido, que se filtraba a través del ventanuco de servir los platos, se elevó en tono de protesta:

—Solo he comido un maldito trozo de pan con queso. No es que se pueda decir que me haya preparado un banquete.

Suzanna empezó a abrir y cerrar las puertas de los armarios, metiendo mucho ruido, mientras buscaba algo que fuera fácil de preparar. No había tenido tiempo de ir al supermercado desde hacía un par de semanas, y en las estanterías había poco más que algunas lentejas derramadas y un pote abierto de cubitos de caldo.

—Podías haber lavado los platos.

—¡Parece mentira! Salgo de casa a las seis menos cuarto de la mañana. ¿Quieres que me quede esperando a que termines de desayunar?

—Olvídalo, Neil. Tú procura por ti, que yo ya procuraré por mí misma. Así, al menos, los dos sabremos a qué atenernos.

Se hizo el silencio y, al cabo de unos instantes, Neil apareció en el umbral de la cocina. Había poco espacio para ambos, y su marido hizo ademán de querer llevársela a la sala de estar.

—No seas tan melodramática, Suze. Mira, si te sientas, te prepararé algo de cenar.

—No me has dejado pan —protestó ella mientras escrutaba en el interior del paquete de plástico.

—Solo quedaban dos rebanadas.

—¡Oh, desaparece de mi vista, Neil! Ve a tumbarte al sofá.

Su marido levantó las manos encolerizado. En ese preciso instante ella se dio cuenta de lo cansado que estaba, y del detalle que su rostro parecía ensombrecido.

—¡Desaparece tú de mi vista! —replicó Neil—; y no te comportes como una maldita mártir. Si esta tienda te va a convertir en una cascarrabias, preferiría que ni siquiera la inauguraras.

Neil se dejó caer en el sofá, que era demasiado grande para la habitación, cogió el mando a distancia y empezó a zapear por todos los canales de televisión.

Suzanna se quedó en la cocina unos minutos, luego salió y fue a sentarse en la silla que había frente a él, agarrando un cuenco de cereales. No quería mirarlo a la cara. Era el modo más fácil de demostrarle que estaba harta.

De repente, Neil apagó el televisor.

—Lo siento —dijo, sin obtener respuesta alguna—. Hubiera debido pensar en el pan. Lo que ocurre es que cuando bajo del tren por la noche, lo único que tengo en la cabeza es que quiero llegar a casa.

La había desarmado.

—No, soy yo quien debería lamentarlo. Todo es por culpa del cansancio. Estaré mejor cuando inaugure la tienda.

—Estoy contento de que tengas esta tienda. No hubiera debido decir eso. Me gusta mucho verte tan… tan…

—¿Ocupada?

—Animada. Me gusta verte animada. Parece que te molesten menos las cosas… bueno, lo que antes te molestaba tanto.

Comerse los cereales le representaba un gran esfuerzo. Se sentía demasiado cansada. Los dejó sobre la mesa, enfrente de ella.

—Supongo que tengo menos tiempo para pensar.

—Sí. Demasiado tiempo para pensar… siempre es hacer unas oposiciones al fracaso. Por mi parte, intento que eso no me pase —afirmó Neil con languidez—. ¿Quieres que mire si puedo tomarme un día libre para celebrar la inauguración?

Suzanna suspiró, agradeciendo la sonrisa de su marido.

—No… No te molestes. No creo que vaya a hacer una inauguración muy sonada. Ni siquiera sé si será el lunes, tal como van las cosas. Por otro lado, mejor será que no contraríes al jefe. Sobre todo teniendo en cuenta que no hace mucho que te han dado el empleo.

—Como tú prefieras —respondió Neil, dedicándole otra sonrisa titubeante. Luego se reclinó en el sofá, cogió el periódico y empezó a hojearlo.

Suzanna seguía sentada frente a él, preguntándose por qué mecanismo instintivo no había querido que fuera a la tienda. Era una bobada, incluso a su juicio. Hasta poco generoso, podría decirse. Sin embargo, quería algo que fuera solo de ella, puro y placentero, algo que no estuviera impregnado de la historia que compartía con Neil. Libre de las complicaciones que acarreaba la gente.

8

La anciana estaba en el umbral con el abrigo bueno de tweed, el sombrero de paja con cerezas, ladeado con gracia, y el bolso de cuero agarrado delante con sus deformados dedos.

—Me gustaría ir a Dere —anunció.

Vivi se giró, con la bandeja del horno escupiendo letales gotas entre sus manos enguantadas, y buscó desesperada algún rincón libre en los fogones sobre el cual depositarla. Se fijó en el sombrero y el bolso y se sintió descorazonada.

—¿Qué?

—No digas «qué». Es grosero. Estoy lista para ir al pueblo. Si no te importa ir a buscar el coche.

—No podemos ir al pueblo, Rosemary. Los niños vienen a almorzar.

Una sombra de confusión asomó al rostro de Rosemary.

—¿Qué niños?

—Todos. Vienen hoy. A comer, para celebrar el cumpleaños de Lucy, ¿te acuerdas?

El gato de Rosemary, que era tan esquelético y viejo que, cuando se echaba fuera, lo habían confundido varias veces con un animal atropellado, trepó con esfuerzo al mostrador de la cocina y se encaminó trémulo hacia el rosbif. Vivi se quitó un guante y, con suavidad, dejó el animal en el suelo, el cual protestó calladamente. Luego, de súbito, se quemó con el recipiente del asado.

—En ese caso daré una vuelta más corta antes de que lleguen —repuso.

Vivi suspiró para sus adentros. Se propuso sonreír y se volvió hacia su suegra.

—Lo siento muchísimo, Rosemary, pero tengo que preparar la comida y todavía no he puesto la mesa. Además no he pasado el aspirador por la sala. Quizá le podrías pedir a...

—Oh, no. Él está demasiado ocupado para llevarme arriba y abajo. No es buena idea molestarlo. —La anciana levantó la cabeza imperiosamente y echó un vistazo a la ventana—. Pues entonces llévame hasta los Árboles Altos. Ya iré a pie el resto del camino. —Esperó unos segundos y luego añadió, recalcando el detalle—: Con el bastón.

Vivi comprobó la ternera y deslizó la bandeja del horno colocándola en la altura inferior. Se fue al fregadero y metió los dedos irritados bajo el agua fría.

—¿Es urgente? —preguntó, procurando que su voz sonara despreocupada—. Lo digo porque a lo mejor podríamos esperar hasta la hora del té.

—Oh, no te preocupes por mí —repuso su suegra, poniéndose en guardia—. Mis paseos jamás son urgentes, ya lo sabes, querida. Soy demasiado vieja para tener cosas importantes que hacer. —Miró con aire despreciativo la otra bandeja que reposaba sobre el mármol—. Nada hay más importante que satisfacer las necesidades de unas cuantas patatas.

—Venga, Rosemary, ya sabes que yo...

No obstante, con un portazo enfático, cuyo volumen ponía en entredicho su visible fragilidad, Rosemary se había esfumado hacia su anexo independiente.

Vivi cerró los ojos y respiró hondo. Más tarde tendría que pagar por lo que había dicho. Claro que últimamente casi todos los días terminaba pagando por algo.

En condiciones normales habría capitulado y renunciado a la tarea que la ocupaba para hacer lo que le pedía la anciana, y así evitar los episodios desagradables y lograr que todo saliera a pedir de boca. Sin embargo, ese día era distinto: hacía varios años que no veía reunidos a todos los niños en casa y ya que lo había conseguido, no iba a correr el riesgo de estropear el almuerzo de cumpleaños de Lucy por pasear a Rosemary cuando debería estar macerando las patatas con el jugo de la ternera. La cuestión era que, en lo que respectaba a su suegra, nunca se trataba tan solo de llevarla al pueblo: Rosemary propondría algún entretenimiento, quizá ir al nuevo centro comercial que había a unos kilómetros de distancia, o bien que Vivi aparcara por ahí y la acompañara a recoger la ropa de la tintorería (que luego ella tendría que acarrear). Quizá le anunciaría que lo que en realidad necesitaba era ir a la peluquería, y si no le importaría a Vivi esperarla. Se había vuelto especialmente exigente desde que la habían convencido de que ya no era capaz de conducir. Todavía no habían liquidado el tema de la aseguradora y el muro destrozado de la granja de los Paget.

Tras la puerta del anexo Vivi podía oír el sonido de la televisión, un poco por debajo del volumen máximo; el único modo, insistía Rosemary, de poder oír lo que los presentadores decían en esos tiempos. «Concédeme media hora —musitó Vivi para sus adentros, examinando los dedos enrojecidos y preparándose para aventurarse de nuevo dentro del horno—. Si se queda allí dentro durante media hora, lo tendré todo controlado antes de que lleguen.»

—¿Hay alguna posibilidad de tomar una taza de té? Amañar los libros siempre me deja sediento.

Vivi estaba sentada a la mesa de la cocina. Había localizado la colección nada alquímica de trasnochados lápices y polvos compactos que hacía las veces de bolsita de maquillaje e intentaba arreglarse un poco, mitigar las rojeces y la leve pátina brillante que siempre se le formaba por pasar demasiado tiempo cocinando.

—Ahora te traeré una —le dijo después de mirarse al espejito con aire derrotado—. ¿Sabes si a papá le apetece?

—Ni idea. Supongo que sí. —Su hijo, con una planta de metro noventa y tres, bajó la cabeza de un gesto familiar al cruzar el dintel para salir de la cocina y se alejó por el pasillo—. ¡Ah, olvidaba decírtelo! —exclamó a voces, girándose—. No nos hemos acordado de recoger las flores. Lo siento.

Vivi se quedó inmóvil, dejó los polvos sobre la mesa y se acercó a su hijo con movimientos rápidos.

—¿Qué?

—No digas «qué». Es grosero —sonrió su hijo, imitando a la abuela—. Papá y yo olvidamos recoger las flores que nos pediste esta mañana. Nos liamos en la tienda de forrajes. Lo siento.

—¡Oh, Ben! —se quejó Vivi, de pie en la puerta del estudio, gesticulando de rabia.

—Me sabe mal.

—¡Era lo único! ¡Lo único que os había pedido que hiciérais por mí!, y los dos esperáis a decirme que os habéis olvidado cuando faltan cinco minutos para que lleguen los demás.

—¿De qué nos hemos olvidado? —Su esposo levantó la cabeza de los libros y adelantó la mano para coger un lápiz—. ¿Me traías una taza de té? —preguntó esperanzado.

—De los arreglos florales de la mesa. No fuisteis a recogerlos como os pedí.

—Ah.

—Te iré a coger unas flores, si quieres —propuso Ben, mirando por la ventana. Llevaba más de una hora en el estudio y se revolvía intranquilo, inquieto por salir fuera de nuevo.

—No hay flores, Ben. Estamos en febrero, ¡por el amor de Dios! ¡Oh, qué desilusión!

—¿Para qué necesitamos arreglos florales? A nosotros no se nos dan estas cosas.

—Son para el almuerzo. —Una nota de irritabilidad nada frecuente en ella asomó en el tono de su voz—. Quería que hoy todo fuera perfecto. Es un día especial.

—A Lucy no le importará si no hay adornos florales en la mesa —comentó su marido, encogiéndose de hombros y subrayando unos números con la ayuda de una regla.

—Bueno, pues a mí sí; y es un gasto descomunal tirar el dinero en unas flores que ni siquiera nos molestamos en ir a recoger.

No conseguiría nada de ellos. Vivi echó un vistazo al reloj de pared, preguntándose en vano si podría escabullirse al pueblo e ir a recogerlas en persona. Con suerte, y encontrando una plaza de aparcamiento decente, podría regresar al cabo de unos veinte minutos.

Luego se acordó de Rosemary, quien o bien querría ir con ella, o bien consideraría la breve visita de Vivi una prueba contundente de que sus necesidades no solo se juzgaban irrisorias, sino que se podían pisotear de la manera más salvaje.

—Bueno, creo que vas a poder pagarlas perfectamente —añadió Vivi mientras se desataba el delantal—, y explicarle al señor Bridgman por qué le encargamos unas flores que, según parece, no queremos.

Los dos hombres se miraron e intercambiaron una expresión de desconcierto.

—Te diré lo que podemos hacer —propuso Ben—. Iré yo; si me dejas coger el Range Rover.

—Irás con el coche de tu madre.—protestó su marido—. De paso, compra una botella de jerez para tu abuela… No te olvidarás de esa taza de té, ¿verdad, cariño?

Vivi llevaba casada exactamente nueve años cuando su suegra fue a vivir con ellos, y quince desde que su esposo capituló y accedió a construirle un anexo para que ellos dos pudieran ver alguna serie policíaca americana sin tener que detenerse cada cinco minutos para explicar el argumento, pudieran cocinar con ajo o especias y, solo de vez en cuando, leer los periódicos en la cama los domingos por la mañana sin oír una llamada imperiosa a la puerta recriminándoles por qué el zumo de naranja no estaba en el estante habitual de la nevera.

No se plantearon ingresarla en una residencia. La casa había sido de ella: quizá no había nacido allí, como le gustaba decir a Rosemary, pero la anciana no veía razón alguna por la cual no pudiera morir en ella. A pesar de que fueran los arrendatarios quienes cultivaran la tierra en la actualidad y de que no quedara gran cosa en el ámbito de la ganadería, a Rosemary le gustaba mirar por la ventana y recordar el pasado. Para ella era un gran consuelo. Además, era necesario que alguien cercano transmitiera la historia de la familia a la joven generación y el estilo que marcaban las costumbres. Ahora que la mayoría de sus amistades había muerto, la familia era lo único que le quedaba. Por otro lado, reflexionaba Vivi de vez en cuando, albergando extraños pensamientos de rebeldía, ¿por qué iba a querer mudarse cuando tenía compendiada en una sola persona a una cocinera, una fregona y un chófer permanentemente a su disposición? Ni siquiera un hotel de cinco estrellas le podría ofrecer tantos servicios.

Los niños, que habían crecido con esa abuelita que vivía al otro lado del pasillo y que, al igual que su padre, dejaban que fuera su madre en general quien se encargara de ella, trataban a la anciana con una mezcla de benevolencia y de humor irreverente, trato que, por lo general, y a Dios gracias, no llegaba a sus oídos. Vivi los reñía porque se burlaban de sus frases favoritas, o bien por las veladas referencias que hacían al hecho de que la mujer no oliera a violetas de Parma, sino a algo más acre y orgánico (todavía no estaba muy segura de cómo iba a sacar el tema), pero también le encantaban, porque le permitían considerar a la anciana con mayor perspectiva durante esos descorazonadores días en que las exigencias de Rosemary la convertían en un ser monstruoso e imposible.

En realidad incluso su hijo se veía obligado a admitir que Rosemary no era la más tratable de las señoras. Irascible y dogmática, con su firme creencia en la tradición y su mil veces mencionada decepción por el fracaso de su familia en cumplir las expectativas previstas, en apariencia seguía considerando a Vivi una especie de invitada de la casa en calidad de trabajadora, incluso después de treinta años de matrimonio.

Por muy delicada y olvidadiza que fuera, Rosemary no había traspasado ese pasillo en silencio. Las emociones ya de por sí encontradas de la mujer por la construcción del anexo se debatieron con posterioridad entre el tozudo resentimiento de pensar que la estaban «echando» y el secreto orgullo que sentía por su renovada independencia y ese entorno distinto. Vivi había decorado las nuevas habitaciones con interés, combinando unas rayas color cereza de estilo francés y una *toile de Jony* (Rosemary se veía obligada a reconocer que en lo único en que Vivi había destacado siempre era en las telas), ambiente que se mantendría al margen de la música incomprensible de la juventud, los inacabables flujos de sus monosilábicos amigos, los perros, las raquetas y las botas embarradas.

De todos modos, eso no privó a Rosemary de hacer repetidos y subrepticios comentarios a Vivi sobre la cuestión de que la hubieran «marginado» o «dejado en la cuneta», incluso a veces delante de las pocas amigas que le quedaban. Su propia abuela, le decía con aire acusador al menos una vez a la semana, se apropió de la sala grande y la convirtió en su cuartel general al volverse anciana, y a los niños les permitían ir a verla una vez al día para presentarle sus respetos y leerle un libro de vez en cuando.

—Tengo la *Guía para el usuario de clubes en Ibiza* —dijo Ben en tono alegre—; y también *Mantenimiento básico de tractores*.

—Podríamos rescatar *La alegría del sexo* —rió Lucy—. ¿Recuerdas que mamá y papá solían esconderlo en el armario?

—¿Quién se esconde en el armario? —preguntó enojada Rosemary.

—¡Lucy! —exclamó Vivi sonrojándose. Había comprado ese libro como regalo de su trentagésimo aniversario, durante la época en que estaban «intentándolo» con Ben. Su marido se quedó pasmado, y muy impresionado por las ilustraciones. «No me extraña que tenga tanto pelo facial —le había dicho con aire despreciativo—. Ya querría yo también disfrazarme como ellos.» Vivi procuró que sus comentarios no le hicieran mella. Recordaba constantemente todo lo bueno que poseía: una casa preciosa, unos hijos maravillosos y un marido encantador; por eso sabía sobrellevar las pullas y las exigencias caprichosas de Rosemary, y dejarlo a él en la ignorancia en lo que se refería al exacto alcance del problema. A su marido no le gustaban las discordias familiares: se retraía en su caparazón, como un caracol, desde donde acechaba, un poco enfurruñado, hasta que los demás hubieran «solucionado sus conflictos». Por eso no le gustaba ese enredo de Suzanna con los demás. «Creo que deberíais sentaros a charlar y tendrías que explicárselo», le había propuesto Vivi en más de una ocasión.

«Ya te he dicho que no quiero remover esa historia de nuevo —solía responderle él, cortándola en seco—. No tengo que dar explicaciones a nadie; y mucho menos a alguien a quien le acabo de regalar una maldita casa para residir en ella. Va a tener que aprender a vivir con eso.»

Había empezado a lloviznar. Suzanna estaba de pie en el escalón de entrada, protegiéndose como podía bajo el dintel mientras Neil sacaba la botella de vino y las flores del asiento trasero del coche.

—Elegiste claveles —le dijo ella, con una mueca de disgusto.

—¿Y qué?

—Son horribles. Esas flores tienen un aspecto vulgar.

—Por si acaso todavía no te has enterado, Suze, no estamos exactamente en la posición de poder comprar orquídeas raras. Tu madre se alegrará de recibir cualquier obsequio que le hagamos.

Suzanna sabía que era cierto, pero eso no le impidió ponerse de mal humor. Siempre se sentía de ese modo a partir del instante en que entraban por el caminito y veía la extensión de la granja color mostaza, con la enorme puerta de roble de su infancia. Apenas podía recordar la época en que esa casa representó para ella una vida cómoda y carente de complicaciones. Tenía, no obstante, esa certeza, antes de que las diferencias con sus hermanos se volvieran más acusadas y antes incluso de llegar a verlas reflejadas en la complicada mirada de su padre y los esfuerzos exagerados de su madre para fingir que eran invisibles. Antes de que fueran inscritas, legalmente, en el futuro de su familia. Ahora la casa parecía contaminada, su mera existencia empañaba su vida, la atraía hacia su interior y la repelía en una arremetida frustrante. Sintió un nudo en el estómago, y Suzanna echó un vistazo al coche.

—Marchémonos a casa —susurró mientras Neil subía el escalón y se colocaba junto a ella.

—¿Qué?

Oyeron el sonido distante de un ladrido maníaco que procedía del interior.

—Vámonos... Marchémonos ahora mismo.

Neil levantó la vista al cielo, dejando caer los brazos a ambos lados de su cuerpo, exasperado.

—Por el amor de...

—Será horrible, Neil. No puedo enfrentarme a ellos en masa. No estoy preparada.

Demasiado tarde. Se oyó el ruido de unas pisadas, el sonido del forcejeo con la cerradura, y la puerta se abrió de par en par, dejando escapar un aroma a carne asada y un sobreexcitado Jack Russell. Vivi riñó al perro ladrador y lo obligó a entrar en la casa de nuevo, después la mujer se incorporó y les dedicó una amplia sonrisa. A continuación se limpió las manos en el delantal y las tendió abiertas hacia ellos.

—Hola, cariño mío. ¡Qué alegría veros! Bienvenidos a casa.

—No me des nada que contenga marisco. Esas gambas me hincharon los labios y se me pusieron como los de un hotentote.

—No puedes decir «hotentote», abuela. No es políticamente correcto.

—Casi termino yendo a la consulta del médico. La piel se me quedó tirante. No pude salir durante un par de días.

—Estuviste muy malita —dijo Vivi, sirviendo las patatas. Pinchó los bordes con un tenedor y advirtió, con satisfacción, que el jugo de la ternera había formado un ribete dorado en torno.

—Ahora hay mujeres que pagan una pasta para eso, abuela —dijo Ben—. ¿Puedo tomar un par de patatas más? Esa de ahí, mamá. La quemada.

—Implantes —intervino Lucy.

—¿Qué?

—Las mujeres. Se los ponen en los labios para que parezcan más gruesos. A lo mejor tendrían que haber comido esas gambas enlatadas de mamá. No quiero carne, mamá. Por el momento no tomo carne roja. ¿Tú no te pusiste unos, Suze?

—Tú nunca has llevado implantes.

—Implantes, no. Inyecciones. En los labios. Durante tu fase de mejora de aspecto personal.

—Muchísimas gracias, Lucy.

—¿Te inyectaste en los labios?

—Solo es algo temporal —confesó Suzanna sin apartar la vista del plato—. Es tan solo colágeno. Sirve para hacer más pronunciado el mohín.

Vivi, estupefacta, se giró hacia su yerno con la cuchara de servir en la mano.

—Y tú, ¿dejaste que se lo hiciera?

—¿Crees que yo tenía voz y voto en la materia? Recuerda cómo era ella en esa época. Siempre colocándose extensiones en el pelo, uñas de porcelana… Nunca sabía si al regresar a casa me encontraría con Cher o con Anna Nicole Smith.

—Venga, no exageres, Neil. Eran temporales. Además, tampoco me gustaban. —Suzanna, enfadada, removía las verduras del plato.

—Yo te vi con aquello. Parecía como si alguien te hubiera metido dos tubos bajo los labios. Horripilante.

—¿Tubos bajo los labios? —se extrañó Rosemary—. ¿Y para qué va a querer tubos bajo los labios?

Suzanna echó un vistazo a su padre, quien, cabizbajo, fingía no estar pendiente de la conversación. Había pasado casi todo el rato hablando con Neil, al cual trataba, como era habitual en él, con una cortesía ridícula, como si todavía le agradeciera al joven el inmenso favor que le había hecho quitándole a Suzanna de las manos. Neil siempre le decía a su esposa que parecía tonta al pensar esas cosas, pero ella no lograba comprender por qué sus padres siempre se extrañaban tanto de que su marido supiera hacer tareas como, por ejemplo, plancharse las camisas, sacar la basura o llevarla a cenar. Como si ella fuera un ser predispuesto genéticamente a realizar todas las tareas domésticas.

—Bueno, yo creo que Suzanna ya es lo bastante bonita sin... esos adornos —comentó Vivi, sentada, mientras iba pasando la salsa—. No creo que necesite ninguna clase de ayuda.

—Tu pelo tiene un aspecto fantástico, Suze —dijo Lucy—. Me gusta cuando lo llevas en tu tono natural. —Lucy, cuyo cabello era mucho más claro que el de Suzanna, llevaba el pelo cortado en una melena de profesional, con reflejos.

—Como Morticia Addams —añadió Ben.

—¿Quién? —preguntó Rosemary, inclinándose sobre el plato—. ¿Alguien va a servirme patatas? No tengo patatas.

—Ahora vienen, abuela —le aclaró Lucy.

—Morticia Addams. De *La familia Addams*.

—¿Los Adam de Stoke-by-Clare?

—No, abuela. Unos que salen en la tele. ¿Viste el concierto de Radiohead, Luce?

—Era un fascista, ¿sabéis? Durante la guerra. ¡Una familia espantosa!

—Sí. Eran fantásticos. Tengo el compacto en el coche si quieres fusilarlo.

—Cada noche tomaban una cena fría. Nunca hacían ni una sola comida decente en aquella casa. Además, criaban cerdos.

—Tienes que contarnos cosas de la tienda, querida —le dijo Vivi a Suzanna, volviéndose hacia ella—. Me muero por saberlo todo. ¿Sabes ya cuál será el día de la inauguración?

Suzanna se quedó mirando el plato de hito en hito, respiró hondo y echó una ojeada a Neil, que seguía hablando con su padre.

—En realidad ya está abierta.

Hubo un breve silencio.

—¿Abierta ya? —exclamó Vivi sin comprender—. Creía que ibas a montar una fiesta de inauguración.

Suzanna miró incómoda a Neil, que había hundido los ojos en el plato con la típica expresión de quien dice: «A mí, no me mezcles en esto».

—Hice muy poca cosa —murmuró Suzanna con dificultad.

Vivi se quedó mirando a su hija y se ruborizó, con tanta delicadeza que solo los que la observaban detenidamente (su hijo, su yerno y su otra hija) se percataron.

—Ah, ya... —musitó, sirviéndose salsa en el plato con un ademán metódico—. Bueno, es natural pensar que era mejor que no invadiéramos el local, claro. Supongo que vale más tener clientes de verdad, ¿no? Gente que vaya a comprar... ¿Fue... salió todo bien?

Suzanna suspiró, acobardada por la culpa y resentida a la vez por el hecho de que, transcurridos tan solo unos minutos desde que habían empezado a almorzar, se hubiera visto obligada a albergar esos sentimientos. Todo le había parecido perfectamente racional cuando justificó ante sí misma la decisión tomada. Ya tenía bastante con el hecho de haberse visto forzada a mudarse y refugiarse a la sombra de su familia, así que había dado por supuesto que no era pedir demasiado que la dejaran labrarse un cierto espacio personal. De otro modo, no sería su tienda, sino una extensión más de los intereses familiares. Sin embargo, en ese momento, al oír cómo Vivi intentaba disfrazar el dolor que asomaba a su voz con una serie de observaciones despreocupadas, consciente del peso de las miradas acusatorias de sus hermanos, aquello no le parecía tan fácil de explicar.

—¿Dónde está, Suze? —La muchacha detectó una cortesía glacial en la voz de Ben.

—Justo al salir de Water Lane. A dos calles de la charcutería.

—Me alegro —contestó su hermano con frialdad.

—Tenéis que venir a verme algún día —dijo Suzanna, sonriendo con timidez.

—De momento estamos bastante ocupados —contestó Ben, mirando a su padre—. Barajamos un par de proyectos para los establos, ¿verdad, papá?

—Estoy seguro de que todos encontraremos la ocasión de dejarnos caer en tu tienda, y pronto. —El tono de voz de su padre era neutral.

Suzanna advirtió que se le llenaban los ojos de lágrimas inexplicablemente.

Vivi se había levantado de la mesa para hacerse cargo de alguna tarea sin especificar que la aguardaba en la cocina. La oyeron avanzar por el pasillo mientras murmuraba algo al perro.

—Bueno, ¡muy bonito por tu parte, Suze! —La voz de Lucy resonó cortante desde el otro lado de la mesa.

—Lucy… —la previno su padre.

—¿Tanto te habría molestado invitar a mamá? Aunque no hubiera ido ninguno de nosotros, al menos, podías haber invitado a mamá. Estaba orgullosísima, ¿sabes? Le ha contado a todo el mundo lo de tu maldita tienda.

—Lucy.

—Y ahora has conseguido que parezca una idiota delante de sus amigas.

—¿Quién es idiota? —preguntó Rosemary, levantando la cabeza de su plato. Miró a su alrededor, buscando a Vivi—. ¿Por qué no tengo mostaza? ¿Soy la única que no tiene mostaza?

—No quería herirla.

—No, nunca es tu intención.

—Es que ni siquiera puede decirse que fuera una inauguración. No invité a copas ni nada parecido.

—Pues razón de más para que no te hubiera costado tanto invitarla. ¡Parece mentira! Después de todo lo que mamá y papá han hecho por ti…

—Lucy…

—Oíd, no empecemos… —los interrumpió Neil, gesticulando hacia la puerta, por donde entraba entonces Vivi—. Ahora no…

—Olvidaba presentar el budín. Qué tonta, ¿no? —comentó Vivi,

volviendo a sentarse y mirando a los comensales con la vaga apreciación de la anfitriona experimentada—. ¿Tenéis de todo? ¿Os falta alguna cosa más?

—Está delicioso —dijo Neil—. Te has superado a ti misma, Vivi.

—Yo no tengo mostaza —protestó Rosemary con un deje acusatorio.

—Sí que tienes, abuela —dijo Lucy—. A un lado del plato.

—¿Qué has dicho?

Ben se inclinó sobre la mesa, señalando con el cuchillo.

—Ahí —le dijo, mostrándosela—. Eso es la mostaza.

Vivi había estado llorando (Suzanna podía adivinarlo por las rojeces acusatorias que tenía alrededor de los ojos.) Echó un vistazo a
Neil, sentado al otro lado de la mesa, y comprendió que su marido
también se había fijado. A Suzanna se le cortó el apetito.

—Tenemos que daros una noticia —dijo Neil.

—¿Ah, sí? —se interesó Vivi—. ¿Qué es?

—Que Suzanna ha decidido interesarse por alguien más que no
sea su propia persona —la cortó Lucy—. ¡Eso sí que sería noticia!

—¡Por el amor de Dios, Lucy! —Su padre dejó caer con estrépito la cubertería sobre la mesa.

—Vamos a tener un bebé. Todavía no, claro —se apresuró a añadir Neil—. El año que viene. Hemos decidido que ese sería el momento perfecto.

—¡Qué alegría que me dais! Eso sería maravilloso. —Vivi, con
un nuevo brillo en la mirada, saltó de su silla y se fue a abrazar a Suzanna.

Su hija, tiesa como un palo, se quedó sentada, contemplando con
furia silenciosa a su marido mientras él procuraba no cruzarse con su
mirada.

—¡Estoy contentísima por vosotros! ¡Qué bonito!

Lucy y Ben intercambiaron una mirada cómplice.

—¿Qué sucede? ¡Ojalá hablarais claro por una vez!

—Suzanna va a tener un bebé —dijo Vivi, alzando la voz.

—Todavía no —intervino Suzanna, recuperando la facultad del
habla—. No voy a tener un hijo todavía. Al menos, hasta el año que
viene. De hecho, pretendíamos que fuera una sorpresa pero…

—Bueno, creo que es perfecto —dijo Vivi, volviendo a sentarse.

—¿Está embarazada? —preguntó Rosemary, inclinándose sobre la mesa—. ¡Ya era hora!

«Voy a matarte», le dijo Suzanna a Neil sin articular sonido alguno.

—¿No es fantástico, cariño? —le comentó Vivi a su marido, cogiéndolo del brazo.

—La verdad es que no —repuso él.

La sala quedó en silencio; salvo en el extremo de la mesa donde se sentaba Rosemary. En ese lugar una especie de explosión gástrica interna provocó que Ben y Lucy apenas consiguieran ahogar la risa.

Su padre dejó el cuchillo y el tenedor en el plato.

—En la práctica siguen estando en la bancarrota. Viven en una casa de alquiler. Suzanna acaba de comenzar un negocio, a pesar de que no tiene ninguna clase de experiencia en dirigir una tienda con éxito, ni siquiera en administrar el presupuesto de una casa. Creo que lo último que deberían hacer es añadir hijos a esa ecuación.

—¡Querido! —lo riñó Vivi.

—¿Qué pasa? ¿Acaso no podemos decir la verdad? Más que nada por si decide ausentarse de la familia otra vez. Lo siento, Neil. En otras circunstancias serían unas noticias estupendas pero hasta que Suzanna no haya madurado un poco y aprendido a aceptar sus responsabilidades, creo que es una idea terrible.

Lucy había dejado de reírse. Observó a Suzanna y luego a Neil, que se había puesto rojo como la grana.

—Eso ha sido muy cruel, papá.

—Solo porque no resulte agradable escuchar un comentario no significa que sea cruel. —Su padre, habiendo excedido al parecer su cuota diaria de discurso oral, volvía a comer.

Vivi cogió la bandeja de los budines de Yorkshire con una expresión acongojada.

—No toquemos ese tema hoy. Nos reunimos todos tan pocas veces... Intentemos pasar un almuerzo agradable, ¿de acuerdo? —propuso Vivi, levantando la copa—. ¿Brindamos por Lucy, quizá? Veintiocho. Una edad maravillosa.

Solo Ben se unió a ella.

Suzanna levantó la cabeza.

—Pensé que te sentirías satisfecho de que iniciara un negocio, papá —dijo despacio—. Pensé que estarías contento de que hiciera algo por mí misma.

—Estamos muy contentos, cariño —dijo Vivi—. Muy contentos, ¿verdad que sí? —repitió su madre, apoyándose en el brazo de su marido.

—Oh, deja de fingir ya, mamá. Por mucho que me esfuerce, él siempre pensará que podría haberlo hecho mejor.

—Estás malinterpretando mis palabras, Suzanna —puntualizó su padre sin dejar de comer a bocaditos regulares. No había alzado la voz.

—Pero el sentido no. ¿Por qué no me das un respiro?

Era como hablar con una pared. Suzanna se puso en pie de súbito, esperando que la mirara.

—Sabía positivamente que sucedería algo así —exclamó, poniéndose a llorar y marchándose precipitadamente de la mesa.

La familia oyó cómo se alejaban sus pasos por el pasillo y el sonido de una puerta distante al cerrarse con fuerza.

—Feliz cumpleaños, Luce —dijo Ben, levantando la copa con ironía.

Neil retiró su silla y se secó la boca con la servilleta.

—Lo siento, Vivi. Estaba delicioso. De verdad que sí.

Su suegro no levantó la cabeza.

—Siéntate, Neil. No contribuyes a mejorar las cosas si sales galopando tras ella.

—¿Qué le pasa? —intervino Rosemary, volviéndose con dificultad hacia la puerta—. Los mareos matutinos, ¿verdad?

—Rosemary… —advirtió Vivi, apartándose un mechón de pelo de la frente.

—Quédate —dijo Lucy, colocando su mano en el hombro de Neil—. Iré yo.

—¿Estás segura? —Neil echó un vistazo a la comida, incapaz de ocultar el alivio que sentía de que se le permitiera terminar el almuerzo en paz.

—Lo que sí es seguro es que ya se ha apropiado del cumpleaños de Lucy.

—No seas desagradable, Ben —le recriminó su madre, mientras con añoranza veía marcharse a Lucy.

Rosemary se inclinó hacia delante para servirse otra patata.

—Espero que todo sea para bien. —La anciana pinchó una pieza con un tenedor trémulo—. Mientras no salga como su madre...

Los establos habían cambiado completamente. En la parte trasera de la granja, donde en el pasado hubiera tres cobertizos de madera para guardar el heno, la paja y las piezas sobrantes y oxidadas del utillaje agrícola, medio en ruinas y protegidos por una mano de creosota, había ahora dos establos reconvertidos con cristaleras dobles, zonas de aparcamiento con gravilla delante y unos discretos letreros que anunciaban: «Despachos completamente equipados». A través de la ventana de lo que en otros tiempos fuera el almacén de grano, Suzanna pudo discernir la silueta de un hombre caminando arriba y abajo mientras hablaba animado por teléfono. Llevaba varios minutos buscando un lugar donde sentarse y desde el cual nadie pudiera verla llorar.

—¿Estás bien?

Lucy apareció a su izquierda y se acomodó junto a ella. Durante unos minutos observaron al hombre caminar y hablar. Suzanna se fijó en que su hermana poseía esa tez tersa y deslumbrante que sugiere un sol de invierno y unas costosas vacaciones de esquí, y con un sobresalto advirtió que Lucy pasaba a formar parte de la lista cada vez más larga de personas a las que envidiaba.

—Dime, ¿cuándo construyeron todo eso? —preguntó Suzanna, aclarándose la garganta y señalando hacia los establos.

—Empezaron hace un par de años. Ahora que papá abandona la tierra, él y Ben están buscando la manera de lograr que el resto de la propiedad devengue mayores beneficios.

Suzanna detectó en las palabras «él y Ben» alguna cosa que le hizo saltar las lágrimas.

—Organizan cacerías al otro lado del bosque, también; y crían faisanes.

—Jamás creí que papá fuera cazador.

—Ah, no, no. Él no va a cazar. Es Dave Moon quien se encarga. Tiene perros y todo lo que hace falta; y mamá prepara los almuerzos. Se trata de vendedores ambulantes del centro de Londres a quienes apetece manejar una Purdey. Les cobran una fortuna —añadió Lucy satisfecha—. Las ganancias de la última temporada sirvieron para costear el nuevo coche de papá. —La muchacha se arrancó un trocito de liquen del zapato, levantó el rostro y sonrió—. Nunca lo dirías… ¿Sabes que cuando papá era joven hubo un tiempo en que se obsesionó con la idea de regalarlo todo? Me refiero a la tierra. La abuela me lo contó. ¿Te imaginas a papá, que tanto insiste en la tradición, como una especie de Robin Hood comunista?

—No.

—Yo tampoco. Al principio pensé que a la abuela le había dado un brote de alzheimer, pero me juró que era cierto. Ella y el abuelo se lo sacaron de la cabeza. —Lucy atrajo las rodillas hacia su pecho—. ¡Caray! Me habría gustado ser invisible para no perderme esa conversación.

A gran distancia, salpicando el estrecho campo que había junto al río, se veían una veintena de ovejas blancas y negras, en apariencia inmóviles. Su padre nunca había tenido mucho éxito con las ovejas. «Son demasiado proclives a contraer enfermedades repugnantes», solía decir. Sarna y escaldaduras, plagas debidas a las moscardas y las duelas, nombres medievales y síntomas macabros que, de pequeños, los niños aprendieron a escuchar con un horror embelesado.

—Apenas reconozco este lugar —comentó Suzanna con la boca chica.

—Deberías venir más a menudo —la atajó su hermana—. Tampoco vives a tantos kilómetros de distancia.

—¡Ojalá pudiera! —exclamó Suzanna, ocultando la cara entre sus brazos. Lloró un rato más y luego, sollozando, miró a su hermana con el rabillo del ojo—. Es tan horrible conmigo, Luce…

—Está molesto porque has herido los sentimientos de mamá.

Suzanna se llevó el pañuelo a la nariz.

—Sé que debería haberla invitado. Es que… Me repatea vivir bajo sus alas. Ya sé que me han ayudado mucho desde que perdimos el dinero y tuvimos que cambiar de vida, pero ahora ya nada es lo mismo…

Lucy se volvió hacia ella con un gesto de exasperación.

—Es por el testamento, ¿verdad? Todavía andas dándole vueltas a lo del testamento.

—No le doy vueltas.

—Tendrás que aflojar un poco, ¿sabes? Tú no quieres dirigir la propiedad. Nunca has querido. Me dijiste que te volverías loca.

—No se trata de eso.

—Estás dejando que ese tema lo envenene todo; y eso hace que papá y mamá se sientan desgraciados.

—¡Si soy yo la que se siente desgraciada!

—Me resulta increíble que te obsesiones por lo que le ocurra al dinero de papá tras su muerte. No puedo creer que estés dispuesta a separar a esta familia por algo que, para empezar, no te pertenece. Él no va a permitir que los demás salgamos mal parados, eso ya lo sabes.

—No se trata del dinero de papá. Se trata del hecho de que él cree en un sistema pasado de moda según el cual los chicos son más importantes que las chicas.

—Eso se llama primogenitura.

—Como quieras, pero está mal, Lucy. Yo soy mayor que Ben. Está mal y divide; no debería existir en estos tiempos.

—¡Pero si tú no quieres dirigir la propiedad! —exclamó Lucy, colérica—. Nunca has querido.

—¡Ya te he dicho que no se trata de eso, caramba!

—Pues entonces, ¿de qué? ¿Preferirías que se dividiera y se vendiera todo, para que tú puedas disfrutar de una parte proporcional?

—No, no, Lucy. Solo quiero que se reconozca que yo… que nosotras… que somos tan importantes como Ben.

Lucy hizo ademán de ponerse en pie.

—Ese es tu problema, Suze. Yo me siento tan importante como Ben.

El hombre terminó la llamada telefónica. Vieron que se movía, que su silueta daba la vuelta al escritorio y desaparecía. Al cabo de un rato, la puerta de la oficina se abrió y el individuo emergió a la luz del día. Las saludó con una leve inclinación de cabeza y subió al coche.

—Mira, nadie más te dirá lo que voy a decirte yo, pero creo que debes considerar el tema con mayor perspectiva, Suzanna. Este asunto no tiene que ver con lo que papá piense de ti. Es más, de pequeños eras tú quien conseguía acaparar su atención, más que Ben y que yo. —Lucy levantó una mano para acallar las protestas de Suzanna—. No, no. Me parece bien. Seguramente lo necesitabas más que nosotros, pero no puedes culparlo por todo lo que ha sucedido desde entonces. ¡Te ha dado una casa, por el amor de Dios!

—No nos la ha dado. Le pagamos un alquiler.

—Un alquiler de pega. Sabes tan bien como yo que la tendrías gratis si quisieras.

Suzanna se esforzó por reprimir el impulso infantil de decir que no la quería. Odiaba esa casita de habitaciones reducidas y vigas que imitaban el estilo rústico.

—Eso es porque se siente culpable. De esta manera lo compensa.

—¡Mira que llegas a ser mimada! No puedo creer que tengas treinta y cinco años.

—Treinta y cuatro.

—Como quieras.

Lucy, quizá consciente de que su tono había sido un tanto duro, le dio un codazo a su hermana en un gesto conciliador. Suzanna, que empezaba a sentir frío, se protegió el pecho con las rodillas y se preguntó cómo era posible que su hermana, a los veintiocho años, hubiera alcanzado ese grado de certeza, ese autodominio.

—Mira: papá está en su derecho al dividir sus cosas como prefiera. Tiene derecho a actuar así. Por otro lado, las cosas cambian. Necesitas meterte más de lleno en tu propia vida y así toda esta historia ya no te afectará tanto.

Suzanna se tragó la amarga réplica que le iba a dirigir. Notó algo especialmente mortificante en el hecho de que su hermana menor la tratara con condescendencia y le pareció oír el eco de las discusiones familiares que se habían desarrollado sin estar ella presente. Sobre todo porque sabía que Lucy tenía razón.

—Consigue que la tienda sea un éxito y papá tendrá que mirarte de un modo distinto.

—Si logro que la tienda sea un éxito, papá morirá de un ataque. —Suzanna temblaba. Lucy se puso en pie con el equilibrio fácil de los que consideran la actividad de practicar deporte un ritual diario. Su hermana mayor, al levantarse, creyó oír que le crujían las rodillas—. Lo siento —le dijo—. Feliz cumpleaños.

—Vamos, entremos —la invitó Lucy, tendiéndole el brazo—. Te

enseñaré la caja de galletas que la abuela me ha regalado por mi cumpleaños. Es idéntica a la que la señora Popplewell le regaló por Navidad, hace dos años. Además, si nos quedamos fuera más rato, creerá a pies juntillas que te has puesto de parto.

Vivi se dejó caer pesadamente sobre la banqueta, cogió un tarro y empezó a limpiarse la huella que el día le había imprimido en el rostro. No era una mujer frívola (solo tenía dos tarros en el tocador: uno para desmaquillarse y una hidratante de supermercado), pero esa noche contempló la imagen reflejada ante ella y se sintió inmensamente cansada, como si alguien hubiera depositado un peso intolerable sobre sus hombros. «Es como si fuera invisible —pensó—, vista la influencia que tengo en esta familia.» De más joven había guiado a sus hijos por el condado, supervisado sus lecturas, las comidas y la higiene dental, se había erigido en árbitro de sus riñas y dictado la ropa que deberían llevar. Había cumplido sus tareas maternales con seguridad, rechazando las protestas infantiles, estableciendo límites, confiando en sus propias capacidades.

Ahora, sin embargo, se veía impotente, incapaz de intervenir en sus disputas o ayudarlos a aliviar su infelicidad. Intentó no pensar en la inauguración de la tienda de Suzanna: ese descubrimiento le había hecho sentirse tan irrelevante que casi se había quedado sin respiración.

—Ese perro tuyo se ha empleado a fondo con mis zapatillas.

Vivi se giró. Su esposo estaba examinando el tacón de la zapatilla de cuero, visiblemente mordisqueado.

—No me parece bien que lo dejes subir. El piso de abajo es el lugar más adecuado para un perro. No comprendo por qué no lo metemos en una perrera.

—Fuera hace demasiado frío. El animalito se congelaría. —Vivi siguió reflexionando—. Mañana bajaré un momento al pueblo y te traeré otro par.

Completaron su higiene en silencio. Vivi, enfundándose en el camisón, deseó no haber terminado el libro. Esa noche le habría venido bien evadirse un poco.

—Ah, mamá quiere saber si puedes sacarle una bandeja del horno. Mañana quiere preparar unos bollitos y no sabe dónde ha ido a parar la suya.

—La dejó en el jardín cercado. La ha utilizado para darle de comer a los pájaros.

—Bueno, a lo mejor podrías ir a buscarla para ella.

—Querido, creo que hoy has estado un poco duro con Suzanna —comentó Vivi con un tono de voz despreocupado, intentando evitar que sus palabras parecieran albergar un amago de reproche.

Su esposo profirió un sonido despreciativo, una especie de exhalación gutural. La ausencia de una respuesta verbal, sin embargo, la animó a seguir con el tema.

—Pienso que si tiene un hijo quizá se realice. Ella y Neil han tenido tantos problemas… Algo así les daría un nuevo objetivo.

Su marido se miraba los pies descalzos.

—¿Me oyes, Douglas? Se esfuerza mucho. Ambos se esfuerzan mucho.

Era como si no la oyera.

—¡Douglas!

—¿Y si mi madre tiene razón? ¿Y si termina como Athene?

Era extrañísimo que llegara a pronunciar su nombre. Vivi notó incluso que ese sustantivo parecía solidificarse en la atmósfera que reinaba entre ellos.

—Piénsalo bien, Vivi. En serio. Piensa en ello. Porque no habrá nadie que pague los platos rotos.

9

La propiedad Dereward era una de las más extensas de esa zona de Suffolk. Limítrofe con lo que más tarde daría en llamarse el país de Constable, su antigüedad se remontaba al siglo XVII, y lo peculiar en ella era que había albergado una línea ancestral casi inquebrantable, poseía unas tierras, acusadamente empinadas para la región, idóneas para ser destinadas a una gran variedad de usos, desde la agricultura a la pesca deportiva, y contenía un número excepcional de casitas semiderruidas (había también quien llamaba la atención sobre el aspecto poco rentable de las viviendas). La mayoría de las restantes mansiones que presidían ciento ochenta hectáreas de tierra eran más regias y quizá contaran con una galería de retratos o un salón de baile que indicara la relevancia de la familia en cuestión. La propiedad Dereward asimismo se enorgullecía de su historia (los retratos familiares eran famosos no solo por presentar a todos los herederos de los últimos cuatrocientos años, sino por detallar, con un lenguaje bastante atrevido, el modo como habían fallecido), pero esa casa de ocho dormitorios, con pesadas vigas y de color mostaza, había sido engrandecida sin orden ni concierto, adoptando en ocasiones diversos estilos arquitectónicos de lo más inadecuado.

Por aquel entonces el hogar original de los Fairley-Hulme se extendía unas veinticuatro hectáreas alrededor de la casa y solo aumentó de tamaño a resultas de una apuesta realizada entre Jacob Hulme (1743-1790, muerto por culpa de un desaconsejable contacto íntimo con una de las primeras trilladoras de Suffolk) y el, por lo general, siempre embriagado patriarca de la vecina propiedad Philmore; para ser una familia tan proclive a airear su historia, curiosamente ese fragmento en cuestión a menudo era obviado. De hecho, la reclamación de Jacob Hulme para cobrar la deuda de juego desembocó casi en un motín entre los habitantes del pueblo porque estos últimos temían por sus casas y su sustento, hasta que Jacob, un hombre extrañamente astuto para formar parte de la clase terrateniente, prometió que bajo su mando se reducirían los diezmos y se construiría una escuela nueva, que dirigiría una tal Catherine Lees. (La señorita Lees tuvo más tarde un hijo en circunstancias poco claras, a pesar de que Jacob demostró una generosidad fuera de lo normal a la hora de ofrecer su apoyo a la maestra soltera y proporcionarle un techo bajo el que vivir.)

Philmore House permaneció vacía durante mucho tiempo y, a tenor de los rumores, se convirtió en un discreto lugar de citas para el disfrute de los miembros masculinos de la familia Hulme hasta que una tal Arabella Hulme (1812-1901, ahogada por atragantarse con una garrapiñada), cuyo hermano, el heredero, había fallecido en la batalla de Crimea, y que fue la responsable, por matrimonio, de la incorporación del apellido Fairley, puso fin a lo que ella consideraba una tentación innecesaria situada demasiado a tiro de su marido. Arabella Hulme contrató a un ama de llaves muy adusta y auspició que se propagara un rumor macabro sobre las tendencias castradoras de los supuestos «fantasmas» de la casa. No le quedó otra alternativa: la casa, por aquel entonces, se había convertido en una especie de leyenda local, y se decía que un hombre necesitaba tan solo cruzar el umbral para verse asaltado por pensamientos lujuriosos. Diversas familias emprendieron viaje para establecerse en los alrededores y lograr que sus hijas pudieran sacar provecho de tales debilidades.

Por consiguiente, Arabella Hulme fue la excepción vestida de crinolina en este desfile de rostros masculinos de ego engrandecido (aunque su mandíbula era tan dura y su perfil tan poco delicado que, a menudo, era preciso mirarla de nuevo antes de sacar conclusiones). A partir de principios del siglo XX se realizaron diversos intentos de retratar a algunos miembros femeninos de la familia, a la par que aumentaban las protestas ante la posibilidad de que la casa sucumbiera bajo la línea materna de la familia. Sin embargo, esposas e hijas solían tener un aspecto un tanto pusilánime, como si no estuvieran convencidas de su derecho a la inmortalidad pictórica. Fueron ocupando menos marcos labrados en pan de oro, y menos lugares destacados, por lo tanto, hasta que en general desaparecieron sin dejar rastro. Los Fairley-Hulme, tal y como Rosemary gustaba de contar, no habían sobrevivido durante cuatrocientos años por cambiar según los dictados de la moda y la corrección política. A fin de perpetuar las tradiciones, tuvieron que ser fuertes y centrarse en normas y certezas. Para defender la cuestión con tamaña estridencia, sin embargo, la anciana hablaba poco de la historia de su propia familia; y no le faltaban motivos: Ben buscó en una base de datos genealógicos de Internet y descubrió que los antepasados de Rosemary procedían de un matadero de Blackburn.

Sin embargo, quizá consciente de las costumbres sociales modernas, y al vivir en una época que no se deleitaba tanto en la grandilocuencia como antaño, parecía que la costumbre de pintar retratos terminaría con el padre de Suzanna, del cual colgaba una terrible máscara «interpretativa», realizada al óleo con mucho menos boato, en la pared de lo que las sucesivas generaciones habían dado en llamar la guarida del oso: una leonera de vigas bajas con una enorme chimenea de piedra tallada de manera burda donde los niños dejaban tirados los juguetes, los adolescentes miraban la televisión y los perros podían descansar tranquilos. El último retrato habría sido el de la madre de Suzanna. Con ocasión de su decimoctavo cumpleaños le encargaron a un joven artista que la pintara, y unas décadas después el pintor se había convertido en un personaje importante. No obstante, la pintura pertenecía en la actualidad a Suzanna y compartía casa con la pareja, a pesar de que Vivi le había asegurado repetidas veces que le encantaría que Athene ocupara el lugar que le correspondía en la pared.

—Es muy bonita, cariño, y si para ti significa mucho que colguemos su retrato arriba, creo que allí es donde debe estar. Podemos restaurar el marco, y quedará precioso.

Vivi, siempre teniendo en cuenta el pasado, siempre tan ansiosa de no herir los sentimientos ajenos. Como si ella careciera de sentimientos propios.

Suzanna le había dicho que la razón por la cual le gustaba conservar el retrato en su propia casa era sencillamente por su belleza. En realidad no se acordaba de Athene: Vivi había sido la única madre que había conocido. Sin embargo, no lograba descifrar la auténtica razón. Más bien tenía que ver con la culpa y el resentimiento, y con el hecho, dada la incapacidad de su padre para hablar de su primera esposa, de que a Douglas Fairley-Hulme le resultara difícil enfrentarse a la evidencia de su anterior matrimonio. Desde que Suzanna se había dejado crecer el pelo de nuevo y había querido recuperar su color negro natural, había adquirido, en palabras de Neil, algo de la belleza salvaje de su madre. A su padre, no obstante, le resultaba difícil incluso mirarla a la cara. «Athene Forster», ponía la inscripción, apenas visible sobre el descascarillado pan de oro del marco; marco que, quizá en deferencia a los sentimientos de Suzanna, nunca llevó escrito los pormenores de la muerte de su madre.

—¿Va a colgarlo? ¿O lo vende, quizá?

Suzanna observó a la joven que estaba en pie, con la cabeza ladeada, en el umbral.

—Es igual que usted —dijo la chica en tono alegre.

—Es mi madre —contestó Suzanna con reticencia.

La pintura no quedaba bien en su casa: era demasiado grandilocuente. Athene, con los ojos resplandecientes y el rostro pálido y anguloso, llenaba la sala de estar y dejaba poco espacio para nada más. Ahora, sin embargo, contemplándola en la tienda, Suzanna se dio cuenta de que tampoco pertenecía a ese espacio. El mero hecho de que esa extraña estuviera inspeccionándolo la hacía sentirse incómoda, expuesta. Lo giró contra la pared y se dirigió hacia la caja registradora.

—Me lo iba a llevar a casa —dijo e intentó sugerir, con el tono de su voz, que daba la conversación por concluida.

La chica se desembarazó del abrigo. Llevaba el pelo rubio partido en dos trenzas, como una colegiala, aunque se la veía bastante mayor.

—Casi perdí mi virginidad en sus escaleras. Más borracha que una cuba. ¿Sirve café?

Suzanna se desplazó hacia la cafetera italiana y ni siquiera se molestó en volverse.

—Debe de estar confundida. Esto era una librería.

—Hace diez años era un bar de copas. The Red Horse. Al menos, lo fue durante un par de años. Cuando yo tenía dieciséis, solíamos reunirnos los sábados por la noche, nos atrincherábamos en el Diamond White, que está en la plaza del mercado, y luego veníamos aquí a echar un polvete. En este lugar conocí a mi hombre. Fue pegándonos el lote, en esas escaleras. Claro que si entonces hubiera sabido... —Se cortó, riendo—. ¿Puedo tomar un *espresso*? ¿Me hace un café?

—Sí, claro. —Suzanna maniobró con palancas y medidores de café, agradecida de que el runrún de la máquina ahogara por el momento la necesidad de hablar. Ella se había figurado que los clientes entrarían en su tienda, se sentarían y hablarían entre ellos; que lo presidiría todo desde la seguridad del mostrador. Sin embargo, en los dos meses que llevaba abierta, había descubierto que, en la mayoría de los casos, la gente quería hablar con ella, tanto si les parecía sociable como si no.

—Al final, cerraron el bar. Lo cual no me sorprendió, la verdad, con todos esos menores bebiendo ahí dentro.

Suzanna colocó la taza llena en un platito, con dos terrones de azúcar, y la llevó con cuidado a la mesa.

—Huele de maravilla. Hace semanas que paso por delante y siempre quería entrar. Me encanta lo que ha hecho con el local.

—Gracias —contestó Suzanna.

—¿Conoce ya a Arturro, el de la charcutería? Es un hombre corpulento. Se esconde tras los salamis cuando las mujeres entran en su comercio. Dejó de hacer café hace dieciocho meses porque la cafetera siempre estaba estropeada.

—Ya sé a quién se refiere.

—¿Y a Liliane? La de Unique Boutique. Justo al otro lado. La tienda de ropa. La de la esquina.

—Todavía no.

—Los dos son solteros. De mediana edad. Creo que suspiran el uno por el otro desde hace años.

Suzanna, consciente de que no querría que hablaran de ella de ese modo en el futuro, se quedó callada. La chica dio un sorbito de café. Luego se reclinó en la silla y advirtió el montoncito de revistas de moda que había en el rincón.

—¿Le importa si echo un vistazo?

—Para eso están. —Suzanna las había comprado la semana anterior, esperando que eso diera a entender que los clientes no siempre tenían ganas de hablar. La muchacha le dedicó una extraña sonrisa y luego siguió sonriendo con naturalidad mientras hojeaba *Vogue*. Examinaba las páginas con esa especie de deleite que implica que una no acostumbra leer demasiadas revistas.

La cliente se quedó sentada durante casi veinte minutos, intervalo en el que entraron los dos hombres que llevaban la tienda de accesorios de moto para echarse cuello abajo unas rápidas y silenciosas dosis de café fuerte, más la señora Creek, quien hizo su habitual incursión de dos veces por semana en las estanterías de la tienda. Nunca compraba pero obsequió a Suzanna con el importe de diversos años de la historia de su vida. Suzanna escuchó su historia laboral como costurera en Colchester, el desgraciado accidente del tren y sus numerosas alergias, que incluían a los perros, la cera de abejas, ciertas fibras sintéticas y el queso cremoso. Por supuesto, la señora Creek jamás hubiera sospechado en la vida que padeciera esas alergias. Nada se lo había hecho suponer; pero había ido a ver a uno de esos individuos homeópatas de la tiendecita de la esquina, quienes le hicieron unos análisis con timbres y ampollitas, y descubrió que ya no podría acercarse a un sinfín de objetos.

—Supongo que no tendrá cera de abejas por aquí, ¿no? —preguntó, olisqueando el ambiente.

—Ni queso cremoso —apostilló Suzanna sin alterarse.

La señora Creek había pedido un café y se quejaba, con aspavientos, de que era «un poco demasiado amargo para mi gusto».

—En El Taburete de Tres Patas, que está al volver la calle, te ponen CoffeMate, si lo pides. Ya sabe a lo que me refiero, eso que es como la leche en polvo. Además te invitan a una galleta —apostilló, tanteando, aunque al ver que Suzanna no se daba por aludida, añadió—: No necesita licencia para las galletas.

Se marchó poco después de las doce, a cumplir, según confesó, «la promesa de jugar a *gin rummy* con una de las ancianas del centro, que es bastante pesada». La señora Creek no pudo evitar bajar la voz hasta convertirla en un susurro:

—Creo que está un poco sola.

—Estoy segura de que se alegrará de verla —dijo la chica—. Hay mucha gente solitaria en este pueblo.

—¿Verdad que sí? —La señora Creek se ajustó el sombrero, miró de un modo significativo a Suzanna y salió marcando el paso decidida, hacia el sol de la húmeda primavera.

—¿Puedo tomar otro café? —La chica se levantó y fue al mostrador con la taza en la mano.

Suzanna volvió a llenar la cafetera. Cuando iba a conectarla, notó que la chica tenía los ojos clavados en ella. Advirtió que la estaba repasando de arriba abajo.

—Es una elección extraña la de montar una cafetería —dijo la chica—. Para ser alguien a quien no le gusta la gente, claro.

Suzanna se quedó inmóvil.

—En realidad no es una cafetería —le respondió ella con aspereza. Le miró las manos, que sostenían la taza, y luego añadió—: Lo que ocurre es que no se me da muy bien eso de charlar.

—Pues será mejor que vaya aprendiendo —le dijo la muchacha—. De otro modo, no saldrá a flote, por muy bonita que sea su tienda. Apuesto a que es de Londres. La gente de Londres jamás habla en las tiendas. —La chica echó un vistazo alrededor—. Le hace falta un poco de música. Siempre anima las cosas, la música, me refiero.

—¿Ah, sí? —Suzanna luchaba contra la irritación que sentía. Parecía que esa joven, que tenía unos diez años menos que ella, se atrevía a decirle cómo debía llevar su negocio.

—¿Quizá soy demasiado directa? Lo siento. Jason siempre me dice que soy demasiado directa con las personas, pero es que es una tienda tan hermosa, con ese punto de magia, que creo que le irá muy bien, siempre y cuando no siga tratando a la clientela como si deseara que no hubiera entrado. ¿Lo puedo tomar con azúcar?

Suzanna le acercó el cuenco.

—¿Es esa la impresión que doy?

—No parece muy sociable que digamos. —Al ver la expresión desolada de Suzanna, la muchacha se corrigió—: Claro que a mí no me importa porque yo hablo con todo el mundo. Como esa anciana de antes; pero hay mucha gente que podría sentirse defraudada. ¿Es de Londres usted?

—Sí —dijo Suzanna, porque era más fácil darle la razón que explicarse.

—Yo crecí en el complejo que hay cerca del hospital. Meadville, ¿lo conoce? Aunque la verdad es que es un pueblo viejo y extraño. Botas de agua color verde tradicional. Todos muy en su papel. ¿Comprende lo que le digo? Claro que aquí hay mucha gente que no se va a molestar en mirarla dos veces porque todo lo que muestra en el escaparate... Bueno, les parece de lo más raro. Sin embargo, también hay gente que tiene la sensación de no encajar. Son personas a quienes no les gusta sentarse con la galleta dulce de avena y el té negro lapsang junto a unas ancianitas con reflejos azules que asoman bajo el pañuelo y no paran de cacarear en la mesa de al lado. Apuesto a que si se mostrara un poco más amigable, haría más negocio con ellas.

A regañadientes, Suzanna descubrió que los labios se le abrían en una sonrisa ante la descripción de la muchacha.

—Usted cree que debería convertirme en una especie de asistenta social.

—Si eso atrae a la clientela... —La chica se metió un terrón de azúcar en la boca—. Supongo que necesitará ganar dinero, ¿no? —De repente, dedicó una mirada maliciosa a Suzanna—. ¿O acaso esta tiendecita es su pasatiempo?

—¿Qué?

—No sabía si usted sería una de esas... bueno, ya sabe... «El maridito trabaja en el centro de la ciudad y ella necesita un pasatiempo.»

—No soy de esas.

—Cuando los clientes comprendieran que son bienvenidos, podría colgar un letrero que dijera: «No hablen conmigo». Si consigue atraer a los clientes adecuados, se harán cargo... Claro, todo eso suponiendo que hablar con la gente sea tan... doloroso para usted.

Sus miradas se cruzaron y ambas sonrieron. Dos mujeres adultas que advertían algo en la otra, a pesar de ser demasiado mayores para reconocer que se estaban haciendo amigas.

—Jessie.

—Suzanna. No estoy segura de poder dedicarme a parlotear.

—¿Posee ya los clientes suficientes para permitirse ese lujo?

Suzanna reflexionó sobre aquella pregunta. Pensó en el eco de la caja registradora; en el entrecejo fruncido de Neil cuando revisaba los números.

—La verdad es que no.

—Pues págueme en especias: en café. Mañana vendré a ayudarla dos horas. Mamá se queda con Emma un par de horas antes de que me marche a la escuela nocturna, y prefiero venir a quedarme pasando la aspiradora. Es agradable hacer algo diferente.

Suzanna se puso en guardia, contrariada al percatarse de que estaban manipulándola.

—No creo que haya bastante trabajo para dos personas.

—Ah, ya me encargaré yo de eso. Verá, yo conozco a todo el mundo. Mire, ahora tengo que marcharme. Piénselo, y mañana vendré. Si no quiere que la ayude, me tomaré un café y me marcharé. ¿De acuerdo?

—Si quiere… —dijo Suzanna, encogiéndose de hombros.

—¡Mierda, llego tarde! Su señoría se estará subiendo por las paredes. Hasta pronto. —Jessie lanzó unas monedas sobre el mostrador (que resultaron sumar la cantidad exacta), se echó el abrigo sobre los hombros y salió volando a la calle. Era pequeñita. Mientras la observaba marcharse, Suzanna pensó que parecía una niña. «¿Cómo puede alguien así tener una hija propia cuando yo todavía no me siento preparada para ser madre?»

No quería reconocerlo, ni siquiera ante sí misma, pero Suzanna estaba cultivando otro enamoramiento. Lo sospechó porque cada día, unos minutos antes de cerrar la tienda para ir a comprar su bocadillo diario en la charcutería, se descubría comprobando su aspecto, retocándose el pintalabios y sacudiéndose el polvo de la ropa que se le había pegado durante la mañana. No era la primera vez: durante su matrimonio con Neil creía haber padecido uno al año de mediana. Los enamorados abarcaban desde su profesor de tenis, que tenía los antebrazos musculosos más atractivos del mundo a su entender, pasando por el hermano de su amiga Dinah, hasta el jefe de la empresa de técnicas comerciales para la cual ella había trabajado, quien había afirmado que Suzanna pertenecía a esa clase de mujeres que deja a los hombres sin poder dormir. Suzanna estaba segura, sin embargo, de que se lo había dicho en el buen sentido de la palabra.

No es que pasara nada, en realidad. Suzanna los adoraba de lejos, dotándoles de una especie de vida y personalidad paralelas en su imaginación (a menudo bastante más deseables que las que correspondían a la realidad), o se permitía iniciar una amistad íntima y muy breve en la cual flotaban en el aire preguntas sin respuestas, que tendían a evaporarse cuando el hombre daba por sentado que ella no estaba dispuesta a ir más lejos. En una ocasión, con el jefe de marketing, se había permitido el placer culpable de saborear un beso robado (fue muy romántico cuando él cerró la puerta del despacho a sus espaldas y la miró con silenciosa intención), pero se quedó tan petrificada cuando unos minutos después le declaró que estaba enamorado, que ella jamás volvió. (Suzanna consideraba de una injusticia perversa el que Neil hubiera interpretado el suceso como un ejemplo más de su incapacidad a la hora de tomarse en serio su empleo.) No estaba siendo infiel, se decía a sí misma, sino que disfrutaba mirando escaparates, alimentando una especie de excitación que tendía a desaparecer al regresar a la seguridad y la vida doméstica.

Salvo que en ese caso no estaba segura del objeto de su enamoramiento. La charcutería de Arturro, de cuyo propietario, tímido y grandote, Jessie le había estado hablando, empleaba a tres de los jóvenes más bellos que Suzanna hubiera visto jamás. Ágiles, morenos y rebosantes de la alegre exuberancia que comparten los que no solo saben que son guapos, sino que lo parecen todavía más al vivir en un pueblo sin competencia, aquellos chicos se dedicaban animados insultos, lanzándose quesos y potes de aceitunas con una gracia que a Suzanna le parecía sublime, mientras Arturro reinaba bonachón tras el mostrador.

Cuando Suzanna entraba, invariablemente gritaban algún peso o medida.

—Sesenta y uno.

—No, no. Cincuenta y dos.

Para tratarse de un pueblo que consideraba demasiado atrevido todo lo que superara en exotismo a la cansina oferta del restaurante chino de la zona con sus platos para llevar y que todavía mantenía sus reservas por lo que respectaba al restaurante tandoori, la charcutería de Arturro siempre estaba bien poblada. Las mujeres del pueblo, que habían entrado a comprar su fuente de quesos semanal o las galletas selectas para el café de la mañana, hacían cola en orden, respirando los aromas densos de salami con pimienta, Stilton y café, mientras observaban a los jóvenes con un aire entre cortés y divertido (y, de vez en cuando, se llevaban la mano al pelo para arreglarse algún que otro mechón). Las jóvenes se ponían en la fila y reían nerviosas, cuchicheando entre ellas y acordándose, solo cuando les tocaba el turno, de que no llevaban dinero encima.

Eran bellos, lacios, brillantes y morenos como las focas, y en sus ojos fulguraba el guiño experto que habla de veladas estivales presididas por las risas, grititos durante paseos en ciclomotores de línea moderna y noches de promesas culpables. «Soy demasiado vieja para ellos», se decía Suzanna en un tono decididamente maternal mientras se preguntaba si sus mayores dosis de saber estar y de sofisticación compensarían las arrugas definidas de su cara y el perfil cada vez más cuadrado de su trasero.

—Cincuenta y siete. Cincuenta y ocho.

—Eres disléxico; o bien ciego. Esos números van justo al revés.

—¿Me da un bocadillo integral de mortadela, tomate y aceitunas? Sin mantequilla, por favor.

Arturro se ruborizó al hacerse cargo de su pedido, lo cual no dejaba de ser un mérito en alguien con una tez tan oscura.

—Veo que están muy ocupados hoy —dijo Suzanna, mirando a uno de los muchachos que saltaba sobre una escalera de mano para alcanzar un *panettone* envuelto en un papel flamante.

—¿Y usted? —le preguntó Arturro con voz queda, hasta el punto de que Suzanna tuvo que inclinarse hacia delante para oírle.

—No mucho. Hoy no, pero son los primeros días —le comentó ella, luciendo la mejor de sus sonrisas.

Arturro le tendió una bolsa de papel.

—Mañana vendré a ver su tienda. La pequeña Jessie ha venido esta mañana y nos ha invitado. ¿Le parece bien?

—¿Qué? ¡Ah, sí, claro! Por supuesto. Jessie me ayuda en todo.

Arturro hizo un gesto de aprobación.

—Es una chica muy agradable. Hace mucho que la conozco.

Mientras Suzanna conjeturaba cuál de los tres jóvenes entraría en el «nos» de Arturo, el propietario de la charcutería se encaminó con paso cansino hacia el extremo del mostrador y cogió una lata repujada de galletas de *amaretto* de una estantería alta. Al cabo de unos segundos, regresó.

—Para su café —le dijo, entregándole el obsequio.

Suzanna se quedó mirando la caja.

—No puedo aceptarlo.

—Con mis mejores deseos. Para que le dé suerte en su negocio —le dijo Arturro, sonriéndole con timidez y revelando dos diminutas hileras de dientes—. Pruébelas más tarde, cuando yo vaya a tomar café. Son muy buenas.

—¡Eh, mirad! Arturro está ligando.

Suzanna oyó abucheos a sus espaldas. Sus dos ayudantes lo miraban con los brazos cruzados ante el delantal blanco y una expresión de falsa desaprobación en sus rostros.

—Vigilen, señoras. A la próxima, Arturro les ofrecerá una degustación gratuita de su salami…

Se oyó una risa ahogada procedente de la cola. Suzanna advirtió que se ruborizaba.

—Y tú ya sabes lo que dicen del salami italiano, ¿verdad, Arturro?

El hombretón se volvió hacia la caja registradora, levantó un brazo grueso como un jamón y profirió una retahíla de lo que Suzanna asumió debían de ser insultos en italiano.

—*Ciao, signora.*

Suzanna se marchó de la charcutería roja como un tomate, intentando no sonreír demasiado por no parecer una de esas mujeres que se ponen muy nerviosas si les hacen un poco de caso.

Al regresar a la tienda, descubrió que había olvidado coger el bocadillo.

Jessie Carter había nacido en la maternidad de Dere; era la hija única de Cath, que trabajaba en la panadería, y Ed Carter, que había trabajado de cartero del pueblo hasta que murió de un infarto hacía ya dos años. Para hacerle justicia, debería decirse que la vida de Jessie no había sido nada del otro mundo. Creció con sus amigos del polígono Meadville, estudió primaria en Dere y luego fue al instituto de Hampton, que terminó a los dieciséis años con dos titulaciones de bachillerato elemental, en humanidades y economía doméstica, y un novio, Jason, el cual se convirtió en el padre de su hija Emma dos años después. No habían planeado tener a Emma, pero la niña fue muy deseada y Jessie jamás lamentó su nacimiento; sobre todo porque Cath Carter era la más abnegada de las abuelas, lo cual significaba que la muchacha jamás se había sentido atada del modo que refieren algunas jóvenes.

No, no era Emma quien le limitaba la vida. Para ser franca, tenía que reconocer que era Jason. Su marido era celoso hasta la muerte, lo cual, de hecho, era una estupidez, porque la chica solo había estado con él y no tenía intención de encaminarse por otros derroteros. De todos modos, Jessie tampoco quería que pensaran mal de su marido. Era divertidísimo, cuando no se comportaba como un cretino, y un gran padre; había tantísimas cosas que podían decirse de un tipo que te amaba de verdad... La pasión, por ejemplo. Esa era la clave. Sí, se peleaban, pero se reconciliaban muchísimas veces también. En ocasiones Jessie creía que probablemente se peleaban para poder reconciliarse luego. (Claro que había que buscar algún motivo.) Además, ahora que el ayuntamiento les había concedido una casa, no muy alejada de la de su madre, y que Jason se había ido acostumbrando a la idea de que su mujer asistiera a clases nocturnas mientras él se ganaba un sueldo conduciendo la camioneta de reparto para la lampistería del pueblo, las cosas empezaban a irles mejor.

Suzanna descubrió todo eso durante los primeros cuarenta minutos aproximadamente de tener a Jessie trabajando en la tienda. Al principio, no le importó que charlaran: Jessie había limpiado la tienda entera casi sin esfuerzo mientras hablaba, levantando las sillas y barriendo por debajo como es debido, había reorganizado dos estanterías y lavado todas las tazas de café de la mañana. De algún modo, había logrado que la tienda tuviera un aire más cálido; y esa mujer o el producto de su trabajo habían contribuido a que Emporio Peacock viviera la tarde más provechosa de toda su historia, al haber atraído a un reguero en apariencia inacabable de habitantes del lugar que iban atravesando las puertas con magnética eficacia. Vino Arturro, solo, a tomarse el café prestándole la atención considerada del experto, y respondió a las inacabables preguntas de Jessie con un placer tímido. Al marcharse, la chica comentó que Arturro había pasado el rato mirando por el escaparate en dirección a Unique Boutique, como esperando que Liliane surgiera por la puerta de cristal ahumado y fuera a reunirse con él.

Acudieron las señoras del almacén comercial, donde trabajaba la tía de Jessie, que soltaron grititos de aprobación ante los tapices de la pared, esquivaron los móviles brillantes, se alborotaron frente a los mosaicos de cristal y, al final, terminaron por comprarse uno para cada una, sin dejar de exclamarse al constatar su extravagancia. Entraron Trevor y Martina, de la peluquería de detrás de correos, conocidos de Jessie de los tiempos de la escuela, y compraron un plumero de plumas negras como la noche, porque quedaba muy bien en el salón de belleza. Vinieron varios jóvenes a los que Jessie conocía por su nombre de pila, probablemente de la barriada donde ella había nacido, y la madre y la hija de Jessie, que entraron y permanecieron sentadas durante casi una hora, admirando todo aquello que veían. Emma era una copia a carboncillo de su madre, una niña de siete años, muy dueña de sí misma y vestida en múltiples tonos de rosa que calificó las galletas de *amaretto* de «extrañas, pero muy ricas, sobre todo por el azúcar» y dijo que cuando fuera mayor, iba a tener una tienda «exactamente igual. Pero en la mía daré a la gente hojas de papel para poder dibujar y yo colgaré sus dibujos en las paredes».

—Esa es una buena idea, cariñito. Podrías colocar los dibujos de tus clientes favoritos donde lucieran más. —Jessie parecía tratar todas las afirmaciones de su hija con mucha seriedad.

—Y les pondré marcos. A la gente le gusta ver sus dibujos con marcos.

—Ya lo ves —comentó Jessie, sacándole los últimos brillos a la cafetera—. Eso es psicología al por menor. Cómo lograr que sus clientes se sientan valorados.

Suzanna, a pesar de reconocer las ventajas que le aportaban todos esos clientes extras, se esforzaba por ahogar una sensación de saturamiento ante la presencia de Jessie y su extensa familia. No lograba asumir la visión de otra persona detrás del mostrador, la reorganización de las estanterías (que, a pesar de todo, obviamente habían mejorado de aspecto). Sin embargo, desde que Jessie se había instalado, le embargaba la sensación de que la tienda no le pertenecía del todo.

De hecho, tras unas semanas de paz, esa tarde había entrado tanta gente que Suzanna tuvo que vencer una leve sensación de ineptitud y unos vagos celos al pensar que esa chica había logrado el éxito, aparentemente sin esfuerzo alguno, en el ámbito en que ella había fallado.

«¡Qué estupidez!», se dijo a sí misma, dirigiéndose al sótano para ir a buscar más bolsas. «Esto es una tienda; y no puedes permitirte llevarlo todo tú sola.» Se sentó con brusquedad en las escaleras (contaminadas ahora por fantasmas de adolescentes pegándose el lote) y comprobó las estanterías de abajo, que parece ser en el pasado contuvieron caza ilegal, que podías encargar con la verdura. No obstante, quizá no era el que a Jessie se le diera bien aquello, a lo mejor resultaba que a Suzanna no le gustaba la sensación de pertenencia, la obligación y las expectativas que una relación íntima con los clientes parecía engendrar. La situación viraba con demasiada proximidad hacia la idea de «familia».

«No estoy segura de estar hecha para esto —pensó—. A lo mejor lo único que me gustaba era la decoración, ser capaz de crear algo hermoso. Quizá debería dedicarme a cosas que apenas tuvieran que ver con la gente.»

Se sobresaltó al ver que Jessie aparecía en lo alto de las escaleras.

—¿Va todo bien ahí abajo?

—Muy bien.

—Mamá nos ha traído un zumo de naranja buenísimo. Imagino que ya debes de estar harta del café.

—Gracias —respondió Suzanna, obligándose a sonreír—. Ahora mismo subo.

—¿Quieres que te ayude?

—No, gracias. —Suzanna intentó transmitir a su voz la idea de que prefería pasar cinco minutos sola.

Jessie desvió la mirada hacia un lugar indeterminado de su izquierda y luego posó los ojos en ella.

—Arriba hay alguien a quien deberías conocer. Liliane, la de la tienda de enfrente… Antes yo le hacía la limpieza. Acaba de comprar ese par de pendientes, los de la vitrina.

Era el artículo más caro de la tienda. Olvidando brevemente sus anteriores reservas, Suzanna subió las escaleras apresurada.

La cara de Liliane MacArthur era tan inescrutable como legible la de Jessie. Esa mujer alta y delgada, con ese pelo rojizo un poco subido de tono y tan apreciado por la población femenina de Dere Hampton, contempló a Suzanna con el ojo clínico de quien ha aprendido por las malas que las mujeres, sobre todo las que tienen veinte años menos que una, en general no son de fiar.

—Hola —dijo Suzanna, sintiéndose incómoda de inmediato—. Me alegro de que se fijara en los pendientes.

—Sí. Me gustan los topacios. Siempre me han gustado.

—Son victorianos, pero seguro que ya lo ha adivinado por la caja.

Jessie los estaba envolviendo en un intrincado paquete de rafia y papel de seda.

—¿Son para usted, Liliane?

La mujer asintió.

—Le irán de perlas con aquel vestido azul que tiene. El del cuello alto.

La expresión de Liliane se dulcificó un poco.

—Sí, ya lo había pensado.

—¿Cómo está su madre, Liliane? —preguntó la madre de Jessie, inclinándose hacia delante para que la caja registradora no le tapara la visión.

—Oh… Igual que siempre… Últimamente le cuesta sostener la taza.

—Pobrecita. Hoy en día se pueden comprar toda clase de cosas, con asas especiales y detalles para no complicarlo tanto. Lo vi en televisión. Sobre todo para la gente con artritis. Pregúntele al padre Lenny, él consigue esa clase de cosas normalmente —intervino Jessie.

—Es nuestro capellán —explicó Cath—, pero es una especie de señor Arreglalotodo. Te consigue cualquier cosa y si no conoce a alguien directamente, lo busca en Internet.

—Veremos qué tal se desenvuelve por el momento.

—Es algo muy cruel, este problema de la artritis —comentó Cath con un gesto de resignación.

—Sí —dijo Liliane cabizbaja—. Es cierto. Bueno, será mejor que regrese a la tienda. Encantada de conocerla, señora Peacock.

—Llámeme Suzanna, por favor. Igualmente. —Suzanna, sin saber qué hacer con las manos, intentó relajar la sonrisa cuando Liliane cerró la puerta con suavidad al salir. Notaba, más que oía, la palabra «pobrecita» flotando en el aire cuando la mujer se marchó.

—Su primer marido murió —murmuró Jessie—. Fue el amor de su vida.

—No. Ese era Roger.

—¿Roger? —preguntó Suzanna.

—Su segundo marido —precisó Cath—. Le dijo que no quería tener hijos, y ella lo amaba tanto que accedió. Dos días antes de que Liliane cumpliera cuarenta y seis años, se largó con una chica de veinticinco.

—Tenía veinticuatro, mamá.

—¿Ah, sí? Estaba embarazada. ¡En fin! No hay justicia en el mundo. Dieciocho años, nada menos, le dio Liliane a ese hombre; y después nunca ha vuelto a ser la misma.

—Ahora vive con su madre.

—No tuvo alternativa, tal y como le salieron las cosas…

Cuando Liliane cruzaba la calle, divisaron la figura renqueante de Arturro dirigiéndose hacia ella en ángulo recto. Al verla, el hombre aceleró el paso, con los brazos balanceándose como si no estuvieran acostumbrados a viajar a tal velocidad. Quizá habría llegado a hablar con ella si, inclinando la cabeza a modo de saludo y solo tras detenerse unos instantes, Liliane no hubiera desaparecido en el interior de su tienda.

Arturro se detuvo en varios tiempos, carente de elegancia, como un gran vehículo que necesitara más espacio para pisar el freno, con el rostro todavía clavado en la puerta de Unique Boutique. Luego miró hacia Emporio Peacock, con una expresión casi culpable y, mostrándose un tanto indeciso, entró.

Jessie, que lo había visto todo, encendió la cafetera y alzó la voz con un tono inocente:

—¿Vienes a por otro, Arturro?

—Por favor —le respondió él con voz queda y se derrumbó sobre el taburete.

—Sabía que regresarías para tomar una segunda taza. A los italianos les encanta su café, ¿verdad?

Suzanna, que consideraba el intercambio casi doloroso, sintió que sus recelos anteriores desaparecían. Divisaba a la mujer a través del escaparate, a salvo en sus dominios, señora de los abrochados hasta arriba y las costuras metidas, rodeada de su armadura de telas caras. Había algo en la apariencia crispada de Liliane, la incomodidad a la hora de entablar conversación y el dolor que se vislumbraba en su porte que la hacían temible, como si Suzanna se encontrara ante el fantasma de las navidades futuras.

—¿Quieres volver otro día? —le preguntó a Jessie más tarde, después de que Arturro y Cath se marcharan.

Las dos mujeres habían colocado las sillas sobre las mesas y Jessie estaba barriendo el suelo, mientras Suzanna contaba las ganancias.

—Me gustaría mucho que volvieras —añadió, intentando que su voz sonara convincente.

Jessie le sonrió, dedicándole una de sus sonrisas francas y sin dobleces.

—Podría quedarme hasta la hora de ir a recoger a Emma a la escuela, si te parece bien.

—Después de hoy no sé cómo podría arreglármelas sin ti.

—¡Qué va! Saldrás adelante. Solo necesitas conocer a todo el mundo; y conseguir que crucen esa puerta cada día.

Suzanna cogió unos billetes y se los ofreció.

—No puedo pagarte mucho para empezar, pero si vuelves a aumentar los beneficios de este modo, haré que te sientas satisfecha.

Tras un cierto titubeo, Jessie cogió el dinero y se lo metió en el bolsillo.

—No esperaba que me dieras nada hoy, pero gracias. ¿Estás segura de que no me aborrecerás al verme parlotear todo el rato? Piensa que vuelvo loco a Jason. Dice que soy como un disco rayado.

—No. A mí me gusta. —Suzanna pensó que igual terminaría pensando lo mismo—. De todos modos, si veo que me harto, colgaré uno de esos carteles que mencionaste: «Prohibido hablar conmigo» o algo parecido.

—Se lo preguntaré cuando vuelva a casa. De nada le valdrá decirme que no necesitamos el dinero. —Jessie empezó a colocar de nuevo las sillas en su sitio.

Suzanna cerró la caja registradora, observando, a medida que iniciaba su rutina nocturna antes de marcharse, que era la primera tarde que veía despuntar una diurna luz melocotón. Iba cobrando fuerza, poco a poco, iluminando el interior de la tienda, transformando los azules en tonos neutros, tiñendo los carteles que ella había pegado a las paredes de una pátina refulgente y atravesándolos con la sombra que proyectaban los marcos del escaparate. La estrecha calle parecía casi despoblada: los negocios cerraban pronto en el pueblo, y solo los tenderos se quedaban para darse las buenas noches mientras caía la tarde. A Suzanna le encantaba ese momento de la jornada: amaba el silencio, la sensación de haber pasado el día trabajando para sí misma; le encantaba la certeza de que las huellas que dejaba en la tienda seguirían ahí hasta que volviera a abrir a la mañana siguiente. Se movía casi en silencio, respirando las mil y una fragancias suspendidas en el aire y procedentes del jabón envuelto en papel de cera y las botellitas bizantinas de esencias, oyendo en el silencio la risa y las charlas de los clientes de aquel día, como si cada uno de ellos hubiera dejado un eco espectral al marcharse. Emporio Peacock era un sueño placentero, pero esa jornada, de algún modo, se había convertido en algo mágico, como si lo mejor de la tienda y sus clientes se hubieran potenciado entre sí. Suzanna se apoyó en un taburete, contemplando ante sí una realidad muy distinta a todas esas decepciones y limitaciones que imaginaba poblarían su futuro y saboreando, en su lugar, ese espacio de oportunidades que atraía objetos bellos y personas. Un local en el que podría ser ella misma y entregar lo mejor de su carácter.

«Este lugar te está volviendo muy imaginativa», pensó al descubrir que estaba sonriendo. Ciertas tardes, como esa en concreto, no quería marcharse: albergaba el secreto deseo de cambiar el banco de iglesia por un sofá viejo donde pasar la noche. La tienda le parecía mucho más propia que la casita de campo.

Mientras entraba el cartel que había colocado en la acera, Arturro pasó por delante, se desvió bruscamente, se lo arrebató de las manos sin decir palabra y lo depositó dentro del local con cuidado.

—Una tarde preciosa —le dijo el charcutero con la cabeza embutida bajo una suave bufanda roja.

—Maravillosa. Una puesta de sol digna de Marsala.

Arturró se rió y levantó una de sus manazas para despedirse.

—¡Arturro! —le gritó Suzanna—. ¿Qué es lo que están pesando todo el día? ¡Eso que se van gritando los unos a los otros! Porque nada tiene que ver con los quesos, ¿verdad? Ya me he dado cuenta de que los pesan en el mostrador.

El hombretón bajó la vista. Incluso con aquella luz melocotón Suzanna advirtió que se sentía azorado.

—No es nada importante.

—¿Nada?

—No pesan exactamente…

—Pero todo ese «cuarenta y cinco», «cincuenta y uno»… Deben de estar pesando algo.

La cara de Arturro, al cruzarse sus miradas, revelaba una expresión de culpable divertimento.

—Tengo que marcharme. De verdad.

—¿No me lo quiere decir?

—No es importante.

—¿Por qué no me lo quiere contar?

—Porque no es cosa mía, ¿sabe? Son los chicos… Ya les he dicho que no lo hagan, pero a mí no me escuchan.

Suzanna aguardaba sus palabras.

—Están… bueno… ellos…

Ella arqueó una ceja.

—Pesan a las clientas.

Suzanna se quedó atónita y se sobresaltó de la impresión, como si ella, personalmente, hubiera sido objeto de una burla. Luego pensó en la cola de mujeres, esperando pacientes que las atendieran, y dejó escapar una extraña risotada. Al marcharse Arturro, riendo, y cruzar la calle en sombras, Suzanna se quedó intentando recordar exactamente qué números le habían adjudicado cada vez que ella había entrado en la charcutería. No obstante, ya era hora de marcharse. Neil llegaba a casa más pronto de lo habitual, especialmente para hacerle la cena, aunque ella sabía que era a causa del gran partido, que esa noche empezaba antes de la hora en que solía recogerse en casa. No obstante, le parecía bien. A fin de cuentas, estaba deseando darse un largo baño.

Dio una vuelta por la tienda, retocando los últimos detalles y pasando un trapo por las superficies, que luego dejó en el fregadero. Comprobó que la caja registradora estuviera apagada y, de pie en el mostrador, se fijó en que el cuadro seguía de cara a la pared. Obedeciendo a un impulso súbito, le dio la vuelta, y Athene, mostrándose, quedó bruñida de inmediato, incandescente. El sol de la tarde, quemando con la urgente intensidad que delataba su inmediata desaparición, se reflejó en la tela, arrancando destellos al antiguo marco dorado.

Suzanna se quedó absorta en su contemplación.

—Buenas noches, mamá.

Echó un vistazo a la tienda, apagó las luces y se dirigió a la puerta.

10

Las bragas estaban en el centro de la mesa del comedor. Todavía envueltas en celofán, apiladas como las tortitas del desayuno y anunciando una «discreta y cómoda seguridad», seguían tan intactas como cuando la señora Abrahams las había dejado junto a la puerta de Rosemary esa mañana, toda vez que su posición actual, bajo la araña veneciana, delataba una furiosa y callada protesta.

Vivi y Rosemary habían tenido sus diferencias a lo largo de los años, pero aquella no recordaba ninguna discusión tan brutal como la que habían mantenido las dos mujeres a raíz de la visita de doña Incontinencia. No recordaba ninguna ocasión en que su suegra le hubiera gritado de rabia durante tanto rato y no recordaba haber visto jamás esa intensidad de furia que le amorataba el rostro y la hacía tartamudear, las amenazas, los insultos y los portazos. Llevaba ya encerrada dos horas casi, y solo el volumen elevadísimo de la televisión que la anciana encendía durante el día indicaba su presencia en la casa.

Vivi quitó las bragas de la mesa, enfiló el pasillo y las metió bajo el antiguo banco al pasar. Al final del corredor, llamó con los nudillos esperanzada.

—Rosemary, ¿no quieres almorzar hoy? —Vivi se quedó unos minutos de pie, con el oído pegado a la puerta—. Rosemary, ¿me oyes? ¿Quieres un poco de caldo?

Hubo unos momentos de silencio, y luego el volumen de la televisión aumentó. Vivi se retiró, sin dejar de mirar la puerta con semblante nervioso.

Le había parecido una idea lógica. No se había sentido lo bastante fuerte para mencionárselo a Rosemary directamente, pero al ser la persona que se ocupaba de la colada de la familia, se había dado cuenta de que su «control», a falta de una palabra mejor, no era el acostumbrado. Dando las gracias al señor Hoover por su lavadora automática, Vivi descubrió que durante varias veces al mes tenía que cargar con la ropa de cama de Rosemary enfundada en unos guantes de goma y con una expresión de sufrimiento pintada en el rostro. Además, no era solo cuestión de las sábanas: Vivi tardó unos meses en comprender que la ropa interior de Rosemary había disminuido significativamente en número de prendas. Un día esperó hasta quedarse sola y se puso a registrar el anexo, preguntándose si no se habrían quedado en el cesto de la ropa sucia por distracción. Al principio, descubrió las prendas ofensivas en remojo, dentro del lavabo de Rosemary; pero últimamente quizá el esfuerzo mental que implicaba el lavar a mano resultaba demasiado para la anciana y, por consiguiente, Rosemary había empezado a esconderlas. Unas semanas antes Vivi las había descubierto tras el sofá de su suegra, en el armario de debajo del fregadero, e incluso embutidas en una lata de tomates troceados, en la estantería más alta del baño.

Cuando intentó comentárselo a Douglas, su marido la había mirado con una expresión tal de puro horror que prefirió callarse, y le prometió que ya se encargaría ella de arreglarlo todo. Almorzó con Rosemary varias veces, intentando reunir el valor para preguntarle si tenía problemas con sus «vías urinarias». Sin embargo, algo en el porte mordaz de su suegra, el modo agresivo con que le gritaba «¿Qué?» cada vez que Vivi intentaba sacar algún tema de conversación inocente, se lo impedía. Su médica de cabecera, una joven escocesa muy práctica, revolvió en el cajón de su despacho y le ofreció toda una colección de servicios subvencionados por el Estado que implicaban que quizá Vivi podría remediar esa situación sin tener que hablarlo directamente con su suegra.

La señora Abraham (una de esas mujeres rellenitas y capaces cuyas maneras cálidas sugerían no solo que ya lo había visto todo, sino que poseía una solución a modo de envoltorio discreto, forrada de plástico y transpirable) llegó poco antes de las once. Vivi le explicó lo delicado de la situación y confesó no haberse sentido lo bastante valiente para mencionar la naturaleza de la visita de la señora Abrahams a su suegra.

—Es mucho más fácil cuando se encarga del tema alguien que no pertenece a la familia —le dijo la señora Abrahams.

—No es que me importe lavar sus cosas... —empezó a contarle Vivi, sintiéndose culpable de traición.

—Sino que también hay cuestiones relacionadas con la salud y la higiene.

—Sí...

—Y tampoco quiere que la señora pierda su dignidad.

—No.

—Déjemelo a mí, señora Fairley-Hulme. Mi experiencia me dice que una vez han superado el obstáculo inicial, la mayoría de señoras se siente aliviadísima de poder contar con esa ayuda.

—Ah... Perfecto. —Vivi llamó a la puerta de Rosemary y pegó el oído contra la madera para comprobar si la anciana había oído los golpecitos.

—A veces resulta que señoras más jóvenes, precisamente las que empiezan a entrar en la tercera edad, terminan pidiéndome unos cuantos paquetes.

Vivi no alcanzaba a oír el paso familiar de Rosemary.

—¿De veras?

—Me refiero a que después de un par de hijos las cosas no son como antes. Por muchos ejercicios pélvicos que se hagan. ¿Sabe lo que quiero decir?

La puerta se había abierto de repente, sorprendiendo a Vivi encorvada en una postura forzada.

—¿Qué haces? —le recriminó Rosemary a su nuera, mirándola enfurruñada.

—La señora Abrahams viene a verte, Rosemary —respondió Vivi, irguiéndose.

—¿Qué?

—Voy a preparar café y les dejaré solas. —Vivi se escabulló hacia la cocina, ruborizada, consciente de que le sudaban las palmas de las manos.

La tranquilidad imperó durante casi tres minutos pero después la tierra se agrietó, vomitó un fuego volcánico y, entonces, contra el telón de fondo del peor lenguaje que Vivi hubiera jamás oído pronunciar y en un acento cortante como el cristal, presenció cómo la señora Abrahams caminaba apresurada por la grava hasta su limpio cochecito de cinco puertas, con el bolso aferrado contra el pecho y volviéndose en dirección a la casa para controlar los diversos artículos envueltos en plástico que le lanzaban.

—Douglas, querido, necesito hablar contigo de tu madre. —Ben había salido a almorzar. Rosemary seguía encerrada en su anexo. Vivi creía no poder aguantar hasta la hora de acostarse para contárselo todo.

—¿Eh? —Douglas leía el periódico, embutiéndose el tenedor en la boca, como si tuviera prisa por volver a marcharse. Era la temporada del arado y había llegado el momento de sembrar los campos de cultivo; época en que su marido no solía parar mucho tiempo en casa.

—He hecho venir a una mujer para que hablara con Rosemary de... aquello... lo que ya te comenté.

Douglas levantó la vista, arqueando una ceja.

—Rosemary se lo ha tomado fatal. Creo que no quiere ninguna clase de ayuda.

Douglas se quedó cabizbajo y se desentendió con un gesto de la mano.

—Pues llévalo todo a la lavandería. Ya lo pagaremos. Es lo mejor que podemos hacer de momento.

—No sé si la lavandería aceptará artículos que están... bueno... manchados.

—Mujer, entonces ¿para qué diablos van a poner una lavandería? No creo que sea para que les envíen ropa limpia.

Vivi pensó que no podría soportar la idea de que el personal de la lavandería se fijara en el estado de la ropa de cama de los Fairley-Hulme.

—No... La verdad, no creo que sea una buena idea.

—Ya te he dicho lo que pienso, Vivi. Si no quieres enviarles la ropa y no quieres hacerlo tú, no sé qué quieres que te diga.

Vivi tampoco estaba segura. Si decía que solo quería un poco de compasión, de comprensión, una leve señal que le indicara que no se encontraba sola intentando solucionar ese problema, sabía que Douglas se la quedaría mirando con ojos inexpresivos.

—Ya buscaré otra solución —respondió Vivi desanimada.

Suzanna y Neil llevaban casi cinco semanas sin discutir. Ni una palabra encontrada ni una sola crítica viperina ni una insignificante rencilla. Nada de nada. Cuando se dio cuenta, Suzanna se preguntó si las cosas no estarían cambiando, si su matrimonio, por alguna ósmosis peculiar, no habría empezado a reflejar la satisfacción que ella obtenía de su tienda; y cómo era posible que al caminar sintiera, quizá por primera vez en su vida laboral, algo parecido a la anticipación cuando pensaba en la jornada que la aguardaba y las personas que ahora la poblaban. A partir del momento en que ponía la llave en la cerradura, empezaba a animarse ante la visión de aquel interior atiborrado y alegre, los elementos decorativos de colores intensos, los aromas gloriosos de la miel y la fresia. Era casi imposible ponerse de mal humor entre sus paredes. Además, a pesar de sus reservas, la presencia de Jessie no solo funcionaba en el aspecto comercial del negocio: algo de su naturaleza pollyanesca parecía habérsele pegado a ella también. Suzanna se había sorprendido a sí misma silbando en diversas ocasiones.

Si, en cambio, se concedía tiempo para reflexionar, la joven se daba cuenta de que no se sentía más próxima a su marido en realidad, sino que, sencillamente, al trabajar los dos tantísimas horas, carecían ambos del tiempo o la energía necesarios para pelearse. Esa semana Neil llevaba tres noches regresando a las diez. Por su parte, Suzanna alguna que otra vez había salido de casa antes de las siete, apenas consciente de haber pasado un rato en la misma cama que su marido. «Quizá de este modo sobreviven las parejas como mamá y papá —reflexionaba—. Se aseguran de estar tan ocupados que no les queda tiempo para pensar en ellos.» Claro que había maneras de consolarse más convincentes.

Por supuesto, fue Neil quien lo estropeó todo al sacar a colación el tema de la supuesta inminencia de los hijos.

—He estado mirando el tema de las guarderías. Existe una adscrita al hospital que no solo admite a los hijos del personal sanitario.

Si nos apuntamos ahora en la lista, tendríamos muchas posibilidades de conseguir una plaza. Así podrías seguir trabajando, como tú querías.

—¡Pero si ni siquiera estoy embarazada!

—No le hacemos daño a nadie programando las cosas con antelación, Suze. Estaba pensando que incluso podría encargarme yo de llevar al bebé por la mañana, porque me viene de camino al trabajo, y eso no te cortaría tanto el día. Es lógico, porque ahora tu tienda va muy bien.

Neil no lograba ocultar la excitación que sentía. Suzanna sabía que en la actualidad su marido obviaba muchas de las cosas que tanto le habían molestado de ella, su preocupación por el aspecto de los artículos de la tienda, la eterna falta de cortesía para con Vivi y el hecho de que su agotamiento la ponía de mal humor y anulaba su libido; y todo ello por obra y gracia del inmenso favor con que ella le retribuiría a cambio (dentro de, más o menos, unos siete meses).

A pesar de su promesa, Suzanna no percibía el mismo grado de excitación, toda vez que Jessie le asegurara casi sin aliento que la maternidad era lo mejor que le había pasado nunca, que tener hijos te hacía reír, sentir, amar más de lo que jamás habrías soñado. Ahora bien, a Suzanna no solo le molestaba todo lo relacionado con el sexo (para quedarse embarazada, tendrían que embarcarse en una racha de actividad sexual bastante regular), sino también el sentirse atrapada por esa misma promesa, que ahora la comprometía a producir esa cosa por obligación, a albergarla en un cuerpo que siempre había sido, sin problema alguno, de su absoluta propiedad. Intentó no pensar demasiado en su madre; y eso le despertó otros sentimientos.

Uno de los momentos más insoportables fue cuando Neil la rodeó con sus brazos y le dijo que siempre podría «acudir a pedir consejo». Suzanna tuvo que controlarse físicamente para no golpearlo.

—Es de lo más comprensible. No es de extrañar que tengas tus reservas.

—Mi única reserva, Neil —se defendió Suzanna, liberándose de su abrazo—, tiene más que ver con el hecho de que tú no paras de insistir en la cuestión.

—Si tienes que visitarte, el dinero no me importa. Ahora nos va todo muy bien.

—¡Oh, haz el favor de dejarlo!

La expresión de su marido era de conmiseración, lo cual, por cierto, la irritó sobremanera.

—¿Sabes? Te pareces más a tu padre de lo que crees. Siempre estáis anclados en vuestros sentimientos.

—No, Neil. Yo solo quiero seguir con mi vida y no obsesionarme con un bebé que no existe.

—El bebé Peacock —murmuró Neil—. Neil Peacock hijo.

—¡Eso, ni lo sueñes!

Todas las escuelas de Dere Hampton hacían una pausa para almorzar desde las doce y media hasta las dos menos cuarto, y ese intervalo del día se caracterizaba, visto desde el escaparate de Emporio Peacock, por montones de colegialas zanquilargas que pasaban por delante con uniformes mal adaptados, madres nerviosísimas que llevaban a rastras a sus jóvenes cargas intentando alejarlas de la tienda de caramelos, y clientes habituales que empezaban a llegar, desanimados o autónomos, en busca de un café aunque, en realidad, más bien necesitados de un poco de calor humano para romper el día. Era el primer día de balance y, por consiguiente, en honor a la situación, y también por ser la primera vez que el calor apretaba de verdad, la puerta de la tienda permanecía abierta y una solitaria mesa con unas sillas (probablemente ilegal) había sido colocada fuera, sobre la acera. Utilizaron legítimamente ese mobiliario dos veces, aunque en un mayor número de ocasiones sirvió de breve excusa para que pudieran sentarse las señoras mayores y para que un buen número de niños pequeños, y no tan pequeños, se subieran encima, o bien lo derribaran todo al suelo.

«Tiene un aire casi europeo», se dijo Suzanna para sus adentros. Todavía no se había cansado de mirar la calle, a través de la disposición meticulosa de los objetos de la tienda, de la ventana iluminada por una luz de prisma, aún disfrutaba del hecho de quedarse de pie, con el delantal blanco y limpio, almidonado con una rigidez pasada de moda, tras la caja registradora. A veces se preguntaba si odiaría Dere Hampton menos de lo que se había figurado en el pasado: al haber creado su espacio particular y haberle imprimido su propia personalidad, Suzanna se había sentido, en ocasiones, casi posesiva... y no solo en lo que a la tienda respectaba.

Jessie había tardado muy poco en aprender a equilibrar sus respectivas fuerzas y ese día, ataviada con un vestido floreado y unas botas gruesas, estaba sirviendo en el mostrador y, de vez en cuando, salía para entablar conversación con los albañiles de botas encementadas y las ancianas, mientras Suzanna iba dando vueltas por la tienda con su bloc, sumando las existencias y observando, con cierta decepción, lo poco que había vendido durante las últimas semanas. No era lo que se llama un éxito apabullante pero, como solía decirse a sí misma para darse confianza, al menos la tienda iba bien encaminada y financiaba sus propias existencias y los costes del personal. «Si tan solo lograra recaudar algo más de beneficios, podríamos empezar a devolver una parte del capital», decía Neil. A su marido le gustaba hacer esa clase de comentarios. Suzanna pensaba que la contabilidad era uno de los pocos ámbitos en los que Neil ostentaba una autoridad a prueba de bomba en su relación.

Arturro entró, tomó dos *espressos* con rapidez, uno detrás de otro, y luego se marchó. El padre Lenny sacó la cabeza por la puerta, en principio para preguntarle a Jessie si Emma volvería a asistir a los cursos dominicales pero también para presentarse a Suzanna y dejarle bien claro que si quería más bombillas de colores, él conocía a alguien cerca de Bury St. Edmunds que las vendía al por mayor.

La señora Creek entró, pidió un café con leche y se sentó fuera durante media hora. Se quitó el sombrero para exponer su pelo ralo al sol, y su aspecto era frágil como el de la hierba escarchada. Le contó a Jessie que ese clima le recordaba la primera vez que fue al extranjero, a Ginebra, para visitar a su marido, ingresado en un hospital. El avión fue toda una aventura (en esos tiempos empleaban a auténticas enfermeras en calidad de azafatas y no a las pintarrajeadas mocosas que contratan en la actualidad), y su llegada a aquel país extranjero, tan excitante que casi olvidó la razón de su viaje y le pasó por alto la hora de visita del primer día. Suzanna, que se aventuraba a salir de vez en cuando para recoger las tazas de café, o bien para sentir los primeros rayos de sol en el rostro, escuchaba esa retahíla de recuerdos junto a Jessie, con la mano a la barbilla, embebiéndose de cada detalle y de sol. El marido de la señora Creek se había enfadado tanto que se negó a hablarle durante dos días. Después ella cayó en la cuenta de que habría podido engañarlo y decirle que su avión había llegado con retraso. Sin embargo, no acostumbraba mentir porque luego «siempre terminas embarullada, intentando recordar lo que le has contado a cada uno».

—Jason piensa que miento, aun cuando no sea verdad —dijo Jessie en un tono de voz desenfadado—. Una vez tuvimos una pelea de padre y muy señor mío por culpa de que no pude pasar el aspirador porque me había encontrado mal. Le gusta ver esas rayitas que deja en la moqueta, ¿sabe?, porque eso demuestra que lo he hecho. Resulta que yo me había intoxicado, creo que por culpa del pollo, y me quedé en cama. Cuando él llegó a casa, ya me sentía un poco mejor —siguió contando Jessie—. De todos modos, me acusó de haberme quedado todo el santo día apoltronada, sin hacer nada, a pesar de que tenía la cena preparada. Me enfadé tanto que lo golpeé con la sartén. No sabe usted qué ganas tenía de vomitar mientras iba pelando las patatas. —Jessie se rió, presa de la culpabilidad.

—Todos los hombres son iguales, reina —comentó la señora Creek vagamente, como si fueran una especie de enfermedad.

—¿Qué hizo él entonces? —preguntó Suzanna, muy impresionada por la desenfadada descripción de aquel episodio de violencia que acababa de relatar su empleada y sin saber si debía creer a pies juntillas lo que acababa de oír.

—Entonces me pegó él a mí; y yo volví a darle con la sartén. Le partí una muela —aclaró Jessie, señalando el interior de la boca para mostrar la zona del impacto.

La señora Creek miraba al otro lado de la calle, como si no hubiera oído el relato. Al cabo de unos segundos en los que nadie dijo nada, Suzanna sonrió forzada, como si hubiera olvidado recoger alguna cosa, se dio la vuelta y entró en la tienda.

—¿Le tienes miedo? —le preguntó algo después, cuando la señora Creek se hubo marchado. Intentaba imaginarse a Neil poseído por la cólera hasta el punto de pegarla, pero le resultaba imposible.

—¿A quién?

—A tu Jason.

—¿Tenerle miedo a Jason? No, no. —Jessie negó con la cabeza, adoptando una expresión de cariñosa indulgencia. Echó un vistazo a

Suzanna y decidió que la preocupación que expresaba el rostro de su jefa requería una cierta explicación por su parte—. Mira, su problema es que yo me defiendo mejor con el lenguaje que él. Por lo tanto, sé cómo tomarle el pelo a la perfección. Si se mete conmigo, le doy la vuelta a su discurso y lo enredo hasta que él se siente estúpido. Ya sé que no debería hacerlo pero... Ya sabes cómo te sacan de quicio a veces.

Suzanna asintió.

—A veces incluso me paso de rosca; y no le dejo en paz. —La sonrisa de Jessie se esfumó de su rostro—. Supongo que, en realidad, no le queda otra alternativa.

Hubo un breve silencio.

En la calle dos escolares pateaban la cartera de otro muchacho por la carretera.

—Me encanta esta tienda. Tu tienda —aclaró Jessie—. No sé lo que tiene, porque no era así con The Red Horse, pero es como si desprendiera buenas vibraciones. ¿Sabes lo que quiero decir?

Suzanna todavía no había logrado alejar de sí un cierto estado de ánimo bastante distinto.

—Sí. Lo primero que pensé al entrar fue que quizá se debía al aroma del café y a todo lo demás; o bien a esos objetos tan bellos. Es algo así como una cueva, la cueva de Aladino, ¿verdad? De todos modos, creo que hay algo especial en la tienda como tal. Siempre me hace sentir... —Suzanna se detuvo unos instantes— ... Me siento mucho mejor.

Los dos chicos se detuvieron y se pusieron a examinar algo que uno de ellos había sacado del bolsillo, murmurando en voz baja.

Las mujeres los observaban por el escaparate.

—No es lo que piensas —dijo Jessie, al final.

—No —dijo Suzanna, quien, de repente, se sintió perteneciente a la clase media y muy ingenua—. Claro que no.

Jessie cogió el abrigo, se dio la vuelta y se quedó mirando las estanterías de atrás.

—Creo que otro día les pasaré jabón y agua. El plumero nunca quita la suciedad del todo, ¿verdad?

Jessie se marchó a las dos menos cuarto para ir a recoger a su hija a la escuela y, con el permiso de la profesora, llevársela para celebrar su cumpleaños. Si a Emma le apetecía, además, comprarían unos polos y se sentarían a la mesa de la terraza para comérselos. «El año que viene irá con la escuela a Francia —le contó al marcharse—. Le he dicho que así es como comen los franceses, y ahora lo único que quiere es sacar las sillas a la calle.»

Suzanna estaba bajando las escaleras del sótano cuando oyó que se abría la puerta. Alzó la voz para decir que no tardaría en subir. Sin embargo, tropezó con el último peldaño y juró en voz baja cuando casi se le cae el montón de libretas encuadernadas en ante. Las cosas parecían más fáciles, sin duda alguna, cuando Jessie se encontraba presente.

Su padre estaba de pie, en medio de la tienda, con los brazos cruzados con cierta incomodidad, como si no quisiera ser visto demasiado cerca de los artículos. Miraba hacia algún punto bajo tras el mostrador. Cuando apareció Suzanna, el hombre se sobresaltó.

—Papá... —dijo ella, ruborizándose.

—Hola, Suzanna —la saludó su padre con una inclinación de cabeza.

Se quedaron en silencio. Suzanna se preguntó, fantaseando, si él habría venido a disculparse por los comentarios que le había dirigido días atrás; pero ya era mayorcita para comprender que su presencia en la tienda iba a ser el gesto más conciliador que podía esperarse de él.

—Me has pillado por los pelos —balbuceó ella, esbozando una sonrisa—. He estado fuera hasta hace media hora. Habrías conocido a Jessie... Mi ayudante.

Douglas se quitó el sombrero y lo sostuvo entre las manos, en un gesto de curiosa cortesía.

—Pasaba por aquí. He tenido que venir al pueblo para reunirme con mi contable y pensé que... Quise entrar a ver tu tienda.

Suzanna seguía en pie, agarrada a las libretas.

—Bueno, pues es esto que ves...

—Sí, ya.

Suzanna hizo el gesto de atisbar tras su espalda.

—¿No viene mamá contigo?

—No. Está en casa.

Ella dejó las libretas sobre una mesa y echó un vistazo a los objetos que los rodeaban, intentando valorarlos a través de los ojos de su padre.

«Fruslerías y bobadas —se imaginaba que diría—. ¿Quién iba a querer gastar dinero en un candelabro de mosaico o en un montón de servilletas bordadas de segunda mano?»

—¿Te ha contado algo Neil? Nos van muy bien las cosas. —Era más fácil fingir que el negocio también era una aventura de Neil. Sabía que su padre lo consideraba un individuo más sensato.

—No me ha dicho nada, pero me parece muy bien.

—La facturación gira alrededor de... humm... un treinta por ciento durante el primer trimestre; y... acabo de hacer el primer inventario. —Las palabras sonaban firmes, seguras, no era el discurso que pronunciaría una cabeza hueca aturullada e irresponsable.

Su padre asintió.

—Podrías darme algunos consejos sobre el IVA. A mí me parece insondable. No comprendo cómo te las arreglas.

—Solo es cuestión de práctica. —Estaba mirando el retrato de su madre. Suzanna echó un vistazo hacia el mostrador y entonces lo vio, descubierto, claramente visible a través de las delgadas patas de madera del mueble. La sonrisa enigmática de su madre, que jamás le había parecido maternal, ahora era demasiado íntima para ser mostrada en aquel espacio público. A Jessie le encantaba, decía que era la mujer más sofisticada que hubiera visto jamás, y la presionó para que lo colgara en la pared. Ahora la pintura le hacía sentirse culpable, aunque sin estar segura de los motivos.

—¿Qué hace eso ahí? —carraspeó su padre.

—No está en venta, si eso es lo que te preocupa.

—Yo...

—No estamos tan mal de dinero como para eso.

Su padre calló, como sopesando varias posibles respuestas.

—Suzanna —dijo su padre, suspirando—. Mira, yo solo sentía curiosidad por saber cómo te iba en la tienda.

—Esto no es «una tienda», papá. Hablas como si yo intentara deshacerme de ella. Es «mi tienda»... y además, iba a colgarlo en la pared. —El saberse a la defensiva la había vuelto mordaz.

—¿Para qué ibas a querer colgar el cuadro ahí?

—Pensé que sería un buen lugar. En casa... No veo que en casa encaje, en realidad. Es demasiado pequeña. —No pudo contenerse.

Su padre observó la pintura con el rabillo del ojo, con aprensión, como si le resultara difícil mirar directamente esa imagen.

—Creo que no deberías dejarlo aquí.

—Bueno, pues yo no sé dónde ponerlo.

—Podemos devolverlo al banco, si te parece. Lo guardarán a buen recaudo. —Douglas la miró a hurtadillas—. Seguramente cotiza bastante, y no creo que lo tengas asegurado.

Su padre jamás expresaba emoción alguna cuando hablaba de ella. En ocasiones, pensaba Suzanna, era como si al morir Athene, hubiera decidido que esa mujer no despertaría en él un sentimiento más duradero que el que le sugiriera cualquier otro pariente lejano, esos antepasados de antiguas generaciones que se alineaban en los pasillos del primer piso. La limitada historia familiar que se les había dado a conocer, a ella y a sus hermanos, demostraba que Douglas se había volcado con gran rapidez en Vivi. A veces, sin embargo, Suzanna se preguntaba si él no habría ahogado sus emociones porque encontraba el recuerdo de Athene demasiado doloroso, y entonces sentía el conocido rubor de su propia e implícita culpa. No había baúles de ropa ni fotografías manidas. Solo Vivi había salvado algunos restos de su madre: un recorte de periódico amarillento sobre la boda de «la Última Debutante» y un par de fotografías de la muchacha a caballo. Aunque estas últimas solo salían cuando Douglas se encontraba fuera de casa.

La presencia de su padre en la tienda, en principio desprovista de cualquier reacción emocional, provocó el efecto contrario en ella. «¿Acaso te resulta tan difícil mostrar las emociones? —quiso gritar de repente Suzanna—. Aunque supongamos que sea por mi bien, ¿tienes que fingir que ella jamás existió? ¿Y yo? ¿Tengo que fingir yo también que ella nunca existió?»

—Podrías colgarlo en la galería de retratos. —Las palabras de Suzanna, pronunciadas en un tono de voz demasiado elevado, quedaron suspendidas en el aire, sin lograr disimular el suave temblor del desafío—. A Vivi no le importaría.

Su padre le daba la espalda y estaba examinando un artículo de seda china.

—Digo que a Vivi no le importaría. De hecho, fue ella quien lo sugirió. Me propuso restaurar el marco y colgar la pintura. No hace mucho.

Douglas cogió uno de los monederitos de seda, se fijó en el precio y lo volvió a dejar con delicadeza en su lugar. El ritmo acompasado de sus actos, y la leve crítica que Suzanna creyó que implicaba, hizo que algo irrefrenable e imparable fuera creciendo en su interior.

—¿Has oído lo que te he dicho, papá?

—Perfectamente, gracias. —Él seguía sin mirarla. Una torturadora pausa sobrevino a sus palabras—. Yo... No creo que sea apropiado.

—No, claro. Supongo que aunque solo sea sobre tela, en realidad no quieres que las mujeres mancillen la línea ancestral, ¿verdad?

Suzanna tuvo la repentina sensación de convertirse en una niñita a quien encuentran culpable de alguna travesura y que espera, con silencioso terror, averiguar cuál será su castigo.

Sin embargo, Douglas se limitó a ponerse el sombrero con un gesto mesurado y dirigirse hacia la puerta.

—Creo que se me acaba el tiempo del parquímetro. Solo quería decirte que tu tienda tiene un aspecto fantástico —dijo él, saludándola con la mano e inclinando levemente la cabeza.

Suzanna tenía los ojos llenos de lágrimas.

—¿Eso es todo? ¿Eso es todo lo que vas a decirme? —Oyó el tono estridente de los adolescentes en su voz y supo, furiosa, que él también lo había captado.

—Es tu cuadro, Suzanna —puntualizó su padre—. Haz con él lo que quieras.

Apenas había señal alguna de rojeces en su cara cuando regresó Jessie, quien entró en la tienda con el aire de quien sigue una conversación, a pesar de hallarse completamente sola.

—No te creerías los polos que venden ahora. Cuando yo tenía su edad, tenías suerte si conseguías un Mivvi de fresa o un Cohete. ¿Te acuerdas? Eran aquellos de rayas de colores. Pues ahora hay polos de barritas Mars, Bounty no sé qué y Cornetto no sé cuántos. Increíble; y a más de una libra cada uno. Ahora bien, son tan enormes que no hace falta que almuerces luego.

Jessie se dirigió hacia la caja registradora, limpiando de un modo casi inconsciente unas migas de la mesa mientras empezaba a recoger las notas que habían quedado olvidadas.

—Te hemos traído uno con sabor a Crunchie. ¿Sabías que hacían helados de Crunchie? Emma y yo hemos pensado que es el sabor que te gustaría más.

—Gracias —respondió Suzanna, con el rostro enterrado en la carpeta de pedidos—. ¿Puedes ponerlos en la nevera? —Llevaba casi veinte minutos contemplándolos, sin saber por qué razón los había sacado para empezar. La visita de su padre la había alterado y anulado su energía y entusiasmo.

—No lo dejes mucho rato. Va a derretirse ahí dentro —precisó Jessie, moviéndose entre las mesas para comprobar si había alguna taza vacía—. ¿Ha venido alguien?

—Nadie especial.

Eso era lo más irritante de llorar. Aunque solo fuera durante unos minutos, la piel, por no hablar ya de la nariz, seguía mostrando las señales delatoras media hora después.

La mirada de Jessie se posó en ella durante una fracción de segundo más larga de lo habitual.

—Se me ha ocurrido una cosa mientras estaba fuera. Es sobre Arturro.

—¿Ah, sí?

—Voy a juntarlo con Liliane.

—¿Qué?

—Me ha venido esta idea a la mente, ¿sabes? ¿Qué te parece?

Suzanna oía el sonido de la bayeta al mojarla bajo el grifo mientras Jessie iba charlando.

—¿Sabes qué, Jess? —dijo Suzanna con la cara metida en la carpeta—. Lo que yo creo es que a la gente se la debería dejar en paz.

—Sí, pero pienso que Arturro y Liliane llevan demasiado tiempo solos. La soledad se ha convertido en una costumbre para los dos, y están demasiado asustados para acabar con ella.

—Quizá ya les va bien así.

—¡No lo dirás en serio!

«¡Oh, lárgate ya! —pensó Suzanna, agotada—. Deja de convencerme de que soy una persona distinta. Deja de intentar convertir a todo el mundo en imágenes más diáfanas y felices de sí mismos. Los demás no siempre ven las cosas como tú.» Sin embargo, no dijo nada.

—Suzanna, piensa que son tal para cual; y creo que se darían cuenta si alguien les diera un empujoncito inicial.

Se quedaron en silencio durante unos segundos, y después se oyó a Jessie moverse hacia las estanterías.

—No pasa nada, de verdad. No tienes por qué secundarme. Solo quería contarte lo que voy a hacer para que no descubras el pastel —aclaró Jessie sin un asomo de rencor en su voz.

—No sufras.

Jessie se la quedó mirando durante unos momentos.

—¿Por qué no descansas un rato? Ve a dar una vuelta. Hace un día precioso.

—Mira, Jessie. ¡Estoy bien, maravillosamente bien! Lo único que querría es que me dejaras en paz. —Las palabras le salieron más duras de lo previsto, y Suzanna captó la expresión dolida de Jessie, quien de inmediato disimuló, esbozando una sonrisa comprensiva—. Está bien, está bien, vale. Me marcho —dijo a continuación Suzanna, agarrando el bolso y sintiéndose perversamente resentida por el hecho de experimentar un nuevo sentimiento de culpa—. Mira, lo siento… No me hagas caso. Deben de ser las hormonas o lo que sea. —Acto seguido se odió a sí misma por haber echado mano de esa excusa.

Paseó por la plaza durante casi veinticinco minutos: era día de mercado, y descubrió que podía deambular por la sombra entre los puestos abigarrados, saboreando un breve período de invisibilidad mientras echaba un vistazo a la confitería barata de importación, el puesto de alimentos integrales y la distribución intemporal de las paradas de colmados toda vez que, de manera simultánea, luchaba contra esa voz interior que le recordaba que los mercados de Londres eran muchísimo más interesantes y vibrantes, y surtidos de mayores promesas.

«No saldrá bien —admitió para sus adentros, reflexionando frente a los huesos hidratados, los kilos de alpiste cotejado y las galletas de perro que nutrían el puesto de animales domésticos—. No importa lo que haga. Por muy bien que vaya la tienda, siempre desearé vivir en otra parte. Jamás dejaré de acusar la presión de sentirme a la sombra de los Fairley-Hulme. Además, a pesar de que nunca quise regresar a este pueblo para empezar, Neil y papá, y la familia entera, sencillamente interpretarán mi fracaso como un nuevo ejemplo que demuestra que soy incapaz de aferrarme a las cosas.»

Suzanna se preguntaba, como solía hacer de vez en cuando, si se sentiría igual en el caso de que su madre aún viviera. En ocasiones, sin embargo, se cuestionaba si esa sensación no sería debida precisamente al hecho de que ella no viviera.

—¿Quieres algo, preciosa?

—Oh, no, no. Gracias.

Metió las manos en los bolsillos y siguió caminando, la levedad interna que había sentido al comenzar el día se había convertido en algo mortecino y plúmbeo. Quizá Neil tenía razón. Quizá debería rendirse y tener un bebé. Al menos, haría lo único que los demás esperaban de ella. Seguramente amaría a esa criatura cuando viniera al mundo. A la mayoría le sucedía, ¿o no? Por otro lado, tampoco había encontrado nada que la hiciera feliz.

«Si ese es mi destino, mi biología —se dijo a sí misma mientras regresaba caminando despacio hacia la tienda—, ¿por qué, cada vez que pienso en ello, se me ponen los pelos de punta?»

—¿Sabes qué deberías hacer?

Suzanna cerró los ojos y luego los abrió despacio. Se había jurado que, dado que solo quedaban dos horas para cerrar, no descargaría su mal humor sobre Jessie. Ni siquiera sobre esa Jessie que lucía un par de alas de ángel de niño pequeño y mantenía en equilibrio sobre la cabeza unas gafas rosas francamente ridículas.

—¿Qué? —exclamó Suzanna sin alterarse.

—Estaba pensando en una cosa que antes ha dicho Emma. Sobre los dibujos.

—¿Crees que debería hacer pintar a la gente? —Suzanna rellenaba las azucareras y se esforzaba por alejar el sarcasmo de su voz.

—No, pero pensaba en lo que comentábamos antes, en lograr que la gente se involucre en la tienda, en hacer clientes; porque eso es lo que necesitas. Podrías instaurar alguna costumbre nueva; por ejemplo, el Cliente de la Semana.

—Ya veo que estás de guasa.

—No, no. En absoluto. Fíjate en lo que has colgado en las paredes: esas viejas partituras y los testamentos que has pegado. Cada cliente que ha entrado esta tarde se ha detenido a leer los testamentos, ¿verdad?

Había sido una de las mejores ideas que se le habían ocurrido. Suzanna encontró ese montón de testamentos amarillentos y escritos con letra de caligrafía en un contenedor de Londres, y los tuvo guardados en una carpeta durante años, esperando que se le presentara la oportunidad de emplearlos como papel pintado.

—Y al pasar tanto rato en la tienda, terminan por comprar algo, ¿no?

—No veo adónde quieres llegar.

—Tienes que hacer algo parecido en la ventana; pero sobre alguno de los clientes que vienen a la tienda. La gente de por aquí es cotilla, le gusta hablar, husmear en la vida de los demás. Por eso podrías hacer una exposición sobre, por ejemplo, Arturro. No sé… Escribir unas palabras, un texto sobre la vida que llevaba en Italia y las circunstancias que lo llevaron a abrir la charcutería. O bien podrías elegir algún acontecimiento de su vida (el mejor o el peor día que recuerde) y montar una exposición con eso. Los clientes se detendrían a leerlo y, si son vanidosos, como suele ocurrirle a la mayoría, incluso querrían que les dedicaran una muestra.

Suzanna luchó contra el impulso de decirle a Jessie que, tal y como se sentía en aquellos momentos, quizá la tienda no existiría dentro de poco.

—No creo que a las personas les guste exponer su vida en un escaparate.

—A ti puede que no, pero tú no eres como los demás.

Suzanna levantó la mirada con un gesto seco. Sin embargo, el rostro de Jessie no reflejaba malicia alguna.

—Atraerá a más público, que se interesará por la tienda. Apuesto a que podría conseguir que la gente se prestara a ello... Tú deja que yo lo intente.

—No creo que funcione. Quiero decir, ¿qué harías con Arturro? Él no articula más de dos palabras de vez, y yo no quiero llenar el escaparate de la tienda con salami.

—Tú deja que lo intente.

—Por otro lado, hay que tener en cuenta que la gente del pueblo parece saber ya todo lo que hay que conocer de los demás.

—Ya me encargo yo; y si crees que no resulta, abandonaré. Te prometo que no te costará nada.

Suzanna hizo una mueca de disgusto. «¿Por qué tengo que exponer la vida de las personas como si fuera un espectáculo? —pensó irritada—. ¿Por qué tienen que interferir todos? La vida en este pueblo sería mucho más tolerable si dejaran que la gente viviera a su aire sin perder la intimidad.»

Jessie se colocó delante de ella, esbozando una sonrisa solidaria de oreja a oreja. Las alas de alambre saltaban con gracia a sus espaldas.

—Te demostraré que puede funcionar. Mira, hagámoslo con la primera persona que entre. La persuadiré para que me permita hablar de ella. Lo prometo. Vas a descubrir muchísimas cosas que no sabías.

—Apuesto a que sí.

—Venga, mujer. Será divertido.

—¡Dios mío! Si es la señora Creek, no quedará espacio en el escaparate.

Suzanna iba a coger un cartón de leche ya vacío cuando la puerta se abrió de par en par. Las dos mujeres se miraron casi con aire culpable. Jessie titubeó y a continuación sonrió, con una sonrisa franca y cómplice.

El hombre les echó un vistazo, como si dudara si debía entrar.

—¿Le apetece un café? Todavía servimos.

Era moreno como los italianos pero más alto, y hacía gala de la expresión desconcertada que caracteriza a los que consideran que un día templado en Inglaterra equivale a pasar frío. Vestía el pijama azul del hospital de la zona bajo una vieja chaqueta de cuero, y su cara, larga y angulosa, permanecía prácticamente inmóvil, como si estuviera demasiado cansado para moverla.

Suzanna advirtió que se había quedado mirándolo de hito en hito y desvió los ojos, que recalaron bruscamente en sus propios pies.

—¿Hacen *espressos*? —preguntó el desconocido con un acento extranjero, aunque no italiano. Levantó los ojos hacia la pizarra y luego volvió a mirar a las dos mujeres, intentando calibrar las razones de la alegría apenas contenida de la más bajita y el papel involuntario que desempeñaba él en aquella atmósfera extraña.

—Sí, por supuesto —respondió Jessie, sonriendo primero a Suzanna y luego a él. La muchacha cogió una taza con decisión y la colocó, con ademán florido, bajo la boquilla de la cafetera italiana, haciéndole una seña para que se sentara—. De hecho, si puede prestarme unos minutos de atención, le invitaré a este café con muchísimo gusto.

11

El tucunaré es un pez agresivo y beligerante. A pesar de su engañosa belleza iridiscente, es lo bastante mezquino para tirar del anzuelo hasta doblar casi en dos una caña de pescar. Es más, un ejemplar de un kilo ochocientos gramos o de dos kilos puede dejar rendido a un hombre en menos de una hora. Evolucionó en las mismas aguas que las pirañas, los caimanes y los piraracus, dotados de escamas dispuestas como una armadura, criaturas todas ellas del tamaño de un coche, y está acostumbrado a luchar contra rivales incluso mayores o más peligrosos que él. No obstante, a diferencia de otros peces de América del Sur, cuanto más largo es, con más encarnizamiento pelea, por eso en los cauces rápidos del Amazonas, su hábitat natural, puede llegar a alcanzar los catorce kilos, convirtiéndose en un oponente digno de la misma Moby Dick.

Es, en resumidas cuentas, un pez mezquino, y cuando se lanza desde el agua, saltando a varios metros, es fácil detectar en ese ojo prehistórico el ansia de lucha. Se comprende la atracción que ejerce para un joven que desee ponerse a prueba ante los demás; o incluso para un hombre maduro que pretenda conservar el respeto de su hijo.

Quizá por esa razón les gustaba tanto pescar a Jorge y Alejandro de Marenas. Tenían la costumbre de empaquetar las cañas de pescar, montar en el cuatro por cuatro de Jorge para ir al aeropuerto y subir a un vuelo en dirección Brasil para pasar dos o quizá tres días ejercitando los músculos contra este cíclido y luego regresar a casa con los avíos satisfactoriamente rotos, las manos ensangrentadas y un cierto sentido elemental satisfecho gracias a la lucha eterna del hombre contra la naturaleza. Representaba un peregrinaje bianual para ambos, aunque ellos jamás lo habrían descrito de ese modo. Era el único lugar, pensaba a menudo Alejandro, en el cual se sentían verdaderamente cómodos el uno con el otro.

Jorge de Marenas era un cirujano plástico de Buenos Aires, uno de los mejores: su lista de clientes contenía más de tres mil nombres entre políticos, cantantes y personajes televisivos de gran relevancia. Al igual que su hijo, lo llamaban el Turco, debido a su aspecto euroasiático, aunque cuando se referían a él, lo pronunciaban casi siempre con un suspiro reverente. Las mujeres que acudían a su consulta eran cada vez más jóvenes y le pedían unos pechos más altos, unos muslos más delgados, la nariz de esa presentadora de televisión o unos labios de picadura de abeja como los de aquella estrella. Con unos modos tan delicados como la piel que él volvía a crear, Jorge de Marenas las satisfacía a todas, inyectando, elevando, rellenando y suavizando, reformando una y otra vez, casi siempre, a las mismas pacientes a lo largo de los años, hasta que estas últimas terminaban por parecer copias de sí mismas con diez años menos, aunque con la expresión más estupefacta. Salvo la madre de Alejandro. El cirujano no quería tocar a su mujer. Ni sus muslos rellenitos y cincuentones ni sus cansados y furiosos ojos, camuflados bajo un maquillaje carísimo y la aplicación religiosa de sofisticadas cremas. Ni siquiera le gustaba que se tiñera el pelo. Ella les decía a sus amistades, henchida de orgullo, que la razón era que él la consideraba perfecta tal y como estaba. Creía, no obstante, según le contó a su hijo, que, como les sucede a los albañiles y los lampistas, en casa del herrero, cuchillo de palo. Alejandro no sabría decir cuál de las dos versiones era la correcta: su padre parecía tratar a su madre con el mismo respeto distante que utilizaba con todos.

Sin embargo, mientras su madre era latina hasta la médula (operística, apasionada, proclive a unos muslos y unas caderas mareantes), su padre y él decepcionaban bastante en el terreno emocional, al ser ambos extrañamente equilibrados y, sobre todo en el caso de Alejandro, poseedores de lo que daba en llamarse una reserva casi descorazonadora. Su padre lo defendía de esos cargos (de los cuales solían acusarlo), diciendo que los hombres de la familia Marenas nunca habían tenido la necesidad de comunicarse como los personajes de las telenovelas, con enfrentamientos coléricos y afectados o extravagantes declaraciones de amor. Quizá se debía al hecho de que Alejandro estudiara en un internado desde los siete años, o porque el mismo Jorge no era un hombre que diera rienda suelta a las emociones con facilidad: cualidad precisamente que lo convertía en un cirujano buenísimo. Esa lucha bianual con la pesca deportiva, por consiguiente, era la única ocasión en la cual padre e hijo se soltaban, dejando fluir por unos instantes sus emociones en las aguas turbulentas: la risa, la rabia, la alegría y la desesperación expresadas desde la seguridad de unas botas altas y un chaleco lleno de anzuelos.

Eso, por lo general, era lo que sucedía casi siempre. En esa ocasión, sin embargo, al menos para Alejandro, los más simples placeres físicos del viaje enmudecieron ante la conversación que todavía no habían mantenido padre e hijo, el conocimiento de que a pesar de que la profesión que él había elegido fuera considerada por su familia el peor agravio que hubiera podido infligirles, el joven iba a empeorarlo todo mucho más.

El viaje había sido complicado desde el principio: Jorge no estaba seguro de si debían dejarse ver, consciente de que muchos de sus amigos no solo se perderían sus respectivos viajes para ir a pescar y pasar unos días de descanso en la estancia familiar, sino que, confrontados a sus fortunas devaluadas y a unos ahorros insuficientes, se hallaban barajando distintas alternativas para salir del país en masa. Jorge se decía que a él las cosas le iban bien pero que no quería tocar las narices a sus amistades. No era correcto vanagloriarse de la buena suerte de uno cuando tantas personas estaban sufriendo.

«Quizá de este modo yo compense un poco las cosas», pensó Alejandro, sintiendo un espasmo de ansiedad.

El joven tenía la intención de contárselo a su padre de camino al refugio, pero Jorge estaba preocupado por una picadura que le había hinchado el pie y le resultaba muy incómoda para caminar; por consiguiente, Alejandro cargó con sus bártulos y no le dijo nada, el sombrero bien calado contra el sol, la mente repasando los argumentos que tenía pensados, anticipando el enfrentamiento. Quiso contárselo asimismo cuando su padre ató el corcho, un objeto chillón del tamaño del casco de un caballo con motivos más propios de un festival indio, esa clase de señuelos que arrancaban gestos de incredulidad a los pescadores de caña... hasta que enganchaban su propio tucunaré, claro.

Pensó decírselo al llegar al borde del agua pero el sonido del arroyo caudaloso y la intensa concentración de su padre lo distrajeron, obligándole a esperar hasta perder la ocasión. En un momento dado, en el tranquilo y popular enclave situado entre una barraca improvisada y un montón de leña permanente, mientras Alejandro veía que las palabras, formadas ya entre sus labios, morían sin poder ser pronunciadas, su padre pescó una bestia magnífica, cuyos ojos, apenas visibles, desafiaron su mirada a pesar de hallarse a una distancia de casi un metro con la misma furia muda que esgrimía la madre de Alejandro el día en que su marido le anunciaba que esa noche volvería tarde a casa por enésima vez. («No me conviene enfadarme —decía ella después de colgar el teléfono—. Sobre todo estando las cosas como están, y siendo él el único hombre que conocemos que todavía gana dinero. De ningún modo, con todas esas putas flotando a su alrededor, con tetas de plástico en forma de uva y culitos adolescentes.»)

Ese tucunaré, como lo llamaban los brasileños, era grande incluso según el baremo del padre de Alejandro. Jorge anunció la llegada del animal con un chillido como el que proferiría un niño sorprendido, mientras el corcho recibía el ataque submarino con un sonido parecido al de una explosión, y empezó a hacerle señales desesperadas a su hijo con la cabeza (necesitaba ambas manos para mantener la caña bien sujeta). Cualquier amago de conversación fue olvidado rápidamente.

Alejandro soltó su propia caña y echó a correr hacia su padre, con los ojos fijos en la furiosa conmoción que se desarrollaba bajo las aguas. El tucunaré saltó del agua, como para valorar mejor a sus oponentes, y ambos hombres dejaron escapar un grito ahogado al comprobar su tamaño. En esa milésima de segundo durante la cual se quedaron inmóviles, impresionados por lo que acababan de ver, el animal pegó un salto en dirección al laberinto de troncos de árbol podridos, arrancando un quejido agudísimo al freno como el que emiten los aviones cuando caen en picado hacia la tierra.

—¡Más rápido! ¡Más rápido! —gritaba Alejandro a su padre,

mientras el hombre se esforzaba por mantener la caña y todo lo que no fuera ese pez combativo quedaba olvidado.

El tucunaré sacudió la cabeza y se desembarazó al menos de uno de los ganchos del anzuelo, sus escamas naranja intenso y verde esmeralda brillaban mientras la bestia luchaba contra el sedal, y el ojo negro circundado en oro de su aleta caudal se mofaba de ellos lanzando destellos sobre el agua, tan agresivo y seductor como la cola de pavo real de la cual tomaba el nombre.* Alejandro notó que su padre flaqueaba un poco, la mente confusa por la enorme ferocidad de la batalla, y le dio unos golpecitos en el hombro, contento por una vez de que fuera su padre quien hubiera atraído al magnífico pez, satisfecho de que fuera él quien había tenido la oportunidad de mostrar su superioridad en las aguas.

A pesar de todo lo dicho, la victoria fue un tanto pírrica. De hecho, durante unos instantes no estuvieron seguros de que aquello fuera a redundar en una victoria, intervalo en el que enrollaron y desenrollaron el sedal, turnándose para sostener la caña cuando el otro se cansaba. Sumergiéndose y emergiendo, cada vez más cerca, el pez iba aproximándose, sacudiendo su inmensa cabeza para desembarazarse de los anzuelos de colores que llevaba prendidos de la boca, azotando cada vez con más furia y convirtiendo la cristalina superficie del agua en espuma a medida que lo arrastraban hasta la orilla.

En un momento dado Alejandro cogió a su padre por la cintura y notó su ancha espalda tensa y dura por el esfuerzo de aguantar, los pies esforzándose por no perder terreno en el resbaladizo lecho del río, y se quedó atónito al no poder recordar si alguna vez había abrazado a su padre. De su madre, en cambio, tenía bien presentes las manos y los labios (hasta el punto de que durante la adolescencia llegaron a repugnarle), aunque ahora comprendía que a la mujer siempre le había faltado algo que no había encontrado en su marido, fuere por auténtica incapacidad, fuese por la maldita despreocupación de Jorge de Marenas: el ser objeto de atención masculina, un respeto sazonado con unos toques de coquetería y sentirse amada. Asimismo, dado lo decepcionada que la mujer había llegado a sentirse res-

---

* En inglés, *peacock bass* significa «tucunaré». La asociación de palabras es debida a que en ese mismo idioma *peacock* significa «pavo real». *(N. de la T.)*

pecto a su pareja en otros terrenos, cabía exigirle a él, al menos, ese mínimo de comportamiento.

—¡Mierda, Ale! ¿Tenés la cámara?

Al final, agotados, los dos hombres se medio tumbaron en la orilla del río, con aquel pez echado como un bebé dormido entre sus orgullosos padres. Jorge recuperó el aliento y luego se incorporó con dificultad. Mientras sostenía al animal, todavía con los ojos inexpresivos y furiosos de la muerte, su rostro bronceado y maduro resplandecía gracias a ese tan arduo triunfo con una alegría rara y sin reservas mientras flexionaba los brazos doloridos en ademán de ofrecer la bestia a los dioses. Era el mejor día que recordaba desde hacía años, confesó luego. Un día memorable. Se moría de ganas de contarlo en el club. ¿Seguro que Ale había tomado fotos?

Más tarde Alejandro se preguntó varias veces si no habría podido decírselo en aquel momento.

Jorge de Marenas quería pasar por la consulta antes de ir a casa. El tráfico que se dirigía al Barrio Norte era siempre espantoso a esa hora del día, y desde que habían empezado los conflictos, ni siquiera un hombre como Jorge se sentía seguro atrapado en un atasco.

—A Luis Casiro le robaron el Mercedes nuevo, ¿te lo conté? Ni siquiera tuvo tiempo de sacarse la pistola de la chaqueta antes de que lo arrastraran fuera del auto. Le pegaron tan fuerte que necesitó catorce puntos. —Jorge hizo un gesto de condena, observando el tráfico que lo rodeaba—. Fernando de la Rúa tendrá que responder a muchas cosas.

A su derecha, a través de la ventanilla de cristal ahumado, Alejandro veía a las Madres de la Plaza de Mayo, con los blancos pañuelos al cuello bordados con los nombres de los desaparecidos recortándose contra el verdor. Su porte aparentemente pacífico era engañoso, puesto que no permitía obviar los miles de fotografías que llevaban casi veinte años decorando el parque: hijos e hijas cuyos asesinos, y de eso no les cabía la menor duda, debían de haberse cruzado con ellas por la calle. La crisis económica no las había detenido. Al contrario, había proporcionado un nuevo objetivo al resto de los habitantes de la ciudad y, en la actualidad, esas madres parecían cansadas e ignoradas, defensoras de unas noticias que más bien pertenecían al pasado.

Alejandro pensó durante unos segundos en la criaturita que había asistido en el parto tres meses antes, en los bebés que había visto entregar después, sus nacimientos bautizados con lágrimas, y luego apartó esa imagen de su mente.

—¿Papá?

—No le digás a tu madre lo mucho que bebimos anoche. Ya me duele bastante la cabeza. —La voz de su padre todavía delataba la satisfacción de la captura. Junto a ellos, un «colectivo», escupiendo visiblemente gases diésel, aminoró la marcha hasta alcanzar unos siete u ocho kilómetros por hora, lo justo para que los pasajeros que querían apearse saltaran corriendo a la acera mientras los que esperaban abajo se abalanzaban hacia el interior. Un hombre tropezó, dio un traspiés y gritó, amenazando con el puño al autobús que ya se alejaba.

—Creo que es por culpa del cambio —dijo su padre, con aire meditativo—. Las mujeres suelen volverse irracionales en esa etapa.

—Necesito hablar contigo.

—Se ha vuelto tan paranoica con la idea de la seguridad que a duras penas quiere salir de casa. Claro que eso no lo admitirá jamás. Ni siquiera aunque vos se lo preguntes. Inventará excusas, dirá que las señoras vienen a visitarla para organizar las obras de caridad, o bien que hace demasiado calor para salir, pero si te fijás bien, verás que ya no sale. —Jorge de Marenas se detuvo unos instantes, alegre todavía—. Me está volviendo loco. —El tamaño del pez lo había vuelto parlanchín—. Y como no sale, se recrea en otras cosas, ¿sabés? No solo en la situación económica; ni siquiera en los problemas de seguridad, que te garantizo que son muchísimos. ¿Sabés que es más probable que te roben en el Barrio Norte que en los barrios bajos? Los bastardos saben dónde está el dinero, no son estúpidos. —Jorge exhaló, con los ojos todavía fijos en la carretera que se extendía frente a él—. No, a ella le obsesiona saber dónde estoy. Que si por qué llego diez minutos tarde de la consulta… Que cómo es posible que no se me haya ocurrido que a lo mejor ella estaba sufriendo por si a mí me había pasado algo…

Jorge de Marenas miró por el retrovisor, comprobando de forma inconsciente que la nevera que contenía el pez no hubiera volcado.

—Creo que se imagina que tengo una aventura. Cada vez que me pregunta por qué llego tarde, enseguida me sale con Agostina. ¡Con Agostina nada menos! ¡Como si fuera ella a fijarse en un anciano como yo! —exclamó Jorge con la confianza del que, en realidad, no cree en lo que está diciendo.

—Papá, me marcho al extranjero —dijo Alejandro con el corazón en un puño.

—Todo lo exagera, ¿sabés? Le sobra el tiempo para quedarse sentada, pensando. Siempre igual.

—A Inglaterra. Me marcho a Inglaterra. A trabajar en un hospital.

Ahora Jorge le había oído sin ningún género de dudas. Se hizo un silencio prolongado, que no interrumpió lo bastante un informe sobre el tráfico que daban por la radio. Alejandro seguía sentado en la butaca de cuero, aguantando la respiración ante la tormenta que se avecinaba. Finalmente, cuando ya no pudo resistirlo más, habló con voz queda:

—No es algo que tuviera planeado… —Sospechaba que sería de ese modo, pero aún no se sentía preparado para soportar la carga culpable que le pesaba sobre las espaldas, las explicaciones, las disculpas que empezaba ya a formular. Miró sus manos detenidamente y vio las ampollas y los arañazos de un rojizo iracundo producto del sedal de nailon.

Su padre esperó a que las noticias del tráfico concluyeran.

—En fin… Creo que es una buena idea.

—¿Qué?

—Aquí no tenés donde elegir, Ale. No hay nada. Es mejor que te marches y disfrutes de la vida en otra parte. —Jorge hundió la cabeza entre los hombros y exhaló un suspiro largo y cansado.

—¿No te importa?

—No se trata… Sos un hombre joven. Lo lógico es que viajes. Lo lógico es que se te presenten oportunidades y conozcas a gente distinta. Dios sabe muy bien que en la Argentina ya no queda nada. —Miró con el rabillo del ojo, y su mirada no se detuvo en su hijo—. Necesitás vivir un poco.

A Alejandro le parecieron inadecuadas las palabras que le vinieron a la mente y, por consiguiente, mantuvo la boca cerrada.

—¿Cuándo vas a hablar con tu madre?

—Hoy. He revisado los papeles esta mañana. Quiero marcharme cuanto antes.

—Es solo... Supongo que será por la situación económica, ¿verdad? No habrá nada más... ¿Hay algo que te obligue a marcharte?

Alejandro sabía que otra conversación planeaba entre los dos.

—Papá, los hospitales públicos han mordido el polvo. Hay rumores que dicen que a finales de año no habrá suficiente dinero para pagarnos.

Su padre parecía aliviado.

—No iré a la consulta. Tenés que hablar con tu madre. Te llevaré a casa.

—Se lo tomará mal, ¿verdad?

—Ya lo capearemos —dijo su padre sencillamente.

Atravesaron los tres lados de la plaza y se quedaron atascados frente a los edificios gubernamentales. Su padre le puso la mano sobre la pierna con instinto paternal.

—¡Bueno, ya me dirás vos quién me va a ayudar a atrapar otro tucunaré ahora! —La animación nada forzada de antes había desaparecido. La máscara profesional de su padre había vuelto a su lugar, benigna, reconfortante.

—Vení a Inglaterra, papá. Pescaremos salmones.

—Bah... Ese es un pez para chicos. —Lo dijo sin resentimiento.

Las Madres de los Desaparecidos finalizaban su manifestación semanal. Al reiniciar el coche la marcha, Alejandro las observó mientras ellas doblaban sus láminas plastificadas con cuidado y las metían en el bolso, se ajustaban los pañuelos bordados, intercambiaban saludos y se abrazaban con el afecto desenvuelto de los viejos aliados antes de dirigirse hacia las verjas y emprender el solitario camino de regreso al hogar.

La casa de los Marena, como la mayoría de las viviendas del Barrio Norte, no se parecía a aquellas casas de pastores protestantes con contraventanas, de influencia española y fachada plana, que se encontraban en el centro de Buenos Aires, ni poseía una estructura moderna de cristal y hormigón armado. Era un curioso edificio ornamentado algo alejado de la calle y, en lo que respectaba a su estilo arquitectónico, se parecía más bien a un reloj suizo de cuco.

Unas vallas meticulosamente pintadas y dispuestas alrededor bordeaban unos setos esculpidos, que disimulaban la verja eléctrica y las barras de las ventanas recién instaladas y asimismo ocultaban de la vista inmediata la cabina de seguridad y el guardia que había al final del camino. En el interior de la vivienda hacía muchísimo que los suelos de parquet habían dejado paso a las brillantes extensiones de frío mármol, sobre las cuales se posaba un mobiliario carísimo de estilo rococó francés, pulimentado y dorado hasta el más mínimo palmo de su existencia. No era una casa de aspecto cómodo, pero mientras las habitaciones delanteras traslucían una fría superioridad social y convidaban a los invitados más a admirar que a relajarse, la cocina, el lugar donde la familia pasaba la mayor parte del tiempo en la intimidad, todavía albergaba una atrotinada y antigua mesa de trabajo y unas viejísimas y cómodas sillas. Si desaparecieran, había profetizado Milagros, la doncella, eso daría por terminado de inmediato el período de veintisiete años que ella llevaba viviendo con la familia. Si creían que después de un duro día de limpieza ella iba a apretujar la espalda contra una de esas cosas modernas que son todas de plástico, ya podían ir pensando en otra cosa. Como todos coincidían en que Milagros era lo único que mantenía alejada del sanatorio a la madre de Alejandro, las sillas se quedaron, para callada satisfacción de todas las partes. La cocina, por consiguiente, se convirtió en la estancia más usada de aquella casa de siete dormitorios.

Fue ese el lugar donde Ale eligió hablar con su madre, mientras su padre encontraba alguna ocupación ficticia en el estudio y Milagros iba arrastrando los pies arriba y abajo por el suelo de mármol, mopa en ristre, para mantenerse al tanto de la conversación y dejar escapar la exclamación pertinente. Su madre estaba sentada a la mesa, erguida. Con ese casco de pelo rubio, la señora de Marenas en nada se parecía a la belleza de cabellos oscuros que aparecía en las fotos nupciales enmarcadas en dorado y que poblaban la casa.

—¿Dónde decís que vas? —le preguntó por segunda vez.

—A Inglaterra.

—¿Para estudiar? ¿Cambiaste de idea? ¿Vas a ser médico?

—No, mamá. Seguiré siendo comadrón.

—¿Vas a trabajar en un hospital privado? ¿Querés prosperar en tu vida profesional?

—No. Me contrata otro hospital público.

Milagros había dejado de fingir que limpiaba y se había quedado inmóvil en medio de la habitación, escuchando.

—¿Te marchás a la otra punta del mundo para hacer el mismo trabajo que ya hacés acá?

Alejandro asintió.

—Pero ¿por qué allá? ¿Por qué tan lejos?

Había ensayado muchísimas veces las respuestas en su cabeza.

—Aquí no hay oportunidades —le explicó Alejandro—. En Inglaterra, en cambio, ofrecen buenos empleos, y bien remunerados. Puedo trabajar en alguno de los mejores hospitales.

—¡Pero acá también podés trabajar! —El elevado timbre de la voz de su madre delataba una nota de pánico o histeria—. ¿No es suficiente con que haya perdido una hija? ¿Acaso tengo que perder a los dos?

Él sabía que saldría el tema pero eso no le hizo el golpe más liviano. Sintió la presencia vagamente malévola que siempre experimentaba cuando se hablaba de Estela.

—No vas a perderme, mamá. —Empleó la voz de un médico cuando habla con su paciente.

—¡Te vas a vivir a dieciséis mil kilómetros! ¿Eso es no perderte? ¿Por qué te vas tan lejos de mí? —apeló a Milagros, la cual hizo un gesto de negación al coincidir, apenada, con ella.

—No me marcho por vos.

—¿Por qué no vas a Estados Unidos? ¿O a Paraguay quizá? ¿Y a Brasil? ¿Y por qué no te quedás en la Argentina, por el amor de Dios?

Alejandro intentó explicarle que los hospitales ingleses iban escasos de comadrones y ofrecían a los profesionales de otros países unas compensaciones económicas sustanciosas para cubrir las plazas. Le intentó contar que eso sería bueno para su vida profesional, que podría terminar trabajando en uno de los más famosos hospitales universitarios y que la asistencia neonatal era una de las mejores del mundo. Ella siempre le había relatado historias de sus antepasados europeos; y ahora él tendría la oportunidad de experimentar lo que se sentía al vivir en aquel continente.

Consideró si debía contarle lo de los tres bebés que había visto entregar al nacer porque el colapso económico de Argentina implicaba que sus padres eran demasiado pobres para criarlos, los gritos de angustia de las madres todavía ensangrentadas, las mandíbulas de los padres encajadas por el dolor. El hecho de que mientras él había elegido trabajar con los pobres más inmundos de la ciudad y ser testigo de la miseria obnubiladora que resulta cuando la pobreza y la enfermedad se dan la mano, nada le había preparado para presenciar el dolor persistente, la sensación de complicidad involuntaria que sentía en el momento de la entrega de esos niños y esas niñas.

Sin embargo, ni él y ni su padre le hablaron de bebés. Era un tema que jamás tocaban.

Alejandro se arrodilló y le cogió la mano.

—¿Qué es lo que creés que me reserva este país, mamá? Los hospitales están sucumbiendo. No podría ni siquiera permitirme el lujo de vivir en una pocilga con el sueldo que gano. ¿Querés que viva contigo hasta que sea viejo? —Lamentó las palabras en el mismo instante en que las pronunció, a sabiendas de que a ella le encantaría un arreglo parecido.

—Ya sabía yo que si te dedicabas a esto... a esta cosa... No nos traería nada bueno.

Cuando al principio Alejandro se matriculó en medicina, su madre estuvo muy orgullosa de él. A fin de cuentas, pocas profesiones gozaban de una posición más privilegiada en Buenos Aires. Quizá descontando a cirujanos y psicoanalistas, de los cuales ya tenían sendos representantes en la familia. Sin embargo, al cabo de dos años, Alejandro regresó a casa y les anunció que cambiaba de carrera: se había dado cuenta de que no se sentía cómodo con los médicos. Su futuro estaba en otra parte. Les dijo, por consiguiente, que trabajaría en asistencia obstétrica.

—¿Vas a ser un obstetra? —le preguntó su madre, con una leve preocupación ensombreciéndole el rostro.

—No, voy a ser comadrón.

Era la segunda vez que Milagros veía desmayarse de sopetón a la señora. (La primera fue cuando le dijeron que Estela había muerto.)

No era una profesión adecuada para el hijo del cirujano plástico de mayor relevancia de Buenos Aires, por muy convencido que estuviera el muchacho de su pretendida vocación. No era una profesión para un hombre de sangre caliente, qué más daba lo que se dijera en esa época sobre la igualdad y la liberación sexual. Evidentemente, tampoco era un tema que le encantara discutir con las amigas, a quienes hablaba de su hijo, si cabe, diciendo que «hacía medicina». No era apropiado, por decirlo claro. Más aún, creía que esa podría ser, según le confesó a Milagros, la verdadera razón de que su guapísimo hijo jamás llevara a chicas a casa, y el motivo que explicara por qué parecía no mostrar el arrogante machismo que debería haber despuntado en el primogénito de una familia de esa clase. Sus instintos masculinos, le dijo a la doncella, sincerándose con ella, habían sido corrompidos al verse expuesto repetidas veces a la vertiente más brutal de la biología femenina. Para acabar de rematarlo, Alejandro había elegido trabajar en un hospital público.

—¿Cuándo pensás marcharte?

—La semana que viene. El martes.

—¿La semana que viene? ¿La que viene precisamente? ¿Por qué tenés tanta prisa?

—Necesitan que el personal se incorpore de inmediato, mamá; y uno tiene que aprovechar las oportunidades cuando se le presentan.

Se quedó rígida de la impresión. Se llevó una mano a la cara y luego se desmoronó.

—Si hubiera sido tu hermana quien hubiera elegido esta profesión, quien quisiera mudarse a otro continente… Yo podría haberlo soportado, pero vos… vos precisamente… No está bien, Ale.

«¿Y qué es lo que está bien? —hubiera querido preguntarle su hijo—. ¿No es correcto que haya elegido pasar la vida trayendo a niños sanos a un mundo enfermo? ¿No es apropiado que mi solvencia profesional se mida en términos de emoción, vida auténtica y amor verdadero cuando el país en el que vivimos se ha construido sobre el secretismo y celebra la falsedad? ¿Es justo que, con independencia de lo que uno crea, el segundo procedimiento quirúrgico más usual que mi valorado padre realiza consiste supuestamente en lograr hacer más "hermosas" las partes más íntimas de una mujer?» Como siempre, no obstante, Alejandro optó por no hablar. Cerró los ojos y se preparó para hacer frente al dolor de su madre.

—Podré venir a casa dos o puede que tres veces al año.

—Mi único hijo será un invitado en mi casa. ¿Se supone que debo estar contenta? —No miraba a Alejandro, sino que apelaba a Milagros, quien dio un chasquido con la lengua.

Sobrevino un largo silencio. Luego, tal y como él había previsto, su madre rompió a llorar en amargos sollozos. Levantó una mano para detenerlo, moviendo en vano los dedos en el aire.

—No te vayas, Ale. Te prometo que ya no me importará dónde trabajes. Podés quedarte en el Hospital de Clínicas. No diré ni una palabra.

—Mamá…

—¡Por favor! —La señora de Marenas captó la seguridad que emanaba del silencio de su hijo y, al hablar, su voz no logró ocultar un deje de amargura—. Lo único que quería era verte triunfar —le dijo, parpadeando para contener las lágrimas—. Quería que te casaras y poder cuidar yo de mis nietos. Ahora, sin embargo, no solo me negás todo eso, sino que incluso me hurtas tu presencia.

La inminente separación le hizo sentirse generoso. Alejandro se arrodilló y le cogió la mano, mientras notaba la frialdad de los anillos de piedras preciosas contra su piel.

—Regresaré. Pensé que quizá considerarías que se me ha presentado una buena oportunidad.

Ella frunció el ceño y se apartó el pelo de los ojos.

—Sos tan frío, Ale, tan insensible… ¿Acaso no ves que me rompés el corazón?

Alejandro era incapaz, como siempre, de responder a la forzada lógica de su madre.

—Alegrate por mí, mamá.

—¿Cómo voy a estar contenta por vos cuando me compadezco de mí misma?

«Por eso me escapo de tus redes —pensó Alejandro para sus adentros—. Porque lo único que me diste es dolor, porque la cabeza me estalla de tanto dolor, siempre me ha estallado de dolor. De este modo creo que podré conseguir un poco de paz.»

—Ya hablaremos luego. Ahora tengo que marcharme. —Alejandro sonrió, con la sonrisa paciente y desenfadada que reservaba para su madre, y la dejó, no sin besarla antes en la frente, sollozando quedamente en brazos de su doncella.

Considerando que su único propósito era dar rienda suelta a los excesos y las incorrecciones sexuales, el hotel Amor de Venus, como otros establecimientos parecidos, se veía constreñido por diversas normas y regulaciones. A pesar de que se podían encargar numerosos artilugios sexuales junto con el menú del servicio de habitaciones, y uno podía alimentar cualquier clase de tendencia perversa con los muchísimos vídeos para adultos disponibles para alquilar, el hotel era curiosamente recatado en lo que concernía a la preservación de su código de conducta y su apariencia de respetabilidad. El edificio poseía la sobria fachada de una casa particular; y su nombre ni siquiera venía anunciado en una valla publicitaria. No se permitía que hombres o mujeres esperaran solos en la habitación, a pesar de los inconvenientes que eso causaba a las parejas ilícitas, obligadas a darse cita en cafés cercanos, donde no se encontraban tan a salvo de las miradas acusadoras. La pantalla de cristal ahumado de la recepción garantizaba que ni recepcionista ni huésped pudieran discernir a ciencia cierta la identidad del otro.

Salvo en el caso de una cliente en particular, harto conocida para el hombre que trabajaba tras el cristal y a quien ella había pagado generosamente en más de una ocasión para garantizarse su silencio. Esa clienta había aparecido en las revistas de cotilleos las veces suficientes para que la reconocieran incluso tras la doble barrera que constituían el cristal ahumado y sus gafas de sol.

La implicación de todo ello era que, con tan solo saludar con la cabeza a la silueta de delante, Alejandro podía saltar de dos en dos los escalones y, a la hora convenida, llamar a una puerta discretamente numerada que había sido su refugio privado dos o tres veces por semana desde hacía casi dieciocho meses.

—¿Ale?

Nunca una palabra romántica. Nada que hiciera pensar en el amor. Alejandro lo prefería de ese modo.

—Soy yo.

Eduardo Guichane era una de las estrellas televisivas más bien remuneradas de Argentina. En su tertulia, que se emitía varias veces a la semana, se le veía flanqueado por varias chicas sudamericanas casi desnudas que hacían frecuentes y mal enunciadas referencias a su legendario apetito sexual. Era alto, moreno, iba inmaculadamente vestido y se vanagloriaba de un físico en apariencia idéntico al de sus años de jugador de fútbol profesional. La revista de cotilleos preferida de Argentina, *Gente*, no paraba de mostrar fotografías «robadas» de él escoltando a alguna joven que no era Sofía Guichane, o bien especulaba si, tal y como había sido el caso con sus anteriores esposas, la estrella era infiel a la última finalista del concurso de Miss Venezuela. Todo ello montado por su agente de publicidad. «Todo mentiras», solía musitar Sofía con amargura, encendiendo uno de sus omnipresentes cigarrillos. Eduardo tenía la libido de un butacón. Aunque su excusa más frecuente era el agotamiento, su esposa se preguntaba si sus intereses no se decantarían por otros derroteros.

—¿Chicos? —preguntó Alejandro prudente.

—¡No, qué va! Con los chicos ya me apañaría —exclamó Sofía, lanzando el humo al techo—. Me temo que está más interesado en el golf.

Se conocieron en la consulta de su padre un día de pelea en el que Alejandro fue a verificar, a petición de su madre, si su Jorge de Marenas había llegado al trabajo sano y salvo. Sofía había acudido a una de sus visitas rutinarias: a causa de su abstinencia sexual, que había durado cuatro de los seis años que llevaba casada, se engañó creyendo que un culo más pequeño y levantado y unos centímetros menos de muslo podrían reencender la pasión de su marido. («¡Qué desperdicio de dólares americanos fue todo aquello!», dijo Sofía un tiempo después.) Alejandro, estupefacto ante su belleza y la resplandeciente insatisfacción de su rostro, no pudo evitar quedarse embobado mirándola, aunque luego, al marcharse, ya no pensara más en ella. No obstante, Sofía se tropezó con él en el vestíbulo de abajo y, mirándole a los ojos con idéntico afán, no exento de curiosidad, le anunció que, por lo general, ella no solía hacer esas cosas, le garabateó su número en una tarjeta y se la lanzó.

Tres días después se encontraron en el Fénix, un picadero de una lascivia espectacular en el que unos intrincados grabados del *Kama*

Sutra decoraban las paredes y las camas vibraban a voluntad. La mención por parte de Sofía del lugar de encuentro no le dejó duda alguna sobre cuáles debían de ser sus intenciones, y la pareja se reunió casi sin hablarse, en una cópula frenética que dejó a Alejandro trastornado durante casi una semana después.

Sus encuentros habían ido adoptando un patrón de conducta. Sofía juraba que no volverían a encontrarse, que Eduardo sospechaba algo, que le había estado haciendo preguntas y ella se había librado solo por los pelos. Luego, cuando Alejandro se sentaba junto a ella, la consolaba y le decía que lo comprendía, Sofía lloraba, y preguntaba por qué ella, una mujer tan joven, tenía que soportar un matrimonio sin sexo, una vida carente de pasión, cuando ni siquiera había cumplido los treinta. (Ambos eran conscientes de que eso no era estrictamente verdad —al menos, en lo que concernía a la edad—, pero Alejandro sabía que era mejor no interrumpirla.) Él volvía a consolarla entonces, le daba la razón diciéndole que era injusto, que ella era demasiado hermosa, demasiado apasionada para marchitarse y secarse como una uva pasa, y Sofía, acariciándole el rostro, le aseguraba que él era guapísimo, amable, el único hombre que la había comprendido. Había llegado el momento de hacer el amor (aunque eso siempre sonaba demasiado suave para lo que en realidad era). Después, fumando con furia, Sofía se apartaba y le decía que todo había terminado, que los riesgos eran demasiado elevados y que Alejandro tendría que comprenderlo.

Varios días después o, en ocasiones, una semana más tarde, ella solía llamarle.

Los sentimientos que aquel arreglo despertaba en Alejandro a menudo rayaban la ambigüedad: él siempre había sido discretamente selectivo en lo que se refería a sus compañeras sexuales, incómodo ante la idea de enamorarse. A pesar de que le daban pena los problemas de su amante, sabía que no la amaba; ni siquiera estaba seguro de que ella le hubiera gustado alguna vez. Tenía la impresión de que las manifestaciones de amor de Sofía eran un modo de legitimar, como buena chica católica que era, sus acciones ilícitas: mientras el punto de vista religioso de Sofía quizá se acomodara a considerar la relación una pasión romántica, lo que les unía, sin lugar a dudas, era la lujuria carnal. Lo que compartían, y lo que ninguno de los dos jamás se habría atrevido a reconocer, era una química sexual bestial, que ratificaba la creencia imperecedera de Sofía en su propia capacidad de despertar el deseo ajeno y sacaba a Alejandro de su estado habitual de reticencia, aunque su imagen externa no contribuyera a dar esa impresión.

—¿Por qué no me mirás nunca cuando acabás?

Alejandro cerró la puerta tras de sí con sigilo y se quedó en pie, sobre la figura postrada en la cama de Sofía. Ya estaba acostumbrado a esas tácticas bruscas de inicio de partida: era como si la resumida naturaleza de sus encuentros no dejara espacio para cultivar la amabilidad.

—Ahora sí te miro. —Alejandro consideró quitarse la chaqueta pero cambió de idea.

Sofía rodó sobre sí misma para alcanzar el cenicero, y el movimiento hizo que se le subiera la falda. Por televisión pasaban una película porno; Alejandro le echó un vistazo y se preguntó si ella la habría estado mirando mientras esperaba.

—No, no es verdad. Cuando acabás, no. Yo te vigilo.

Alejandro sabía que era cierto. Jamás había abierto los ojos con ninguna mujer hasta el momento; sin duda, su tío, el psicoanalista, le habría dicho que eso traicionaba algún rasgo poco generoso de su persona y delataba una determinación a no mostrarse ante los demás.

—No sé. No se me había ocurrido.

Sofía se dio impulso para incorporarse, levantó una rodilla y dejó al descubierto un buen trozo de muslo. Normalmente eso habría bastado para despertarle la sacudida del deseo; sin embargo, ese día se sentía curiosamente distante, como si ya estuviera a miles de kilómetros.

—Eduardo cree que deberíamos tener un hijo.

En la puerta contigua alguien abría una ventana. Alejandro apenas podía discernir el apagado murmullo de unas voces al otro lado del tabique.

—Un hijo…

—¿No vas a preguntarme cómo?

—Creo que en la actualidad ya comprendo la biología del proceso.

—Quiere que lo hagamos en una clínica —le explicó Sofía sin sonreír—. Dice que es el mejor modo de asegurarse de que todo vaya rápido. Yo, en cambio, pienso que lo dice porque no quiere hacerme el amor.

Alejandro se sentó en una esquina de la cama. La pareja de la televisión se enzarzaba en un frenesí orgiástico, y el joven se preguntó si a ella le importaría que apagara el aparato. Le había dicho en diversas ocasiones que esa clase de películas no le decían nada, pero ella entonces sonreía como si supiera muy bien lo que a él le convenía, como si la exposición repetida a esos estímulos pudiera hacerle cambiar de idea.

—No creo que hacer un bebé sea cosa de uno.

Sofía había enviado los zapatos a los dos extremos de la habitación con sendos puntapiés: «A Eduardo le gustan las cosas limpias y ordenadas», le había dicho un tiempo antes. Cuando estaba con Alejandro, por consiguiente, a Sofía le gustaba esparcir la ropa por todas partes, en una especie de secreta rebelión.

—¿No te molesta?

—Si te molesta a vos, sí.

—Creo que en realidad él no quiere un niño. Con todos esos pañales… Juguetes de plástico por todas partes, vomitonas infantiles en el hombro… Solo quiere parecer viril. ¿Sabés que le está cayendo el pelo? Le dije que nos saldría más barato que se pusiera implantes, pero él insiste en que quiere un bebé.

—Y vos, ¿qué querés?

Sofía lo miró de un modo adusto y sonrió con suficiencia al calibrar su tono psicoanalítico.

—¿Qué quiero yo? —Sofía puso mala cara y apagó el cigarrillo—. No lo sé. Probablemente, una vida distinta. —Salió de la cama, se acercó a él lo bastante para que Alejandro pudiera oler su perfume y colocó una mano fría contra su mejilla, que dejó resbalar despacio sobre su piel. El pelo de su amante, suelto sobre los hombros, parecía un tanto chafado, como si la mujer hubiera estado un buen rato echada sobre la cama antes de que él llegara—. Estuve pensando en vos. —Se inclinó y lo besó, dejándole un sabor a pintalabios y cigarrillos en los labios. Ladeó la cabeza entonces—. ¿Qué pasa?

Le sorprendía así de vez en cuando: él la consideraba mimada y centrada en sí misma y, sin embargo, en ocasiones su amante era capaz de captar algún cambio sutil en el ambiente, como un perro.

Alejandro se preguntó si existía algún modo de suavizar la respuesta.

—Me marcho fuera.

Sofía abrió los ojos presa de la incredulidad. La mujer de la pantalla se había contorsionado hasta adoptar una postura que hacía sufrir a Alejandro, quien ansiaba poder apagar la televisión.

—¿Por mucho tiempo?

—Un año… No lo sé.

Esperaba una explosión, seguía preparado para cuando empezara, pero ella se limitó a quedarse muy quieta y luego suspiró y se echó en la cama, alargando la mano para alcanzar los cigarrillos.

—Es por mi trabajo. Conseguí un empleo en un hospital de Inglaterra.

—En Inglaterra.

—Me marcho la semana que viene.

—Ah.

Se sentó junto a ella y le colocó una mano en el brazo.

—Te echaré de menos.

Se quedaron sentados en esa posición durante unos minutos, apenas conscientes del sonido ahogado de la pareja que hacía el amor en la habitación contigua. Hubo un tiempo en que a Alejandro esa situación le había resultado embarazosa.

—¿Por qué? ¿Por qué te marchás?

—Buenos Aires… está demasiado lleno de fantasmas.

—Siempre ha estado lleno de fantasmas; y siempre lo estará —comentó ella, encogiéndose de hombros—. Lo único que hay que hacer es decidir no verlos.

—No puedo —dijo él no sin cierta dificultad.

Alejandro se acercó más a ella, quizá porque la mujer no había reaccionado como él esperaba, y la deseó de repente, desesperado por perderse dentro de ella. Sin embargo, Sofía se libró de su abrazo, retorciéndose con agilidad, y se levantó.

Cuando empezó a hablar, sus ojos no delataban lágrima alguna, ni siquiera una rabia infantil, sino una especie de sabiduría resignada que Alejandro no le había visto anteriormente.

—Debería enfurecerme con vos. ¡Mirá que dejarme de este modo! —dijo Sofía, encendiendo otro cigarrillo—; pero me alegro, Ale.

—Asintió, como para confirmar sus palabras—. Es la primera vez que te veo hacer algo, tomar una decisión de verdad. Siempre has sido tan... pasivo.

Alejandro se sintió algo incómodo, sin saber si ella estaba desdeñando su técnica sexual. Sin embargo, cuando Sofía hubo encendido el cigarrillo, le cogió la mano, la acercó hacia sí y se la besó, en un curioso gesto.

—¿Vas en busca de algo? ¿O bien tan solo te escapás? —le preguntó Sofía, sosteniendo con firmeza la mano de su amante.

Era imposible responder con honestidad y, por consiguiente, él no dijo nada.

—Andate, Turco.

—¿Así?

—Andate ahora. No quiero que empecemos a hacernos estúpidas promesas diciendo que volveremos a vernos.

—Te escribiré si querés.

—Dejate de joder...

Alejandro miró su hermoso y decepcionado rostro y sintió un afecto que lo sorprendió. Las palabras que tenía preparadas le parecieron demasiado trilladas.

Ella lo comprendió. Le apretó la mano y le hizo un gesto hacia la puerta.

—Andate. Ya sabés que, de todos modos, yo iba a terminar con nuestra relación. Además, no sos mi tipo.

Alejandro notó que la determinación iba endureciendo el tono de voz de Sofía y se encaminó hacia la puerta.

—Ese es mi sino, ¿no? —comentó Sofía, riendo sin ganas—. Un marido muerto, que no responde al tacto, y un amante demasiado acosado por los fantasmas para vivir.

La zona de Heathrow era el lugar más horrible que Alejandro hubiera visto jamás. La maternidad de Dere era algo mejor pero, de todos modos, resultaba menos acogedora incluso... Sobre todo, advirtió Alejandro, para los que tenían la tez oscura. Durante semanas muchas comadronas se negaron a hablarle, en principio resentidas por ese usurpador masculino que osaba penetrar en su dominio femenino. Dos semanas después de su llegada durmió con una joven enfermera para paliar la soledad y cuando se disculpó después, ella le dijo, con amargura: «¡Dios! ¡Es que todos los hombres sois iguales!». El frío no lo abandonaba. Su madre, un día que lo llamó, le preguntó si ya tenía novia: «Un joven de tu edad... Deberías ir de compras por ahí», le dijo con tristeza.

Alejandro vio el letrero de Emporio Peacock y, dominado por un impulso de morriña casi tan fuerte como el agotamiento causado por el turno de catorce horas (el resto de las comadronas le decía que estaba loco por no querer terminar el turno en pleno parto, pero él no consideraba justo abandonar a una mujer en el momento más vulnerable de su vida), empujó la puerta y entró. No era supersticioso pero a veces hay que seguir las señales. Intentar sofocarlas tampoco parecía haberle servido de mucho hasta el momento.

Por supuesto, no les contó nada de todo esto a las mujeres: ni el episodio de Sofía ni la historia de Estela, puestos ya a encontrar temas. Si no hubiera sido por la rubia de la cara sonriente, la primera persona que parecía de verdad querer escuchar lo que él tenía que decir, quizá no habría pronunciado ni una sola palabra.

12

El problema de envejecer no era tanto que una se quedara anclada en el pasado, pensaba Vivi a menudo, sino que había demasiadas cosas en él para perderse. Llevaba un rato seleccionando en el viejo escritorio de la sala de estar, decidida a poner todas esas fotografías color sepia en un álbum, y con suerte antes de que regresaran los hombres pero, de repente, se habían hecho casi las cinco y media. Se encontró inerte, sentada en el pequeño sofá, absorta en aquellas imágenes de su persona que pertenecían al pasado, fotografías en las que no reparaba desde hacía años: cogida del brazo de Douglas en diversos actos sociales, posando con timidez y ataviada con vestidos de noche, sosteniendo orgullosa a los bebés recién nacidos y luego, a medida que iban haciéndose mayores, con un aspecto cada vez menos confiado y la sonrisa quizá algo más forzada, año tras año. Quizá se exigía demasiado o puede que se estuviera volviendo sentimental y proyectara en sí misma emociones que a esas alturas ya la agobiaban.

Suzanna había sido una niña buenísima. Cuando Vivi consideraba el trastorno que representaron los primeros años de vida de su hija y su propia falta de experiencia como madre, le sorprendía que hubieran sabido arreglárselas tan bien. La infancia de Suzanna jamás les causó problema alguno: fue la pubertad, cuando esas extremidades longilíneas y desgarbadas alcanzaron una cierta elegancia de sílfide, cuando esos pómulos casi eslavos empezaron a destacar los planos previamente ocultos de su rostro, el momento en el que un eco distante perturbó de manera explícita la tranquilidad de espíritu de

Douglas. Suzanna, por su parte, reaccionando quizá ante alguna vibración latente en el ambiente, empezó a descarriarse.

Pensándolo bien, Vivi sabía que todo eso no había sido culpa de ella: nadie hubiera podido ofrecer a Suzanna un amor más incondicional ni comprender mejor su naturaleza complicada. Sin embargo, la maternidad nunca era racional: incluso entonces, con Suzanna más establecida que nunca (y Neil como fabuloso marido), Vivi seguía embargada por un sentimiento de culpa al pensar que, de algún modo, había fracasado intentando criar a esa hija para que fuera feliz. «No tiene motivos para ser desgraciada —solía decir Douglas—. Ha tenido todas las facilidades del mundo.»

«Bueno, la verdad es que a veces no es tan simple», replicaba Vivi, aunque no se aventuraba más en el terreno de la psicología familiar: Douglas no quería saber nada de esa clase de temas y, además, a su manera tenía razón. Suzanna lo había tenido todo. Todos ellos. El hecho de que los dos hijos que tuviera con Douglas se sintieran satisfechos no le había hecho más llevadero su sentido de la responsabilidad; más bien al contrario. Vivi pasó años preguntándose en su fuero interno si, en cierto sentido, no habría marcado diferencias en el trato con sus hijos, si subconscientemente no habría inculcado en Suzanna la idea de que no era la preferida.

Vivi sabía lo seductor que podía llegar a ser ese sentimiento.

Douglas replicaba argumentando que todo eso eran bobadas. Su punto de vista sobre las relaciones era simple: si tratas a la gente con justicia, puedes esperar que los demás te traten con igual justicia a cambio. Amas a tus hijos y ellos te aman a ti. Les das todo el apoyo que está a tu alcance y, a cambio, ellos intentan que tú te sientas orgulloso.

O bien, en el caso de Suzanna, los amas y ellos hacen lo posible por convertirse en unos desgraciados.

«No creo que pueda soportarlo durante más tiempo —pensó Vivi mientras los ojos se le llenaban de lágrimas al contemplar a una Suzanna de once años agarrándose con fiereza a su cintura prematuramente gruesa—. Alguien tiene que hacer algo; y me odiaré a mí misma si no lo intento al menos.»

¿Qué habría hecho Athene? Hacía mucho tiempo que Vivi había dejado de formularse esa pregunta: Athene había sido una incógnita tal que era imposible predecir sus actos aun cuando todavía vivía. Ahora, sin embargo, más de treinta años después, parecía tan insustancial, y su recuerdo tan salvaje y a la vez efímero, que costaba imaginarla como madre. ¿Habría comprendido la naturaleza complicada de su hija, que era un reflejo de la suya propia? ¿O bien le habría infligido un daño mayor, entrando y saliendo de la vida de su hija y brindando su fracaso en constancia maternal como otro doloroso ejemplo de su temperamento irremisiblemente mercuriano?

«Tienes suerte —le dijo Vivi a la madre invisible de la fotografía, sintiendo una repentina envidia al pensar en el modo en que Douglas la había despachado de un gesto cuando ella intentaba sacar de nuevo el tema de Rosemary y la ropa sucia—. Es más fácil ser un fantasma. Pueden fantasear sobre ti, adorarte, y tú puedes crecer en el recuerdo sin menguar en la realidad.» Tomando impulso para levantarse de la butaca y comprobando la hora, se reprendió a sí misma por recrearse caprichosamente en la idea de envidiar a los muertos.

Alejandro llegó a las nueve y cuarto. Venía casi todos los días pero siempre a horas distintas, en función del horario aparentemente azaroso de sus turnos. No hablaba demasiado. Ni siquiera leía el periódico. Se limitaba a sentarse en la esquina y a beber a sorbitos el café, sonriendo de vez en cuando ante la charla animosa de Jessie.

Jessie, que jamás tardaba demasiado en entablar conversación, se encomendó la misión de descubrirlo todo de aquel hombre a quien denominaba «el Gaucho Gine», y le hacía preguntas con un desparpajo que, de vez en cuando, provocaba aspavientos en Suzanna. ¿Siempre había querido ser comadrón? Solo a partir del momento en que se dio cuenta de que no formaría parte del equipo nacional de fútbol. ¿Le gustaba traer niños al mundo? Sí. ¿Ponían reparos las mujeres al hecho de utilizar los servicios de un comadrón? La mayoría, no. Alejandro se retiraba discretamente cuando eso ocurría. Había descubierto, según les contó, que si se ponía una bata blanca, nadie movía ni un solo dedo en contra de él. ¿Tenía novia? No. Suzanna apartó la mirada cuando Alejandro respondió a esa pregunta, furiosa consigo misma por su leve pero clarísimo rubor.

Parecían no importarle las preguntas de Jessie, aunque a menudo

Alejandro se las arreglaba para no responderlas directamente. Se sentaba muy cerca del mostrador, advirtió Suzanna, para dejar bien claro que se sentía cómodo con ellas. Suzanna se aseguraba, por su parte, de no ponerse nunca demasiado cerca de él. De algún modo percibía que Alejandro pertenecía a Jessie; y que si ella intentaba mostrarse igual de amigable con él, todos terminarían por sentirse incómodos.

—¿Cuántos bebés has traído hoy al mundo?

—Solo uno.

—¿Ha habido complicaciones?

—Solo el padre, que se ha desmayado.

—Fantástico. ¿Qué hiciste?

Alejandro se miró las manos.

—No íbamos bien de tiempo. Solo acertamos a apartarlo a un lado.

—¿Qué? ¿Lo arrastrasteis?

Alejandro parecía sentirse violento.

—Teníamos las manos ocupadas. Tuvimos que empujarlo con los pies.

A Jessie le encantaba oír esas historias. Suzanna, más remilgada, a menudo tenía que subir el volumen de la música o inventarse alguna tarea en el sótano. La situación era quizá demasiado familiar. Sin embargo, solía descubrirse a sí misma mirándolo fijamente, si bien es cierto que de un modo subrepticio: mientras su aspecto exótico difícilmente habría captado su atención en Londres (de hecho, lo habría vuelto invisible, porque ella probablemente habría dado por sentado que era un inmigrante mal pagado), en el entorno de aquel pueblo de Suffolk inquietantemente caucasiano y en los confines limitados de su tiendecilla Alejandro era un soplo de exotismo bienvenido, el recordatorio de que existía un mundo más vasto fuera de esos límites.

—¿Se perdió el nacimiento?

—No del todo pero creo que se sentía algo confuso —comentó Alejandro, sonriendo para sus adentros—. Intentó darme un puñetazo cuando volvió en sí y entonces me llamó «mamá».

Les contó otra historia, la de un hombre que cuando su esposa gritaba de dolor, se sentó a los pies de la cama y se puso a leer el periódico con calma. Alejandro se dobló bajo el peso de la mujer, le enjugó la frente, le secó las lágrimas y, mientras tanto, el marido ni siquiera levantó la mirada del periódico. Cuando llegó el momento de que naciera el bebé, Alejandro les contó calmado, tenía ganas de pegar a ese hombre. No obstante, su esposa, rasgo peculiar en ella, parecía no albergar ningún resentimiento contra su marido. Al ponerle el bebé en los brazos, el hombre se levantó, los observó a los dos, besó la frente de su mujer, donde todavía se enfriaba el sudor, y abandonó la habitación. Alejandro, atónito y furioso, le preguntó a la paciente, haciendo gala de todo el tacto que pudo reunir, si se sentía satisfecha de la reacción de su marido.

—Ella me miró y sonrió de oreja a oreja. «Sí, sí», me dijo. Debí de mostrarme confundido porque entonces ella se explicó. A su marido le daban terror los hospitales pero ella necesitaba que estuviera a su lado. Habían hecho el trato de que si él podía resistir quedarse en la habitación sin marcharse, solo para que ella notara su presencia, tendría fuerzas para soportar el parto; y como él la amaba, se impuso esa condición.

—Y la moraleja de la historia es… —incitó Jessie.

—No juzgues a un hombre por el periódico que lee —dijo el padre Lenny, levantando la vista del crucigrama.

Jessie había querido montar una exposición sobre él, quería narrar la historia de algún alumbramiento milagroso («Es que creo que encaja, al ser una tienda nuevecita»), pero Alejandro se mostró reticente. No creía, les dijo con su voz educada y tranquila, que pudiera afirmarse que él era un cliente habitual de la tienda. Hubo algo en su tono lo bastante determinante para que Jessie dejara de insistir; y, a pesar de su encanto cautivador (Suzanna pensaba que Jessie probablemente podría coquetear con un ladrillo), Alejandro no llegaba a encajar con el modelo que esas mujeres se habían formado de los hombres latinos. Ni fanfarroneaba ni las repasaba con oscuros propósitos. Ni siquiera parecía poseer un ritmo innato.

—Probablemente sea gay —dijo Jessie mientras, con un saludo educado, Alejandro se despedía para marcharse al trabajo.

—No —replicó Suzanna, que no estaba segura de qué extraña ilusión la había impulsado a decir eso.

Jessie se había herido en la mano. Suzanna no se había dado cuenta pero Arturro se lo recalcó cuando entró para tomarse su *espresso* de la mañana.

—¿Te has hecho daño? —Le cogió la mano, que reposaba en el mostrador, con la ternura de quien está acostumbrado a tratar la comida con reverencia y al volverla contra la luz, reveló la presencia de un morado enorme, entre púrpura y amarronado, que le cruzaba tres dedos.

—Me he pillado la mano con la portezuela del coche —dijo Jessie, retirándola con una sonrisa—. ¡Qué boba!, ¿verdad?

Se hizo un silencio embarazoso en la tienda. El moretón era terrible, un recordatorio lívido de algún dolor extremo. Suzanna echó un vistazo a la expresión de Arturro, observó que Jessie esquivaba sus miradas y se sintió avergonzada por no haberse dado cuenta. Iba a preguntarle por las moraduras y pensó quizá que, si sacaba el tema con el tacto suficiente, Jessie confiaría en ella, pero mientras repasaba las posibles preguntas mentalmente, cayó en la cuenta de que cualquier variación no solo sonaría intrusiva, sino además burda y seguramente paternalista.

—Pomada de árnica —le dijo finalmente—. Dicen que quita los morados más deprisa.

—Bah, no te preocupes. Ya me he puesto. Hay paletadas de árnica en casa.

—¿Estás segura de que no tienes los dedos rotos? —Arturro todavía examinaba la mano de Jessie—. A mí me parece que están algo hinchados.

—No, puedo moverlos. Mira. —Jessie aleteó con un gesto alegre las puntas de los dedos y luego les dio la espalda—. ¿De quién vamos a hablar en la primera exposición? A mí me apetecía hablar de Alejandro, pero creo que esa historia del bebé que entregaron les hará llorar a todos.

—Ha sido él, ¿verdad? —le preguntó Suzanna mucho después, cuando ya estaban solas.

—¿Quién? —Jessie trabajaba en la exposición de todos modos: se había impuesto la figura del padre Lenny, quien había accedido un tanto divertido, aunque solo a condición de que la muchacha mencionara que en la actualidad tenía en venta casi doscientos aparatos de masaje para la espalda accionados con pilas. («A mí no me parece que tengan forma de aparatos de masaje», había comentado Jessie, sosteniendo uno con aire dubitativo. «Soy sacerdote —había exclamado el padre Lenny—. ¿Qué iban a ser si no?»)

—Tu novio. Es él quien te ha hecho daño en los dedos. —Lo había presentido toda la tarde; y se sentía cada vez más consumida por la necesidad de que ambas, como mínimo, se dignaran reconocerlo, aunque eso significara que Jessie fuera a tomárselo mal.

—Me los pillé con la portezuela del coche —dijo Jessie.

Suzanna dejó transcurrir unos minutos antes de contestar.

—Quieres decir que fue él.

Jessie estaba de rodillas en el escaparate. Se levantó y caminó hacia atrás con cuidado para no desbaratar ninguno de los artículos que se exponían. Levantó la mano y la examinó, como por vez primera.

—En realidad, es difícil de explicar —le dijo.

—Inténtalo.

—A él le gustaba que yo me quedara en casa con Emma. Todo esto empezó cuando me matriculé en la escuela nocturna. Jason pierde los nervios porque se siente inseguro.

—¿Por qué no lo abandonas?

—¿Abandonarlo? —Jessie parecía sorprendida de verdad, incluso, quizá, ofendida—. Él no es de los que pegan palizas a la mujer, Suzanna.

Suzanna arqueó las cejas.

—Mira, lo conozco, y él no es así. Se siente amenazado porque estoy estudiando y cree que eso significa que voy a mandarlo a la mierda. Por si fuera poco, resulta que vengo a la tienda, y eso ya es otra novedad. Seguro que, en parte, yo no contribuyo a que las cosas mejoren… ya sabes que no hay quien me pare a la hora de hablar con la gente. A veces ni siquiera pienso si a él le parece bien… —Jessie contempló con aire meditativo la exposición a medio terminar del escaparate—. Mira, una vez que compruebe que nada va a cambiar, volverá a ser el mismo de siempre. No olvides, Suzanna, que sé cómo es. Llevamos juntos diez años. Este no es el Jason que yo conozco.

—Para mí no hay ninguna excusa que valga.

—No lo considero una excusa. Te lo estoy explicando; y hay una diferencia. Mira, él sabe que se ha pasado. No pienses que soy de esas víctimas cobardicas. Nos peleamos, y cuando eso ocurre, la pelea es de padre y muy señor mío. ¿Acaso crees que yo no me revuelvo?

En el silencio reinante la atmósfera de la tienda parecía contraerse. Suzanna no intervino, temerosa del sonido de sus palabras, consciente de que incluso con su silencio estaba enjuiciando de algún modo la situación.

Jessie se apoyó en una mesa y la miró directamente a los ojos.

—Vale. Dime qué es lo que tanto te molesta.

La voz de Suzanna, cuando logró abrirse paso entre sus labios, apenas era audible.

—¿Las consecuencias que las peleas puedan tener en Emma, quizá? ¿Qué va a aprender ella de todo esto?

—¿Crees que permitiría que alguien le pusiera una mano encima? ¿Crees que me quedaría en casa si creyera que Jason iba a ponerle la mano encima?

—No digo eso.

—Pues, ¿qué dices entonces?

—Que… Que… No lo sé… Me incomodan todas las manifestaciones de violencia.

—¿La violencia o la pasión?

—¿Cómo?

Era la primera vez que el rostro de Jessie se ensombrecía.

—A ti no te va la pasión, Suzanna. Te gustan las cosas bien empaquetadas. Te gusta que todo quede abrochadito; y me parece bien. Es tu elección, en cualquier caso. En lo que respecta a Jason y a mí, sin embargo, somos sinceros en nuestros sentimientos: cuando amamos, amamos de verdad; pero cuando nos peleamos, la pelea va muy en serio. No hay un término medio, y ¿sabes qué? Me siento más a gusto así… aunque tenga que trampearlo con alguna que otra mano rota —puntualizó Jessie, levantando la muñeca—. Lo contrario no me interesa, eso de vivir sin que el otro te moleste y llevar una vida fría, educada, una «vida paralela» al margen de tu pareja. Hacer el amor una vez a la semana. ¡Qué digo a la semana! ¡Al mes! Pelear en silencio para no despertar a los niños… ¿Qué se puede aprender de la vida con todo eso?

—Una cosa no se deduce de la otra necesariamente… —Suzanna

se detuvo a mitad de frase. En el plano intelectual sabía que habría podido discutir el significado de lo que Jessie había dicho, por muy forzado que fuera, pero aunque no había sido explicado con malicia, había algo tan profundamente descorazonador en toda esa historia que Suzanna se quedó sin habla. En la descripción que Jessie había dado de la relación que no deseaba, aquella que consideraba más temible que la violencia, que una mano rota, Suzanna había visto con claridad su matrimonio, el de Neil y ella.

Fue casi un alivio cuando esa tarde Vivi apareció: Suzanna y Jessie, a pesar de mostrarse educadas exteriormente, habían perdido una cierta espontaneidad en el trato, como si la conversación hubiera sido demasiado prematura para que su amistad infantil sobreviviera a tanta honestidad. Arturro bebió el café con una rapidez inusual y, tras darles las gracias nervioso, se marchó. Dos clientes más hablaban en voz alta en la esquina, sin percatarse de nada, disimulando de vez en cuando los largos silencios. Sin embargo, ahora que se habían marchado, era dolorosamente manifiesto que el charloteo habitual de Jessie había enmudecido y en su lugar imperaba la dolorosa sensación de que la muchacha estaba midiendo sus palabras.

Suzanna, haciendo un esfuerzo inusual para hablar con sus clientes en un intento de salvar aquel ambiente enrarecido, se sorprendió saludando a Vivi con un calor inusual, que su madre, ruborizada por el placer de que la abrazara, le devolvió con creces.

—¡Vaya, así que esta es la tienda! —exclamó varias veces desde el umbral—. ¡Qué lista que eres!

—No lo creas —replicó Suzanna—. Solo son unas cuantas sillas y unas mesas.

—¡Pero mira qué colores tan preciosos! ¿Y esos objetos? ¡Qué bonitos! —Se agachó y examinó las estanterías—. Todo es de un gusto exquisito; y está muy bien arreglado. Tenía muchas ganas de acercarme… pero ya sé que no te gusta sentirte presionada por nosotros… y las dos veces que he pasado por delante me ha parecido que estabas muy ocupada… En fin. Emporio Peacock —pronunció Vivi, leyendo una etiqueta despacio—. ¡Ay, Suzanna! ¡Estoy tan orgullosa de ti! No hay nada parecido por esta zona.

Suzanna pensó, al evaporarse su primer impulso de cariño, que era como si Vivi jamás supiera calibrar el grado adecuado de emoción; hasta el punto de que su entusiasmo desmedido le impedía al destinatario poder aceptarlo con alegría.

—¿Te apetece un café? —preguntó Suzanna, señalando la lista de la pizarra en un intento de disimular sus sentimientos.

—Me encantaría. ¿Lo preparas tú misma?

Suzanna luchó contra el impulso de enarcar las cejas.

—Pues… sí, claro.

Vivi se sentó con cuidado en una de las sillas azules y observó los cojines del banco de iglesia.

—Has utilizado la tela que te regalé de la buhardilla.

—Ah, esa… Sí.

—Aquí luce mucho mejor. Casi podría ser moderno ese estampado, ¿verdad? Nadie diría que tiene más de treinta años. Un antiguo novio me lo regaló. ¿Estoy bien aquí sentada? ¿No estorbo? —Sostenía el bolso delante con ambas manos, al estilo de una ancianita nerviosa.

—Es una tienda, mamá. Puedes sentarte donde quieras. Por cierto, Jessie. Te presento a mi madre, Vivi. Mamá, esta es Jessie.

—Encantada de conocerla. Yo le prepararé el café —dijo Jessie, que estaba tras la cafetera—. ¿Qué quiere tomar?

—¿Qué me sugieres?

«¡Por el amor de Dios!», pensó Suzanna.

—El *caffè latte* es muy bueno, si no le gusta demasiado fuerte. También preparamos un café moca, con chocolate dentro.

—Tomaré un moca, creo. Me daré un capricho.

—Necesitaremos reponer las pastillitas de chocolate, Suzanna. ¿Quieres que vaya a buscar unas cuantas?

—No hace falta —respondió Suzanna, consciente del novedoso tono formal de su amiga—. Ya iré yo.

—No pasa nada. Puedo ir ahora, si quieres.

—No, no. De verdad. —Su voz sonó dura, demasiado insistente, con el tono autoritario de quien manda.

—Realmente es impactante. Has cambiado el aspecto del local absolutamente. ¡Tienes un ojo crítico…! —Vivi miraba alrededor—. Me encantan los aromas, el café y el… ¿qué es eso? Ah, sí, el jabón;

y el perfume. ¡Son fantásticos! Les diré a todas mis amigas que vengan a comprar el jabón aquí.

Suzanna se dio cuenta de que en una situación normal Jessie ya estaría sentada con Vivi y la bombardearía con preguntas. En cambio, su ayudante estaba concentrada en la cafetera, la mano amoratada oculta ya bajo una manga extremadamente larga.

Vivi hizo ademán de coger la mano de Suzanna.

—No tengo palabras para expresar lo hermosa que me parece tu tienda. Decorada según tu punto de vista. Muy bien hecho, cariño. Creo que es fantástico que tú sola hayas sabido crear este espacio.

—Todavía es muy reciente. No es que estemos sacando beneficios, por otro lado.

—Oh, pero eso ya vendrá luego. Estoy segura. Todo es tan… original.

Jessie le tendió un café con una sonrisa muda y luego rogó que la excusaran porque tenía que desenvolver unas piezas de joyería que acababan de recibir.

—Si te parece bien, Suzanna.

—Claro que sí.

—Es delicioso. Gracias, Jessie. Desde luego es el mejor café que se pueda tomar en Dere.

—Eso no cuesta demasiado que digamos —dijo Suzanna, intentando hacer un chiste con la secreta esperanza de que Jessie sonriera. No creía poder soportar esa situación mucho más. Claro que quizá se lo tenía bien merecido, dado su excesivo sentido crítico. ¿Qué había hecho Jessie, después de todo, aparte de mostrarse sincera?

Suzanna se volvió hacia Vivi, con una expresión de alegría.

—¿Sabes qué, mamá? Vamos a hacer de Cupido. Jessie ha tenido una idea: vamos a juntar a dos corazones solitarios sin que se enteren.

Vivi sorbía con atención su café.

—Eso suena francamente excitante, cariño.

—Quería decírtelo antes, Jess. He comprado esto. Me ha parecido que te irían bien… Tal como me dijiste, ¿eh? —Suzanna fue tras el mostrador y sacó una cajita de bombones envuelta en papel dorado. Jess se la quedó mirando—. Es una idea brillante, que creo deberías poner en práctica. Podrías dejársela por ahí, ¿no? Esta misma tarde. Justo antes de que se marche o, si quieres, mañana a primera hora.

La mirada de Jessie era vagamente interrogante, y un entendimiento silencioso y mutuo surgió entre las dos.

—¿Qué te parece?

—Es perfecto —dijo Jessie, con su antigua sonrisa carente de reserva—. A Liliane le encantarán.

Suzanna se sintió algo más relajada; la tienda misma parecía respirar a sus anchas y animarse un poquito.

—Tomemos todas un café —propuso—. Yo los prepararé, Jess. Con unas galletitas de Arturro. ¿Te apetece un *cappuccino*?

—No, no, gracias —respondió Jessie, colocando los bombones bajo el mostrador—. Vale más que los esconda por si regresa. Ya está. Ahora compartimos un secreto, señora Peacock. No vaya usted a decir ni una sola palabra.

—Oh, yo no soy la señora Peacock —dijo Vivi con la mejor de sus intenciones—. Ese es el nombre de casada de Suzanna.

—¿Ah, sí? Y ¿cuál es su apellido?

—Fairley-Hulme.

—¿Tú eres una Fairley-Hulme? —exclamó Jessie, volviéndose hacia Suzanna.

—Sí —asintió Vivi—. Ella es la mayor de mis tres hijos.

—¿Los que viven en la propiedad Dereward? Nunca me lo habías dicho.

Suzanna tuvo la extraña sensación de que la habían descubierto.

—No tenía por qué decirlo —repuso, con un tono adusto—. No vivo en la propiedad; y, si hemos de ser precisos, técnicamente soy una Peacock.

—Sí, pero…

—¡Solo es un nombre! —El alivio que había sentido Suzanna, por el hecho de que la atmósfera que reinaba entre las dos se hubiera distendido, se esfumó. Tuvo la sensación de que su familia acababa de interferir físicamente en su vida.

La mirada de Jess osciló entre las dos mujeres y se quedó clavada en el mostrador que tenía delante.

—Aun así. Ahora todo cobra un nuevo sentido. Me encanta el retrato —le dijo a Vivi.

—¿Qué retrato?

—El retrato. Suzanna iba a colgarlo aquí, pero cree que no luce bien. He oído hablar de los retratos de su familia. ¿Todavía los exhiben al público en verano?

Jessie se giró hacia la pintura, que seguía apoyada tras las patas del mostrador. Vivi la vio y se ruborizó.

—¡Ah, no, querida! Esa no soy yo. Es… Ella es Athene.

—Vivi no es mi madre auténtica —intervino Suzanna—. Mi verdadera madre murió al nacer yo.

Jessie no habló, como si esperara que alguien añadiera algún comentario más. Sin embargo, Vivi se quedó mirando el retrato, y Suzanna parecía estar pensando en otra cosa.

—No, claro, ya lo veo. El pelo es distinto; y todo… —Jessie se interrumpió, consciente de que nadie la escuchaba.

Al final, Vivi rompió el silencio, apartando los ojos del cuadro y poniéndose en pie. Colocó la taza de café vacía con sumo cuidado en el mostrador, delante de Jessie.

—Bueno, será mejor que me marche. Le he prometido a Rosemary que la llevaría en coche a casa de una de sus amigas de Clare. Se estará preguntando dónde estoy. —Se ciñó el pañuelo de seda alrededor del cuello—. Solo quería acercarme para saludaros.

—Encantada de conocerla, señora Fairley-Hulme. Venga a vernos pronto. Podrá probar uno de nuestros cafés aromatizados.

Vivi hizo ademán de pagar en la caja registradora pero Jessie la despachó de un gesto.

—No sea boba. Usted es de la familia.

—Ah… Pues…. Muy amable —Vivi recogió su bolso y se dirigió hacia la puerta. Al llegar, se volvió hacia Suzanna—. Oye, cariño. Estaba pensando si os gustaría a ti y a Neil venir a cenar una noche, esta semana. No haríamos un gran montaje como la última vez. Solo una cena sencilla. Sería fantástico veros a los dos.

Suzanna estaba revolviendo el revistero.

—Neil no regresa hasta muy tarde.

—Pues ven tú sola. Nos encantaría que vinieras. Rosemary está pasando… vive unos momentos muy complicados; y sé que tu presencia la animaría.

—Lo siento, mamá. Estoy demasiado ocupada.

—Pues quedamos para cenar tú y yo solas, ¿vale?

Suzanna no pretendía mostrarse cortante pero quizá por el asunto de los apellidos, o puede que por culpa del retrato, se había puesto nerviosa.

—Mira, mamá, ya te lo he dicho. Tengo que llevar la contabilidad y muchísimas cosas más después del trabajo. La verdad es que no dispongo de tiempo para mí misma por las noches. Ya quedaremos más adelante, ¿de acuerdo?

Vivi sepultó su incomodidad bajo una sonrisa insegura. Colocó la mano en la manija de la puerta y, al dar un paso atrás, golpeó un móvil que tuvo que apartar de su cabeza.

—Muy bien. Como quieras. Encantada de conocerte, Jessie. Buena suerte con la tienda.

Suzanna se atareó con las revistas, procurando no cruzar la mirada con Jessie. Las dos jóvenes oyeron a Vivi musitar para sus adentros mientras salía por la puerta.

—Sí, la verdad es que tiene un aspecto magnífico…

—Jess —dijo Suzanna unos minutos más tarde—, hazme un favor.

Levantó la mirada. Jessie seguía observándola fijamente desde encima del mostrador.

—No se lo digas a nadie. A los clientes, me refiero. El hecho de que sea una Fairley-Hulme. —Suzanne se frotó la nariz—. No me apetece… convertirme en la comidilla del pueblo.

Jessie se mantuvo impasible.

—Tú eres la jefa.

—Jamás adivinarás adónde voy.

Neil había irrumpido en el baño y Suzanna, aunque prácticamente cubierta de burbujas, se sintió curiosamente expuesta. Una de las peores cosas que había tenido que aguantar al marcharse de Londres fue el tener que compartir el baño. Suzanna se debatió frente al impulso de rogarle que saliera.

—¿Adónde?

—A cazar. Con tu hermano. —Neil levantó los brazos, empuñando un rifle imaginario.

—No es época.

—Ahora no, mujer. Me apuntaré a la primera salida de la temporada próxima. Ben me ha llamado esta mañana para decirme que disponen de una vacante. Me prestará el arma y todo el equipo.

—¡Si tú no sabes disparar!

—Es muy consciente de que soy un principiante, Suze.

Suzanna frunció el ceño, contemplándose los pies, apenas visibles al otro extremo de la bañera.

No creo que cazar sea lo tuyo.

Neil se aflojó la corbata e hizo una mueca al espejo mientras examinaba un corte antiguo producto del afeitado.

—A decir verdad, me encantaría probarlo. Echo de menos salir por ahí desde que nos dimos de baja del gimnasio. Me irá bien un poco de actividad.

—Disparar no es precisamente correr los cien metros lisos.

—Pero es al aire libre. Se camina mucho.

—Y se almuerza muchísimo. Una panda de banqueros atracándose de lo lindo. No vas a ponerte en forma de ese modo.

Neil se envolvió la corbata en la mano y se sentó sobre la taza del váter, junto a la bañera.

—¿Qué problema ves? ¡Como si tú pasaras el fin de semana en casa! Siempre estás en la tienda.

—Ya te dije que tendría que trabajar muy duro.

—No me quejo, solo digo que yo también podría organizarme los fines de semana si vas a estar trabajando.

—Me parece muy bien.

—¿Cuál es el problema entonces?

—No hay ningún problema —dijo Suzanna, encogiéndose de hombros—. Como te decía antes, no creo que la caza sea lo tuyo.

—Claro que no, pero ahora vivimos en el campo.

—Eso no quiere decir que tengas que empezar a vestir de tweed y a discutir de armas mientras presumes de haber cazado faisanes a docenas. Francamente, Neil, no hay nada peor que un urbanita que intenta fingir que ha nacido en la mansión señorial del pueblo.

—Pero si alguien me ofrece la oportunidad de intentar algo nuevo, y gratis, sería tonto al rechazarlo. Venga, Suze. Como si nos hubiéramos divertido tanto últimamente... —Neil ladeó la cabeza—.

¿Sabes qué? Podrías pedirle a alguien que se encargara de la tienda y venir conmigo. ¿Qué te parece? Dispones de muchísimo tiempo para organizarlo. Podrías ser batidora o como quiera que se llame. —Neil seguía en pie y agitó una mano en el aire—. ¡Quién sabe! La visión de tu persona fustigando con un gran palo igual obra maravillas en nosotros... —dijo con picardía Neil, sonriendo.

—¡Ecs! Para mí sería un infierno. Gracias pero creo que se me ocurren otros modos mejores de pasar el fin de semana que matando criaturitas con plumas.

—Disculpe usted, señora Linda McCartney. ¡Mire que suelto el pollo asado!

Suzanna hizo el gesto de coger una toalla y salir de la bañera, procurando no mostrar ni el más mínimo centímetro de su piel antes de taparse.

—Mira, tú eres la única que no deja de acusarme diciendo que soy aburrido y predecible. ¿Por qué me atacas ahora que intento probar algo nuevo?

—Es que odio a la gente que intenta ser lo que no es. Es una falsedad.

Neil estaba de pie, frente a ella, con la cabeza gacha para no golpeársela contra las vigas.

—Suze, estoy cansado de tener que disculparme por todo. Por ser yo mismo. Por cada condenada decisión que tomo. ¡En algún momento tendrás que aceptar que ahora vivimos aquí! Este es nuestro hogar; y si tu hermano me invita a cazar, a caminar o a esquilar un condenado rebaño de ovejas, eso no significa que yo sea falso. Solo que intento aceptar las oportunidades que se me presentan. Al menos, yo intento divertirme de vez en cuando; aunque tú sigas decidida a ver el lado más negativo de cada jodida cosa.

—Bueno, pues ¡bravo por ti, valiente granjero! —No se le ocurrió ningún comentario más inteligente.

Se hizo un largo silencio.

—¿Sabes qué? —dijo Neil, tomando finalmente la palabra—. Si quieres que te sea sincero, absolutamente sincero, creo que el hecho de que tengas la tienda no nos está beneficiando en nada. Me alegro mucho de que te sientas feliz, y no he querido decir nada porque sé que el negocio significa mucho para ti, pero hace bastante tiempo que pienso que no nos conviene en absoluto. —Se pasó la mano por el pelo y la miró directamente a los ojos—. Lo curioso es que, de repente, empiezo a cuestionarme si eso tendrá algo que ver con la tienda.

Suzanna le sostuvo la mirada durante lo que pareció una eternidad y, a continuación, lo dejó plantado y se apresuró por el estrecho pasillo hasta refugiarse en su dormitorio, donde, empleándose a fondo, empezó a secarse el pelo con los ojos bien cerrados para impedir que le salieran las lágrimas.

Douglas encontró a Vivi en la cocina. Su mujer había olvidado la promesa de hornear un par de pasteles para el mercadillo del Instituto de la Mujer, que se celebraba el sábado, y, mal que le pesara, tuvo que levantarse y prescindir de la soporífera comodidad de la televisión y el sofá. Los planes que implicaban a Rosemary en su agenda matutina del día siguiente no le iban a dejar tiempo para cocinar.

—Estás llena de harina —le dijo Douglas, observando su jersey.

Él había ido a tomar una copa con uno de los distribuidores de grano al por mayor de la zona y olía a cerveza y tabaco de pipa cuando se inclinó para besarla en la mejilla.

—Sí. Creo que este pastel ya sabe que odio amasar. —Vivi empleó la cara plana de un cuchillo para nivelar la mezcla en el molde.

—No comprendo por qué no lo compras todo en el supermercado. No montarías este jaleo.

—Las ancianas esperan que les traigamos repostería casera. Se desatarían las habladurías si les entregara un pastel industrial… —Vivi gesticuló, señalando hacia la cocina económica—. Tienes la cena en la bandeja inferior del horno. No estaba segura de la hora a que vendrías.

—Lo siento. Quise telefonear. Aunque, a decir verdad, no es que tenga mucha hambre. Me he hartado de patatas fritas, cacahuetes y alguna que otra porquería. —Douglas abrió el armario de arriba, buscando un vaso, y luego se sentó pesadamente y se sirvió un poco de whisky—. Diría que Ben repetirá esta noche.

—Se ha marchado al pueblo.

—¿A Ipswich?

—A Bury, creo. Se ha llevado mi coche. La verdad es que debería procurarse un automóvil cuanto antes.

—Creo que imagina que si espera lo suficiente, le pasaré el Range Rover.

Oyeron un siseo en el pasillo procedente del anciano gato de Rosemary, quien parecía defenderse de una emboscada que le había preparado el terrier. Notaron el rasgueo de las garras contra las baldosas del piso cuando el animal patinó para meterse en otra habitación. La cocina volvió a quedarse en silencio, una quietud que solo interrumpía el tictac regular del reloj de pared vienés que los padres de Vivi les habían regalado el día de su boda, uno de los pocos presentes que recibieron, puesto que su casamiento no fue de los más sonados.

—Hoy he visto a Suzanna —comentó Vivi, todavía pasteleando la mezcla—. Aún la encuentro muy fría, pero la tienda es una hermosura.

—Ya lo sé.

—¿Qué? —preguntó Vivi, levantando la cabeza como activada por algún resorte.

Douglas bebió un largo trago de whisky.

—Quería decírtelo. Fui a verla la semana pasada.

Vivi estaba a punto de colocar el molde del pastel en el horno y se detuvo en seco.

—No me lo comentó.

—Sí, el martes creo que fue... Pensé que hacía ya demasiado tiempo que duraba esa estúpida pelea. —Douglas sostenía el vaso con ambas manos, unas manos agrietadas por el viento, de nudillos enrojecidos, a pesar de que poco faltaba para estar en pleno verano.

Vivi se volvió y se puso frente al horno, colocó el molde en su interior y cerró la puerta con cuidado.

—¿Arreglasteis las cosas? —Se esforzó para alejar la desilusión que la embargaba, reprimir la rabia de sentirse excluida. Sabía que su reacción era infantil, aunque ignoraba qué le dolía más: el hecho de que después de todos sus desvelos para cuidar la relación, después de intentarlo todo para crear puentes entre ellos, ni el padre ni la hija hubieran creído oportuno mencionarle ese encuentro; o bien, si se atrevía a admitirlo, que no solo hubiera sido Douglas quien hubiera estado en esa tienda antes que ella—. ¡Douglas! ¿Me oyes?

Su marido se detuvo, y ella se cuestionó, en un arrebato de furor, cuánto tiempo debía de haber estado su marido contemplando la imagen de la otra mujer.

—No —dijo él al final—. En realidad, no.

Douglas suspiró, emitiendo un sonido extrañamente fúnebre, y levantó la vista hacia ella, con una expresión fatigada y vulnerable. Sabía que estaba esperando que lo rodeara con sus brazos y le dijera algo tranquilizador, le asegurara que a su hija ya se le pasaría la rabieta, que él había actuado del modo más correcto y todo se arreglaría. Solo que en esa ocasión, a Vivi no le apeteció hacer el gesto.

13

El día que supe que yo no tenía por qué convertirme
en mi padre

No creo que viera ni una sola vez en la vida a mi padre sin el pelo engominado. Nunca adiviné su color auténtico: era una especie de perpetuo caparazón enganchoso y oscuro, separado por dos diminutos
surcos gracias a un peine de concha que le sobresalía del bolsillo trasero. Nació en Florencia, solía contarme mi abuela, como si eso explicara su vanidad. Claro que mi madre no parecía una *mamma* italiana, al menos como suelen imaginársela los ingleses. Era muy
delgada, hermosísima, aun en sus últimos años de vida. Se les ve en
esta fotografía: parece que salgan de una película, demasiado glamurosos para un pueblecito como el nuestro. No creo que preparara jamás una sola comida en toda su vida.

Yo tenía seis años cuando me dejaron con la abuela. Mis padres
trabajaban en la ciudad: un lugar que no era adecuado para un niño,
me repetían sin cesar. Desempeñaron una infinidad de empleos, casi
siempre vinculados a negocios de poca monta en el campo de las variedades, pero nunca parecían ganar mucho dinero (o, al menos, más
del que necesitaban para conservar su propia belleza). Enviaban sobres de *lire* para mi manutención (que no bastaban para alimentar
con grano a las gallinas, decía con displicencia mi abuelo). El abuelo
cultivaba o recolectaba casi toda nuestra comida; era el único modo,
según me comentaba, dándome golpecitos en la espalda, de criarse y
convertirse en un hombre joven y apuesto.

Mis padres venían a verme cada seis meses aproximadamente. Al principio, yo me ocultaba tras las faldas de la abuela porque apenas los conocía, y mi padre chasqueaba la lengua en señal de desaprobación y me hacía muecas a espaldas de mis abuelos. Mi madre me cantaba, me acariciaba el pelo y reñía a mi abuela por vestirme como un campesino, mientras yo me apoyaba contra su pecho, respirando su perfume y preguntándome cómo era posible que dos criaturas tan exóticas pudieran haber creado un animal tan primitivo como yo. Así era como mi padre solía describirme, mientras me pellizcaba el estómago y profería exclamaciones de admiración ante mi barbilla, y mi madre le reñía, sonriendo, aunque no era a mí a quien sonreía. Hubo años en que ignoraba si los amaba o los odiaba. Solo sabía que nunca podría estar a la altura de lo que ellos creían que debía ser un hijo y que posiblemente incluso fuera yo la razón que siempre los impulsara a marcharse.

—No se lo tengas en cuenta —me decía mi abuela—. La ciudad los ha convertido en unos seres acerados como el cuchillo.

El año en que cumplí los catorce, regresaron sin nada para la abuela, ni una sola moneda para cubrir los gastos de mi manutención. Parece ser que ya era la quinta vez consecutiva. Como se suponía que yo no debía oír la conversación, me enviaron al dormitorio, desde donde espié a través de la puerta, esforzándome por oír correctamente aquellas voces rápidas y elevadas de tono. Mi abuelo, perdiendo los nervios, acusó a mi padre de ser un gandul y a mi madre de haberse convertido en una prostituta.

—Todavía os queda dinero para poneros toda esa mierda en la cara y sacar lustre a los zapatos nuevos; pero no servís para nada.

—No tengo por qué escuchar todos esos insultos —replicó mi padre, encendiendo un cigarrillo.

—Sí, tienes la obligación de escucharme. ¿Eres tú quien osa llamarse padre? ¡Si ni siquiera podrías matar un pollo para darle de comer a tu hijo!

—¿Crees que no podría matar un pollo? —dijo mi padre, y apenas acerté a oír que se levantaba, plantándose derecho con su traje de mil rayas.

—No sirves para nada, salvo para prostituirte como un mariquita.

La puerta de la sala se cerró con un gran golpe. Corrí hacia la ventana y pude ver a mi padre saliendo al patio con grandes zancadas. Después de varios intentos, y muchos quejidos, logró agarrar a Carmela, una de las gallinas más viejas, que ya hacía mucho que había dejado de poner. Situándose frente a mi abuelo, le retorció el pescuezo y lanzó el cuerpo hacia él con la mayor naturalidad del mundo.

Un silencio impregnó el ambiente y, de súbito, noté que el gesto de mi padre había sido casi una amenaza. Vi en él algo que no había captado anteriormente, mezquino e impulsivo. Mi abuela también se había dado cuenta: se retorcía las manos, implorando a todos que entraran a beber una *grappa*.

Mi madre miraba nerviosa a su padre y a su marido, sin saber a quién aplacar primero.

El aire mismo parecía enrarecido.

Con un graznido estrangulado, entonces, Carmela apareció a los pies de mi padre, con la cabeza algo ladeada y una expresión malévola. Titubeó, bamboleándose, y se alejó de él con paso vacilante, atravesó el patio y se metió en el gallinero. Nadie dijo nada.

—Se ha cagado en tu traje —observó mi abuela.

Mi padre bajó los ojos y descubrió que sus pantalones impecablemente planchados se habían ensuciado de lo que quizá asumió debía de ser la última protesta de Carmela.

Mi madre, tapándose la boca con la mano, empezó a reír.

Mi abuelo, con la cabeza alta, giró en redondo y entró en la casa. Su «¡Bah!» despreciativo quedó pendiente del aire al marcharse.

—Hasta incluso tu hijo sabe retorcer el pescuezo de un pollo —musitó.

Después de ese episodio mi padre regresó muy pocas veces. No me importaba. Mi abuelo me enseñó a conocer bien la carne, me mostró las diferencias que existían entre la panceta y el *prosciutto*, entre el dulce de leche y la *pannacotta*, a elaborar paté relleno de higos y sellado con grasa de oca. Ni una sola vez hizo comentario alguno sobre mi aspecto. Diez años después abrí mi primera tienda, y a partir de ese día me tocó a mí alimentarlo, cosa que hice, con gran placer, hasta que murió.

Carmela fue el único pollo que nunca nos comimos.

Liliane metió la llave en la cerradura de la puerta de Unique Boútique cuando casi faltaban veinte minutos para las diez. Echó un vistazo a sus pies y, tras haber abierto la puerta ayudándose del pie, se agachó y recogió la cajita de bombones envueltos en papel dorado que había sobre el umbral. Los miró con atención, le dio la vuelta al paquete un par de veces, levantó la cabeza y miró a derecha e izquierda de la calle, mientras su largo abrigo ondulaba bajo el efecto de una brisa cortante. Dio dos pasos hacia atrás y dejó libre la puerta para poder ver la fachada de la charcutería de Arturro. Esperó unos instantes más y luego, cogiendo los bombones y el bolso y sosteniéndolos a la altura del pecho, empujó la puerta y entró en la tienda.

Al otro lado de la calle, desde el mirador oculto tras la exposición de Arturro, Suzanna y Jessie se miraron. Entonces, como si una de ellas, por no decir las dos, tuviera veinte años menos, las dos mujeres prorrumpieron en carcajadas infantiles.

Era el cuarto obsequio que dejaban en las escaleras de Unique Boútique: una vez a la semana, según lo decidido. Una frecuencia mayor devendría muy explícita, y menor, podría interpretarse como accidental. Sin embargo, aquel tráfico no iba en una sola dirección; quizá contagiadas por la llegada de un tiempo más cálido, por los impulsos primigenios que persuaden a las chicas a que muestren piernas y hombros y dejan a los jóvenes de Dere recorriendo sin objetivo alguno las estrechas calles de Dere con coches trucados y petardeantes (mientras los habitantes más ancianos del pueblo fruncían los labios en señal de desaprobación), Suzanna y Jessie desarrollaron toda suerte de ardides para juntar a Liliane y Arturro. Cuando se derrumbó la estantería de los bolsos de Liliane, persuadieron a Arturro para que se acercara a su tienda y se la arreglara, diciéndole que ella admiraba muchísimo el empeño que había puesto en la construcción de sus propias estanterías. Le lanzaron indirectas a Liliane diciendo que el aceite era bueno para la artritis para que la mujer entrara en la charcutería y le comprara una botella a su madre. Inventaban excusas: de repente, tenían que fregar las mesas, o bien se llevaban las sillas para «arreglarlas», para que así los dos tuvieran que sentarse juntos cuando iban a tomar un café. De vez en cuando se veían recompensadas: los sorprendían mirándose con una especie de tímido placer o constataban que ambos se quedaban atónitos cuando entraban en Emporio Peacock y descubrían la presencia del otro (lo cual parecía darse cada vez con mayor frecuencia). «Esto funciona», se decían la una a la otra en animados susurros cuando la tienda estaba vacía; y ocultaban tras el mostrador otra caja de dulces.

En Dere House, Vivi se preocupaba por sus propios asuntos culinarios: le asaltaba el recuerdo de la nevera de Rosemary. Durante las últimas semanas, al entrar a vaciarle los cubos de la basura dos veces por semana (a Rosemary le costaba desprender las bolsas sin rasgarlas), descubrió en el interior del frigorífico, entre unas verduras que se licuaban y unos frascos de medicamentos pasados, varios yogures olvidados junto a unos paquetes abiertos de beicon y unos platos de pollo crudo, de los cuales goteaba sangre que iba a parar al interior de un cartón abierto de leche situado en el estante inferior. Las palabras «listeria» y «salmonella» retumbaron en sus oídos, y Vivi empezó a saltar de angustia cuando a Rosemary se le ocurría mencionar que iba a prepararse «un bocadillito» o a picar algo.

Había querido hablar con Douglas del tema pero su marido se mostraba muy adusto e incomunicativo desde el altercado con Suzanna, y con la recogida del heno, estaba fuera casi siempre hasta las nueve de la noche. Valoró si alguna de sus amigas del pueblo podría serle de ayuda pero ninguna de ellas era lo bastante íntima para confiarle un tema tan personal: Vivi nunca había sido de esas mujeres que cuentan con un «círculo» y, por otro lado, vista la importancia del nombre Fairley-Hulme en la comarca, admitir que pasaban por ciertas dificultades en casa le parecía una deslealtad. Vivi solía mirar los programas matinales de tertulias en los que salían jóvenes a quienes les daba igual desvelar los más íntimos detalles de su vida sexual o los problemas que tenían con la droga o el alcohol, y no podía evitar maravillarse. ¿Cómo era posible, en el espacio de una sola generación, que se hubiera podido pasar de una época en la cual todo tenía que callarse y preservarse dentro de cuatro paredes a unos tiempos en los que esa actitud llegara a considerarse incluso enfermiza? Al final, decidió telefonear a Lucy, quien escuchó con la distancia analítica que tantos buenos frutos le diera en el trabajo y le contestó que, a su entender, Rosemary estaba llegando a esa edad en la que es mejor ingresar en una residencia.

—¡Ay, no! Ni siquiera me atrevería a sugerírselo a tu padre —confesó Vivi, entre susurros, como si a cuarenta acres de distancia Douglas, de algún modo, pudiera oír su traición.

—Vas a tener que hacer algo al respecto —le dijo Lucy—. La salmonelosis es mortal. ¿Y si contratas a una asistenta?

A Vivi no le agradaba en absoluto tener que relatar la pejiguera de doña Incontinencia.

—Es que es tan tozuda… Ni siquiera le gusta que entre en su cocina. Tengo que inventarme toda clase de excusas para que comprenda los motivos por los que me llevo la comida.

—Tendría que mostrarse agradecida.

—Ya, sí, bueno… Ya sabes, cariño, que esa palabra no figura en el vocabulario de Rosemary.

—Sí, su léxico es durísimo. ¿No podrías envolverlo todo en papel film?

—Ya lo intenté pero ella decidió reciclarlo. Envolvió un gran trozo de Cheddar con el plástico del pollo, y luego tuve que tirarlo todo.

—Pues dile que es un riesgo para la salud.

—Ya lo he intentado, cielo, de verdad; pero es que ella se cruza y no me escucha. Se limita a despacharme con un gesto de la mano y empieza a insultarme.

—Probablemente lo sabe… —comentó Lucy, reflexionando—. Que está perdiendo la chaveta, quiero decir.

—Sí —respondió Vivi, suspirando—. Supongo que sí.

—A mí me pondría furiosa; y la abuela jamás ha sido precisamente lo que se llama un personaje bonachón.

—No.

—¿Quieres que hable yo?

—¿Con quién?

—No sé… Con la abuela o con papá. A veces es más fácil cuando existe un salto generacional de por medio.

—Podrías intentarlo, querida, pero no sé si servirá de mucho. Tu padre está un poco... bueno... Yo diría que ya está harto de tener que lidiar con problemas familiares en la actualidad.

—¿Qué quieres decir?

Vivi hizo una pausa, a sabiendas de que volvía a mostrarse desleal.

—Pues... lo de siempre... Esa tontería que tiene que ver con Suzanna.

—Estás de guasa. Supongo que no siguen con toda aquella historia...

—Ella está muy dolida; y me temo que han llegado a ese punto tan horrible en el que si hablan, lo único que hacen es empeorar más las cosas.

—¡Por el amor de Dios! No puedo creer que todavía no hayan solucionado sus diferencias. Espera un momento. —Vivi oyó el sonido de una conversación ahogada y luego cómo se llegaba rápidamente a un acuerdo. En ese momento la voz de su hija reapareció en la línea—. Venga, mamá. Tienes que terminar con todo esto. Se comportan como un par de imbéciles. En tozudez, son tal para cual.

—¿Qué puedo hacer yo?

—No lo sé. Rómpeles la cabeza. Lo que no puedes permitir es que la situación continúe deteriorándose de esta manera. Tendrás que hacer el primer movimiento. Mira, mamá, ahora tengo que marcharme. Me esperan en una reunión. Llámame esta noche, ¿vale? Y dime qué has decidido en el asunto de la abuela.

Lucy desapareció antes de que Vivi tuviera oportunidad de susurrarle un saludo afectuoso. Se quedó sentada, contemplando el receptor que zumbaba con un sonido lejano, y notó una sensación de desarraigo harto conocida. «¿Por qué tiene que ser responsabilidad mía? —pensó Vivi enojada—. ¿Por qué tengo que solucionar los problemas de los demás, o bien sufrir las consecuencias? ¿Qué es lo que he hecho yo para merecer esto?»

Nadine y Alistair Palmer se separaban. A medida que el día se hacía más largo las tranquilas horas que Suzanna pasaba desde que cerraba la tienda hasta que Neil regresaba a casa, el momento en que, por lo general, solía enfrascarse en interpretar recetas sobre la mesa de la cocina mientras sorbía una copa de vino, venían cada vez más interrumpidas por las llamadas telefónicas de Nadine: «Es increíble que me esté haciendo esto... Si cree que le voy a dejar los niños todo un fin de semana, es que se ha vuelto loco de remate... El abogado cree que también tendría que ir a por la casita de verano... Yo la decoré, aunque la compartamos con su hermano...».

Al principio, se sintió halagada de que la llamara; durante algún tiempo había pensado que Nadine, la cual todavía vivía en Londres, se había olvidado de ella. Unas semanas después, sin embargo, estaba agotada de tanta llamada, de historias interminables sobre injusticia posmarital e innumerables ejemplos de la racanería que podía hundir a una pareja que antes se amaba, llevada del deseo de castigarse mutuamente.

—No quieras ni saber qué sola me siento de noche... Oigo ruidos por todas partes... Mi madre dice que tendría que comprarme un perro, pero ¿quién lo sacará a pasear ahora que he tenido que buscar trabajo?

Nadine y Alistair fueron los primeros de su círculo en casarse, seis escasas semanas antes que Suzanna y Neil. Las dos parejas habían visitado la misma región de Francia durante la luna de miel. Últimamente Nadine le había preguntado ya tres veces si ella y Neil estaban bien, desesperada por asegurarse de que no se hallaba sola en la desgracia. Suzanna no se prodigó en explicaciones, sino que tan solo le comentó que les iba «bastante bien». Al principio, la noticia le impresionó mucho aunque Nadine y Alistair ya fueran la cuarta pareja de amigos que se divorciaban y eso cada vez le molestara menos (o sorprendiera menos). A veces, después de colgar, reflexionaba sobre la inevitabilidad del camino que las uniones de su generación parecían tomar: al impulso inicial de entusiasmo seguía una relación más estable, que quizá dejaba un tanto de lado el sexo, luego venía el matrimonio y el formar un hogar, momento a partir del cual el apetito sexual terminaba sustituido por la pasión que podía despertar adquirir un mobiliario de estilo. Más adelante venía el bebé, punto en el que las mujeres se obsesionaban, se sentían realizadas, se irritaban, desaparecía el sexo y ambos miembros, mujeres y hombres, parecían terminar enfilando caminos distintos: ella con irónicas pero aceradas referencias a la inutilidad de maridos y padres y él distanciándose progresivamente para pasar el mayor tiempo posible en el despacho hasta que terminaba liándose con alguna jovencita, más entusiasta en el tema del sexo y menos decepcionada de la vida.

—Dice que ya no le gusto. Sobre todo desde que tuvimos a los niños. Yo le respondo que, con franqueza, hace años que a mí tampoco me gusta él pero el matrimonio no consiste en eso, ¿verdad? Por el amor de Dios, Suzanna, ¡si ella ni siquiera había nacido cuando Charles y Di se casaron!

Por supuesto, en sus momentos más optimistas, Suzanna sabía que eso no le sucedía a todo el mundo, que había matrimonios cuyos hijos consolidaban la relación y devenían una fuente de alegría. De hecho, nunca estaba segura de si sus amigas le recalcaban los aspectos negativos que implicaba la maternidad (las noches insomnes, los cuerpos estropeados, los juguetes de plástico y las vomitonas) por sentir una especie de compasión equívoca ante el hecho de que ella no se hubiera embarcado todavía en el tema. No obstante, y por algún sentido perverso, esa letanía pesimista de agravios había empezado a cambiar su manera de ver las cosas. Al escuchar a Nadine llorar ante la perspectiva de que sus dos niños pequeños se marcharan unos días con la novia de papá, del silencio de una casa al despertar sin aquella presencia infantil, le hizo tomar conciencia del hecho de que entre las nimiedades domésticas, la cotidianeidad y la mezquindad, existía una pasión profunda y celosa. Y algo de esa pasión (aun sumida en las profundidades del dolor de Nadine) se revolvía contra su propia vida, construida con suma atención y poquísimo entusiasmo, y empezaba a seducirla.

La primera vez que Neil vio a Suzanna ella le sirvió sushi. Trabajaba en un restaurante de Soho y, como había descubierto que la mezcla de pescado crudo y arroz apenas contenía grasas, subsistía de ello y de Marlboro Lights, en un intento de disminuir de la talla 38 a la talla 36 (en la actualidad se preguntaba por qué en lugar de obsesionarse con una celulitis no existente no se había dedicado a vivir la veintena paseándose en biquini por todos lados). Neil llegó con unos clientes. Dado que se había educado en Cheam, con esa dieta falta de complicaciones y más propia de un club de rugby que seguían los muchachos de las escuelas privadas, probó muy animado todo lo que ella le sugería, y solo después le confesó que si alguna otra persona hubiera intentado hacerle comer erizos de mar crudos, le habría hecho una llave de cabeza.

Era alto, ancho de espaldas y guapo, un poco mayor que ella, y lucía esa pátina en la piel que demuestra que un salario de ejecutivo y frecuentes viajes al extranjero pueden servir para combatir la tez amarillenta y el aburrimiento que genera la vida de oficina. Le dio una propina que ascendía casi al treinta por ciento de la cuenta, y ella advirtió que ese gesto no iba destinado a sus compañeros de trabajo. Lo observaba desde el otro lado de la mesa y oyó su confesión en susurros, consciente de que una buena predisposición para experimentar en cuestiones culinarias podría indicar la existencia de una libertad de pensamiento en otros ámbitos.

Suzanne, a lo largo de varios meses, descubrió que Neil era un hombre centrado, no se complicaba la vida y, a diferencia de sus anteriores novios, de una fidelidad ocasional, era de absoluta confianza. Le regalaba todo aquello que en teoría debería regalar cualquier novio: flores de vez en cuando, perfume al regresar de un viaje al extranjero, salidas de fin de semana y, en el momento adecuado, el anillo de compromiso, de unas dimensiones impresionantes, y el de boda, para toda la eternidad. Sus padres lo adoraban. Sus amigas lo estudiaban con aire especulativo, mostrando algunas de ellas una insistencia tan malévola que eso le hizo comprender que Neil no era de los que tardarían en encontrar compañía. Su piso poseía unos balcones que daban sobre el puente Barnes. Ese hombre penetró en su vida con tanta facilidad que Suzanna se convenció de que estaban hechos el uno para el otro.

Se casaron jóvenes. Demasiado jóvenes, comentaron sus padres preocupados, ignorantes de la atribulada historia sentimental de su hija. Suzanna, por su parte, alejó sus preocupaciones con la seguridad de la persona que se sabe adorada, que comprende que no existe lugar alguno para que se ciernan las dudas. Estaba espectacular con su vestido de seda color crudo.

Cuando más tarde se preguntaba si volvería a sentir ese primer arrebato de excitación, ese cosquilleo de anticipación por lograr la atención sexual de otro hombre, por lo general era capaz de racionalizar la cuestión y alejarla de su mente. Siendo alguien que había ido tantísimas veces de compras, era inevitable que alguna vez deseara probar algo más exótico. Casada con un hombre que, a menudo, le parecía, más que un amante, un hermano mayor bastante pesado, era obvio que ella terminaría por posar su mirada codiciosa en otra parte. Suzanna sabía mejor que nadie que ir de compras podía ser adictivo.

Desde la pelea por culpa del tema de la caza, Neil se mostraba distante, no de un modo explícito, sino reaccionando con frialdad en el ambiente doméstico. De algún modo, advirtió Suzanna, era la mejor actitud que cabía adoptar. Ella sacaba lo mejor de sí misma cuando tenía que esforzarse para captar la atención. Estar un poco insegura de su afecto le infundía la creencia de que no quería perderlo. Escuchar a Nadine hablar de los horrores de sentirse «emparejada» en cenas, del modo en que otras parejas habían optado por uno u otro bando, como si para ellos fuera demasiado esfuerzo mental conservar la amistad con ambas partes, y cómo se había visto obligada a alquilar un «pisito provisional» en un barrio pasado de moda la habían dejado con la misma sensación glacial y profética que experimentó cuando oyó por primera vez a Liliane hablar de la vida que llevaba con su madre. Por consiguiente, a pesar de que Neil al principio quizá lo considerara de otro modo, las cosas iban mejorando, aunque solo a pequeñas dosis. Suzanna había logrado alcanzar una especie de equilibrio; y no tenía ningún deseo (ni siquiera la energía necesaria) de abrirse paso de nuevo con uñas y dientes.

Quizá Neil también era consciente de la situación. A lo mejor ese fue el motivo de que, en ocasión del cumpleaños de su mujer, la llevara a Londres a comer sushi.

—Comeré lo que me eches —le dijo Neil—, siempre y cuando no me obligues a tomar uno de esos pudines.

—¿Los testículos rosas?

—Los mismos. —Neil se limpió la boca con la servilleta—. ¿Recuerdas el día que me obligaste a comer uno en Chinatown y tuve que escupirlo en la bolsa del gimnasio?

Suzanna sonrió, complacida de que el recuerdo no albergara ninguna clase de repugnancia o rabia.

—Es por la textura. No consigo entender cómo es posible que la gente coma algo que tiene la consistencia de una almohada.

—Bien que comes caramelos blandos.

—Es distinto. No sé por qué pero es distinto.

Era la primera noche que, si no recordaba mal, habían hablado con libertad, con naturalidad, sin que otra conversación silenciosa y paralela, llena de recriminaciones, subyaciera a su discurso. Suzanna se cuestionó, íntimamente, si aquello no se debía a la satisfacción de hallarse en el centro de Londres antes de decidir que la mayoría de sus problemas tenían que ver más bien con su manía de analizar tanto las cosas. Poca memoria y mucho sentido del humor era lo que su abuela le aconsejaba para disfrutar de un matrimonio feliz. A pesar de que ni siquiera la mujer hubiera hecho alarde de ninguna de las dos cualidades.

—Estás muy guapa —le dijo Neil, observándola por encima del té verde. Ella supo ser capaz de perdonarle el empleo de una palabra tan insulsa.

A las diez y cuarto, mientras caminaban por un Leicester Square tan concurrido que resultaba balsámico, Neil le anunció que esa noche no regresarían a Dere Hampton. «¿Por qué? —le preguntó ella, gritando para que la oyera mientras los hare krishnas saltaban alrededor alegremente, tocando las panderetas—. ¿Adónde vamos?»

Le dijo que era una sorpresa. «Porque las cosas nos van mejor económicamente. Porque trabajas muchísimo; y porque mi esposa se merece un capricho.» La condujo a un hotel de un lujo discreto ubicado en Covent Garden, donde las mismas jardineras denotaban el buen gusto y esa clase de atención que garantiza una estancia nocturna inmejorable, a pesar de que Suzanna no se mostrara lo que se dice muy sonriente al comprobar el curso que iba tomando la noche. En su dormitorio, por ende, había una bolsita de viaje que su marido debía de haber empaquetado y hecho desaparecer por la mañana como por arte de magia. Solo había olvidado el acondicionador. La pasión, en el matrimonio, subía y bajaba como la marea. Todos lo decían. Si, por el contrario, ella le deparaba toda su atención, si intentaba apartar de su mente las cosas que le molestaban, que persistían en introducirse en su relación y contaminar sus más elevados sentimientos, si intentaba concentrarse en lo bueno, entonces ya no sería imposible salvarla. «Te quiero», le dijo Suzanna, y se sintió terriblemente aliviada al constatar que, después de todo, en su caso era cierto.

Neil la abrazó con fuerza y, gesto inusual en él, permaneció en silencio.

A las once y cuarto, mientras bebían a sorbitos el champán que les había traído el servicio de habitaciones, Neil se volvió hacia ella, y la colcha cedió, mostrando su piel desnuda. Era pálida, se fijó Suzanna. Producto del primer año que no iban de vacaciones al extranjero. Neil le dijo entonces que al cabo de quince meses cumpliría los cuarenta.

¿Y qué?

Le explicó que siempre había querido ser padre antes de los cuarenta.

Suzanna no respondió.

Además, Neil iba siguiendo el hilo de sus pensamientos: si, de media, una mujer tardaba unos dieciocho meses en quedarse embarazada, ¿no deberían empezar en ese mismo momento? Así contarían con un poquito más de ventaja. Tenía muchísimas ganas de ser padre, le confesó con voz queda. Tener familia propia. Neil dejó la copa y rodeó el óvalo de la cara de su esposa con las manos cálidas y un semblante algo aprensivo, como si fuera consciente de que, por culpa de mencionar el tema, pudieran romperse los términos de su acuerdo, pudiera quebrar la frágil paz que había convertido esa noche en algo mágico.

Sin embargo, Neil no sabía que le estaba pidiendo algo que ella ya había decidido. Suzanna no pronunció ni una sola palabra, sino que se echó de espaldas y dejó su copa encima de la mesita de al lado.

—No hay razón para que tengas miedo —le dijo Neil, en voz baja.

Bajo los vapores del champán Suzanna se sentía como un pez varado. Respirando, ahogándose pero, en cierto sentido, finalmente, aceptando su destino.

Vivi recorrió el pasillo, resoplando bajo el peso combinado y distribuido sin orden ni concierto de las bolsas de la compra, murmurando que su hijo nunca estaba en casa cuando lo necesitaba. Al llegar a la cocina, las dejó caer y levantó las manos contra la pálida luz para examinar las rojas marcas que las asas le habían imprimido en sus carnosas palmas.

En general Vivi no iba al supermercado ese día de la semana, pero la mujer se había visto obligada a sustituir la comida que esa mañana había extraído del frigorífico de Rosemary. Lo cual se había convertido en una costumbre que realizaba dos veces por semana. En esa ocasión, además, también se había atrevido con los armarios de arriba y lo que encontró en ellos no fue solo varias latas de fiambre de cerdo que llevaban casi tres años caducadas, sino, lo que era más preocupante aún, diversos platos mezclados con la vajilla, a juzgar por las apariencias, que habían sido colocados en el estante sin haberlos pasado por el lavaplatos. Vivi inundó los platos en lejía durante media hora, solo para asegurarse. Temerosa entonces de que pudiera haber algún organismo invisible que estuviera enmoheciendo, se subió a una silla y fregoteó los cuatro armarios antes de volver a meter en ellos su contenido.

Esa tarea la obligó a cancelar su sesión semanal para ayudar a las señoras de Equitación para Minusválidos que vivían en Walstock, pero ellas se mostraron muy comprensivas. Lynn Gardner, que dirigía el proyecto, acababa de ingresar a su padre en una residencia y Vivi, todavía traumatizada por sus penalidades matutinas, tomó la rara iniciativa de confesar la razón por la cual se había sentido incapaz de asistir.

—¡Madre de Dios! ¡Pobrecita! Será mejor que compruebes el receptáculo que hay bajo el horno. El que sirve para calentar los platos —le espetó desde el otro lado de la línea telefónica—. Nosotros encontramos una carretada de gusanos. Mi padre había estado metiendo la vajilla sucia como si aquello fuera el lavaplatos.

Vivi echó un vistazo al horno, presa del horror.

—¿Camina dormida?

—¿Cómo?

—Oh, lo digo porque empiezan a deambular por la casa de noche. Es bastante irritante, te lo aseguro. Al final, tuvimos que darle pastillas a papá. Me preocupaba muchísimo que saliera por la puerta y terminara durmiendo con las ovejas.

Los hombres habían olvidado las tazas de té vacías sobre la mesa y Vivi, que ya no suspiraba resignada ante esa visión, las dejó en el fregadero. Limpió los restos de migas de su almuerzo, metió los platos en el lavaplatos y ordenó los papeles esparcidos por la habitación disponiéndolos en montones. Mientras dejaba la compra sobre la mesa de la cocina, distinguió el imperioso tono de voz de Rosemary procedente de la salita, donde la mujer se encontraba conversando con Douglas a media voz. Vivi pensó que esa mujer era demasiado vehemente, demasiado vital, para parecerse al padre de Lynn, un espectro fantasmagórico, vagando en silencio con su pijama, y durante unos instantes le asaltó la duda de si eso la alegraba o más bien le ocurría todo lo contrario. Consideró si debía ir a saludar, pero se dio cuenta, no sin cierta culpa, que preferiría disponer de cinco minutos más para ella misma. Levantó la mirada para echar un vistazo al reloj de pared y observó, con un amago de alegría, que todavía podría llegar a tiempo de ver los últimos minutos de *The Archers*.

—Vamos a disfrutar de un poco de tranquilidad, ¿eh, Mungo?

El terrier, al oír su nombre, templequeó atento mientras le dedicaba una intensa mirada a su dueña, esperando en un estado de anticipación permanente por si le caía algún resto culinario.

—Hoy no tienes suerte, cariñito —dijo Vivi, colocando los paquetes de carne en el congelador—. Resulta que ya sé que te has zampado tu ración.

La señora Fairley-Hulme dejó unas cuantas chuletas de cordero sobre una bandeja y extrajo con cuidado la grasa de la pieza de Rosemary. La anciana siempre se quejaba si veía su carne sin pulir. Luego puso a hervir las patatas nuevas con unas hojitas de menta y empezó a preparar la ensalada. Con toda probabilidad la familia comentaría que la cena era demasiado ligera pero, para contrarrestarlo, Vivi había comprado un pudin de verano. Si le sacaba el envoltorio, Rosemary no haría comentarios sobre la superioridad de los postres caseros.

Cuando *The Archers* terminó, Vivi se quedó de pie durante un ratito, mirando por la ventana como antes, cuando estaba escuchando. El jardín de la cocina pasaba por su mejor época del año, y las hierbas aromáticas desprendían polvorientas oleadas de fragancia que penetraban en la casa; la lavanda, la campánula y la lobelia sobresalían de los viejos parterres construidos con ladrillos, las trepadoras y las enredaderas, que en invierno eran esqueletos de un castaño muerto, ahora explosionaban en un verde vigoroso. Rosemary había construido ese jardín de recién casada: era una de las pocas cosas que Vivi le agradecía sin ambages. Durante un tiempo, imaginó que Suzanna se interesaría por él: tenía la misma mano que Rosemary, una habilidad para arreglar las cosas y lograr que lucieran con toda su hermosura.

Estaba aspirando el aroma de la onagra y escuchando el perezoso zumbido de las abejas cuando Vivi detectó que, ahogando los agradables sonidos de la tarde que caía, la voz de Rosemary había adoptado un tono inusualmente combativo. El de Douglas era más suave, como si estuviera razonando con su madre. Vivi se preguntaba, con una cierta desazón, si estarían discutiendo por culpa de ella. Quizá Rosemary se había ofendido por la limpieza general de sus estantes; o bien puede que todavía no la hubiera perdonado por la fallida visita de doña Incontinencia.

Se apartó de la ventana y colocó las chuletas sobre la Aga. Se secó las manos con el delantal y, con el corazón en un puño, se encaminó hacia la puerta.

—Me resulta inconcebible siquiera que te lo plantees.

Rosemary estaba sentada en la butaca supletoria, a pesar de que, a menudo, le costaba un gran esfuerzo levantarse. Tenía las manos asidas con fuerza sobre el regazo y apartaba el rostro de su hijo, montada en cólera, como si estuviera negándose físicamente a aceptar lo que él tenía que decirle. Al cerrar la puerta tras de sí, Vivi se dio cuenta de que su suegra se había abrochado mal la blusa y le dolió no poder avisarla.

Douglas estaba junto al piano, con un dedo de whisky en la mano. A su izquierda el reloj de pared del abuelo, que llevaba en la familia desde el nacimiento de Cyril Fairley-Hulme, les brindaba las campanadas de los cuartos con discreta regularidad.

—Le he dado muchísimas vueltas, madre.

—Me parece muy bien, Douglas, pero ya te lo he dicho antes, tú no sabes necesariamente lo que le conviene a esta propiedad.

Una vaga sonrisa se dibujó en los labios de Douglas.

—La última vez que mantuvimos esta conversación, madre, yo tenía veintisiete años.

—Soy muy consciente de eso; y de que tenías la cabeza llena de ideas estrambóticas, también.

—No creo que sea coherente, desde el punto de vista económico, que Ben herede la propiedad entera. No se trata solo de seguir la tradición, sino también de solventar la economía.

—¿Alguien querría ponerme al corriente de lo que sucede? —preguntó Vivi, paseando la mirada de su esposo a su suegra, quien todavía dirigía la vista con testarudez hacia los balcones. Intentó sonreír pero se le congeló la sonrisa al darse cuenta de lo serios que estaban.

—Se me han ocurrido unas cuantas cosas que he creído conveniente discutir con mamá…

—Piensa que mientras viva, Douglas, y tenga voz y voto en la gerencia de esta propiedad, las cosas se quedarán tal como están.

—Solo estaba proponiendo que unas…

—Sé muy bien lo que sugieres. Ya me lo has dicho un montón de veces; y te digo que la respuesta es no.

—¿La respuesta a qué? —Vivi se acercó a su marido.

—Me niego a seguir discutiendo de esto, Douglas. Sabes muy bien que tu padre tenía un punto de vista inamovible sobre estas cuestiones.

—Y estoy seguro de que a papá no le habría gustado ver que alguien de esta familia era infeliz por culpa…

—No. No, de ninguna manera accederé. —Rosemary se llevó las manos a las rodillas—. Veamos, Vivi, ¿cuándo estará lista la cena? Creía que se cenaba a las siete y media y estoy segura de que ya han tocado hace rato.

—¿Me queréis decir alguno de los dos de qué estáis discutiendo, si no es molestia?

Douglas dejó el vaso sobre el piano.

—Se me había ocurrido cambiar el testamento. Pensaba en establecer alguna especie de convenio que otorgara a los niños el mismo poder sobre la gestión de la propiedad. Quizá incluso antes de mi muerte. Pero… —Douglas bajó la voz—. A mamá no le gusta nada la idea.

—¿El mismo poder? ¿Para los tres? —Vivi se quedó mirando a su marido fijamente.

—¿No vais a ayudarme ninguno de los dos? Nunca consigo salir de esta ridícula butaca.

Douglas se encogió de hombros, y en su curtido rostro Vivi leyó una cólera cómplice.

—Lo he intentado. No puedo decir, sin embargo, que me sienta satisfecho de cómo están las cosas.

—¿Lo has intentado, dices?

Rosemary se esforzaba por levantarse de la butaca, confiando el peso de su cuerpo a sus huesudos brazos. Cayó de nuevo hacia atrás y dejó escapar un gruñido de rabia.

—¿Es necesario que me ignoréis? ¡Douglas, necesito tu brazo! ¡Dame inmediatamente el brazo!

—¿Eso significa que vas a ceder?

—No se trata de que ceda, cielo. Es que no quiero empeorar las cosas todavía más. —Douglas se acercó a su madre y le puso el brazo por debajo para levantarla.

—¡Pero si no podrían estar peor!

—También hay que tener en cuenta la decisión de mamá, Vee. Todos vivimos en esta casa.

Rosemary, de pie, intentó enderezarse con muchísimo esfuerzo.

—Tu perro ha estado en mi cama —le anunció a su nuera, mirándola directamente—. He descubierto pelos.

—Tienes que recordar que debes dejar la puerta cerrada, Rosemary —dijo Vivi con voz queda, sin apartar la mirada de Douglas—. Pero eso lo solucionaría todo, cariño. Suzanna estaría contentísima. Lo único que necesita es sentirse igual a los demás. En realidad no desea dirigir la propiedad; y a los demás no les importaría... No creo que nunca se hayan sentido cómodos con nuestros planes.

—Ya lo sé, pero...

—¡Ya basta! —exclamó Rosemary, dirigiéndose hacia la puerta—. ¡Basta! Ahora querría cenar. No quiero discutir más de este asunto.

Douglas tocó el brazo de su mujer. El contacto entre los dos fue ligero, insustancial.

—Lo siento, vidita. Lo he intentado.

Al pasar Rosemary junto a ella, Vivi notó una tensión en el pecho. Vio que Douglas le sostenía la puerta a su madre y admitió que, en lo que respectaba a ambos, la conversación se había terminado y el tema se daba por concluido. De repente, oyó su voz, lo bastante alta para que Rosemary se girara, y extrañamente colérica.

—Bueno, supongo que debéis de estar terriblemente satisfechos de vosotros mismos por el hecho de haber defenestrado del todo a la pobre chica.

Transcurrieron unos segundos antes de que su voz calara en ellos.

—¿Qué? —se extrañó Rosemary, agarrada del brazo de Douglas.

—Nunca le hemos dicho la verdad, ¿no? Venga, no me miréis de ese modo. Nadie le ha contado la verdad sobre su madre; y todavía nos preguntamos la razón de que la muchacha haya crecido confusa y resentida. —En ese momento había captado toda la atención de su familia—. Ya no puedo más... con toda esta historia. Douglas, o la conviertes en heredera o introduces algún fideicomiso más igualitario o le cuentas la verdad sobre su madre, incluyendo lo que no sabemos. —Vivi respiraba con esfuerzo y, a continuación, musitó para sus adentros—: Ya está. Ya lo he dicho.

Se hizo un breve silencio. Entonces Rosemary levantó la cabeza y empezó a hablar como si se dirigiera a una persona mentalmente incapacitada.

—Vivi —dijo con toda la intención—, ese no es el estilo que esta familia...

—Rosemary —la interrumpió Vivi—, por si no has captado el detalle, yo formo parte de esta familia. Yo soy la persona que prepara las comidas, plancha la ropa y limpia la casa, la que lleva haciéndolo desde hace treinta años más o menos. Yo formo parte de esta condenada familia.

Douglas despegó los labios pero a ella le daba igual. Era como si se hubiera contagiado de alguna clase de locura.

—Exactamente. Yo soy la persona que lava tu ropa interior sucia, que es el blanco del malhumor de los demás, que cuida las mascotas de todos, la persona que hace lo imposible por intentar mantener la maldita familia unida. Yo soy esta familia. Quizá haya sido la segunda elección que realizó Douglas pero eso no significa que sea la segunda en importancia...

—Nadie ha dicho jamás que tú…

—Y merezco tener opinión. ¡Yo también merezco tener voz y voto! —Respiraba entrecortadamente, y las lágrimas pugnaban por salirle—. Suzanna es mi hija, tanto como es hija de todos vosotros, y me pone enferma, ¿me oís?, enferma, el hecho de ver dividida a esta familia, mi familia, por algo tan trivial como una casa y unos cuantos acres de tierra. Eso no tiene ninguna importancia. Sí, Rosemary, comparados con la felicidad de mis hijos, con mi felicidad, eso no tiene importancia alguna. ¡Ya está, Douglas, ya lo he dicho! O conviertes a Suzanna en heredera paritaria o le cuentas la verdad. —Vivi se desató las tiras del delantal que le ceñían la cintura, se quitó la prenda por la cabeza y la lanzó contra el brazo del sofá—. Y no me llames, «vidita» —le recriminó a su marido—. No me gusta nada. ¡Lo aborrezco!

Bajo la mirada atónita de su esposo y su suegra, Vivi Fairley-Hulme se marchó a la cocina, donde el anciano gato de Rosemary daba un juvenil zarpazo a las chuletas de cordero, y salió al sol crepuscular.

14

El día que mamá se puso uñas de ángel

Las uñas de mamá eran cortísimas. Nunca se las mordía; decía que cuando hacía faenas, metió las manos en lejía tantas veces que después ya nunca le volvieron a crecer. A pesar de que se ponía crema cada noche, la verdad es que las puntas blancas jamás le rebasaban los dedos. Se le solían romper continuamente, y cuando eso ocurría, juraba y decía: «¡Huy! No le digas a tu padre que me has oído decir eso». Y yo nunca se lo decía.

A veces, si me portaba bien, se sentaba conmigo y me cogía la mano como lo hacen en la tienda, me ponía crema y me pasaba la lima por las uñas. Lo cual me hacía reír, porque me daba cosquillas. Luego me dejaba elegir un bote de laca de uñas y me las pintaba con muchísimo cuidado para que no quedaran borrones. Cuando te pintas las uñas, no puedes coger nada durante muchísimo rato, porque de lo contrario rayas el color, por eso mamá me preparaba un refresco y le ponía una pajita, para que yo pudiera ir sacudiendo las manos mientras esperaba que se me secaran.

Siempre teníamos que quitar la laca antes de ir a la escuela pero me dejaba que llevara las uñas pintadas toda la noche o, a veces, durante el fin de semana. Ya en mi cama, tenía la costumbre de levantar las manos y mover los dedos, porque se veían preciosos, aun en la oscuridad.

El día antes de morir mi mamá había pedido hora para ponerse uñas postizas. Me las había enseñado en una revista: eran larguísimas y tenían unas puntas blancas que no se ensuciaban, porque las uñas de verdad iban debajo. Me contó que siempre había querido llevar las uñas largas, y ahora que empezaba a ganar dinero, iba a darse un capricho. No le importaba la ropa, decía, ni los zapatos, ni los cortes de pelo a la moda. Sin embargo, unas uñas bonitas era lo que más quería del mundo. Iba a dejar que la acompañara después de la escuela. Yo me porto muy bien, ¿sabéis? Me siento y leo, y me quedo quietecita; además le prometí que no metería ruido en el salón, y ella me dijo que ya lo sabía, porque yo era su angelito.

Cuando mi abuela vino a buscarme a la salida de la escuela y me dijo que mamá había muerto, no lloré, porque no me lo creía. Pensé que debían de estar equivocados, porque mamá me había dejado en clase de teatro diciéndome que cuando viniera a recogerme, compraría patatas fritas e iríamos a tomar el té juntas. Ahora bien, cuando la profesora se puso triste y empezó a llorar, supe que aquello iba en serio. Más tarde, mientras mi abuela me tenía en sus brazos, le pregunté qué íbamos a hacer con la cita de mamá. Quizá suene extraño pero me preocupaba el que ella nunca más pudiera ir al salón de belleza, porque sabía que era algo que le gustaba muchísimo.

La abuela me miró durante mucho rato, y pensé que se pondría a llorar porque se le humedecieron los ojos. Entonces me cogió las manos y me dijo: «¿Sabes qué haremos? Vamos a asegurarnos de que a tu mamá le hagan las uñas porque, de este modo, estará preciosa cuando llegue al cielo».

No vi a mi madre en el ataúd el día del funeral, a pesar de que la abuela me contó que estaba preciosa, como si estuviera durmiendo. Le pregunté si alguien se había encargado de ponerle unas uñas largas, y ella me dijo que una señora muy simpática del salón de belleza le había hecho la manicura, y que eran preciosas, que después, si miraba al cielo de noche, probablemente las vería titilar. No dije nada pero pensé que, al menos, si mamá no conocía a nadie, podría mover la mano, como yo solía hacer en la cama, y la gente no tendría que enterarse de que ella era una mujer de la limpieza.

Mi padre no sabe hacer la manicura. Se lo iba a pedir pero me he quedado a vivir en casa de la abuela, y ella dice que ya me las pintará cuando las cosas se tranquilicen un poco. Llora mucho. La oigo cuando piensa que estoy en la cama, aunque su voz siempre suena alegre cuando cree que estoy escuchando.

A veces yo también lloro. La verdad es que echo muchísimo de menos a mi mamá.

Steven Arnold dice que las uñas de mi madre ya no están relucientes. Dice que deben de haberse vuelto negras.

La verdad es que ya no tengo ganas de contar más cosas.

15

Durante la adolescencia de Suzanna, en días como esos, Vivi habría descrito el comportamiento de su hija diciendo que se había levantado sintiéndose «un pelín complicada». No se podía atribuir a ninguna causa, sin embargo, no era el resultado de alguna desgracia intangible, pero la joven había empezado el día dominada por un nubarrón invisible y la sensación de que su universo se había escindido de algún modo, dejándola sumida al borde del llanto. Esos días, por lo general, uno podía asegurar que los objetos inanimados cobraban vida y se alzaban (¿o bien se tumbaban?) para celebrar la ocasión: un trozo de pan se había atascado en la tostadora, y a Suzanna le pasó la corriente al intentar extraerlo con la ayuda de un tenedor; descubrió que una de las cañerías del baño perdía un poco de agua por debajo y se golpeó la cabeza contra la parte inferior del marco de la puerta al intentar ponerse en pie; y Neil se olvidó de sacar la basura, como le había prometido. Suzanna tropezó con Liliane en la charcutería, donde se había metido de tapadillo para comprar una cajita de almendras garrapiñadas, sugerencia de Jessie para la siguiente «prueba de amor», y se vio obligada a ocultarla deprisa y corriendo en el bolso como una ladrona, que es en lo que se convirtió precisamente al marcharse de allí sin acordarse de pagarla. Al final, cuando llegó a Emporio Peacock, la acorraló la señora Creek, que le dijo con perverso deleite que llevaba esperando en la calle durante casi veinte minutos y le preguntó si podría donar algunas baratijas para el mercadillo de los pensionistas.

—No tengo baratijas —le respondió Suzanna con un tono altisonante.

—¡No me dirás que todos esos artículos están en venta! —objetó la señora Creek, contemplando la exposición de la pared trasera.

La señora Creek entonces se embarcó sin problema alguno en una historia de fiestas y bailes en Ipswich, explicándole que, de jovencita, redondeaba los ingresos de sus padres cosiendo vestidos para sus amigas.

—Cuando empecé a coserme la ropa, eran los tiempos del New Look. Unas enormes faldas que oscilaban y mangas tres cuartos. Solíamos emplear muchísima tela para esas faldas. Al llegar esa moda, la gente del pueblo se escandalizó. Llevábamos años escatimando las telas por culpa de la guerra, ¿sabes? No había nada. Ni siquiera si tenías cupones. Muchas de nosotras íbamos a bailar con vestidos que nos habíamos hecho con cortinas.

—¡Qué curioso! —dijo Suzanna, haciendo parpadear las luces al darle a los interruptores y preguntándose por qué razón Jessie se retrasaba.

—El primero que cosí era de una seda verde esmeralda. Un color primoroso, ¡y tan sofisticado…! Parecía uno de los trajes que llevaba Yul Brynner en *El rey y yo*… ¿Sabes a qué película me refiero?

—No, la verdad. ¿Quiere tomar un café?

—Muy amable de tu parte, querida. No me importa hacerte compañía un ratito. —La señora Creek se sentó cerca de las revistas y empezó a sacar unos papelitos del bolso—. Tengo unas fotografías por algún lado, para que veas el aspecto que teníamos. Mi hermana y yo. En aquellos tiempos solíamos compartir los vestidos. Unas cinturitas que se podían rodear con una sola mano —comentó suspirando—. Una mano de hombre, claro está. La mía siempre ha sido pequeñita. Claro que prácticamente tenías que ahogarte con el corsé para lucir ese aspecto, pero las chicas siempre sufrirán para estar hermosas, ¿verdad?

—Ajá… —dijo Suzanna, acordándose de sacar las almendras garrapiñadas del bolso y colocarlas bajo el mostrador. Jessie ya las cogería después. Si se decidía a aparecer.

—Ahora le han hecho una colostomía a la pobrecita.

—¿Qué?

—A mi hermana. Tiene la enfermedad de Crohn; y le causa unos problemas terribles, tremendos. Por mucha ropa suelta que lleves tienes que asegurarte de que no vas a tropezar con nadie, ¿sabes lo que te digo?

—Creo que sí —dijo Suzanna, intentando concentrarse en el medidor de café.

—Además, vive en Southall. Con eso queda dicho todo… Tenía todos los números para caer en desgracia. Claro que podía haber sido peor. Antes trabajaba en un autobús.

—Siento llegar tarde —dijo Jessie. Iba vestida con unos tejanos cortados y unas gafas de sol color lavanda en el pelo, su aspecto era estival y estaba casi insoportablemente bonita. Alejandro la seguía y tuvo que agachar la cabeza al entrar—. Ha sido por culpa de él —le explicó alegremente—. Necesitaba que alguien le llevara a la carnicería buena. Se ha quedado de una pieza cuando ha visto la calidad de la carne del supermercado.

—Es que ese supermercado es para quedarse de una pieza —intervino la señora Creek—. ¿Sabéis cuánto pagué el otro día por un poco de falda de cerdo?

—Lo siento —la cortó Alejandro, que se había dado cuenta de la expresión huraña de Suzanna—. Para mí es difícil hacer estos descubrimientos cuando termino el turno. Mis horas nunca coinciden con las de los demás. —Sus ojos transmitían un mudo atractivo que hicieron que Suzanna se sintiera serena y nerviosa a la vez.

—Ya recuperaré los minutos perdidos —dijo Jessie, metiendo el bolso bajo el mostrador—. Me he enterado de muchísimas cosas del filete argentino. Parece ser que es más duro pero sabe mejor.

—No pasa nada —dijo Suzanna—. No importa. —Deseó que Jessie no hubiera visto la mirada que habían intercambiado.

—¿Un *espresso* doble? —dijo Jessie, poniéndose tras la cafetera.

Alejandro asintió mientras se acomodaba a la mesita que había junto al mostrador.

—¿Te apetece un café, Suzanna?

—No, gracias. —Habría deseado no haberse puesto esos pantalones. Atrapaban pelusas y borra, y el corte les daba un aspecto barato. Claro que ¿qué esperaba? Eran baratos. Suzanna no compraba ropa de calidad desde que se marcharon de Londres.

—En realidad nosotros no comemos carne —decía Jessie—. Al menos, entre semana. Salvo el pollo, es demasiado cara… Tampoco me gusta pensar que los tienen en aquellas jaulas avícolas pero ¡en fin! Además, a Emma le da igual. A mí, en cambio, sí que me gusta el rosbif. En el almuerzo del domingo.

—Un día te buscaré un buen bistec argentino —dijo Alejandro—. Nosotros dejamos que el animal crezca. Ya verás la diferencia.

—Yo creía que los novillos mayores resultaban correosos —dijo Suzanna e inmediatamente se arrepintió de haber hablado.

—La carne hay que ponerla tierna, querida —apuntó la señora Creek—. Se golpea con un artilugio de madera.

—Si la carne es buena, no necesita golpes —sentenció Alejandro.

—Como si la vaca no hubiera ya pasado por todo.

—El buey goteando —postuló la señora Creek—. Eso es algo que ya no se ve en las tiendas.

—¿No le ocurre lo mismo a la manteca?

—¿Podríamos hablar de otra cosa? —Suzanna empezaba a sentir náuseas—. Jessie, ¿has terminado el café?

—Nunca nos has contado qué vida llevabas antes de venir a Inglaterra —le dijo Jessie a Alejandro, apoyándose en el mostrador.

—No hay mucho que contar.

—Hombre, podrías explicarnos por qué quisiste ser comadrón. Quiero decir, y no te ofendas, que no es una profesión normal para un tío, ¿no?

—¿Qué es lo normal?

—Pienso que tienes que haberte sentido muy cómodo con tu lado femenino en un país machista como Argentina para dedicarte a eso. ¿Cómo te decidiste?

Alejandro cogió la taza de café y dejó caer dos terrones de azúcar en el espeso y oscuro líquido.

—Malgastas tu tiempo trabajando en una tienda, Jessie. Deberías ser terapeuta. En mi país de origen es el empleo más prestigioso que existe. Junto con el de cirujano plástico, desde luego... O puede que también el de carnicero.

«Todos esos rodeos son un modo muy fino de no contestar a la pregunta», pensó Suzanna mientras empezaba a desempaquetar una nueva caja de bolsas.

—Precisamente le contaba a Suzanna que yo me dedicaba a confeccionar vestidos.

—Ya lo sé —dijo Jessie—. Ya me enseñó las fotografías. Eran preciosos.

—¿Te he enseñado estas otras? —preguntó la señora Creek, sacando un abanico de fotografías manidas.

—Son muy bonitas —dijo Jessie de buena fe—. ¡Qué lista!

—Creo que en aquellos tiempos éramos más manitas. Las chicas de hoy en día parecen… no parecen tener tantos recursos. Claro que era nuestra obligación, con la guerra de por medio.

—¿Y tú? ¿A qué te dedicabas, Suzanna, antes de abrir esta tienda? —La voz de Alejandro, con ese acento marcado, era grave, cálida. Podía imaginarla, consoladora, durante los partos—. ¿Quién eras en tu vida anterior?

—La misma persona que ahora —contestó Suzanna, consciente de no creer en sus propias palabras—. Tengo que escaparme para ir a buscar un poco más de leche.

—Nadie es el mismo siempre —insistió Jessie.

—Pues yo era la misma persona… pero tenía una opinión menos formada de la gente que se dedica a meterse en las vidas de los demás —dijo con aspereza, cerrando de golpe el cajón de la caja registradora.

—Yo vengo aquí por el ambiente, ¿sabe? —confesó la señora Creek a Alejandro.

—¿Te encuentras bien, Suzanna? —Jessie se inclinó para captar la expresión del rostro de su amiga.

—Perfectamente. Solo estoy un poco atareada, ¿vale? Hoy tengo mucho que hacer.

Jessie captó la crítica implícita e hizo una mueca.

—¿Y ese pez? —le preguntó a Alejandro mientras Suzanna revolvía las tazas que había sobre el estante de la caja registradora sin necesidad—. Me refiero al que cogisteis con tu padre, el tucu no sé qué.

—¿El tucunaré?

—Tiene fama de ser muy gruñón, ¿verdad?

La señora Creek tosió disimuladamente frente a su café. Se hizo el silencio.

—Creo que quizá tiene la obligación de ser gruñón, como tú dices, si quiere sobrevivir en su entorno —dijo Alejandro en tono inocente.

Esperaron a que Suzanna, echándoles un rápido vistazo al pasar junto a ellos, cerrara estentóreamente la puerta de la tienda al salir. La vieron avanzar a grandes zancadas por el paseo, cabizbaja, como si caminara contra un viento fiero.

Jessie dejó escapar un suspiro y movió la cabeza en señal de admiración hacia el hombre que estaba frente a ella.

—¡Caray, Ale! Yo no soy la única que malgasto la vida en este empleo.

El padre Lenny enfiló Water Lane, saludó con una inclinación de cabeza a los ocupantes de Emporio Peacock desde el escaparate y, al ver la alegre cara rodeada de trenzas rubias, movió la mano con entusiasmo. Recordaba la conversación que había mantenido esa mañana.

El chico (porque él seguía siendo un chico, no importaba la madurez que creyera que había alcanzado a través de la paternidad) había ido a la casa parroquial a entregar un radiador de acumulación. La calefacción central era casi inservible en aquellos momentos, y la economía de la diócesis no le permitía adquirir un sistema nuevo. Sobre todo cuando había que reparar el techo de la iglesia. Conocían la reputación de Lenny y sabían que podían confiar en él para que buscara entre sus contactos, por eso, después de veinte años, las autoridades eclesiásticas hacían la vista gorda a las actividades comerciales que, examinadas detenidamente, podían parecer algo inapropiadas si se comparaban con las que normalmente llevaban a cabo los siervos de la Iglesia. Por eso la camioneta de reparto había entrado en el caminito, y Lenny se preparó para recibir al chico en persona.

Fue Cath Carter quien, al principio, le pidió consejo: Cath, quien en diversas ocasiones le había invitado a su casa, en principio para tomar el té y «ponerse al día» como decía ella, pero, en realidad, para pedirle su opinión sobre la siempre floreciente colección de moretones y golpes «accidentales» de su hija. No es que la chica no tuviera mal genio, le contaba, y mentiría si dijera que ella y Ed nunca habían llegado a las manos durante los años que vivieron juntos, pero eso era distinto. El chico se había pasado de la raya; y siempre que Cath intentaba sacar el tema, Jessie le espetaba que no se metiera donde no la llamaban, con esas u otras palabras parecidas. «¡Ay, la relación madre-hija!», le dijo el padre Lenny, recurriendo a la labia. No obstante, poca cosa más podía hacer. Cath creía que la chica se ofendería si pensaba que se dedicaban a hablar de ella y, por consiguiente, no le autorizó a tratar del tema con la muchacha. El asunto tampoco era tan serio como para llamar a la policía, le confesó Cath. En los viejos tiempos, cuando el joven estaba creciendo, un par de hombretones habrían ido a visitarlo y a leerle la cartilla, a calentarlo un poco, para dejarle bien claro que lo estarían vigilando. La mayoría de las veces funcionaba. Sin embargo, ya no había un Ed Carter en su vida, nadie, salvo los asistentes sociales, que quisiera encargarse de solucionar ese problemilla; y de ningún modo Cath o Jessie querían que esa panda se involucrara en la cuestión. Por consiguiente, el padre Lenny tenía las manos atadas.

Hasta que el chico cruzó su umbral. De hecho, nadie se había pronunciado en contra de que los dos hombres intercambiaran unas palabras.

—Disfrutando del nuevo trabajo, ¿eh?

—No está mal, padre. Horarios normales… pero la paga podría ser mejor.

—¡Ah, cierto, cierto! Esa es una verdad universal.

El chico se lo quedó mirando, como esforzándose por discernir el significado de su frase, y luego cogió el radiador con absoluta tranquilidad y lo transportó, siguiendo las instrucciones, hasta la habitación delantera, donde ignoró las cajas de vajillas y despertadores a buen precio que se amontonaban contra las paredes, tapando en parte dos vírgenes María y un san Sebastián.

—¿Quiere que se lo monte? Tardaré cinco minutos.

—Eso sería estupendo. Se me da muy mal el destornillador. ¿Voy a buscar uno?

—Ya llevo yo —dijo el muchacho, mostrándoselo; y Lenny, de repente, tomó conciencia a su pesar de la fortaleza que revelaban esos hombros, la fuerza potencial que se escondía tras esos movimientos ahora contenidos.

Lo irónico era que no se trataba de un mal tipo: gozaba de buena reputación en general, era educado y se había criado en un buen barrio de la propiedad. A pesar de no asistir a la iglesia, sus padres eran gente muy decente. Su hermano, recordaba Lenny, se había alistado como voluntario para ir al extranjero. Quizá había alguna hermana, no lograba acordarse. Sin embargo, el muchacho jamás se había metido en problemas ni había sido de esos a quienes, de vez en cuando, tenía que levantar de la plaza del mercado a primera hora de la mañana del domingo, casi inconscientes por culpa de la sidra barata y Dios sabe qué sustancias más. Nunca lo habían visto conduciendo coches robados por las carreteras comarcales bajo la luz de la luna.

Claro que eso tampoco significaba que fuera «bueno».

El padre siguió de pie, observando, mientras las patas metálicas empezaban a ensamblarse con fuerza en la parte central del mecanismo y tornillos y tuercas se apretaban con eficacia probada. En el momento en que el chico agarró el radiador para enderezarlo, Lenny tomó la palabra:

—¿Y tu mujer? ¿Le gusta su nuevo trabajo?

El muchacho no levantó la vista y siguió con su quehacer.

—Ella dice que le gusta.

—Es una tienda muy agradable. Es bueno ver algo distinto en el pueblo.

El muchacho gruñó.

—Además, le irá muy bien ganarse un dinerito, sin duda alguna. Todo ayuda en la actualidad.

—Nos iba muy bien antes de que empezara a trabajar allí. —El chico colocó el radiador derecho y lo dejó sobre la alfombra, luego se dio un puntapié contra el zapato, como si quisiera desenganchar algo.

—Claro que sí.

En el exterior dos coches se habían detenido en la carretera que pasaba tras el pequeño cementerio. Lenny apenas podía verlos pero observó que los dos se negaban a dar marcha atrás para que el otro pudiera pasar.

—Debe de ser un trabajo durísimo.

El muchacho levantó la cabeza, sin comprender sus palabras.

—Es obvio que ese empleo comporta un esfuerzo físico mayor de lo que parece. —Lenny sostuvo su mirada, intentando aparentar más calma de la que sentía. Eligió sus palabras con cuidado y las fue soltando despacio, dejando que la impresión que causaban actuara como un latigazo—. En fin, supongo. Considerando el volumen de heridas que me han dicho que se ha hecho.

El chico se sobresaltó, desvió la mirada del sacerdote y luego volvió a fijarla en él, parpadeando incómodo. Acto seguido, se agachó, cogió el destornillador y se lo metió en el bolsillo superior. A pesar de que su rostro apenas delataba emoción alguna, tenía rojísimas las puntas de las orejas.

—Será mejor que me marche —musitó—. Tengo que hacer otras entregas.

—Te estoy muy agradecido.

El chico recorrió el estrecho pasillo, pisándole los talones.

—Cuídala mucho —siguió diciendo el padre Lenny mientras se despedía de él—. Es una buena chica. Sé que si cuenta con el apoyo de un hombre como tú, encontrará la manera de no herirse tan a menudo.

Jason se dio la vuelta al llegar al porche. Su expresión, que ahora mostraba sin ambages, era dolida y furiosa, y encorvaba los hombros.

—No es lo que usted…

—Claro que no.

—Yo amo a Jess…

—Ya lo sé; y siempre existe la manera de evitar esa clase de cosas, ¿verdad?

El muchacho no dijo nada más. Respiró profundamente, como si hubiera considerado la idea de volver a hablar pero hubiera decidido lo contrario. Sus andares, al dirigirse a la camioneta, poseían el aire desafiante de los fanfarrones.

—No querríamos que el pueblo entero se preocupara por ella, ¿verdad que no? —gritó el sacerdote, saludando con la mano mientras la portezuela de la camioneta se cerraba de un golpe y el vehículo sobrecargado derrapaba por el caminito y salía a la carretera.

Había ocasiones en que sentía nostalgia de una vida más intensa, de horizontes más amplios, pensaba Lenny con cierta satisfacción, mientras se dirigía de vuelta a su descuidada casa, que llevaba tantísimo tiempo sin decorar, y con una mano protegía su pálida piel de celta del sol. Sin embargo, a veces vivir en un pueblo pequeño sin duda comportaba sus ventajas.

Liliane MacArthur esperó hasta que los jóvenes desaparecieron con las bolsas en ristre, colgadas sobre la camiseta, y haciendo gala de un paso acompasado con el que cruzaron rápidamente la plaza. Escrutando entonces el interior de la tienda para asegurarse de que iba a estar sola, empujó la puerta con timidez y entró.

Arturro estaba atareado en la trastienda. Al oír el sonido de la campanilla, alzó la voz para decir que tardaría un minuto, y Liliane se quedó de pie, incómoda, en medio de la tienda, aprisionada entre las conservas y la pasta seca, escuchando el zumbido de las unidades de refrigeración y acariciándose el pelo.

Cuando Arturro apareció, secándose las manos con el largo delantal blanco, una sonrisa de oreja a oreja iluminó su rostro.

—¡Liliane! —Por el modo en que pronunció su nombre diríase que proponía un brindis a su salud.

Liliane casi le sonrió, hasta que recordó los motivos que la habían traído a la charcutería. Metió la mano en el bolso y sacó la caja de almendras garrapiñadas, comprobando que las esquinas no se hubieran aplastado al entrar en contacto con las recetas de medicamentos que acababa de ir a recoger.

—Yo... Quería darte las gracias... por los bombones y por todo lo demás; pero creo que ya es demasiado.

Arturro la miró inexpresivo. Observó la caja que tenía en la mano y que ella le tendía, mientras con la propia avanzaba obediente para cogerla.

Liliane señaló los bombones de la estantería, bajando la voz como si intentara zafarse de la posible clientela.

—Eres un hombre muy agradable, Arturro. Ha sido... Es... Bueno, la verdad es que no recibo muchas sorpresas que digamos; y ha sido muy amable por tu parte. Sin embargo, yo... me gustaría que lo dejáramos aquí.

Sostenía el bolso contra el pecho, como si eso la mantuviera a flote.

—Verás, no estoy segura de lo que tú... de lo que esperas de mí.

Tengo que cuidar de mi madre, ¿sabes? No puedo... Bajo ninguna circunstancia podría dejarla sola.

Arturro se acercó más a ella, pasándose una mano por el pelo.

—Me parecía justo que lo supieras. Me ha conmovido mucho, de todos modos, y quería que lo supieras.

—Lo siento Liliane... —dijo Arturro cuando pudo recuperar el habla. Su voz era gruesa, espesa.

Liliane agitó la mano con una expresión angustiada.

—No, por favor. No quiero que lo lamentes... Yo solo...

— ... pero no comprendo nada.

Se hizo un silencio muy largo.

—Los bombones; y todos los regalos...

Arturro seguía mirándola con aire de expectación.

—¿No me dejaste unos bombones? —preguntó Liliane, escrutándole el rostro—. ¿En la puerta de la tienda? —Su voz era insistente.

Arturro miraba la caja que sostenía en su mano.

—Son de aquí... Sí.

Liliane se ruborizó. Miró la caja de nuevo y luego posó los ojos en él.

—¿No fuiste tú? ¿No me enviaste bombones?

Arturro negó despacio.

Liliane se llevó una mano a los labios de modo inconsciente. Miró en derredor y luego dio media vuelta y se encaminó hacia la puerta.

—¡Oh, perdóname, por favor! Yo... Esto ha sido un malentendido. Por favor, te ruego que olvides todo lo que te he dicho. —Aferrada todavía al bolso como si fuera un salvavidas, se marchó corriendo de la charcutería, taconeando contra el parquet de madera.

Durante unos minutos Arturro siguió en pie, en medio de la tienda ya vacía, observando la caja de almendras garrapiñadas y sintiendo el vago aroma de su perfume suspendido en el aire. Echó un vistazo a la plaza del mercado, prácticamente desierta, en cuya superficie unas palomas se pavoneaban atravesando las sombras alargadas y el último camión de reparto se preparaba para marcharse.

A continuación levantó la mirada y vio los tres delantales blancos recién abandonados y colgados del gancho de la puerta, y su rostro se ensombreció.

A unos centenares de metros Suzanna hacía los preparativos para cerrar Emporio Peacock. Hacía casi media hora que Jessie se había marchado, y Suzanna se quedó algo desconcertada al observar que Alejandro, que parecía no haber trabajado ese día, no se había marchado con ella. Al contrario, se dedicó a escribir una serie de postales y ahora permanecía sentado, leyendo un periódico y mirando de vez en cuando hacia la calle, dejando vagar el pensamiento.

Por alguna razón su presencia la había vuelto más proclive a los accidentes. Le cayó un jarrón de cristal de colores justo cuando iba a entregarlo a una clienta y se vio obligada a sustituirlo, sin cargo alguno, por otro. Tropezó con los dos últimos escalones del sótano y se torció a medias el tobillo, a resultas de lo cual tuvo que quedarse sentada en el suelo maldiciéndose en silencio hasta recuperarse lo suficiente para volver a aparecer en la tienda. Para acabar de rematarlo, se escaldó dos veces con la cafetera. Si Alejandro se había percatado de sus maniobras, no dijo nada. Siguió sentado, sorbiendo despacio el café, sin decir palabra.

—¿No tienes ningún sitio adonde ir? —le espetó, cuando ya no quedaba nadie en la tienda.

—¿Quieres que me marche?

Suzanna se retractó de sus palabras, ruborizándose por su transparencia.

—No, no. Lo siento. Me preguntaba si disponías de algún espacio que pudieras considerar tu hogar.

—Tengo un sitio donde no me apetece pasar demasiado tiempo —confesó Alejandro, frunciendo el ceño en dirección a la ventana.

Tenía pestañas de mujer. Oscuras, sedosas y caligráficas. Suzanna no había advertido hasta ese momento lo femeninos que eran sus ojos.

—¿El hospital te proporciona alojamiento? —le preguntó con una voz casi inquisitorial.

—Al principio, no.

Suzanna permaneció callada.

—Hasta que descubrieron que la mayoría de los caseros del lugar no quieren a «extranjeros» de inquilinos. —Sonrió y arqueó las cejas ante su preocupación, como si esperara que ella se diera de bruces con una verdad largo tiempo aceptada—. Tú, Suzanna, eres una de las pocas personas que he conocido en estos pagos que no es rubia ni tiene los ojos azules.

El modo en que la miró le hizo ruborizarse. Suzanna se obligó a apartarse del mostrador y empezó a alinear los tarros que contenían botones de colores, imanes de intensas tonalidades y cajas de agujas, en rígidas filas. De repente, se sintió a la defensiva.

—Tampoco es que vivamos en la Nación Aria. Quiero decir que no todos reaccionan así.

—No importa. Me alojo en el hospital.

El pueblo se había sumido en el sopor que sucede al caer la tarde. Las madres ya habían guiado a sus pequeñas cargas hasta el hogar y ahora tropezaban con ellas en la cocina mientras se preparaban para hacer frente a la avalancha de la cena, el baño y la cama. Los jubilados llevaban bolsas de red o carritos de la compra cargados con verduras empaquetadas en bolsas de papel y adquiridas en el mercado, raciones individuales de cuarto delantero de ternera o pastel de carne. En algún punto lejano las calles ingentes se preparaban para la hora punta, las líneas de metro reverberaban bajo tierra, se llenaban bares y pubs, cuyos rebosantes límites se veían inyectados de trabajadores del centro de negocios de la capital, con el cuello de la camisa desabrochado, que anhelaban relajarse y lubricarse.

Suzanna contempló el interior de su tienda y sintió el peso de su perfección cuidadamente artificiosa, su estancamiento.

—¿Cómo puedes soportar este lugar?

—¿Que cómo puedo soportar el qué? —preguntó Alejandro, mirándola con la cabeza ladeada.

—Después de haber vivido en Buenos Aires. El provincianismo. Antes me decías que los caseros te temían porque eras diferente.

Alejandro frunció el ceño, intentando comprender.

—El modo en que todos tienen una opinión formada de las cosas. El hecho de que se sientan con derecho a enterarse de tus asuntos. Como si necesitaran encasillarte, meterte de un empujón en una categoría determinada para sentirse cómodos. ¿No echas de menos la ciudad? ¿No añoras la libertad que te proporcionaba?

Alejandro dejó sobre la mesa la taza de café vacía.

—Creo que quizá tú y yo tengamos ideas distintas de la libertad.

De repente, Suzanna se sintió tímida e ingenua. No sabía nada de Argentina, salvo algún que otro retazo de información que recordaba de las noticias de la televisión; disturbios, crisis financiera... Madonna caracterizada de Eva Perón. «¡Caray! —exclamó para sus adentros—. Y acuso a los demás de no mirar más allá de su ombligo.»

Ante ella Alejandro se agachó para recoger la mochila de debajo de la mesa. Miró por la ventana, que todavía resplandecía con el sol refractado de la tarde mientras los paralelogramos de luz avanzaban gradualmente invadiendo la exposición, bañando sus componentes de un oro pálido.

Algo brotó del interior de Suzanna.

—Vive con otra persona, ¿sabes?

—¿Quién? —Alejandro seguía agachado sobre la bolsa.

—Jessie.

No le dio ni un solo pálpito.

—Ya lo sé.

Ella se giró y empezó a frotar el fregadero, furiosa y avergonzada.

—No soy ninguna amenaza para Jessie.

Era un comentario extraño, y más aún por el modo enfático en que el joven lo había dicho, como si intentara convencerse de sus palabras.

—No quería decir que... Lo siento. —Suzanna hundió la cabeza en el fregadero y luchó por vencer la sensación apremiante de hablarle de Jason, explicarle, intentar reconducir los celos infantiles que había demostrado. No quería que él también la juzgara con los mismos parámetros con que parecían considerarla los demás. Sin embargo, explicarle la relación de Jessie la situaría en la misma categoría de esas personas a las cuales había estado criticando: aquellas que comerciaban con los secretos domésticos de los demás como si fuera una especie de moneda de cambio social.

—Yo odiaba vivir aquí hasta que abrí esta tienda —le dijo de repente, sacando brillo a los grifos—. Era una chica de ciudad, ¿sabes?

A mí me gusta el ruido, el ajetreo y el anonimato. Es muy duro vivir en el lugar donde te has criado… en un pueblecito como este. Lo saben todo de ti: quiénes son tus padres, a qué escuela fuiste, dónde trabajaste, con quién has salido. Incluso aquella vez que te caíste del taburete del piano en el recital de la escuela.

Notaba que la estaba observando, y las palabras le salieron a borbotones, imparables, mientras en alguna parte sana y distante de su mente Suzanna se preguntaba por qué sentía esa desesperada necesidad de llenar el silencio.

—Además, como saben lo que te ha sucedido (al menos, algunas personas), eso implica que la gente cree conocerte. Piensan que saben quién eres, te arrebatan la libertad de elección y ya no puedes ser otra persona. En este pueblo yo soy la misma chiquilla que era a los doce años, a los trece y a los dieciséis. Atrapada en un áspic. Allí es donde me han colocado; y lo curioso del caso es que yo sé que soy una persona completamente distinta. —Se detuvo, con las manos a ambos lados del fregadero, y movió la cabeza en señal de desacuerdo, levemente, como quien intenta desembarazarse de un zumbido de los oídos. Respiró hondo e intentó ordenar sus pensamientos. El discurso parecía ridículo, incluso ante sus propios ojos—. En fin. La tienda ha cambiado todo eso —siguió explicando Suzanna—. Porque aunque yo no pueda ser otra persona, la tienda sí puede. Puede ser lo que desee. Nadie espera nada de ella. Ya sé que no es lo que cualquiera consideraría… una empresa comercial. Sé que mucha gente de por aquí piensa que es una bobada; pero tiene… tiene un no sé qué… —No estaba segura de lo que intentaba decir.

Un coche dio marcha atrás en la calle, despacio.

—La he visto en el hospital —dijo Alejandro, poniéndose en pie y con la mochila al hombro—. A veces bajo para ir a recoger a las madres a urgencias y llevármelas con una silla de ruedas. Las que ya no pueden caminar. La he visto… esperando.

En el acero inoxidable de los grifos Suzanna podía discernir su reflejo; retorcido, invertido.

—Entonces ya sabrás que ama a Jason —dijo ella, hablando para sus adentros. Al no obtener respuesta alguna, le miró a la cara.

Alejandro la había estado observando todo ese tiempo. Colocó la silla bajo la mesa, ordenadamente.

—Solo sé lo que he visto —dijo, encogiéndose de hombros—. Yo no llamaría a eso amor.

—No.

Finalmente se habían puesto de pie, el uno frente al otro. Alejandro tenía las manos en el respaldo de la silla y la cara en sombra, con lo que Suzanna apenas podía discernir su expresión.

Las puertas traseras de una camioneta aparcada en la calle se cerraron de golpe, truncando los frágiles hilos del ambiente. Alejandro miró por el escaparate y luego posó sus ojos en ella, sosteniéndole la mirada durante unos segundos antes de volverse hacia la puerta.

—Gracias por tu hospitalidad, Suzanna Peacock.

16

Douglas cerró la puerta tras él y se quedó mirando el perro de su mujer presa de la frustración. Había estado buscando a Vivi, paseando al animal por los jardines con la esperanza de encontrarla, había llegado hasta los nuevos despachos, bajado hasta la planta lechera e incluso se había adentrado en el terreno boscoso que había tras los cobertizos de grano. El perro, sin embargo, no logró dar ni con una maldita pista.

«Quizá necesitaría un sabueso —pensó Douglas, dejando escapar un suspiro irónico—. Necesito un sabueso para localizar a mi mujer.» Últimamente había estado tan ocupada que le dejaba la comida preparada con una nota educadísima y se retiraba pronto a descansar no sin antes haber descubierto una multitud de tareas urgentes en zonas de la casa que prácticamente no se usaban. Ya nunca estaba seguro de por dónde andaría; ni de en qué humor estaría cuando la encontrara. A Douglas lo trastornaban las situaciones equívocas.

El perro se le metió bajo los pies y Douglas tropezó con el animal. Su madre, desde la puerta del anexo, lo llamó dos veces para saber si era él. Sintiéndose mezquino, fingió no haberla oído: no quería que lo enviara a hacerle otro recado. Estaba harto de haber tenido que llevarla dos veces esa misma mañana al pueblo; y ya era la tercera vez que había tenido que hacerlo durante la semana. Su madre, todavía dolida por el arranque de Vivi de la semana anterior, ya no preguntaba dónde estaba su nuera, como si esa insurrección verbal hubiera quebrado alguna norma no explícita y la hubiera vuelto, de algún modo, invisible. Si Douglas no se diera a sí mismo tanta pena, se habría puesto a reír. Comprendía, incómodo, que de eso era de lo que se había estado quejando su mujer durante los últimos meses. De eso y del débil pero clarísimamente desagradable tufillo que perduraba en el asiento del copiloto del Range Rover.

Douglas hizo caso omiso del perro, que seguía sentado, obedeciendo alguna orden inexistente y mendigando en silencio algún bocadito, y cogió una nota que vio en la cocina. El mensaje no estaba allí cuando se marchó por la mañana de casa, y una hora antes, cuando regresó para traer de vuelta a Rosemary, tampoco. La visión del papelito lo enojó y entristeció a la vez, como si su matrimonio lo hubieran requisado dos extraños de conducta infantil.

La nota decía con una caligrafía clara que Vivi estaría fuera. El almuerzo de él y de Ben se encontraba en el horno y solo había que recalentarlo durante unos veinte minutos. Parecía ser que su esposa no podía garantizarle la misma puntualidad en lo que se refería a su persona.

Volvió a leer la nota y luego la retorció con su ancha mano y la lanzó al aire, de tal modo que el perro se puso a perseguirla por las baldosas del suelo de la cocina.

Advirtiendo entonces que las llaves del coche de su mujer se hallaban en la estaquilla, echó un vistazo por la ventana, se caló la gorra y se marchó de casa, saliendo por la puerta de la cocina e ignorando la imperiosa voz ahogada que gritaba su nombre tras él.

Alejandro sacó la carta que le había llegado por correo aéreo de su casillero, reconoció el tan familiar sello y se la metió en el bolsillo mientras caminaba con paso cansino por la planta baja del hospital para ir a meterse en la cama, unas veintidós horas después de haberla abandonado. Quizá todavía se viera relegado a realizar «turnos de ultratumba», como solían llamarlos, pero mientras el hospital no perdía ni una sola oportunidad para recalcar que la organización garantizaba la igualdad de oportunidades para todos los empleados, Alejandro, en virtud de su sexo, había tenido un golpe de suerte en lo que a alojamiento se refería. Se estipuló que las enfermeras y las comadronas no se sentirían cómodas teniendo que compartir habitación con un hombre, por muy educado que fuera; y cuando resultó obvio que encontrarle alojamiento por la zona iba a ser problemático (la mayoría de caseros parecían esperar algo distinto cuando se mencionaba la palabra «comadrona»), alguien dio con la solución y propuso concederle lo que habría sido el apartamento del celador, en el caso de que el hospital todavía concediera ese puesto de trabajo a alguien que cuidara del bloque de las enfermeras. Tendría que desatascar algún que otro fregadero o cambiar fusibles, le dijo bromeando el director de recursos, a lo cual Alejandro respondió encogiéndose de hombros.

En su país no había podido costearse un piso propio. Alejandro no sabía lo que le esperaría al llegar, pero dos dormitorios y una cocina lo bastante grande para dar cabida a una mesa le pareció un intercambio bastante justo a cuenta de tener que hacer un par de trabajillos.

No obstante, y varios meses después de instalarse, Alejandro encontraba que el lugar lo deprimía, incluso en un día de esos en que el sol lo inunda todo de luz. Nunca había comprendido la capacidad, tan frecuente en las mujeres, de imprimir personalidad propia a un espacio y, dado que pensaba ocupar esa vivienda de modo temporal, carecía de la voluntad para intentarlo. La tenue decoración beige y el resistente mobiliario le daban un aire falto de cariño y estéril. Su vacuidad le resultaba patente a diario a causa del sonido de pisadas femeninas y de las charlas y las risas de sus colegas al bajar o subir las escaleras. Solo dos personas conocían el interior de sus aposentos: la enfermera a quien, con poco criterio, había llevado a casa durante las primeras semanas de residir en el hospital (y que le hacía el vacío cada vez que se lo encontraba) y, recientemente, una española que daba clases en la academia de idiomas de la zona y a quien había conocido en el tren. Esa chica le notificó, en un momento en el que, en condiciones normales, Alejandro se habría olvidado de dónde se encontraba, que tenía novio, y acto seguido se puso a llorar durante casi tres cuartos de hora. «El dinero que le di para que cogiera un taxi hasta su casa habría alimentado a una familia argentina de cuatro miembros durante un mes entero», murmuró Alejandro para sus adentros.

«Cuando me marché —pensaba con más frecuencia de la debida—, solo pensaba en escapar.»

Se sirvió un vaso de té helado, se echó sobre el sofá y recostó la nuca en un almohadón, consciente del olor de sudor rancio que emanaba su ropa. Le dolían los huesos del cansancio: la segunda madre que le había tocado durante el turno tenía un sobrepeso considerable y se había lanzado por la habitación como un elefante enloquecido mientras él se aferraba a ella... con el vano propósito de darle consuelo. Como siempre, lo único que sintió en el momento del nacimiento fue alivio. Era ahora, varias horas después, cuando los dolores y los moretones empezaban a aflorarle. Se sacó la carta del bolsillo y estudió la dirección. Recibía pocas, y la vista de su propio nombre «contra esas palabras inglesas tan poco familiares» todavía tenía el poder de sobresaltarlo.

Hijo, iba a escribirte que todo va bien por acá pero, francamente, soy consciente de que eso solo es verdad para un grupo reducido de personas. Tu padre, a Dios gracias, se cuenta entre ellas. Se habla mucho de que habrá un nuevo gobierno, pero no veo que las cosas puedan llegar a ser diferentes. Ahora tenemos cerca dos «consejos vecinales» y muchos de nuestros vecinos acuden a las manifestaciones; y hacen tintinear las llaves frente a los edificios del gobierno. No alcanzo a comprender la eficacia del gesto, pero Vicente Trezza, que antes tenía el despacho cerca de mi consulta, acude a días alternos con llaves, cazuelas y cualquier otra cosa que haga ruido. Temo por su oído. Tu madre se niega a salir de casa desde que el supermercado del barrio fue asaltado por una banda de chabolistas. No malinterpretés mis noticias, hijo. Estoy muy satisfecho de poder contar que las cosas te van muy bien en Inglaterra.

Estoy deseando hacer el viaje para ir a pescar salmón con vos.

Tu padre.

P.D.: Me ha pedido hora una señora que me dice que te mande recuerdos: Sofía Guichane. Está casada con aquel granuja de Eduardo Guichane, el que sale por televisión. Quería que le hiciera una liposucción y un aumento de mamas. Accedí solo a realizarle una liposucción por ahora, dado que cree que puede quedar embarazada un día de estos. Además, tiene un par de tetas fantástico. No le digas a tu madre que te lo comenté.

Hijito mío:

Mi propia madre (que en paz descanse) solía decir: «En la Argentina escupes en el suelo y sale una flor que luego crece». Ahora, como le digo a Milagros, hace las maletas y desaparece. Lloro por vos todos los días. Santiago Lozano ha conseguido un empleo en un banco suizo y envía a su padre dinero todos los meses, en dólares. Ana Laura, la chica de Duhalde, se marcha a Estados Unidos a vivir con la hermana de su padre. No creo que la recuerdes. Me parece que pronto no quedará gente joven en el país.

La nuera de Milagros está esperando gemelos. Ruego para que cuando regreses a Argentina, me conviertas en abuela. Queda muy poco amor en mi vida y lo único que pido es tener algo que haga mi existencia más llevadera.

Te enviaré unos paquetes de mate, tal y como me pediste (mandé a Milagros al supermercado pero me dijo que las estanterías estaban vacías). Mientras tanto, y a través de los mares que nos separan, te remito un regalo valiosísimo. Para que te acuerdes de tu familia. Cuídate mucho; y guárdate de las inglesas.

Con amor.

Tu mamá.

Alejandro se preguntó si su madre no se estaría volviendo olvidadiza. Intentó recordar si quedaba algún paquete en el casillero pero, a pesar de la falta de sueño, estaba seguro de que solo había esta carta ligerísima. Casi anheló que se hubiera olvidado: Alejandro se sentía culpable cuando le enviaba regalos, aun cuando fueran paquetes baratos de su bebida favorita. Dio la vuelta a la carta y se frotó los ojos escocidos. Después cogió el sobre y, casi sin pensarlo, lo abrió del todo.

Ahí estaba, resguardado en una esquina, ligero como una pluma, tan insustancial que no lo había visto. Envuelto con un diminuto trozo de cinta rosa. Un mechón del pelo de Estela.

Alejandro cerró el sobre y lo dejó sobre la mesa, con el corazón acelerado. Sin acordarse de su fatiga, se puso en pie, volvió a sentarse y, finalmente, se levantó y fue hacia el televisor, jurando entre dientes. Se quedó mirando fijamente la pantalla durante unos minutos y luego echó un vistazo alrededor, como intentando detectar algunas señales que hubiera obviado. Al final, cogiendo las llaves, se obligó a salir del piso.

Vivi se protegió los ojos del sol mientras la familiar figura se apresuraba hacia ella, volviéndose más alargada y distinta a medida que se acercaba, sus andares tan solo algo más entumecidos que los del hombre con quien se había casado hacía treinta años.

Douglas se detuvo, como si considerara si debía pedir permiso, y luego se sentó a su lado, sacudiéndose semillas sueltas de los pantalones.

—Tienes el almuerzo en el horno.

—Ya lo sé. Gracias. Leí la nota.

Vivi llevaba gafas de sol. Se volvió y siguió contemplando el paisaje, bajándose la falda por debajo de las rodillas como si se avergonzara de que la hubieran sorprendido con las carnes al aire.

—Hace un buen día; para estar fuera, quiero decir.

Vivi escrutaba el horizonte lejano y luego se sacudió una mosca que volaba a varios centímetros de su nariz.

La voz de Douglas era optimista, natural.

—No te vemos mucho por aquí.

—Supongo que no.

—¿Has hecho un picnic?

—No. Pensé que me convendría tumbarme un rato.

Douglas digirió su comentario durante unos segundos, levantando la mirada para seguir a un pájaro que revoloteaba sobre sus cabezas.

—Mira qué cielo.

Hablaba con el silencio.

—Te coge por sorpresa cada verano, ¿verdad? Un cielo tan azul...

—Douglas, ¿has venido caminando hasta aquí para hablarme del tiempo?

—Pues... no.

Vivi seguía sentada, aguardando.

—Vengo de la casa... Mamá quiere saber si podrás llevarle el gato al veterinario cuando te vaya bien.

—¿Ha pedido hora?

—Me parece que ella prefiere que seas tú quien pida hora.

—¿Hay alguna razón por la cual tu madre, o quizá tú, no hayáis podido encargaros del asunto?

Douglas se quedó mirando a su esposa, despistado ante el tono áspero que ella había utilizado, y luego desvió la vista hacia los campos de color pardo que se extendían a sus pies.

—Estoy ocupadísimo estos días, querida.

—Yo también, Douglas.

En el campo del fondo una enorme bestia agrícola de color rojo recorría el terreno arriba y abajo, con regularidad, y sus grandísimos brazos lanzaban al viento nubes polvorientas desde las ordenadas hileras de cultivo. En ese momento el conductor percibió las dos figuras sentadas y levantó la mano en señal de saludo.

Sin pensarlo siquiera, Douglas le devolvió el gesto. Al bajar el brazo, suspiró.

—¿Sabes, Vivi? No puedes dictar el modo en que deberíamos comportarnos todos —dijo Douglas, bajando la cabeza para comprobar que ella le hubiera oído—. ¿Vee?

Vivi se caló las gafas sobre la cabeza, dejando al descubierto unos ojos cansados y enrojecidos.

—Yo aquí no dicto nada, Douglas. No te dicto nada a ti ni a Rosemary, ni siquiera a Suzanna o al engorroso perro.

—No quería decir que…

—Yo solo intento que todo funcione a la perfección; y no me quejo.

—¿Pero?

—Pero ahora se acabó.

Douglas se quedó callado durante unos instantes.

—¿Qué quieres que haga?

Vivi respiró profundamente, como alguien que se prepara para recitar un discurso muchísimas veces ensayado.

—Quiero que aceptes que tu madre también es responsabilidad tuya y que le hagas comprender que yo sola no puedo con ella… con sus asuntos. Quiero que se me consulte respecto a todo lo que concierna a esta familia, tanto si tú como si tu madre creéis que estoy automáticamente en mi derecho como si no. Quiero sentir (de vez en cuando) que no formo parte del mobiliario. —Vivi analizó la expresión de su marido, con los ojos inquisitivos y fieros, retándolo a que se atreviera a sugerir si no padecería algún trastorno hormonal.

—Yo… Nunca he creído que tú…

Vivi se apartó el pelo de la cara.

—Quiero que delegues más la gerencia de la propiedad.

—¿Qué?

—Me gustaría que pudiéramos pasar más tiempo juntos. Solos. Antes de que sea demasiado vieja para disfrutarlo. —«Y si no quieres», se dijo a sí misma en el silencio subsiguiente, «me estarás diciendo aquello que más he temido durante todos estos años».

Douglas siguió sentado, contemplando el vacío. Vivi cerró los ojos, intentando no leer nada en el silencio de su marido, procurando reunir fuerzas para continuar.

—Y lo que es más importante de todo, Douglas. Es necesario que recuperes a Suzanna —dijo Vivi lentamente—. Tienes que hacer que se sienta tan importante como los demás.

—Me aseguraré de que Suzanna tenga una parte económica...

—No, no me comprendes. No se trata de dinero. Tienes que lograr que Suzanna participe de la familia, que tenga la misma sensación que los demás de que pertenece a este lugar.

—Jamás he discriminado a nadie...

—No me estás escuchando, Douglas.

—Siempre he amado a Suzanna igual que a nuestros otros hijos... Sabes que es así —se justificó Douglas con voz colérica.

—Se trata de Athene.

—¿Qué?

—Tienes que dejar de comportarte como si el nombre de Athene fuera un insulto.

«No puedo ser buena persona —se dijo Vivi para sus adentros—. Rosemary ya me lo ha demostrado; pero, al menos, en esta cuestión actuaré como es debido. Me tragaré el orgullo y haré lo más apropiado.» De repente, recordó el modo en que le presentaron a Athene formalmente. Fue en la primera boda de Douglas, y la chica, exquisita y con un extraño aire espectral, ataviada con su magnífico vestido de boda, le había sonreído apenas y la había mirado traspasándola. Como si Vivi fuera invisible.

A sus pies el rugido agrícola se apagó, y perduró solo el sonido de la brisa, el distante zumbar de las abejas, el canto de los pájaros y el tráfico lejano.

La mano de Douglas se aferró a la de ella. Vivi abrió los ojos, notando la aspereza familiar, esos dedos rígidos rodeándole los suyos. Su marido tosió incómodo y se tapó la boca con su mano libre.

—No sé si va a ser fácil de explicar, Vee... pero no me has interpretado bien. Yo no la odio. A pesar de lo que hizo. —Douglas miró a su esposa, apretando las mandíbulas ante el recuerdo del dolor—. Tienes razón; nunca quise hablar de Athene... y no porque su recuerdo me inquietara, no porque temiera que Suzanna se sintiera distinta de los demás... Bueno, quizá en parte sí, pero sobre todo fue porque no quería herirte. Con intención o sin ella, Athene hirió a muchísimas personas. Tú, en cambio... Tú nos has protegido a todos, durante todos estos años. Lo arreglaste todo. Yo... —Douglas se quedó sin habla y se llevó una mano al pelo, más bien escaso—. Te quiero y lo sabes. —Sus dedos se cerraron en torno a los de ella—. Te quiero muchísimo; y no quería darle la oportunidad... No quería que ella te hiciera daño a ti también.

Llevaba un rato sentada fuera, las largas y pálidas piernas tendidas al sol, el rostro levantado hacia el infinito cielo azul, disfrutando con perversidad de la ausencia de clientela. La señora Creek había estado sentada ante un café con leche durante casi una hora, murmurando sombría y quejándose de la falta de galletas, mientras Jessie charlaba sobre un disfraz que tenía que haber cosido para una obra de teatro de la escuela hasta que Suzanna las despidió para que las dos mujeres pudieran marcharse juntas y dar comienzo a la labor. No era la tarde ideal para trabajar. Hacía muchísimo calor y el ambiente era demasiado húmedo. Era como si por culpa del sol costara tanto moverse que incluso el pensarlo siquiera requiriera un esfuerzo considerable. «En ciertos aspectos he perdido mis costumbres londinenses», musitó Suzanna, observando que los otros comerciantes también habían sacado las sillas fuera y holgazaneaban en los escalones, aparentemente sin preocuparse de la poca clientela, satisfechos de poder disfrutar del momento y las conversaciones con las personas que quizá, o quizá no, en algún momento futuro tal vez, decidirían comprar alguna cosa. Todavía le costaba trabajo explicarle ese panorama a Neil: en la capital las tiendas abrían y cerraban basándose en ganancias y pérdidas, se las juzgaba a partir de columnas de números y tenían que vérselas con conceptos como, por ejemplo, datos de afluencia, facturación y orientación. «En este lugar —pensó, recordando la conversación que había mantenido con Jessie—, eran como un servicio público. Un punto de encuentro para personas que a menudo vivían en islas apartadas.»

Cuando lo vio, con la larga zancada demasiado rápida y decidida para esa tarde soñolienta, se sentó sobre las piernas y se ajustó la camisa como si la hubieran pillado haciendo algo que no debía. Desde el otro lado de la calle él la saludó para indicarle que no era necesario que se levantara por su causa, pero cuando llegó a la tienda, Suzanna ya se había metido dentro y estaba llenando la cafetera en la fresca penumbra.

Le costó levantar la mirada al oírlo entrar. Al hacerlo, sin embargo, y con la expresión neutra, vio que Alejandro tenía un aspecto horroroso, iba sin afeitar y la fatiga ensombrecía sus ojos.

—¿Un espresso?

—Sí. No. ¿Todavía tienes té helado?

(Suzanna había introducido el té en su oferta cuando las ventas empezaron a menguar a causa del calor.)

—Sí, claro.

Para ser alguien cuyos movimientos en general eran muy mesurados, y de porte silencioso, parecía distraído e incapaz de estarse quieto.

—¿Te importa si fumo? —le preguntó él cuando Suzanna le sirvió el vaso alto.

—Si te lo llevas fuera, no.

Echó un vistazo al paquete de cigarrillos sin abrir que llevaba en la mano, luego a la luminosa calle y, a juzgar por el resultado, decidió cambiar de idea.

—¿No está Jessie?

—Ha ido a casa a coser un disfraz de margarita.

Alejandro arqueó las cejas pero sin mostrar interés por seguir hablando del tema, y Suzanna se sintió algo estúpida por haberlo mencionado. Se bebió el té helado a sedientos sorbos y luego le pidió otro.

Quizá fue a causa de la luminosidad exterior, pero en aquella penumbra la tienda parecía haberse encogido. Suzanna descubrió que era muy consciente de sus propios movimientos, del modo en que entraba y salía del mostrador, de la disposición de sus dedos al servirle el segundo vaso de té helado. Lo miró de tapadillo, fijándose en la camiseta arrugada y captando un cierto olor a sudor masculino. Comparado con los jabones de delicadas fragancias y el jarrón de fresias que había junto a la caja registradora, aquello era casi agresivamente masculino y perturbador. Deseó, de súbito, contar con la presencia de otros clientes.

—Fuma dentro, si quieres —le dijo en tono alegre—. Dejaré la puerta abierta.

Alejandro se acarició la barbilla.

—Tienes el aspecto de necesitarlo.

—No, no, de verdad. Si ya no fumo. No sé por qué los he comprado.

—¿Estás bien? —le preguntó Suzanna, acercándole el vaso.

Alejandro dejó escapar un suspiro profundo.

—¿Un mal turno?

—Algo parecido.

—Estaré fuera —dijo ella y, sin saber los motivos que la impulsaban a dejarle dentro de la tienda, regresó despacio fuera para tomar el sol.

Cualquier transeúnte, si hubiera habido alguno, habría jurado que Suzanna estaba relajada, apoyada en la mesa y sorbiendo un vaso de té helado, mientras observaba pasar a los habitantes del pueblo arriba y abajo, de camino a la plaza del mercado. Sin embargo, la mujer era dolorosamente consciente de cada minuto, sentía, o imaginaba que sentía, cada una de las miradas procedentes de la figura en sombras que había en el interior de la tienda clavándose en su cálida espalda. Por eso, cuando, al final, Alejandro salió y se sentó a su lado, tuvo que resistirse al impulso de exhalar, como si acabara de pasar un examen muy complicado.

—¿Quién es ella?

Suzanna advirtió que se le veía más tranquilo. El brillo casi maníaco de sus ojos se había disipado.

—La chica del cuadro, me refiero. No eres tú. ¿Es tu hermana?

—No, es mi madre. Mi verdadera madre. —Las palabras, por primera vez, le salieron directas.

—¿No tienes el cuadro en casa?

—Es complicado. —Advirtió que Alejandro no le quitaba la vista de encima—. Estaba en casa de mi familia. En la casa de mi padre, que se volvió a casar. No obstante, cuando me mudé al pueblo, me lo regalaron.

—¿No querían tenerla en casa?

—Pues no estoy segura de que se trate de eso exactamente…

—Eres tú quien no la quiere en casa entonces.

—Tampoco es eso… Hay… Lo que ocurre es que ella ya no pertenece a ningún lugar.

La conversación ya no le parecía tan agradable. Suzanna deseó haber dejado el retrato de cara a la pared. Se revolvió en su asiento, cogió el sombrero de ala ancha que siempre tenía a mano para protegerse la piel y se lo puso, de tal modo que el rostro le quedó en sombra.

—Lo siento. No quería ofenderte…

—No, no pasa nada. Probablemente Jessie te lo debe de haber contado. Sé que Jessie te cuenta… le cuenta muchas cosas a la gente. Resulta que mi padre y yo tenemos una relación bastante complicada; y las cosas andan bastante mal por el momento.

Alejandro movió la silla para situarse frente a ella. Suzanna cambió un poco de posición, consciente de que podría parecer grosero seguir con la espalda pegada a la pared. Se debatía entre dos sensaciones contradictorias: la de querer alejarse de él y, a la vez, una necesidad casi fundamental de explicarse.

—Tiene que ver con la herencia —dijo al final—. Con lo que le toca a cada uno.

Alejandro la miraba sin parpadear.

—Mi familia posee una gran propiedad en esta zona. Mi padre no quiere que yo la herede, e irá destinada a mi hermano pequeño. Quizá en Argentina seguís también esa costumbre.

—En Argentina ni se discute —dijo Alejandro, sonriendo con ironía—. Los hijos se lo llevan todo.

—Obviamente, nací en el país equivocado. O yo o mi padre.

—¿Te molesta?

—Crees que es por codicia, ¿verdad? —apuntó Suzanna, algo avergonzada—. El hecho de que me moleste tanto no heredar algo que no me he ganado yo a pulso.

—No, no.

Suzanna escuchó el eco de sus propias palabras, como intentando calibrar la impresión que harían en él.

—No soy una persona avariciosa.

Alejandro esperó a que siguiera hablando.

—Me gusta todo lo bueno, claro está, pero no se trata de dinero en mi caso. Se trata del modo en que él me considera.

Suzanna encontró casi insoportable la intensidad de su atención. Bajó la vista y se percató de que había terminado su bebida.

—A veces pienso que todo esto sucede porque me parezco a ella. He visto otros retratos, ¿sabes?, fotografías… y soy exactamente como ella. —Suzanna se quedó contemplando sus blancas extremidades, que jamás se bronceaban, y las puntas de su pelo oscuro y lacio, apenas visibles, cayéndole sueltas sobre los hombros.

—¿Y qué?

—Creo que me pasa factura.

Alejandro le tocó la mano, tan levemente que después ella no podía dejar de mirar el lugar donde su piel había entrado en contacto, como si no estuviera muy segura de lo que había sucedido.

—¿Por no ser tu madre?

Los ojos de Suzanna se inundaron de lágrimas inexplicablemente. Se mordió el labio, intentando ahogarlas.

—No lo comprenderías —dijo medio riendo, extrañándose de esa muestra de emotividad.

—Suzanna.

—Por ser responsable…, de hecho. Responsable de su muerte. Yo fui la razón por la cual ella murió, a fin de cuentas. —La voz de Suzanna había adoptado un tono duro, crispado, y su cara se contraía desmintiendo su sonrisa—. Murió en el parto, ¿sabes? Nadie habla nunca de ello, pero fue así. Todavía viviría si no hubiera sido por mí. —Se frotó la nariz con aire despectivo.

»Lo siento —se apresuró a decir Suzanna unos instantes más tarde—. No sé por qué te lo cuento. Supongo que es debido a que eres comadrón; y debes de haberlo vivido… En fin. Por lo general, no me da tan fuerte.

La calle estaba vacía y el sol rebotaba metálico en los adoquines. Suzanna lo miró de frente, con una sonrisa valiente y franca.

—Y hay una herencia de por medio, ¿eh?

Por razones que ella no alcanzó a comprender, Alejandro le cogió la mano con suavidad y la retuvo entre las de él, agachó la cabeza hasta tocar los dedos que ambos tenían entrelazados y se quedó inmóvil, como si le suplicara. Suzanna notó la piel de su frente, la dureza eléctrica del hueso del cráneo, y sus lágrimas se evaporaron ante la extrañeza de su gesto.

Cuando Alejandro terminó por levantar la vista, ella pensó que se disculparía pero, en cambio, el hombre asintió, casi de un modo imperceptible, como si eso fuera algo que él ya supiera y hubiera estado esperando todo ese tiempo a que ella se lo contara.

Suzanna, olvidando las normas de cortesía, retiró la mano, llevándosela al pecho como si le quemara.

—Yo… Creo que iré a buscar un poco más de té —dijo y se apresuró a entrar en la seguridad de su tienda.

Alejandro se dirigía hacia el hospital, avanzando como si se moviera en una sustancia pegajosa. Estaba a casi dos kilómetros y medio y se sentía tan cansado que le venían náuseas. Tomó el atajo, que atravesaba la propiedad Dere, mientras movía los pies automáticamente sobre la calzada recalentada. Ella gritó su nombre tres veces antes de que la oyera.

—¡Madre mía! ¡Estás hecho polvo! —Jessie y su hija iban cogidas de la mano, con el rostro alegre y diáfano como el sol. Se sintió aliviado al verlas, tan sencillas y buenas—. Hemos estado haciendo vestidos para la obra de fin de curso. La señora Creek nos ha echado una mano.

Emma llevaba una bolsa de plástico.

—Ahora íbamos al parque. Ven, si quieres. Empujarás el columpio de Emma. De momento, eso de empujar no está hecho para mí —dijo Jessie—. Me he dado un golpe en el brazo.

Alejandro se sintió tentado a hacer algún comentario al respecto. (Llevaba tiempo pensándolo.) Sin embargo, no tenía la cabeza clara y no confiaba en su capacidad de raciocinio.

—Lo siento. No te había oído.

El pelo de ella brillaba con destellos negroazulados bajo el sol de la tarde. Sus ojos aguamarina, cuando levantó la vista para mirarlo, denotaban enojo, como si le estuviera riñendo por haber transgredido algún límite anterior. Todavía podía sentir la piel de ella contra la suya, la transparencia fresca de aquella piel, semejante al rocío.

—Apenas puedes tenerte en pie, pobrecito —le dijo Jessie, cogiéndolo por el brazo—. Mírale, Ems. Se duerme de pie. ¿Por qué no vas a casa?

—Tu piel pica. —La niña iba dando vueltas a un pilar y daba pataditas con la incansable exuberancia de la juventud, tirando de ellos en dirección a los equipamientos de vivos colores de los jardincillos, apenas visibles tras los árboles.

«No la conocía de antes —pensó Alejandro—. Sé que es imposible que la conociera. Lo que no entiendo es por qué…»

—¿Qué niños has traído al mundo hoy?

Jess le acarició el pelo a su hija.

—Déjalo, Ems. Hoy está demasiado cansado para hablar de bebés. Ve, Ale. Ve a casa. A dormir.

—No sé… —musitó para sus adentros, con una voz tan queda que, cuando más tarde Jessie se lo contó a su madre, confesó no haber estado segura de qué le había dicho en aquel momento; y ni siquiera de haber comprendido el significado de sus palabras.

—Creo que no sé dónde está mi hogar.

Llegó a casa mucho después de Neil, en el momento preciso en que las sombras empezaban a alargarse, la tarde estival y clara habiendo durado casi hasta la indecencia. La casita de campo, a pesar de lo poco que se había esforzado en ella, ofrecía un aspecto idílico, las clemátides caían exuberantes sobre el porche de vigas, la quemada luz del sol ladeaba las plantas perennes, que insistían en obligarse a sobresalir de las jardineras, y las pulsátilas, las alquimilas, las digitalis, de un púrpura intenso, rosa y azul, no acusaban el castigo de no haber sido desbrozadas ni fertilizadas.

No vio nada. Se limitó a entrar y lo encontró en la casa, con los pies descansando sobre la mesita de centro y los ojos fijos en la televisión.

—Estaba a punto de llamarte —dijo Neil, cogiendo el mando a distancia—. O bien (a) estás atrapada en un atasco, (b) has estado vendiendo objetos navideños sin decirme que empezabas la campaña, o bien (c) te has quedado atrapada bajo un mueble inmenso y no has podido llegar al teléfono. —Apartó los ojos de la televisión y le sonrió, enviándole un beso—. La cena está en el horno. Pensé que a lo mejor regresarías hambrienta. Siento haber comido ya.

—¿Qué es?

—Nada del otro mundo. Espaguetis a la boloñesa de lata. No me sentía muy inspirado.

—La verdad es que no tengo nada de hambre. —Empezó a quitarse los zapatos, preguntándose qué pensarían los demás si se dieran cuenta de que la simple visión de ese hombre sentado en el sofá con aire satisfecho la tenía desquiciada, aun cuando le había preparado la cena. «¿A que es buena persona?» Casi podía oír a sus padres exclamándose el uno al otro. «Hasta cocina para ella. No creo que se dé cuenta de la suerte que tiene.» Suzanna se quedó inmóvil en la cocina durante unos instantes, apoyada en el mármol, obligándose a mostrarse agradable, riñéndose por haber advertido, como siempre le ocurría, las migas del desayuno, las cortinas floreadas que odiaba y que no podía obligarse a sustituir (porque eso implicaría realizar una inversión emocional en el lugar), las sartenes y las superficies embadurnadas y salpicadas que delataban las aventuras culinarias de su marido. «¿Siempre seré tan horrible? —se preguntaba a sí misma—. ¿Siempre estaré tan insatisfecha?»

—Si quieres coger una copa —gritó Neil desde la otra habitación—, hay una botella de vino abierta.

Suzanna abrió un armario, cogió una copa por el pie y se dirigió a la sala de estar. Se sentó junto a él, en el sofá, y su marido le dio unos golpecitos en el muslo.

—Ya está.

—¿Qué tiempo ha hecho hoy por aquí? En Londres hacía un día fantástico. Al menos, durante la hora que he podido salir.

—Muy bueno. Ha hecho bastante calor.

—Todo estaba precioso cuando he vuelto a casa. Mira a ese tipo. Está histérico. —Neil se rió. Le había dado el sol. Empezaban a salirle pecas.

Suzanna seguía sentada, impertérrita ante el humorista de la pantalla, bebiendo a sorbitos el vino que él le había servido.

—Neil, ¿alguna vez te preocupa nuestra relación?

Él apartó la vista del televisor un segundo más tarde de lo debido, como si comprendiera con reticencia que iban a mantener Una de Esas Conversaciones, y deseando en secreto no formar parte de ella.

—Pues ya no. ¿Por qué? ¿Debería preocuparme?

—No.

—Supongo que no planeas fugarte con el granjero del final de la calle, ¿no?

—Hablo en serio. ¿No te preguntas nunca... si ya está? ¿Si es todo lo que vamos a lograr?

—¿Qué quieres decir con eso?

—No lo sé. Hablo de felicidad, aventura, pasión... —Suzanna pronunció la última palabra consciente de que su marido podría interpretar en ella alguna especie de invitación. Advirtió, sin embargo, que él se esforzaba en contener un suspiro; o quizá un bostezo.

—No estoy seguro de seguirte —replicó Neil, con los ojos emperrados en ver la televisión.

—Mira nuestro matrimonio, Neil. Es como si fuéramos ancianos, y no tengo la sensación de haber vivido unos comienzos excitantes. —Suzanna aguardó, controlando su reacción, retándolo a seguir mirando la tele.

—¿Me estás diciendo que eres desgraciada?

—No digo nada. Solo... Me preguntaba tan solo qué pensabas tú. De nosotros. Si eras feliz.

Neil cogió el mando a distancia y apagó el televisor.

—¿Que si soy feliz? No sé... Soy más feliz que antes.

—¿Y te basta con eso?

Su marido hizo un gesto de incredulidad, producto de su irritación.

—Creo que no sé qué clase de respuesta andas buscando.

Suzanna hizo una mueca, insegura.

—¿No piensas nunca, Suze, que está en tu mano ser feliz o infeliz?

—¿Qué?

—¡Tantas preguntas! ¡Tanto analizarte! ¿Soy feliz? ¿Estoy triste? ¿Me basta con esto? ¿Acaso crees que puedes estar preocupándote por todo hasta el día en que te mueras? Es… Es como si siempre anduvieras buscando cosas de las que preocuparte, siempre juzgándote según el patrón de los demás.

—No es cierto.

—¿Es por culpa de Nadine y Alistair?

—No.

—Su historia fue un accidente que tardó años en ocurrir. No me dirás que no te habías dado cuenta cuando estábamos con ellos. Llegó un momento en el que solo se comunicaban a través de la canguro.

—No es por causa de ellos.

—¿No podemos disfrutar del presente? ¿Del hecho de que, por primera vez desde hace mil años, somos solventes, tenemos empleo los dos y un lugar precioso donde vivir? Suzanna, no tenemos ninguna enfermedad. No hay malas perspectivas en el horizonte, solo cosas buenas, la tienda, el bebé, nuestro futuro. Creo que deberíamos dar las gracias por todas estas bendiciones.

—Ya lo hago.

—Pues entonces, ¿no podríamos centrarnos en eso y dejar de buscar problemas? ¿Solo por una vez?

Suzanna le sostuvo la mirada hasta que él, de nuevo confiado, se situó frente al televisor y lo encendió con el mando a distancia.

—Claro —dijo Suzanna, levantándose para marcharse con sigilo hacia la cocina.

17

El verano había descendido sobre el pueblecito, provocando que Dere Hampton se abandonara con suavidad a su abrazo bochornoso. Las estrechas calles transpiraban y se cocían, los coches circulaban perezosos por la plaza del pueblo, con los neumáticos pegados al asfalto derretido. Grupos de turistas americanos de calzado recalentado se detenían a contemplar las fachadas enlucidas, profiriendo exclamaciones con las guías de bolsillo abiertas. En la plaza, los tenderos del mercado se sentaban bajo entoldados, bebiendo refrescos de lata, mientras los perros viejos yacían en medio de las aceras, con la lengua colgando, rosa y grosera, contra el polvo.

La tienda estaba en silencio: los más acomodados se habían marchado de vacaciones a otros pueblecitos tranquilos; y los demás pasaban el rato guiando a los niños, que habían medio enloquecido de libertad por las seis semanas de que disponían antes de someterse de nuevo a su intensiva escolarización. Suzanna y Jessie, moviéndose a ritmo pausado, limpiaban estanterías y cristales, reordenaban los artículos expuestos, charlaban con los turistas y preparaban jarras de té helado, que se iban aguando por culpa de los cubitos de hielo a medida que la tarde se consumía.

Suzanna empezaba a sentirse cada vez más insatisfecha por el aspecto de la tienda, y furiosa consigo misma por no saber discernir dónde se encontraba el fallo. Una mañana colgaron el letrero de «Cerrado», trasladaron las mesas y las sillas al otro extremo y contrataron a un manitas que conocía el padre Lenny para que cambiara los estantes al lado opuesto de la tienda. El aspecto final no fue lo previsto, y Suzanna le pagó al hombre la misma cantidad para que lo volviera a dejar todo igual (y para desesperación de Neil, el día que se dedicó a revisar los libros). Decidió no dedicarse más a la joyería (más de una pieza «había desaparecido», al ser de un tamaño tan reducido que era fácil deslizarla en el bolsillo mientras ella estaba atareada haciendo café) y dejó el muestrario en el subterráneo. Acabado el traslado, nada menos que tres mujeres entraron por separado pidiendo gargantillas de diseño. Empapeló los testamentos y los sustituyó por unos mapas en color del norte de África. Luego pintó la pared del fondo de un turquesa pálido e inmediatamente se arrepintió de haber elegido ese color. Mientras tanto, Athene seguía en su marco, apoyada en los escalones del sótano, con una sonrisa tan enigmática como la de Mona Lisa, inapropiada para colgar de la pared de la tienda y también para llevársela a casa, recordatorio constante de la incapacidad de Suzanna a la hora de modelar su mundo de un modo satisfactorio.

Finalmente, afectada por una especie de locura, se tomó un sábado libre para ir a Londres. Tenía pensado encontrarse con Nadine pero, siguiendo un impulso repentino, se excusó diciendo que tenía una emergencia familiar y se marchó a Bond Street, donde, entrando y saliendo de las tiendas a una velocidad inusual con aquella temperatura, compró dos pares de sandalias de verano, de las cuales solo una podía afirmar a ciencia cierta que le calzaba bien, una camisa gris de manga corta, unos pendientes, un nuevo par de gafas de marca y un traje de lino azul pálido que podría resultarle práctico en caso de tener que asistir a una boda. También compró una botella de su perfume favorito, una hidratante escandalosamente cara y un nuevo pintalabios de un tono que había visto en alguna revista de famosos. Lo cargó todo, salvo la camisa, a la tarjeta de crédito que Neil creía que estaba anulada. Lo pagaría a plazos, se dijo a sí misma para tranquilizarse, y tuvo que obligarse a dejar de llorar cuando regresaba a casa en tren.

Alejandro no apareció durante tres días y luego vino a diario. A veces Suzanna salía del sótano y se lo encontraba sentado, con el rostro moreno y aguileño expectante, como si hubiera estado aguardando, y ella solía ruborizarse y disimular su confusión con algún comentario hecho en voz demasiado alta sobre el tiempo, el nivel de café que había en la cafetera y el desorden que presidía la tienda. Luego se quedaba en silencio, tímida, reviviendo con rabia su reacción fallida en la imaginación, pensando que había actuado como una boba.

Si Jessie andaba cerca, Suzanna no decía gran cosa, satisfecha de escuchar su intercambio y almacenar los fragmentos de información que Jessie era capaz de extraerle: que su padre había escrito, que había preparado una comida inglesa, que en la sala de la maternidad una «madre» había ingresado la tarde anterior gestando nada más y nada menos que un almohadón bajo el camisón... A veces Suzanna notaba que a través de Jessie le contaba cosas de sí mismo, mostrándose ante ella a pedacitos. En ocasiones descubría que ella hacía lo mismo, se mostraba inusualmente comunicativa, sencillamente porque existían facetas de su persona que deseaba que él viera: las mejores, las que la convertían en alguien más atractivo y más centrado que la persona que, sospechaba, él creía que era.

En distintas ocasiones Alejandro entró en la tienda cuando Jessie había salido para almorzar, y Suzanna se sintió casi incapacitada por la torpeza. Aun cuando estuvieran presentes otros clientes, curiosamente se sentía a solas con él y tendía a tartamudear y encontrar cosas de las que ocuparse, con lo cual apenas disponía de tiempo para charlar y luego maldecía furiosa cuando él se iba. De vez en cuando, quizá cuando Alejandro aparecía enfrascado con un periódico o un libro, Suzanna lograba controlarse y, poco a poco, iniciaban una conversación, que en ocasiones duraba la hora entera, hasta que Jessie regresaba.

Una vez Alejandro le dijo que quería visitar el museo del pueblo, una serie de salas atiborradas que daban fe de la truculentísima historia medieval de Dere, y ella lo acompañó, cerró la tienda durante toda una hora para poder entretenerse entre las vitrinas polvorientas y Alejandro le contó cosas de su propia historia y de la de Buenos Aires. Quizá no era la mejor de las estrategias comerciales pero resultaba positivo obtener la fresca visión del enfoque ajeno. Para recordar que existían otras maneras de vivir y otros lugares también.

Cuando él sonreía, su rostro entero se transformaba.

Sí, era fantástico tener un nuevo amigo. Suzanna estaba segurísima de que alguien le había dicho en una ocasión que no se podían tener demasiados.

Jessie estaba en el escaparate, colgando farolillos chinos alrededor de los artículos expuestos y saludando con la mano de vez en cuando a los transeúntes cuando, de repente, alzó la voz:

—Tu viejo se dirige hacia aquí.

—¿Mi padre?

—No. Tu marido. Lo siento. —Jessie rectificó, sonriendo, con la boca llena de alfileres—. Olvidaba que perteneces a las clases pudientes.

—¿Qué querrá? —preguntó Suzanna, quien, al acercarse a la puerta vio que Neil la saludaba de lejos.

—Me han anulado una reunión. No tengo que volver al despacho hasta la hora del almuerzo —le dijo, besándola en la mejilla.

Neil se quitó la chaqueta del traje y se la colgó al hombro. Echó un vistazo a las mesas de los clientes que conversaban y luego a la pared que había junto al mostrador.

—La tienda está preciosa. ¿Dónde ha ido a parar el retrato?

—Aunque te lo cuente, no te lo vas a creer. —Ni siquiera ella sabía a ciencia cierta qué pensar. Sus padres vinieron dos días antes porque habían decidido, al parecer, que el cuadro requería atención—. Treinta años pudriéndose en la buhardilla y ahora, de súbito, necesitan restaurarlo «urgentemente».

Habían actuado de un modo extraño. Su padre la había besado y le había dicho que la tienda tenía un aspecto magnífico. Su madre, cosa poco habitual en ella, casi no dijo ni una sola palabra, sino que se mantuvo algo retirada, sonriendo, como si hubiera maquinado la escena. Le confió que su padre había accedido a comprar una aspiradora. «Lo que no comprendo es cómo habéis tardado tanto», le dijo Suzanna. No lo mencionaron, pero ella tuvo que esforzarse por alejar la sospecha de que utilizaban el cuadro para mirar de engatusarla y conseguir que se olvidara del testamento.

—Dime, ¿qué haces aquí exactamente? —le preguntó a Neil.

—¿Necesito una excusa? He pensado que podría venir a tomar un café con mi esposa antes de marcharme.

—¡Qué romántico! —dijo Jessie, tensando una cinta—. Lo siguiente que te regalará será un ramo de flores.

—A Suzanna no le gustan las flores —dijo Neil, sentándose en el mostrador—. Implica que tiene que limpiar un jarrón.

—Mientras que las joyas...

—No, no. Para conseguir una joya, tiene que ganársela. Hay todo un sistema de puntos que tiene que conseguir.

—Entonces no preguntaré qué tuvo que hacer para que le regalaras ese anillo de diamantes.

—¡Ja! Si eso estuviera cuantificado en el sistema de puntos, ahora llevaría puestos los anillos de las latas.

—Muy graciosos, los dos —les cortó Suzanna, llenando la cafetera—. Cualquiera diría que el feminismo todavía no se ha inventado.

Solo se habían visto tres veces, pero Suzanna pensaba que Neil debía de andar enamoriscado de Jessie. No le importaba: casi todos los hombres que conocía se sentían atraídos por ella, en distinta medida. Jessie poseía ese aire alegre y falto de complicaciones que tanto atrae al género masculino. Era bonita como las muchachas, con su piel de melocotón y su sonrisa dulce. Despertaba, por consiguiente, la testosterona que les caracterizaba: su altura y su fragilidad despertaba en los hombres más insospechados actitudes primitivas y protectoras. Al menos, la mayoría. Por añadidura, lograba sacar partido del sentido del humor de Neil, cualidad que probablemente su marido pensaba que se malograba en casa.

—Nunca te había considerado una manifestante de las que queman el sujetador, Suzanna.

—Yo no describiría a mi mujer como una militante... A menos que tengamos en cuenta el día en que olvidaron abrir Harvey Nichols a la hora establecida.

—Algunos trabajamos para ganarnos la vida —dijo Suzanna, ofreciéndole el café—, y no como otros, que se pasan el día sentados bebiendo café.

—¿Trabajar? —Neil arqueó las cejas—. ¿Cotillear en tu tienda es trabajar? Yo no diría que eso sea darle al pico y a la pala.

—Mientras que vender productos financieros requiere un doble para las escenas arriesgadas, obviamente —replicó Suzanna, apretando la mandíbula en un gesto involuntario—. Nadie estaba cotilleando, cariño, hasta que llegaste tú. —El «cariño» habría podido cortar el cristal.

—¡Ah! Hablando de cotilleos, ¿sabéis qué? Nuestro gaucho no es gay. Tenía una novia en Argentina. Parece ser que casada. —Jessie había vuelto a subirse al escaparate y estaba ordenándolo, sentada sobre las piernas flexionadas, como si fuera un gato.

—¿Qué? ¿Que él estaba casado?

—No, no. Su novia. Con alguna estrella argentina de la televisión. Nadie lo diría, ¿verdad?

—¿Vuestro gaucho?

—Es un hombre que trabaja de comadrón y viene por aquí. Es de Argentina. Ya sé que parece increíble, ¿verdad?

—Ese tipo es un fenómeno —comentó Neil, haciendo una mueca—. ¿Qué clase de hombre querría pasar la jornada laboral haciendo eso?

—¿No eras tú quien tanto se interesaba por los partos?

—Por el parto de mi propia mujer, sí, pero todavía pienso que preferiría encontrarme en la cabecera, ya me entiendes…

—Eres patético.

—Ahora bien, todo un ginecólogo veterano, eso es distinto. Puedo entender que eso revista algún atractivo. Aunque no logro comprender cuál es el momento en que te pones a trabajar.

Jessie prorrumpió en risitas. Suzanna se moría de vergüenza.

—Menudo elemento, ¿eh? Me refiero a Alejandro. Jason siempre dice que los callados son los peores.

—¿Cómo sabes todas esas cosas?

—Oh… Me lo encontré en el parque el domingo, cuando fui a llevar a Emma. Me senté en su banco y empezamos a charlar.

—¿Qué hacía ahí?

—Nada, o al menos eso me pareció. Disfrutaba del sol. En realidad, tampoco diría que disfrutara. Se le veía muy desgraciado hasta que llegué yo. —Levantó la mirada hacia Suzanna—. Estaba rumiando, como los latinos, ¿sabes?

—Creía que las comadronas tenían que ser mujeres —intervino Neil, sorbiendo el café—. No creo que yo quisiera un comadrón si fuera a tener un bebé.

—Si fueras a tener un bebé, esa sería la última de tus preocupaciones —le espetó Suzanna, quien empezó a pegar polaroids de clientes encima de los mapas del norte de África.

—No creo que a ti te gustara tener un comadrón, si lo piensas detenidamente.

—Si estuviera a punto de pasar por el infierno de empujar a todo un ser humano para que saliera de mis entrañas, la decisión sería completamente mía, la verdad.

—Voy a buscar a esa mujer en Internet, para ver qué aspecto tiene. Me dijo su nombre, pero también me dijo que no me sonaría. —Jessie apoyó la escalera de mano contra la pared.

—¿Todavía está enamorado de ella? —preguntó Suzanna.

—No me lo comentó pero ¿sabes qué, Suze? Tengo la secreta sospecha de que es de esos a quienes les gustan las casadas.

—Creía que habíais dicho que aquí no se cotilleaba —se mofó Neil.

—Porque así no tienen que comprometerse emocionalmente.

—¿Qué quieres decir? —Suzanna observaba a Jessie mientras esta última maniobraba con la escalera de mano para devolverla al sótano.

—Bueno, es bastante retraído, ¿no? No te lo imaginas persiguiendo a alguien ni perdido en los embates de la pasión. Hay hombres a quienes les gusta acostarse con mujeres que ya están comprometidas con otro. Se sienten más seguros. La mujer no les exigirá nada en el terreno emocional. ¿Tengo o no tengo razón, Neil?

—No es mala estrategia. Claro que no es la que yo ponía en práctica.

—Lees demasiadas revistas —dijo Suzanna con desdén, intentando ocultar el rubor que le subía a las mejillas.

—Eres tú quien las deja a la vista. —Jessie colgó el bolso del gancho que había en la puerta del sótano y desplegó un delantal blanco almidonado—. Lo ha hecho la señora Creek. ¿A que es bonito? ¿Quieres que le diga que haga uno para ti?

—No. Sí. Como quieras.

Jessie se ató las cintas a la cintura y luego pasó la mano por encima del delantal, alisándolo.

—¡Fíjate! La señora que ha venido con esos niños quiere que la sirvan. Ya iré yo… No, él no es para mí. Demasiado… No sé. La verdad es que los hombres me gustan un poco más vivarachos.

Calló y echó un vistazo a Suzanna, quien esquivó su mirada. Neil estaba hojeando un periódico y no captó el doble sentido de las palabras de Jessie ni que su mujer, después de sonreír incómoda a su amiga para disimular el desasosiego, se atareó con una caja de pergaminos que había bajo el mostrador más minutos de los estrictamente necesarios para terminar la tarea.

Aquello nada tenía que ver con Jason, a pesar de la torpeza de Jessie con las palabras. Ni siquiera con Neil. Las dos mujeres no dijeron nada más, pero ambas se dieron por aludidas.

Arturro había echado a los jóvenes de su tienda. Tal cual, sin aviso previo, sin indemnización por cese, nada. La señora Creek fue la primera en descubrirlo, de camino al mercado. Se lo contó un poco después de que Neil se hubiera marchado.

—Oí un griterío indecible, y Arturro echaba humo como un toro embravecido. Iba a entrar para pedir un poco de ese queso tan bueno, el que lleva pedacitos de albaricoque, pero si he de ser franca, pensé que sería mejor esperar a que el hombre tuviera la oportunidad de calmarse.

Jessie y Suzanna la escuchaban inmóviles, con la misma postura con que habían empezado a seguir el relato de la señora Creek (la cual lo alargó un tiempo considerable, añadiendo inflexiones y gesticulaciones, aprovechando al máximo ese público inesperadamente embebido en su narración). Cuando terminó, las dos mujeres intercambiaron una mirada.

—Ya iré yo —dijo Jessie.

—Yo vigilaré por si se acerca Arturro —propuso Suzanna.

Ese día el charcutero todavía no había aparecido por la tienda.

Jessie fue a la boutique de Liliane, no para entrometerse, desde luego, sino solo a tomar el pulso a la situación, tal como explicó, a descubrir lo que estaba pasando. Al principio, Jessie pensó que la señora Creek debía de estar exagerando. Liliane, aunque reservada como siempre, se mostraba tan controlada y educada como era habitual en ella. Sin embargo, cuando Jessie mencionó la charcutería, saltó a la defensiva.

—Ya no voy allí. Hay personas en este pueblo que consideran bastante incorrecto el modo que tienen de tratar a la clientela. Muy incorrecto, diría yo.

—¿Ha pasado algo? —la presionó Jessie.

—Digamos que hay personas de las que cabría esperar que se comportaran como caballeros pero a quienes no les importa en absoluto gastar bromas que son más apropiadas para el patio de una escuela —sentenció Liliane con una mueca de despecho y la mandíbula tan tensa como su peinado.

—¡Maldita sea! —exclamó Jessie al volver a Emporio Peacock—. Esto me da muy mala espina.

—¿Confesamos? —propuso Suzanna, sintiendo un vago mareo.

—Si los chicos han perdido su empleo, supongo que tendremos que hacerlo. Es culpa nuestra.

Suzanna pensó en los dependientes de la charcutería, preguntándose cómo podía sentirse tan distante de aquellos jóvenes que en el pasado habían poblado la parte más morbosa de su imaginación.

—Ve tú.

—No. Ve tú.

Suzanna y Jessie se reían por culpa de los nervios.

—Fue idea tuya.

—Pero tú compraste las almendras garrapiñadas. Todo iba bien hasta que decidiste comprar almendras garrapiñadas.

—No puedo creer que tenga treinta y cinco años y me sienta como si tuviera que ir a ver a la directora de la escuela… No puedo, de verdad. No puedo. —Suzanna se apoyó en el mostrador, enfrascada en sus propios pensamientos—. ¿Y si te pago? —le propuso, riéndose de nuevo.

Jessie se llevó las manos a la cintura.

—Diez mil; y no rebajaré la cifra.

Suzanna ahogó un grito con sentido teatral.

—Ya lo sé… No hace falta que me lo digas… Una se encarga de Arturro y la otra, de Liliane.

—Pero tú los conoces mejor que yo.

—Por eso arriesgo más que tú.

—Ella me da miedo. Creo que no le gusto nada. Sobre todo desde que empecé a vender esas camisetas. Piensa que le robo el mercado.

—¿Por qué? ¿Qué te ha dicho?

—No es lo que dice, es cómo las mira cuando entra en la tienda.

—Suzanna Peacock, das pena. Tienes casi diez años más que yo y...

—De hecho, nueve. Tengo treinta y cinco años, solo treinta y cinco.

—Neil dice que tienes treinta y cinco desde hace diez años.

El miedo las había puesto histéricas. Se agarraron la una a la otra, con la mirada extraviada y sin poder contener una risita atolondrada.

—Oh, está bien. Ya iré... Iré mañana, si permites que me marche antes esta tarde. Necesito llevarme a Emma de compras. Le hacen falta unos zapatos; y luego ya no podré ir porque tengo que asistir a la escuela nocturna.

—Eso es chantaje.

—¿Quieres que hable con Arturro o no? Pues entonces me lo debes, señora influyente. Mañana será el día. —Jessie empezó a escribir en unas etiquetas con un bolígrafo de color fucsia—. Y solo en el caso de que no se haya aplacado y haya vuelto a contratarlos.

No obstante, al día siguiente Jessie no fue a la tienda. Suzanna estaba en casa, secándose el pelo, cuando sonó el teléfono.

—Lo siento —le dijo Jessie con una voz apagada como no era usual en ella—. Sabes que en otras circunstancias no te habría fallado pero hoy no podré ir.

—¿Es por Emma? —Suzanna empezó a calcular mentalmente sus horarios. Tenía pensado ir en coche a Ipswich para encontrarse con un proveedor. Tendría que cambiar de planes.

Hubo una pausa en la conversación.

—No, no. Emma está bien.

—¿Qué tienes entonces? ¿Un resfriado? Este verano está resultando muy extraño. El padre Lenny me comentó ayer que se sentía un poco raro; y esa mujer, la de los perros. —Si llamaba al proveedor enseguida, podría cancelar la cita sin demasiados problemas. De otro modo, se vería obligada a cerrar la tienda durante toda la mañana.

—¿Sabes qué? Es posible que necesite un par de días…

De repente, Suzanna concentró su atención en la voz que sonaba al otro lado de la línea.

—¿Jess? ¿Estás bien?

Se hizo un silencio.

—¿Necesitas… quieres que te lleve al médico ahora mismo?

—Solo necesitaré un par de días. Te prometo que no volveré a defraudarte.

—No seas ridícula. ¿Qué pasa? ¿Estás enferma?

Tras un breve silencio, Jessie volvió a retomar la palabra.

—No montes un numerito, Suze, por favor.

Suzanna siguió sentada, mirando fijamente su mesilla de noche, con el secador todavía en la mano. Dejó el electrodoméstico al cabo de un segundo y cambió el auricular de lado.

—¿Te ha hecho daño? —le preguntó en un suspiro.

—Tiene peor aspecto de lo que es en realidad pero no estoy muy atractiva que digamos. No es el estilo que acostumbran llevar las dependientas modernitas como yo —dijo Jessie, reuniendo fuerzas para prorrumpir en una carcajada sardónica.

—¿Qué te ha hecho?

—¡Oh, Suze, por favor, déjalo! Las cosas se le han descontrolado un poco. Se someterá a terapia para controlar la rabia. Esta vez me lo ha prometido.

El pequeño dormitorio resultaba gélido.

—No puedes seguir actuando así, Jess.

—Me las arreglo, ¿vale? —protestó Jessie con una voz áspera—. Ahora, hazme un favor, Suzanna. Déjalo correr; y si mi madre pasa por la tienda, no le digas nada. Dile que he salido a ver a un cliente o invéntate lo que te parezca mejor. No quiero que me suelte uno de sus discursitos.

—Jess, yo…

La línea se cortó.

Suzanna permaneció sentada en la cama, mirando a la pared. Luego se cepilló el pelo mojado y se lo ató en una cola de caballo, bajó deprisa, cogió las llaves y recorrió la corta distancia que la separaba del centro de Dere Hampton.

En lo que concernía a Suzanna, las ventajas de vivir en un pueblecito tan pequeño eran bastante limitadas, pero una de las que resultaban innegables era el hecho de que no había muchos lugares donde la gente pudiera acudir. Encontró al padre Lenny, por consiguiente, en el salón de té, a punto de hincar el diente a un bocadillo de beicon. Cuando el sacerdote la vio, agachó la cabeza haciendo broma, como si lo hubieran atrapado cometiendo una deslealtad.

—Luego vendré a tomar mi café habitual —se excusó, mientras ella se sentaba enfrente—. Lo prometo. Es solo que, de vez en cuando, tengo que comprobar qué tal anda la competencia.

Suzanna se obligó a sonreír e intentó parecer más desenvuelta de lo que en realidad estaba.

—Padre Lenny, ¿sabe usted dónde vive Jessie?

—En el complejo Meadville. Al lado de su madre. ¿Por qué?

Suzanna recordó la advertencia de Jessie.

—Por nada. Se ha quedado en casa por culpa de un resfriado, y olvidé preguntarle una cosa de un pedido. Se me ha ocurrido pasar por allí y llevarle unas flores. Así mataré dos pájaros de un tiro, ya me comprende —explicó Suzanna, sonriendo con confianza.

El padre Lenny la escrutó con la mirada y, al parecer, cuando reunió las respuestas que buscaba, hundió la vista en el plato, donde tenía el bocadillo de beicon.

—¿Tan fuerte es su resfriado? —le preguntó comedido.

—Pues no lo sé... Creo que tendrá que quedarse en casa durante unos días.

El padre asintió, como si digiriera la información.

—¿Quieres que te acompañe? —preguntó con tacto—. No tengo muchas cosas que hacer esta mañana.

—No, no. Ya me las arreglaré.

—Me gustaría ir contigo. Solo me quedaré cinco minutos si vosotras dos tenéis... cosas que discutir.

—Es muy amable por su parte pero ya sabe lo que ocurre cuando alguien pilla un resfriado. Lo último que desea es que lo molesten.

—No, claro. Eso es cierto. —El padre Lenny se retrepó en su silla y apartó el plato—. Vive en The Crescent, número cuarenta y seis. Al abandonar la carretera del hospital, toma la primera calle a la derecha y verás su casa allí mismo, justo a la izquierda.

—Gracias. —Suzanna ya se había levantado de su asiento.

—Dile que le envío recuerdos, ¿quieres? Y que estoy deseando que se restablezca y regrese a la tienda.

—Se lo diré.

—Y, Suzanna…

—¿Qué? —No quería mostrarse grosera—. Perdón, dígame.

El padre Lenny asintió, como si comprendiera la situación.

—Estoy contento de que tenga una amiga. Alguien con quien hablar.

Sin embargo, una cosa era tener la dirección y la otra, bastante distinta, advirtió Suzanna mientras se sentaba en el escalón de la tienda que daba a la calle, era presentarse allí y entrar por las buenas, sin que la hubieran invitado, para meterse de lleno en un potencial nido de serpientes. ¿Y si resultaba que su marido estaba en casa? Ella no sabría qué decirle. ¿Qué aconsejaban las normas de urbanidad para tales situaciones? ¿Tenías que hacer caso omiso del aspecto de la mujer? ¿Entablar una conversación educada? ¿Aceptar la taza de té que el marido te ofreciera? ¿Qué pasaría si él se encontraba allí y no la dejaba entrar? Quizá su sola presencia complicaría las cosas aún más.

Suzanna solo se había tropezado con un caso de violencia doméstica en toda su vida: en la escuela, su profesora de geografía, una mujer con gafas y la expresión de estar siempre pidiendo disculpas, entraba periódicamente en el aula intentando ocultar las marcas púrpuras que lucía en la cara y los brazos. «Su marido le pega», solían decirse las niñas con aire de certeza, aunque luego ya no volvían a pensar en el tema. Era como si, advertía Suzanna entonces, las colegialas hubieran estado repitiendo el pensar de sus mayores como si fueran loritos. Esas cosas ocurrían. Así era la vida. La señorita Nathan, a fin de cuentas, siempre había parecido una víctima.

Eso, sin embargo, era distinto.

Suzanna hundió la cabeza entre las rodillas. Se sentía débil y poco facultada para actuar. «No puedo ir —pensó—. Jessie no me quiere ver.» Sería lo más fácil. Regresaría a la tienda al cabo de un par de días. No obstante, Suzanna advertía un cierto grado de complicidad en todo ese asunto que le hizo sentirse avergonzada por el hecho de tan solo considerarlo.

Le pareció casi inevitable que él apareciera. Suzanna levantó los ojos, jugueteando todavía con las llaves, y lo vio frente a ella, de pie, con las estilizadas piernas ocultas por una vez bajo unos pantalones de color claro y una camiseta, en lugar del consabido mono de trabajo y la chaqueta.

—¿No puedes entrar? —Parecía relajado, como si dondequiera que hubiera estado esos días hubiera obrado maravillas en su persona.

—No exactamente. —Suzanna pensó que le pediría un café o que haría el ademán de entrar pero, en cambio, él aguardó sus palabras—. Se trata de Jessie.

Alejandro levantó entonces la vista y la siguió al interior de la tienda vacía.

—No sé siquiera si debo ir a su casa —explicó Suzanna, dando un puntapié a una piedrecita—. No sé… hasta qué punto es justo que interfiera. —No era preciso explicarle nada más.

Alejandro se puso de cuclillas frente a ella, con una expresión de fijeza contrariada.

—¿Tienes miedo?

—No sé qué quiere. Yo desearía ayudarla, pero parece que ella no quiere.

Él miró hacia la calle.

—Jess habla mucho —siguió diciendo Suzanna—, pero en realidad es muy introvertida. No sé… Con todo esto, no sé si se siente cómoda con… tal como están las cosas; o bien si, en secreto, necesita desesperadamente que alguien vaya a rescatarla. Por otro lado —añadió Suzanna, rascándose la nariz—, no soy muy buena investigando en los asuntos de los demás. Me refiero a las confidencias y las intimidades, a esa clase de cosas. Para serte sincera, Ale, piso terreno resbaladizo; y me aterroriza la idea de fastidiarlo todo. —No le confió sus pensamientos más sombríos: el hecho de que tenía miedo de aproximarse demasiado al embrollo, a esa infelicidad oscura; que, habiendo recuperado una especie de frágil equilibrio en su propia vida, no quería que la desgracia ajena diera al traste con él.

Alejandro le tocó la rodilla con la punta de los dedos en un cálido gesto de consuelo. Ambos permanecieron en la misma posición durante unos minutos.

—¿Sabes qué? —dijo Alejandro al final, poniéndose de pie y tendiéndole una mano—. Cerraremos la tienda. Creo que deberíamos ir a verla.

La casa era más bella de lo que Suzanna esperaba (más bonita por dentro de lo que le correspondía, considerando el aspecto homogéneamente miserable de sus vecinos, como si el sol, el cielo azul, incluso el glorioso paisaje de Suffolk que limitaba la propiedad no hubiera conseguido imprimirse en las viviendas apagadas de la posguerra).

La casa de Jessie se destacaba desde el exterior por las jardineras y la puerta principal, de un intenso púrpura. Suzanna esperaba que el interior semejaría una zona catastrófica pero, en cambio, descubrió una sala de estar inmaculada con unos mullidos almohadones de una tela de algodón a cuadros y unas estanterías a las que les habían sacado el polvo a conciencia. Las exiguas habitaciones estaban pintadas de vivos colores y decoradas con unos muebles baratos que habían personalizado con amor hasta convertirlos en unos objetos bastante más atractivos. De las paredes colgaban retratos de la familia y unas pinturas que era obvio había completado Emma durante los distintos estadios de su trayectoria escolar. Unas cómicas postales de cumpleaños todavía se alineaban sobre la repisa de la chimenea, y un par de zapatillas de broma en forma de animales disecados, y que anunciaban ser «pies de oso», yacían en el suelo. La única señal perturbadora era un paquete de papel de periódico que había junto a un recogedor y una escoba, y que presumiblemente ocultaba porcelana o cristal roto. Sin embargo, lo que ese interior aparentemente alegre no podía disimular era el aire de aturdida inmovilidad, una atmósfera muy distinta del tranquilo silencio que reina en una casa prácticamente vacía, como si ese hogar todavía estuviera asimilando los actos que en él se habían dado cita.

—¿Os apetece un té? —preguntó Jessie.

Suzanna oyó que Alejandro cerraba filas cuando la muchacha abrió la puerta principal, y el rápido intento, al entrar en la casa, que hizo para esconder su gesto. Los delicados rasgos de Jessie estaban hinchados, y la boca, torcida en un ángulo grotesco, al tener ambos labios partidos por culpa de algún golpe colosal. Su pómulo derecho lucía un largo moretón purpúreo y el dedo índice izquierdo descansaba sobre una especie de tablilla improvisada.

—No está roto —aclaró Jessie, moviéndolo, al seguir los ojos de Alejandro—. Habría ido al hospital si hubiera creído que tenía algo roto. —Intentó disimular en vano una ligera cojera al caminar—. Vayamos a la sala principal —los invitó, parodiando a la perfecta anfitriona—. Sentaos y poneos cómodos.

Con el sonido de fondo de unos niños que recorrían la calle en bicicleta, se sentaron en silencio, uno junto al otro, en el largo sofá cubierto con un cubrecama de color claro. Suzanna intentó no pensar qué clase de marcas debía de haber debajo para que fuera necesario taparlas.

Jessie les trajo una bandeja con tazas, se negó a recibir ninguna clase de ayuda y se sentó, enfrente de los dos.

—¿A alguien le apetece azúcar? —preguntó con una voz gutural por el esfuerzo de hablar a través de unos labios hinchados.

Suzanna, con un sollozo inesperado, empezó a llorar, mientras se frotaba la cara para intentar ocultar sus lágrimas. Ver a Jessie de ese modo le partía el corazón. Era una chica tan alejada del prototipo de mujer a quien le suelen ocurrir esas cosas...

Alejandro sacó un pañuelo, que ella tomó sin decir palabra alguna, avergonzada de ser ella, enfrentada a tanto dolor, quien estuviera llorando.

—Por favor, Suze... —La voz de Jessie era decididamente optimista—. Tiene peor aspecto de lo que es en realidad, te lo prometo.

—¿Dónde está tu hija?

—Estaba en casa de mi madre, gracias a Dios. Ahora solo tengo que encontrar la manera de que pase allí otra noche sin que mamá meta las narices.

—¿Quieres que eche un vistazo a tu mano? —se ofreció Alejandro.

—Solo está algo amoratada.

—Igual necesitas unos puntos en el labio.

—No. No me ha roto el tejido interno. Lo he comprobado.

—De todos modos, sería conveniente que te hicieran unas radiografías, solo para comprobar que no hayas sufrido ningún daño en el cráneo.

Suzanna observó que Alejandro se acercaba a Jessie y le examinaba la cara, volviéndola con suavidad hacia la luz.

—¿Quieres que te traiga unos puntos de papel del trabajo? Te servirán para que cicatrice antes; o puede que quieras también unos analgésicos.

—Lo que sí podrías hacer, Ale, es decirme cómo lograr que baje la hinchazón. Necesito traer a Emma a casa cuanto antes y no quiero que se le pongan los pelos de punta. He preparado unas bolsas de hielo y crema de árnica, pero si hay algo más...

Alejandro seguía mirándole detenidamente la cabeza.

—Nada que vaya a cambiar mucho las cosas.

Se hizo el silencio. Suzanna cogió su té y se quedó contemplando la taza, sin saber qué decir. Jessie, soportando su dolor y manteniendo la compostura, con su reacción aparentemente muy bien ensayada, parecía una extraña.

—¿Quieres que hable con él?

Suzanna levantó la vista. Una expresión de dureza dominaba el rostro de Alejandro; y su voz sonaba tensa, reprimida.

Jessie negó con la cabeza.

—Ya se lo he dicho yo —dijo al final—. Que ha ido demasiado lejos, quiero decir.

En el exterior los niños reñían. Hablaban a gritos desde el otro lado de la calle.

—Sé lo que estáis pensando los dos, pero no permitiré que esto continúe. Por el bien de Emma, cuando menos. Se lo he dicho: la próxima vez que me ponga un solo dedo encima, lo echaré de aquí.

Alejandro miraba absorto su té.

—Lo digo en serio —siguió diciendo Jessie—. No espero que me creáis pero lo haré. Lo único que pasa es que quiero ver cómo le va con esta terapia para controlar la rabia antes de ponerme a hacer las maletas.

—Jessie, por favor. Márchate ahora. Por favor. Te ayudaré. Todos te ayudaremos.

—No lo comprendes, Suze. No hablamos de un extraño, sino

del hombre a quien he amado desde que yo tenía... desde que prácticamente era una chiquilla. Conozco su verdadera personalidad y no es así como actúa él. No puedo echar por la borda diez años de convivencia por que hayamos empezado a pelear desde hace unos meses. ¡Es el padre de Emma, por el amor de Dios! Y, lo creáis o no, cuando él no está... de este modo, lo pasamos muy bien juntos. Hemos sido felices durante años.

—Estás inventando excusas para disculparlo.

—Sí, seguramente. Y comprendo lo que os parece, pero desearía que lo hubiérais conocido antes de que todo esto empezara. Ojalá nos hubiérais visto juntos.

Suzanna miró a Alejandro. Ella había creído, dado el clarísimo afecto que el hombre sentía por Jessie, que quizá se enfadaría e intervendría en nombre de ella a pesar de las advertencias, y, sin embargo, seguía sentado, sosteniendo la taza entre las manos, escuchando. Casi se sintió frustrada.

—No me da miedo, ¿sabéis? Bueno, es cierto que Jason impone lo suyo cuando pierde la cabeza, pero tampoco me dedico a ir ocultándome por la casa por miedo a provocarlo. —Jessie miraba alternativamente a Suzanna y a Alejandro—. No soy imbécil. Esta es su última oportunidad. De otro modo, ¿qué mensaje le estaría transmitiendo: que nadie merece una oportunidad para cambiar?

—No es que...

—Mirad, ya sabéis lo que comenzó la bronca, ¿no? —Jessie levantó la taza con la mano herida y luego la cogió con la buena y dio un sorbito de té—. El padre Lenny. Tuvo unas palabras con él por culpa de que pierde los nervios, y Jason lo interpretó como si todos lo estuvieran juzgando. Pensó que yo había estado contando historias y que el pueblo se había vuelto en su contra. Ya sabéis lo que sucede por aquí. Es terrible pensar que la gente te menosprecia... Yo sé lo que es eso, porque muchas personas no me hablaban cuando trabajaba de asistenta. Como si eso, de algún modo, me hiciera distinta. —Dejó la taza sobre la mesita—. Tenéis que dejarme arreglar esto. No empeoréis las cosas. Si decido que él ha cambiado de verdad, que se ha convertido en alguien que no merece mi confianza, haré las maletas y me marcharé. —Intentó sonreír—. Me mudaré a la tienda, Suzanna. De ese modo, jamás podrás librarte de mí.

«Ven ahora mismo», deseaba gritarle Suzanna, pero la determinación que reflejaba la expresión de Jessie la contuvo.

—Aquí tienes mi número de teléfono —le dijo Alejandro mientras garabateaba en un papelito—. Por si cambias de idea en lo que concierne a tu mano, quieres que te traiga unos puntos de papel o cualquier otra cosa. Llámame. ¿De acuerdo?

Suzanna pensó que Alejandro había pronunciado ese «cualquier otra cosa» con cierta intención.

—Volveré al trabajo pasado mañana.

—Cuando te sientas preparada. No pasa nada. —Suzanna se levantó e hizo ademán de abrazar a Jessie, consciente al hacerlo de que quizá le presionaría alguna herida de la cual no les había hablado. Se retiró e intentó conferir apremio a la mirada que las dos mujeres intercambiaron—. Llámame también a mí. A cualquier hora.

—Estoy bien. De verdad. Ahora, perdeos los dos. Ve a abrir esa tienda o ya no me quedará ningún empleo al que volver —les dijo mientras los guiaba hacia la puerta.

Suzanna tenía ganas de protestar pero también era consciente de que Jason debía de estar a punto de llegar, que Jess quizá tenía sus propias razones para desear que no hubiera nadie en casa.

—Hasta pronto.

La voz de Jessie, alegre tras las cortinas de red, pervivió en sus oídos a medida que se alejaban por la calle.

Caminaron en silencio hasta el hotel Swan calle arriba, cada uno enfrascado en sus propios pensamientos, las pisadas metronómicas sobre una acera que ya emanaba calor aunque todavía no fuera mediodía.

Suzanna se detuvo en la esquina de la calzada que conducía al centro del pueblo.

—Hoy no tengo ganas de abrir la tienda —dijo.

Alejandro metió las manos en los bolsillos.

—¿Adónde vamos?

A ninguno de los dos le apetecía comer, al haber conspirado contra su apetito el calor y la tónica de la mañana; por lo tanto, después de pasear con aire distraído frente a las pocas opciones para almorzar que ofrecía el pueblo, se encaminaron al mercado. Parecían ignorar su rumbo: sencillamente compartían el deseo de no estar a solas, de no reincorporarse a la rutina habitual. Al menos, eso fue lo que se dijo Suzanna a sí misma.

Anduvieron amigablemente por los puestos del mercado, bebiendo cada uno de su botella de agua, hasta que él confesó, disculpándose, que le aburría todo aquello.

—Paseo por aquí casi cada día cuando tengo permiso. No he visto prácticamente nada desde que he llegado a Inglaterra. No lo planeé así, pensé que me dedicaría a visitar unas cuantas ciudades y a explorarlas los días que librara, pero los trayectos en ferrocarril resultaron ser prohibitivamente caros y durante mi tiempo libre me siento tan cansado que no me veo con fuerzas. Fui una vez a Cambridge y también me apunté a una salida que realizaron todas las comadronas, organizada por la dirección del hospital, para ver el Madame Tussaud's, la Torre de Londres y el London Eye, uno detrás de otro, con lo que apenas te enterabas de nada. Éramos gente de tantas nacionalidades distintas que apenas podíamos comprender los diferentes acentos, y las mujeres o bien estallaban en risitas desde sus círculos exclusivamente femeninos, o bien me miraban con timidez, porque el hecho de que yo fuera el único hombre las coaccionaba a la hora de entablar conversación conmigo. ¡Me sentí tan feliz al descubrir tu tienda! —explicó Alejandro, con las manos metidas en los bolsillos—. Es el único lugar… es absolutamente distinto de todo lo demás.

—Dime entonces, ¿qué te apetece ver? —le preguntó Suzanna, ruborizándose un poco al darse cuenta de lo sugestiva que podía sonar la frase.

—Enséñame dónde naciste. Muéstrame esa famosa propiedad. La que te acarrea tantos problemas. —Alejandro lo dijo en son de broma, y Suzanna sonrió a su pesar.

—No puede decirse que sea una «estancia». Mide unos cuatrocientos cincuenta acres. Probablemente no es muy grande, comparada con el modelo argentino. —Sin embargo, era lo bastante espaciosa para ofrecerles un digno paseo con el que matar la tarde—. Te llevaré al río. Si te gusta pescar, te encantará nuestro río.

Era como si hubieran tomado la callada decisión de escapar de las sombras matutinas, de no permitir que la situación de Jessie, la repulsión y la desesperanza que ambos habían sentido, los acosara el resto de la jornada. «Quizá se deba a que es imposible sentirse deprimido durante horas un día en que el cielo es de un azul glorioso, los pájaros compiten con sus trinos, el pecho acusa el esfuerzo de la caminata y la tarde misma se ha contagiado de la alegría del ausentismo escolar, de ocultarse mientras los demás trabajan», pensó Suzanna mientras avanzaban a lo largo del camino de herradura que conducía a los bosques y ella iba subiéndose a los márgenes de los maizales para evitar aquella pista de profundos surcos.

Él le cogió la mano dos veces para ayudarla a atravesar el camino. La segunda vez ella tuvo que hacer un esfuerzo para soltarse.

Se sentaron en lo alto de un campo de cuarenta acres que dominaba el valle. Era uno de los pocos puntos que garantizaban una buena vista de la propiedad casi completa, y que mostraba unas colinas ondulantes y unas oscuras extensiones de zonas boscosas dispuestas como un mosaico tendido hasta el horizonte. Suzanna señaló una casa distante, ubicada en las inmediaciones de otros anexos.

—Esa es Philmore House. En la actualidad está alquilada, pero mi madre y mi padre vivieron allí de recién casados. —Se levantó y señaló unos bosques situados a unos ocho kilómetros al oeste de la casa—. Esa casa de color mostaza... ¿la ves, justo allí? Es donde viven mis padres. Mi hermano Ben (que es menor que yo) y mi abuela también viven allí.

Habían recorrido una tercera parte de la distancia que los separaba de la vivienda, atravesando el campo, y se encontraban en el punto donde el terreno descendía de modo abrupto a sus pies y seguía en pendiente hasta el valle y el río, invisible tras la zona boscosa.

—Solíamos venir aquí con mi hermano cuando éramos pequeños. Bajábamos rodando. Nos poníamos de pie en este punto, fingiendo que no sabíamos lo que iba a suceder, y entonces nos empujábamos mutuamente hacia abajo y echábamos una carrera rodando hasta el final. Terminábamos llenos de hierba por todas partes, en la boca, el pelo... —Suzanna levantó las manos y metió los codos para mostrarle la posición correcta, perdida en su lejano recuerdo—. Un

día papá destinó este campo a las ovejas. No nos importó lo más mínimo. Ben llegaba al final que parecía un bollito de pasas de corinto.
—Advirtió que acababa de sacar el tema de su familia y no quería seguir hablando. A veces parecía que no podía escapar de ellos.

Alejandro permanecía en pie, junto a ella, protegiéndose los ojos mientras escrutaba el horizonte.

—Es precioso.

—La verdad es que yo ya no logro apreciarlo. Supongo que cuando creces con algo así, no sabes verlo.

A sus pies un gavilán volaba suspendido en el aire, y su ojo maestro localizaba alguna presa invisible. Alejandro lo siguió mientras el ave se lanzaba en picado hacia la tierra.

—Incluso en días como estos, creo que prefiero la ciudad.

—Entonces ¿por qué dejas que te entristezca tanto? —Alejandro se volvió hacia ella. La miraba como si pensara que sus sentimientos eran tan raros que podrían pasar por curiosos.

—No estoy triste. Y tampoco permito que esa cuestión me perturbe tanto. Es solo que disiento del sistema. —Suzanna se sentó, arrancó una hierba alta y aprisionó el tallo con los dientes, luciendo una expresión meditativa—. No es que gobierne mi vida ni por asomo. La verdad es que no me paso el día sentada a oscuras clavando alfileres a un muñeco vudú que resulta ser la réplica de mi hermano.

Lo oyó reírse mientras se sentaba junto a ella y doblaba las piernas. Oyó el callado rumor de la hierba al acomodarse su cuerpo en ella y observó de tapadillo el movimiento de sus piernas, tendidas a su lado.

—La propiedad nunca fue tuya, ¿no? ¿pertenece a tu padre?

—Y a su padre, y al padre de su padre.

—Por lo tanto, jamás fue tuya y nunca será tuya. Bueno, ¿y qué?

—¿Cómo que y qué?

—Pues eso: ¿y qué?

Suzanna levantó la mirada al cielo.

—Creo que eres un poco ingenuo.

—¿Por decirte que procures que las tierras de tu familia no enturbien tu felicidad?

—No es tan fácil.

—¿Por qué no?

Suzanna alejó de un puntapié un insecto que había aterrizado en sus extremidades.

—¡Vaya! ¡Ahora resulta que todos son expertos en la materia! Todos sabéis cómo me siento... y cómo debería sentirme, en teoría. Cada cual piensa que debería aceptar las cosas como son y dejar de clamar contra el destino. Mira, Alejandro, no es tan simple. Las cosas no se arreglan procurando eliminar los deseos. Hay muchos más temas involucrados: la familia, las relaciones, la historia, la injusticia y... —Suzanna se calló entonces y lo miró a hurtadillas—. No es solo cuestión del reparto de tierras, ¿entiendes? Si solo se tratara de la tierra, ya lo habríamos solucionado hace mucho tiempo.

—Entonces, dime de qué se trata.

—No lo sé. De todo en general. —De repente, Suzanna pensó en los conflictos más serios que probablemente ese hombre habría presenciado, en la situación de Jessie, y su voz le sonó infantil, petulante—. Mira, será mejor que lo dejemos correr.

Alejandro dobló las rodillas y la miró con el rabillo del ojo.

—No te pongas tremenda, Suzanna Peacock.

—No me pongo tremenda —replicó ella, enfadada.

—Muy bien... Creo que quizá deberías tomar una decisión. Creo que... En fin, es muy fácil dejar que la familia te engulla, la historia familiar.

—¡Ya te pareces a mi marido! —Ella no tenía intención de mencionar a Neil y notó su presencia molesta en el aire, interponiéndose entre los dos.

—Pues entonces estamos de acuerdo —contestó Alejandro, despejándose la cara—. Ninguno de los dos desea que seas desgraciada.

En ese momento Suzanna lo miró, estudió su perfil y luego, cuando él se cruzó con su mirada, empezó a cuestionarse en silencio el significado de esos ojos castaños y la boca cómplice. Atisbó un cierto desconcierto en su rostro, como si estuviera intentando elucidar alguna cosa.

«Eres otra de sus aventuras», se dijo a sí misma, sobresaltándose al no estar segura de si había pronunciado ese pensamiento en voz alta.

—No soy desgraciada —susurró. Le pareció importante persuadirlo de ello.

—Muy bien.

—No quiero que pienses que no soy feliz.

Alejandro asintió. La miró como si comprendiera, como si conociera su historia, sus sentimientos de culpabilidad, su infelicidad. Como si él los compartiera, como si también los sobrellevara.

«Debe de ser un enamoramiento sin importancia —pensó Suzanna, escondiendo la cabeza entre sus rodillas de súbito para ocultar un repentino y rápido parpadeo—. Todo son imaginaciones mías, y le atribuyo a él sentimientos que ni siquiera sé si alberga.»

Suzanna siguió sentada, con la frente descansando sobre las rodillas... hasta que sintió su tacto, eléctrico, en el hombro.

—Suzanna.

Ella levantó la cabeza. A contraluz, apenas pudo ver una silueta borrosa y extrañamente estilizada.

—Suzanna.

Tomó la mano que le tendía e hizo ademán de levantarse, procurando ajustar los ojos a la fulgurante luz del sol de tarde, aceptando de algún modo, esa noche rarísima y soñolienta, que seguiría a ese hombre a cualquier parte, que permitiría que él la engullera en su estela. Alejandro no permaneció erguido, sino que la acercó hacia sí y se tendió de espaldas sobre la hierba. Suzanna se quedó junto a su pecho, y entonces Alejandro la miró fijamente, con un aire malévolo e incitante. De repente, con un aullido infantil, se dio impulso para coger la trayectoria adecuada y empezó a rodar por la colina, dando tumbos con las piernas mientras iba cobrando velocidad.

Durante unos segundos, Suzanna no daba crédito a la figura que se alejaba volando pero luego, liberada la tensión de antes y sintiendo que el alivio la embargaba, se tiró tras él, dejando que el cielo y la tierra se confundieran, embebiendo sus sentidos en la hierba que se precipitaba a su alrededor, el aroma de la tierra, el suave rebote de sus huesos al dar contra el suelo. Suzanna reía, sumida en lo ridículo de la situación, escupiendo hierbecitas, margaritas y Dios sabe qué otra clase de vegetación, sin dejar de reír, con las manos tendidas hacia arriba, abandonándose a la caída, niña de nuevo, sabiendo que, al llegar al fondo, la cogerían.

Alejandro estaba ya en pie, a su lado, mientras Suzanna reía y jadeaba sobre la hierba, con la cabeza todavía dándole vueltas a causa del descenso. Se inclinó sobre ella, tendiéndole una mano para ayudarla, quieto hasta que la mujer empezó a discernir su sonriente rostro, las manchas lívidas de hierba que llevaba en el pantalón.

—¿Estás más contenta ahora, Suzanna Peacock?

No se le ocurrió ninguna respuesta sensata. Por consiguiente, entre risitas nerviosas, se echó de espaldas, riendo a carcajadas, con los ojos cerrados para protegerse de un cielo dolorosamente azul.

Llegaron al centro del pueblo cuando aún no habían tocado las siete. Hubieran podido llegar antes, pero su paso, por consentimiento mutuo, había sido comedido, quizá para concederse un rato más de charla. Se sentían a gusto, como si aquel desfogue físico e infantil hubiera liberado alguna cosa entre los dos. Suzanna sabía más cosas de él: de su madre recluida en casa, la doncella y la situación política de Argentina. Alejandro conocía detalles de la historia familiar de ella: su infancia, sus hermanos, la rabia de tener que marcharse de la ciudad. Unas horas más tarde Suzanna recordaría que durante su conversación no habían mencionado a Neil, y que no se sentía precisamente culpable por la omisión.

Cruzaban la plaza cuando Suzanna reconoció a los tres jóvenes que salían de la charcutería, charlando, con las bolsas colgadas al hombro en actitud desenfadada. Los chicos miraron los pantalones de Alejandro, gesticularon entre ellos y dijeron algo en italiano, seguramente grosero, antes de saludarlos.

Alejandro y Suzanna levantaron la mano para corresponder al gesto.

—Ha vuelto a contratarlos —le dijo en un susurro.

—¿Quién?

—Me llevaría demasiado tiempo explicártelo, pero es una buena noticia. Jessie estará contenta. —Descubrió que no podía dejar de sonreír, y que su sonrisa era franca, desinhibida. Era como si el placer del día hubiera sido más intenso por el modo absolutamente miserable en que había empezado.

—Será mejor que me vaya —dijo Alejandro, echando un vistazo al reloj—. Empiezo un turno de noche.

—Supongo que yo debería acercarme a la tienda —repuso Suzanna, intentando no reflejar el desencanto que sentía—. Iré a ver si han descargado unos pedidos. —No deseaba marcharse, pero la reconfortó el pensar que fuere cual fuese la barrera que hubieran franqueado ese día, a la mañana siguiente seguiría igualmente franqueada. Apartó la mirada unos instantes y luego le dijo—: Gracias, Ale.

Alejandro seguía de pie, sin moverse, y entonces le apartó un mechón de pelo de la frente. Todavía olía a hierba y tenía la piel embebida de sol.

—Te pareces a tu madre.

Suzanna frunció el ceño.

—Creo que no sé lo que quieres decir —aventuró ella.

—Pues yo creo que sí lo sabes —dijo él, sin dejar de mirarla.

No estaba en casa cuando Suzanna llegó. Un mensaje en el contestador le anunciaba que tardaría en regresar porque jugaba a squash con unos compañeros del trabajo. Le dijo que ya se lo había comentado por la mañana pero que estaba seguro de que ella no se habría acordado. Añadió, medio en broma, que procurara no echarle demasiado de menos.

No cenó. Por alguna razón no tenía apetito. Decidió buscar algún programa televisivo que pudiera interesarle pero fracasó en el intento y empezó a andar de arriba abajo, inquieta, moviéndose por la casita, mirando por la ventana esos campos por los que había paseado unas horas antes hasta que el cielo se oscureció.

Finalmente, se recogió en el exiguo dormitorio. Se sentó frente al espejo, que cabía justo en el extremo más bajo de esa habitación de techo inclinado. Se quedó contemplando su imagen durante un rato y luego, casi de un modo inconsciente, se recogió el pelo en la coronilla. Delineó sus ojos con kohl y se pintó los párpados con el color más aproximado que encontró a ese azul hielo tan característico.

Su piel, pálida como la de su madre, no acusaba la huella del sol. El pelo, sin tintes químicos ni aderezos, era de un negro intenso, casi sobrenatural. Se miró fijamente a los ojos y levantó las comisuras de los labios imitando esa sonrisa.

Siguió sentada en esa postura, inmóvil, mientras Athene le devolvía la mirada.

—Lo siento —le dijo al reflejo—. Lo siento muchísimo.

18

Isadora Cameron tenía esa clase de pelo esponjado que ya no suele verse: lo que antaño era frecuente en colegiales pillastres o en hoscas dependientas, cuya única alternativa era recogérselo para domarlo, una nueva generación de suavizantes y acondicionadores para después del aclarado en general habían terminado con esa especie de rizado zanahoria tan alocado que le enmarcaba el rostro. Sin embargo, a ella no parecía preocuparle; desde el primer momento en que entró en Dere House, se lo había dejado suelto, en una especie de explosión rojiza que le empequeñecía una cara que, en otras circunstancias, habría sido casi circular. «Esa mujer parece un estropajo Ajax oxidado», había sentenciado Rosemary con aire desdeñoso la primera vez que la vio. Claro que la anciana estaba predispuesta a que le desagradara, con independencia de la clase de pelo que la mujer tuviera.

A Rosemary le dijeron que la señora Cameron era una asistenta, alguien que venía a ayudar a Vivi ahora que esta última pasaba más tiempo con Douglas. A fin de cuentas, la casa era enorme. Lo sorprendente era que se las hubiera arreglado tanto tiempo sin colaboración. Para los demás, no obstante, la señora Cameron era el chófer y la asistenta de Rosemary, la que le lavaba la ropa interior y la encargada de ayudar en las tareas más generales de la casa. «Es alguien que te descargará de tus responsabilidades», le había dicho Douglas al anunciarle que la había contratado. La señora Cameron no pestañeó ante la antihigiénica despensa ni la peligrosísima nevera. No permitía que los gatos apolillados o los terriers deshonestos afectaran a su talante alegre. Consideraba las sábanas y la ropa interior sucias sencillamente una faceta más de su trabajo. Y durante cuatro horas cada mañana, por primera vez desde la llegada de Rosemary, desde que los niños se convirtieran en adultos y quizá a lo largo de toda su vida de casada, Vivi descubría que tenía la posibilidad, durante varias horas al día, de hacer lo que quisiera.

Al principio, encontró la libertad casi intimidatoria. Arregló armarios, cuidó de las plantas y horneó doble ración de pasteles para el Instituto de la Mujer. («Pero si ni siquiera te gusta hacer pasteles», exclamó Ben. «Ya lo sé —le había contestado Vivi—, pero es que si no, pienso que estoy malgastando el dinero de tu padre.») Poco a poco, sin embargo, había empezado a disfrutar de sus horas libres. Empezó una labor de *patchwork* con unas telas que había guardado a lo largo de los años y que procedían de la ropa favorita de los niños. Fue al pueblo en coche, sola, a tomar una taza de té que no hubiera tenido que preparar ella y disfrutar del lujo de leer una revista sin que la interrumpieran. Se llevó el perro para hacer largos paseos y volvió a descubrir la propiedad desde el terreno, gozando de la tierra que en realidad jamás había llegado a ver. Además, pasaba más tiempo con Douglas, los dos solos, compartiendo bocadillos con él en el tractor y ruborizándose de placer cuando oía a lo lejos a alguno de los hombres señalar que ella y el «viejo» seguían comportándose como un par de tortolitos.

—No me gusta —se quejó Rosemary, buscando pelea, cuando Vivi y Douglas regresaron a la casa—. Es muy impertinente.

—Es muy agradable, madre —la contradijo Douglas—. De hecho, me atrevería a decir incluso que es un tesoro.

—Se toma demasiadas familiaridades conmigo; y no me gusta su manera de limpiar.

Vivi y Douglas intercambiaron una mirada. La señora Cameron se mostraba decididamente sorda a las groserías de Rosemary y trataba sus quejas malhumoradas con la misma alegría reparadora con que sin duda había tratado a los ancianos de la residencia donde Douglas la descubrió y tentó posteriormente. La mujer se avino a cambiar de trabajo contentísima, según le había confesado a Vivi. «Esos hombres del geriátrico podían ser muy frágiles pero no se cortaban ni un pelo a la hora de tocarte el culo a la menor oportunidad.

Y tampoco podías darles un buen sopapo, sobre todo teniendo en cuenta lo fácil que les resulta tropezar y caerse.»

—Pues hablaré con ella, madre. Me aseguraré de que no falle en nada más.

—Tendría que hacer algo con ese pelo —farfulló Rosemary, encaminándose despacio a su anexo—. Encuentro vejatorio, la verdad, que no se adecente un poco. —Se volvió y miró con suspicacia a su hijo y a su nuera—. En esta casa están pasando muchas cosas. Pelos descuidados y toda clase de incomodidades. Y no me gusta.

«Y pensar que esta mañana Rosemary iba a disfrutar de un día de campo», pensó Vivi cuando entró la señora Cameron. El bochorno de las semanas anteriores se había truncado gracias a la presencia de una tormenta con gran aparato eléctrico: el cielo se había oscurecido perversamente a la hora del desayuno, tras una quietud portentosa y duradera, para resquebrajarse luego y soltar una lluvia torrencial. La señora Cameron tenía todo el aspecto de haberse visto sorprendida sin paraguas y, en el corto trayecto del coche a la puerta, el pelo se le había ahuecado en unos tirabuzones salvajes que le sobresalían de la cabeza, como los muelles liberados del interior de un reloj roto. «Los niños solían dibujar leones con melenas de ese estilo», pensó Vivi, intentando no mirarla de hito en hito.

—¿Ha visto? —exclamó la señora Cameron, sacudiendo el pañuelo de la cabeza y secándose los ríos que surcaban su rostro con otro pañuelo mientras examinaba las mangas de su chaqueta de punto escarlata.

—Demos las gracias a Dios —intervino Douglas, uniéndose a ellas—. Pensaba que tendríamos que empezar a regar si no llovía pronto.

—¿Quiere… quiere que le deje un secador? —preguntó Vivi, señalando el pelo de la señora Cameron.

—¡Uy, no, ni hablar! Si piensa que ahora tiene un aspecto indomable, espere a verlo después de pasarle unos cuantos voltios. No, dejaré que se seque solo. Lo que sí haré, en cambio, será poner la chaqueta junto a la Aga, si no le importa. —La señora Cameron se fue a la cocina con aire apresurado, conformando un signo de interrogación invertido, rollizo y pelirrojo.

Douglas se quedó junto a la ventana y luego se volvió hacia su mujer.

—¿Recuerdas que hoy íbamos a Birmingham a ver unos camiones? ¿Estás segura que te va bien que nos llevemos tu coche?

El Range Rover estaba pasando la revisión anual y, para que Douglas y Ben no cancelaran sus planes, ella les había ofrecido el coche.

—No sufras por mí. Con este tiempo me entretendré en casa. Además, en caso de necesidad, siempre puedo decirle a la señora Cameron que me lleve a Dere.

Douglas le acarició la mejilla en un gesto silencioso, toda vez que intencional. Su mano se demoró el tiempo necesario para que Vivi se ruborizara, y luego señaló de un gesto la galería del piso superior.

—¿Has llamado a Suzanna? —Douglas sonreía al percatarse del acaloramiento de su esposa.

—No, todavía no.

—¿No le dirás que se acerque? Hoy podría ser un buen día, teniendo en cuenta que llueve. No creo que la visiten muchos clientes.

—Oh, nunca se sabe. Mañana, quizá. —Vivi no había apartado la mirada de él—. De todos modos, creo que deberías ser tú quien la llamara. Para ella significaría más.

Douglas se caló el sombrero y se acercó a su mujer para abrazarla. Vivi notó sus manos en la cintura, la seguridad tranquilizadora de su pecho, y se preguntó cómo era posible que a esas alturas de la vida pudiera sentirse tan vergonzosamente feliz.

—Eres una mujer fantástica, Vivi Fairley-Hulme —le dijo él al oído, poniéndo énfasis en el adjetivo, como si ella hubiera sido la única en dudarlo en el pasado.

—Vete —repuso Vivi, apartándose y abriendo la puerta. La lluvia oscureció la pizarra del suelo del vestíbulo—. Marchaos antes de que Ben desaparezca y tardes una hora en encontrarlo. Se le caía la casa encima desde antes del desayuno.

A la hora del almuerzo la lluvia ya había estropeado la sensación de bienvenida con que la habían recibido todos. Incluso aquellos que habían manifestado alivio por su llegada, quejándose de lo desesperadamente sedientos que tenían los jardines, o bien de la pesadez del calor más reciente, empezaban a encontrar la implacabilidad y la fuerza del agua opresivas. Los pocos visitantes que recibió Emporio Peacock esa mañana, mientras contemplaban los cielos grises y enturbiados y las aceras que espejeaban, decían que aquello parecía una tormenta tropical.

—Una vez fui a Hong Kong durante la estación de las lluvias —explicó la señora Creek, que acababa de entrar tras haber tomado un lenguado a la meunière con unas patatas hervidas en el Club del Almuerzo de los Viernes que se celebraba en la Casa de Pensionistas (¡Alta cocina a precios módicos!)—, y llovía tantísimo que el agua me cubría los pies. Me estropeó los zapatos, eso os lo aseguro. Pensé que a lo mejor ese era el modo de hacernos gastar más dinero.

—¿Qué? —preguntó Suzanna, que había abandonado cualquier actividad y estaba contemplando la lluvia a través de la cristalera.

—Pues que es un modo muy eficaz de obligarte a que compres más calzado, ¿no?

—¿El qué... hacer que llueva? —Suzanna le lanzó una mirada incrédula a Jessie.

—No digas tonterías. Es cuestión de sentido común. No ofrecer un adecuado servicio de canalización para que el agua se arremoline donde quiera.

Suzanna se obligó a apartarse del escaparate e intentó comprender el hilo del razonamiento de la señora Creek. «El cazo que vigilas jamás hierve», le decía siempre su madre. Sin embargo, eso no la había detenido a la hora de salir en defensa de esa figura morena y ágil que tan familiar le resultaba a partir de vagos recuerdos, si cabe. Un personaje que hasta el día de hoy se había negado a mostrarse con absoluta determinación. «No debería pensar así», se dijo a sí misma una vez más, comentario que ese día ya debía de haber formulado unas treinta ocasiones.

Suzanna se retiró al interior cálido y acogedor de la tienda, solo vagamente consciente del suave jazz de la música de fondo y la enmudecida charla de las mujeres de la esquina, contentísimas de haber podido utilizar la lluvia como una excusa para enfrascarse en una conversación que había durado dos horas. La señora Creek vaciaba una caja de telas antiguas, desdoblaba cada pieza y musitaba para sus adentros mientras la examinaba con atención para descubrir algún hilo suelto o algún que otro agujero, y una joven pareja revolvía en una caja de cuentas victorianas y *art déco* a las que Suzanna todavía no había conseguido poner precio individualmente. Era esa clase de lluvia que en general hacía que Emporio Peacock resultara un refugio exótico, haciéndolo resplandecer, cómodo, acogedor y luminoso, recortándose contra el mojado adoquinado grisáceo de la calle y permitiéndole imaginar que se encontraba en algún otro lugar completamente distinto. Ese día, sin embargo, Suzanna se sentía intranquila, como si los nubarrones plomizos, que el viento había barrido del mar del Norte, trajeran consigo una inquietud lejana que hubiera calado en la tienda.

Miró a Jessie, que desde hacía media hora seguía escribiendo etiquetas con el precio para pegarlas a una caja de papel de cartas Perspex de distintos colores, a pesar de que le había dicho que, en realidad, no era necesario: podían limitarse a escribir «75 p c/u» en la parte delantera de la caja.

Pensándolo bien, Jessie apenas había hablado en toda la mañana. Desde que había regresado al trabajo no podía decirse que fuera la misma persona: no es que se mostrara retraída precisamente pero sí algo desorientada y no cazaba los chistes que en el pasado ella misma habría instigado. Parecía haberse olvidado de Arturro y Liliane, su anterior obsesión, y Suzanna, preocupada, había tardado en darse cuenta. «Los moretones externos quizá se borren —pensaba, lamentando su propia distracción—, pero puede que los internos sean más difíciles de curar.»

—¿Jess? —le preguntó con tacto cuando la señora Creek se hubo marchado—. No te lo tomes a mal pero si quieres más tiempo libre, por mí no hay problema.

Jessie la miró con dureza, y Suzanna quiso retractarse de inmediato.

—No es que no quiera tenerte aquí. Solo pensaba… Bueno, ahora no tenemos mucho trabajo, y a lo mejor quieres pasar más tiempo con Emma.

—No, no. Ya me va bien.

—De verdad te lo digo. Para mí no representa ningún problema.

Jessie se quedó mirando la mesa durante unos instantes y luego movió la cabeza despacio, fijándose en la posición de los clientes y su relativa intimidad, y se volvió con reticencia hacia Suzanna.

—En realidad, necesito hablar contigo —le dijo, sin cruzarse con su mirada.

Suzanna titubeó y luego dio la vuelta al mostrador y se sentó enfrente de ella.

La joven levantó la vista.

—Voy a tener que renunciar al trabajo.

—¿Qué?

Jessie suspiró.

—He decidido que no vale la pena tanta bronca. Jason cada vez está peor. Estamos apuntados a la lista de terapia para controlar la rabia, y a terapia conyugal o como quiera que se llame, pero igual tardamos semanas, meses incluso, y tengo que hacer algo para conseguir que él entre en razón. —La expresión de Jessie reflejaba sus más sentidas disculpas—. Me daba miedo decírtelo. De verdad; pero mi familia es lo primero. Con un poco de suerte, solo será temporal. Hasta que él se calme un poco.

Suzanna seguía sentada en silencio. El pensamiento de que Jessie desapareciera de la tienda la ponía enferma. Es más, sin la distracción que le procuraba en el presente, incluso los días que su amiga faltaba ya le parecían distintos: no sentía el mismo entusiasmo a la hora de abrir, y las horas se alargaban en lugar de abreviarse gracias a los chistes ridículos y las confidencias compartidas. Y si Jessie desaparecía, pensaba en los momentos más sombríos, ¿cuántos clientes se esfumarían con ella? Apenas cubrían gastos, y Suzanna sabía de sobras, a esas alturas, que la cara sonriente de la chica y el interés que sentía por las vidas ajenas eran un aliciente que ella jamás podría ofrecer.

—No te enfades conmigo, Suze.

—No me enfado. No seas tonta. —Suzanna le cogió la mano.

—Me quedaré un par de semanas más para no dejarte en la estacada; y comprenderé que quieras contratar a otra persona. Quiero decir que no espero que me guardes el empleo.

—No seas ridícula. —Suzanna vio que una lágrima aterrizaba en el sobre de la mesa—. El trabajo es tuyo —le dijo en voz queda—. Ya sabes que el trabajo es para ti.

Siguieron sentadas unos minutos más, oyendo el ruido de una

camioneta de reparto que daba marcha atrás y bajaba por la calle mojada, salpicando la curva con un buen chorro de agua.

—¿Quién lo habría dicho, eh? —Jessie había recuperado la sonrisa.

Suzanna seguía cogiéndole la mano, preguntándose si estaba a punto de recibir alguna otra confidencia, sin estar segura de si podría soportar escuchar más cosas.

—¿Qué?

—Que Suzanna Peacock necesite a la gente.

La lluvia golpeaba con furia la carretera, y la vista desde la cristalera era un borrón metálico pistola.

—A la gente, no —la corrigió Suzanna, intentando parecer dicharachera sin conseguirlo para ocultar la congoja que sentía—. Puede que tengas una doble personalidad, Jess, pero creo que, de momento, ni siquiera tú entras en la categoría de gente.

Jessie sonrió, y un destello de su antiguo yo palideció al retirar la mano con suavidad.

—Pero no se trata solo de mí, ¿no?

Aquella chica tan molesta se marchó a las tres y cuarto, llevándose consigo ese pelo, que todavía lo tenía de punta, como si la hubieran llevado a rastras por encima de un seto. Había empezado a gritarle a Rosemary, tomándola por sorda, y la anciana, enojada debido a ese trato dominante, le había gritado a su vez, para demostrarle que tantas voces no eran necesarias. La gente joven a veces podía llegar a ser muy irritante.

Le dijo a la chica, al marcharse, que si quería retener a su marido, más le valía hacerse una faja. «Tiene que adecentarse un poco —le había dicho—. A ningún hombre le gusta ver pasearse a una mujer con todo colgando.» Rosemary pensó, deseó secretamente, quizá, que la chica se ofendiera y se marchara; pero, en cambio, esta última puso su manita regordeta sobre la de ella (con otro gesto desmesuradamente familiar) y se echó a reír a carcajadas. «¡Qué Dios la bendiga, Rosemary! Con muchísimo gusto sometería a mi marido a un tratamiento a base de corsés incluso antes que a mí misma. ¡Le diré que tiene varios galones de cerveza amarga chapoteando en el vientre!»

Esa mujer era imposible, francamente. Además, tenía que marcharse a las dos. A las dos exactamente y no a las tres y cuarto. Rosemary, comprobando el reloj cada pocos minutos, se iba angustiando al ver que no se iba. Vivi siempre se llevaba a pasear al perro después del almuerzo, y contaba con tener la casa para ella sola.

Gritó, para asegurarse de que su nuera no hubiera entrado por una de las puertas traseras y entonces, con cierta rigidez, empezó a subir despacio la escalera, aupándose con ayuda de sus dos huesudas manos, que mantenía aferradas a la barandilla. Pensaban que no se enteraría, musitaba con amargura. Solo porque ya no subía al primer piso, pensaron que podrían ignorar sus deseos. Como si su avanzada edad significara que ella ya no contaba para nada. Sin embargo, no era estúpida. Sabía exactamente el juego que se traían entre manos: ¿acaso no albergaba sospechas desde el día en que su hijo había vuelto a sacar el tema de dividir la propiedad? Ni siquiera con sesenta años Douglas poseía el sentido común de sus ancestros y todavía se dejaba influir por los caprichos y las fantasías de las mujeres.

Rosemary llegó al penúltimo escalón y se detuvo, colgada de la barandilla, maldiciendo el dolor que sentía en las articulaciones, el mareo que la obligaba a proferir la llamada de auxilio de la poltrona. Ser viejo, había descubierto hacía tiempo, ya no otorgaba sabiduría y posición, sino sencillamente una serie de indignidades y destrucciones físicas, de tal modo que una no solo era ignorada, sino que las tareas que se realizaban sin pensar ahora requerían una planificación y un asesoramiento minucioso. ¿Podía alcanzar esa lata de tomate que había en el armario? Y en el caso de conseguirlo y no confundirse con las judías que había al lado, enlatadas de un modo similar, ¿acaso sus débiles muñecas la sostendrían lo suficiente para que ella pudiera dejarla en el mármol sin que le cayera sobre el pie?

Rosemary respiró hondo y observó el espacioso e inmaculado suelo de la galería. Dos pasos más. No había sobrevivido a dos guerras mundiales para permitir que un par de escalones la detuvieran. Levantó el mentón, agarró con más fuerza la barandilla y, con un gruñido, consiguió llegar a la galería de retratos.

Se irguió lentamente entonces, juzgando el espacio que llevaba casi siete años sin ver. No habían cambiado demasiadas cosas, decidió la anciana con una vaga satisfacción, ni la alfombra, el radiador de enchufe que había junto a la repisa o el olor de cera de abejas y brocado antiguo. Nada salvo el retrato, recién colgado y resplandeciente, enmarcado de nuevo, que emitía una malicia radiactiva desde el espacio que había frente al ventanal.

Athene.

Athene Forster.

Nunca había merecido el apellido Fairley-Hulme.

Rosemary miró detenidamente la tela, la pálida figura que esbozaba una sonrisita cómplice y que parecía, incluso entonces, cuando ya habían transcurrido más de treinta años, estar riéndose de ella. Se había reído de todo el mundo, esa. De sus padres, que la educaron para que se convirtiera en la pequeña sinvergüenza que había sido; de Douglas, quien se lo había dado todo, y al cual le devolvió el favor haciendo gala de su comportamiento inmoral y correteando casi por tres estados; de Rosemary y Cyril, que se habían entregado a la tarea de conservar la línea hereditaria de los Fairley-Hulme y la propiedad intactas; y finalmente, sin lugar a dudas, de Douglas, una vez más, por no tener las agallas de prohibir que su retrato se expusiera en la galería familiar.

Se quedó contemplando a la chica, su sonrisa ladina, aquellos ojos que incluso entonces delataban escaso respeto y astucia sobrada.

La lluvia tamborileaba en las ventanas, y la atmósfera resultaba húmeda, cargada de presagios.

La anciana se volvió tensa hacia la silla gótica de tallista que había junto al pasamanos, valorando, calculando. Echó un vistazo a sus piernas y luego se desplazó despacio hacia el mueble. Agarrando los brazos de la butaca entre sus deformadas manos, tiró de ella hacia atrás y la arrastró por la alfombra hacia la pared, pasito a pasito, dolorosamente.

Le llevó varios minutos recorrer los pocos metros y cuando al final alcanzó su destino, Rosemary se vio obligada a sentarse para luchar contra el mareo y tratar de reunir fuerzas para la arremetida final. Confiada en sentirse preparada, se levantó. Apoyándose con una mano sobre el respaldo de la silla entonces, volvió a mirar a la muchacha que tanto daño había causado y que todavía insultaba a su familia.

—No mereces estar ahí colgada —le dijo en voz alta.

A pesar de que durante los últimos diez años Rosemary no había emprendido ninguna tarea más acrobática que el agacharse para llenar el cuenco de su gato, la anciana, sacando mandíbula y con una expresión de determinación pintada en el rostro, levantó el pie delgado y artrítico y empezó, con precariedad, a subirse a la silla.

Eran casi las cuatro menos cuarto cuando él llegó. Hacía mucho rato que ella había dejado de contemplar los arabescos de la ventana y ya ni siquiera le hacían mella las recriminaciones personales. Decidió acometer lo que llevaba semanas posponiendo: ordenar el sótano. La tienda podía parecer inmaculada, pero ella y Jessie habían adoptado la costumbre de lanzar las cajas vacías por la escalera y encajar las bandejas de artículos y las cajas de café en cualquier espacio que pudieran encontrar disponible. Ahora que iban a llegar los artículos de otoño, sin embargo, y que tenía previsto recibir una entrega importante al día siguiente, Suzanna cayó en la cuenta de que no podrían trabajar con todas aquellas cajas de por medio (por no hablar de la basura) a menos que se organizaran mejor.

Llevaba abajo casi media hora cuando oyó la exclamación de sorpresa de Jessie, y de felicidad, y se quedó inmóvil durante un segundo, sin saber si se trataba de uno de los muchos visitantes que parecían inspirar en su amiga un placer tan instantáneo y vocal. Sin embargo, entonces, a pesar del rumor de la lluvia, oyó su voz, elevada y tonal, disculpándose entre risas por alguna cosa. Suzanna se detuvo y se pasó la mano por el pelo, intentando ahogar el cosquilleo que sentía en el pecho. Pensó, brevemente, en la cita con el médico que había pedido hacía unas horas, esa misma mañana, y cerró los ojos, sintiendo una punzada de culpabilidad que pudo asociar a su presencia. Suspiró hondo y empezó a subir la escalera, deliberadamente despacio.

—¡Ah, eres tú! —exclamó ya en la puerta del sótano, intentando parecer sorprendida sin conseguirlo.

Él se había sentado a la mesa de siempre. No obstante, en lugar de ponerse de cara al escaparate, miraba hacia el mostrador. Hacia Jess. Hacia Suzanna. El pelo le brillaba oscuro a causa de la lluvia, y las pestañas se le habían unido en estrelladas puntas. Sonrió, con una sonrisa lenta y encantadora, mientras se secaba el agua de la cara con su mano húmeda y refulgente.

—Hola, Suzanna Peacock.

Vivi guió al perro para que entrara por la puerta trasera y sacudió el paraguas en el suelo de la cocina, llamándolo antes de que el animal intentara recorrer el resto de la casa y dejara sus huellas en las pálidas alfombras.

—¡Oh, haz el favor de venir aquí, ridículo animal! —exclamó, sacándose de un puntapié los zapatos empapados. Había pensado que si se ponía calzado con cordones y cogía un paraguas iría bien preparada para protegerse de ese tiempecito, pero aquella lluvia obedecía a otro orden de cosas. Estaba calada hasta los huesos. «Tendré que cambiarme hasta la ropa interior —pensó, examinando las prendas chorreantes—. Pondré el té y antes de que hierva el agua, ya me habré cambiado.»

Los cielos grávidos de lluvia habían oscurecido la cocina de un modo antinatural, y Vivi encendió varios grupos de luz, esperando a que cobraran vida tras un parpadeo. Apoyó el paraguas en la puerta, llenó el hervidor de agua y se desembarazó de los zapatos, que dejó recostados en la estufa no sin preguntarse si debía ponerles unos bastoncitos para que no encogieran. El gato de Rosemary estaba durmiendo, estirado e inerte, al lado, y Vivi le puso la mano al cuello para comprobar si seguía con vida. Esos días dudaba bastante de la salud del animal. Tenía miedo de que se muriera y se quedara allí varios días antes de que alguien se diera cuenta.

Sacó la tetera del armario, la llenó de agua caliente y la dejó sobre la bandeja para que se fuera calentando mientras cogía dos tazas y dos platitos. Si hubiera sido por ella, habría usado una jarrita, pero a Rosemary le gustaba mantener las formas, aunque solo fueran ellas dos quienes iban a compartir el té; por otro lado, Vivi se sentía lo bastante generosa como para concederle el capricho.

Echó un vistazo a la libreta de notas de la cocina mientras se sacaba el jersey y lo ponía sobre el pasamanos de la cocina. Ben tenía una reunión del club de rugby esa misma noche y, sin duda, querría volver a pedirle prestado el coche. También había un mensaje de la señora Cameron para comunicarle que necesitarían unos guantes de goma nuevos y una pera para la ducha. «Gracias a Dios que cuento con la señora Cameron —pensó Vivi—. ¿Cómo conseguí arreglármelas tanto tiempo sin ella? ¿Cómo es posible que algo tan sencillo haya supuesto para mí un cambio tan radical?»

Vivi se dio la vuelta, se ocupó del hervidor de agua y empezó a preparar el té.

—Rosemary —gritó hacia el anexo—. ¿Quieres una taza de té?

La falta de respuesta no era algo inusual: a menudo Rosemary, fuere por sordera, fuese por obstinación, exigía que se la llamara varias veces antes de dignarse a contestar, y Vivi sabía que todavía no la había perdonado por su arranque de sinceridad. Sin embargo, tras el tercer intento, Vivi colocó la bandeja del té sobre uno de los fogones y fue a llamar a la puerta del anexo de su suegra.

—¿Rosemary? —preguntó, pegando el oído a la puerta. Al no recibir respuesta alguna, empujó la manija y entró.

La anciana no estaba allí. Comprobó un par de veces cada una de las habitaciones y se quedó en el pasillo, intentando pensar dónde podía haber ido su suegra. La señora Cameron se había marchado, por lo tanto no había podido salir con ella. Tampoco se encontraría en el jardín con un tiempo tan espantoso como el que estaba haciendo.

Fue en aquel momento, destacado sobre el mortecino tamborileo de la lluvia, cuando oyó el ruido: un gruñido distante, un arrastrar que delataba algún esfuerzo invisible. Aguardó y luego prestó oídos atenta para calibrar de dónde procedía aquel sonido. Miró, incrédula, al techo y volvió a llamarla:

—Rosemary, ¿eres tú?

Hubo un silencio que Vivi recordaría después durante semanas, y entonces, mientras se dirigía a la puerta, oyó una exclamación ahogada procedente del primer piso, una pausa brevísima y, finalmente, un estruendo escalofriante, terrible, coronado por un grito estrangulado y furioso.

—Te he traído algo —dijo Alejandro aunque, como iba cabizbajo, Suzanna no estaba segura de a quién se había dirigido.

—¿Es un regalo? —preguntó Jessie excitada. Se había animado al entrar él; de algún modo, aquel hombre siempre causaba ese efecto en la muchacha.

—No exactamente —dijo con expresión de pedir disculpas—. Es la bebida nacional argentina. *Mate*. Nuestra versión de la taza de té, si lo queréis llamar así. —Se sacó un paquete de vivos colores del bolsillo interior de la chaqueta y se lo entregó a Suzanna, que estaba de pie tras el mostrador—. Es amarga pero creo que os gustará.

—Mate —repitió Jess, saboreando la pronunciación—. «Yerba mate La Hoja» —leyó del paquete—. ¿Te apetece una taza de mate, Suze? Con leche y dos terrones de azúcar, ¿verdad?

—Con leche, no —dijo Alejandro, con una mueca de repugnancia—, pero podéis añadir azúcar o trocitos de naranja. También limón o uva.

—¿Hago una tetera? —dijo Suzanna.

—No, no. Con tetera, no. Utilizaremos esto. —Alejandro se metió tras el mostrador y Suzanna captó de súbito su cercanía—. Hay que prepararlo en un *mate*. Como este. —Del otro bolsillo de la chaqueta sacó un voluptuoso pote de plata en forma de jarrita en miniatura—. Dejad que lo prepare yo. Vosotras lo probáis y ya me diréis qué os parece. Hoy os sirvo yo para variar.

—Parece té chino —dijo Jessie, contemplando el contenido del paquete—. A mí no me gusta el té chino.

—Parece un montón de hojas y ramitas mustias —dijo Suzanna.

—Lo prepararé dulce —sugirió Alejandro, removiendo la mezcla de *yerba* en el recipiente.

Suzanna se apoyó en la pizarra, sin caer en la cuenta de que la lista de los cafés del día se le transfería emborronada a la camiseta negra. Él se encontraba tan cerca que podía olerlo: desprendía un aroma a jabón y agua de lluvia, y algo más, soterrado, que le hizo sentirse tensa sin querer y extrañamente vulnerable.

—Tengo… Tengo que seguir trasladando las cajas del sótano —dijo, desesperada por recobrarse—. Llamadme cuando esté listo. —Miró a Alejandro y añadió sin que viniera a cuento—: Tenemos… Mañana nos entregan un montón de artículos; y no tenemos espacio. No hay espacio, eso es lo que pasa. —Bajó con prisas la escalera desvencijada y se sentó en el escalón del fondo, maldiciéndose por su debilidad mientras el corazón le latía desacompasado en el pecho.

—Normalmente no te veo nunca en la tienda a esta hora del día —oyó que Alejandro le decía a Jessie, sin que su voz traicionara nada parecido al torbellino que ella sentía. Claro que Suzanna tampoco tenía idea alguna de cuáles eran sus sentimientos.

«¿Qué estoy esperando que suceda? —pensó, asiéndose la cabeza con las manos—. Estoy casada, ¡por el amor de Dios! Y aquí me tienes, tirándome de cabeza a una nueva aventura. Cualquier cosa con tal de no pensar en lo que está sucediendo de verdad en mi vida.»

—Emma tenía clase de teatro —explicó Jessie.

Suzanna oía sus pasos contra el suelo de madera y veía que las vigas del techo cedían un tanto a medida que la muchacha iba de un lado a otro de la tienda.

—He pensado que me quedaría un rato más, teniendo en cuenta que llevaba un cierto tiempo sin venir.

—¿Y tu cabeza? Tiene mejor aspecto.

—Ah, muy bien. Puedo decirte que me embadurné literalmente con crema de árnica; y en cuanto al labio, apenas se nota nada si me pongo carmín... Mira. —Se hizo un silencio mientras se suponía que Alejandro debía de estar examinando el rostro de Jessie. Suzanna intentó no pensar que deseaba que fuera su cutis el lugar donde se posaran con suavidad aquellos dedos. Oyó que Jessie murmuraba algo y luego que Alejandro le respondía que no era nada, que no se preocupara.

En el silencio subsiguiente la mente de Suzanna se quedó en blanco.

—Huele —comentó Jessie—. Es repugnante.

Alejandro también se reía.

—No, no. Espera. Añadiré azúcar y luego ya podrás probarlo.

«Tengo que controlarme», pensó Suzanna, y cogió una pesada caja de álbumes de fotografías victorianas que había comprado en una subasta. Tenía pensado sacar los retratos y colocarlos en marcos individuales pero nunca encontraba el momento de hacerlo. Dio un salto cuando el rostro de Jessie apareció en lo alto de la escalera.

—¿Subes? Por aquí se están preparando para envenenarnos.

—¿No deberíamos llamar a nuestros clientes favoritos? —dijo Suzanna en tono alegre—. Podrían unirse a nosotras.

—No, no —repuso Alejandro, riendo—. Solo vosotras dos. Por favor. Quiero que lo probéis.

Suzanna subió la escalera correteando y observó que seguía lloviendo a cántaros, con la misma lluvia gris y decidida de la mañana. La tienda, sin embargo, de repente ofrecía un aspecto cálido y acogedor, bien iluminada contra la plomiza humedad exterior, dotada de olores desconocidos. Se dirigió a la estantería y empezó a bajar unas tazas, pero Alejandro, tocándole el brazo, la detuvo.

—No —le dijo con un gesto para que volviera a guardarlas—. Así no es como se bebe.

Suzanna lo miró y observó el potecito de mate, del cual ahora surgía una pajita de plata, doblada como un bastoncito de caramelo.

—Hay que sorber por aquí.

—¿Qué? ¿Todos nosotros? —preguntó Jessie, mirando fijamente el artilugio.

—Un sorbito cada uno, y sí, con la pajita.

—Es algo antihigiénico, ¿no?

—No pasa nada. Soy un sanitario experimentado.

—No tendrás ninguna llaga infectada, ¿no? —le preguntó Jessie a Suzanna, riendo.

—¿Sabéis? Es muy ofensivo negarse a compartir la bebida con otra persona —les explicó Alejandro.

Suzanna se quedó mirando la pajita.

—A mí no me importa. —Se cogió el pelo para apartarlo de su cara y sorbió un traguito del líquido—. ¡Qué amargo! —exclamó con una mueca—. Es… Es muy distinto.

Alejandro volvió a ofrecerle la pajita.

—Piensa en la primera vez que probaste el café. En su sabor. Tienes que juzgar el mate del mismo modo. No es que sea malo, es diferente.

Suzanna, sin apartar los ojos de Alejandro, aplicó los labios a la pajita. Con la mano sostenía el pote, o bien se sostenía a sí misma, no estaba del todo segura. Miró sus propios dedos fijamente, tan pálidos y suaves junto a los de él, bronceados, extranjeros e inconfundiblemente masculinos, en sombra bajo la oscura cortina de su pelo.

Aquellas manos traían niños y niñas al mundo, secaban lágrimas de ojos femeninos, conocían el nacimiento y la muerte y habían vivido y trabajado en lugares situados a millones de kilómetros de Inglaterra. «Una mano podría hablarnos de la historia de su dueño», pensó con aire ausente. Las de su padre estaban llenas de cicatrices, curtidas por décadas de trabajo manual, y las de Vivi habían envejecido como consecuencia lógica del acto mismo de cuidar de los demás. Las de Suzanna, en cambio, eran pálidas y efímeras, manos que el trabajo o la humanidad todavía no habían atemperado. Eran unas manos que aún no habían vivido. Suzanna dio otro sorbito de mate mientras Jessie murmuraba que necesitaban comprar más azúcar. Luego observó que la ancha mano de Alejandro se movía apenas una fracción de segundo para reposar sobre la de ella.

La alegría de los minutos anteriores se transformó en algo más inquietante, electrizante incluso. Suzanna intentó tragar el cáustico líquido, sin dejar de mirar las manos de él, con todos los sentidos clavados en aquella palma seca y cálida que le tocaba la piel, luchando contra el impulso de aplicar en ella su boca y presionar los labios.

Parpadeó ostensiblemente e intentó encadenar sus pensamientos. «Quizá ha sido un movimiento accidental —se dijo a sí misma—. Tiene que haber sido eso.»

Dejó escapar un largo y trémulo suspiro y levantó los ojos hasta tropezarse con los de Alejandro. Él no dejaba de mirarla, y su expresión no era de divertida complicidad, de invitación sexual, ni siquiera de ignorancia, como casi esperaba ella, sino que el hombre se había quedado estupefacto, ansioso por encontrar respuestas.

La mirada de Alejandro, clavada en ella, fue como una sacudida casi dolorosa. Se burlaba de la razón y laceraba todas sus creencias y excusas. «Yo tampoco sé nada —quería protestar ella—. No lo comprendo.» En ese momento, como si pertenecieran a otra persona, sus propios dedos se movieron sobre la jarrita hasta entrelazarse con los de él.

Notó que Alejandro daba un respingo y desvió la mirada hacia Jessie, que recogía unas tazas de la estantería, excitados y conmocionados ambos por lo que ella acababa de hacer, dudando si sería capaz de contener la emoción que parecía haber provocado, mientras el peso de aquel movimiento insignificante amenazaba con aplastarla.

Alejandro no retiró su mano.

Suzanna se sintió casi aliviada cuando el silencio de la habitación fue interrumpido por el potente timbre del teléfono. La muchacha retiró la mano sin poder mirar a Alejandro. Se limpió los labios y se volvió hacia el teléfono, aunque Jess ya había llegado antes que ella. Se sentía mareada, desorientada, y era tan consciente de que los ojos de Alejandro seguían posados en ella que, al principio, no lograba discernir lo que su amiga le decía. Luego, lentamente, a medida que sus sentidos fueron centrándose, cogió el auricular.

—Es tu madre —le dijo Jess, dedicándole una mirada angustiada—. Dice que tu abuela ha sufrido un accidente.

—¿Mamá? —Suzanna se llevó el aparato al oído.

—¿Suzanna? ¡Oh, cariño, siento molestarte en el trabajo! Rosemary ha caído y necesito desesperadamente que alguien me ayude.

—¿Qué ha pasado?

—No tengo coche. Los chicos se han marchado con el mío, tu padre se niega a utilizar el móvil y yo necesito llevar a Rosemary al hospital. Creo que se ha roto una costilla.

—Ahora voy.

—¿De verdad no te importa? No te lo pediría pero es que si no vienes tú, tendré que llamar a una ambulancia, y Rosemary se niega categóricamente a que entre el vehículo en la propiedad. El problema es que yo sola no puedo bajarla por la escalera.

—¿Está arriba? ¿Qué hace allí arriba?

—Es una historia muy larga. Suzanna, ¿estás segura de que no te importa?

—No seas boba. Iré lo más rápido que pueda. —Suzanna colgó—. Tengo que marcharme. Jess, será mejor que cierre la tienda. ¡Santo cielo!, ¿dónde habré dejado las llaves?

—¿Qué pasa con las cajas? —preguntó Jess—. Mañana llegan esos pedidos. ¿Dónde vamos a ponerlo todo?

—Ahora no puedo pensar en eso. Tengo que llevar a mi abuela al hospital enseguida. Tendré que solucionarlo mañana, en el mismo momento. Quizá regrese esta noche si no tenemos que esperar demasiado en urgencias.

—¿Quieres que te acompañe? —le preguntó Alejandro.

—No, gracias. —Suzanna sonrió a su pesar ante la idea de tener que explicarle a Rosemary quién era aquel joven.

—Deja que llame a mamá —propuso Jess—. Ella se encargará de recoger a Emma. Yo me quedaré y lo arreglaré por ti. Cuando termine, te meteré las llaves en el buzón de casa.

—¿Estás segura? ¿Te parece bien? Hay cajas que pesan mucho.

—La ayudaré yo —dijo Alejandro—. Márchate. No te preocupes. Lo solucionaremos.

Suzanna corrió hacia su coche, con las manos levantadas sobre la cabeza en un vano intento de protegerse de la lluvia, preguntándose cómo era posible, aun con ocasión de una grave urgencia familiar, aun teniendo en cuenta la generosidad de Jessie, conociendo incluso su sentida devoción por otro hombre, que anidara en ella el sentimiento de los celos ante la idea de que los dos iban a quedarse solos en la tienda.

La exposición del escaparate estaba dedicada a Sarah Silvers. Cabía decir que la señora era uno de los personajes menos interesantes que había expuesto Emporio Peacock, centrada como estaba en el día en que la mujer se trasladó a vivir a su rectoría georgiana de ocho dormitorios, situada en Brightmere (y que en la actualidad había cambiado su nombre por el de Brightmere Manor), en los límites de Dere Hampton. Se contaba la angustia enervante que había sufrido la propietaria al tener que esperar, mordiéndose las uñas durante ocho días, sin saber si su puja secreta le garantizaría la casa, y las larguísimas y tortuosas semanas que tuvo que pasar eligiendo telas y mobiliario de calidad (¡la agonía de la elección!), todo ello sumado a las extenuantes responsabilidades que comportaba ser la anfitriona de inacabables sesiones de desayunos de caridad y de la fiesta anual del pueblo. Se incluía una de las «tablas que creaban atmósfera» y que la señora había ideado para vestir cada habitación, inspirándose en diversos castillos y casas señoriales con las que presumía de estar relacionada, si acaso, por cierto lejano parentesco. En los últimos párrafos se dedicaba un par de líneas al día de su boda, en un orden de prioridades que no había sorprendido a nadie que ya la conociera. Llevaba en cartel dos semanas ya, y Suzanna y Jessie encontraban un secreto placer en ir alterando sutilmente la muestra trocito a trocito: se habían cansado de que Sarah presumiera de su importancia y pasara por allí «como quien no quiere la cosa» varias veces al día para vanagloriarse ante sus amistades (sin tener la delicadeza de hacer que entraran a comprar algo). Hasta el momento habían incluido un catálogo MFI y un anuncio de limpieza de tanques sépticos entre sus revistas *Interiors* dispuestas con esmero, habían escrito cirujano «plástico» en lugar de «arbóreo» en el párrafo en el que se destacaba la importancia de un buen jardinero y añadido varios ceros al precio que Sarah había pagado por la casa. De regalo, junto al interminable apartado en el que se relataba su primera cena de gala como «señora de la mansión», Jess había plantificado una lata de albóndigas en salsa Brains' Faggots.

—No se lo habría hecho a nadie —le explicó a Alejandro mientras subía otra caja por la escalera—, pero la verdad es que esa mujer es la vacaburra más pomposa que conozco. Cuando entra, ni siquiera me habla, solo se dirige a Suzanna. Un día dejé caer que ella era una Fairley-Hulme, y la vieja Bragas de Puntillas empezó a actuar como si todos formaran parte de una única y extensísima familia aristocrática. ¿Sabes cómo ha hecho su fortuna el marido? Con pornografía, por Internet. Claro que ella dice: «Mi esposo trabaja en el mundo de los ordenadores». No la habríamos colgado en la exposición, pero me faltaban personajes y le prometí a Suzanna que no dejaría morir el tema.

Alejandro contemplaba lo expuesto.

—¿Qué son los Brains' Faggots?

Eran pasadas las seis, y los luminosos cielos de la tarde se habían oscurecido prematuramente a causa del tiempo tormentoso: Jess había ido encendiendo las luces de la tienda a partir de la hora del té. Había amontonado toda la basura en unas bolsas negras, relativamente fáciles de transportar. Ahora, sin embargo, tendría que mover las cajas, y algunas pesaban mucho porque contenían vajillas o libros.

—Solo Dios sabe lo que ha estado comprando —comentó la muchacha, aupando otra caja para subirla por la escalera. Era la única manera de ganar espacio para mover las demás—. Creo que la mitad de las veces ni ella misma lo sabe. —Dejó escapar un grito ahogado por el dolor.

Alejandro se echó hacia delante para cogerle la caja.

—¿Estás bien?

—Sí, pero he cogido demasiado peso con esta mano —respondió Jessie, examinando su dedo, que todavía llevaba entablillado.

Alejandro dejó la caja en el suelo y le cogió la mano.

—Mira, deberías ir a hacerte una radiografía.

—No está roto. Se habría hinchado si estuviera roto.

—No necesariamente.

—No puedo soportar volver al hospital, Ale. Noto que todas esas enfermeras me miran como si yo fuera una especie de idiota. ¡Es tan estúpido ese hombre! Jamás he mirado a nadie más. Bueno, claro que he mirado, pero nunca… ya sabes… me he planteado hacer nada. —Jessie hizo un mohín—. Sé que todos piensan que soy una coqueta, pero en realidad formo parte de esas personas tan aburridas que creen que hay un hombre para cada mujer.

—Ya lo sé. —Alejandro le cogió la mano y le dio la vuelta, separándole con suavidad los dedos. El moretón se iba volviendo de un verde enfermizo—. Si está roto, y no vas a que te lo miren, podrías perder movilidad.

—Me arriesgaré —replicó Jessie, echándole un vistazo y esbozando una sonrisa—. ¡Bah! Tampoco lo usaba demasiado que digamos.

Alejandro se puso frente a la caja y la levantó.

—Muy bien, a partir de ahora yo me encargo de acarrearlas. Tú me diriges. Así nos marcharemos antes a casa. ¿Dónde quieres que coloque esta?

Jessie se sentó en el taburete que había junto al mostrador.

—En la mesa azul. Creo que son los artículos de verano y sé que Suzanna quiere rebajar las existencias de temporada, o bien guardarlas en el sótano.

Alejandro la trasladó sin esfuerzo al otro extremo de la tienda, y su vigorosa facilidad de movimientos delataba al hombre que se siente satisfecho de poseer un objetivo. Fuera, en el paseo sin iluminar, la lluvia seguía cayendo como una cortina, con tanta fuerza que impedía ver el muro que había al otro lado de la calle. Jessie sintió un escalofrío al percatarse de que el agua había empezado a entrar por debajo de la puerta.

—No pasa nada —la tranquilizó Alejandro—. Es imposible que siga entrando más. Eso pasa porque las cañerías van llenas. —Le dio un golpecito en el codo—. Eh, Jessie, venga. No te quedes ahí sentada. Tienes que decirme qué cajas quieres que mueva.

A casi cien metros de la tienda, Jason Burden permanecía sentado en la camioneta, invisible a los ojos de los inquilinos del local. Había tomado unas copas y, en el fondo, no debería estar conduciendo como correspondía pero cuando fue a casa de Cath a recogerlas a las dos, su suegra le dijo que Emma seguía en clase de teatro, y que suponía que Jessie estaría haciéndose las uñas en algún salón de belleza. «Regresarán pronto», había dicho su suegra. Le invitó a pasar y a tomarse una taza de té con ella, así podrían ir luego los dos a recoger a Emma. Sin embargo, Jason decidió ir al pub.

En realidad, no sabía qué le había hecho irse al pub. Quizá era debido a que en ese momento le parecía que todo le salía mal. No sentía la seguridad del pasado. No estaba seguro de Jessie, con aquellos amigos sofisticados, sus libros, encerrándose noche tras noche a estudiar y dejándolo solo, sin duda preparándose para construirse una nueva vida al margen de él. No tenía ya a Jessie, demasiado cansada para irse con él al pub a disfrutar de unas risas ahora que trabajaba, charlando siempre de personas a quienes él no conocía, de una chica de la propiedad de los Fairley-Hulme, dándose aires de importancia. Intentando siempre atraerlo hacia la tienda para que conociera a sus nuevas «amistades», intentando convertirlo en alguien distinto. Había perdido a Jessie, quien le miraba con un aire de renovado reproche, luciendo sus moretones y mostrándoselos como si a él no le dolieran ya bastante.

Quizá fue debido a que había visto al padre Lenny dirigiéndose a la casa de Cath, a zancadas confiadas, como si le perteneciera todo el condenado barrio, y mirándole de ese modo, como si Jason no fuera mejor que la porquería que él llevaba enganchada a la suela de los zapatos, a pesar de disimularlo con un saludo falso.

A lo mejor fue el número de teléfono que encontró en el bolsillo de su mujer. El número al cual un individuo de acento extranjero había respondido antes de que él colgara.

No estaba seguro de las razones que lo habían impulsado hasta allí.

Jason seguía sentado en la camioneta, escuchando el chasquido del motor al enfriarse, el susurro periódico de los limpiaparabrisas, que iban revelando, cada pocos segundos, en la tienda profusamente iluminada, la visión que había deseado no presenciar jamás.

Aquel hombre cogiéndole la mano.

Hablando con ella, con el rostro a pocos centímetros del de su esposa.

Haciéndole señales, sonriendo, para que bajara con él al sótano, al lugar donde Jason y Jessie habían intercambiado su primer beso. El lugar donde la había hecho suya por primera vez.

No habían vuelto a subir.

Jason apoyó la cabeza, que estaba a punto de estallarle, en el volante.

Una eternidad después, acercó las manos a las llaves que conectaban el motor del coche.

Colocaron la última caja en la improvisada estantería y Alejandro se sacudió las manos en el pantalón. Jessie, sentada en lo alto de las escaleras (porque no había espacio suficiente para que dos personas se movieran en el sótano con todas aquellas cajas), supervisaba las operaciones que se desarrollaban en el sótano y sonreía satisfecha.

—A ella le va a encantar.

—Espero que sí —dijo Alejandro sonriendo mientras cogía un trozo de papel arrugado de la escalera y lo lanzaba, haciendo diana, al contenedor.

Jessie estaba observándolo, con la cabeza ladeada.

—Eres tan malo como él, ¿sabes?

—¿Como tu novio? —le preguntó Alejandro, evidentemente perplejo.

—Ninguno de los dos sois capaces de comunicar vuestros sentimientos. La diferencia estriba en que él recurre a los puñetazos y tú te limitas a callártelo todo.

—No te comprendo. —Alejandro subió un par de escalones para acercarse a ella, hasta que quedó a su altura.

—¡Y un comino! Deberías hablar con ella, Ale. Si uno de los dos no hace nada pronto, voy a desmayarme bajo el peso de tanto deseo latente en el aire.

Alejandro la miró de hito en hito durante unos segundos.

—Está casada, Jess; y creía que tú eras una defensora acérrima... del destino, me refiero. Un hombre para cada mujer, ¿no era así?

—Pues sí. Aunque no es culpa de nadie que la primera vez elijas a la persona equivocada.

El casete, que tocaba una antología de jazz, se apagó de súbito, dejando la tienda en silencio y reservando un espacio acústico para el tamborileo mortecino de una tormenta que se aproximaba a lo lejos.

—Creo que eres una romántica —comentó Alejandro.

—No. Creo que a veces las personas necesitan un empujoncito —precisó Jessie, levantándose—, incluida yo. Venga, salgamos de aquí. Mi Emma se estará preguntando dónde estoy. Viene a ver cómo me hacen la manicura esta tarde. Es la primera vez en mi vida; y no logro decidirme entre un rosa jugoso o un precioso y provocativo escarlata.

Alejandro le ofreció el brazo y ella se asió a él para levantarse del escalón.

—¡Madre mía! —exclamó la muchacha al salir a la luz de la tienda—. Voy hecha una porquería.

Alejandro se encogió de hombros, dándole la razón y sacudiéndose la ropa a su vez mientras contemplaba la lluvia.

—¿Llevas paraguas?

—He cogido el impermeable —contestó Jessie, señalando con un gesto el impermeable de plástico color fucsia—. Es la prenda estival básica de Inglaterra. Ya aprenderás. —Se dirigió hacia la puerta.

—¿Crees que deberíamos llamar a Suzanna? —preguntó Alejandro como quien no quiere la cosa—. Para ver si está bien.

—Estará en urgencias durante horas —Jess comprobó si llevaba las llaves—, pero tengo que acercarme a su casa más tarde para devolverle las llaves. Le diré que has preguntado por ella, si quieres... —Sonrió, dejando que su mirada se tiñera de un cierto aire ladino.

Alejandro se negó a contestar e hizo un gesto de exasperación, como si se lo tomara a broma.

—Creo, Jessie, que deberías reservar tus maquinaciones para Arturro y Liliane. —El muchacho se agachó para arrancarse un trozo de cinta adhesiva que, de algún modo, se le había adherido a la pernera del pantalón. Más tarde explicaría que había oído solo el inicio de la risa de Jessie, una risa que fue interrumpida por un ruido acelerado, un chirrido que, en su volumen y velocidad progresivos, sonó como el graznido de un pájaro inmenso y colérico. Levantó la cabeza a tiempo de ver un borrón blanco, el impacto ensordecedor de lo que podría haber sido un trueno y, luego, la fachada principal de la tienda explosionando hacia el interior, en un estallido de ruido y madera. Levantó el brazo para protegerse de la lluvia de esquirlas de cristal, mientras las estanterías volaban, los platos y los retratos se derrumbaban hacia atrás e impactaban en el mostrador, y lo único que había visto, lo único que en realidad había visto, no era a Jessie, sino el fogonazo de un plástico rosa intenso mientras desaparecía, como una bolsa mojada, bajo el parachoques de una camioneta.

Era la cuarta taza de café que sacaba de la máquina expendedora, y Suzanna se dio cuenta de que si bebía más, las manos le empezarían a temblar. Le costaba, sin embargo, dado el tedio de tener que esperar en el cubículo, y sobre todo porque marcharse a buscar café parecía la única excusa legítima para escapar del incansable mal humor de Rosemary.

—Si dice que la seguridad social ya no es lo que era una vez más, voy a atizarle con un calientacamas —le susurró Suzanna a Vivi, que estaba sentada junto a ella.

—¿Qué estás diciendo? —preguntó Rosemary, peleona, desde la cama—. Habla en voz alta, Suzanna.

—Yo no me tomaría la molestia, cariño —musitó Vivi—. Ahora los fabrican del mismo material que las hueveras.

Llevaban casi tres horas en el hospital. Al principio, una enfermera de urgencias había atendido a Rosemary, y le habían pautado diversas radiografías, gracias a las cuales le diagnosticaron que tenía una costilla fracturada, moraduras y una muñeca dislocada. A conti-

318

nuación se la habían llevado de la sala de urgencias para situarla al final de una larga cola de heridas rutinarias, acto que ella interpretó como un insulto personal. La lluvia no contribuía a mejorar las cosas, les había explicado la joven enfermera, y entonces les informó de que tendrían que esperar una hora más, como mínimo. Esa lluvia siempre ocasionaba un mayor número de accidentes.

Suzanna iba mirando su mano izquierda de vez en cuando, como si esa extremidad delatara la señal de su doblez. Se le aceleraba el corazón cada vez que pensaba en el hombre que posiblemente todavía se encontraba en su tienda. «Está mal —se decía a sí misma—. Ya vuelves a las andadas. Te pasas de la raya.» Sin embargo, entonces sentía que el pulso se le aceleraba como el azogue mientras se permitía, de nuevo, revivir los acontecimientos de las horas pasadas.

—Márchate, querida —le dijo Vivi, inclinándose hacia ella—. Ya cogeré un taxi para volver a casa.

—No me marcharé, mamá. Francamente, soy incapaz de dejarte sola con este panorama. —Con «ella», en realidad, era lo que pretendía decir.

Vivi la asió del brazo, agradecida.

—Debería contarte cómo se hirió Rosemary —susurró Vivi.

Suzanna se volvió hacia ella y Vivi miró hacia atrás. Estaba a punto de ponerla al corriente de todo cuando, con un sonido siseante, la cortina del cubículo se abrió.

Un policía apareció frente a ellas, con el walkie-talkie zumbando y enmudeciendo de golpe. Tras él había una agente, hablando consigo misma.

—Creo que están buscando a los del cubículo del final —dijo Vivi, acercándose a su hija con aire conspirador—. Son los que han estado peleando.

—¿Suzanna Peacock? —preguntó el policía, mirando a las dos mujeres alternativamente.

—¿Van a arrestarme? —preguntó en voz alta Rosemary—. ¿Ahora resulta que es una ofensa esperar varias horas en el hospital?

—Soy yo —dijo Suzanna, pensando que aquello era como lo que ocurría en las películas—. Se trata de… ¿Se trata de Neil?

—Ha habido un accidente, señora. Creemos que sería mejor que viniera con nosotros.

Vivi se llevó una mano a los labios.

—¿Le ha pasado algo a Neil? ¿Ha tenido un accidente de coche?

Suzanna se había quedado paralizada, y la sensación de culpa la dejó helada.

—¿Cómo? ¿Qué ha pasado?

El policía miraba con reticencia a la anciana.

—Es mi familia —le informó Suzanna—. Dígame, por favor, qué ha sucedido.

—No se trata de su marido, señora, sino de su tienda. Ha habido un incidente muy grave y nos gustaría que nos acompañara.

19

Suzanna llevaba casi una hora y cuarenta y cinco minutos, salvo intermitencias, sentada en la habitación con el sargento detective. Se enteró de que el policía tomaba el café solo, que casi siempre tenía hambre, aunque le apetecían los alimentos más desaconsejables, que pensaba que a las mujeres siempre se las debía tratar de «señora», con una especie de exagerada deferencia que sugería que, en el fondo, creía justamente lo contrario. El detective no quería decirle, de entrada, lo que había ocurrido, como si, a pesar de la repetida insistencia de Suzanna en confirmarle que se trataba de su tienda, que sus amigos se encontraban en el interior, la información tuviera que juzgarse desde una base probada. Solo le permitían enterarse de algún fragmento de información, que le ofrecían a regañadientes después de que el detective hubiera salido del despacho, requerido por los susurros de algún subalterno, y hubiera regresado al cabo de un rato. Se enteró de todas esas cosas porque el único de los sentidos que parecía funcionarle con eficacia era su capacidad de fijarse en los detalles sin importancia. De hecho, Suzanna pensaba que posiblemente podría recordar cada uno de los más mínimos objetos de la estancia: las sillas de plástico naranja, las mesas apilables típicas de los locales públicos y los ceniceros niquelados y baratos que se amontonaban junto a la puerta.

Lo que no lograba era comprender nada de lo que decían.

Querían saber cosas de Jessie: cuánto tiempo llevaba trabajando en la tienda, si tenía algún (y en ese punto titubearon, mirándola con una expresión significativa) «problema» en casa. No le decían lo que había sucedido pero por la poco sutil dirección que iban tomando las preguntas, Suzanna se percató de que todo aquello tenía que ver con Jason. Sin embargo, y a pesar de las casi infinitas posibilidades que le venían a la mente a toda velocidad, la chica dudaba sobre si debía hablar más de la cuenta antes de poder tener un cambio de impresiones con Jessie, consciente de que el odio que su amiga sentía por los actos de Jason solo encontraba parangón en el horror que experimentaba la muchacha al pensar que la gente pudiera enterarse.

—¿Está malherida? —no cesaba de repetir ella—. Tiene que decirme si Jessie se encuentra bien.

—Todo a su debido tiempo, señora Peacock —le dijo el oficial, garabateando con escritura ilegible en el bloc que tenía delante. Una barrita Mars sin abrir sobresalía de su bolsillo superior—. Veamos, ¿sabe usted si la señorita Carter tenía algún... —duda, mirada intencionada— ... algunos amigos de quienes le contara cosas?

Al final se lo explicó, al convencerse de que, sin duda, eso sería lo mejor para Jessie. Le hizo prometer al detective que si le contaba lo que sabía, él tendría que decirle la verdad sobre lo que le había sucedido a su amiga. No le debía ninguna clase de lealtad a Jason, a fin de cuentas. Les relató, con un estilo algo precipitado, las heridas infligidas a su amiga, la devoción que sentía Jessie hacia su marido y las reservas también, su determinación a superar la crisis con terapia conyugal. Les contó, temiendo que Jessie pareciera una víctima, lo decidida que era su amiga, lo valiente y lo amada que era por casi todo el pueblecito. Terminó su discurso sin aliento, como si las palabras le hubieran salido solas, sin pensar apenas, y se quedó sentada durante unos minutos, intentando dilucidar si había algo incriminatorio en lo que acababa de narrar.

El detective había anotado sus palabras con extremo cuidado, cruzó una mirada con la oficial de policía que había junto a él y entonces, justo cuando Suzanna iba a preguntarle dónde estaba el lavabo de señoras, le dijo, con un tono de voz que a lo largo de los muchos años había aprendido a disimular la conmoción y el horror con una apariencia de serena preocupación, que Jessie Carter había muerto instantáneamente esa noche cuando alguien que conducía una camioneta se había estrellado contra la fachada delantera de la tienda.

Se le hizo un nudo en el estómago. Suzanna miró inexpresivamente a los dos rostros que tenía delante, dos caras, advirtió, en algún lugar remoto, y que todavía funcionaba, de su mente, que estudiaban su propia reacción.

—Perdón, ¿cómo dice? —preguntó, cuando sus labios acertaron a pronunciar las palabras—. ¿Puede repetir lo que acaba de decir?

La segunda vez que habló el detective, Suzanna notó una sensación repentina de desfallecimiento, la misma que había sentido cuando bajaba rodando la colina con Alejandro, la misma vertiginosa confusión de un mundo que se desgajaba de su eje. Salvo que en esa ocasión no era por causa de la alegría ni de la euforia siquiera, sino por el mareante eco de las palabras del policía retornando a ella.

—Creo que deben de haber cometido algún error.

El detective se puso en pie, le ofreció el brazo y dijo que necesitaban que los acompañara a la tienda para determinar si faltaba alguna cosa. Si lo precisaba, llamarían a quien ella quisiera. Si le apetecía, incluso, podían esperar a que se tomara una taza de té. Comprendían que debía de estar impresionadísima. El detective olía, advirtió Suzanna, a patatas fritas de cebolla y queso.

—Ah, por cierto. ¿Conoce a un tal Alejandro de Marenas? —El detective leyó el nombre, que tenía escrito en un trozo de papel, y pronunció una J sonora.

Suzanna asintió embobada, preguntándose de paso si pensaban que lo había hecho Ale. «¿Hacer el qué? —se corrigió a sí misma—. No paran de cometer errores —pensó mientras notaba que las piernas la alzaban como si no fueran conectadas a su persona—. Mira, si no, los Cuatro de Guilford o los Seis de Birmingham. ¿Quién dice que la policía siempre sabe de lo que habla? No es posible en absoluto que Jessie esté muerta. Muerta, lo que se dice muerta, no.»

Salieron todos al pasillo, en el que reinaban acres aromas de antiséptico y humo atrasado de cigarrillo. Lo vio entonces, sentado en la silla de plástico, con su cabello oscuro entre las manos, mientras la agente de policía que tenía al lado descansaba una mano extrañamente consoladora en su hombro.

—¿Ale?

Alejandro levantó la cabeza, el estupor vacuo, el nuevo cuadro de lividez absoluta y desgarradora que expresaba su rostro cuando sus miradas se cruzaron, confirmó las palabras del policía, y Suzanna emitió un colosal sollozo gutural, llevándose las manos involuntariamente a la boca cuando el sonido reverberó en el pasillo vacío.

Después de aquello la noche devino confusa. Suzanna recordaba que la habían acompañado a la tienda, y ella había permanecido de pie, temblorosa, tras la cinta amarilla, con la agente murmurando en voz baja a sus espaldas mientras ella contemplaba la fachada destrozada, las ventanas astilladas, cuyos dinteles superiores, sin embargo, todavía conservaban el cristal georgiano en un afán de negar lo que había sucedido más abajo. Las lámparas habían sobrevivido en principio al impacto y la tienda resplandecía sin congruencia alguna, como el interior de una casa de muñecas de tamaño gigante, con las estanterías todavía intactas y alineadas en orden a lo largo de la pared trasera, junto a los mapas de África del norte y los testamentos, todo ello todavía bien enganchado, como negándose a doblegarse ante la constatación de la carnicería que se había desarrollado a sus pies.

En algún momento dado dejó de llover, pero las aceras todavía refulgían con el destello de los neones procedentes de los puntos de luz que habían instalado los bomberos. Dos bomberos permanecían quietos en lo que había sido el marco de la puerta, señalando la madera y musitando en voz baja unas palabras al policía que estaba a cargo de la vigilancia. Dejaron de hablar cuando la policía condujo a Suzanna hacia el interior de la tienda.

—Quédese aquí —le dijo la agente al oído—. De momento, no podemos acercarnos más.

A su alrededor la policía y los bomberos hablaban en grupitos, murmurando en sus walkie-talkies, sacando fotos con cámaras de flash, advirtiendo a los pocos mirones que se alejaran de la escena, diciéndoles que no había nada que mirar, nada en absoluto. Suzanna oyó el reloj de la plaza del mercado tocar las diez y se envolvió en el abrigo, pisando con cuidado sobre el pavimento mojado, donde sus libretas de tapas de ante y las servilletas bordadas a mano yacían empapadas por el suelo, rodeadas de fragmentos de cristal y etiquetas de precios borrosas por la lluvia. De lo alto colgaba medio letrero, dado que, a juzgar por las apariencias, el impacto había arrancado el final de la palabra «Emporio». Avanzó de modo inconsciente, con la intención de colocarlo de nuevo en su lugar, pero se detuvo al ver varios rostros que la miraban con recelo, con una expresión que significaba que ella ya no tenía derecho. Aquello ya no era su tienda.

Eran pruebas.

—Hemos trasladado todos los artículos que hemos podido para retirarlos de la fachada —le contaba la agente—, pero es obvio que hasta que los del cuerpo de rescate no la saquen, no poseemos garantías de que el edificio sea seguro. Me temo que no puedo dejarla entrar.

Suzanna estaba de pie, según advirtió distraída, sobre un trozo de la exposición de Sarah Silver. El catálogo de MFI que Jessie encontraba tan divertido. Se agachó para recogerlo y limpió la huella mojada de su pie con la mano.

—Si el tiempo aguanta y no llueve más, no creo que vaya usted a perder mucha cosa. Imagino que lo tenía todo asegurado.

—No debía estar aquí esta noche —comentó Suzanna—. Ella solo se ofreció a quedarse porque tuve que llevar a mi abuela al hospital.

La agente de policía la miró compadecida y tocó su antebrazo con un gesto solidario.

—No se culpe —le dijo con un tono extrañamente confidencial—. Lo que ha ocurrido no ha sido culpa suya. Las personas buenas siempre se creen responsables de algún modo.

«¿Buena, yo?», pensó Suzanna. En ese momento alcanzó a ver la grúa, la cual, a un metro de distancia, transportaba la blanca y retorcida camioneta como si fuera una carga preciosa, con el parabrisas hundido y golpeado por alguna terrible fuerza. Suzanna se acercó al vehículo e intentó leer el letrero pintado en el costado.

—¿Esta es la camioneta de Jason? ¿La camioneta de su novio?

La policía adoptó una expresión forzada.

—Lo siento muchísimo pero no lo sé; y aunque lo supiera, probablemente no estaría autorizada a decírselo. Oficialmente esto es la escena de un crimen.

Suzanna se quedó mirando de hito en hito el catálogo que llevaba en la mano, midiendo las palabras de aquella mujer, intentando conferirles algún significado. «¿Qué diría Jessie de todo esto?», pensó. Se imaginó su rostro, vivaracho por los nervios de los acontecimientos, la mirada asombrada ante el absoluto placer de que algo ocurriera realmente en su pueblo natal.

—¿Ha sobrevivido él? —preguntó Suzanna de repente.

—¿Quién?

—Jason.

—Lo siento de verdad, señora Peacock. De momento no puedo confirmarle nada. Si mañana llama a jefatura, estoy segura de que podremos informarla.

—No comprendo lo que ha sucedido.

—No creo que podamos estar completamente seguros de lo que ha ocurrido todavía, pero lo averiguaremos, de eso, no se preocupe.

—Tiene una hija pequeña —anunció Suzanna—. Ella tiene una hija pequeña.

Permaneció inmóvil mientras la grúa, acompañada de varios gritos sin identificar y un policía que hacía señales con el brazo, empezó a levantar su desgraciada carga despacio, elevándola sobre la calle iluminada de un modo antinatural, mientras se oía el estridente mando de la señal de marcha atrás y el siseo exhalatorio e intermitente de las radios de la policía.

—¿Hay algún objeto personal en su tienda? ¿Algo de importancia vital para usted que quiera que le saquemos? ¿Llaves? ¿El bolso?

Suzanna sintió la comezón de sus palabras, y por primera vez escuchó la pregunta a la cual ya nunca más podría responder de modo satisfactorio. Tenía los ojos demasiado secos para llorar. Se volvió despacio hacia la agente, apoyó con cuidado el catálogo contra el muro de la tienda y le contestó:

—Ahora me gustaría marcharme, por favor.

La policía había llamado a su madre unas horas antes para decirle que, en principio, la retendrían en jefatura durante un rato. Vivi, después de comprobar angustiada que Suzanna no quería que fuera a hacerle compañía y que su padre tampoco podía ir a recogerla, le prometió que llamaría a Neil para explicárselo. La policía le dijo luego que podía marcharse a casa y regresar a la mañana siguiente. La llevarían en coche, si lo deseaba, incluso se ofrecieron a hacerle compañía si se sentía desfallecida. Casi era medianoche.

—Esperaré —les respondió ella.

Tres cuartos de hora después, cuando salió él, cabizbajo, y con su habitualmente bronceada tez gris y envejecida por el sufrimiento, la sangre de Jessie todavía grotescamente visible en su ropa, lo cogió con suavidad por el brazo vendado y le dijo que lo acompañaría a casa. No era capaz de dar explicaciones a nadie; no podía soportar estar con otra persona que no fuera él. Al menos, esa noche.

Recorrieron a pie los diez minutos de trayecto, atravesando aquel pueblo de luz de sodio en silencio, reverberando sus pasos en las calles vacías mientras las luces de las ventanas permanecían casi uniformemente apagadas y en lo alto sus habitantes dormían, con la ignorancia bendita de quien desconoce los hechos. La lluvia había despertado el aroma orgánico y dulce de la hierba y las flores rejuvenecidas, y Suzanna respiró hondo, con un placer inconsciente, advirtiendo con un sobresalto que Jessie no aspiraría el olor dulzón de esa mañana. Así eran las cosas, así serían a partir de aquel momento, lo cotidiano mezclado con lo surrealista: una sensación extraña de normalidad, interrumpida perversamente por desatados sollozos de horror. «A lo mejor somos incapaces de asumirlo —pensó Suzanna, sorprendida de lo calmada que se sentía—. Quizá no se pueden soportar tantas cosas a la vez. No lo sé. A fin de cuentas, me faltan elementos de comparación. No conozco a nadie que haya muerto.»

Se cuestionó, durante unos segundos, cómo habría reaccionado su familia ante la muerte de su madre. Le resultaba imposible imaginarlo. Vivi llevaba tanto tiempo siendo el eje materno de la familia que Suzanna no lograba recrear una sensación de pérdida imaginaria en una familia que existía sin ella. Llegaron a las dependencias de las enfermeras, y un guardia de seguridad, que patrullaba el perímetro con un perro gimoteante que no paraba de dar tirones, lo saludó con la mano mientras Alejandro la conducía por el caminito asfaltado que moría en el bloque. «Seguro que no es una escena tan infrecuente», pensó con aire ausente Suzanna, viéndose con los ojos del guardia de seguridad: una enfermera que regresa con el novio después de pasar una noche de juerga. A Alejandro se le resistía la cerradura, incapaz en principio de localizar las llaves. Suzanna las cogió de su mano y le ayudó a entrar en el apartamento silencioso. Percibió su vacuidad, su impersonalidad, como si su ocupante se hubiera propuesto pasar por él solo en calidad de visitante temporal. O bien quizá creyera que no tenía derecho alguno a darle su impronta personal.

—Prepararé un poco de café —dijo Suzanna.

Alejandro se lavó y se cambió de ropa, siguiendo las instrucciones que le diera ella y, al terminar, se sentó en el sofá, obediente como un niño. Suzanna estuvo observándolo durante un rato, preguntándose qué clase de horrores habría presenciado, qué acontecimientos debía de haber vivido frente a los cuales ella todavía no se atrevía a formular pregunta alguna.

Fue su parálisis la que le confirió la fuerza. Lo dejó sentado y empezó a organizar el café, a lavar platos, limpiar las superficies de su ya ordenada cocina, con una especie de frenesí, como si con ello pudiera imponerle algún orden a la noche. Luego, abandonando la cocina, se sentó junto a él, le dio una taza de café endulzado y esperó a que hablara.

Alejandro no pronunció palabra, perdido en algún lugar recóndito e inaccesible.

—¿Sabes qué? —dijo ella con voz queda, como si estuviera hablando para sus adentros—. Jess era la única persona a quien yo parecía gustarle por lo que soy. Sin que eso tuviera nada que ver con mi familia, mis posesiones o la falta de ellas. Ni siquiera supo mi nombre de soltera hasta hace poco. —Suzanna se encogió de hombros—. Creo que no lo he visto claro hasta esta noche, pero pienso que Jessie no me consideraba una persona conflictiva. Los demás, sí, claro. Mi familia, mi marido… Yo misma, la mayoría de las veces. Me veo como alguien que vive a la sombra de su madre. Esa tienda, sin embargo, era el único lugar en el que podía permitirme ser yo misma. —Se alisó una arruga imaginaria del pantalón—. Estaba en tu cocina diciéndome que Jessie se ha ido, que la tienda se ha terminado. Lo he dicho, incluso pronunciando las palabras en voz alta. No obstante, lo curioso es que no logro creérmelo.

Alejandro no intervino. La portezuela de un coche sonó en la calle y el enlosado devolvió el eco de unas pisadas, unas voces que murmuraban y que lentamente desaparecían.

—Te contaré algo gracioso. Durante un tiempo me sentí celosa de ella. Por lo bien que os llevabais —dijo Suzanna, casi con timidez—. Jess tenía ese estilo... Ya me entiendes. Hacía buenas migas con todo el mundo. Pensé que estaba celosa, pero celosa no es la palabra adecuada. No se puede estar celoso de Jessie, ¿o no?

—Suzanna... —Alejandro levantó la mano para detener su discurso.

—En un momento dado, esta noche, he pensado que era culpa mía. Lo que ocurrió —siguió diciendo ella con insistencia, decidida—. Porque la obligué a quedarse hasta tarde. Aunque incluso yo ya sé que emprender ese camino es de locos...

—Suzanna...

—Porque si lo consideras tal cual, yo la forcé a quedarse. La puse en el camino de esa camioneta. Yo. Porque me marché temprano. Puedo elegir juzgarlo de ese modo, o bien puedo escoger decirme a mí misma que no hubiera podido hacer nada para cambiar lo que sucedió. Que si fue Jason, habría ocurrido de cualquier otro modo. Quizá de un modo peor. —Contuvo una lágrima—. Voy a tener que creer esa versión, ¿no? Si quiero seguir cuerda. A decir verdad, tampoco estoy segura de que vaya a funcionar.

—Suzanna...

Finalmente Suzanna terminó por mirarlo a los ojos.

—Es culpa mía.

—Ale, no...

—Es culpa mía. —Lo dijo con seguridad, como si supiera algo que ella no comprendiera.

Suzanna negó con la cabeza, cansada.

—No se trata de ti o de mí, a fin de cuentas. Sabes tan bien como yo que todo esto tiene que ver con Jason. Hiciere lo que ese hombre hiciese, fue su decisión, y fue culpa de él, no de mí, ni de ti.

Alejandro parecía no oírla. Se volvió de lado y encorvó la espalda. Al observarlo, Suzanna notó que una cierta incomodidad se apoderaba de ella, como si él estuviera al borde de un inmenso abismo que la muchacha no alcanzara a divisar. Siguió hablando de manera compulsiva, rápida, sin estar segura de lo que iba a decir.

—Jess amaba a Jason, Ale. Eso lo sabemos e hicimos todo lo que pudimos para persuadirla de que lo abandonara. Ella, sin embargo, estaba decidida a lograr que su relación funcionara. Mira, ¿acaso no estuvimos en su casa hace una semana? Tú no hubieras podido hacer nada. Nada.

Suzanna no sabía si creer en sus propias palabras pero estaba decidida a descargarlo de ese peso, en un intento desesperado de obligarle a recuperar una cierta vivacidad, despertarle un sentimiento más cercano a la rabia o la incomprensión, cualquier cosa que no fuera esa certidumbre fatalista.

—¿Crees que Jessie querría que pensaras eso? Ella no estaba confusa. Tenía muy claro lo que creía que estaba sucediendo; y nosotros confiamos en su juicio. Ella no habría pensado ni por asomo que esto tuviera algo que ver contigo. Te quería, Ale. Siempre estaba contentísima de verte. Mira, incluso la agente de policía me ha dicho que las personas buenas siempre intentan culparse…

—Suzanna… —la cortó Alejandro con una sonrisa amarga.

—No es culpa tuya. Es estúpido seguir hablando de esto. No comprendes que…

—Sí que lo comprendo. Nadie entiende esto mejor que yo.

—Tú no comprendes nada de nada —le espetó ella con un tono de voz lacerante—. ¿Qué es lo que vas a comprender? ¿Que tienes el monopolio de la desgracia? Mira, entiendo que presenciaras lo que ocurrió, ¿vale? Entiendo que estuvieras allí y créeme si te digo que la idea de lo que viste me acechará en mis peores sueños. Todo esto, sin embargo, no nos va a servir de nada. No nos va a ayudar a ninguno de los dos.

—Fue culpa mía, te digo.

—¡Ale, por favor! —exclamó Suzanna con la voz quebrada—. Tienes que dejar de decir eso.

—¡Pero es que tú no me escuchas!

—¡Porque estás equivocado! ¿Me oyes bien? ¡Estás equivocado! —gritaba Suzanna con un deje de desesperación—. No puedes…

—¡Carajo! ¡Tienes que escucharme! —explotó Alejandro, y su voz atronó en la pequeña estancia. Se levantó bruscamente y se dirigió a la ventana.

Suzanna se sobresaltó.

—¿Me estás diciendo que conducías la camioneta? ¿Que le pegaste una paliza? ¿Qué dices?

Alejandro hizo un gesto de negación.

—Pues entonces tienes que convenir…

—Suzanna, traigo mala suerte a todo aquel que se me acerca.

Ella calló, como para asegurarse de haberle oído bien.

—¿Cómo?

—Ya me has oído. —Se mantenía de espaldas a ella, con los hombros tensos por la rabia contenida.

—¿Lo dices en serio? —preguntó Suzanna, acercándose a él—. ¡Por el amor de Dios, Ale! Tú no fuiste responsable. La suerte no tuvo nada que ver. No deberías…

Sin embargo, él la interrumpió con un gesto imperioso de la mano.

—¿Recuerdas que Jess me preguntó por qué me hice comadrón?

Suzanna asintió calladamente.

—No se necesita un psicoanalista para saberlo. Cuando nací, tuve una hermana gemela. Ella, en cambio, nació azul. Mi cordón umbilical se había arrollado a su cuello.

Suzanna sintió la comezón interna que tan familiar le resultaba.

—¿Murió?

—Mi madre jamás se recuperó. Conservó su cunita y le compró ropa. Incluso abrió una cuenta bancaria para ella. Estela de Marenas. Todavía existe, por si te interesa. —Su voz era amarga.

Las lágrimas se agolparon en los ojos de Suzanna, quien intentó parpadear para alejarlas.

—Nunca me dijeron que fuera culpa mía. Al menos, no a la cara. El hecho, sin embargo, es que esa niña acosa a mi hogar y a mi familia. A todos nos ahoga su ausencia. —Su voz se volvió más queda—. No sé… Quizá si mi madre hubiera podido tener otro hijo… quizá… —Se frotó los ojos, y la rabia asomó a su voz—. Yo solo quería vivir en paz, ¿sabes? Y por un tiempo pensé que la había encontrado. Creí que al crear la vida, al dar a luz a la vida, podría conseguirlo… conseguir que ella desapareciera. En cambio, sigo con eso, con ese fantasma que me sigue a todas partes… He sido un necio. —Alejandro la miró—. En Argentina, Suzanna, los muertos viven entre nosotros. —Su voz era lenta y dejaba entrever la controlada paciencia del maestro, como si le explicara cosas que apenas esperaba que comprendiera—. Sus fantasmas caminan entre nosotros. Estela siempre vive conmigo. La noto, como una presencia, recordándome siempre lo sucedido, culpándome siempre...

—Pero eso no fue culpa tuya. Tú, más que nadie en el mundo, debería saberlo. —Suzanna lo cogió del brazo, con el anhelo de que él comprendiera.

Sin embargo, Alejandro negaba con la cabeza, como si fuera ella quien no pudiera entender sus palabras, y la apartó de un gesto.

—Ni siquiera deseo acercarme a ti, ¿no lo comprendes?

—Eso son solo supersticiones...

—¿Por qué no me escuchas? —exclamó Alejandro descorazonado.

—Eras un bebé.

Se hizo un largo silencio.

—Tú eras solo un bebé —insistió Suzanna con la voz quebrada.

La muchacha dejó el café sobre la mesa, con un gesto lento. Se inclinó hacia delante y lo rodeó con sus brazos tímidamente, notando su cuerpo rígido, en un intento desesperado por aliviar su pesada carga, como si por pura proximidad pudiera cargar con una parte de su dolor. Oyó su voz entre su pelo.

En ese momento, sin embargo, Alejandro se separó de ella, y Suzanna sintió resquebrajarse su propia resolución bajo el peso invisible de su sufrimiento, ante el dolor y la culpa que reflejaban sus ojos.

—A veces, Suzanna, puedes hacer daño solo por el hecho de existir.

Suzanna pensó en su madre. En caballos blancos y zapatillas refulgiendo a la luz de la luna. En unos breves instantes, contagiada por la noche y la locura, se preguntó si poseería el alma de su madre, si sería eso lo que tanto perturbaba a su padre. Inclinó la cabeza, con la voz rota por un nuevo dolor.

—Entonces... Yo soy tan culpable como tú.

Alejandro le rodeó la cara con sus manos, como si solo estuviera apreciándola, levantó la mano vendada y le secó la mejilla, una vez, y luego dos, con el pulgar, incapaz de erradicar el flujo de lágrimas. Frunciendo el ceño, acercó su cara a la de ella, y sus ojos estaban tan cercanos a los de esa mujer que ella pudo discernir las motitas doradas de sus pupilas y oír el tenor irregular de su aliento. Alejandro se quedó inmóvil y luego posó sus labios sobre la piel de ella, en el lugar donde antes hubiera lágrimas, cerró los ojos y besó la otra mejilla, confundiendo ese reguero salado con el suyo propio, envolviendo sus manos en el pelo de Suzanna mientras intentaba secarlos con un beso.

Suzanna, cerrados los ojos, levantó las manos y asió su cráneo sin dejar de llorar, percibiendo la oscura y suave barba que apuntaba y la mandíbula prominente. Notó la boca de él sobre la suya, respiró el eco antiséptico de la jefatura de policía y de su vieja chaqueta de cuero, y luego fue ella quien corrió hacia sus labios, buscándolo con una especie de apremio, con el desespero de querer borrar lo que había sucedido antes. Escuchando sus propias palabras, que resonaban en el silencio envolvente, y los espíritus furiosos y equivocados que giraban en círculo mientras ellos dos se abrazaban.

«Yo soy tan culpable como tú.»

20

La empresa constructora empleó dos días para asegurar la fachada principal de la tienda, los mismos que el equipo de peritaje tardó en hacer la valoración oficial de los daños, y otros tres para que empezaran las obras de reconstrucción. (La compañía de seguros no había puesto objeción alguna: parecía ser que en los casos en que hubiera daños estructurales de importancia se aceptaba que las reparaciones se realizaran lo antes posible.) A pesar de que el marco de la puerta había sido severamente dañado y que el muro de obra vista, donde iba encajada, junto con el escaparate, habían sido derribados parcialmente, la adusta valoración inicial, que implicaba recurrir a viguetas de acero laminado y estipular varios meses de cierre, resultó ser extremadamente pesimista. Pasaron dos días más tan solo antes de que a Suzanna le permitieran entrar para dar inicio al laborioso proceso de la limpieza.

A lo largo de ese tiempo una irregular procesión de gente vacilante se acercaba portando flores, ramilletes y ramos, todo ello envuelto en papel de celofán, que dejaban tras la cinta policial. Muchos eran los que encontraban más fácil destacar el súbito fin de Jessie con un tributo floral en lugar de acometer el más espinoso tema de las palabras. Al principio, solo había dos, atados sin demasiado entusiasmo al farol, a la mañana siguiente del accidente, pero sus mensajes hicieron intercambiar miradas a los que se detenían a leerlos y murmurar con tristeza lo injusta que era la vida. Luego, a medida que la noticia se fue esparciendo por el pueblo, las flores fueron llegando en gran número. La florista local hizo lo indecible para dar abasto, hasta que formaron un macizo y, finalmente, una alfombra floral que llegaba hasta la tienda.

Suzanna pensó que era como si su propio dolor se reflejara en el sufrimiento del pueblo. El tiempo volvió a rescatar los cielos azules y las temperaturas moderadas, la feria hacía su visita bianual en los terrenos comunales y, sin embargo, no había alegría en el ambiente de Dere Hampton, no había dicha en el trajín de la plaza del mercado. El pueblecito acusaba una reacción que quizá en la ciudad pasaría inadvertida, como el avance de la marea. A Jessie, sin embargo, y a juzgar por las apariencias, la conocían demasiadas personas para que el impacto de su muerte pasara desapercibido. El periódico local colocó su historia en primera página y se tomó la molestia de mencionar tan solo que la policía estaba interrogando a un hombre de veintiocho años. Sin embargo, todos conocían los hechos: los que tenían trato con ella y los que afirmaban que la habían conocido especulaban sobre una relación que ya se había vuelto del dominio público. El director del colegio de Emma Carter había pedido dos veces a los periodistas que salieran del recinto escolar. Suzanna estudió atentamente los artículos y cayó en la cuenta, con una cierta distancia, de que a su padre le habría complacido que se hubieran referido a ella tan solo como señora Peacock.

Durante la primera semana había ido dos veces a la tienda, la primera acompañada del sargento detective, que quería discutir con ella sobre ciertas disposiciones de seguridad, y la otra con Neil, quien no había cesado de destacar que aquello era «increíble. Absolutamente increíble». En un momento dado su marido intentó hablarle de las implicaciones económicas del incidente en la marcha de la tienda, y entonces Suzanna le gritó improperios hasta que el hombre salió del local, con la mano protegiéndose la cabeza a modo de escudo. Suzanna sabía que su reacción era debida a los sentimientos de culpa. De qué clase, no obstante, ya no podía afirmarlo. Le habían entregado las llaves y otorgado el permiso de apertura, incluso el de venta. Sin embargo, de pie en aquella puerta de entrada enmarcada en acero, flanqueada por los ventanales cubiertos con tablas y con el letrero que Neil le había hecho en la mano, y que afirmaba que estaba «Abierto», no estaba segura de por dónde debía empezar. Sentía que eso era trabajo de Jessie, como si la única manera de enfrentarse a todo fuera en su compañía, riendo por trivialidades mientras pasaban juntas la escoba y el plumero.

Suzanna se agachó para recoger el letrero roto, que alguien había apoyado con respeto contra la puerta. Lo sostuvo un momento. Emporio Peacock era su tienda. De ella nada más. La absoluta imposibilidad de la tarea que tenía por delante la sobrecogió, y no pudo evitar un aspaviento.

A sus espaldas alguien tosió.

Era Arturro, cuyo cuerpo bloqueaba la luz.

—He pensado que te vendría bien algo de ayuda. —Sostenía una caja de herramientas en una mano y, bajo el brazo, aguantaba un cesto que contenía lo que parecían bocadillos y varias botellas de refrescos.

Suzanna se sintió desfallecer e imaginó por unos segundos lo que sería dejarse envolver por esos brazos cálidos y enormes, sollozar contra su delantal, que todavía desprendía el aroma del queso y el café de su tienda. Contar, por un momento siquiera, con el consuelo de esa solidez.

—No creo que vaya a poder —susurró.

—Es nuestra obligación. La gente necesitará un lugar adonde ir.

Suzanna entró en la tienda, sin comprender lo que Arturro le acababa de decir. Al cabo de un par de horas, lo entendió todo. A pesar de la nada acogedora fachada exterior, de los obstáculos de los arreglos florales y los conos de la policía que seguían en la calle, la tienda estaba más llena que nunca. A falta de un lugar mejor, se había convertido en un punto de reunión para todos aquellos que habían conocido a Jessie y deseaban compartir el dolor por su desaparición. Venían a tomar café, a llorar de tapadillo ante los restos de la exposición que Jessie había montado, a dejar regalos para su familia y, en los casos menos altruistas, sencillamente a curiosear embobados.

Suzanna no tenía más alternativa que ceder.

Arturro se había situado tras el mostrador y se encargaba de la cafetera, en principio intentando esquivar las conversaciones directas. Durante el par de ocasiones en que la gente le dirigió la palabra, Suzanna observó que el hombre se iba poniendo incómodo, que pestañeaba con fuerza y se atareaba aún más con la cafetera. Suzanna, con los ojos vidriosos y la peculiar sensación de estar moviéndose en el interior de una burbuja, limpiaba las mesas, respondía preguntas, se compadecía, recogía las tarjetas en tonos pastel y los animales de peluche destinados a Emma y dejaba que la gente, que parecía hacer oídos sordos a la naturaleza caótica del entorno, satisficiera su insaciable necesidad de hablar, con la voz entrecortada, sobre la amabilidad general y la inocencia de Jessie, y profiriera fieros y acusatorios susurros contra Jason. Hablaban de Alejandro teorizando: habían oído que el muchacho se había pasado veinte minutos intentando salvarla, que lo habían encontrado, cubierto de sangre, medio hundido bajo la camioneta mientras procuraba, sin éxito alguno, revivir a la chica. Los que vivían cerca contaban cómo lo habían separado, con los puños golpeando al aire y gritando incongruencias en español, de un alelado Jason, al darse cuenta de que sus esfuerzos habían sido en vano. Se acomodaban a las mesas, lloraban y hablaban... del mismo modo que en el pasado habían hablado con Jessie.

Al final del día Suzanna estaba exhausta. Se había desplomado sobre un taburete mientras Arturro iba de acá para allá, ordenando sillas y claveteando la última estantería en el lugar que le correspondía.

—Ahora deberías cerrar —le sugirió, metiendo el martillo en la caja de herramientas—. Ya has hecho bastante. Piensa que mañana habrá más de lo mismo.

A través de la puerta abierta, las flores envueltas en celofán titilaban a la luz solar de la tarde, algunas desprendiendo humedad por efecto del plástico. Suzanna se preguntó si no convendría que las sacara del envoltorio para que respiraran pero, de algún modo, el gesto le pareció intrusivo.

—¿Quieres que vuelva?

Algo en su voz le recordó... Suzanna logró aclarar un poco sus ideas y se volvió hacia él, con el rostro angustiado.

—¡Ay, Arturro! He de decirte algo horrible.

Arturro se secaba las manos con un trapo de cocina. «¿Más horrible que esto?», parecía decir su expresión.

—Jess... Jess y yo íbamos a contártelo... pero... —Suzanna deseó poder hallarse en otro lugar—. Los bombones, aquellos que tanto disgustaron a Liliane. Los bombones por culpa de los cuales echaste a los muchachos. Se los dimos nosotras. Jessie y yo se los enviamos a Liliane para que ella pensara que se los regalabas tú. Os queríamos emparejar, ya ves. Jess pensó... dijo que estabais hechos el uno para el otro.

Ahora le parecía casi ridículo, como si ese episodio le hubiera sucedido en otra vida, a otras personas, como si su frivolidad formara parte de otra existencia.

—Lo siento mucho. Nuestra intención era buena, de verdad. Sé que nos salió el tiro por la culata pero, por favor, no pienses mal de ella. Solo pensó que juntos seríais felices. Jessie iba a contaros la verdad pero... pero algo ocurrió y... bueno, ahora me toca hacerlo a mí. Sé que fue una estupidez y una idea pésima, pero yo la animé a seguir adelante. Si quieres echarle la culpa a alguien, cúlpame a mí. —Suzanna no se atrevía a mirarlo y seguía cuestionándose, mientras hablaba, si había sido una buena idea contárselo. Sin embargo, Arturro había sido tan bueno con ella, tan generoso, que ella no habría conseguido enfrentarse a ese día sin su ayuda. Lo mínimo que merecía era saber la verdad.

Aguardó, temerosa, la legendaria explosión que la señora Creek había descrito pero, en su lugar, Arturro siguió recogiendo las herramientas, las metió en la caja y cerró la tapa. Luego posó la mano en el hombro de Suzanna.

—Se lo diré a Liliane —dijo con embarazo. Le dio unos golpecillos cariñosos, se encaminó pesadamente hacia la puerta y la abrió—. Hasta mañana, Suzanna.

La muchacha cerró a las cuatro y cuarto y se marchó a casa, a pie. Se metió en la cama completamente vestida y durmió hasta las ocho de la mañana siguiente.

Alejandro no había ido a la tienda, y ella se alegraba. Aquel día no hubiera podido resistir tantas cosas a la vez.

El funeral se celebraría en St Bede, la iglesia católica situada al oeste de la plaza. Al principio, Cath Carter le había dicho al padre Lenny que deseaba una ceremonia privada, que no quería mirones que especularan sobre el malogrado final de su hija, sobre todo con la investigación policial todavía en curso. Sin embargo, el padre Lenny, con ternura y durante varios días, le había hablado del profundo pesar del pueblecito, de la cantidad de personas que le habían preguntado si podrían presentarle sus respetos y cómo todo eso le serviría a la pequeña Emma, dadas las circunstancias, para ver lo amada que era su madre.

Suzanna estaba sentada junto al tocador, recogiéndose el moreno pelo en un moño severo. El padre Lenny había dicho que el servicio sería una celebración de la vida de Jessie y que no quería que se convirtiera en un acto sombrío. Suzanna no se veía con ánimos de celebrar nada, no obstante, y su estado de ánimo se reflejaba en su indumentaria. Su madre le había dicho que asistiría acompañada de su padre, en honor a Suzanna así como a Jessie, y le había prestado un sombrero negro.

—Creo que es importante que hagas lo que consideres más correcto —le dijo, acariciándole la mejilla—. Ahora bien, un atuendo formal jamás será inapropiado.

—Dijiste que me habías comprado una corbata negra, ¿verdad? —Neil bajó la cabeza con la facilidad que da la práctica al cruzar el bajo dintel de la puerta—. No consigo encontrarla.

—Está en mi bolso —dijo Suzanna, poniéndose unos pendientes y contemplando su imagen en el espejo. Normalmente no llevaba esa clase de joyas y se preguntaba si sería adecuado dar una imagen tan festiva.

Neil se quedó de pie en medio de la habitación, como esperando que el bolso diera un salto y fuera a su encuentro.

—En el rellano. —Más que verle, Suzanna le oyó marcharse del dormitorio, pisando los quejumbrosos tablones de madera hasta alcanzar la escalera.

—Es un día precioso. Quiero decir, no es que sea precioso, la verdad —se corrigió Neil—, pero nada hay peor que un funeral cuando llueve a mares. De alguna manera, no me habría parecido justo para Jessie.

Suzanna cerró los ojos. Cada vez que pensaba en lluvia intensa, la asociaba a las imágenes que alimentaba en su cerebro, visiones de camionetas derrapando y frenos chirriantes, de impactos y cristales hechos añicos. Alejandro le había dicho que no oyó ningún grito pero en la imaginación de Suzanna, Jessie contemplaba la muerte que se le acercaba y…

—Ya la tengo. ¡Oh, Dios, mira…! Creo que sería mejor pasarle la plancha antes de ponérmela.

Suzanna se obligó a apartar esa imagen de su mente y abrió el cajón para coger el reloj. Oyó a Neil hablando para sus adentros y musitando algo sobre la tabla de planchar; luego reinó el silencio.

—¿Qué es esto?

Esperaba que Jessie no se hubiera enterado de nada. Alejandro le había dicho que lo contrario habría sido del todo imposible, que, a su entender, ya estaba muerta incluso cuando él se abrió paso entre los maderos y el cristal para llegar hasta la joven.

Neil se puso a su lado.

—¿Qué es esto? —volvió a preguntar con una expresión nada habitual en él.

Suzanna se giró en el taburete y miró la tarjeta de visita del médico, que su marido sostenía delante de él y que decía: «Clínica de Planificación Familiar». Sabía que su expresión parecía resignada, culpable, pero, en cierto sentido, no lograba adoptar un semblante que resultara más satisfactorio.

—Iba a contártelo.

Neil no dijo nada y se limitó a seguir sosteniendo la tarjeta en alto.

—He pedido hora.

La tarjeta era rosa… Un color súbitamente inapropiado.

—Para…

—Para que me coloquen un DIU. Lo siento mucho.

—¿Un DIU?

—Mira, todavía no he ido. Con todo lo de Jess, se me pasó la hora.

—Pero vas a ir —remedó Neil con la voz mortecina.

—Sí. —Suzanna lo miró, y sus ojos se desviaron bruscamente al cruzarse con los de él—. Sí, voy a ir. Mira, no estoy preparada, Neil. Creía que sí lo estaba pero no es cierto. Pasan demasiadas cosas. Y antes tengo que resolver otros asuntos.

—¿Dices que has de resolver otros asuntos?

—Sí. Con mi padre. Con mi madre… Mi verdadera madre, quiero decir.

—Necesitas resolver unos asuntos con tu verdadera madre.

—Sí.

—Ya. ¿Cuánto tiempo crees que tardarás?

—¿Cómo? —Suzanna advirtió que Neil estaba furioso.

—¿Cuánto-tiempo-crees-que-tardarás? —pronunció Neil como un poseso y en un tono sarcástico.

—¿Y cómo quieres que lo sepa? Pues lo que tarde.

—Lo que tardes. ¡Tendría que habérmelo imaginado! —Neil empezó a andar arriba y abajo de la habitación, como un detective de la tele que explicara la génesis de un antiguo crimen.

—¿Qué?

—Era lo único que deseaba. Lo único que yo creía que teníamos ya pactado. Pero no, de repente, ¡ah!, Suzanna, después de conseguir todo lo que quiere, ya ha cambiado de idea.

—Yo no he cambiado de idea.

—¿Ah, no? ¿Ah, no? Entonces ¿qué representa eso de colocarte un maldito DIU? Porque lo que sí está claro es que no está ahí para engrosar las filas de los que luchan en pro de los embarazos y celebrarlo con ostras y champán.

—No he cambiado de idea.

—Pues cuéntame de qué va todo esto.

—No me grites. Mira, lo siento, ¿vale? Lo siento, Neil. Es que ahora mismo no puedo. No puedo dedicarme a este tema.

—Claro, ahora no puedes...

—No me hagas esto, ¿vale?

—¿Hacer el qué? ¿Qué diablos estoy haciendo?

—Acosarme. Estoy a punto de enterrar a mi mejor amiga, ¿te enteras? Y ya no sé si voy o vengo...

—¿Tu mejor amiga? ¡Si no hace ni seis meses que la conocías!

—¿Ahora existe un límite de tiempo para la amistad?

—Ni siquiera estabas segura de que esa chica fuera a funcionar en el trabajo cuando empezó. Pensabas que se aprovechaba de ti.

Suzanna se levantó y lo apartó de un empujón para salir.

—Me parece increíble que estemos hablando de esto.

—No, Suzanna, soy yo quien no puede creer que, justo cuando pensaba que las aguas volvían a su cauce, tú descubras la manera de sabotearlo todo de nuevo. ¿Sabes qué? Creo que aquí pasa algo más. Creo que no estás siendo sincera conmigo.

—¡Bah, no seas ridículo!

—¿Ridículo yo? ¿Y qué se supone que debo decir, Suzanna? «Ah, pues si ahora resulta que no quieres tener un bebé, tú no te preocupes, cariño. Ya me tragaré yo mis propios sentimientos... como hago siempre.»

—No me hagas esto, Neil. Ahora, no. —Suzanna fue a coger su abrigo y se lo echó a los hombros con brusquedad, a sabiendas de que más tarde pasaría calor.

Su marido, situado frente a ella, se negó a moverse cuando Suzanna dio un paso adelante.

—Dime, ¿cuándo es el momento adecuado, Suzanna? ¿Cuándo dejará todo de tener que ver contigo, eh? ¿Cuándo nos ocuparemos finalmente de mis sentimientos?

—Por favor, Neil...

—No soy un santo, Suzanna. He intentado tener paciencia contigo, ser comprensivo, pero me siento perdido. De verdad. No acierto a ver qué camino hemos de tomar a partir de ahora...

Suzanna se quedó contemplando la confusión que asomaba al rostro de su marido. Dio un paso adelante y le acarició la mejilla, imitando inconscientemente a su madre con ese gesto.

—Mira, ya hablaremos de esto después del funeral, ¿de acuerdo? Te prometo que...

Neil se desprendió de su mano con un gesto y fue a abrir la puerta cuando el taxi ya llegaba, tocando el claxon para anunciarse.

—Como quieras —contestó Neil sin mirar hacia atrás.

Fue un funeral horrible; así, al menos, lo calificó todo el mundo. No porque el padre Lenny no se hubiera esmerado en su panegírico (precioso, muy correcto y cómplice, con el suficiente sentido del humor para arrancar alguna que otra sonrisa valerosa entre los asistentes al duelo) o porque la iglesia no tuviera un aspecto fantástico, dados los desvelos de las señoras del supermercado por decorarla con flores hasta dar a entender, al observador anónimo, que en el templo se iba a celebrar una boda. No era porque el sol brillara inmerso en un infinito cielo azul, como para infundirles esperanzas y afirmar que el lugar adonde Jessie se había marchado era, sin lugar a dudas, maravilloso, claro, esplendoroso, un marco coreado por trinos de pájaros… En fin, todo lo que cabría esperar del cielo.

La cuestión era que, viérase como se viera, había algo terrible y erróneo también en el hecho de enterrarla. En el hecho de que alguien como ella, dijeron luego, hubiera tenido que desaparecer cuando existían tantas personas mucho menos dignas de disfrutar de la vida. En la figurita pálida que estaba inmóvil, de pie, en el banco delantero de la iglesia, agarrada a la mano de su abuela, y en el lugar vacío que había junto a ella, en el mismo banco, lo cual significaba que, en realidad, la niña ya era huérfana, aunque solo hubiera muerto uno de sus padres.

Cath le pidió a Suzanna que las acompañara al cementerio. Suzanna le respondió que lo consideraba un gran honor y se colocó junto a los parientes lejanos de Jessie y sus antiguas amistades de la escuela, intentando no sentirse una impostora, procurando no pensar en el lugar donde Jessie había encontrado la muerte.

Él ni siquiera había intentado acudir, a juzgar por las apariencias. El padre Lenny ya se lo había comentado el día anterior. Había ido a ver al chico al hospital. «A pesar de sublevarme en lo más hondo —le comentó—, mi trabajo también es consolar al pecador.» (Y, la verdad, tampoco podría decirse que no hubiera ido nadie a visitarlo. El sacerdote tuvo que hacer lo imposible para impedir que los vecinos del barrio de Jessie formaran un pelotón de linchamiento.)

De hecho, el padre Lenny se quedó estupefacto al ver el aspecto del muchacho. La cara plagada de puntos e hinchada a causa de su viaje en caída libre a través del parabrisas, la piel amoratada y púrpura, todas esas heridas recordaban de modo inquietante las que él mismo había perpetrado a Jessie a lo largo de las semanas anteriores. El joven se había negado a pronunciar palabra, salvo afirmar que la amaba y que la camioneta no quería detenerse. El doctor dijo que dudaba de que, en su estado mental, pudiera comprender lo que había hecho.

—Habría sido mejor para todos si él también hubiera muerto —comentó el padre Lenny, con una voz inusualmente amarga.

La liturgia conocida del «polvo eres y en polvo te convertirás» había finalizado. Suzanna vio a Emma con las manos de su abuela en los hombros, apoyándola y abrazándola. Se preguntó quien de las dos se consolaba más con ese contacto físico aparentemente inacaba-ble. Pensó en el primer día que había vuelto a abrir la tienda, en el momento en que la niña y su abuela habían aparecido delante de la puerta y, sin embargo, se habían quedado en la calle. Sin moverse, re-chazando su invitación a entrar. Se limitaron a permanecer fuera, co-gidas las manos, las caras taciturnas y boquiabiertas, mientras escru-taban el exterior destrozado.

«Emma crecerá sin madre —pensó Suzanna—. Igual que yo.» Entonces, mirando a Vivi, de pie junto al coche, sintió la acostum-brada punzada de culpabilidad al percatarse de sus pensamientos.

Fue al alejarse de la tumba cuando lo vio. Algo retirado, tras el padre Lenny, despidiéndose de Cath, con quien sin duda había in-tercambiado algunas palabras en voz baja. Cath le cogía las broncea-das manos, asintiendo mientras le escuchaba, con una expresión dig-na y curiosamente comprensiva en el sufrimiento. Levantó la vista y vio a Suzanna mirándolo fijamente, y durante unos instantes sus ojos se encontraron y expresaron, en esos breves segundos, todo el dolor, la culpa, el impacto… y la secreta alegría de la semana anterior. Su-zanna avanzó, como si quisiera acercarse a él. Se detuvo, sin embar-go, cuando notó una mano en el hombro.

—Tu padre y tu madre nos han invitado a volver con ellos, Suze.

Era Neil. Suzanna miró a su esposo, parpadeando, como si estu-viera intentando dilucidar quién era.

—Creo que sería una buena idea que fuéramos con ellos.

Ella se obligó a seguir mirándolo y se esforzó en ordenar sus pensamientos.

—¿A casa de mamá? —Entonces comprendió las palabras de Neil—. Ah, no, Neil. Allí no. No creo que pudiera soportarlo hoy.

Neil ya se había dado la vuelta.

—Yo me voy. Haz lo que quieras, Suzanna.

—¿Te vas?

Siguió caminando, rígido con el chaqué, y la dejó sola, de pie, so-bre la hierba.

—Es un día para estar en familia —le dijo, volviendo la cabeza y alzando la voz lo suficiente para que ella pudiera oírle—. Tus padres han sido muy amables al demostrarte su apoyo en un día como este. Además, si quieres que te sea sincero, no creo que tenga ningún sentido que nos quedemos tú y yo solos en este momento. ¿No te parece?

Alejandro caminaba alejándose del cementerio con Cath y Emma. Suzanna se volvió a tiempo de verlo llegar a la verja. Él se había agachado para decirle unas palabras a la niña y le había metido algo en la mano. Al marcharse la pequeña, quizá él la saludara de lejos. A esa distancia era difícil asegurarlo.

—Casi seiscientas personas vinieron cuando tu padre murió. La iglesia estaba tan llena que tuvieron que acomodar a la gente en el césped. —Rosemary aceptó una segunda taza de té. Se dirigía a su hijo, reclinado en la silla—. Siempre pensé que hubiéramos tenido que celebrarlo en una catedral. Creo que, si hubiera habido más espacio, habrían venido incluso más personas.

Vivi estrechó el brazo de Suzanna al sentarse junto a su hija, en el sofá. La muchacha tenía un aspecto palidísimo.

—Es un pastel buenísimo, señora Cameron. Muy esponjoso. ¿Le pone piel de limón?

—El arzobispo se ofreció para dar el sermón. ¿Te acuerdas, Douglas? Un hombre terrible que ceceaba.

Douglas asintió.

—Y cuatro huevos —puntualizó la señora Cameron—. Unos buenos huevos de granja. Es lo que le da el color amarillo.

—Pensé que tu padre habría preferido al vicario. Fue un buen amigo de la familia, ¿sabes? Además, Cyril jamás fue amante de la pompa y el boato, a pesar de su posición. —Rosemary asintió, como si confirmara ante sí misma el hecho. Luego observó a la señora Cameron mientras la mujer se llevaba la tetera para rellenarla.

—No me ha gustado el jamón de los bocadillos. No es de corte.

—Sí que lo era, Rosemary —dijo Vivi en tono conciliador—. Compré uno entero especialmente en la carnicería.

—¿Qué?

—Era jamón del bueno —le dijo su nuera, alzando la voz.

—Sabía a ese engendro al que le vuelven a dar forma. Lo raspan del suelo de la fábrica y lo pegan con vaya usted a saber qué.

—Lo corté yo misma de la parte del hueso, señora Fairley-Hulme —intervino la señora Cameron, que regresaba de la cocina guiñando el ojo a Vivi—. La próxima vez lo deshuesaré delante de usted, si quiere.

—No me fiaría de tenerla a usted cerca con un cuchillo jamonero —dijo Rosemary con aire displicente—. He oído muchas cosas de las supuestas cuidadoras. Lo próximo que hará será obligarme a cambiar el testamento mientras duerma...

—¡Rosemary! —exclamó Vivi, quien casi escupe el té.

—... para asegurarse luego de que sufra un supuesto «accidente», como el de la amiga de Suzanna.

Se hizo un silencio sobrecogedor en la sala mientras sus ocupantes intentaban dilucidar cuál de las afirmaciones de la anciana había sido más ofensiva. Tranquilizados por la risotada fácil que la señora Cameron soltó mientras se retiraba a la cocina, todas las miradas se posaron en Suzanna, pero la chica parecía no estar escuchando. Miraba el suelo de hito en hito, sintiéndose igual de miserable que su silencioso marido.

—Madre, creo que en absoluto es apropiado que...

—Tengo ochenta y seis años y diré lo que me apetezca —protestó Rosemary, retrepándose en su butaca—. En lo que a mí respecta, es la única ventaja de tener tantos años.

—Rosemary, por favor... —le imploró Vivi—. La amiga de Suzanna acaba de morir.

—Y yo seré la próxima en desaparecer, así que creo que eso me da más derecho que nadie a hablar de la muerte. —Rosemary unió las manos en el regazo y contempló los rostros enmudecidos que tenía enfrente—. Muerte. Muerte. Muerte. Muerte. Muerte. Muerte. Ya está, ¿lo veis?

—¡Por el amor de Dios! —exclamó Douglas, levantándose de su butaca.

—¿Qué? —le provocó su madre con una expresión desafiante pintada en ese rostro inmutable surcado de venas y arrugas—. Muerte. Muerte. Muerte. —Terminaba las palabras en seco, y su mandíbula se cerraba como la de una tortuga enfadada.

—Hoy no, por favor, madre. —Douglas se acercó a ella—. ¿Quieres que la señora Cameron te lleve al jardín? Podrás ver las flores.

—¿Qué has dicho? No quiero tener a esa mujer cerca.

—Creo que un poco de aire fresco te sentará muy bien. ¡Señora Cameron!

—No quiero salir al jardín. ¡Douglas, no me saquéis al jardín!

Vivi se volvió hacia su hija, quien todavía se dejaba coger por el brazo con aire lánguido.

—Cielo, ¿estás bien? Has estado terriblemente callada desde que regresamos.

—Estoy bien, mamá.

Vivi miró a Neil.

—¿Te apetece más té, Neil? ¿Otro bocadillo quizá? Te aseguro que es jamón del de hueso. Yo no compraría esa porquería cuadrada.

Al menos, el hombre intentó esgrimir una sonrisa.

—Estoy bien así, Vivi, gracias.

Oían las protestas furiosas de la anciana, que paseaba en silla de ruedas por el patio ajardinado, procedentes del exterior y mezcladas a las exclamaciones alegres y totalmente ajenas a sus comentarios de la señora Cameron.

—Lo siento —dijo Douglas, regresando a la sala de estar y llevándose la mano a la cabeza—. Está muy… bastante imposible últimamente. No es la misma desde la caída.

—Supongo que solo dice la verdad —dijo Neil.

Vivi habría jurado que el chico le dedicó una mirada significativa a su esposa, pero se volvió tan deprisa que no podía asegurarlo. Miró luego a Douglas, intentando comunicarle en silencio que no estaba segura de lo que debía hacer a continuación. Su marido se acercó al sofá y le cogió la mano.

—En realidad —dijo, carraspeando—, te hemos invitado por una razón, Suzanna.

—¿Cuál?

—Sé que has tenido un día durísimo. Tu madre y yo… Nosotros queríamos enseñarte una cosa.

Vivi sintió una oleada de esperanza. Le cogió la mano a su hija y se la estrechó con fuerza. A continuación, le quitó la taza vacía y el platito del regazo.

Suzanna echó un vistazo a Neil y luego a sus padres. Se dejó levantar del sofá, como una sonámbula. Vivi, consciente de que el papel de Neil en todo aquello era importante, rodeó a su yerno por la cintura, deseosa de poder ver alguna vez a Suzanna haciendo el mismo gesto.

—Arriba —dijo Douglas, señalando la escalera con un gesto.

Caminaron en silencio hacia la galería. A través de la ventana, Vivi divisó apenas a Rosemary, que movía la cabeza mientras la señora Cameron se agachaba sobre un parterre.

—Estamos pensando en poner más luces aquí arriba, ¿verdad, querida? Iluminar un poco más este piso. Siempre ha sido un tanto lúgubre —le especificó Douglas a Neil.

Se detuvieron en lo alto de la escalera y permanecieron agrupados, Suzanna sin mostrarse receptiva y Neil, escrutando el rostro de Vivi en busca de pistas.

—¿Qué? —preguntó Suzanna al final, con un hilo de voz.

Douglas miró a su hija y sonrió.

—¿Qué?

El padre de Suzanna señaló la pared más distante. Y entonces Suzanna lo vio.

Los ojos de Vivi se mantenían clavados en su hija, apreciando su inmovilidad, la mirada fija en el retrato al óleo de su madre, intacto a pesar del encontronazo con Rosemary e iluminado a partir de entonces por una estrecha lámpara de bronce. El delicado perfil de Suzanna, tan parecido al de Athene, permanecía tan inmóvil y blanco como el de una estatua griega. Su pelo recogido, la cara despejada, hizo estremecer a Vivi. A pesar de los años transcurridos. Tuvo que recordarse a sí misma las bendiciones que había vivido, en especial las más recientes. «Esto es por Suzanna —se dijo—. Para la felicidad de Suzanna.»

Douglas estaba junto a ella y le deslizó el brazo sobre los hombros, gesto al que Vivi reaccionó enlazándole la mano con sus dedos en ademán consolador. Era lo apropiado. Dijera lo que dijese Rosemary, aquello era lo más adecuado.

Sin embargo, cuando Suzanna se volvió hacia sus padres, tenía la tez arrebolada y los ojos furiosos.

—Se supone… Se supone que esto lo arregla todo, ¿no?

Vivi percibió el rictus pétreo de la boca de Suzanna, el eco que le rememoraba la faceta peor y más dañada de la personalidad de

Athene. Se dio cuenta, demasiado tarde, no obstante, de que ese dolor poseía unas raíces tan profundas que no podía paliarse colgando un cuadro.

—Pensábamos... —empezó a decir Douglas, abandonada ya su confianza acostumbrada—. Pensamos que a lo mejor eso te haría sentir mejor.

Los ojos de Neil se endurecieron en ese juego de miradas, y una expresión más ambigua sustituyó a la anterior.

—¿Sentirme mejor? —preguntó Suzanna.

—Por verlo aquí, en la galería.

—Creímos que sería un buen recordatorio... —empezó a decir Vivi, acercando una mano a su hija.

La voz de Suzanna perforó el silencio de la galería.

—De otra persona cuya muerte causé yo inadvertidamente, claro.

Douglas se sobresaltó y Vivi lo asió de la mano con más fuerza.

—Tú no...

—O digámoslo de otro modo; cómo superé lo que le sucedió a ella para que también supere lo que le ocurrió a Jess. ¿Es eso?

Vivi se llevó una mano a los labios, alarmada.

—No, no, cariño. De ningún modo.

—Claro que también habéis podido pensar que sería interesante hacer algún gesto sin importancia para compensar el hecho de que no creemos que Suzanna valga tanto como su hermano.

Douglas se acercó a ella.

—Suzanna, tú...

—Tengo que marcharme —exclamó Suzanna con los ojos llenos de lágrimas. Se apartó de su camino y se dirigió a la escalera. Al cabo de una décima de segundo de vacilación, Neil fue tras ella.

—¡Déjame en paz! —gritó la muchacha cuando él la alcanzó en mitad de la escalera—. ¡Haz el favor de dejarme en paz! —La ferocidad de sus palabras le hizo retroceder.

No eran muchas las veces en las que Vivi se compadecía sinceramente de su suegra pero, consciente del sufrimiento azorado que Douglas reflejaba en su rostro, de pie todavía junto a ella, y mientras escuchaba el sonido ahogado de los gritos que intercambiaban su hija y su yerno en el camino de entrada y contemplaba en la pared opuesta esa boca de sonrisa ladina, esos ojos azul hielo, tan sabedores, disfrutando, como si adivinaran los problemas que todavía causaban, Vivi pensó que finalmente podía comprender cómo se sentía Rosemary.

Suzanna anduvo por el perímetro entero de los cuarenta acres de tierras. Paseó por el bosque, junto al camino de herradura conocido con el sobrenombre de Breve Rumor, subió a la colina que limitaba con el campo de maíz y se sentó en la cima, donde había estado con Alejandro hacía menos de dos semanas.

La tarde había atraído las suaves y frescas brisas de la costa, atenuando las altas temperaturas del día. La tierra se iba aquietando para recibir la noche, las abejas trastabillaban perezosas por los prados, los patos armaban revuelo y graznaban en el agua y las semillas de la hierba del prado volaban al viento y se mantenían suspendidas apenas unos instantes en el aire casi estancado para luego descender flotando al suelo.

Suzanna se sentó y se puso a pensar en Jessie. Pensó en Arturro y en Liliane, a quienes había visto juntos a la salida de la iglesia, el brazo de ella unido al de su amigo mientras él se inclinaba para ofrecerle un pañuelo, y deseó que Jessie hubiera podido presenciar también esa escena. Recordó el modo en que su padre había cerrado los ojos cuando ella le dio la espalda, con una mirada de mudo desespero, tan huidiza que resultaba casi increíble que la hubiera captado. Sin embargo, Suzanna la había reconocido perfectamente: era la misma expresión que le había visto a Neil esa mañana.

A unos metros de distancia un estornino picoteaba el suelo, con sus plumas de marea negra resplandeciendo al sol de la tarde, mientras el animalito saltaba por la tierra resquebrajada. Al otro lado del valle oyó el sonido distante de la campana del mercado: dieron las cinco, las seis, las siete en punto, tal y como venía haciendo durante todos esos años en que ella había estado ausente para inventarse una vida distinta a muchos kilómetros de allí, tal y como llevaba años haciendo, incluso antes de que ella naciera. Hora de levantarse. Hora de marcharse.

Suzanna apoyó la cabeza en las rodillas y respiró hondo, sorprendiéndose del número de personas que habían poblado su vida y a quienes necesitaba pedir perdón.

Aunque solo algunas llegarían a oír sus palabras.

21

La tienda permaneció cerrada durante más de una semana. Suzanna fue a abrirla a la mañana siguiente del funeral pero, una vez en el umbral, donde se quedó durante casi siete minutos, lo suficiente para que la mujer de la tienda de animales de la esquina fuera a preguntarle solícita si se encontraba bien, devolvió la llave al bolso y se marchó a casa. Dos proveedores la llamaron para saber si había habido algún problema, y Suzanna les dijo con gran educación que no, pero que no les haría más pedidos en el futuro inmediato. Los albañiles llamaron para preguntarle si le molestaría que instalaran un contenedor justo frente a la puerta y se sorprendieron mucho al ver la celeridad con que ella les respondió afirmativamente. Arturro la había telefoneado un par de veces a casa para preguntarle cómo se encontraba. Suzanna tuvo que alejar la sospecha de pensar que sus llamadas quizá obedecieran al temor de que algo pudiera ocurrirle también a ella.

Suzanna trabajó poco esa semana. Finalizó varias tareas domésticas que, de algún modo, jamás había tenido tiempo de acometer desde que inaugurara la tienda: limpió cristales, colgó cortinas y pintó la parte inacabada de la cocina. Hizo algunos intentos someros de desbrozar el jardín. Cocinó diversos platos, y, al menos, uno resultó atractivo y comestible, aunque ella no tuviera estómago para probarlo. No le contó nada a Neil del cierre temporal de la tienda, y cuando el hombre se enteró unos días después, al preguntarle un colega del tren cuándo reabriría su mujer el negocio, no hizo ningún comentario al respecto. Si ella se mostraba silenciosa, él tampoco de-

cía gran cosa. Pasaban unos momentos peliagudos y algo desquicia-
dos. Los duelos eran algo extraño. Todavía se sentían un poco frágiles en su relación mutua desde la discusión del día del funeral de Jessie. E incluso él ya sabía que en los matrimonios había veces en que
era mejor no hablar demasiado.

El lunes siguiente, exactamente nueve días después, Suzanna se levantó a las siete y media. Se dio un baño (en la casita no había ducha), se lavó el pelo, se maquilló y se vistió con una blusa recién
planchada. Ese día tan ventoso que la obligó a recogerse el pelo y
tiñó de rosa sus mejillas, Suzanna aceptó que su marido la acompañara en coche a Emporio Peacock (él tenía la mañana libre). Sin que
en principio pareciera titubear, la chica colocó la llave en la puerta de
aluminio antidisturbios y la abrió. Tras ofrecer una taza de té a los albañiles y seleccionar el montón de correo, advirtió, con sentimientos
encontrados, la desaparición del talud inmenso de antiguas flores (y
la llegada de nuevos ramos, incluyendo un ramillete de Liliane), y finalmente sacó del bolso las cosas que había reunido a lo largo de la
semana, objetos que había examinado y que la inquietaban, artículos
que recordaba y que, en ocasiones, había elegido solo por el aspecto que tenían. Los puso sobre la mesa pintada de rosa, con una expresión de profunda concentración asomándole al rostro, y entonces
empezó a recoger las cosas de Jessie.
   La señora Creek, quizá de un modo predecible, fue la primera
cliente en aparecer. El corto intervalo de tiempo entre su llegada y la
de Suzanna le hizo preguntarse después si la mujer no habría pasado
los últimos días situada subrepticiamente en algún lugar desde el cual
poder vigilar la tienda, esperando el momento en que se abriera la
puerta de nuevo. Su aspecto era tan azorado como los sentimientos
de Suzanna, el pelo plateado le asomaba por la boina de ganchillo
como si la hubieran electrocutado.
   —No dijiste a nadie que ibas a cerrar —le recriminó la señora
Creek mientras dejaba el bolso en la mesa de al lado.
   —No lo sabía —contestó Suzanna, moviendo de sitio todas las
tazas en un intento de encontrar la favorita de Jessie.
   —Eso no va muy bien para la clientela.

Entonces la encontró. Era azul y blanca, y llevaba el dibujo de un bulldog, hecho con un solo trazo, y las palabras «*chien méchant*» al otro lado. Jessie decía que le recordaba a Jason cuando se levantaba por las mañanas. La chica lo encontraba divertido.

—He tenido que ir a La Cafetera —siguió diciendo la señora Creek—. Y eso que no me gustan sus bocadillos, pero no me dejaste elección.

—Yo no preparo bocadillos.

—No se trata de eso, querida. No puedes ofrecer café después de las once y media si no estás dispuesta a dar algo de comer. El más barato que venden allí, de queso y tomate, vale más de dos libras, imagínate.

—¿Quieres esas cajas cerradas con cinta adhesiva del fondo? —le preguntó Neil, emergiendo del sótano durante escasos segundos y comprobando que no se hubiera manchado los pantalones—. Pone «Navidad», así que supongo que no querrás que las suba todavía.

—No —respondió Suzanna, volviéndose—. Al fondo estarán muy bien. Siempre y cuando pueda acceder al resto del material.

—Tuviste suerte de que los albañiles lo metieran todo dentro —le dijo Neil, señalando hacia el sótano, donde las cajas de entrega se alineaban en tambaleantes columnas, disimulando el hecho de que el local hubiera sido adecentado y reorganizado recientemente—. Otros se lo habrían llevado todo.

—No es el estilo de por aquí —replicó Suzanna, a quien no le apetecía mostrar demasiado agradecimiento ante nadie. Sobre todo con los albañiles, que le estaban costando una carga adicional de cuatrocientas libras en la póliza de seguros y, a juzgar por las apariencias, se bebían casi la mitad de esa cantidad cada día en forma de los más selectos granos de café brasileño—. ¿Quieres tomar algo más o te marchas enseguida?

—De momento, no me apetece nada. Prefiero ir adelantando hasta que tenga que marcharme. Así te dejaré tranquila para que vayas eligiendo los artículos aquí arriba —dijo Neil antes de volver a desaparecer por las escaleras.

—¿Ese es tu marido? —preguntó la señora Creek, jugueteando con una revista antigua.

Por el modo en que miró hacia la escalera, como si Suzanna estuviera haciendo algo equívoco al tenerlo en el local, la reacción de la chica fue enfurecerse.

—Sí —respondió, y volvió a enfrascarse en su exposición.

—Lo vi contigo en el funeral.

—Ah.

—¿La has visto?

—¿A quién?

—A la hija, a Emma. Es una niña muy buena. Le hice un disfraz de margarita.

—Ya lo sé —dijo Suzanna sin apartar la mirada de las flores de papel rosa que tenía delante.

—Le sentaba como un guante. Lo hice con una pieza antigua de crepé de China. Hacía veinte… no, debe de hacer treinta años que no cosía un vestido con crepé de China. —La señora Creek dio un sorbito de café—. Pobre criatura. No parece justo.

Suzanna intentaba conservar intacta en la imaginación el diseño de la exposición sobre Jessie. Sabía exactamente lo que deseaba al salir de casa pero sus ideas comenzaban a difuminarse por los bordes, corrompidas por la conversación.

—Vestidos de noche y vestidos de novia. El crepé de China iba perfecto para esas ocasiones. Por supuesto, la mayoría de los vestidos de novia eran de seda… al menos, para las que se lo podían permitir. Sin embargo, hay tejidos delicadísimos que son un latazo para coser. Tienes que estar deshaciendo las costuras dos, tres y hasta cuatro veces para asegurarte de que no van a fruncirse o a ceder.

Las pocas imágenes que le quedaban de su proyecto se esfumaron. «Oh, por favor, márchate ya —pensó Suzanna, venciendo el impulso de golpearse la cabeza repetidas veces contra la dura superficie del mostrador—. Déjame tranquila. Hoy no puedo escuchar tus peroratas.»

El viento ululaba en el paseo y lanzaba al aire vasos de papel y las primeras hojas dispersas del otoño, que se escabullían en círculos errantes siguiendo su estela. Al otro lado de la valla de madera contrachapada, Suzanna oía a los albañiles hablándose a gritos, interrumpiéndose ante el estallido ocasional del taladro eléctrico. Le habían prometido que las ventanas vendrían la semana siguiente. Hechas a mano por un carpintero de la zona. Mucho mejores que las anteriores. Por alguna extraña perversión la muchacha decidió que le gustaba bastante el cercado de madera desnuda, la luz en penumbra. No estaba segura de sentirse preparada para volver a exponerse tanto a los demás.

—¿Sería mucha molestia si nos prepararas otro cafetito, corazón? —El albañil de mayor edad, un hombre de pelo cano muy seguro de sus propios encantos, asomó el rostro por la puerta principal—. Aquí fuera hace un frío que pela, y me iría muy bien calentarme un poco.

Suzanna se esforzó por sonreír. Igual que se había esforzado con la señora Creek.

—Por supuesto. ¡Marchando!

Unos minutos después oyó que la puerta volvía a abrirse. Sin embargo, cuando finalmente se apartó de la cafetera, no era el albañil quien estaba delante de ella.

—Suzanna.

Durante un segundo no vio nada al margen de su persona, su casaca azul del hospital, su mono descolorido y su mirada íntima, baja. Alejandro echó un vistazo a la tienda, a la señora Creek, aparentemente enfrascada en su revista, y acercó su mano hacia ella por encima del mostrador.

—La tienda siempre estaba cerrada —le dijo en voz baja—. No sabía cómo localizarte.

Su súbita proximidad le cortó el aliento. Suzanna parpadeó, concentrándose en los cafés que tenía delante.

—Tengo que llevar estos cafés fuera —le dijo con la voz temblorosa.

—Necesito hablar contigo.

Suzanna paseó la mirada de modo furtivo entre él y la señora Creek.

—Ahora hay mucho trabajo en la tienda —dijo con claridad, intentando conferir cierta intencionalidad a su voz (sin saber exactamente cuál).

Desde el otro extremo del local les interrumpió la señora Creek a voces.

—¿Ya les cobras a esos hombres lo que vale el café?

Suzanna apartó la mirada de Alejandro.

—¿Cómo dice? No. No les cobro nada.

—Pues no me parece nada justo.

Suzanna respiró condescendiente.

—Si le apetece ponerme ventanas nuevas, señora Creek, o bien recabar datos para mi póliza de seguros o quizá incluso llevarme la contabilidad, me encantará ofrecerle un café gratis.

—Suzanna —intervino él, murmurándole al oído con la misma insistencia que antes.

—No eres una persona muy amigable que digamos, ¿eh? —murmuró la señora Creek—. No creo yo que Jess... —Se interrumpió, cambiando de idea al parecer—. Supongo que las cosas volverán a ser como antes. —Su tono de voz no dejó lugar a dudas sobre cuáles eran sus pensamientos.

—No he podido dejar de pensar en ti... —dijo Alejandro con voz queda mientras Suzanna no perdía de vista sus labios, a unos centímetros de los de ella—. Apenas he dormido desde... Me siento culpable de experimentar tanta alegría, tanta... en unos momentos que son... tan terribles. —A pesar del peso de sus palabras, algo en ellas hizo que se animara, mostrando un rostro resplandeciente.

La mirada de Suzanna oscilaba de los labios de Alejandro a la señora Creek, que había vuelto a la lectura en su rincón. Se oía a la gente de la calle hablando al pasar, el diálogo de los albañiles, y Suzanna se preguntó si estarían depositando más flores. Era vagamente consciente del silbido de Neil, que se oía entonces unos metros más abajo. Silbaba «You Are My Sunshine».

—¿Crees que está mal? —La mano de Alejandro se posó sobre la de ella, el contacto ligero como una pluma—. Ser tan feliz, quiero decir.

—Ale... Yo...

—¿Me has dicho lo que querías hacer con esa bolsa de la basura? Podría preguntarles a los tíos de fuera si la puedo tirar a su contenedor.

Suzanna dio un salto, retiró la mano y empezó a moverse de un lado a otro mientras Neil, a varios metros de distancia, se frotaba la nariz y luego se examinaba los dedos esperando ver suciedad en ellos.

—Oh, perdón por interrumpir —dijo con simpatía.

Suzanna procuró con todas sus fuerzas no sonrojarse. Notó que Alejandro se distanciaba un poco del mostrador, y deseó no haber formado parte de la sorpresa que le tenían reservada.

—No pasa nada —contestó Alejandro, tenso—. Solo quería tomar un café.

Neil se quedó mirándolo durante unos instantes.

—Acento español. Tú debes de ser el gaucho. Lo siento, las chicas fueron las que me dijeron tu nombre.

Suzanna agarraba con todas sus fuerzas las asas de la bandeja, hasta el punto de que sus nudillos palidecieron.

—Me llamo Alejandro.

—Alejandro. Trabajas en el hospital, ¿verdad?

—Exacto.

—Un trabajo magnífico. ¡Magnífico de verdad! Sí, Jessie me contó muchas cosas de ti. —Neil hizo una pausa—. Te apreciaba mucho, nuestra querida Jess.

—Yo también la apreciaba mucho a ella. —Alejandro lo miraba fijamente, como si lo midiera, determinara su valía, la fuerza de sus derechos sobre Suzanna. Había algo distinto en su postura, un deje combativo en su guardia extrema, en los hombros cuadrados.

Suzanna, con los sentidos tan a flor de piel que pensó que debían de ser visibles, se sentía angustiada y sorprendida, consciente de la ceguera de Neil. Quería llevar fuera la bandeja, irse a cualquier parte para no seguir allí. Sin embargo, sus pies se aferraban al suelo.

—Es terrible —comentó Neil—. Terrible. —Alguien empezó a dar golpes de martillo en la calle—. Sacaré esas estanterías fuera antes de marcharme —le dijo a Suzanna—. Parece ser que detrás ha ido a parar un montón de escombros. No logro adivinar cómo. —Neil desapareció escaleras abajo, silbando.

Alejandro volvió la vista hacia el sótano, reparando en el sonido de las cajas transportadas de un lado a otro, y se inclinó hacia delante.

—Tengo que explicarte cómo me siento —le murmuró—. Tengo que hablar contigo. Es como si fuera la primera vez que hablo de verdad con alguien.

Suzanna levantó el rostro mientras su cuerpo recordaba reflexivamente.

—Por favor, no…

—Ella lo vio, Suzanna. Lo vio antes que nosotros.

—Estoy casada, Ale. Casada, ¿lo entiendes?

Alejandro lanzó una mirada de desprecio al sótano.

—Con el hombre equivocado.

Desde el otro extremo de la habitación la señora Creek los miraba con interés. Suzanna dio un paso atrás, hacia las estanterías, y empezó a toquetear los concentrados de café, organizándolos en fila.

—Suzanna.

—Estoy casada —repitió ella en voz baja—. Incluso es posible que esté esperando un hijo de él.

Alejandro le miró el estómago y negó con la cabeza.

—No puedo ignorar este hecho, Alejandro. Lo siento.

Alejandro se acercó a ella y le musitó al oído:

—¿Qué pretendes decirme, que vas a quedarte con él? ¿Después de todo lo ocurrido?

—Lo siento. —Suzanna se volvió hacia su interlocutor, con la espalda pegada a la pared.

—No lo comprendo —Alejandro levantaba la voz peligrosamente. Suzanna observó a la señora Creek, que ahora examinaba la revista con la intensa concentración de quien intenta (o finge) no estar escuchando.

Ella lo miró con aire de súplica.

—Mira, nunca he actuado como debería, Ale. Es algo que no he hecho jamás. —Pensó en la noche anterior, echada, despierta, en la habitación de invitados, y luego, a las dos y media, metiéndose en la cama de matrimonio, enroscándose y llevándose el brazo de Neil a la espalda, intentando que la poseyera, procurando ofrecerse a sí misma en un gesto de disculpa. Hicieron el amor, de un modo triste y resignado. Suzanna había rezado para que su marido no dijera nada.

—¿Quieres dejar estos pósteres aquí abajo, Suze? —La voz de Neil flotó por la escalera—. Los que hay junto al carrito, quiero decir.

Suzanna intentó recomponer su voz.

—¿Te importa dejarlos allí mismo? He estado pensando mucho —le murmuró a continuación a Alejandro— y me he dado cuenta de que las cosas tienen que cambiar. Soy yo quien tiene que cambiar.

—Pero Suzanna… Me lo dijiste tú, precisamente tú: «Hay un

momento en que debemos liberarnos del pasado, de los fantasmas».
Me enseñaste que ha llegado el momento de vivir. —Él tomó una de
sus manos, sin importarle si los observaban—. No hay vuelta atrás.
Tú lo sabes. No puedes. Sencillamente, no puedes rectificar.

—Sí que puedo —replicó Suzanna, mirando fijamente las manos
de ambos. Era como si pertenecieran a otra persona.

—Las cosas han cambiado, Suzanna.

—No.

—Tienes que escucharme.

—Ale... Mira, yo no te conozco. No sé nada de ti. Tú no sabes
nada de mí. Lo único que sabemos, sin embargo, es que amábamos a
la misma chica y que la perdimos. Eso no es suficiente para basar en
ello una relación, ¿no te parece? —Suzanna dio un paso atrás al oír
los pasos de Neil en el sótano y su sorda exclamación cuando el
hombre dejó caer algo pesadamente al suelo.

—¿Crees que se trata de eso? ¿Crees que eso es lo que somos tú
y yo? —Alejandro le había soltado las manos y la miraba sin dar crédito a sus palabras.

Suzanna se obligó a que su voz sonara tranquila.

—Lo siento pero llevo comportándome así durante toda mi vida.
Lo he hecho de casada... Tú no eres la primera persona con quien
tengo una aventura.

—¿Una aventura? ¿Crees que esto es una aventura? —Estaba tan
solo a unos centímetros de ella, y Suzanna podía oler el cuero de su
chaqueta y el leve aroma penetrante del mate en su aliento. Los albañiles habían empezado a golpear algo contra las tablas, y la chica notaba aquel impacto reverberando a través de sus huesos—. Te conozco, Suzanna. —Ahora la había parapetado contra la ventana
cubierta de tablones y, con una mano situada a cada lado de los hombros de aquella mujer, su rostro reflejaba una furia apenas contenida.

—No. No es cierto.

—Sí lo es. Te conozco tan bien como me conozco a mí mismo.
Te conocí en el mismo instante en que te vi, tan hermosa y... y enrabiada, atrapada tras el mostrador de tu tienda.

Suzanna negaba con la cabeza mientras las vibraciones del martillo resonaban en ella, invadiendo la tienda, ahogándolo todo, salvo
sus palabras, el olor de su piel, la terrible proximidad de él.

—No puedo…

—Dime que no me conoces —le susurró Alejandro.

Suzanna lloraba en silencio, sin importarle ya si la señora Creek la observaba.

—Dímelo. Dime que no sabes quién soy. —Su voz era ronca, apremiante, mientras le hablaba al oído.

—No… Yo…

Alejandro dio un puñetazo a la madera, junto a su cabeza, y el martilleo se detuvo unos instantes.

—Suzanna, por favor. Dime que no me conoces.

Ella asintió al final, deshecho el rostro por la emoción, los ojos cerrados ante él, perdida en su aroma, en la proximidad de ese hombre.

—Sí, es cierto. Sí que te conozco, Ale. Sí.

Victorioso, Alejandro se apartó de ella con un grito ahogado, secándose el rostro con la mano.

—Pero eso no implica que esté bien. —La voz de ella se elevó a sus espaldas, entrecortada.

Se marchó un minuto escaso después, con la cara tan dolida y colérica que Suzanna pensó que moriría consumida. Toda vez que eso habría sido preferible a que él volviera a mirarla de ese modo. Unos segundos más tarde Neil emergió, empolvado y satisfecho, coincidiendo con el portazo metálico.

—Te sentirás contenta cuando te devuelvan la buena —le dijo, llevándose las manos al oído—. Suena como si te encerraran en prisión cada vez que alguien se marcha. Bueno, ya he terminado. ¿Quieres examinar mis manualidades?

—No —le contestó su esposa, reprimiendo las lágrimas—. Confío en ti.

—Tanto peor… —replicó Neil, guiñando el ojo a la señora Creek. Antes de marcharse, le dio un abrazo cariñoso—. Pareces derrengada. ¿Por qué no miras de encontrar a alguien que te ayude estas próximas semanas? Es mucho trabajo, llevar todo esto tú sola.

Neil no entendió por qué sus palabras provocaron de nuevo el llanto de Suzanna.

Tercera parte

22

Dicen los poquísimos que han retornado de esa condición, que los últimos momentos antes de ahogarse son muy agradables. Cuando la lucha finaliza y el agua inunda los pulmones, la víctima entra en un estado de aceptación, pasivo, incluso ve una especie de belleza perversa en su situación.

Suzanna pensó en ello a menudo a lo largo de las semanas siguientes. A veces sentía que se ahogaba. En ocasiones era como ser sonámbula, como si avanzara a ciegas gracias a ciertos movimientos predeterminados, sin controlar del todo sus comentarios o acciones. Quizá habría quien diría, reflexionaba con ironía la muchacha, que eso podría considerarse una mejoría. En casa mantenía el hogar ordenado y la nevera bien surtida, y ya llevaba un cierto tiempo sin quejarse de las vigas. Tanto ella como Neil se mostraban muy educados el uno con el otro, solícitos, al reconocer los dos que esas últimas semanas habían perjudicado al cónyuge de algún modo u otro y al no querer ser responsables de ulteriores daños. Le decía a Neil que lo amaba una vez al día, sentimiento que, para hacerle justicia al hombre, él se apresuraba a devolver. Es curioso cómo, en el matrimonio, una afirmación que en sus orígenes comenzara como una pregunta, incluso una provocación, al final podía convertirse en una especie de reafirmación benévola.

Pensaba muy poco en Alejandro. Al menos, de un modo consciente. De noche, sin embargo, a menudo se despertaba llorando y se preguntaba, temerosa, lo que habría dicho en sueños. Neil achacaba esos episodios nocturnos a la muerte de Jessie, y ella se sentía culpable cada dos por tres, disculpándose en silencio con su amiga por no haberlo desengañado todavía.

Alejandro no iba a la tienda. Claro que, por aquel entonces, no eran muchos los que acudían. Una vez que el drama que había teñido la muerte de Jess se esfumó, tras quitar las flores y desaparecer la sensiblería y el embobamiento, Suzanna se quedó tan solo con unos cuantos clientes habituales. Entre ellos, la señora Creek (quien venía, como sospechaba Suzanna, porque había agotado la buena fe de que echaban mano la mayoría de lugares al recibirla). En una ocasión oyó mencionar su nombre de pasada en el café del mercado, y acto seguido los clientes se lanzaron miradas cómplices, episodio que ella no pudo dejar de lamentar. Salvo que las incansables historias de la señora Creek, en las que siempre se incluía ella como protagonista, y sus exigencias desafortunadas provocaban que la compasión nunca durara demasiado.

Luego estaba el padre Lenny, quien le dijo con toda solemnidad que si alguna vez deseaba hablar, hablar en serio (y en este punto arqueó una ceja con toda intención), siempre lo encontraría dispuesto. ¡Ah!, y que si quería unas lámparas de cuentas a muy buen precio, unas lámparas muy bonitas, ni que decirlo, él sabía dónde conseguirlas. Liliane iba a la tienda de vez en cuando, resplandeciendo quizá por causa de un nuevo amor. Le compró, entre otras cosas, una cartera de piel de cerdo para Arturro y varias tarjetas de felicitación artesanas. No hablaba con Suzanna más de lo estrictamente necesario y, a pesar del aparentemente feliz resultado de las acciones de las dos amigas, Suzanna sabía que, en cierto sentido, a ella no le había perdonado lo de los bombones del mismo modo que se lo habría perdonado a Jessie.

Iba también Arturro, al menos una vez al día, para tomarse un espresso que, según sospechaba Suzanna, ya no le resultaba necesario. Un pajarito del pueblo le había dicho que el charcutero estaba pensando en instalar su propia cafetera y que solo le retenía la lealtad que sentía hacia ella, quizá en la creencia de que la tienda ya había sufrido bastante. Su actitud era de lo más amable, comprobaba que no hubiera tareas por resolver y se ofrecía a cuidar de su tienda para que ella pudiera escaparse a comprar el almuerzo. Sin embargo, no eran muchas las ocasiones en que Suzanna le aceptaba el favor. Esos días el hambre raramente la instaba a realizar el esfuerzo de comprarse algo, y además temía que si él se dejaba caer por allí demasiado a menudo, Liliane la vería con más malos ojos de lo que ya resultaba habitual en ella.

De vez en cuando Suzanna lo sorprendía mirándola con ojos tímidos y tristes, y ella se obligaba a esbozar una sonrisa de oreja a oreja. Una sonrisa que decía: «Estoy muy bien, de verdad». Una sonrisa que descubrió que utilizaba tan a menudo que le había hecho ya olvidar cómo era la auténtica.

Neil le explicó que la tienda no funcionaba. No se lo dijo con demasiadas palabras. Probablemente no quería entristecerla todavía más. Se limitaba a mirar los libros a días alternos, y el modo en que apoyaba la frente entre las manos mientras examinaba los albaranes le confirmó todo lo que ella necesitaba saber.

«Tendría que poner más empeño en el asunto», pensaba Suzanna, pero aquel exterior repintado con tonos vivos, los pósteres que alguien había colgado para ocultar las espantosas vallas que tapiaban los escaparates, no conseguían atraerla ni a ella ni a los demás como en el pasado. Las mesas de colores intensos de repente ofrecían un aspecto triste y provisional, al haber dejado las bebidas distintos cercos de colores en su superficie, allí donde la muchacha no había pasado a fondo la bayeta. Los espacios vacíos de las paredes, resultado de su incapacidad para enfrentarse al hecho de tener que reemplazar las fotografías y los retratos que habían colgado entre las dos amigas, la emulsión blanca que una tarde, con inusitada urgencia, empleó para tapar los testamentos, junto con la ausencia de artículos expuestos, conspiraban para darle un aire distinto a la tienda. Menos acogedor. Menos personal. Que en nada se parecía a lo que, casi un año antes, ella había imaginado de entrada.

Suzanna lo sabía. Como también lo sabía todo el mundo. En cierto modo, por muy cursi que sonara, diríase que la tienda había perdido el alma.

El tiempo, tal y como le habían comentado a Vivi las respetables señoras del mercadillo del Instituto de la Mujer esa mañana, cuando ella entró para recoger su «pedido semanal» de verduras, estaba a punto de cambiar. Las, en apariencia, inacabables semanas de cielos azules y serenos y de calor sin viento fueron sustituidas, al principio durante horas pero luego durante días enteros, por brisas gélidas, cielos grises y episodios aislados de lluvia. Hacía ya tiempo que habían desaparecido las flores a ventoladas y sus restos se mostraban marronosos y marchitos, esperando disolverse progresivamente y regresar a la tierra, mientras los árboles perdían las hojas de modo prematuro, alfombrando de un verde y un dorado mustios las aceras y los márgenes. «Quizá para disfrutar de un verano como el que acabamos de pasar debamos pagar siempre un precio», pensó Vivi. Cambió de idea, por lo tanto, respecto a colgar la colada al aire libre.

—¿Todo listo? —Douglas apareció a sus espaldas y le puso las manos en las caderas, besándola en la mejilla.

—Todo lo listos que es posible. Te he tomado la palabra y he creído de verdad que no querías un almuerzo como Dios manda.

—Comer unos bocadillos en el estudio me parece perfecto. No creo que ninguno de ellos quiera quedarse mucho rato. Bueno, puede que Lucy sí, si se ha tomado el día libre.

—No, me dijo que cogería el tren por la tarde y regresaría al despacho.

—Esta chica es adicta al trabajo —dijo Douglas, acercándose para comprobar los bocadillos—. No logro imaginar de quién lo ha heredado.

Los establos estaban llenos de heno y los campos de rastrojos habían sido mochados y arados. A continuación le tocaría el turno al trigo y la cebada. Vivi observaba a su marido mientras él miraba con aire ausente por la ventana de la cocina, controlando el cielo que iba oscureciéndose por si había perspectiva de lluvia, como llevaba haciendo, varias veces al día, desde que alcanzara la edad adulta. Las primeras gotas golpeaban el cristal, y Vivi sintió nostalgia de que el verano concluyera. El invierno era mucho más largo en el campo. Reinaba la oscuridad y el frío, barro interminable y tierra castaña y yerma por doquier, tiempo en el que abrigarse y desabrigarse para protegerse uno del frío extremo implicaba un trajín inacabable. No era de extrañar que muchos granjeros se deprimieran. Sin embargo, ese año, la perspectiva de los días que se acortaban, la oscuridad que todo lo invadía, en cierto sentido no parecía una prueba tan terrible de salvar como en épocas pasadas.

—¿Le has dicho algo a tu madre? —le preguntó Vivi mientras sacaba el papel a un pastel de la tienda. No se había preocupado de bajar la voz: Rosemary era tan dura de oído que difícilmente lograba captar ya lo que se decía en una conversación normal.

—Sí, se lo he dicho. Le he dicho que, a pesar de lo que ella crea, no ignoramos sus deseos. Le he dicho que esto es una suerte de compromiso feliz y que si lo miraba detenidamente, llegaría a ser capaz de considerarlo de este modo.

—¿Y qué más?

—Y he añadido que la felicidad de la familia era lo más importante. Incluyendo la de ella.

—¿Y qué ha pasado?

—Me ha dado con la puerta en las narices.

—¡Pobrecito mío! —exclamó Vivi, acercándose a él para darle un abrazo, aunque luego le apartó la mano de un golpe cuando el hombre metió uno de sus curtidos dedos en el glaseado.

Suzanna fue la primera en llegar y Vivi tropezó con el gato al apresurarse por el pasillo para ir a abrir la puerta. El animalito dejó escapar un gemido tan débil que la mujer se dio cuenta de que probablemente el felino ya no poseía la energía suficiente para quejarse.

—Creo que acabo de aplastar el gato de Rosemary —le dijo al abrirle la puerta.

Suzanna pareció no oírla.

—No puedo quedarme mucho rato —le dijo, besando a su madre en la mejilla—. Necesito volver a abrir la tienda esta tarde.

—Ya lo sé, cariño, y te agradezco mucho que hayas hecho el esfuerzo de venir. Papá no tardará mucho, te lo prometo. He preparado unos bocadillos para que os los comáis mientras él habla. ¿Te importa mirar el gato de Rosemary y decirme si crees que le he roto alguna cosa?

—Es difícil de decir —comentó Suzanna con una sonrisa forzada—. Siempre ha sido un poco patizambo. Mira, veo que camina. Yo de ti no me preocuparía.

Se la veía delgada, advirtió Vivi mientras la seguía hacia la cocina, donde la señora Cameron disponía una bandeja. Ahora bien, no era solo cuestión de delgadez: se la veía mustia, abatida, como si, de algún modo, su vivacidad la hubiera abandonado. Vivi deseó que, en su infelicidad, su hija hubiera podido encontrar más consuelo en Neil. Claro que, por aquel entonces, la mujer ya no acertaba a asegurar si Neil no formaría parte del problema mismo.

—¿Quiere que le preparemos algo diferente para la señora Fairley-Hulme? Si no recuerdo mal, no es una gran amante de los bocadillos —preguntó la señora Cameron.

—¿Conoce a Suzanna, señora Cameron? Es mi hija mayor. Suzanna, te presento a la señora Cameron. De hecho, iba a pedirle si no le importaría prepararle unos huevos revueltos. —Bajó entonces la voz—. Parece ser que hoy no va a salir del anexo.

—¿Es su modo de protestar? —preguntó Suzanna, apoyándose contra el barrote de la cocina, como si de ese modo pudiera absorber su calor.

—La vida entera de Rosemary es una protesta, creo —precisó Vivi, sintiéndose, no obstante, desleal—. Acabaré con las camisas y luego le prepararé su bandeja.

Unos minutos más tarde se marchó con el almuerzo hacia el anexo y luego preparó una segunda bandeja con una tetera y cuatro tazas. Cuando regresó a la cocina, Suzanna estaba mirando por la ventana. La tristeza de su rostro le hizo deprimirse de repente, y fue consciente de que aquella emoción la sentía demasiado a menudo y desde hacía demasiado tiempo. «No existe la felicidad cuando uno de tus hijos es desgraciado», pensó. Se secó las manos con el delantal, lo desató y lo colgó detrás de la puerta, luchando contra el impulso de rodear a su hija entre sus brazos como acababa de hacer con su marido.

—¿Se te ha ocurrido algo más, cielo, sobre el tema de conservar el retrato de Athene en la galería?

—No. La verdad es que no he tenido tiempo de pensar en eso.

—No, no. Claro que no. Bueno, si te apetece echarle otro vistazo, ya sabes dónde está.

—Gracias, mamá, pero hoy no.

Vivi, al oír la vocecilla mortecina y gélida de su hija, se preguntó si todavía estaría dolida por la muerte de su amiga. A fin de cuentas, el fallecimiento todavía era relativamente reciente. Recordó la impresión que tuvo al saber que Athene había muerto; la conmoción de la noticia sacudiendo a las familias implicadas, al limitado número de personas que sabían la verdad sobre las «largas vacaciones de Athene en el extranjero». Incluso a pesar de que Vivi no se sintiera tan triste como habría debido («¿Y quién no?», pensó con un sentimiento de culpabilidad), todavía recordaba el impacto lacerante de saber que alguien tan joven y hermoso (una madre, por añadidura) había sido arrancada de la vida de un modo tan brutal.

Se preguntó, con la sensación familiar de usurpar un lugar que no le correspondía, qué podría hacer para aliviar el dolor de su hija. Quería preguntarle qué le pasaba, ofrecerle alguna solución, darle consuelo. Sin embargo, sabía, por su amarga experiencia, que Suzanna solo hablaría cuando se sintiera preparada. Lo cual, en el caso de Vivi, sería prácticamente nunca.

—Lucy llegará en cualquier momento —dijo, abriendo el cajón de los cubiertos y sacando cuchillos y tenedores—. Ben ha ido a recogerla a la estación.

Vivi no tenía intención de sentarse para asistir a aquella reunión informal: ya sabía lo que iba a decirse, a fin de cuentas. Sin embargo, Douglas le había comentado que le gustaría que estuviera presente y, por lo tanto, Vivi se situó al fondo de la sala, apoyada contra la librería, disfrutando, con una vaga satisfacción maternal, de la visión de las tres cabezas de sus hijos, situados frente a ella. Ben se había vuelto más rubio ese verano, al trabajar fuera todo el día, y parecía que parodiara al típico hijo del granjero que se alimenta de maíz. Lucy, a su derecha, estaba bronceada y en forma, recién llegada de una de sus exóticas vacaciones. Suzanna, a la derecha de los demás, era la encarnación de la foránea, con la piel lechosa y pálida, el cabello oscuro y las ojeras ensombreciéndole los ojos. «Siempre será hermosa —pensó Vivi—, pero hoy parece que se haya esforzado en no aparentarlo.»

—Iba a llamarte, Suze —le dijo Ben, engullendo uno de los bocadillos—. Dile a Neil que estoy terminando la lista para esa primera cacería. Le guardo un sitio si quiere venir.

—No estoy segura de que contemos con el dinero —dijo Suzanna en voz queda.

—No pretendía cobrarle —replicó Ben. Su indignación, no obstante, sonó forzada, porque su comportamiento natural era demasiado diáfano para hacerla creíble—. Te diré lo que vamos a hacer: si el tema le preocupa, dile que me puede pagar en especies, limpiando las antiguas porquerizas.

—O bien ordenando tu dormitorio —intervino Lucy, dándole un codazo—. No veo que haya mucha diferencia. ¿Cuándo vas a mudarte, hijo de mamá?

—¿Cuándo vas a tener novio?

—¿Cuándo vas a tener novia tú?

—¿Cuándo vas a tener vida propia?

—Veamos… —dijo Lucy, con aire teatral—. Ochenta mil al año más extras, un despacho que da al Támesis, un piso propio, socia de dos clubes privados y vacaciones en las Maldivas. O bien, un sueldo de calderilla, que te dan papá y mamá, el dormitorio en el que duermes desde los doce años, un coche tan inservible que terminas siempre pidiendo prestado el de mamá y, como fin de fiesta, las noches locas en la discoteca de los granjeros de Dere Young. Bueno, me pregunto yo quién necesita tener vida propia.

Era ese su modo de entrar en relación, y Vivi lo sabía, la manera de afianzar de nuevo sus lazos. Sin embargo, mientras Lucy y Ben continuaban peleándose de buena fe, Suzanna no abría la boca, tan solo consultaba el reloj y miraba a su padre, quien revolvía unos papeles que tenía encima del escritorio buscando las gafas.

—Dinos de qué se trata, papá —dijo Lucy finalmente—. ¿Va de *El rey Lear*? ¿Tengo que hacer de Cordelia?

Douglas encontró las gafas, se las colocó con cuidado sobre la nariz y observó a su hija menor por encima del marco fino y plateado.

—Muy graciosa, Lucy. Bien, he pensado que ya era hora de que os consultara a todos vosotros sobre la gestión de la propiedad. He cambiado mi testamento para que, a pesar de que Ben siga dirigiendo la tierra, cada uno de vosotros posea un interés económico en último término, así como voz y voto para decidir el futuro de la propiedad. Creo que es mejor que antes de que me suceda cualquier cosa vosotros estéis informados de cómo andan las cosas.

Lucy parecía interesada.

—¿Puedo ver las cuentas? Siempre me he preguntado cuáles debían de ser los beneficios de esta propiedad.

—Dudo que te lleven de viaje a las Maldivas —le dijo su padre empleando un tono seco—. He hecho fotocopias. Están allí, en la carpeta azul. Lo único que os pediría es que no las saquéis de casa. Me siento más cómodo si sé que toda la información económica se encuentra reunida en un solo lugar.

Lucy se dirigió a la mesa y empezó a estudiar las hojas de cálculo que Vivi siempre había considerado impenetrables. Sabía que algunas esposas de granjeros hacían las veces de contables de sus maridos pero ella ya había advertido a Douglas desde el comienzo que no sabía discernir entre el débito y el crédito.

—Lo más importante que quería deciros es que tenemos permiso para convertir los establos de Philmore House en casitas para alquilar en vacaciones.

Ben se revolvió en su butaca, dejando bien claro que él ya estaba enterado de esos planes. Lucy asintió vagamente. La cara de Suzanna era inexpresiva.

—Creemos que hay un mercado potencial y que, con unos niveles de ocupación razonables, podríamos saldar el coste de la reconversión al cabo de unos años.

—Turistas de fin de semana —precisó Lucy—. Ofreceos al sector superior del mercado y esto será coser y cantar.

—Y a las personas que quieran una semana entera. Menos lavandería y limpieza —observó Ben.

—Mi jefe dice que la gente con dinero apenas encuentra casitas bellas para alquilar los fines de semana. Dice que los cubiertos son de plástico y las sábanas, de nailon.

—Mamá, toma nota de que no queremos sábanas de nailon.

Vivi se inclinó hacia delante.

—No creo ni que las vendan ya. Eran horribles. Sudabas la gota gorda.

—Ben va a encargarse de vigilar los trabajos de construcción, y a dirigirlos. —Douglas escrutó los rostros de sus tres hijos—. Se ocupará de las reservas, la limpieza y la entrega de llaves, así como del aspecto monetario. Si lo hace mal, huelga decir que lo fusilaremos.

—Y así no hará falta que invirtamos en la cría de faisanes.

—Se me aparece una imagen de Ben corriendo desnudo por el bosque, perseguido por banqueros vestidos de tweed —dijo Lucy a carcajadas—. Me va a sentar mal el almuerzo.

—¡Bruja! —le espetó Ben—. Pásame uno de queso y pepinillo.

—Hay otros temas, uno de los cuales tiene que ver con las subvenciones. No os aburriré con eso hoy, porque sé que ninguno de vosotros dispone de mucho tiempo. Sin embargo, Suzanna, hay algo que quería mencionarte a ti en especial.

Suzanna seguía sentada con la taza de té en el regazo. Vivi advirtió que no había probado ni un solo bocado.

—Cuando estaba comentando lo que iba a hacer con los establos, hablé largo y tendido con Alan Randall; ya sabéis, el agente inmobiliario. Me ha dicho que el propietario de tu tienda está pensando en vender, y nos preguntábamos si querrías que nosotros colaboráramos económicamente en tu empresa.

Suzanna dejó la taza con cuidado sobre la mesita de al lado.

—¿Qué?

—En Emporio Peacock. Neil me ha dicho que las cosas no os van muy bien últimamente, y sé que has trabajado muchísimo en el proyecto. Creo que es un buen negocio o que tiene el potencial de serlo, y me gustaría contribuir a asegurarle el futuro.

Vivi, al observar a su hija, vio, casi en el mismo momento en que Douglas empezara a hablar, que una vez más se habían equivocado.

A Suzanna se le hizo un nudo en la garganta y levantó la cabeza, con una expresión que delataba un doloroso control.

—No tienes por qué hacerlo, papá.

—¿Hacer el qué?

—Compensarme. Por nuestra manera de ser. Por las casitas de alquiler de Ben. Por lo que sea.

—Suzanna… —dijo Lucy, exasperada.

—Es una oferta de negocio legítima —le aclaró Douglas.

—No quiero ser grosera. De verdad. Pero preferiría que todos vosotros os mantuviérais al margen de mi negocio. Ya decidiré yo lo que pasa con la tienda.

—¡Por el amor de Dios, Suzanna! —exclamó Ben, acalorado—. Solo intentaban ayudar.

—Ya lo sé —dijo Suzanna con un tono de voz que denotaba una gélida cortesía—. Y os agradezco mucho que hayáis pensado en mí pero no quiero vuestra ayuda. En serio. Preferiría que me dejárais en paz. —Paseó la mirada por la habitación—. No quiero causar problemas —dijo, elevando la voz de un modo curioso—. Preferiría, sin embargo, que dejarais que fuéramos Neil y yo quienes lo arregláramos todo.

—Muy bien, Suzanna —dijo Douglas con una mirada pétrea, concentrándose en los papeles—. Como quieras.

Lucy encontró a Suzanna donde se había imaginado, en los escalones de piedra que daban a las oficinas. Suzanna había estado fumando, agazapada como quien intenta combatir un dolor de estómago. Cuando Lucy cerró la puerta de la casa tras ella, su hermana le hizo un gesto de asentimiento cómplice.

—Me gusta tu pelo —le comentó Lucy.

Suzanna se llevó una mano al cabello.

—¿Por qué te lo cortaste? Creía que te gustaba llevarlo largo.

Suzanna hizo un mohín.

—Necesitaba un cambio. Aunque, de hecho, eso no es exacto —precisó, apagando el cigarrillo—. Terminé asqueada de la gente que no paraba de decirme que me parecía a ese estúpido cuadro.

—Ah. —Lucy esperó a que su hermana siguiera hablando. Cogió un cigarrillo del paquete de su hermana.

—A Neil le gusta —dijo Suzanna al final—. Siempre le he gustado con el pelo corto.

El cielo estaba encapotado y amenazaba lluvia, y las dos hermanas se envolvieron en sus chaquetas, cambiando de posición a medida que el frío de la piedra calaba sin piedad a través de su ropa.

Lucy dio una calada profunda.

—Hace dos años que lo dejé y si me fumo uno de vez en cuando, lo sigo encontrando delicioso.

—Es lo que te ocurrirá cuando lleves veinte.

Había algo peculiar en su voz. Lucy, cambiando de idea, apagó el cigarrillo y lanzó las pruebas tras un macetero, como si todavía fueran adolescentes.

—¿Vas a reñirme?

—¿Para qué?

—Por haber rechazado la ayuda de papá. Como hizo Ben.

—¿Debería reñirte acaso?

—Parece que los demás no se reprimen.

Seguían sentadas en silencio, cada una enfrascada en sus propios pensamientos, observando las nubes atravesar el cielo y revelar, de vez en cuando, algún que otro alegre fragmento de azul.

—¿Qué pasa, Suze?

—Nada. —Suzanna miraba al frente, en dirección a los establos. Se hizo un largo silencio.

—He oído lo que sucedió en la tienda. Intenté llamarte un par de veces… para asegurarme de que estuvieras bien.

—Ya lo sé. Lo siento. Sigo olvidando que hay que devolver las llamadas.

—¿Has vuelto a incorporarte al trabajo?

—En teoría, sí. Neil me dice que no duraré mucho si sigo a este ritmo. La verdad es que no estoy ganando dinero. Es difícil… Es complicado saber lo que hay que hacer para atraer a la gente. —Sonrió a su hermana como si se disculpara—. Supongo que en la actualidad no soy la persona más cordial. Claro que la mayoría de las veces tampoco es que sea la gran atracción. Por eso no le veo sentido a que papá invierta en mi negocio.

Lucy se inclinó hacia delante, encogiendo las rodillas.

—Y a ti y a Neil, ¿cómo os va?

—Muy bien.

—Doy por supuesto que los pitillos significan que el pequeñuelo Peacock no es algo tan inminente…

—Creo que la frase aceptada es «si viene, bienvenido sea». Supongo que lo intentaré con más ganas cuando me sienta un poco… algo más viva. —La voz de Suzanna se iba extinguiendo.

—¿Que lo intentarás con más ganas? —exclamó Lucy con una mueca—. ¿En qué quieres convertirte? ¿En una especie de esposa perfecta? —Estudió el perfil de su hermana, y la sonrisa se le borró del rostro cuando vio que, a cambio, no iba a recibir una respuesta jocosa—. No pareces la misma, Suze. Es como si... —No lograba encontrar las palabras adecuadas—. Como si te sintieras casada, para variar. —Cuando Suzanna se volvió, Lucy quedó impresionada al ver que los ojos de su hermana estaban llenos de lágrimas.

—No te burles de mí, Luce. Hago lo que puedo. De verdad. Intento esforzarme al máximo. —El viento le levantaba el pelo de lado, atrapado por su fuerza, y su peinado ofrecía un aspecto trasquilado y brutal.

Lucy Fairley-Hulme titubeó unos instantes y luego rodeó en un abrazo a su hermosa, conflictiva y complicada hermana, sosteniéndola entre sus brazos con tanta fuerza como cuando eran niñas.

Suzanna estaba a punto de cerrar la tienda. No le habría hecho falta molestarse en abrir aquella tarde, después del almuerzo en casa de sus padres. Seguramente trabajar le había generado más gastos en combustible que beneficios en cafés. El firmamento iba tornándose grisáceo, anunciando un anochecer prematuro, y el viento se había levantado, haciendo sonar las latas con desconsuelo por las alcantarillas.

Sabía que la tienda parecía tan poco acogedora como presentía. A pesar de las promesas de los albañiles, las nuevas ventanas todavía no habían llegado y los plafones de madera que había en su lugar se veían cada vez más desteñidos y mugrientos, un recordatorio antipático del destino de Jessie. El día anterior había tenido que arrancar diversas pegatinas de fuera que ofrecían la posibilidad a los «trabajadores del hogar» de ganar cientos de miles de libras llamando tan solo al número de teléfono móvil que se anunciaba, junto a un póster normal y corriente que anunciaba un mercadillo ubicado en un aparcamiento a las afueras del White Hart.

Suzanna sentía que no lograba reunir la energía necesaria para perseguir a los albañiles. Se quedó contemplando fijamente los artículos que no había querido conservar, los espacios vacíos en las estanterías que todavía no se habían llenado con el contenido de las cajas nuevas, preguntándose cuánto añoraría todo aquello cuando hubiera desaparecido. Porque a esas alturas ya había aceptado que desaparecería. Si le hubiera preocupado lo más mínimo, sin embargo, la oferta de su padre habría representado un salvavidas para ella. En cambio, interpretó su gesto como el último de su larga lista de afrentas, ante las cuales ya no poseía la fortaleza de disgustarse.

Suzanna comprobó los cartones de leche que había en la nevera y, más por costumbre que por necesidad, rellenó la cafetera, advirtiendo que, habiéndose marchado a casa las madres que se apresuraban arriba y abajo de la escuela, pocos clientes más iba a tener ese día. Le daba igual. Se sentía cansada. Pensó en su cama fresquita, en el consuelo y alivio que representaba irse a casa y meterse bajo las sábanas. Pondría el despertador a las siete y media esa tarde y, de ese modo, volvería a estar levantada antes de que Neil volviera. Parecía funcionarle bastante bien ese recurso.

En ese momento se abrió la puerta.

—¿Has visto el embotellamiento que hay en la plaza del mercado? —le preguntó la señora Creek.

—Iba a cerrar.

—Los coches han quedado totalmente paralizados. Todos querían ocupar la misma plaza de aparcamiento. Los conductores han salido de los automóviles y han empezado a gritarse los unos a los otros. —Se quitó el sombrero y se sentó a la mesa azul—. Los comerciantes se ríen de ellos. ¡Qué bobos! Todo porque no quieren molestarse en pagar los cuarenta peniques que vale aparcar tras la iglesia. —La señora Creek se acomodó en su silla y empezó a guiñar los ojos para leer la pizarra, como si esta última hubiera cambiado desde el día anterior, como si Suzanna, durante todo ese tiempo, hubiera ofrecido alguna otra cosa que no fueran siete clases distintas de café—. Tomaré un *cappuccino*, por favor, con aquellos terroncitos morenos que pones al lado. Los que sacas de aquella caja tan bonita. Saben muy distinto de los del supermercado.

De nada servía protestar. Suzanna ni siquiera estaba segura de poder alzar la voz para conseguirlo. Pensó en enseñarle a Neil las notas de caja del día y demostrarle, con ello, que esa tarde había vendido el magnífico total de tres cafés, uno por cada hora en que había tenido la tienda abierta.

Suzanna empezó a preparar la máquina, escuchando a medias la charla de la señora Creek, asintiendo cuando convenía. Pocas eran las ocasiones en que su cliente necesitaba que le dieran la entrada:

Jessie y Suzanna hacía tiempo ya que habían decidido que la mujer sencillamente anhelaba la presencia de un público. «Tú asiente y sonríe —le había aconsejado Jessie en una ocasión—. Darás la impresión de estar escuchando.»

—Me han pedido que confeccione un vestido de novia, ¿te lo había dicho?

Suzanna nunca le había preguntado a Jessie si quería casarse. No le costaba trabajo imaginarla vestida de novia; con un traje hecho a medida de un brutal rosa chillón, con perlas, plumas y flores derramándose por toda la tela. Pensó en lo que Cath Carter le había dicho en el funeral sobre las uñas de Jessie y, de repente, deseó que su amiga hubiera podido tener la oportunidad de llevar también un vestido de novia. Salvo que eso habría implicado que se uniría con unos lazos todavía más fuertes a Jason. El pensamiento de ese hombre le rememoró la imagen de la camioneta estrellándose contra la puerta delantera, como le ocurría en diversas ocasiones a diario, y Suzanna se obligó a apartar esa visión de su mente.

—Has olvidado los azúcares. Los de la caja, por favor.

—¿Qué?

—Los azúcares, Suzanna. Te he pedido dos terrones.

Suzanna pensó que quizá había entrado en un estado en el que nada podía afectarla. El dolor por la muerte de Jessie no había menguado aunque sabía que cada vez se protegía más de él gracias a un embobamiento invasivo, la sensación de que muy pocas cosas importaban, que las circunstancias escapaban a su control. Era como si todo se deslizara con suavidad ante ella, y ya no le importara demasiado luchar por conseguirlas. Era más fácil dejarse arrastrar por esas extrañas mareas nuevas. «Es irónico que mientras yo entro en este estado de pasividad —pensó—, Alejandro haya emergido con fuerza del suyo.» Todavía alcanzaba a escuchar el zumbido en los oídos que le había provocado el golpe de su mano contra el plafón, a la altura de su cabeza, y el aire que había levantado dejándole a entender que ese hombre se había convertido en otra persona. Sin embargo, esos días ya no pensaba en Alejandro.

—Es para la chica que trabaja en la biblioteca. La que tiene los dientes… ¿La conoces? ¡Qué pelo más espantoso! Pero parece que las chicas ya no se preocupan tanto como antes. Nosotras solíamos ir a la peluquería a que nos arreglaran dos veces por semana, ¿sabes?

—¿De verdad? —Suzanna le sirvió el café a la señora Creek y se dirigió hacia la única ventana que quedaba para contemplar a los transeúntes, cabizbajos y con los abrigos en volandas.

—La verdad es que no he hecho un vestido de novia desde… ¡Dios santo! Debe de hacer unos treinta y cinco años. Hablábamos de un libro de la biblioteca. Todas las estrellas de Hollywood de los cincuenta; y ella me dijo que precisamente ese era el estilo que estaba buscando pero que no había visto que lo confeccionaran en ninguna parte. Le dije entonces que yo misma podía coserlo y que, en cualquier caso, le saldría más barato que si lo compra en esas tiendas de ropa de ceremonia. ¡No te imaginas lo que cuesta un vestido de novia hoy en día!

Volvía a llover. Como había llovido el día que Alejandro vino para invitarlas a probar el mate. Suzanna echó una ojeada a la estantería, situada a sus espaldas, y vio que su jarrita plateada todavía estaba allí, arrinconada tras un montón de artículos que todavía debía seleccionar desde aquella jornada a la cual todos se referían con gran tacto como «la tarde del accidente». Le resultaba increíble que no hubiera reparado en él hasta entonces.

—Sí, hace treinta y cinco años. El último fue para una boda que se celebró en este pueblo también.

—Ah. —Suzanna cogió el potecito con cuidado y lo sostuvo con ambas manos, sintiendo su peso, los suaves contornos niquelados. «Lo siento, Ale», dijo en silencio.

—Era precioso. Seda blanca, cortado al bies. Muy simple, parecido a lo que gusta hoy en día a las muchachas. Saqué el patrón de un vestido que Rita Hayworth llevaba en… Veamos, ¿cómo se llama esa película en la que hace de vampiresa? *Gilda*, ¿verdad?

—No lo sé. —Suzanna levantó el tazón y se lo llevó a la mejilla, dejando que el frío penetrara en su piel y sintiendo cómo se iba calentando progresivamente. La transformación resultaba un alivio.

—Ahora que lo pienso, Rita Hayworth no fue un mal modelo. La novia también era de cuidado. Se fugó… ¿Cómo fue? ¿Dos años después de la boda?

—Vaya… —comentó Suzanna con los ojos cerrados.

—¿Cómo se llamaba? Tenía un nombre muy poco frecuente. ¿Atalanta? ¿Ariadna? Athene no sé qué. Eso es. Se casó con uno de los Fairley-Hulme.

Suzanna tardó varios segundos en reaccionar. Volvió la cabeza lentamente hacia la señora Creek, quien removía el café con aire risueño, el sombrero de lana a su lado, sobre la mesa.

—Perdone, ¿cómo ha dicho?

—Una chica guapísima. Tuvo una aventura con un vendedor, nada más y nada menos, y dejó a su marido con la hija. Salvo que no era su hija, claro. Oh, ellos silenciaron el escándalo pero se enteró todo el mundo.

El tiempo se había detenido. Suzanna sintió como si la tienda se alejara a toda prisa a medida que las palabras de la señora Creek caían con toda su contundencia en el espacio que las separaba.

—Eso es. Athene Forster. Probablemente no recordarás a los Fairley-Hulme, al llevar tanto tiempo viviendo en Londres, pero eran una familia de granjeros muy importante de por aquí cuando yo era pequeña. —La señora Creek dio un sorbito de café, ignorando la figura paralizada que había junto a la ventana—. Un vestido maravilloso. Estuve muy orgullosa del resultado. Creo que incluso conservo un retrato por algún lado. Luego me sentí fatal, por supuesto, porque tenía tanta prisa por terminarlo que olvidé coserle un trozo de cinta azul en el dobladillo. Era algo que solía hacerse en la época. Para tener buena suerte. «Algo viejo, algo nuevo…» —La anciana prorrumpió en una carcajada estruendosa—. Unos años después, cuando descubrí que la muchacha se había ido por piernas, le dije a mi marido: «Ya lo ves. Debe de haber sido por culpa mía…».

23

El gato de Rosemary se estaba muriendo. El hecho de que todos ellos supieran que había llegado el momento, que llevaran esperándolo desde hacía años, no empañó la tristeza de la ocasión. El fatigado y huesudo animal, ahora ya sin pelaje y apenas sin carne por haber cedido esta última ante los diversos tumores internos, dormía casi continuamente, despertándose solo para cruzar la cocina trastabillando e ir a beber de su cuenco, a menudo ensuciando el suelo a su paso. Vivi no se había quejado por el hecho de tener que limpiar cada vez que se movía el gato, a pesar de las expresiones de disgusto que su marido le manifestaba en privado. Sabía que Rosemary era consciente de que tenían que terminar con la vida del animalito pero, al ver el dolor de la mujer, apenas contenido, no había querido presionar todavía más a su suegra, habida cuenta de la responsabilidad que, sin duda, la anciana sentía por el bienestar de su mascota.

Al día siguiente de la visita de los niños, después de desayunar y mientras el viento aullaba y aquel frío inusual presagiaba que iban a encenderse las chimeneas por primera vez ese otoño, Rosemary había aparecido por la puerta del anexo para preguntarle a Vivi si le importaría llamar al veterinario. Cuando el profesional llegó, la anciana le pidió a su nuera que le dejara sostener al gato en brazos y, en esa posición, estuvo acariciándolo con sus dedos artríticos. Luego le dijo con ademanes secos que quería quedarse sola. Todavía podía hablar con un veterinario sin intermediación de nadie, muchísimas gracias.

Vivi decidió marcharse, no sin cruzar la mirada con el veterinario apenas durante escasos segundos, y cerró la puerta al salir sin poder contener una inexplicable sensación de tristeza.

Un rato después, de una brevedad casi indecente, el veterinario apareció por la puerta, le dijo que le enviaría la factura y le anunció que, siguiendo las instrucciones de Rosemary, había dejado el cuerpo en una bolsa especial junto a la puerta trasera. Se había ofrecido a deshacerse del animal en persona, pero la anciana le había respondido que prefería enterrar al gato en su jardín.

—Le diré a Ben que nos ayude —dijo Vivi, y esa mañana, haciendo caso omiso de la lluvia y el viento, madre e hijo se envolvieron en sendas parkas, cavaron un hoyo lo bastante hondo para mantener alejados a los zorros y colocaron al viejo animal en el lugar donde yacería a partir de entonces, observados desde la ventana por el rostro impasible de Rosemary.

—Supongo que pensarás que he sido una egoísta por mantenerlo vivo —le dijo su suegra después, mientras Vivi servía el té en la salita, con las orejas todavía coloradas por efecto del viento.

Vivi le colocó la taza y el platito en la mesa de al lado, asegurándose de situarlos lo bastante cerca para que Rosemary llegara sin tener que cambiar de postura en la butaca.

—No, Rosemary. Creo que solo tú podías saber cuándo estaría preparado el animalito para irse. —Vivi se preguntaba si no debería pedirle a Lucy que llamara a Suzanna. Las chicas parecían haber iniciado una relación más íntima de la que mantuvieran en el pasado y cabía la posibilidad de que Suzanna quisiera confiar en su hermana.

—Ese es el problema, ¿ves? Nadie lo puede saber.

La voz de Rosemary la arrancó de sus pensamientos.

—Sabía que era una molestia —empezó a explicar su suegra, volviendo el rostro hacia los balcones—. El animalito sabía que siempre terminaba bajo los pies de los demás, que lo ensuciaba todo. Sin embargo, a veces es difícil… es muy difícil desprenderse de las cosas.

Vivi se estaba quemando la mano con la tetera. La dejó sobre la bandeja con cuidado y olvidó servirse una taza.

—Rosemary…

—Solo porque algo sea viejo no quiere decir que sea inútil. Seguramente se siente más inútil de lo que puedas pensar.

Desde fuera se oía a uno de los tractores dando marcha atrás y atravesando la verja principal para situarse en posición y retroceder hacia el establo que había tras la casa. Oyeron el débil rascar del cambio de marchas, solapado por el agradable crujir del fuego del interior de la casa y el regular tictac del reloj del abuelo.

—Nadie pensó que tu gato fuera inútil —dijo Vivi con precaución—. Creo... Todos preferimos recordarlo cuando estaba en forma y era feliz.

—Sí. Bueno... —Rosemary dejó la taza sobre la mesa—. Nadie imagina nunca que terminará de ese modo.

—No. Es terrible tener que verte así.

—Sí. —Rosemary levantó la barbilla—. Me mordió, ¿sabes?, cuando le clavaron la aguja.

—Me lo dijo el veterinario. Comentó que no era algo habitual.

La voz trémula de Rosemary sonaba desafiante.

—Estoy contenta de que todavía tuviera fuerzas... para enviar a todo el mundo al infierno. Hasta el último minuto... el animal seguía teniendo algo dentro. —Sus ancianos y legañosos ojos horadaron los de Vivi con una mirada plagada de un significado que a ella no se le escapó.

—¿Sabes una cosa, Rosemary? —Vivi descubrió que tenía un nudo en la garganta—. Yo también me alegro mucho.

Rosemary se había quedado dormida en la butaca. Probablemente debido a la emoción, como había sugerido sabiamente la señora Cameron. La muerte provocaba esa reacción en la gente. Cuando el caniche de su hermana murió, se las vieron y se las desearon para impedirle a la mujer que se lanzara sobre su tumba. Claro que ella siempre había estado como enloquecida con ese perrito, enmarcaba sus retratos y le compraba abriguitos.

—Hizo que lo enterraran en uno de esos cementerios especiales, ¿no le parece increíble? ¿Sabía que incluso se puede enterrar a un caballo en esa clase de lugares?

Vivi asintió y luego hizo un gesto de negación con la cabeza al notar que la tristeza de la anciana calaba, como el tiempo húmedo, en la estructura misma de la casa.

Tenía un montón de tareas pendientes, algunas en el pueblo, incluyendo una invitación para asistir a la reunión del centro de beneficencia local que administraba las diversas sucursales del pueblo y al cual Douglas la había introducido de recién casados. Sin embargo, de algún modo, Vivi se mostraba reticente a abandonar la sala, como si la fragilidad de Rosemary desde la muerte de su amado gato le hiciera temer por su vida. No le hizo ningún comentario al respecto a la señora Cameron, pero la joven captó alguna cosa.

—¿Quiere que planche aquí mismo? Así podré controlarlo mejor todo —sugirió con sumo tacto.

Habría resultado ridículo explicar su turbación y Vivi le dijo, con un brío decidido en la voz, que lo consideraba una idea estupenda. Procurando disimular su aprensión, se marchó al *office* a seleccionar las manzanas que había reservado para congelar.

Permaneció allí un buen rato, sentada sobre una vieja caja de mudanzas, dividiendo las bolsas de plástico para las manzanas en dos montones: uno para la fruta que serviría para cocinar y otro para las manzanas demasiado maduras para conservar. Llevaba casi veinte minutos encontrando consuelo en aquel mecánico ritual de cada año cuando oyó el timbre de la puerta y a la señora Cameron silbando mientras se apresuraba por el pasillo para ir a abrir. Tras un intercambio breve y ahogado, Vivi, dejando caer un ejemplar especialmente atacado por los gusanos en una caja de cartón, se preguntó si la señora que traía las bolsas para las obras de caridad se habría adelantado un día.

—¿Hay alguien aquí?

Oyó la voz, imperiosa y exigente, al otro lado de la puerta, y Vivi, irguiéndose de súbito, se sobresaltó.

—Suzanna, ¿eres tú?

La puerta se abrió de par en par y Suzanna apareció de pie en el umbral. Sus ojos oscuros centelleaban en aquel rostro lívido como la muerte. A cada lado de la nariz tenía unas manchas azules y llevaba el pelo sin cepillar, signos visibles de la tumultuosa noche que debía de haber pasado en blanco.

—Querida, ¿estás…?

—¿Es cierto? ¿Huyó de papá y tuvo un bebé?

—¿Qué? —Al percibir la certeza abrasadora que se reflejaba en aquel rostro, Vivi sintió que la historia daba un salto hacia delante para engullirla y comprendió que aquella sensación de temor que experimentara antes nada tenía que ver con el gato. Se puso en pie y avanzó a trompicones, haciendo rodar las manzanas por el suelo.

—¿Era mi madre? ¿Hablaba esa mujer de mi madre?

Las dos mujeres estaban de pie en la pequeña habitación, perfumada con aroma a detergente y manzanas pasadas. Vivi oyó la voz de Rosemary, sin saber si empezaba a imaginar cosas. «¿Lo ves? —le decía—. Causa problemas incluso después de muerta.»

Con los brazos caídos, Vivi respiró hondo y se obligó a hablar con una voz más firme de la que le salía en realidad. Siempre había sospechado que ese día llegaría alguna vez pero jamás había supuesto que cuando eso ocurriera, tendría que enfrentarse a la situación sola.

—Suzanna, tu padre y yo queríamos decírtelo desde hacía tiempo. —Miró hacia donde había estado sentada—. De hecho, queríamos contártelo el martes. ¿Voy a buscarlo? Está arando en Page Hill.

—No. Cuéntamelo tú.

Vivi quería decirle que no le correspondía a ella contar esa historia, que el peso de esas vivencias siempre le resultó excesivo. Sin olvidar el hecho, enfrentada a la mirada acusatoria y enfebrecida de Suzanna, de que todo aquello no había ocurrido por culpa de ella. Sin embargo, en eso precisamente consistía la paternidad. Las declaraciones de amor, la pureza de intenciones, la creencia en que el fin justifica los medios... la certeza, a fin de cuentas, de que a menudo el amor no bastaba.

—Cuéntamelo tú.

—Cariño, yo...

—Aquí y ahora. Dímelo ahora mismo. Quiero saberlo todo. —Los ojos de Suzanna evidenciaban la desesperación y su voz se quebraba al asomar una tristeza y un extrañamiento que Vivi jamás había oído antes.

La señora Fairley-Hulme se acomodó con buen tino sobre la caja de mudanzas y le hizo una señal a su hija para que ocupara la otra mitad del asiento.

—Muy bien, Suzanna. Será mejor que te sientes.

Recibió la llamada cuando menos lo esperaba, durante una de las escasas ocasiones en que él había vuelto a la casa que durante dos breves años había considerado su hogar. Acababa de entrar en el vestíbulo resonante en busca de su chaqueta de tweed, intentando no pensar demasiado en el entorno en el que se encontraba, cuando el teléfono de la mesita del recibidor cobró vida con gran estrépito. Se quedó mirando el aparato durante varios segundos y luego avanzó hacia él, titubeante. Nadie le llamaría a ese número. Todos sabían que él ya no vivía en esa dirección.

—¿Douglas? —dijo la voz, y ante esa pregunta descorazonadora y pronunciada en voz baja, él descubrió que había perdido la facultad de mantenerse en pie.

—¿Dónde estás? —le preguntó, dejándose caer en la silla del vestíbulo. Fue, no obstante, como si no hubiera abierto la boca.

—Llevo varias semanas intentando localizarte. ¡Eres un trotamundos imposible! —Como si fueran dos personas que coquetearan en una fiesta. Como si ella no le hubiera destrozado y roto el corazón para reducir luego su futuro, su vida, a cenizas.

—Es la época de la siega —procuró explicarse él, con un nudo en la garganta—. Los días son largos. Ya lo sabes.

—Creí que debías de haberte marchado a Italia —dijo ella con ligereza—. Para escapar de este asqueroso tiempo inglés. —Su voz sonaba extraña, atenuada por el tráfico, como si estuviera llamando desde una cabina telefónica—. ¿A que es horrible? ¿No lo odias tú también?

Llevaba tanto tiempo imaginando ese momento que había ensayado todas las discusiones, las disculpas y las reconciliaciones posibles en su pensamiento, y ahora que ella se encontraba al otro extremo de la línea, tan solo acertaba a respirar.

—¿Douglas?

Se fijó en que la mano que reposaba en su pierna le temblaba.

—Te he echado de menos —dijo con la voz rota.

Se escuchó un breve silencio.

—Douglas, cariño, no puedo hablar demasiado pero necesito verte.

—Vuelve a casa. Ven.

Athene le contestó con gran ternura que, si no le importaba, prefería no regresar. Quizá podrían encontrarse en Londres, en algún lugar donde pudieran hablar en privado.

—El restaurante de marisco Huntley's —le sugirió él, cuando su mente recobró de nuevo la vida. Tenía comedores privados donde podrían hablar sin que nadie los observara.

—¡Qué buena idea, querido! —exclamó ella sin tomar conciencia del modo en que una frase, dejada caer con tanta naturalidad, podía inflamar las llamas de la esperanza. Quedaron en Huntley's. Un jueves.

Cuatro interminables días después, Douglas se encontraba sentado en el reservado del fondo del restaurante, el más discreto del lugar, le había asegurado un camarero que le guiñó el ojo con impertinencia como si él tuviera una cita.

—Es para mi mujer —le informó Douglas con frialdad.

—Claro, señor. Por supuesto.

Había llegado casi media hora antes, no sin haber pasado varias veces ante el restaurante, obligándose a resistir la tentación de entrar, sabiendo que los albañiles del andamio de arriba probablemente le tomarían por un chalado. Sin embargo, una parte de él temía perderla, que el destino interviniera y sus caminos no se cruzaran. Por consiguiente, compró un periódico y se sentó solo, intentando controlar el sudor de sus palmas y deseando poder encontrarle algún sentido a la letra impresa que tenía delante.

En la calle un autobús de dos pisos dobló la curva con dificultad y su vibración hizo reverberar los cristales de las ventanas. Las chicas pasaban como un relámpago con minifalda, y sus abrigos de colores vivos resultaban incongruentes mezclados con esos grises que predominaban en los cielos londinenses y en las aceras, provocando silbidos ahogados.

Durante unos segundos se sintió cómodo con la idea de que ella hubiera accedido a encontrarse con él en ese local, un lugar en el que su traje no parecía provinciano, «carroza», como decían los modernos, un espacio en el que no tenía que sentirse como el compendio de todo lo que a ella le irritaba.

—¿Desea beber algo, señor, mientras espera?

—No. Aguarde, sí. Un vaso de agua, por favor. —Miró hacia la puerta cuando se abrió para dar paso a una mujer morena y delgada.

El maldito restaurante parecía que solo se abastecía de esa clase de clientela.

—¿Con hielo y limón, señor?

Douglas sacudió el periódico con rabia.

—¡Diablos! —le gritó al camarero—. Como usted quiera... ya me irá bien. —Terminó por controlarse. Se apartó el cabello de la cara y se ajustó la corbata, intentando acompasar la respiración.

No les había contado a sus padres que iba a Londres; sabía cuál habría sido la reacción materna. La señora Fairley-Hulme se había negado a que en su casa se mentara el nombre de Athene a partir del día en que su hijo le anunció su fuga. Douglas se había mudado a la residencia familiar hacía unos meses y dejó Philmore House como el *Mary Celeste*,* exactamente como ella la había dejado al marcharse, respetando incluso el cenicero rebosante de colillas de cigarrillos manchadas de carmín. El servicio tenía órdenes estrictas de no cambiar nada de sitio.

Al menos, hasta que tuviera la certeza.

Al menos, hasta que tuviera la absoluta certeza.

—Mejor dicho, ¿podría traerme un brandy? —le pidió al camarero cuando este último llegó con una bandeja de plata sobre la cual sostenía un vaso de agua—. Un brandy doble, por favor.

El camarero lo miró unos segundos más de los que estipularía ofrecer un servicio completamente deferente.

—Como guste el señor.

Athene llegó con retraso, como él ya había supuesto acertadamente. Terminó ese brandy y se bebió otro durante los treinta minutos que pasaron desde la hora convenida. Cuando Douglas levantó la vista del periódico y la vio delante de él, el alcohol ya había empezado a sofocar su ansiedad.

—Douglas.

Él se quedó mirándola durante un rato, sin ser capaz de asumir su presencia real, la versión en carne y hueso del espectro que, durante casi un año, se le había aparecido en sueños.

---

* El velero bergantín *Mary Celeste*, construido en Nueva Escocia en 1861, zarpó de Nueva York el 7 de noviembre de 1872. El buque fue avistado por un navío inglés el 5 de diciembre. Tras abordarlo, se descubrió que a pesar de que la nave se encontraba en perfectas condiciones, la tripulación entera había desaparecido. *(N. de la T.)*

—¡Estás guapísimo!

Douglas echó un vistazo a su traje, temeroso de lucir algún descosido, y luego la observó de hito en hito, consciente de estar franqueando algún límite invisible pero incapaz de detenerse.

—Sentémonos —propuso ella con una sonrisa provocativa y nerviosa—. La gente está empezando a mirarnos.

—Claro —musitó él, deslizándose hacia su asiento del reservado.

Ella también parecía alterada, aunque era imposible afirmar si la causa debía atribuirse al hecho de que la Athene de sus recuerdos, de sus pensamientos, era una criatura perfecta. Esa mujer que tenía enfrente, a pesar de su hermosura, aunque fuera indefectiblemente su Athene, ya no era la diosa que acostumbraba imaginar. Parecía cansada, y su piel no era tan tersa, sino algo más enjuta que en el pasado; por si fuera poco, llevaba el pelo recogido en un moño hecho de cualquier manera. Vestía, advirtió Douglas con un sobresalto, un traje que se había comprado durante la luna de miel y que luego, tras ponérselo una sola vez, le pareció de una «abominación tal» que juró deshacerse de él. Comparado con las creaciones de colores llamativos que lucían las chicas que pasaban por la calle, ese modelo parecía pasado de moda. Su mujer encendió un cigarrillo. Douglas se dio cuenta, con un cierto alivio, de que le temblaban las manos.

—¿Puedo tomar algo, querido? Verás, me falta el aliento.

Douglas le hizo una señal al camarero, quien la observaba con un cierto interés. Fue, sin embargo, al percibir la mirada explícita que el hombre le dirigía a la mano izquierda cuando Douglas cayó en la cuenta, con un nudo en el estómago, de que Athene ya no llevaba el anillo de boda. Dio un sorbo a su propia bebida, intentando no obsesionarse con lo que eso podría significar. Lo importante era que ella estaba allí.

—¿Estás… te encuentras bien?

—Estoy fantástica. Si no tenemos en cuenta este tiempo tan asqueroso.

Douglas intentó extraer conclusiones a partir del aspecto de su mujer, reunir el coraje suficiente para formularle las preguntas que, de manera implacable, le daban vueltas por la cabeza.

—¿Vienes mucho a Londres?

—Bueno, ya me conoces, Douglas. El teatro, algún cabaret de

vez en cuando... No consigo vivir alejada del queridísimo humo de la ciudad. —A su voz asomaba una precaria alegría.

—Fui a la boda de Tommy Gardner. Pensé que a lo mejor te vería allí.

—¿Tommy Gardner? —Despidió el humo con desprecio entre sus maquillados labios—. Bah, no podía soportarlos a ninguno de los dos.

—Supongo que debes de haber estado muy ocupada.

—Sí. Mucho.

El camarero trajo la bebida de Athene y dos cartas encuadernadas en piel. Ella había pedido un gin-tonic pero cuando el combinado llegó a la mesa, pareció haber perdido interés en él.

—¿Te apetece comer? —le preguntó Douglas, rezando para que ella no quisiera marcharse de inmediato, por no haberla decepcionado ya.

—Pide por mí, cariño. No quiero tomarme la molestia de leer entre tantas posibilidades de elección.

—Tomaré el lenguado —le dijo Douglas al camarero, apartando con reticencia la mirada de su esposa el tiempo justo para devolver las cartas—. Dos lenguados, por favor.

Observó que su persona emanaba una intranquilidad rara. A pesar de seguir perfectamente inmóvil, tan lánguida como siempre, se percibía una tensión visible en ella, como si estuviera atada a dos cables tirantes. «Quizá se sienta tan nerviosa como yo», pensó él, intentando disipar el asomo de esperanza que le provocó tal pensamiento.

Se hizo un silencio doloroso, sentados los dos frente a frente, cruzándose la mirada de vez en cuando y enarbolando tensas e incómodas sonrisas. En el reservado de al lado un grupo de ejecutivos prorrumpieron en fuertes risotadas, y Douglas captó el leve arqueo de las cejas de Athene, la mirada que decía que esos hombres eran demasiado ridículos para merecer comentario alguno.

—Ni siquiera quisiste hablar conmigo —le dijo él, procurando que su voz sonara despreocupada, como en un suave reproche—. Tan solo me dejaste una nota.

Los rasgos de Athene se crisparon un tanto.

—Ya lo sé, querido. Siempre se me han dado muy mal esa clase de conversaciones.

—¿Esa clase de conversaciones?

—Por favor, Douglas. Hoy no.

—¿Por qué no hemos quedado en Dere? Yo habría ido a casa de tus padres, si así lo deseabas.

—No quiero verlos. No quiero ver a nadie. —Encendió un segundo cigarrillo ayudándose del primero y arrugó el paquete ya vacío con la mano—. Douglas, encanto, ¿no podrías pedirme tabaco, por favor? Me parece que no llevo cambio.

Su marido se apresuró a cumplir sus deseos.

—Eres un cielo —murmuró Athene, aunque él no estaba seguro de que fuera siquiera consciente de sus palabras.

Llegaron los platos, pero ninguno de los dos tenía apetito para comer. Los dos pescados seguían dispuestos torvamente en la mantequilla cuajada hasta que Athene apartó su plato y encendió otro cigarrillo.

Douglas temió que ese acto implicara que estaba a punto de marcharse. No pudo esperar más. Tampoco tenía nada que perder.

—¿Por qué me llamaste? —le preguntó con la voz quebrada.

Athene lo miró con un deje de sorpresa.

—¿Es que ya no puedo hablar más contigo? —El amago de coquetería quedaba en entredicho por culpa de la tensión que reflejaban sus ojos, las miradas huidizas que no dejaba de lanzar hacia la entrada del restaurante.

—¿Estás esperando a alguien? —le preguntó él, con la aprensión de pensar que el otro quizá se encontrara también allí. Que todo aquello fuera una especie de elaborada comedia para burlarse todavía más de él.

—No seas tonto, cariño.

—Deja de llamarme, cariño, querido, cielo… ¡No puedo soportarlo más! De verdad que no puedo. Necesito saber por qué has venido.

—Pues porque me gusta muchísimo constatar que tienes tan buen aspecto. Siempre te ha sentado de fábula ese traje.

—¡Athene!

Una mujer apareció junto a la mesa. Era la encargada de guardarropía. Douglas se preguntó, durante escasos segundos, si habría ido a decirles que llamaban a Athene por teléfono y qué iba a hacer él en ese caso. Por supuesto, se trataría del otro. ¿Tendría que arrancarle el teléfono de las manos? ¿Exigirle a ese hombre que dejara en paz a su mujer? ¿Qué debería hacer?

—Lo siento, señora, pero su bebé está llorando. Tendrá que venir a recoger a la niña.

Transcurrieron unos segundos antes de que Douglas entendiera las palabras de la muchacha.

Athene se quedó mirándolo, con una expresión cortante y sin ambages. Luego se controló y se volvió hacia la empleada, con una sonrisa perfectamente estudiada.

—Lo siento mucho. ¿Podría hacer el favor de traérmela a la mesa? No me quedaré mucho rato más.

La chica desapareció.

Athene dio una larga calada al cigarrillo. Sus ojos resplandecían, inescrutables.

—Douglas, necesito que me hagas un favor —le dijo con frialdad.

—¿Un bebé? —se extrañó él, llevándose la mano a la cabeza.

—Necesito que cuides de Suzanna por mí.

—¿Qué? ¿Un bebé? Tú nunca...

—Ahora no puedo discutir el tema pero te diré que es una niña muy buena. Sé que te adorará.

La chica llegó con la pequeñita, casi oculta entre varias mantas, lloriqueando como si acabara de pasar un disgusto espantoso. Athene apagó el cigarrillo y cogió a la niña, sin mirarla a la cara. La pequeña se rió al verla y empezó a observar a Douglas.

—Su cochecito está en el vestíbulo del restaurante. Allí hay todo lo que necesario para pasar unos días. No te causará ningún problema, Douglas, de verdad.

—Pero esto... ¿Se trata de alguna especie de broma? —preguntó Douglas, incrédulo—. Yo no sé qué hay que hacer con un bebé.

La niña empezó a revolverse nerviosa y Athene le dio unos golpecitos en la espalda, empeñada en no mirarla al rostro.

—Athene, no puedo creer que tú...

Athene se levantó, le entregó el bebé por encima de la mesa y a Douglas no le quedó otro remedio que coger el bulto.

—Por favor, por favor, Douglas, por favor te lo pido, cariño —dijo Athene con la voz apremiante, insistente—. No puedo explicártelo, de verdad. —Esos ojos suplicantes le rememoraron aquellos otros que él había apreciado en el pasado—. Estará muchísimo mejor contigo.

—Pero no puedes dejarme con una criatura que...

—La querrás mucho.

—Athene, yo no puedo...

—Douglas, cariño —le dijo Athene, asiéndole por el brazo con su fría mano—. ¿Acaso te he pedido nunca un favor? ¿Te lo he pedido alguna vez?

Douglas no acertaba a hablar. Apenas era consciente de que los ocupantes del reservado de al lado los miraban fijamente.

—Pero ¿qué me dices de ti? —Balbuceaba inseguro, sin saber siquiera qué palabras articulaba—. ¿Qué me dices de nosotros dos? ¡Yo no puedo regresar a casa con un bebé!

Sin embargo, Athene ya le había dado la espalda, cogía el bolso y revolvía en su interior para encontrar algo, quizá una polvera.

—De verdad que tengo que marcharme. Tendrás noticias mías, Douglas. Muchísimas gracias.

—Athene, no puedes dejarme aquí con una niñita que...

—Sé que te portarás de maravilla con ella. Serás un padre estupendo. Esta clase de cuestiones se te dan mejor que a mí.

Douglas se quedó contemplando la carita inocente que tenía delante, oculta entre los pliegues de las mantas. La niña había conseguido encontrarse el pulgar y ahora se lo chupaba furiosa con una expresión de concentración profunda pintada en el rostro. Tenía las pestañas de Athene, negras como el carbón, y sus mismos labios en forma de arco de Cupido.

—¿No quieres despedirte de ella?

Athene, no obstante, ya casi había alcanzado la puerta del restaurante, haciendo resonar los zapatos de tacón contra el embaldosado como si fueran agujas, los hombros tensos bajo aquel traje abominable.

—El cochecito lo tiene la chica del guardarropa —le gritó. Y sin volver la vista atrás, se marchó.

Nunca volvió a verla.

Douglas le había contado esa historia a Vivi unos meses después. Hasta entonces, siguió narrando Vivi, la familia de Douglas sencillamente se dedicó a explicar que Athene había ido a pasar una temporada al extranjero y les había dejado el bebé porque creía que el clima inglés le convendría más. Hablaban del bebé sin miramientos, como dando por sentado que todo el mundo sabía de su existencia. Hubo quien creyó que quizá se lo habían mencionado y que, por alguna extraña razón, debía de haberlo olvidado. Los que no aceptaron esa versión de los hechos, sin embargo, no hicieron comentario alguno. El pobre hombre ya había sufrido demasiadas humillaciones.

Douglas le relató el episodio a Vivi sin interrumpirse, sin mirarla apenas, un tiempo después de enterarse de la muerte de Athene; y ella lo sostuvo entre sus brazos cuando ese hombre lloró de rabia, humillado, por esa pérdida. Luego se dio cuenta de que Douglas nunca le había preguntado a su mujer si el bebé era de él.

Suzanna, sentada sobre la caja de mudanzas, se había quedado helada y estaba más pálida, si cabía, que cuando llegó. Permaneció en esa posición durante un rato, y Vivi no dijo nada, dándole tiempo para que asimilara la historia.

—Es decir, que ella no murió al darme a luz —dijo finalmente Suzanna.

Vivi le puso una mano en el hombro.

—No, cariño, ella...

—¿Ella huyó de mí? ¿Se limitó a regalarme? ¿En una maldita marisquería?

Vivi se vio apurada y deseó que Douglas estuviera allí.

—Creo que pensó que no iba a ser la madre que tú necesitabas. La conocí un poco en su juventud, y tenía un carácter bastante indomable. Lo pasó muy mal con sus padres, y es posible que el hombre con quien se fugó la presionara... Hay hombres que se muestran muy rencorosos con los niños, sobre todo si... si no son suyos. Douglas siempre pensó que aquel individuo debió de ser muy cruel con ella. Por lo tanto, ya ves... No deberías juzgarla con demasiada severidad. —Deseó que sus palabras hubieran sonado con mayor convicción—. Las cosas eran muy distintas por aquel entonces.

Tan pronto Athene se marchó, Vivi regresó a Dere. No porque esperara atraparlo: ella siempre había sabido que él deseaba el regreso de Athene, que jamás miraría a otra mujer mientras existiera la más remota posibilidad de que ella volviera. Sin embargo, Vivi lo adoraba desde la infancia y creyó que, al menos, podría darle su apoyo.

—Tuve que escuchar un montón de historias sobre lo mucho que él amaba a tu madre —dijo Vivi con toda naturalidad—, pero él necesitaba ayuda. No podía cuidar de un bebé. Con todo el trabajo que tenía... Además, para empezar, sus padres no se mostraron demasiado... —Intentó encontrar la palabra adecuada— ... colaboradores.

Dos meses después de la muerte de Athene, Douglas le había pedido a Vivi que se casara con él.

—Siento que no te dijéramos la verdad antes —se disculpó Vivi, apartándose el cabello del rostro—. Durante mucho tiempo pensamos que protegíamos a tu padre. Había sufrido muchísimas humillaciones y estaba muy dolido. Luego... No sé... Quizá creímos que te estábamos protegiendo a ti. En aquellos tiempos a la gente no le interesaban tanto las historias ajenas como hoy en día. —Vivi se encogió de hombros—. Hicimos lo que pensamos que sería lo mejor.

Suzanna lloraba, llevaba varios minutos llorando. Con cierta timidez, Vivi acercó la mano hasta su hija para acariciarla.

—Lo siento muchísimo.

—Debiste de odiarme —exclamó Suzanna, sollozando.

—¿Cómo?

—Durante todo ese tiempo me he interpuesto en tu camino, recordándote siempre a esa mujer.

Vivi, embargada finalmente por un sentimiento parecido a la valentía, rodeó a Suzanna en un fuerte abrazo.

—No seas tonta, cariño mío. Yo te quería. Casi más que a mis propios hijos.

A Suzanna las lágrimas le nublaban la visión.

—No lo entiendo.

Vivi abrazaba los delgadísimos hombros de su hija e intentó transmitirle cuáles eran sus sentimientos. Su voz, cuando consiguió templarla, resultó decidida, investida de una extraña certidumbre.

—Te quería porque eras el bebé más precioso que hubiera visto jamás —le explicó, abrazándola con ímpetu—. Te quería porque nada de todo esto fue culpa tuya. Te quería porque, desde el momento en que te miré, no pude evitar quererte. —Vivi se detuvo, mientras las lágrimas pugnaban por salir—. Y, por una de esas cosas extrañas, Suzanna, te quería porque sin ti, mi amada, mi amadísima niña, jamás le habría tenido a él.

Más tarde, cuando logró desasirse de los brazos de su hija, Vivi le contó el modo en que había muerto su madre, y Suzanna volvió a llorar, por Emma, por Alejandro y, sobre todo, por Athene, de cuya muerte no había sido en absoluto responsable.

24

La primera noche que Suzanna Fairley-Hulme pasó con su familia fue el escenario de una tremenda agitación en la propiedad Dere, donde las emociones desatadas y el insomnio, la ansiedad, la inquietud y el miedo apenas disimulado se dieron cita. Arrancada del entorno en el que había pasado sus primeros meses de vida, de las cosas y las personas que conocía, habría cabido esperar que la niña se mostrara nerviosa pero, en cambio, durmió pacíficamente desde el anochecer hasta casi las siete y media de la mañana siguiente. Fueron los nuevos adultos que iban a poblar su vida los que solo lograron conciliar el sueño durante unos instantes.

Rosemary Fairley-Hulme, que se había acostumbrado a la presencia reparadora de su hijo en la casa familiar, sintió pánico cuando él no se presentó en casa, ya bien entrada la noche, y sus temores se acrecentaron cuando se dio cuenta de que ni ella ni su marido tenían la más remota idea de dónde había pasado el día. Hasta medianoche la mujer estuvo paseando arriba y abajo por aquel suelo de parquet que crujía, mirando por las ventanas emplomadas con la vana esperanza de ver un par de faros avanzando lentamente por el caminito de entrada. La gobernanta, a quien habían levantado de la cama, le dijo a Rosemary que había visto al señor Douglas coger un taxi en dirección a la estación a las diez de la mañana. El jefe de estación, tras lograr que Cyril lo telefoneara, les contó que llevaba puesto el traje bueno.

—Iría a ver un espectáculo, ¿no? —comentó el hombre con jovialidad—. Le conviene echar una canita al aire.

—Supongo que sí, Tom —le respondió Cyril Fairley-Hulme antes de colgar el aparato.

Agotadas las posibilidades, llamaron a Vivi, esperando, contra todo pronóstico, que, a pesar de que la muchacha acudía a Dere House varias veces por semana y que él parecía no prestarle más atención que a los muebles, quizá solo por una vez el chico se la hubiera llevado a la ciudad.

—¿Que se ha marchado? —exclamó Vivi, sintiendo un escalofrío de miedo cuando comprendió que Douglas, su Douglas, que había pasado los últimos meses llorando en privado en su hombro, confiándole los más funestos sentimientos a propósito de la marcha de su esposa, había estado ocultándole cosas.

—Esperábamos que estuviera contigo. Lleva toda la noche fuera de casa. Cyril ha salido con el coche para buscarlo —le contó Rosemary.

—Voy ahora mismo —se ofreció Vivi, quien, a pesar de su inquietud, se sentía vagamente satisfecha de que, aun a una hora tan tardía, Rosemary hubiera creído apropiado llamarla.

Vivi se marchó corriendo a la propiedad, sin saber si temía más que Douglas estuviera herido por haber caído en una zanja o que su desaparición estuviera vinculada a la reaparición de otra persona. Todavía amaba a Athene, y ella lo sabía. Había tenido que escucharlo de sus propios labios un montón de veces durante los últimos meses. Sin embargo, sus confesiones le habían resultado llevaderas al creer la muchacha que los sentimientos del muchacho iban muriendo, como las ascuas de un fuego; unas llamas que, una vez escuchados ya todos los detalles, la chica creía imposible avivar.

Desde la medianoche hasta el alba, divididos en pequeños grupos, armados con linternas, habían peinado la propiedad, por si él hubiera regresado a casa borracho y caído en una zanja. Era lo que le había ocurrido a otro chico unos años antes, y había muerto ahogado; el recuerdo de hallar ese cuerpo de bruces bajo varios centímetros de agua estancada todavía acosaba a Cyril.

—Lleva ya varias semanas sin beber apenas —comentó el señor Fairley-Hulme mientras iban avanzando por los campos, tropezando los unos contra los otros a la luz de la luna—. El chico ya ha pasado lo peor. Parece el de siempre.

—Estará en casa de un amigo, señor Fairley-Hulme. Apuesto a que ha tomado unas copas de más y se ha quedado en Londres a pasar la noche. —El guardabosques, que paseaba por Rowney Wood con la agilidad y la confianza de alguien muy acostumbrado a negociar con ramas y raíces de árboles en la oscuridad, interpretó los hechos sanguíneamente. Ya era la cuarta vez que remarcaba que, de los chiquillos, solo cabía esperar chiquilladas.

—Quizá se ha ido a Larkside —murmuró otro de los miembros del grupo—. La mayoría termina en Larkside tarde o temprano.

Vivi hizo una mueca: se hablaba de la casa de las afueras del pueblo entre cuchicheos, o bien era objeto de las burlas de los borrachos, y la idea de que Douglas se hubiera rebajado a ese nivel, que hubiera recurrido a mujeres de esa clase cuando ella estaba esperando a que él le dijera una sola palabra...

—Tiene demasiado sentido común para acabar allí.

—No si está como una cuba. Lleva solo todo un año.

Vivi oyó la patada amortiguada de la bota del guardabosques dando contra ropa ajena y luego el susurro de una maldición.

—Es inútil —comentó Cyril—. ¡Maldito Douglas! ¡Mil veces maldito! ¡Menudo desconsiderado!

Vivi levantó la mirada y se fijó en la expresión tensa del señor Fairley-Hulme mientras ella marchaba penosamente, envolviéndose en la chaquetita de punto en un vano intento de protegerse contra el frío. Sabía que maldiciendo a Douglas, el señor Fairley-Hulme lograría disimular su ansiedad. El hombre, al igual que ella misma, conocía el alcance de la desesperación de su hijo.

—Terminará por aparecer —le comentó Vivi con voz queda—. Es muy sensato. De verdad.

Nadie pensó en ir a Philmore House. ¿Por qué iban a ir si Douglas apenas había puesto el pie en la casa desde que ella se había marchado? Por consiguiente, solo transcurrida ya una hora desde que había salido el sol, cuando los dos grupos de búsqueda convergieron en la fría luz, congelados y cada vez más silenciosos, a las afueras de los establos Philmore, a alguien se le ocurrió la idea.

—Hay una luz, señor Fairley-Hulme —dijo uno de los muchachos, señalando hacia la casa—. En la ventana de arriba. Mire.

Mientras seguían todos en pie en aquel césped crecido y empapado de rocío, levantando la mirada hacia las plantas superiores de la antigua casa, rodeados por los trinos envolventes de los pájaros, la puerta principal se abrió. Douglas apareció en el umbral, con unas ojeras que delataban que él también había pasado la noche insomne, los pantalones del traje bueno arrugados, arremangada la camisa y con un bebé durmiendo pacíficamente en los brazos.

—¡Douglas! —La exclamación de Rosemary escondía una mezcla de estupor y alivio.

Se hizo un breve silencio entonces, mientras el grupito de personas empezaba a comprender la visión que tenía delante.

Douglas bajó la mirada y ajustó el chal alrededor de la criaturita.

—¿Qué pasa, hijo?

—Ella... Es Suzanna —dijo Douglas con un hilo de voz—. Athene me la ha entregado. Eso es todo lo que deseo decir sobre el tema. —Se le veía dolido y desafiante.

Vivi se había quedado con la boca abierta y, al ser consciente de su gesto, la cerró. Oyó asimismo que el guardabosques profería un contundente taco entre dientes.

—Pero nosotros creíamos... ¡Oh, Douglas! ¿Qué diablos ha...?

Cyril, con la mirada fija en su hijo, detuvo a su esposa poniéndole una mano al hombro.

—Ahora no, Rosemary.

—¡Pero, Cyril! Mira lo que...

—Ahora no, Rosemary. —Saludó a su hijo con un gesto de la cabeza y giró en redondo para marcharse—. Vayamos todos a descansar. El muchacho se encuentra sano y salvo.

Vivi notó que el señor Fairley-Hulme la acompañaba con suavidad por el prado: esperaban que ella también se marchara.

—Gracias a todos —le oyó decir mientras se volvía para mirar a Douglas, quien todavía observaba la carita de la niña suavemente iluminada—. Si gustan de venir a Dere House, creo que podríamos preparar un poco de café. Ya tendremos mucho tiempo para hablar cuando hayamos dormido un poco.

Douglas le contó a Vivi más tarde que había ido a Philmore House porque necesitaba estar solo, al no tener la certeza de si sería capaz de admitir, ni siquiera ante sí mismo, el cariz que habían tomado los acontecimientos aquel día. Quizá se dirigió a su anterior domicilio porque, al llevar a la hija de Athene, sintió el impulso primitivo de estar más cerca de su madre, de llevar a la niñita a algún lugar en el que la atmósfera familiar y la sensación de su presencia pudieran hacer mella en los dos. En cualquier caso, Douglas únicamente se quedó en la casa durante dos días antes de descubrir que cuidar de un bebé a solas se encontraba fuera del alcance de sus posibilidades.

Al principio, Rosemary se subía por las paredes. De ningún modo aceptaría a la hija de esa mujer en su casa, le gritó a Douglas cuando el muchacho llegó a la vivienda familiar. No podía creer que hubiera sido tan estúpido, tan crédulo. Le resultaba inconcebible que su hijo se expusiera a tal ridículo. ¿Qué cabría esperar a partir de entonces? ¿Esperaba acaso que dieran alojamiento a los amantes de Athene también?

En ese momento Cyril le dijo que se tranquilizara un rato y saliera a tomar el aire. Con un tono de voz más mesurado y tranquilo, el hombre intentó razonar con su hijo. Tenía que ser sensato. Era un hombre joven y no podía cargar con la educación de un bebé. Sobre todo habida cuenta de que tenía toda la vida por delante, y menos todavía con un bebé que no... —Las palabras quedaron sin pronunciar. Algo en la mirada implacable de Douglas le cortó a media frase.

—Ella se queda —dijo Douglas—. Es lo único que quería decir. —Ya la sostenía con la destreza relajada de quien acaba de ser padre.

—¿Y cómo vas a cuidar de ella? No puedes esperar que nosotros carguemos contigo. Imposible con todo el trabajo que debe hacerse en la propiedad. Y tu madre no se avendrá. Sabes que no lo hará.

—Ya inventaré algo.

En adelante le confesó a Vivi que su callada determinación no tenía tanto que ver con el deseo de conservar a la niña, aunque la amara desde el primer momento, sino con el hecho de que no tenía ganas de admitir ante su padre que aun cuando hubiera sentido el deseo de devolver a Suzanna y hubiera elegido acceder a los deseos de su familia, no había pensado en preguntarle a Athene cómo podría ponerse en contacto con ella.

Los primeros días habían sido ridículos. Rosemary ignoraba la presencia de la niña y se empleó a fondo en el jardín. Las esposas de la propiedad habían sido menos severas, al menos delante de él, y le trajeron, tan pronto supieron la noticia, una trona, baberos y gasas y un arsenal entero de artículos imprescindibles para un bebé que él no había considerado necesarios para el cuidado de un ser humano recién nacido. Le suplicó a Bessie que le diera unos consejos sobre primeros cuidados, y la mujer se pasó una mañana entera explicándole cómo ajustar un pañal con los imperdibles, que era mejor calentar los biberones de leche y el modo de hacer más digestivos los alimentos sólidos chafándolos con un tenedor. Bessie lo miraba de lejos, con una expresión desaprobatoria a la par que angustiada por la niña, mientras él intentaba alimentar a la criatura con torpeza, perjurando y sacándose la comida de la ropa con un trapo mientras la pequeñita esgrimía al aire la cuchara llena.

Al cabo de unos días, el hombre estaba agotado. La paciencia de su padre empezaba a colmarse asimismo al ver este último que Douglas no daba abasto con su trabajo, los papeles se le amontonaban en el estudio y los trabajadores se quejaban de la falta de dirección en la gestión de las tierras.

—¿Qué vas a hacer? —le preguntó Vivi, al observar que su amigo acunaba al bebé con un brazo mientras intentaba negociar con un comerciante agrícola por teléfono—. ¿Por qué no contratas a un ama de cría o comoquiera que se llame la persona que cuida de los bebés?

—Es demasiado mayor para dejarla a cargo de una nodriza —replicó Douglas con brusquedad por culpa de la falta de sueño. No dijo, sin embargo, lo que ambos sabían: que la niña necesitaba a su madre.

—¿Estás bien? Pareces cansadísimo.

—Estoy muy bien, gracias.

—Es imposible que cargues con todo tú solo.

—No empieces, Vee. No seas igual que los demás.

Ella torció el gesto, dolida porque Douglas hubiera dado por supuesto que ella pertenecía a la categoría de «los demás». Lo observaba en silencio mientras él paseaba por la habitación, haciendo tintinear las llaves frente a las manitas afanosas del bebé, murmurando una lista de tareas para sus adentros.

—Yo te ayudaré.

—¿Qué?

—De momento no tengo trabajo. La cuidaré por ti. —Vivi no supo por qué extraña razón acababa de proponerle tal cosa.

Douglas se la quedó mirando boquiabierto, y un asomo de esperanza cruzó su rostro.

—¿Tú?

—He cuidado a niños pequeños. Les he hecho de canguro, quiero decir. Cuando vivía en Londres. Una pequeñuela de su edad tampoco debe de representar tanto trabajo.

—¿De verdad cuidarías de ella?

—Por ti, sí. —Vivi se ruborizó al percatarse de la elección de sus palabras, pero él pareció no advertirlo.

—Oh, Vee. ¿De verdad cuidarías de ella? ¿Cada día? Hasta que pueda solucionar el problema, claro. Hasta que decida qué voy a hacer. —Douglas se acercó a ella, como si ya estuviera dispuesto a entregarle a Suzanna.

En ese momento Vivi titubeó, al ver de repente, en ese pelo oscuro y satinado, en los inmensos ojos azules, el recuerdo de un doloroso tiempo anterior. No obstante, le miró a los ojos y captó el alivio y la gratitud pintados en el rostro de Douglas.

—Sí. Sí, voy a cuidar de ella.

Sus padres se quedaron estupefactos.

—No puedes, de ninguna manera —le dijo su madre—. Ni siquiera es hijo tuyo.

—No hay que abundar en los pecados de los padres, mamá —le replicó Vivi con un tono de voz más decidido de lo que en realidad sentía—. Es un encanto de bebé. —Acababa de llamar al señor Holstein para decirle que no regresaría a Londres.

La señora Newton, nerviosísima, llegó a llamar incluso a Rosemary Fairley-Hulme, y su sorpresa fue mayúscula cuando descubrió que la señora se oponía de un modo tan férreo como ella a aquel lamentable plan. «Parece que los muchachos ya se han hecho a la idea —dijo Rosemary desesperada—. No hay manera de convencer a Douglas.»

—Pero, cariño, piensa un poco. Piensa que ella podría volver en cualquier momento. Y tú tienes tu empleo, tu carrera profesional. Por otro lado, esta situación podría durar años. —Su madre estaba a punto de llorar—. Piensa, Vivi. Piensa en cómo te ha llegado a herir ese hombre.

«No me importa. Douglas me necesita —se decía Vivi en silencio, disfrutando de la sensación de sentirse unida a él contra el mundo entero—. Y con eso me basta.»

Al final todos se aplacaron. No tuvieron más remedio: ¿quién podría resistirse a un bebé inocente, hermoso y sonriente? Vivi descubrió que, de vez en cuando (a medida que pasaban los meses y la presencia de Suzanna en la casa ya no era tan significativa, a medida que corrían menos explicaciones sobre su presencia en el pueblo), cuando oía llorar a la niña, Rosemary salía de la cocina «solo para comprobar que la criatura se encontrara bien», que Cyril, al verla en los brazos de su hijo antes del baño, le pellizcaba la mejilla y le hacía una pedorreta. Vivi, por su parte, estaba loca por ella, y su agotamiento se esfumaba ante aquellas sonrisas desinhibidas y las manos que se aferraban a ella con ciega confianza. En cuanto a Suzanna, la niñita unió a los dos amigos: al anochecer, con un gin-tonic delante al regresar Douglas de los campos, ambos solían sentarse para reír de las pequeñas debilidades de la criatura, apiadarse de los dientes que le estaban saliendo o comentar sus cambios de humor súbitos y mercurianos. Cuando Suzanna dio sus primeros pasos, Vivi atravesó corriendo los cuarenta acres de tierra para ir a buscar a Douglas, y los dos se apresuraron a regresar, sin aliento y expectantes, a casa del guardabosques, que se había quedado con ella, mientras la niña miraba a su alrededor con el alegre y benigno comedimiento de quien se siente adorada. Pasaron asimismo un día perfecto la vez que salieron con ella de picnic, empujando el enorme y antiguo cochecito por la propiedad, como si, Vivi pensó en secreto, furtivamente, fueran una familia de verdad.

Douglas estuvo muy animado ese día, cogía a la niña, le señalaba los establos, un tractor, los pájaros que surcaban el firmamento. La perfección de la escena, sin embargo, y la propia felicidad de la chica, le obligó a plantearle la pregunta:

—¿Querrá su madre recuperarla?

Douglas bajó el dedo con el que le señalaba cosas a Suzanna.

—Voy a decirte algo, Vee. Algo que no le he contado nunca a nadie. —Sus ojos, que fueran vivos y alegres, parecían, de repente, asustados.

Con el bebé sentado entre los dos, Douglas le contó con toda profusión de detalles cómo la criatura había terminado a su cargo, cómo había acudido estúpidamente a ese restaurante creyendo que Athene quería verlo por otro motivo y cómo, incluso habiendo constatado su propia ignorancia y estupidez, había sido incapaz de negarle nada.

Vivi supo entonces que la razón por la cual él amaba tanto a la niña era que ella representaba el vínculo todavía perdurable con su anterior esposa: creía Douglas que mientras la tuviera y la cuidara, existía la posibilidad real de que Athene regresara. Y que no importaba cuánto hubiera confiado en Vivi, cuánto hubiera dependido de ella, cuánto tiempo hubieran pasado juntos hablando de bebés o haciendo ver que vivían como una familia auténtica, porque Vivi jamás sería capaz de atravesar esa barrera.

«No debo envidiarla —pensó la muchacha, fingiendo que se le había metido una mota en el ojo y volviéndose—. No debo envidiarle a la niña la madre que tiene, por el amor de Dios. Debería bastarme saber que él me necesita, que todavía formo parte de su vida.»

Sin embargo, no podía evitarlo. «No se trata solo de Douglas ya —pensó ella mientras arrebujaba a la pequeña Suzanna en su cunita aquella noche, cubriéndola de besos, mientras la criatura, succionándose los dedos satisfecha, conciliaba el sueño—. No quiero renunciar a ninguno de los dos.»

Seis meses después de que Suzanna llegara, Rosemary le había telefoneado tras el desayuno. Sabía que Vivi tenía pensado ir al pueblo y le pidió si no podría quedarse con Suzanna durante todo el día, con una voz un tanto brusca.

—Claro, Rosemary —dijo Vivi, cambiando mentalmente sus planes—. ¿Hay algún problema?

—Ha habido... Hay...

Más tarde Vivi se dio cuenta de que, incluso entonces, Rosemary se había mostrado reticente a pronunciar su nombre.

—Nos han llamado. Es un poco complicado. —Tras una breve pausa, Rosemary siguió hablando—. Athene ha... Athene ha fallecido.

El asombro las dejó en silencio. Vivi notó que le faltaba el aire. Dijo que lo lamentaba sin poder evitar un gesto de incredulidad, aunque no estaba segura de lo que Rosemary acababa de decirle.

—Está muerta, Vivi. Nos han llamado los Forster. —Era como si a medida que iba hablando, Rosemary fuera recobrando la confianza en ella misma hasta que, por fin, pudo hablar del tema con su habitual sentido práctico.

Vivi se sentó pesadamente en la butaca del recibidor, haciendo caso omiso de su madre, la cual, vestida con su salto de cama, intentaba adivinar lo que sucedía.

—¿Estás bien, querida? —decía la señora Newton, vocalizando e inclinándose para mirar a su hija a los ojos.

Athene no regresaría. No volvería para llevarse a Douglas y a Suzanna. A pesar de la sorpresa, Vivi percibió, si bien con cierta incomodidad, que la conmoción que sentía poseía un regusto muy próximo a la euforia.

—Vivi, ¿sigues ahí?

—¿Está bien Douglas?

Siempre se sentiría culpable a partir de entonces de que él hubiera sido su primera preocupación, de que ni siquiera se le hubiera ocurrido preguntar por las circunstancias que habían rodeado a la muerte de Athene.

—Lo estará. Gracias por interesarte, Vivi. Lo estará. Te traeremos el bebé dentro de media hora.

Douglas guardó luto durante dos meses, mostrando un grado tal de sufrimiento que la inmensa mayoría de personas de su entorno juzgó excesivo su pesar, habida cuenta de que su esposa se había fugado hacía más de un año y todos sabían que se había liado con otro hombre.

No fue el caso de Vivi, sin embargo. La muchacha consideró su dolor conmovedor, señal de los sentimientos profundos y apasionados que Douglas era capaz de albergar. Se podía permitir el lujo de mostrarse generosa, ahora que Athene se había marchado. No se regodeó, por consiguiente, con la muerte de Athene, puesto que le resultaba imposible situarse en el término medio que distaba entre la simpatía y el oprobio. En su lugar se centró en Suzanna, como si pudiera paliar sus pensamientos mezquinos inundando a la criatura de amor. Llevaba varias semanas ocupándose ella sola de la niña y descubrió que sin la amenaza del regreso de Athene, buena parte de ese amor que sentía se vertía sorprendentemente en la criaturita ahora huérfana de madre.

Suzanna parecía responder a las muestras de desinhibido afecto de Vivi y se volvió más alegre incluso que antes, colocaba su suave y regordeta mejilla contra la de ella y liaba sus gordezuelos dedos de estrella de mar entre los suyos. Vivi solía llegar poco después de las siete y media y se llevaba a la niña a dar largos paseos por la propiedad, alejándola del dolor de Douglas, que se cernía sobre la casa como un nubarrón de tormenta, y de las conversaciones entre susurros que mantenían los padres de él y también el servicio, todos los cuales parecían coincidir en que la presencia de Suzanna iba a ser un problema de agobiante urgencia.

—Ahora no podemos librarnos de ella —había oído decir a Rosemary durante una ocasión en que esta última hablaba con su marido mientras ella pasaba por delante del estudio—. Les hemos dicho a todos que la niña era de Douglas.

—¡Es que la niña es de Douglas! —replicó Cyril—. Es él quien tendrá que decidir qué quiere hacer con la criatura. Dile al chico que se controle. Va a tener que tomar unas cuantas decisiones.

Vaciaban Philmore House. El hogar que había sido el santuario de Athene (cuyos armarios todavía rebosaban de vestidos de ella y cuyos ceniceros todavía contenían las colillas de cigarrillo manchadas de carmín) había pasado a engrosar la lista de responsabilidades de Rosemary. Douglas y Suzanna se habían instalado firmemente en Dere House. Y Rosemary, que hacía mucho tiempo que anhelaba poder eliminar cualquier rastro físico de la presencia de «esa chica» de su propiedad, había aprovechado el nuevo estado de pasividad de su hijo para dar carpetazo al tema.

Vivi se situó en la cima de la colina, asiéndose el sombrero mientras observaba salir a los hombres con los brazos llenos de unos vestidos de llamativos colores que abandonaban sobre el césped delantero, mientras las mujeres, arrodilladas sobre mantas y preparadas para resistir el frío, seleccionaban entre los bolsos, los joyeros y los cosméticos, profiriendo exclamaciones de alegría ante la calidad de los productos.

Para ser alguien que afirmaba no preocuparle nada las posesiones, Athene había acumulado una cantidad prodigiosa de objetos: no solo vestidos, abrigos y zapatos, sino discos, cuadros, lámparas y artículos preciosos comprados a toda prisa y luego arrinconados o bien aceptados en calidad de regalos que no había tardado en olvidar.

—Si quieren quedarse alguna cosa, elíjanla ustedes mismas. El resto, amontónenlo para quemar.

Vivi oyó la voz de Rosemary, clara y en tono de mando, quizá recuperando el timbre a la vez que sus dominios, y la observó alejarse hacia el interior de la casa para sacar todavía una caja más. Se preguntó si la mujer sentiría la misma leve punzada de excitación ante la eliminación obligada y final de Athene. Una excitación leve y mezquina que Vivi apenas era capaz de admitir ante sí misma. El mismo sentimiento falto de generosidad que la había impelido a asistir a esa escena, como una vieja bruja que presencia una ejecución.

—Supongo que no querrás nada de todo esto, ¿verdad? —le gritó Rosemary al percatarse de la presencia de Vivi, quien se acercaba lentamente con el cochecito de Suzanna.

Vivi echó un vistazo al traje de salir de Athene, las bailarinas de cuentas que había llevado la muchacha en ocasión de ese primer baile de caza y que ahora yacían amontonadas junto al parterre de geranios, moviéndose de vez en cuando agitadas por la cruda brisa.

—No. No, gracias.

Los padres de Athene no quisieron conservar nada. Vivi les había oído discutir del tema cuando pensaban que ella no escuchaba. Los Forster se habían sentido muy avergonzados de la conducta de su hija y se distanciaron de ella de buen grado, incluso en ocasión de su muerte. La habían incinerado en una ceremonia privada y ni siquiera insertaron una esquela en *The Times*, según le contó su madre, la señora Newton, con un susurro asombrado. Tampoco habían deseado conocer a su propia nieta. Ni siquiera hablaban de Suzanna como si fuera una niña.

Vivi empujaba el cochecito de la hija de Athene lentamente entre el montón de pertenencias, inclinándose hacia delante para comprobar que el bebé siguiera durmiendo, asegurándose de que quedara protegido de las corrientes de aire. Titubeó, torciendo el gesto, cuando vislumbró un cajón lleno de ropa interior de Athene: primorosas prendas de puntillas y seda, artículos que hablaban de noches de callados secretos, de desconocidos placeres, expuestas ahora y arrinconadas. Como si no existiera faceta alguna de esa mujer que mereciera permanecer sacrosanta.

Pensó que quizá eso le reportaría alguna secreta satisfacción. Sin embargo, una vez allí, ese disponer de un modo absoluto y apresurado de las cosas de Athene le pareció casi indecente. Como si todos estuvieran decididos a obviar su presencia. Douglas ya no hablaba de ella. Rosemary y Cyril habían prohibido mencionar su nombre. Suzanna era demasiado pequeña para recordarla: su edad le otorgaba la ventaja de seguir adelante sin problemas y aceptar el amor de los extraños que la rodeaban como un feliz sustituto. De ese modo, sin embargo, nadie sabría lo mucho que Suzanna había sido amada en el pasado.

Vivi se abrió camino entre un montón de carísimos abrigos de lana y se detuvo al borde del césped mientras un hombre vaciaba una caja de fotografías a su lado. Al cuestionárselo más tarde, Vivi no estaba segura de qué le había impulsado a hacerlo. Quizá la idea de que Suzanna perdería sus raíces, o puede que fuera su propio desconsuelo ante lo que parecía un deseo casi febril por parte de aquellos que habían conocido a Athene de borrarla incluso de la historia. A lo mejor el motivo fue aquella hermosísima ropa interior, exhibida, arrinconada, como si esas prendas también hubieran sido deshonradas por aquella mujer.

Vivi se agachó, cogió un puñado de fotografías y de recortes de periódico de la caja y las metió en el fondo del cochecito, bajo la bolsa. No estaba segura de lo que haría con todo aquel material. Ni siquiera sabía a ciencia cierta si quería conservarlo. Le pareció importante, sin embargo, que, por muy desagradables, por muy incómodas que resultaran las preguntas que las fotos y los recortes pudieran plantear, cuando Suzanna fuera mayor, la muchachita podría hacerse una idea de su procedencia.

—¿Quién es mi niña bonita?

Mientras Vivi regresaba a la cima de la colina, Suzanna empezó a llorar. La muchacha la sacó del cochecito y la acunó, dejando que las mejillas del bebé se sonrosaran por efecto del aire cortante.

—¿Quién es mi niña bonita, mi niña hermosa?

—Ella, sin duda alguna.

Vivi giró en redondo, vio a Douglas a sus espaldas y se ruborizó.

—Lo siento —dijo la muchacha entrecortadamente—. No sabía... No sabía que estuvieras aquí.

—No lo lamentes. —Llevaba el cuello de la chaqueta de tweed levantado para protegerse del frío, y sus ojos se veían cansados y enrojecidos. Se acercó a ellas y ajustó el sombrerito de lana de la niña—. ¿Se encuentra bien?

—Muy bien. —Sonrió Vivi—. Muy hermosa está ella; y come todo lo que le ponen delante, ¿a que sí, preciosa? —El bebé levantó una gordezuela mano y tiró de uno de los rizos rubios que escapaban del sombrero de Vivi—. La niña... Suzanna se porta muy, pero que muy bien.

—Lo siento. La he descuidado. Os he descuidado a las dos.

Vivi volvió a ruborizarse.

—No tienes por qué... No hay nada de que disculparse.

—Gracias —respondió Douglas quedamente. Miró hacia el prado, donde ya estaban limpiando—. Gracias por todo. Gracias.

—Oh, Douglas... —No estaba muy segura de cómo seguir la frase.

Douglas colocó el abrigo en el suelo y se sentaron en silencio durante un rato, contemplando la casa, él mirando fijamente el prado y a la niña, cuyos dedos se enredaban y desenredaban entre las briznas de hierba desde la seguridad del regazo de Vivi.

—¿Puedo cogerla?

La joven le entregó el bebé. Le notaba más tranquilo. Como si emergiera de un exilio autoimpuesto.

—Sigo pensando que todo esto es culpa mía. Que si hubiera sido mejor marido... que si ella se hubiera quedado aquí, nada de esto...

—No, Douglas —le cortó Vivi con una voz más dura de lo habitual—. Tú no habrías podido hacer nada. Nada en absoluto.

Douglas se quedó cabizbajo.

—Douglas, ella se marchó y te dejó hace mucho tiempo. Mucho antes de que sucediera todo esto. Debes comprenderlo.

—Ya lo sé.

—Lo peor que podrías hacer es convertir su tragedia en la tuya propia. —Le sorprendieron la fuerza y la determinación de sus propias palabras. De algún modo le resultaba más fácil expresarse esos días, sentir esa certidumbre. Era un placer prestarle su apoyo—. Suzanna te necesita —le dijo, sacando el sonajero del bolsillo—. Necesita que estés alegre. Y que le demuestres que eres un padre maravilloso.

Douglas lanzó un leve suspiro, mofándose de sí mismo.

—Es cierto, Douglas. Posiblemente tú seas el único padre que ha conocido, y ella te quiere con toda su alma.

Él la miró con el rabillo del ojo.

—Es a ti a quien quiere con toda el alma.

Vivi se sonrojó complacida.

—Yo la quiero mucho. Es imposible no quererla.

Observaron la figura erecta de Rosemary marchando arriba y abajo de las pilas restantes, gesticulando y señalando con eficacia militar. Luego los atrajo el rastro de la hoguera, que había empezado a arder, fuera del alcance de su vista, aquel hilo de humo que delataba el fin irrefutable de la presencia de Athene en la casa. Mientras la columna grisácea iba cobrando fuerza y perdía su transparencia, Vivi notó la mano de Douglas buscando la suya entre la hierba, y ella se la estrechó a su vez para infundirle confianza.

—¿Qué va a sucederle a la niña? —preguntó ella.

Douglas miró de hito en hito al bebé, que estaba sentadito entre los dos, y dejó escapar un largo suspiro.

—No lo sé. Yo no puedo cuidar de ella solo.

—No.

En ese momento Vivi sintió que algo se revolvía en su interior, el asomo de una confianza que jamás hubiera sentido antes. La sensación de ser, por primera vez en su vida, indispensable.

—Me quedaré todo el tiempo que me necesites.

Douglas levantó los ojos en aquel momento, y fue como si esa mirada (demasiado envejecida y triste para un rostro tan joven) calara en ella por primera vez. Observó sus manos entrelazadas, y entonces movió la cabeza en señal de incredulidad, como si hubiera actuado como un ciego y ahora se castigara por ello. Al menos, así era como a ella le gustaba recordarlo.

A continuación, mientras a Vivi se le paralizaba el pecho, Douglas le acarició la mejilla con la otra mano, en un gesto casi idéntico al que había dedicado a Suzanna. Vivi posó su mano en la de él, esbozando aquella sonrisa dulce y generosa, dándole fortaleza, alegría y amor, como si eso fuera posible por mera fuerza de voluntad. Por eso, cuando los labios de Douglas se posaron en los de ella, no se sintió demasiado sorprendida. A pesar de clausurar aquella parte de sí misma que siempre había estado a flor de piel, herida, no se sintió demasiado sorprendida.

—Amor mío —exclamó Vivi, maravillándose de la determinación y la certidumbre que el amor correspondido podía otorgar.

Se le encendió la sangre cuando él le respondió en los mismos términos, rodeándola en un estrecho abrazo que denotaba la necesidad que sentían ambos. No fue precisamente un cuento de hadas pero tampoco careció de intensidad, ni fue menos genuino por eso.

—Me quedaré.

25

Los pasajeros que salieron por las puertas de llegada del vuelo BA7902 procedente de Buenos Aires formaban un grupo de gran belleza. No porque los argentinos no fuera una nación de gente bien parecida en general, observó Jorge de Marenas unos minutos después (sobre todo si se los comparaba con los *gallegos* —españoles—), pero quizá era inevitable que ciento cincuenta asistentes a un congreso de cirujanos plásticos (junto con sus esposas) fueran algo más agradables estéticamente que el resto de la población: mujeres de bronceado amazónico, figurín de reloj de arena y pelo de color bolso caro; y hombres con unos cabellos oscuros, de uniforme espesura, y mandíbulas de forzada firmeza. Jorge de Marenas era uno de los pocos médicos cuyo aspecto respondía a su edad biológica.

—Inventé un jueguecito con Martín Sergio —le contó el doctor Marenas a Alejandro, acomodados padre e hijo en los asientos traseros del taxi que se dirigía a toda velocidad hacia Londres—. Hay que mirar a tu alrededor y adivinar quién se hizo unos arreglitos y dónde. Con las mujeres, es fácil. —Jorge de Marenas se llevó un par de pelotas de fútbol imaginarias al pecho con un mohín—. Ya empiezan a pasarse de la raya. Al principio es un pellizco y un arreglo acá y allá, pero luego quieren parecerse a Barbie. Aunque los hombres… Intentamos hacer correr el rumor de que el avión se había quedado sin combustible para ver a quién de ellos todavía se le arrugaba la frente. La mayoría eran como… —Imitó una expresión gélida de benigno consentimiento—. «¿Estás seguro? ¡Qué terrible! ¡Vamos a morir!» —Rió con ganas y palmeó la rodilla de su hijo.

El viaje en avión y la perspectiva de ver a su amado hijo lo habían vuelto parlanchín, y habló tanto desde el abrazo que se dieran en las retumbantes puertas de llegada que hasta que no llegaron a las afueras de Chiswick y el taxi aminoró la marcha en la autovía el doctor Marenas no advirtió que Alejandro apenas había dicho nada.

—Bueno, hijo. Decime cuántos días libres tenés. ¿Sigue todavía en pie lo de nuestro viaje de pesca?

—Está todo reservado, papá.

—¿Adónde vamos?

—A un lugar que está a una hora en coche del hospital. Reservé para el jueves. Me dijiste que terminabas el congreso el miércoles, ¿verdad?

—Perfecto. Buenísimo. ¿Qué vamos a pescar?

—Truchas asalmonadas. Compré unas moscas en Dere Hampton, el lugar donde vivo. Y tomé prestadas un par de cañas de uno de los médicos. No necesitarás nada más, aparte del sombrero y las botas de caña alta.

—Están en el equipaje —dijo Jorge, señalando el maletero—. Conque truchas asalmonadas, ¿eh? Veremos si nos dan un poco de guerra. —Se arrellanó en el asiento, sin hacer caso de la llana extensión londinense del oeste que iba cobrando densidad desde la ventanilla, mientras su mente vagaba ya por los cristalinos ríos ingleses, oyendo el zumbido del sedal que volaba por el aire y se posaba en el agua frente a él, a un buen trecho de distancia.

—¿Qué tal está mamá?

Jorge abandonó con pesar las aguas burbujeantes. Se había estado preguntando casi durante todo el viaje si se lo contaría todo.

—Ya la conocés —dijo con tacto.

—¿Salió últimamente? ¿Sale de casa si va con vos?

—Bueno, ella… Todavía está algo preocupada con los índices de criminalidad; y yo no logro persuadirla de que las cosas van mejorando. Ve demasiados programas de televisión como *Crónica*, lee *El Guardián*, *Noticias* y esa clase de publicaciones. No le conviene para su sistema nervioso. Milagros se quedó a vivir con nosotros, la jornada entera… ¿No te lo dije?

—No.

—Creo que a tu madre le gusta que haya alguien más en casa cuando yo no estoy. Le hace sentirse más... Más cómoda.

—¿No quiso venir con vos? —Alejandro miraba por la ventanilla del taxi y, por lo tanto, era difícil asegurar, basándose en su tono de voz, si lo sentía o se alegraba por ello.

—No le hacen mucha gracia los aviones en la actualidad; pero no te preocupés, hijo. Milagros y ella se llevan muy bien.

A decir verdad, sin embargo, Alejandro se alegraba de poder descansar un poco de la compañía de su madre. La mujer se estaba obsesionando con la idea de la supuesta aventura de su marido con Agostina, la secretaria, mientras, a su vez, le reprochaba la falta de interés que sentía por ella. Si al menos accediera a disminuirle la cintura y levantarle los pómulos quizá la encontraría más atractiva. Jorge de Marenas solía dar la callada por respuesta (sus buenos años de experiencia le habían enseñado que eso la sacaba más de quicio) pero nunca acertaba a decirle la verdad: que no solo estaba teniendo éxito, sino que ya no sentía la intensa necesidad de sentirse reconfortado físicamente que experimentara en el pasado. Además, después de tantos años de ir dando tajadas a esas jovencitas, de recomponerlas, rellenarlas, estirarlas y esculpir con suma atención sus partes más íntimas, ya no sentía nada más que el apetito distanciado del artista por la carne femenina.

—Te extraña. No te lo digo para que te sientas culpable. Solo faltaría que no te divirtieras ahora que sos joven y veas un poco de mundo. Pero te añora. Te manda un poco de mate, que llevo en mi maleta, unas camisas nuevas y un par de cosas que creyó que te gustaría leer. —Jorge de Marenas calló durante unos breves instantes—. Creo que querría que le escribieras más a menudo.

—Ya lo sé. Lo siento. Pasé una temporada muy extraña.

Jorge miró con severidad a su hijo. Iba a sondearle un poco pero cambió de idea. Pasarían cuatro días juntos, uno de los cuales, al menos, ya estaba concertado para dedicarlo a la pesca. Si Alejandro tenía algo en mente, ya lo descubriría tarde o temprano.

—Bueno, así que ya estamos en Londres, ¿eh? Te gustará el hotel Lansdowne. Tu madre y yo estuvimos en los sesenta, cuando nos casamos, y fuimos a un baile. Esta vez reservé una habitación doble para los dos. No tiene sentido estar separados después de tantos meses. Mi pibe y yo, ¿OK?

Alejandro le sonrió, y Jorge revivió el conocido placer de sentirse acompañado de su guapísimo hijo. Pensó en el fuerte abrazo que le había dado, estrechándose contra él en las puertas del aeropuerto, besándole en las mejillas, un drástico progreso desde los reservados apretones de mano con que le regalaba habitualmente, aun cuando era un niño y regresaba del internado. «Dicen que viajar te cambia —pensó Jorge—. Quizá en este clima tan frío mi hijo se haya relajado un poco.»

—De hombre a hombre, ¿te parece? Iremos a los mejores restaurantes y a unos cuantos bares de copas. ¡Hay que vivir un poco! Tenemos que recuperar el tiempo perdido, Turco, y muchísimos ratos buenos más que tenemos que pasar.

El congreso de Jorge terminaba cada día a las cuatro y treinta, y mientras los otros participantes se reunían en los bares, admiraban brillantes fotografías de la destreza manual de los unos y los otros mientras murmuraban sobre las supuestas carnicerías de los colegas a sus espaldas, Jorge y Alejandro se lanzaron a una frenética carrera de actividades nocturnas. Visitaron a un amigo de Jorge, que vivía en una casa de fachada estucada en St. John's Wood, fueron a ver un espectáculo al West End, aunque a ninguno de los dos les gustaba el teatro, bebieron unas copas en el bar del Savoy y tomaron el té en el Ritz, donde Jorge insistió para que el camarero les hiciera una fotografía («Es lo único que me ha pedido tu madre», dijo al ver que Alejandro intentaba desaparecer bajo la mesa). Hablaron del ejercicio de la medicina, de política argentina, de dinero y de amigos comunes. Una vez borrachos, se dieron palmaditas en la espalda, diciendo que lo estaban pasando fenomenal, que era fantástico estar juntos y que los hombres solos sí que sabían divertirse. Luego, más bebidos ya, se volvieron lacrimógenos y sentimentales, y lamentaron que la madre de Alejandro no hubiera podido estar con ellos. Jorge, a pesar de sentirse gratificado ante esas muestras inusuales de emoción por parte de su hijo, era consciente de que todavía faltaba algo por explicar. El joven le había contado que una amiga suya había muerto, y eso explicaba en parte el cambio que advertía en su carácter, el sufrimiento que emanaba de su persona, pero no daba razón alguna de la tensión, la sutil pero creciente angustia que incluso Jorge, un hombre de emociones más propias de un caballo de tiro, tal y como solía decirle su esposa, podía palpar en el ambiente.

No le preguntó nada directamente.

No estaba seguro de querer oír la respuesta.

La casa de Cath Carter se encontraba a dos puertas de la de su fallecida hija, lo cual se retrotraía a la época en que la política del ayuntamiento intentaba ubicar con bastante proximidad las viviendas de los miembros de una misma familia. Jessie le había explicado a Suzanna historias de familias cuyos integrantes ocupaban por completo callejones sin salida: las abuelas junto a las madres, las hermanas y los hermanos, sin olvidar a los niños, quienes, conformando un grupo familiar amorfo, entraban y salían de las casas de todos con el instinto posesivo y confiado de pertenecer a una familia extensa.

La casa de Cath, sin embargo, no podía ser más distinta de la de su hija. Si la puerta principal y las cortinas de guinga de Jessie evidenciaban su gusto esotérico, una preferencia por lo intenso y chillón, irreverencia que se reflejaba en su carácter, la de Cath hablaba de una mujer segura de su posición; sus limpios arriates florales y la pintura inmaculada traicionaban su determinación a mantener las cosas en orden. Lo cual tenía su gracia en una mujer sumida en el caos, pensó Suzanna, apartando los ojos de la puerta principal de Jessie. No quería pensar en la última visita que había hecho a esa casa. No estaba convencida de querer seguir en esa calle. Las carreras matutinas hacia la escuela acababan de terminar, y el barrio aparecía diseminado de madres que empujaban cochecitos y personas con periódicos y cartones de leche que habían comprado en el pequeño centro comercial del fondo de la calle. Suzanna siguió caminando, hundidas las manos en los bolsillos del abrigo, palpando el sobre que había preparado media hora antes. Si Cath no estaba en casa, se preguntó, ¿tendría que deslizarlo por debajo de la puerta? ¿O acaso esa conversación era de las que debían mantenerse cara a cara?

Había una fotografía de Jessie en la ventana que daba a la calle, con el pelo recogido en mechones y su familiar sonrisa pintada en el rostro. Estaba ribeteada de negro. Había asimismo lo que parecían ser unos cuarenta recordatorios alrededor. Suzanna no quiso verlos y llamó al timbre, consciente de las miradas curiosas de los transeúntes.

A Cath Carter el pelo se le había vuelto blanco. Suzanna lo observó de hito en hito, intentando recordar de qué tono había sido en el pasado, pero luego se controló.

—Hola, Suzanna.

—Siento no haber venido antes. Quería hacerlo. Solo que…

—¿No sabías qué decir?

Suzanna se ruborizó.

—No pasa nada. No eres la única. Al menos tú has venido, lo cual ya es mucho más que lo que han hecho los demás. Ven, entra. —Cath se apartó para sostenerle la puerta, y Suzanna entró en la casa, pisando con esfuerzo la impoluta moqueta del vestíbulo.

Cath le hizo pasar a la habitación delantera y la condujo hasta el sofá, desde donde Suzanna podía ver la parte posterior del retrato enmarcado y los recordatorios, algunos de los cuales iban colgados hacia dentro. Tenía la misma distribución que la casa de Jess, el interior igual de prístino, pero el ambiente estaba cargado de dolor.

Cath caminó pesadamente por la sala y se sentó en la butaca de brazos que había enfrente, doblando la falda bajo las piernas con unas manos a las cuales las preocupaciones no resultaban ajenas.

—¿Está Emma en la escuela? —preguntó Suzanna.

—Ha empezado esta semana. El segundo trimestre.

—Vine… He venido a ver… saber si ella está bien —dijo Suzanna con incomodidad.

Cath asintió, mirando de modo inconsciente el retrato de su hija.

—Está intentando asumirlo.

—Para decirle que… si hay algo que pueda hacer…

Cath ladeó la cabeza con una expresión interrogativa. Tras ella, sobre la repisa de la chimenea, había una fotografía de toda la familia, advirtió Suzanna, con un hombre que debía de ser el padre de Jessie y que sostenía a Emma en brazos cuando era un bebé.

—Yo… Me siento responsable.

Cath negó con vehemencia.

—Tú no eres responsable de nada. —Pesaron más las palabras que dejó sin pronunciar.

—La verdad es que me preguntaba... Quizá si yo pudiera...
—Suzanna metió la mano en el bolsillo y sacó el sobre, que sostuvo frente a la señora Carter—. Me gustaría contribuir en algo.

Cath se quedó mirando su mano tendida.

—Económicamente. No es gran cosa, pero he pensado que si tienen un fondo de inversiones o algo parecido... Para Emma, quiero decir.

Cath tocó la crucecita de oro que llevaba colgada al cuello. Su expresión pareció endurecerse.

—No necesitamos el dinero de nadie, gracias —respondió con brusquedad—. Emma y yo nos apañamos muy bien.

—Lo siento muchísimo. No pretendía ofenderla. —Suzanna se apresuró a meter el sobre en el bolsillo, maldiciéndose por su falta de tacto.

—No me has ofendido. —Al levantarse Cath, Suzanna se preguntó si entonces le pediría que se marchara, pero la señora se dirigió a la ventanita del *office* que había al fondo de la sala, metió la mano dentro y conectó la tetera—. Hay algo, sin embargo, que sí podrías hacer —le comentó de espaldas a la sala—. Estamos preparando una caja conmemorativa para Emma. Fue idea de su profesora. Se trata de que la gente escriba los recuerdos que tiene de Jessie... Todo lo bueno. Las cosas positivas que sucedieron. Los tiempos felices. De este modo, cuando sea mayor, Emma podrá disponer de... digamos, un buen retrato de cómo era su madre. De lo que pensaban todos de ella.

—Es una idea magnífica. —Suzanna pensó en la estantería de la tienda en la que había elaborado un pequeño santuario con las cosas de Jessie.

—Yo también lo creo.

—Es algo parecido a nuestras exposiciones, supongo.

—Sí. Jess era muy buena montándolas, ¿verdad?

—Mejor que yo. Supongo que tendrá donde escoger, si hablamos de esa clase de recuerdos. Los buenos, quiero decir.

Cath Carter no contestó.

—Por mi parte... Yo intentaré hacer algo que esté a la altura, que le haga justicia.

La mujer se volvió.

—Jess se empleaba a fondo en todo. Su vida no era gran cosa, para algunos debía de ser una vida sin importancia, supongo. Sé que, en el fondo, no hizo nada importante ni fue a ningún lugar digno de mención. Ahora bien, amaba a la gente, amaba a su familia y era sincera consigo misma. No era reservada. —Cath miraba fijamente la fotografía de la repisa de la chimenea.

Suzanna permanecía sentada, sin moverse.

—No... Nunca fue reservada. Solía dividir a la gente en dos categorías: desagües y radiadores. ¿Lo sabías? Los desagües son aquellos que siempre se sienten desgraciados, que quieren contarte sus problemas, chuparte la vida... Los radiadores son lo que era Jessie. Ella nos dio a todos su calor.

Suzanna se percató, desazonada, del lugar que probablemente le habría correspondido en el reparto. Parecía que Cath ya no hablara con ella: se dirigía al retrato, relajadas ya las facciones de su rostro.

—A pesar de ese imbécil, voy a enseñarle lo mismo a Emma. No quiero que crezca asustada, que viva con cautela por culpa de lo que sucedió. Quiero que sea fuerte, valiente y... como su madre. —Retocó la posición del marco, moviéndolo unos milímetros sobre la estantería—. Eso es lo que deseo. Como su madre. —Cath Carter se sacudió un hilo inexistente de la blusa—. Bueno. Veamos cómo anda ese té.

Alejandro se levantó de súbito, provocando que el botecito se balanceara peligrosamente, y lanzó la caña sin interés. En el otro extremo de la embarcación su padre lo miró con expresión atónita.

—¿Qué pasa? ¡Asustarás a los peces!

—No pican. No pica nada.

—¿Probaste con una de estas damiselas ninfas? —Jorge levantó una de las moscas de vivos colores—. Parece que pican mejor con los cebos artificiales más pequeños.

—Ya lo probé.

—Entonces agarrá un sedal que se hunda. No creo que ese tuyo que flota vaya tan bien.

—No es el sedal. Ni el cebo. Es que hoy no me sale.

Jorge se echó hacia atrás el sombrero.

—Odio tener que recordártelo, hijo, pero es el único día libre que me queda.

—Ya no puedo pescar más.

—Eso es porque no parás de moverte. Parecés un perro con pulgas. —Jorge se inclinó hacia delante, aseguró la caña de Alejandro en el bote y luego dejó la suya junto a su salabardo de peces resplandecientes y asombrados. Casi había cumplido con su licencia de seis y pronto tendría que pellizcar la de su hijo.

Se revolvió en el asiento y metió la mano en la cesta para coger una cerveza, sosteniéndola en alto como una ofrenda de paz.

—¿Qué pasa? Siempre fuiste mejor pescador que yo. Hoy, en cambio, te comportás como un chico de cinco años. ¿Dónde fue a parar tu paciencia?

Alejandro se sentó, con los hombros bajos. El aire lánguido que le caracterizara en el pasado se había esfumado esos últimos días con la misma certidumbre que esas ondas que él había provocado y que avanzaban en espiral por el lago.

—Vení —dijo Jorge, poniéndole una mano al hombro—. Vení. Comé algo. ¿Otra cerveza… o quizá preferís algo más fuerte? —Dio unos golpecitos a la petaca de whisky que llevaba en el bolsillo del chaleco de pescar—. Apenas probaste bocado.

—No tengo hambre.

—Pues yo sí; y si no dejás de revolverte como hasta ahora, no quedará nada en el agua a kilómetros de distancia.

Comieron los bocadillos que Alejandro había preparado en silencio, dejando que el bote fuera a la deriva por el lago.

—El piso no está nada mal —le comentó Jorge—. Es espacioso. Tiene mucha luz. Es seguro. —«Y pasan por delante montones de enfermeras jóvenes y preciosas», pensó asimismo.

Efectivamente, aquellos parajes habían cautivado a Jorge de Marenas, el campo ondulante, las casitas pintorescas, los pubs ingleses de techo bajo. Le gustaba la tranquilidad de ese lago, el hecho de que los ingleses fueran tan considerados como para repoblarlo cada año de peces.

—Inglaterra parece que nunca cambie —afirmó Jorge—. Y eso me consuela. Si tenemos en cuenta que un país en otro tiempo orgulloso de sí mismo como la Argentina se ha ido al carajo, me consuela saber que existen lugares donde todavía importa conservar costumbres civilizadas y un cierto grado de dignidad.

Alejandro le contó entonces que varios caseros se habían negado a alojarlo por ser demasiado «moreno», y Jorge, barbotando, replicó que ese lugar sin duda estaba plagado de gente de pocas luces y de ignorantes.

—Se llaman a sí mismos un país civilizado... Y más de la mitad de las mujeres llevan calzado de hombre.

Alejandro se quedó contemplando las aguas durante un rato y luego se volvió suspirando hacia su padre.

—Podés decirle a mamá que regreso a casa.

—¿Qué hay de malo en calzar unos lindos zapatos femeninos? ¿Por qué las mujeres de aquí creen que tienen que parecer hombres? —Jorge calló de súbito y tragó el último bocado de su almuerzo—. ¿Qué?

—Ya avisé. Regreso dentro de tres semanas.

Jorge se preguntó si le habría oído correctamente.

—Tu madre estará encantada —dijo con cautela. Luego se limpió el bigote y se guardó el pañuelo en el bolsillo—. ¿Qué sucedió? ¿No está bien el sueldo?

—El sueldo está muy bien.

—¿No te gusta el trabajo?

—El trabajo me gusta, sí. Es muy universal, ¿sabés? —comentó Alejandro sin sonreír.

—¿No podés adaptarte? ¿Es por causa de tu madre? ¿Te agobia? Me dijo lo del mechón de pelo... Lo siento muchísimo, hijo. No lo entiende, ¿sabés? No lo ve como lo vemos los demás. Y es porque no sale demasiado y le da demasiadas vueltas a las cosas... —A Jorge, de repente, le asaltó un sentimiento de culpa. Esa era la razón de que se sintiera más cómodo anclado en la reticencia. La conversación conducía, de un modo inevitable, a la torpeza—. No deberías permitir que te causara problemas.

—Es por una mujer, papá. Me está matando.

El hecho de que estuvieran en medio de un lago de treinta acres significaba que nadie vio cómo Jorge abría los ojos estupefacto y luego los levantaba al cielo mientras pronunciaba un casi silencioso «¡Gracias a Dios!».

—¡Una mujer! —exclamó, intentando que su voz no delatara su patente alegría— ¡Una mujer, decís!

Alejandro apoyó la cabeza entre las rodillas.

—¿Y eso es un problema? —preguntó Jorge, poniéndose serio.

—Está casada —respondió Alejandro sin cambiar de postura.

—¿Y qué?

Alejandro levantó los ojos, sin poder ocultar una expresión de desconcierto.

—Vas haciéndote mayor, hijo. —Las palabras le salían en tropel—. Es poco probable que encuentres a alguien que no tenga un poco de... historia. —Seguía luchando por vencer el impulso de bailar unos compases alrededor de su hijo. ¡Una mujer!

—¿Historia? Eso solo es parte del problema.

«Una mujer.» Jorge habría podido incluir esas letras en una melodía y dejar que las notas escaparan de sus pulmones, atravesaran el lago y retornaran a él, lejos de la orilla. ¡Una mujer!

Alejandro seguía con la cara oculta y la espalda doblada como si sintiera un dolor agudo. Jorge se controló e intentó concentrarse en la tristeza de su hijo, introducir un timbre más sombrío a su voz.

—Ya. Vamos a ver. Hablás de una mujer, contame.

—Suzanna.

—Suzanna se llama —pronunció Jorge con reverencia. «Suzanna»—. ¿Te importa mucho?

Era una pregunta estúpida. Alejandro levantó la cabeza y... y Jorge recordó lo que era ser joven, la agonía, la certidumbre e incertidumbre del amor.

La voz de su hijo era entrecortada, deslavazada.

—Ella lo es todo. Solo tengo ojos para ella, ¿comprendés? Incluso cuando estoy a su lado. Ni siquiera parpadeo cuando estoy junto a ella por si me pierdo...

Quizá si se hubiera tratado de otra persona, Jorge habría pronunciado algún discursito sobre el primer amor y le habría dicho que luego esas cosas resultaban mucho más fáciles, que había muchos más peces en el mar... y algunos, y eso se lo garantizaba él, con unos pechos como melones maduros en los que ni siquiera se detectaban las cicatrices. Sin embargo, se trataba de su hijo, y Jorge, todavía esforzándose por reprimir su alivio, sabía cómo había que tratar el asunto.

—Papá, ¿me oís? Decime, papá, ¿qué hago? —Parecía que Alejandro fuera a estallar de frustración y tristeza, como si el hecho de haber destapado la causa de su infelicidad no le hubiera aportado consuelo alguno, sino que hubiera agudizado su sufrimiento.

Jorge de Marenas se levantó cuan largo era, con los hombros algo contraídos y una expresión honorable y paternal pintada en el rostro.

—¿Le expresaste tus sentimientos?

Alejandro asintió con profunda tristeza.

—¿Y conocés los sentimientos de ella?

El joven miró hacia la lejanía. Luego se volvió hacia su padre y se encogió de hombros.

—¿Ella quiere quedarse?

Alejandro hizo ademán de empezar a hablar, pero sus labios se cerraron antes de tener la oportunidad de formar palabras.

Si hubieran estado sentados el uno junto al otro, Jorge le habría pasado un brazo por el hombro. En una especie de abrazo de hombre heterosexual a hombre heterosexual, imprevisto, balsámico. En vez de eso, sin embargo, el doctor Marenas se inclinó hacia delante y puso la mano sobre la rodilla de su hijo.

—Entonces tenés razón. Es hora de volver a casa.

El agua lamía el costado del bote. Jorge ajustó los remos, abrió otra cerveza y se la entregó a su hijo.

—Quería decírtelo. Esa Sofía Guichane… la que te enviaba recuerdos. —Jorge se arrellanó en el bote, bendiciendo a Dios en silencio por poder disfrutar de la alegría de la pesca—. En *Gente* dicen que ella y Eduardo Guichane van a romper.

Cuando Suzanna se marchaba, tropezó con el padre Lenny. El sacerdote iba por la acera con una bolsa bajo el brazo, oscilando su vestimenta al caminar.

—¿Cómo está? —le preguntó, señalando la casa de Cath con un gesto de la cabeza.

Suzanna hizo una mueca, incapaz de comunicar lo que sentía.

—Me alegra que vinieras. No son muchos los que la visitan. Es una pena, la verdad.

—No sé si le he servido de algo.

—¿Qué pasa con la tienda? ¿Has salido un rato? Me he dado cuenta de que lleva mucho tiempo cerrada.

—Me resulta... Es difícil.

—Tú resiste. Las cosas serán más fáciles después de la investigación judicial.

Suzanna notó la tensión tan conocida de la incomodidad. No deseaba aportar su testimonio.

—Yo he participado en unas cuantas —dijo el padre Lenny, cerrando la verja tras él—. No es para tanto. De verdad.

Suzanna se obligó a sonreír, con mayor valentía de la que sentía.

—No creo que a tu hombre le gusten demasiado tampoco, por lo que me ha dicho.

—¿Qué?

—Alejandro. Me dijo que se marchaba a Argentina.

—¿Regresa a su país?

—Qué pena, ¿verdad? Es un tipo estupendo. Claro que no lo culpo. No le ha resultado precisamente fácil encajar en este pueblo. Y él se ha llevado la palma en cuanto a experiencias en el extranjero se refiere.

Suzanna permaneció despierta la mayor parte de la noche. Pensó en Cath Carter y en Jessie, también en su tienda vacía y accidentada. Contempló la salida del alba, la luz azulada filtrándose a través del resquicio de aquellas cortinas que jamás le habían gustado, y se quedó mirando el curso plateado de los aviones a reacción que diseccionaban el cielo en silencio.

Más tarde, mientras Neil estaba sentado en la cocina embutiéndose una tostada en la boca y palpando en las distintas superficies por si encontraba sus gemelos, ella le dijo que se marchaba.

Neil pareció no oírla.

—¿Cómo? —le dijo un rato después.

—Me marcho. Lo siento, Neil.

El hombre se quedó inmóvil, con un trozo de tostada saliéndole de la boca. Suzanna se sintió violenta por él. Al final, su marido apartó a un lado ese trozo de pan.

—¿Se trata de una broma?

Suzanna hizo un gesto de negación. Se miraron durante unos minutos. Luego él se volvió y empezó a llenar el maletín.

—No voy a discutir del tema ahora, Suzanna. He de coger el tren y tengo una reunión muy importante esta mañana. Hablaremos por la noche.

—No estaré en casa —le dijo ella con voz queda.

—¿De qué va todo esto? —exclamó Neil con la expresión incrédula—. ¿Es a causa de tu madre? Mira, sé que estas historias te han afectado muchísimo, pero tienes que mirarlo desde el lado positivo. Ya no tendrás que vivir con esa culpa nunca más. Pensaba que a partir de ahora os ibais a entender todos mucho mejor. Me dijiste que creías que las cosas podrían arreglarse.

—Es cierto.

—Entonces ¿de qué se trata? ¿De si tenemos hijos o no? Porque yo ya me he retractado, ya lo sabes. No empieces a hacerme sentir mal por eso.

—No es…

—Es una estupidez tomar decisiones trascendentales cuando no se ven las cosas claras.

—No lo hago.

—Mira, sé que todavía te duele lo de tu amiga. Yo también estoy triste. Era una chica muy simpática, pero te sentirás mejor dentro de un tiempo, te lo prometo. —Asintió, como dando mayor énfasis a sus palabras—. Hemos pasado unos meses muy duros. La tienda es un coladero, ya lo sé. Debe de ser deprimente tener que trabajar allí con todo… bueno, con todo eso todavía palpándose en el ambiente. Ahora bien, las ventanas llegarán dentro de… ¿cuándo llegan?

—El martes.

—El martes. Sé que te sientes desgraciada, Suzanna, pero, por favor, no exageres, ¿vale? No saquemos las cosas de quicio. No solo es por Jessie por quien estás de duelo, es por lo que tú creías que era tu historia familiar, incluso puede que por tu madre. También por tu tienda. Es tu modo de vida.

—Neil… Yo no quería la tienda.

—Tú sí querías la tienda. No parabas de insistir en ello. No me digas ahora que no la querías.

Suzanna captó un atisbo de pánico en su voz. La suya propia, sin embargo, se mantenía forzadamente calmosa cuando le dijo:

—Siempre se ha tratado de algo más. Ahora lo sé. Se trataba de… llenar un vacío.

—¿Llenar un vacío?

—Neil, lo siento mucho, pero nos estamos engañando. Llevamos años engañándonos.

Finalmente Neil empezó a tomarse en serio las palabras de su esposa. Se dejó caer pesadamente en la silla de la cocina.

—¿Hay alguien más?

El titubeo de Suzanna duró el tiempo suficiente para que su respuesta sonara convincente.

—No.

—Pues no lo entiendo. ¿Qué estás diciendo?

—No soy feliz, Neil —le contó Suzanna, respirando hondo—. Y tampoco te hago feliz.

—Ya —le dijo él con sarcasmo—. La magnífica conversación de «no se trata de ti sino de mí». A eso es a lo que hemos llegado.

—Se trata de los dos. Nosotros… Ya no encajamos.

—¿Qué?

—Neil, ¿puedes afirmar que eres feliz? ¿Lo puedes decir de verdad?

—¿Otra vez? Veamos: ¿qué esperas de mí, Suzanna? Hemos pasado una época dura. Un año dificilísimo. A la gente la ingresan en manicomios por soportar menos tensión de la que hemos aguantado tú y yo. No puedes pretender ser «feliz» todo el tiempo.

—No estoy hablando de alegría. No digo feliz-feliz.

—¿Pues a qué te refieres?

—Hablo de… No sé, una especie de satisfacción, la sensación de que las cosas tienen que ser así.

—Suzanna, las cosas ya son así. Lo que ocurre es que estamos casados… y no vamos a estar siempre comiendo perdices. —Neil se levantó y empezó a andar arriba y abajo de la habitación—. No puedes tirarlo todo por la borda y seguir yendo de compras solo porque no te despiertas cantando por las mañanas. Tienes que trabajar en algo, comprometerte con la vida. De esto precisamente va la vida, Suzanna, y tiene mucho que ver con la insistencia. Con aferrarnos el uno al otro. Con esperar que vuelvan los tiempos felices. Hemos vivido mejores tiempos, Suzanna, y volveremos a vivirlos. Solo has de tener confianza. Ser realista en tus expectativas.

Al no decir nada ella, Neil volvió a sentarse, y la pareja se quedó en silencio durante unos instantes. En la calle, uno de los vecinos cerró la portezuela del coche y le ordenó algo a un niño antes de alejarse con el automóvil.

—Tendrás tu familia, Neil —le dijo Suzanna en voz baja—. Tienes muchísimo tiempo, aunque no lo creas.

Neil se levantó y se acercó a ella. Se puso de cuclillas y tomó sus manos.

—No me hagas esto, Suze, por favor. —Sus ojos castaños reflejaban el dolor y la ansiedad—. ¡Suze!

Suzanna mantuvo la mirada fija en sus zapatos.

—Te quiero. ¿Acaso eso no significa nada? Llevamos doce años juntos. —Neil bajó la cabeza, intentando verle la cara—. ¿Me oyes, Suzanna?

Ella levantó la cabeza y lo miró fijamente, sin mostrar arrepentimiento.

—Con eso no basta, Neil.

Neil captó la mirada de su esposa, interpretando sin lugar a dudas la certidumbre de su voz y viendo algo definitivo en su expresión, y entonces le soltó las manos.

—Entonces nada te bastará, Suzanna. —Sus palabras eran amargas, y las escupió al percatarse de que había dado con el meollo de la cuestión. Que ella había pronunciado esas palabras con conocimiento de causa—. La vida real nunca será suficiente. Andas tras un cuento de hadas. Y eso te hará muy desgraciada. —Se levantó y desgoznó la puerta al abrirla—. ¿Sabes una cosa? Cuando te des cuenta de lo que estás haciendo, no vayas a regresar corriendo a mis brazos, porque ya he tenido suficiente. ¿Me oyes? He tenido más que de sobra.

Suzanna ya le había herido bastante y por eso no le dijo que prefería correr ese riesgo que vivir con el convencimiento, que ya había adquirido finalmente, de que su vida consistiría en una serie de constantes decepciones.

26

Suzanna estaba echada en la cama donde durmiera de pequeña, mientras los sonidos que le traían ecos de la infancia resonaban al otro lado de la pared. Podía oír los aullidos del perro de su madre, las garras del animal arañando las baldosas de abajo y el aluvión de gañidos entrecortados proclamando algún invisible ultraje. Captó el sonido ahogado de la televisión de Rosemary, a todo volumen para que la anciana viera las noticias matutinas. El índice FTSE sube cuatro puntos, nublado con lluvias dispersas, oyó, sonriendo con timidez ante la incapacidad que demostraban tener las paredes de listones y yeso de resistirse a la evidencia de que Rosemary era dura de oído. En el caminito delantero oía a su padre hablando con uno de los hombres y discutiendo sobre algún problema relacionado con la caída del grano. Sonidos que, hasta entonces, solo le hablaron de su presencia en ese ambiente como una extraña pero que, por vez primera, le resultaban consoladores.

Había llegado dos noches antes, tarde, una vez hubo empaquetado sus pertenencias mientras Neil se encontraba en el trabajo. A pesar de sus palabras, Neil esperaba, y Suzanna era consciente de ello, que su mujer cambiaría de opinión mientras él estuviera fuera. Que lo que ella había dicho quizá sería un desgraciado efecto secundario del duelo. No obstante, ella sabía la verdad. Y pensó que, en el fondo de su corazón, Neil lo sabría también, probablemente sabría que el sufrimiento había pospuesto la decisión de su mujer, ofuscado la certidumbre de tener que comprometerse.

Vivi le abrió la puerta y la escuchó sin decir palabra cuando Suzanna le anunció entre lágrimas (la chica había creído que se marcharía de casa sin mirar hacia atrás y se sorprendió de lo emotiva que se sentía al empaquetar la ropa) los motivos de su visita. Sorprendentemente Vivi no le había rogado que le diera otra oportunidad ni le había dicho que Neil era un hombre fantástico; ni siquiera cuando el hombre apareció más tarde, esa misma noche, como Suzanna sabía que posiblemente ocurriría, borracho y diciendo incoherencias. Vivi le preparó café y le dejó despotricar, irse por las ramas y sollozar. Su madre le contó después que le había dicho que lo sentía muchísimo, que no solo podía quedarse a vivir en la casita, sino que seguiría formando parte de la familia todo el tiempo que quisiera. Luego le llevó en casa con su coche.

—Siento que hayas tenido que aguantar todo eso por mi causa.

—No hay nada que lamentar —le dijo su madre, y le preparó una taza de té.

Era como si hubiera estado estática durante años, pensó Suzanna, contemplando los capullos de rosas del papel pintado, observando la esquina que había junto al armario ropero donde, de adolescente, había garabateado con bolígrafo lo mucho que odiaba a sus padres. Ahora, sin embargo, como liberada por sus acciones, las cosas iban cambiando rápidamente, como si el tiempo en sí mismo hubiera decidido que tenía que recuperar demasiadas cosas.

De repente, alguien llamó a la puerta.

—¿Sí? —Suzanna se obligó a enderezarse y vio, estupefacta, que eran casi las diez menos cuarto.

—Venga, perezosa. Ya es hora de que pongas el pie en el suelo. —La cabeza rubia de Lucy asomó por la puerta con una sonrisa indecisa pintada en el rostro.

—¡Ah, eres tú! —exclamó Suzanna, sentándose en la cama y frotándose los ojos—. Lo siento. No sabía que vinieras tan temprano.

—¿Temprano? Veo que no has tardado demasiado en recuperar tus antiguas costumbres. —Lucy entró en el dormitorio y abrazó a su hermana—. ¿Estás bien?

—Tengo ganas de disculparme con todo el mundo por no ser un caos.

Eso era lo peor, lo fácil que había sido hacerlo. Se sentía culpable, por supuesto, de haber sido la causa de la infelicidad de Neil y también sentía la tristeza de tener que romper una costumbre, pero no había experimentado la lacerante sensación de pérdida que había creído que le estaba reservada. Se preguntó, brevemente, si eso significaba que existía alguna discapacidad emocional por su parte.

—Doce años y apenas he llorado o me he rasgado las vestiduras. ¿Crees que soy rara?

—¡No, qué va! Solo sincera. Significa que has actuado como debías —dijo Lucy con sentido pragmático.

—Sigo esperando notar algo… algo diferente, quiero decir.

—A lo mejor es lo que te ocurrirá, pero de nada sirve que provoques esa situación y procures sentir algo que en realidad no sientes. —Se sentó en la cama de Suzanna y revolvió en el interior de su bolso—. Ya es hora de moverse. —Entonces Lucy levantó un sobre en alto—. Y, ya que tocamos el tema, tengo tus billetes.

—¿Ya?

—Nunca hay mejor momento que el presente. Creo que deberías ir, Suze. Podemos arreglar nosotros lo de la tienda. No creo que sea justo para Neil que tenga que verte por todas partes. Vivimos en un pueblo pequeño, a fin de cuentas, donde nunca han faltado los cotilleos.

Suzanna cogió los billetes y se quedó mirando la fecha.

—Pero si no faltan ni diez días… Cuando hablamos, pensé que te referías al mes que viene. Quizá incluso dentro de un par de meses.

—¿Y para qué vas a quedarte?

Suzanna se mordió la lengua.

—¿Cómo voy a devolverte el dinero? Ni siquiera tengo tiempo de liquidar las existencias.

—Ben nos ayudará. Él también cree que deberías marcharte.

—Probablemente se alegrará de que me marche de casa. Creo que le ha sentado fatal que volviera al hogar.

—¡No seas ridícula! —protestó Lucy sonriendo—. Le encanta la idea de que hagas las maletas. Es divertidísimo. Casi me siento tentada a venir yo también. Solo para verlo.

—Ojalá vinieras. Me siento muy nerviosa, la verdad.

—Australia no es el fin del mundo.

Las dos hermanas rieron.

—Bueno, vale, sí es el fin del mundo. Pero no es… Mujer, tampoco es el tercer mundo. Ni tienes que cavar un agujero en el suelo para hacer tus necesidades.

—¿Has hablado con tu amiga? ¿Le sigue gustando la idea de alojarme en su casa durante unos días?

—Claro. Te enseñará Melbourne. Para iniciarte. Está deseando conocerte.

Suzanna intentó imaginarse a sí misma en panoramas extranjeros, donde su vida, por vez primera, era una página en blanco que esperaba ser escrita por personas distintas y experiencias nuevas. Precisamente la clase de vida que Lucy la había empujado a llevar hacía años. Era aterrador.

—Nunca he hecho nada sola. Desde hace muchísimos años. Neil lo organizaba todo.

—Neil te infantilizaba.

—Eso es un poco fuerte.

—Sí, probablemente tengas razón. No obstante, dejó que te comportaras bastante como una niña mimada. No te cruces porque te lo haya dicho, ¿eh? —añadió Lucy rápidamente—. Al menos, mientras estemos celebrando nuestra sesión de lazos fraternales.

—¿De eso se trata entonces?

—Sí. Unos quince años más tarde de lo que debía ser. Venga, dime dónde tienes las maletas y empezaré a seleccionar tus cosas. —Lucy bajó la cremallera de la enorme bolsa de viaje negra con decidida premura—. ¡Ostras! ¿Cuántos pares de zapatos de tacón tienes, Imelda? —Volvió a cerrar la cremallera y aupó la bolsa para dejarla al otro lado del dormitorio—. No vas a necesitar ninguno. Dile a papá que los guarde en la buhardilla. ¿Dónde está tu ropa?

Suzanna se llevó las rodillas al pecho, recostada todavía bajo la colcha y pensando en las infinitas posibilidades que se abrían ante ella. Y en las que se había perdido. Intentaba vencer la sensación de que tenía que apresurarse, que preferiría quedarse quieta durante un tiempo más para hacer un balance de la situación. Sin embargo, su hermana estaba en lo cierto. Ya le había causado demasiado dolor a Neil. Era lo mínimo que podía hacer.

—¿Vas a levantarte hoy, huésped fondona?

Suzanna apoyó la cara sobre sus rodillas mientras observaba el rubio cráneo de Lucy inclinándose hacia abajo y afanándose en la tarea de seleccionar su ropa; una ropa que, de repente, le pareció que ya no le pertenecía.

—Le he dicho a mamá que no había nadie más.

Lucy se detuvo, sosteniendo un par de calcetines doblados en forma de bola en la mano. A continuación los metió en un montón que tenía a su izquierda. Levantó la vista y procuró que su cara expresara una neutralidad absoluta.

—No puedo decir que me sorprenda.

—Él fue el primero.

—No quería decir eso. Yo creía que se necesitaría algo muy radical para sacarte de tu red de seguridad.

—¿Eso creías? —Suzanna se dio cuenta de que apenas se sentía con ganas de defender su matrimonio. Había durado demasiado y sobrevivido a más adversidades que muchos otros.

—No solo eso.

—No fue una aventura trivial —dijo Suzanna, mirando fijamente a su hermana.

—¿Ha terminado?

Susana titubeó.

—Sí —dijo finalmente.

—No pareces muy segura.

—Hubo un tiempo en el que pensé… creí que sería perfecto… pero las cosas han cambiado. De todos modos, me conviene estar sola durante un tiempo. Aclararme las ideas. Hubo algo que me dijo Neil que me hizo reflexionar bastante.

—¿Le hablaste a Neil de él?

—¡Uy, no, qué va! Ya le he hecho bastante daño. Tú eres la única que lo sabe. ¿Crees que soy horrible? Sé que te gustaba Neil.

—Eso no significa que pensara que erais tal para cual.

—¿No lo pensabas?

Lucy negó con la cabeza. Suzanna se sintió aliviada, aunque un tanto traicionada por la aparente certidumbre de su hermana. Claro que aunque Lucy le hubiera dicho algo, reflexionó Suzanna, ella tampoco se habría enterado de nada; llevaba muchos años haciendo caso omiso de las opiniones de su familia.

—Neil es un tipo sencillo —dijo Lucy—. Un individuo simpático y directo.

—Y yo soy una vieja bruja complicadísima.

—Él necesita una provinciana de los condados de Londres con quien llevar una vida tranquila.

—Como tú.

«¿De verdad eso es lo que piensas?», decían los ojos de su hermana, y Suzanna descubrió que nada sabía, porque nunca se había esforzado en entender.

Lucy se detuvo, como mesurando sus palabras.

—Si eso te hace sentir mejor, Suze, te diré que un día quizá lance mi propia bomba sobre mamá y papá. Solo porque mi vida te parezca sencilla, no significa que yo lo sea.

Lo dijo con un cierto tono de alegría, pero Suzanna, observando a la mujer que tenía delante, pensó en la furiosa ambición de su hermana, en su decidida preservación de su intimidad, la ausencia de novios. Mientras la semilla de una idea iba germinando, se dio cuenta de lo ciega y obsesionada en ella misma que había estado.

Se deslizó fuera de la cama, se puso en cuclillas al lado de su hermana y le revolvió el trigueño pelo.

—Bueno, cuando te decidas, hermanita pródiga, asegúrate de que me encuentre en casa para disfrutar de la escena.

Encontró a su padre cerca de los establos Philmore. Había caminado durante todo el trayecto por el camino de herradura, atravesando Rowney Wood, con la cesta que Vivi había preparado y ofrecido llevarles con el coche. Suzanna le aseguró que no le importaba, que le apetecía el paseo. Anduvo con aire meditativo, ignorando la fina lluvia, consciente de la resplandeciente turgencia de los colores otoñales que lucían las tierras circundantes.

Lo oyó antes de verlo, el chirriar y el chocar del tractor oruga, el crujir y el restallar de las maderas, y tuvo que cerrar los ojos durante un segundo: esos sonidos no siempre vaticinaban desgracias. Cuando recuperó el aliento, Suzanna siguió caminando hasta acercarse a la casa. Luego, penetrando en la escena donde se desarrollaba la actividad, se mantuvo en el borde de lo que en otro tiempo fuera un patio y observó el tractor oruga aplastando la madera podrida, derrumbando, entre las estructuras que todavía se mantenían en pie, los edificios medio derruidos que se erguían en ese enclave desde hacía siglos y sobre los cuales incluso el más ferviente funcionario del ayuntamiento consagrado al registro de antigüedades había admitido que ya no valía la pena conservar.

Su padre y su hermano se encontraban al otro lado, haciendo señas a los hombres de los tractores oruga, mientras su padre se detenía de vez en cuando para hablar con otros dos operarios, uno de los cuales parecía hallarse a cargo de los contenedores.

En el momento en que llegó Suzanna ya habían demolido dos edificios, cuya metamorfosis de refugio a escultura resultaba de una rapidez consternante. En el suelo, con las maderas ennegrecidas sobresaliendo como una protesta obscena final, Suzanna observó que para ser unas estructuras tan largas, la demolición había producido una cantidad sorprendentemente pequeña de escombros.

Ben la vio. Señaló a su padre en señal de interrogación y ella asintió, sin dejar de observar a su hermano mientras este último se dirigía hacia su progenitor para interrumpir la conversación en la que tomaba parte. Ben y Douglas andaban de la misma manera, con el mismo paso rígido y los hombros echados hacia delante, como si estuvieran siempre en guardia, prestos a plantar batalla. Su padre, prestando atención a su hijo, dio por concluida su charla y, tras seguir con la mirada las indicaciones de Ben, le hizo un gesto a Suzanna. La chica seguía en pie, quieta, sin ningunas ganas de mantener un diálogo de cortesía. Al final, y quizá presintiendo su reticencia, fue él quien se acercó, vestido con una delgada camisa de algodón que ella recordaba de su juventud, ignorando, como parecía haber hecho siempre, los elementos.

—El almuerzo —le dijo Suzanna, entregándole la cesta. Cuando él le iba a dar las gracias, sin embargo, añadió—: ¿Tienes un minuto?

Douglas le hizo una seña en dirección al único establo que quedaba en pie y, de camino, le pasó los bocadillos a Ben.

No se habían visto durante las veinticuatro horas que ella llevaba en la casa. Douglas había estado fuera, con el equipo de demolición, y Suzanna pasó gran parte del tiempo en su dormitorio, casi siempre dormida. Su padre le hizo una seña, indicándole un viejo saco de fertilizante, y ella se colocó con cuidado sobre él, mientras Douglas cogía otro para sí mismo.

Se hizo una pausa expectante. Suzanna no sacó a colación las circunstancias de su nacimiento ni el hecho de que hubiera abandonado a Neil, aunque sabía que Vivi le habría comentado ambas cosas. Por lo que Suzanna alcanzaba a adivinar, Vivi jamás le había guardado ningún secreto a su marido.

—Se ve extraño, sin los establos del medio.

Douglas levantó la cabeza y contempló los agujeros del techo.

—Supongo que sí.

—¿Cuándo empezáis a trabajar en las nuevas casas?

—Dentro de un tiempo. Primero tenemos que nivelar la tierra, hacer un nuevo sistema de drenaje y todas esas cosas. En cuanto a los establos que sigan en pie, deberemos sustituir la mayoría de los maderos. —Le ofreció un bocadillo que ella rechazó en silencio—. Es una pena. Al principio pensamos que podríamos restaurar todo el conjunto pero hay veces en que tienes que aceptar que estás obligado a empezar desde cero.

Estaban sentados el uno junto al otro, mientras su padre iba pasando del bocadillo al termo de café. Suzanna se sorprendió contemplándole las manos. Recordó que Neil le había dicho que cuando su padre murió, se dio cuenta, estupefacto, de que jamás volvería a ver sus manos. Tan familiares, tan cotidianas y, sin embargo, desaparecidas de un modo tan impactante.

Contempló las suyas. No necesitaba ver un retrato para saber que eran las de su madre. Las colocó entre las rodillas y desvió la mirada hacia el lugar donde los hombres se habían detenido para almorzar. A continuación, decidió volverse hacia su padre.

—Quería pedirte algo. —Tenía las palmas juntas y la piel sorprendentemente fría—. Quería preguntarte si te importaría que retirara una parte de mi participación en la propiedad.

Suzanna advirtió por la mirada de su padre que lo había cogido por sorpresa. Que lo que quizá el hombre esperaba en cierto sentido era peor. Los ojos de Douglas mostraban duda y alivio, y verificaban si su petición era sincera. Suzanna comprendió que, al formularle aquella pregunta, le manifestaba que esa situación le parecía ya aceptable.

—¿Lo necesitas ahora mismo?

Ella asintió.

—Ben se ocupará muy bien de la propiedad. Está... Lo lleva en la sangre.

Se hizo un breve silencio mientras las palabras se posaban entre los dos. Sin decir nada, Douglas cogió un talonario de su bolsillo trasero, garabateó una cifra y le entregó un talón.

—¡Eso es demasiado! —exclamó Suzanna, contemplando el cheque.

—Es lo que te corresponde. Es la cantidad que gastamos para que Lucy y Ben fueran a la universidad. —Douglas terminó su bocadillo. Arrugó el papel encerado donde iba envuelto y lo metió en la cesta.

—Quiero decirte también que me marcho al extranjero con esa cantidad. Quiero alzar el vuelo. —Suzanna fue consciente del silencio de su padre, de los silencios con que le había hablado durante toda la vida—. Lucy me ha conseguido un billete. Me marcho a Australia. Viviré con una amiga de ella durante una temporada, hasta que me habitúe.

Su padre cambió de postura.

—No he hecho gran cosa en la vida, papá.

—Eres igual que ella.

—Yo no me escapo, papá —protestó Suzanna, sintiendo indignación—. Solo intento hacer lo que es más justo para todos.

Douglas negó en silencio, y ella se dio cuenta de que la expresión de su rostro no era de condena.

—No me refería a eso —le dijo pausadamente—. Necesitas emprender el camino. Descubrir tu propio estilo de vida. —Asintió, como dándose ánimos—. ¿Estás segura de que ese dinero te bastará?

—¡Por Dios santo, claro que sí! Viajar con mochila es muy barato, por lo que dice Lucy. De hecho, mi intención es no gastar mucho dinero. Voy a dejar la mayor parte en el banco.

—Bien.

—Y el padre Lenny venderá las existencias en mi nombre, con lo que eso representará algunos ingresos más, espero.

—¿Podrá él solo con todo?

—Creo que sí. Me han dicho que, en realidad, soy yo quien no va a poder desembarazarse de los artículos sin su ayuda.

Observaron a Ben moverse entre los dos tractores oruga mientras iba dando órdenes y se interrumpía de vez en cuando para contestar al móvil y proferir estentóreas carcajadas.

Douglas se quedó mirando al muchacho durante un rato y luego se volvió hacia Suzanna.

—Sé que las cosas no han marchado muy bien entre los dos, Suzanna, pero sí quiero que entiendas una cosa. —Sus nudillos habían emblanquecido a causa de la fuerza con que asía el termo—. Nunca me hice un análisis, ¿sabes? En esos tiempos no existía lo del ADN y todo eso… pero desde el principio supe que eras mía.

Incluso en la penumbra del establo Suzanna percibió la intensidad de su mirada y oyó las palabras de amor que él le estaba dirigiendo. Se dio cuenta de ello, a pesar de sus ideas conservadoras y enraizadas en el pasado y de sus creencias profundamente arraigadas en la sangre y la herencia. Uno podía estar seguro de esas cosas por otros medios y, de repente, Suzanna comprendió que todo eso era irrelevante.

—No te preocupes, papá.

Se quedaron en silencio durante unos instantes, conscientes del abismo que se había ido engrandeciendo a lo largo de tantos años de palabras hirientes y malentendidos, del fantasma que siempre se interpondría entre los dos.

—Quizá vayamos a verte. Cuando estés en Australia, me refiero. —Douglas estaba tan cerca de ella que sus brazos se tocaban—. A tu madre siempre le ha apetecido hacer algún viaje por el extranjero; y yo no querría que pasara demasiado tiempo… sin verte, quiero decir.

—No —respondió Suzanna, dejando que la calidez de su padre penetrara en ella—. Yo tampoco.

Encontró a Vivi en la galería de retratos, contemplando la pintura.

—¿Vas a tu tienda?

«Mi tienda —pensó Suzanna—. Ya no me parece la frase más adecuada para describirla.»

—Voy a recoger la ropa que queda en casa de Neil primero. Creo que es más justo para él que lo haga mientras se encuentra fuera.

—¿Solo ropa?

—Unos cuantos libros. Las joyas. Voy a dejarle el resto. —Suzanna frunció el ceño—. ¿Lo vigilarás mientras yo esté fuera?

Vivi asintió. Posiblemente ya lo tenía decidido, pensó la chica.

—No soy tan despiadada como parezco. Él me importa mucho, ¿sabes? —Le habría gustado añadir que deseaba que fuera feliz pero se alegraba de no encontrarse cerca para presenciarlo. El altruismo no le llegaba para tanto.

—¿Serás feliz?

Suzanna pensó en Australia, un continente desconocido situado en el otro extremo del mundo. Pensó en su pequeño mundo, en lo que en una ocasión fuera su tienda. En Alejandro.

—Más feliz de lo que nunca he sido —respondió ella, incapaz de explicar a ciencia cierta lo que sentía—. Sin duda mucho más feliz.

—Por algo se empieza.

—Supongo que sí.

Suzanna se adelantó, y las dos mujeres se quedaron en pie, una junto a la otra, contemplando el cuadro de dorado marco.

—Ella debería estar aquí —dijo Vivi—. Y si a ti te parece bien, Suzanna, probablemente yo vaya en la pared de enfrente. Tu padre, el muy bobo, cree que yo también debería ir colgada aquí mismo.

Suzanna le pasó el brazo por la cintura.

—¿Sabes qué te digo? No estoy segura de que no debieras figurar solo tú en la pared. De otro modo, queda muy extraño; y el marco de ella, en el fondo, no termina de encajar en el entorno.

—No, no, cariño. Athene está en su derecho. También ha de tener su lugar.

Durante unos instantes Suzanna se sintió transportada por los resplandecientes ojos de la mujer del retrato.

—Siempre has sido tan buena, cuidando de todos nosotros…

—La bondad nada tiene que ver con eso. Así es como nos educaron… como me educaron a mí.

Suzanna apartó la vista del retrato y miró a la mujer que la amaba, que siempre la había amado.

—Gracias, mamá.

—Ah, por cierto —le dijo Vivi cuando se dirigían a la escalera—. Llegó algo para ti cuando estabas fuera. Lo entregó el hombre más extraordinario que haya visto jamás. Un hombre mayor que no dejaba de sonreírme como si ya me conociera.

—¿Un hombre mayor, dices?

Vivi examinaba la madera de una mesa, frotando su superficie con la punta del dedo.

—Sí. Bien entrado ya en los sesenta. Un individuo de aspecto extranjero y con bigote. No lo he visto nunca en el pueblo.

—¿Qué era?

—No quiso decirme quién lo enviaba, pero es una planta. *Roscoea purpurea*, creo que me dijo.

Suzanna se quedó mirando a su madre fijamente.

—¿Una planta? ¿Estás segura de que es para mí?

—A lo mejor es de uno de tus clientes. En fin, está en el *office*. —Bajó la escalera y entonces alzó la voz para decirle por encima del hombro—: Solíamos llamarla flamboyán.* Debo admitir que no es una de mis preferidas. Se la regalaré a Rosemary si no la quieres.

Con un sonido que pareció un grito ahogado, Suzanna casi empujó a su madre y bajó corriendo la escalera.

---

* En inglés aparece el término *peacock flower*, el flamboyán. El término vulgar de la planta remite al apellido de la protagonista, acepción que se pierde al traducirlo al español. *(N. de la T.)*

27

Creía que sabía casi todo lo que había que saber sobre Jessie. Sin embargo, ahora que ya llevaba una hora y media colaborando con la investigación judicial, Suzanna se enteró de que la difunta Jessica Mary Carter medía exactamente metro cincuenta y ocho de altura, que le habían extraído el apéndice y las amígdalas hacía más de diez años, tenía una señal de nacimiento en la zona lumbar y el dedo índice de la mano izquierda presentaba al menos tres fracturas, la última de las cuales era relativamente reciente. Entre las demás heridas citadas, Suzanna prefirió no oír la descripción de la gran mayoría de ellas, moretones que no podían explicarse a partir de los acontecimientos que se desarrollaron la noche de su muerte. No parecía que hablaran de Jessie: la muchacha semejaba una amalgama de elementos físicos, un objeto de carne, hueso y daños tipificados. Eso era lo más perturbador: no el hecho de que la muchacha tuviera varias heridas que Suzanna desconociera, sino que la esencia de su persona no se encontrara presente.

En los juzgados los amigos y familiares de Jessie que se habían atrevido a colaborar con la investigación, algunos porque todavía no podían aceptar que la chica hubiera desaparecido y otros porque disfrutaban en secreto de formar parte de lo más sonado que había ocurrido en Dere Hampton desde el incendio de la tienda de animales en 1996, murmuraban entre ellos, o bien lloraban en silencio, ocultando el rostro en el pañuelo, intimidados por la ocasión. Suzanna se revolvió en su asiento, intentando mirar hacia la otra puerta desde el extremo de los bancos del público. Tuvo que reprimir la sospecha de que él se hallara sentado, en esos mismos instantes, en el banco de fuera, con las hermanas de Cath Carter, fumadoras empedernidas. Sería una falta de respeto marcharse de la sala para comprobarlo.

No lo encontró al llegar; tampoco cuando salió de la sala del tribunal veinte minutos antes para ir al lavabo de señoras. Sin embargo, como único testigo del suceso, tendría que prestar declaración.

Tendría que venir.

Suzanna se alisó el pelo, notando la punzada familiar en el estómago, el retortijón de nervios y miedo que la dominaba desde hacía más de veinticuatro horas. En dos ocasiones, y para consolarse, se puso a mirar el botín de tesoros particulares que llevaba en el bolso. Había la etiqueta de la planta que llegó el primer día; una mariposa de papel enviada a la dirección paterna dentro de un sobre en blanco y que Ben, entusiasta aficionado en la adolescencia, identificó como un espécimen de *Inachis io*. Suzanna escribió el nombre en la parte posterior. El día anterior, cuando acudió a la tienda para completar el trabajo pendiente antes de entregar las llaves, descubrió una pluma tamaño gigante enganchada en el marco de la puerta, y que ahora sobresalía incongruentemente de la solapa de su bolso bandolera. No iban con mensaje alguno. Sin embargo, adivinó que los objetos estaban relacionados con él; que debía de existir algún significado.

Intentó no pensar demasiado en la posibilidad de que procedieran de Neil. El juez de instrucción concluyó el informe post mortem. Se inclinó solícito desde su banco y le preguntó a Cath Carter si deseaba que le aclararan algún punto. Cath, emparedada ligeramente entre el padre Lenny y una señora mayor sin identificar, negó con la cabeza. El juez de instrucción volvió a consultar la lista de testigos que tenía delante.

Le tocaba a ella el turno siguiente. Suzanna miró de soslayo al periodista con gafas que estaba sentado en la esquina, garabateando con gran voluntad y en lenguaje taquigráfico en su libreta. Suzanna le había expresado de antemano al padre Lenny su temor de que si le decía al juez de instrucción todo lo que sabía, absolutamente todo, los periódicos retratarían a Jessie como una víctima de la violencia doméstica; y dado que la muchacha jamás había deseado que la consideraran una víctima, recalcó que en el deber de todos estaba, como mínimo, poder otorgarle esa insignificante dignidad. El padre Lenny le respondió que Cath tenía problemas parecidos.

—Sin embargo, en todo hay un límite, Suzanna —le explicó el padre Lenny—, y ese límite es dirimir cómo prefieres que crezca Emma. Porque aunque no se dicte una sentencia criminal en este juzgado, ya puedes dar por sentado que lo que se diga aquí podrá ser utilizado en una investigación criminal. Creo que ni siquiera a Jessie le importaría sacrificar un poco de su intimidad por el bien... por la estabilidad de su hija. —Eligió la palabra con sumo cuidado.

Su opinión redundó en una toma de decisión rapidísima. Suzanna oyó su nombre y se levantó. Ante la invitación sorprendentemente amable del juez de instrucción, Suzanna le contó en un tono de voz comedido que Jessie había sufrido diversas heridas durante la época que había trabajado para Emporio Peacock, relató la secuencia de acontecimientos que desembocaron en la noche en que murió y la personalidad generosa y gregaria que, de modo inopinado, la condujo a la muerte. Fue incapaz de mirar a Cath mientras hablaba, porque todavía tenía la sensación de estar traicionando la confianza de la familia, pero al bajar del estrado, las dos mujeres intercambiaron una mirada, y la madre de Jessie asintió. En señal de agradecimiento.

Él no entró en la sala.

Suzanna se sentó en su lugar, sintiéndose alicaída, como si hubiera hablado conteniendo el aliento.

—¿Estás bien? —vocalizó el padre Lenny, revolviéndose en su asiento. Suzanna asintió, intentando no volver de nuevo la mirada hacia la puerta panelada de madera, que, en cualquier minuto, amenazaba con abrirse; y, por enésima vez, se pasó la mano por aquel pelo que llevaba demasiado corto.

Presentaron su testimonio otras tres personas: el médico de Jessie, quien confirmó que, en su opinión, la muchacha no sufría ninguna depresión sino que pretendía abandonar a su pareja; el padre Lenny, el cual, como amigo íntimo de la familia, narró el intento que había hecho por su cuenta de remediar lo que denominó «su situación», sin obviar la fiera determinación de la chica para solucionarla por sí misma; y una prima a quien Suzanna no conocía. Esa prima rompió en sollozos y señaló a la madre de Jason Burden con un dedo acusatorio: «Ella sabía lo que estaba sucediendo y debería haberlo impedido, hubiera debido detener a su hijo, el muy bastardo». El juez de instrucción le preguntó si quería tomarse un descanso para controlarse. Suzanna escuchaba a medias, esforzándose por ubicar las voces ahogadas que procedían del exterior, preguntándose en qué momento tendría derecho a poder abandonar de nuevo la sala.

—Ahora le toca el turno a nuestro único testigo —dijo el juez—, un tal señor Alejandro de Marenas, de nacionalidad argentina y que residió en el hospital de Dere Hampton mientras trabajaba en la planta de maternidad.

A Suzanna se le heló el corazón.

—Nos ha dado su testimonio por escrito, que ahora pasaré a la actuaria para que lo lea en voz alta.

La actuaria, una mujer rellenita con el pelo teñido de un entusiasta color, se puso en pie y, con un acento procedente de los estuarios, empezó a leer.

Una declaración por escrito. Suzanna se desplomó hacia delante como si le faltara el resuello. Prácticamente no oyó nada del discurso de Alejandro, las palabras que le había susurrado al oído la noche de la muerte de Jessie, palabras pronunciadas entre lágrimas y besos, que ella había cortado con sus propios labios.

Luego se quedó mirando de hito en hito a esa mujer, que debería de haber sido Alejandro, e intentó sofocar el arranque de rabia que le nacía de las entrañas.

No podía estarse quieta. Se revolvía en el asiento, enloquecida y desesperada, y cuando la mujer terminó de leer, se deslizó rápidamente del banco y, con un gesto de disculpa, huyó hacia el pasillo, donde dos de las tías de Jessie, su prima y una amiga de la escuela ya se habían acomodado.

—Ese cerdo asesino —dijo una de ellas, encendiendo un cigarrillo—. ¿Cómo se atreve su madre a mostrarse en público?

—Lynn dice que los chicos se lo van a cargar si intenta volver a Dere. El mayor lleva un bate de béisbol en el coche, por si lo ve por ahí.

—Sigue dentro. No le van a dejar salir.

—No es culpa de Sylvia —dijo la otra—. Sabes muy bien que está desolada.

—¿Acaso no va todavía a visitarlo? Aún va a verlo cada semana.

La mujer de más edad le dio unos golpecitos a la chica en el brazo.

—Cualquier madre lo haría. Es de su misma sangre. Haya hecho el joven lo que haya hecho. —En ese momento le dijo a Suzanna en voz alta—. ¿Estás bien, cariño? Cuesta escuchar todo eso, ¿verdad?

Suzanna, apoyada contra la pared, no pudo responder. ¡Claro que no había venido! ¿Por qué iba a hacerlo, después de todo lo que le había dicho? A lo mejor se había marchado mientras ella seguía sentada allí, comprobando en vano su aspecto. ¡Qué arrogante su certidumbre! Siguió en pie durante un segundo, con el rostro crispado y las manos a la cabeza, como si intentara mantenerla unida físicamente a su cuerpo. Notó que un desconocido brazo femenino le rodeaba la espalda y olió el aroma acre de los cigarrillos recién fumados.

—No te agobies, criatura. Ahora está con los ángeles, ¿no? Precisamente lo estábamos comentando, que se ha reunido con los ángeles. No tiene ningún sentido martirizarse más.

Suzanna musitó unas palabras y se marchó. No le hacía ninguna falta enterarse de si la muerte quedaría archivada como un accidente fortuito, un homicidio o siquiera un caso por resolver. Jessie se había ido. Ese era el único factor relevante.

Solo le quedaba rezar para que Alejandro no se hubiera ido también.

Se habían producido diversos retrasos, debidos a causas muy distintas, que incluían desde problemas mecánicos a temas de seguridad y mal tiempo, y por culpa de todo ello el aeropuerto de Heathrow rebosaba de gente que pululaba, arrastraba maletas de ruedecillas o apilaba el equipaje en carritos que viraban con brusquedad y rebeldía sobre el reluciente suelo de linóleo, suelo que chirriaba bajo el peso combinado de innumerables pares de zapatos de suela de goma. Viajeros extenuados se tumbaban con ademán posesivo sobre hileras de asientos mientras los bebés gimoteaban y los niños pequeños se esforzaban hasta lo imposible para perderse en las cafeterías de intensa iluminación, desquiciando los nervios de sus ya desencajados padres.

Jorge de Marenas, un poco ahíto de tanto café de aeropuerto, levantó la vista para fijarse en el panel que anunciaba los vuelos, se puso en pie y recogió la maleta. Se dio unos golpecillos en el bolsillo de la chaqueta, comprobando que el billete y el pasaporte estuvieran en su lugar y luego hizo un gesto señalando la puerta de salidas internacionales, donde una reptante hilera de individuos argentinos guardaban cola con paciencia, billete en mano.

—¿Estás seguro de que esto es lo que quieres hacer? —le dijo a su hijo—. No quiero que pienses en mí ni en tu madre. La decisión solo te compete a vos. Lo único que importa sos vos, vos y tus deseos.

Alejandro siguió la mirada que su padre dirigía hacia el panel de salidas.

—No te preocupés, papá.

El bloque de apartamentos para las enfermeras del hospital de Dere Hampton era mayor de lo que Suzanna recordaba. Tenía dos entradas, que le pareció que le sonaban, y una gran extensión de césped alrededor, sazonada de unos arbustos de aspecto desgreñado que no recordaba en absoluto. Con luz diurna todo se veía muy diferente, punteado de personas, ligeramente rebozado de hojas otoñales, apenas reconocible como el lugar que se había convertido en el telón de fondo de sus sueños.

Sin embargo, la última vez que estuvo allí no se fijó en el entorno. Se quedó inmóvil durante varios minutos, intentando desesperadamente dilucidar cuál de las dos entradas debía utilizar, frustrada ante su falta de memoria visual, su incapacidad de determinar cuál había sido el piso de Alejandro. Su amigo había ocupado la planta baja, de eso estaba segura, y por eso pisó el césped, para ir a mirar por las ventanas e intentar atisbar entre las cortinas de redecilla que parecían ser un elemento común en todo el edificio.

Le pareció que el tercer piso que escrutaba podría ser el de él. Apenas lograba distinguir el sofá rinconera, las paredes blancas y la mesa de haya. No obstante, la vacuidad del piso y la mala visibilidad creada por las cortinas le impedieron asegurarse de que el apartamento estuviera habitado.

—¿Por qué diablos habrá tanta cortina de redecilla? —musitó Suzanna.

—Para impedir que la gente mire a través de las ventanas —dijo una voz a su espalda.

Suzanna se ruborizó. A su lado aparecieron dos enfermeras, una pelirroja y la otra, india americana.

—Te sorprendería saber cómo llegan a excitarse algunas personas con la idea de un edificio lleno de enfermeras —dijo la enfermera de color.

—No soy una mirona que…

—¿Te has perdido?

—Busco a alguien. A un hombre. —Captó la reacción de sorpresa divertida de ambas enfermeras y vio que le había faltado un nanosegundo para ser objeto de una broma pesada—. Un hombre en concreto. Trabaja aquí.

—Este bloque es de mujeres.

—Pero vivía un hombre. Trabajaba de comadrón. Alejandro de Marenas. Argentino, ¿os suena?

Las enfermeras intercambiaron una mirada cómplice.

—Ah… ese.

Suzanna notó que la estudiaban, como si al asociarla con Alejandro, la vieran bajo una luz distinta.

—Sí, ese es su piso, pero no creo que esté en casa. Hace tiempo que no le vemos, ¿verdad?

—¿Estáis seguras?

—Los extranjeros no duran mucho —dijo la amerindia—. Les dan los turnos más chungos.

—Y se sienten solos —intervino la irlandesa—. Sí. —Miró a Suzanna con una expresión inescrutable—. Aunque no estoy segura de que él se sintiera muy solo precisamente.

Suzanna parpadeó de rabia, retándose a sí misma para no derrumbarse delante de esas mujeres.

—¿Hay alguien que lo sepa con seguridad? Dónde ha ido, me refiero.

—Prueba en administración —dijo la irlandesa.

—O bien en personal. Es la cuarta planta del edificio principal.

—Gracias —dijo Suzanna, odiando a las chicas por las miradas de superioridad con que la obsequiaron—. Muchísimas gracias. —Y salió disparada.

La mujer de personal fue educada pero comedida, como si estuviera habituada a enfrentarse a gente que le exigía conocer el paradero de sus empleados.

—Hemos tenido unos cuantos casos de enfermeras extranjeras que habían acumulado unas deudas considerables mientras estuvieron viviendo en el hospital —le dijo a modo de explicación—. A veces las que proceden de países del tercer mundo se dejan influir demasiado por nuestro estilo de vida.

—Él no me debe dinero —precisó Suzanna—. No le debe dinero a nadie. Yo solo… Mire, necesito saber dónde está.

—Me temo que no podemos facilitar datos sobre nuestro personal.

—Los datos ya los tengo yo. Solo necesito saber si sigue en Inglaterra.

—Pues eso ya es cuestión de relaciones laborales.

Suzanna intentó acompasar la respiración.

—Mire, Alejandro tenía que ir a prestar declaración esta mañana en la vista preliminar de un juicio sobre la muerte de una chica del pueblo que trabajaba en mi tienda. Necesito saber por qué no se ha presentado.

—Tendrá que hablar con la policía.

—Es que es amigo mío.

—Siempre lo son.

—Mire. Por favor. Si quiere que me humille, lo haré…

—Nadie le ha pedido que se humille.

—Le quiero, ¿vale? No se lo dije cuando fue el momento y ahora temo que ya sea demasiado tarde pero necesito decírselo antes de que se marche. Porque jamás lo encontraré si se marcha a Argentina. Nunca. Ni siquiera sabría dónde encontrar ese país en el mapa.

La mujer la miraba con fijeza.

—Ni tan solo sé si está cerca de la Patagonia, de Puerto Rico o del país de yo-qué-sé. Lo único que me dijo es que hay muchísimas vacas, que beben unas infusiones que saben a ramitas con agua, que hay peces horripilantes y que el país es enorme, colosal, y que si él se marcha, no me quedará la más mínima esperanza de localizarlo desde aquí. Tampoco sé si sería lo bastante valiente para intentarlo. ¡Por favor! Le pido por favor que me diga si sigue en el hospital.

La mujer aguantó la mirada de Suzanna durante un minuto y luego fue al extremo opuesto del despacho y extrajo un fichero de un cajón rebosante. Se inclinó para leerlo con atención, aunque desde una posición demasiado alejada de Suzanna para que la muchacha pudiera ver las páginas.

—Nos prohíben por ley revelar los datos personales de los ficheros de nuestros empleados. Lo que sí puedo decirle, sin embargo, es que él ya no pertenece al personal del hospital.

—Es decir, que ya no trabaja para ustedes.

—Exactamente.

—Entonces podrá decirme dónde está. Si ya no trabaja en el hospital, ya no forma parte del equipo.

—¡Buen intento! Mire, podría mirarlo en su agencia. Ellos lo trajeron a Inglaterra y lo colocaron con nosotros para empezar. —La empleada garabateó un número en un trozo de papel y se lo tendió a Suzanna.

—Gracias.

Era un número de Londres. Cabía la posibilidad de que Alejandro hubiera conseguido otro empleo en la ciudad.

—Y está junto a Uruguay.

—¿Qué?

—Argentina. Está junto a Brasil y Uruguay. —La mujer, sonriendo para sus adentros, se volvió de espaldas y regresó al archivo.

Arturro no le había visto. Le preguntó a sus tres ayudantes, que negaron con un gesto de la cabeza casi teatral y luego siguieron con el gracioso lanzamiento de enormes trozos de Stilton, potes de membrillo y pesto (no sin nominarla, en unas circunstancias que en otro tiempo habrían sido gratificantes, como merecedora de un cincuenta y dos doscientos). Arturro no le veía desde hacía más de una semana. Tampoco le habían visto la señora Creek, Liliane, el padre Lenny, la mujer encargada del puesto de antigüedades, el hombre delgaducho que llevaba La Taza de Café o los empleados de la cafetería que había al lado del taller de automóviles donde Alejandro acostumbraba comprar el periódico.

—Algo más de metro ochenta. Muy bronceado. De pelo oscuro. —le dijo a una enfermera que salía de la papelería, solo por probar.

—Dile dónde vivo si lo encuentras —le respondió ella con una sonrisa ladina.

Cuando empezó a anochecer, Suzanna se marchó a casa.

—¿Tienes hechas ya las maletas? —le preguntó Vivi, ofreciéndole una taza de té—. Ha llamado Lucy para decir que llegará mañana a mediodía. Me preguntaba si no te importaría hacerle un rato de compañía a Rosemary antes de irte. Para ella significaría mucho, ¿sabes?

Suzanna estaba en el sofá, preguntándose si sería una locura ir a Heathrow en ese mismo momento. El aeropuerto local no ofrecía vuelos a Argentina y en Heathrow no le facilitarían ningún nombre de la lista de pasajeros. Por cuestión de seguridad, en principio.

—Por supuesto —respondió Suzanna.

—Ah, ¿sabes que me habías comentado que no te contestaban en ese número? Bueno, pues han llamado. Dijeron que eran una agencia de enfermeras. ¿Es eso lo que querías? Pensé que debía de ser una equivocación.

Suzanna se levantó de un salto y le arrancó el trozo de papel a su madre.

—No, no. Está bien.

—¿Una agencia de enfermeras?

—Gracias. ¡Gracias, gracias, gracias! —Se tendió cuan larga era sobre el sofá para alcanzar la mesita del teléfono, ignorando la mirada desconcertada de su madre.

—Creo que nunca entenderé a esta chica —dijo Vivi mientras pelaba patatas en la cocina para preparar un pastel de carne.

—¿Qué ha hecho ahora? —preguntó Rosemary, contemplando un viejo libro de jardinería. Era evidente que la anciana había olvidado el nombre de la planta que tenía previsto consultar, aunque había acabado demorándose en las fotografías con gran placer.

—Pensaba que se marchaba a Australia; pero ahora parece que se está planteando trabajar de enfermera.

—¿Qué? —exclamó Rosemary con los labios en la copa y derramando parte del vino.

—Será enfermera.

—¡Es imposible que ella quiera ser enfermera!

—Eso es lo que yo creía, pero ahora está hablando por teléfono con una agencia. Parece que se lo toma con una seriedad fuera de toda duda. —Vivi se inclinó para volver a llenar la copa de su suegra—. No sé, las cosas cambian tan deprisa últimamente que apenas consigo hacerme a la idea.

—Será patética como enfermera. Lo hará fatal. Ante la primera cuña que tenga que manejar, saldrá pitando como una loca.

El hombre de la agencia fue muy agradable. Casi demasiado simpático. Sin embargo, Alejandro de Marenas había firmado la finalización del contrato dos semanas antes. Como, además, ya había pagado su «tarifa de introducción», no estaba obligado a mantenerse en contacto con ellos. Era probable, por lo tanto, que hubiera vuelto a Argentina. El promedio de comadronas que se quedaba en Inglaterra no alcanzaba el año de duración. Las únicas que tendían a perseverar en su puesto procedían de los países más desfavorecidos y, por lo que el empleado de la agencia podía recordar, el señor De Marenas era de posición acomodada.

—Dígame su número. Si vuelve a ponerse en contacto con nosotros, lo tendré archivado en su expediente. ¿Es usted de la seguridad social?

—No —respondió Suzanna, contemplando la pluma que sostenía en la mano. Traían mala suerte. Acababa de recordarlo. No había que guardarlas en casa porque traían mala suerte—. Gracias, pero no —susurró. Finalmente, cabizbaja y con el teléfono en la mano todavía, Suzanna no pudo reprimir más el llanto.

Eran casi las nueve y media, y el ligero incremento de peatones que constituían el flujo de la hora punta en Dere Hampton empezaba a menguar, mientras el resto de las tiendas abría y las madres regresaban a casa con paso cansino después de la carrera que se habían marcado para llegar a la escuela.

Era la última vez que Suzanna estaría en Emporio Peacock. Las ventanas ocupaban ya su lugar, con los marcos recién pintados y un letrero que anunciaba la venta por cierre que se celebraría un día de la semana siguiente. «Todos los artículos a mitad de precio o más baratos», decía en letra negra y resaltada. A mano izquierda, al menos. La ventana situada a mano derecha iba a servir para un propósito distinto.

Suzanna consultó el reloj y cayó en la cuenta de que Lucy llegaría dentro de dos horas y media. Solo había invitado a unos cuantos: Arturro y Liliane, el padre Lenny y la señora Creek, aquellos que podría considerarse que habían mantenido un íntimo contacto con Jessie a diario, gente para quienes aquellos artículos estuvieran investidos de un significado determinado, que pudiera sumarse al recuerdo que tenían de ella.

Suzanna se quedó tras el escaparate de su tienda, mirando a través de la cortina de gasa que había colocado esa misma mañana, incómodo recordatorio de las cortinas de redecilla del pasado, observando mientras ellos hacían grupo aparte. Se había cuestionado la oportunidad del evento, pero el padre Lenny, el único que conocía sus planes, le dijo que ese era el momento más idóneo para llevarlo a cabo. El hombre había participado en diversas investigaciones judiciales y sabía que, tras una muerte, había imágenes y palabras que debían anularse, barnizadas por una pátina más dulce.

—¿Está listo? —vocalizó Suzanna al sacerdote desde detrás de la puerta, y mientras él asentía, la muchacha se acercó al escaparate, levantó la cortina de gasa y se apartó, incorporándose luego al grupo, situado a unos metros al fondo de la tienda, y observando con cierta ansiedad a medida que los clientes comprendían la muestra que estaban presenciando.

El escaparate rebosaba de gerberas rosas y, de lo alto, colgaban unos adornos propios de las fiestas mexicanas, troquelados y pintados, que Jessie quiso comprar para su casa a un buen precio, aprovechando las ventajas de ser empleada, combinados con los farolitos blancos que decoraban las estanterías.

Los artículos expuestos eran los siguientes: un par de alas de redecilla que Jessie llevó puestas durante todo un día por haber perdido una apuesta, un monedero de lentejuelas que le encantaba aunque lamentara no poder comprárselo y una caja circular de bombones envueltos en papel rosa. A uno de los extremos había varias revistas, incluyendo *Vogue* y *Hello!*, y una página de una redacción que la muchacha había traído de la escuela nocturna con un «muy prometedor» anotado en rojo al margen. Había asimismo un CD de salsa, que Jessie ponía hasta que Suzanna tenía que apelar a su misericordia, y un dibujo de Emma que la muchacha había colgado sobre la caja registradora. En medio había dos fotografías: una de ellas, tomada por el padre Lenny, mostraba a Suzanna y a Jessie riendo mientras Arturro sonreía al fondo; la otra era de Jessie y Emma, sentadas fuera, ambas con gafas de sol rosas. Todo se encontraba dispuesto alrededor de un pergamino crema en el cual Suzanna había escrito, con pluma, en letra itálica y tinta rosa fucsia, lo siguiente:

Jessie Carter tenía una sonrisa tan luminosa como el mes de agosto y la risa más malvada que existe al margen de las carcajadas de Sid James. Le encantaban los helados de barritas Mars, el rosa intenso, esta tienda y su familia, y no por ese orden precisamente. Amaba a su hija Emma más que a nada en el mundo entero y, para alguien tan lleno de amor, eso significaba muchísimo.

No le permitieron disfrutar del tiempo suficiente para convertir en realidad todos sus deseos, pero cambió mi tienda y también me cambió a mí. Sé que a cualquier persona del pueblo que la conociera le habría resultado imposible no sentirse transformada por ella.

La exposición resplandecía, luminosa y chillona, marcando un extraño contraste con el ladrillo de obra vista y la madera del entorno. Delante de todo había dos tazas de café. Una de ellas estaba simbólicamente vacía.

Nadie hablaba. Al cabo de varios minutos, Suzanna empezó a sentirse angustiada y miró al padre Lenny en busca de apoyo.

—Las exposiciones eran idea de Jessie —empezó a contar a su silenciosa audiencia—. Por eso pensé que a ella le gustaría.

Nadie intervino. Suzanna, de repente, sintió náuseas, como si volviera a ser la persona de antes, siempre inclinada a equivocarse en sus palabras y sus actos. Acababa de meter la pata. Notó una punzada de pánico y se esforzó por controlarlo.

—No pretende definir todo lo que ella era… contarlo todo sobre Jessie. Solo he querido rendirle un pequeño homenaje. Darle una mayor alegría de la que… —Se cortó, con una sensación de inutilidad y torpeza.

En ese momento notó una mano sobre su brazo y Suzanna bajó la mirada para fijarse en unos dedos delgados, de una manicura impecable. Volvió el rostro y observó la cara cuidadosamente maquillada de Liliane, suavizada su expresión por algo que la mujer debía de haber visto en la muestra homenaje del escaparate o quizá por cualquier otra cosa, que nada tenía que ver con todo aquello.

—Es preciosa, Suzanna. Has hecho un trabajo fantástico.

Suzanna parpadeó, presa de la incredulidad.

—Es casi tan buena como sus exposiciones —puntualizó la señora Creek, que se había inclinado hacia delante para atisbar mejor el resultado—. Tendrías que haber colocado un paquete de esos caramelos en forma de corazón. Siempre estaba comiendo esos caramelitos.

—Le habría encantado —dijo el padre Lenny, con un brazo rodeando los hombros de Cath Carter, mientras la estrechaba con ademán afectuoso y le murmuraba luego unas palabras al oído.

—Es muy bonito —dijo la madre de Jessie con voz queda—. Muy bonito, de verdad.

—He tomado unas cuantas fotografías para la caja recordatorio de Emma —les comunicó Suzanna—. Para cuando… tenga que desmantelarla. Eso será cuando la tienda cierre pero, hasta entonces, la muestra permanecerá aquí.

—Tendrías que ponerte en contacto con el periódico para que vinieran a verla —propuso la señora Creek—; y conseguir que saquen una fotografía en la prensa.

—No —la atajó Cath—. No quiero que esto salga en los periódicos.

—Me gusta esta fotografía —dijo el padre Lenny—. Siempre me han gustado esas gafas de sol. Parecían comestibles.

—Pues yo más bien creo que su sabor debe de ser horrible —remedó la señora Creek.

A sus espaldas, Suzanna advirtió que Arturro tenía lágrimas en los ojos, y que sus macizos hombros lo ocultaban del resto del grupo en un intento de disimular su dolor. Liliane se acercó a él y lo rodeó en un abrazo, susurrándole palabras de consuelo.

—¡Eh, grandullón! —dijo el padre Lenny, inclinándose hacia él—. Venga, ya, hombre...

—No es solo por Jessie —precisó Liliane, volviéndose. La mujer sonreía con una expresión de indulgencia pintada en el rostro—. Es por todo. Va a echar muchísimo de menos tu tienda.

Suzanna se dio cuenta de que el delgado brazo de Liliane quedaba apenas a medio camino de la espalda de Arturro.

—Todos vamos a echar de menos la tienda —dijo el padre Lenny—. Tenía... un no sé qué.

—A mí me gustaba esa sensación. La de entrar. —Arturro se sonó la nariz—. Incluso me gustaba la palabra. «Emporio». —La pronunció despacio, saboreando cada sílaba.

—Podrías cambiar el nombre de tu charcutería y llamarla Emporio Arturro —dijo la señora Creek y torció luego el gesto al ver que todos la miraban con la expresión de no entender nada.

—Hay más de mil razones que explicarían lo mucho que nos gusta tu tienda —dijo Liliane con tacto.

—Pues a mí me da la sensación de que más bien era la tienda de Jessie —comentó Suzanna.

—Si no suena demasiado sensiblero, yo iría más lejos y diría que me gustaría pensar que allá en lo alto existe otra cafetería donde ahora Jessie está sirviendo.

—¡Pues sí que ha sonado sensiblero! —protestó Cath.

—Sirviendo y charlando —remató Suzanna.

—¡Desde luego! —siguió diciendo el padre Lenny—. Sin duda alguna, estaría charlando.

Cath Carter, esbozando una leve sonrisa de orgullo, le dio un codazo.

—Habló a los nueve meses. Una mañana abrió la boca y jamás volvió a cerrarla.

Suzanna estaba a punto de decir algo pero dio un salto atrás al oír una voz muy familiar.

—¿Puedo añadir otra cosa?

Suzanna se quedó sin resuello, como si hubiera recibido un gran golpe: el hecho simple y físico de su presencia. La última vez que le había visto, él irradiaba premura, rabia, hasta el punto de que el ambiente parecía que fuera a crisparse. Ahora, en cambio, sus movimientos eran suaves y fluidos y sus ojos, que revelaban un aire acusatorio y descreído la última vez que ella los viera, eran cálidos.

La miraba intensamente, esperando una respuesta.

Suzanna intentó hablar pero, en lugar de eso, asintió embobada.

Alejandro entró en la tienda, fue hacia el fondo, cogió su taza plateada de mate de una estantería y la colocó en la esquina del escaparate.

—Creo que deberíamos estar contentos —dijo en voz baja al volver a incorporarse—. Jessie fue mi primera amiga en este país. Se le daba bien ser feliz; y creo que a ella le habría gustado que todos la recordáramos con alegría.

No lograba apartar los ojos de él, todavía sin poder creer que lo tuviera allí mismo, delante de ella.

—¡Bien dicho! —exclamó el padre Lenny con una nota de determinación en su voz.

Se hizo un largo silencio entonces, que poco a poco fue convirtiéndose en algo extraño. Liliane cambió de posición, incómoda con sus tacones altos, y la señora Creek musitó algo entre dientes. Suzanna oyó al padre Lenny cuchicheando con Alejandro y observó que, ante la respuesta del argentino, el padre Lenny la miraba a ella directamente. Suzanna volvió a ruborizarse.

—Tendríamos que marcharnos —sonó la voz de Cath.

Despertando de su letargo, Suzanna se dio cuenta de que todavía no había oído ni una sola palabra de aquella persona cuya opinión era la que más contaba. Se volvió y buscó la rubia cabecita. Dudó unos instantes y entonces le dijo, agachándose:

—¿Te parece bien?

La niña no se movió ni habló.

—Estará aquí al menos durante dos semanas, pero la cambiaré si quieres, si crees que falta algo. Cámbiala tú misma, si no te gusta. Tengo tiempo de hacerlo antes de marcharme. —Suzanna seguía hablando con voz baja.

Emma se quedó contemplando el escaparate y luego miró a Suzanna. En sus ojos no había rastro de lágrimas.

—¿Puedo escribir algo y luego lo colgamos? —En la voz de la niña asomaba la compostura glacial de la infancia, y eso provocó que algo muy profundo en el interior de Suzanna se despertara, evocando su dolor.

Suzanna asintió.

—Quiero hacerlo ahora mismo —dijo Emma, mirando a su abuela y luego a Suzanna.

—Te daré papel y lápiz. —Suzanna le tendió la mano. La pequeña se soltó de su abuela y se cogió a la muchacha. Observadas por el grupo silencioso que seguía en pie sobre la acera, Suzanna y Emma desaparecieron en el interior de la tienda.

—Eras tú, ¿verdad?

La tienda estaba vacía. Suzanna acababa de colgar las palabras de Emma en la exposición, venciendo el impulso de corregir las últimas y dolorosas frases que la niña había escrito. Era importante contar la verdad. Sobre todo en aquellas cuestiones relacionadas con la muerte. Estiró las rodillas y se retiró del escaparate.

—Sí.

Tan solo eso. Una simple afirmación.

—Trae mala suerte. Deberías saberlo.

—Solo era una pluma. No tiene por qué significar nada. —Él echó un vistazo a la pluma iridiscente que sobresalía del bolso de Suzanna—. Por otro lado, es bonita. —Dejó las palabras suspendidas entre los dos mientras paseaba por la tienda.

—¿Y las otras cosas? La mariposa, la planta… —Suzanna tuvo que reprimir el impulso de mirarle a hurtadillas, forzarse a que no se le iluminara el rostro ante el puro placer de tenerle cerca.

—Un ninfálido.* La planta también tenía que ver con tu nombre.

—No lo entendí. Lo de la mariposa, quiero decir. Solo buscamos su nombre en latín.

* El ninfálido es una variedad de mariposas que en inglés se conocen con el nombre de *peacock butterfly*, lo cual remite, una vez más, al apellido de la protagonista. *(N. de la T.)*

—Entonces tuviste suerte de que no pescara para ti un cíclido.

Se quedaron sentados durante unos instantes en silencio sin que Suzanna pudiera evitar preguntarse cómo era posible que después de tantísimos años de vivir en una especie de nada irrisoria, sus emociones pudieran oscilar con tanto dramatismo de la desesperación a la euforia, para pasar luego a algo menos definido e infinitamente más confuso. Un grupo de jovencitas atisbaba desde fuera del escaparate, con exageradas muestras de sentimentalismo al leer las palabras de Emma.

—Es hermoso lo que has creado —le dijo Alejandro, señalando la exposición.

—Ella lo habría hecho mejor.

Suzanna luchaba por rescatar las palabras que había querido decirle, palabras que ahora le parecían extrañas, rimbombantes.

—Creí que estabas en Argentina —le dijo, intentando dar la impresión de que no se implicaba demasiado en el tema. Ahora que Alejandro estaba en su tienda, de súbito sentía que se estaba complicando, como si la urgencia del día anterior hubiera sido una reacción desmesurada, hubiera descubierto demasiadas cosas—. No te presentaste para dar tu testimonio. Creí que ya te habías marchado.

—Iba a marcharme pero… Decidí esperar. —Se apoyó contra la puerta, como si intentara mantenerla cerrada. Cuando Suzanna levantó los ojos, vio que él la observaba con fijeza, razón que provocó, junto con el significado de sus palabras, que poco a poco iban calando en ella, que la chica volviera a ruborizarse.

Suzanna se levantó y empezó a barrer el suelo, consciente de la necesidad de desempeñar alguna tarea, mantenerse centrada.

—Muy bien —dijo, sin saber exactamente por qué—. Bien. —Sus manos agarraban con tensión la escoba, que empezó a pasar con movimientos rápidos mientras seguía notando el calor de su mirada posándose en ella—. Mira, probablemente te habrás enterado de que he dejado a Neil, pero tienes que saber que no lo abandoné por ti. En fin, no es que tú no significaras nada para mí… no signifiques nada para mí, quiero decir… —Era consciente de que ya empezaba a divagar—. De hecho, lo abandoné para vivir sola.

Alejandro asintió, todavía apoyado contra la puerta.

—Tampoco negaré que no me sintiera halagada por tus palabras.

Porque así fue, en efecto. Sin embargo, han sucedido tantas cosas durante estos últimos días… temas que ni siquiera conoces y que tienen que ver con mi familia. Y solo ahora empiezo a entenderlo todo. A entender cosas de mí misma y del modo en que pienso vivir de ahora en adelante.

Alejandro contemplaba el homenaje a Jessie; o quizá mirara por la ventana. Era imposible de asegurar.

—En fin, quiero que sepas que eres, y siempre serás, muy importante para mí. De un modo que quizá ni siquiera sospeches, pero creo que es hora de que empiece a madurar un poco. De que plante cara a la vida. —Suzanna dejó de barrer—. ¿Lo comprendes?

—No podrás escapar de todo esto, Suzanna.

Se quedó asombrada por su seguridad, por la falta de reticencia que mostrara en el pasado. Reticencia, además, que ella siempre había atizado con la suya propia.

—¿Por qué estás sonriendo?

—¿Porque soy feliz?

Suzanna lanzó una exclamación de rabia.

—Mira, intento explicarte algo. Por una vez en la vida, intento ser adulta.

Alejandro ladeó la cabeza, como si se prestara a una broma particular.

—¿Te cortaste el pelo así para castigarte?

Al principio, Suzanna no daba crédito a lo que acababa de oír.

—¿Cómo dices? ¿Por quién me tomas, si puede saberse?

Su sonrisa se lo confirmó. El corazón le latía con una fuerza desconcertante y, en ese momento, ante la reacción tan extraña de Alejandro, toda la rabia de las semanas anteriores, toda la emoción que se había visto obligada a contener, se desbordó.

—¡No puedo creer lo que estoy oyendo! ¡No me lo puedo creer! ¡Pero tú has perdido la cabeza!

Alejandro empezó a reír.

—¡Dios, qué arrogante… pero qué arrogante…!

—No está mal. —Alejandro se acercó a ella y levantó la mano como si quisiera tocarle el pelo—. Todavía pienso que eres muy hermosa.

—¡Qué ridiculez! —exclamó Suzanna, apartando de un gesto la

cabeza—. ¡Eres ridículo! No sé lo que te ha sucedido, Alejandro, pero no entiendes nada. No comprendes ni un ápice de todo lo que he tenido que soportar. He intentado decírtelo con buenas palabras. He procurado que lo comprendieras pero no voy a proteger tus sentimientos si tu tozudez no te permite prestarles la debida atención.

—¿Así que soy yo quien no se escucha a sí mismo? —Alejandro se reía ya a mandíbula batiente, y ese sonido tan poco familiar todavía la encolerizó más.

Casi sin comprender sus propios actos, Suzanna empezó a empujarlo, a conducirlo físicamente fuera de la tienda, sabiendo tan solo que tenía que mantenerse alejada de él, que necesitaba tenerle bien lejos para recuperar la tranquilidad de espíritu.

—¿Qué estás haciendo, Suzanna Peacock? —le preguntó Alejandro mientras ella lo obligaba a salir por la puerta.

—Márchate. Vuelve a tu maldita Argentina y déjame sola. No necesito nada de todo esto, ¿vale? Lo último que me conviene ahora precisamente son numeritos de esta clase.

—Te equivocas. Lo necesitas.

—¡Haz el favor de marcharte!

—Tú me necesitas.

Suzanna le cerró la puerta en las narices mientras su aliento entrecortado iba cobrando una peligrosa similitud con los sollozos. Ahora que Alejandro estaba allí y su presencia era una realidad, ella no estaba preparada para afrontarlo. Necesitaba que él fuera como antes. Necesitaba que las cosas avanzaran más despacio para poder estar segura de lo que sentía, de que no estaba comprendiéndolo todo del revés. Nada en su vida le parecía seguro ya: los elementos se abatían sobre ella y la zarandeaban como si su persona fuera la cubierta de un barco azotado por la tormenta, amenazando con ahogarla.

—Yo no puedo… No puedo ser como tú. No puedo olvidarme de todo. —No estaba segura de que él la hubiera escuchado.

—No me iré de aquí —gritaba Alejandro, sin que pareciera importarle demasiado que lo oyeran—. No me iré a ninguna parte, Suzanna Peacock.

Era como si la tienda se hubiera encogido. Suzanna se sentó al percibir que el local disminuía de tamaño mientras el sonido de la voz de Alejandro reverberaba a través de su persona, ocupando el espacio restante.

—Te acosaré, Suzanna. Te acosaré muchísimo más de lo que hayan podido acosarte los demás. Porque ellos no forman parte de tus fantasmas. Son los espectros de tu madre y de tu padre, de Jason y de la pobrecita Emma. Ahora bien, esos fantasmas no son los tuyos propios. Yo sí lo soy. —Alejandro calló durante unos instantes—. ¿Me has oído? Yo sí lo soy.

Al final, Suzanna terminó por levantarse y se dirigió hacia la ventana. Lo vio a través de los pequeños paneles de cristal curvo, situado a treinta centímetros de la puerta y mirando hacia la entrada con una especie de determinación evangelizadora, con la expresión relajada, como si ya diera por supuesto cuál iba a ser el resultado. A sus espaldas, Suzanna distinguió las figuras lejanas de Arturro y Liliane, observando, asombradísimos, desde la puerta de Unique Boutique.

—¿Me oyes? Te acosaré, Suzanna.

Su voz resonó por la calle empedrada, rebotó en las paredes de piedra y en la fuente. Suzanna se apoyó contra el marco de la ventana, sintiendo que la lucha la abandonaba y que algo cedía en su interior.

—Eres un hombre de lo más ridículo —le espetó, secándose los ojos mientras él la miraba—. ¡Un hombre ridículo! —le gritó más alto, para que pudiera oírla—. Pareces un lunático.

Alejandro la miró a los ojos y arqueó las cejas.

—¡Un lunático! ¿Me oyes bien?

—Pues entonces déjame entrar —respondió Alejandro con el significativo encogerse de hombros propio de los latinos.

Lo poco habitual de ese gesto en Alejandro le hizo estremecerse. Suzanna se dirigió a la puerta y la abrió. Él volvió a mirarla, ese extranjero que procedía de un país situado a más de un millón de kilómetros, más extraño aunque más familiar de lo que jamás le hubiera resultado nadie. De pie, una sonrisa amplia y desinhibida le iluminó el rostro, una sonrisa que hablaba de libertad y de un placer sin complicaciones, una sonrisa que albergaba promesas sin necesidad de dar explicaciones y a la cual, finalmente, ella se unió.

—¿Lo entiendes ahora? —le preguntó él con voz queda.

Suzanna asintió y luego se puso a reír, percibiendo que una inmensa explosión emotiva se abría paso a través de su persona en forma de breves y entrecortados sollozos. Durante unos minutos los dos permanecieron derechos en el umbral de la puerta que daba entrada a lo que fuera en otro tiempo Emporio Peacock, convirtiéndose de ese modo, y durante las sucesivas semanas, en el objeto de despreciativas habladurías llenas de curiosidad y pronunciadas en voz baja tanto por parte de los conocidos del pueblo como por parte de los foráneos. Apenas sin tocarse, contemplados por las pocas personas que en el pasado fueran sus clientes, había un hombre demasiado moreno y una mujer de pelo corto y negro, mujer que, considerando todo lo sucedido, debiera de haberse mostrado menos encantada y quizá un poco más discreta. Con la cabeza echada hacia atrás y riendo a carcajadas, sin embargo, Suzanna era el vivo retrato de su madre.

Mucho tiempo después Suzanna se quedó en pie sobre el escalón pintado de la tienda, cerró la puerta por última vez y miró a su alrededor. Alejandro estaba sentado toqueteando la mariposa de papel y esperando, por enésima vez, que ella comprobara que todo estaba en orden.

—Ya sabes que me marcho a Australia. Dentro de una hora. Tengo el billete y todo lo demás.

Alejandro levantó la mano mientras ella se acercaba y rodeó las piernas de la mujer con uno de sus brazos en un gesto posesivo.

—Argentina está más cerca.

—No quiero precipitarme, Ale.

Él sonrió sin dejar de mirar la mariposa de papel.

—Te lo digo de verdad. Aun en el caso de que vaya a Argentina, no estoy segura de que terminemos juntos, al menos todavía. Acabo de salir de una relación matrimonial y quiero marcharme a otro lugar, vivir en el extranjero durante un tiempo, donde mi historia no cuente para nada.

—La historia siempre cuenta.

—Para ti no. No para nosotros.

Suzanna se sentó junto a él y le habló de su madre, le relató que Athene Forster se había fugado.

—Supongo que debería odiarla —dijo Suzanna, sintiendo el calor de la mano de Alejandro sobre las suyas, saboreando el hecho de que ahora ya podía demorarse en el contacto—. Pero no es así. Tan solo me siento aliviada de no haber sido la causa de su muerte.

—Es normal. Tienes una madre que te quiere.

—Sí, ya lo sé; y a Athene Forster. —Suzanna se quedó mirando la fotografía que Vivi le había regalado y que ahora descansaba sobre una caja de cartón—. Me parezco a ella, ya lo sé, pero es como si esa mujer no tuviera nada que ver conmigo. No puedo lamentar la muerte de alguien que me abandonó sin volver la vista atrás.

A Alejandro se le borró la sonrisa al recordar a un bebé de la maternidad de Buenos Aires a quien una mujer rubia se llevó en volandas decidida a ignorar el dolor ajeno.

—Quizá nunca quiso abandonarte —murmuró—. Es posible que jamás conozcas toda la historia.

—Ah, la sé de sobras. —Le sorprendió su propia falta de animadversión—. Yo la tenía por un personaje glamuroso con un destino fatídico. Creo que quizá me seducía la idea de ser igual que ella. Ahora, en cambio, pienso sencillamente que Athene Forster debía de ser una chiquilla bastante estúpida y mimada. Una persona que no hubiera debido ser madre.

Alejandro se levantó y le tendió la mano.

—Es hora de ser feliz, Suzanna Peacock —le anunció, intentando esbozar una expresión de solemnidad—. Conmigo o sin mí.

Suzanna le sonrió a su vez, aceptando la verdad que sus palabras contenían.

—¿Sabes qué? Tus regalos iban muy desencaminados porque no existe ninguna Suzanna Peacock. Ya no. —Ella hizo una pausa—. Solo para tu información, te diré que me llamo Suzanna Fairley-Hulme.

28

La chica del traje de bouclé azul descendió del tren de espaldas, forcejeando con un enorme cochecito de bebé cuyas ruedas se habían enganchado en un saliente. Era un cachivache voluminoso e incómodo de llevar, fabricado durante la década de los cuarenta, y mientras la muchacha agradecía de un gesto la ayuda que el guardia le había prestado para lidiar con aquello y dejarlo en el andén, pensó en su casera, quien llevaba semanas quejándose de la presencia del armatoste en su estrecho vestíbulo. Eran ya dos las veces que había intentado exigirle que lo quitara de allí, pero la chica sabía que la anciana se sentía intimidada por su acento y se había aprovechado de su debilidad hasta unos extremos devastadores. Esa misma habilidad la aplicaba ahora con el guarda mientras el hombre le sonreía, comprobando que no llevara otras bolsas con las que también tuviera que cargar y dedicándole una mirada apreciativa a sus largas y delgadas piernas mientras ella se alejaba caminando.

El tiempo era borrascoso y, una vez fuera de la estación, la joven se inclinó y atusó las mantas a ambos lados del cochecito para mayor seguridad. Luego se pasó una mano por el pelo y se levantó el cuello de la chaqueta, mirando con nostalgia mientras el último de los diversos taxis pasaban rugiendo frente a ella. Había que recorrer, como mínimo, unos dos kilómetros hasta el restaurante, y ella solo tenía dinero para el billete de vuelta; y para un paquete de cigarrillos.

Iba a necesitar el tabaco.

Al llegar a Piccadilly, y quizá de un modo predecible, empezó a llover. Levantó la capota del cochecito y caminó más deprisa, inclinando la cabeza para protegerse del viento. No se había puesto medias y sus ridículos zapatos le rozaban los talones. Él le había dicho que no los llevara puestos, que iría mejor con el otro par, pero algún vestigio de vanidad le había impelido a mostrarse contraria a que la vieran con un par de zapatillas de lona. Ese día no.

El restaurante se hallaba en un callejón lateral, tras un teatro, y su exterior verde oscuro y las ventanas de cristal esmerilado eran garante de la calidad y del deseado lugar de encuentro para almorzar que buscaba todo usuario de zapato caro con gustos de entendido. Aminoró el paso a medida que iba acercándose, reticente a alcanzar su destino, y se quedó fuera, contemplando la carta, como si intentara decidir si iba a entrar. Un grupo de albañiles apoyados en fila contra el andamio que se elevaba sobre ella, se refugiaba temporalmente de la fina lluvia mientras uno de ellos silbaba «Walk On By», de Dionne Warwick, cuyas notas salían afelpadas de un transistor. La observaban con un interés nada disimulado mientras la muchacha procuraba rehacerse el peinado, saboteado por el viento y la falta de un espejo, y luego atisbaba su imagen desde un escaparate cercano, esforzándose por ver si se le había corrido el maquillaje.

Encendió un cigarrillo y se lo fumó con breves y apremiantes caladas, cambiando de posición y contemplando distraída la calle, como si todavía no hubiera decidido el lugar donde entraría. Al final, se volvió hacia el cochecito, que tenía al lado, y echó un vistazo al interior, donde el bebé dormía. De repente, se quedó inmóvil, la mirada intensa de su rostro paralizada y extraña, desentendida de los albañiles, del espantoso tiempo. Era una mirada muy distinta de las miradas naturales y afectuosas que caracterizan al resto de las madres. Metió una mano dentro, como si quisiera tocar el rostro del bebé, mientras con la otra sostenía el manillar del cochecito con fuerza, procurando sostenerse en pie. Luego se agachó y metió la cabeza bajo la capota, hasta que su rostro desapareció de la vista.

Unos minutos después se enderezó, dejó escapar un lento y tembloroso suspiro y musitó algo entre dientes. A continuación condujo el cochecito despacio hacia la puerta del restaurante.

—Anímate, cariño —le gritó una voz desde lo alto mientras ella cruzaba el umbral—. Podía no haber ocurrido jamás.

—Ah... —murmuró ella sin alzar la voz—. Ahí es donde os equivocáis del todo.

La chica gorda de la onda permanentada le puso muchas dificultades antes de aceptar hacerse cargo del cochecito durante un rato, vociferando acerca de la política del restaurante, y por eso Athene, que había recurrido a aquel acento propio más decidido y cortante que el cristal, se vio obligada a darle el dinero para los cigarrillos a modo de propina y prometerle que no tardaría más de media hora.

—Está dormidita, querida —le dijo, obligándose a sonreír—. No tendrás que hacer nada; y me encontrarás aquí mismo si me necesitas.

Enfrentada al alto voltaje de su decidido encanto, la muchacha no tuvo la valentía de negarse, pero le dedicó esa clase de mirada que sugiere que ya había comprendido que Athene no era lo que aparentaba: cualquiera que llevara un traje de dos temporadas anteriores y entrara en un restaurante, cochecito en ristre, como ella no debía de ser todo lo que su acento sugería.

Se quedó sentada en el tocador de señoras durante casi diez minutos antes de poder controlar su respiración.

Al principio había sido divertido. No había vivido nunca así, al día, sin saber dónde iba a dormir, ni siquiera en qué ciudad se quedaría: en resumen, una aventura. Ella, sin embargo, al amparo de la cara menos amable de esa historia (las habitaciones horribles, la comida inenarrable) gracias a los primeros arrebatos de pasión, se había deleitado en lo increíblemente malévolo que resultaba todo aquello. Se rió al evocar a su madre intentando desesperadamente explicar su ausencia durante la sesión de bridge de los miércoles; a su padre carraspeando con aire desaprobatorio y oculto tras el periódico mientras reflexionaba sobre el último desafío de su hija; a Rosemary, con la cara avinagrada, Rosemary, que todo lo criticaba y que siempre se había mostrado tan intransigente en sus juicios que ya al mirarla por primera vez su expresión le anunció que sabía muy bien qué clase de chica era ella, aun cuando la misma Athene ya hubiera decidido lo contrario.

Intentó no pensar en Douglas. Ella y Tony eran como dos gotas de agua. Lo supo desde el momento en que él apareció frente a su puerta y le sonrió ladinamente al abrir, como si ella ya hubiera dado por supuesto que se encontraba fuera de lugar. Porque era eso lo que había ocurrido, ¿no?

Terminó el cigarrillo y salió del tocador de señoras sin prisas para penetrar en el clamor del restaurante donde él se hallaba sentado, sin apartar la vista del periódico.

Siempre estuvo atractivo con un buen traje, y el corte y el color del que él llevaba en concreto se sumaron al incómodo recordatorio del día de su boda. Al girarse el hombre, Athene vio que las nuevas arrugas de experiencia (¿o quizá de dolor?) le habían otorgado a su rostro una madurez muy atractiva.

—¿Douglas?

Su marido se sobresaltó, como si la palabra misma lo hiriera.

—¡Pero qué guapísimo estás! —exclamó ella, desesperada por llenar el silencio, por trocar la ardiente intensidad de su mirada. Athene se sentó: necesitaba con toda urgencia una copa.

El camarero, cuando se la trajo, le dio un golpecito en la pierna.

—¿Estás… estás bien? —preguntó Douglas, y ella hizo una mueca al detectar el sufrimiento de esa voz. Pronunció algún comentario improcedente a modo de respuesta y empezaron a tartajear los dos, enfrascándose en una espantosa conversación en tono frívolo. Athene no podía creer que pudiera proferir sonido alguno.

—¿Vienes mucho a Londres?

Ella se preguntó, con cierta distancia, si se estaría burlando. Sin embargo, Douglas nunca se había caracterizado por la astucia, no por esa clase de astucia, al menos. Él no era como Tony.

—Bueno, ya me conoces, Douglas. Voy al teatro, a algún que otro bar de copas… Me resulta muy difícil vivir lejos del viejo y querido humo de la ciudad. —Le dolía la cabeza. Se esforzaba por oír, desde el primer momento en que ocupó su asiento, el llanto de Suzanna, la señal de que la niña se había despertado.

Douglas pidió por ella y se decidió por un lenguado. Athene iba muerta de hambre en el tren porque no había comido desde el día anterior. En ese momento, no obstante, descubrió que no podía mirar los alimentos siquiera: la mantequilla cuajada y el aroma rico del pescado le producían náuseas. Douglas intentaba conversar con ella, pero a Athene le costaba seguir sus palabras. Pensó, durante unos instantes, mientras veía moverse su boca, que no tenía por qué vivir todo eso. Que sencillamente podía sentarse, almorzar con Douglas y volver a casa en tren. Nadie la obligaba a nada. Al final, todo se arreglaría, ¿a que sí? Entonces pensó en la conversación telefónica que había mantenido con sus padres a principios de semana, el día antes de que ella lo llamara. «Tú te lo has buscado, Athene —le había dicho su madre—. Ahora, apechuga con las consecuencias.» No les sacaría ni un solo penique. Su padre incluso se había mostrado menos compasivo: «Has sido la desgracia de la familia, así que ni te molestes en pensar si puedes volver a esta casa». Como si él, con sus actos, no hubiera causado más dolor que ella misma. No se tomó la molestia de hablarles de la existencia de la niña.

Pensó en el cajón de abajo de esa horripilante cómoda de pino que Suzanna empleaba a modo de cuna, en los pañales secándose y tendidos por toda la habitación, en las reiterativas amenazas de desahucio de su casera. En la desesperación de Tony ante su incapacidad de encontrar otro trabajo.

Era mejor de ese modo.

—Douglas, cielo. ¿Por qué no me pides unos cigarrillos? —le propuso Athene, esforzándose por sonreír—. Creo que me he quedado sin cambio.

Cuando el camarero regresó con el tabaco, dejó el cambio de Douglas sobre la mesa, y ella se quedó mirándolo, consciente de que esa cantidad podría alimentarlos durante varios días. O bien pagarles un baño. Un baño calentito, de burbujas. Se quedó contemplando el dinero y pensando en un tiempo, no muy lejano, en el que ella no se habría fijado en eso, en que habría considerado irrelevante esa insignificante cantidad. Igual que lo habrían sido también un abrigo, unos zapatos o un sombrero nuevo: lo que el agua trae, el agua lleva, y además puede sustituirse. Athene apartó los ojos del dinero para mirar a Douglas y cayó en la cuenta de que existía otra respuesta a sus problemas, una respuesta que todavía no había considerado. A fin de cuentas, era un hombre atractivo; y era obvio que ella todavía le importaba (incluso la breve conversación telefónica que habían mantenido se lo recalcó). Tony, en cambio, sobreviviría sin ella. Ese sobreviviría sin nadie.

—¿Por qué me has llamado?

—¿Acaso ya no me está permitido hablar contigo? —le dijo con coquetería.

Athene lo miró entonces, lo miró atentamente, y vio el dolor y la desesperación pintados en el rostro de su marido. El amor. Incluso a pesar de todo lo que ella le había hecho. Y supo por qué jamás sería capaz de actuar para solucionarlo todo de un plumazo.

—¡Qué «cielo» ni qué ocho cuartos, Athene! Yo no puedo más. De verdad que no puedo más. Necesito saber la razón por la que has venido.

Estaba enfadado y tenía el rostro acalorado. Athene intentó concentrarse en lo que él le decía pero empezaba a ser consciente de una crispante vibración interna, sintonizada a una frecuencia maternal invisible. Entonces perdió el hilo de la conversación.

—¿Sabes? Me encanta ver que estás tan bien —le dijo con valentía, preguntándose si no debería levantarse y marcharse. Podía ir corriendo a recoger a Suzanna, arrebatarla de ese horrible cochecito y desaparecer. Nadie tendría por qué saberlo. Podían marcharse a Brighton, quizá. Pedir prestado dinero y marcharse al extranjero. A Italia. En Italia les encantaban los bebés. La voz surgió de su boca, como si perteneciera a otra persona, mientras diversos pensamientos se le agolpaban en la mente.

—Ese traje siempre te ha sentado de maravilla. —Oía a Suzanna, lejos, y el resto resultaba irrelevante.

—Athene…

En ese momento se presentó la muchacha rolliza, plantándose frente a ella con su cara insolente y fijándose en que no llevaba anillo de boda y había dejado el plato intacto.

—Lo siento, señora, pero su bebé está llorando. Tendrá que venir a buscarlo.

Descubrió después que apenas podía recordar nada de los minutos siguientes. Se acordaba vagamente de la cara conmocionada de Douglas, que fue perdiendo su color mientras ella lo contemplaba; recordó que le entregaron a Suzanna y se dio cuenta, mientras la sostenía en brazos, durante lo que iba a ser la última vez, que ya no podría mirarla al rostro. La niña, quizá presa de algún terrible presentimiento, se revolvía inquieta, y Athene se alegró de tener que acunarla (disfrazaba con ello el compulsivo temblor de sus propias manos).

Luego sucedió aquello que Athene habría deseado olvidar, el episodio que la perseguiría sin tregua durante la vigilia, la acosaría en sueños, le dejaría los brazos vacíos y un agujero en el corazón de las mismas dimensiones que el cuerpecito de una niña.

Casi sin poder creer lo que estaba haciendo, Athene Fairley-Hulme cogió a aquella hija que amaba con una pasión pura y franca, y que jamás llegó a sospechar fuera capaz de albergar, y entregó con vehemencia ese suave y diminuto peso, con los miembros envueltos en mantas, al hombre que estaba sentado frente a ella.

—Athene, no puedo creer que tú...

—Por favor, por favor, Douglas, cariño. No puedo explicártelo. De verdad. —Las palabras eran como plomo en la boca, sus manos, ahora ya vacías, una venenosa traición.

—No puedes dejarme con una criatura...

—La querrás.

Douglas la cogió con cuidado, advirtió Athene con un asomo de desgarradora gratitud. Sabía que reaccionaría así. «¡Dios mío, perdóname por esto!», se dijo en silencio y se preguntó, durante apenas unos instantes, si iba a desmayarse.

—Athene.... Yo no puedo...

Ella sintió una punzada de pánico ante la idea de que él pudiera rechazar su ofrecimiento. No quedaba otra alternativa. Tony se lo había dicho un montón de veces.

Ella se lo había buscado.

Le asió el brazo, intentando comunicarle todo con una sola mirada de súplica.

—Douglas, cariño. Yo nunca te he pedido nada. ¿Verdad que no?

Él la miró entonces y su titubeante confusión, su expresión desnuda, acaso durante un breve instante, le indicó que ya lo había convencido; que Douglas cuidaría de la niña. La amaría, como él, en su propia infancia, había sido amado. «Es mejor de este modo —se dijo a sí misma en silencio—. Es mejor así.» Como si pronunciando esas palabras varias veces, pudiera obligarse a creerlo. Se forzó a levantarse entonces y empezó a caminar, intentando contenerse para no caer, procurando mantener la cabeza alta. Procurando dejar la mente en blanco para no tener que pensar en lo que dejaba tras de sí, concentrándose tan solo en poner un pie delante del otro mientras los sonidos del restaurante se apagaban hasta desaparecer. Quiso dejarle algo a su hija, cualquier cosa. Una leve señal que le demostrara que había sido amada. Sin embargo, no poseían nada. Se lo habían vendido todo para cubrir las necesidades alimenticias.

«Adiós, cariño mío —le dijo en silencio mientras el suelo del restaurante se erguía ante ella, cada vez más cerca, y sus tacones resonaban en las baldosas—. Vendré a buscarte cuando las cosas mejoren. Te lo prometo.»

Era mejor de ese modo.

—¿Ni siquiera deseas despedirte de ella? —le preguntó Douglas a sus espaldas. Athene, sintiendo que su resolución empezaba a flaquear, salió huyendo.

—Es de lo más raro —le contó la chica del guardarropía al sumiller al cabo de un rato—. Esa chica tan pedante, la del pelo oscuro, ha dado la vuelta a la esquina, se ha sentado sobre la acera y se ha puesto a llorar como si se le fuera a romper el corazón. —La había visto al salir a tomar el aire. Retrepada contra la pared, aullando como un perro, sin importarle siquiera quién la miraba.

—Yo ya la animaría —le comentó el sumiller con un guiño lascivo, y la chica de guardarropía hizo un gesto de desesperación burlona antes de regresar a su puesto.

Cuando regresó, Tony estaba echado en la cama. No era de extrañar, aunque tan solo estuvieran a media tarde: no había ningún lugar donde sentarse en la pequeña habitación. Habían pedido una silla, pensando que podrían meterla junto a la ventana, pero la casera les había contestado que como ya llevaban dos semanas de retraso en el pago del alquiler, y una más de lo que originalmente habían pactado, no iba ahora a empezar a concederles extras, como era lógico.

Athene abrió la puerta. Tony se sobresaltó, como si se hubiera quedado dormido, y se incorporó de golpe, parpadeando sin dejar de escrutarle el rostro. El dormitorio olía a cerrado: hacía semanas que no les alcanzaba el dinero para enviar las sábanas a la lavandería, y la ventana no se abría lo suficiente para airear el espacio como convenía. Athene lo observó mientras él se frotaba la cabeza con sus anchas y simétricas manos.

—Cuéntame.

Athene no podía hablar. Se fue derecha a la cama, sin molestarse en apartar el periódico de la arrugada colcha de chenilla, y se echó, de espaldas a él, dejando caer los zapatos y liberando sus talones ensangrentados.

Tony le puso la mano al hombro y se lo estrechó dudando.

—¿Estás bien?

Athene no contestó. Miraba fijamente la pared de enfrente, el papel pintado con un relieve de terciopelo de color verde que había empezado a pelarse por el zócalo, la estufa eléctrica para la cual no tenían monedas y la cómoda, cuyo cajón del fondo estaba lleno de viejos pichis de Suzanna, junto con su única blusa de seda, lo más suave que se le ocurrió para estar en contacto con la piel de la niña.

—Has hecho lo correcto —murmuró Tony—. Sé que es difícil, pero has hecho lo que tenías que hacer.

Athene pensó que jamás podría levantar la cabeza de la almohada. Se sentía tan agotada como si, hasta ese momento, jamás hubiera sabido lo que era el cansancio.

Era apenas consciente de que Tony le besaba la oreja. La reticencia de ella le hacía sentirse desprotegido.

—Amor mío, ¿me escuchas?

Athene no podía responder.

—Amor mío...

—Sí —susurró Athene, a quien no se le ocurría nada más que decir.

—He estado buscando empleo —le dijo Tony, como si intentara ofrecerle algo bueno y procurara cumplir con su parte del acuerdo—. Hay una empresa en Stanmore que busca vendedores. A comisión más extras. He pensado que luego los llamaré. Nunca se sabe, ¿eh?

—No.

—Las cosas mejorarán, Thene. De verdad. Me aseguraré de ello.

La niña estaría a punto de llegar a Dere Hampton, si Douglas había tomado el tren. Su marido debía de haber forcejeado con ese cochecito igual que ella. Se lo imaginaba en ese mismo momento, exigiendo al guarda que lo ayudara a levantarlo, peleándose con la capota y aquella asa de enorme tamaño. Luego, ya en el vagón, se inclinaría para comprobar si el bebé se encontraba bien. Se inclinaría vestido con su impecable traje de lana y un deje de preocupación pintado en el rostro. «Por favor, haz que no llore demasiado sin mí», pensó, y una larga y solitaria lágrima le corrió por la mejilla hasta alcanzar la almohada.

—Estará mucho mejor con él. Lo sabes. —Tony apretaba su frío y níveo brazo, como si eso pudiera consolarla. Athene oyó su voz en el oído, apremiante, persuasiva, toda vez que distante—. No podríamos ocuparnos de las dos bajo ninguna circunstancia, y menos en este lugar. Apenas tenemos dinero para alimentarnos nosotros. ¿Athene? —preguntó Tony para mayor seguridad cuando el silencio le resultó demasiado insoportable.

Athene seguía echada sobre los arrugados anuncios por palabras, con su cara fría pegada a la sucia almohada de algodón, contemplando todavía la puerta.

—No.

Athene se quedó tumbada en la cama cuatro días y cuatro noches, sin abandonar la pequeña habitación amueblada, llorando desconsolada, negándose a comer o a hablar, con los ojos desquiciadamente abiertos, hasta que al quinto día, temeroso por su salud, por no hablar de su condición mental, Tony tomó cartas en el asunto y llamó al médico. La casera, a quien le encantaban los dramas, se quedó en el rellano superior esperando al médico y, cuando este último llegó, proclamó a grandes voces que ella regentaba una casa respetable, limpia y decente.

—En este lugar no hay enfermedades. Todo está muy limpio. —La casera espiaba a través de la puerta entornada, esperando captar alguna señal de lo que le pasaba a la muchacha.

—Estoy seguro de eso —dijo el doctor, echando un vistazo a la moqueta pringosa del vestíbulo con disgusto.

—Nunca había hospedado a una madre soltera, y esta será la última. No puedo permitirme las molestias que me está acarreando.

—Está aquí dentro —le dijo Tony al médico.

—No quiero porquerías infecciosas en mi establecimiento —chilló la mujer excitada—. Quiero que se me diga si hay alguna clase de infección.

—No hay ninguna, a menos que la infección se transmita por culpa de las bocazas —murmuró el joven antes de cerrar la puerta.

El doctor examinó la pequeña habitación de paredes húmedas y ventanas mugrientas, haciendo un mohín ante el cubo sucio y con un cerco de porquería de la esquina, que contenía ropa en remojo, preguntándose cuántas personas de ese distrito vivirían a diario en habitaciones más apropiadas para los animales que para las personas. Escuchó las explicaciones apresuradas del joven y luego se dirigió a la mujer que yacía tendida en la cama.

—¿Le duele algo en particular? —le preguntó, destapándola y palpándole el vientre que empezaba a hincharse.

Cuando Athene contestó a su pregunta, el médico se quedó algo perplejo al oír su acento cortante como el cristal detrás de toda esa campechanería del norte. Sin embargo, así eran las cosas en aquellos tiempos. Una época en que empezaba a imponerse la teóricamente llamada sociedad no clasista.

—¿Tiene problemas al orinar? ¿Le duele la garganta o el estómago?

El examen no duró mucho: era obvio que no existía ningún problema físico. Le diagnosticó una depresión, hecho nada sorprendente si se consideraban las circunstancias en las que la mujer estaba viviendo.

—Muchas mujeres se ponen algo histéricas durante el embarazo —le dijo al hombre mientras cerraba el maletín—. Usted tiene que procurar que se sienta tranquila. Quizá podría llevarla a pasear por el parque. Procure que le dé el aire fresco. Le extenderé una receta para que tome unas pastillas de hierro. A ver si logramos devolverle el color a sus mejillas.

El joven le despidió y luego se quedó de pie en la puerta de la pequeña habitación, con las manos metidas en los bolsillos en una posición incómoda, manifiestamente perdido.

—¿Qué voy a hacer ahora? ¿Qué voy a hacer? Ni siquiera parece escucharme...

El médico siguió la mirada angustiada del joven hasta la cama, donde la muchacha se había quedado dormida. Tenía una supuesta tuberculosis en el número cuarenta y siete, un vendaje de una úlcera de decúbito y los juanetes de la señora Baker que le esperaban desde el día anterior; por eso, a pesar de la compasión que le inspiraban los dos, no podía perder más tiempo en ese lugar.

—A algunas mujeres la maternidad les resulta más difícil que a otras —le dijo. Luego se colocó el sombrero con ademán firme y se marchó.

—Pero a mí me contasteis que mi madre murió en el parto —había dicho Suzanna cuando Vivi le explicó lo que sabía de los últimos días de vida de Athene. Precisamente esa era otra de las razones por las cuales la muchacha había albergado ciertas reservas a la hora de convertirse en madre.

—Era cierto, cariño —le respondió Vivi cogiéndole la mano con un gesto maternal y tierno—. Lo que ocurre es que no falleció en el tuyo.

29

Mi hija nació la noche del corte del suministro eléctrico, el día en que el hospital entero, y media ciudad, se sumergió en la oscuridad. Me gusta pensar ahora que fue algo portentoso: que su llegada a este mundo fue tan importante que un hecho decisivo tuvo que marcar el evento. En el exterior las luces habían ido desapareciendo, de una habitación a otra, edificio tras edificio, disolviéndose a su paso por la ciudad como las burbujas del champán mientras nosotros avanzábamos a toda velocidad con el coche hasta alcanzar, junto con el cielo nocturno, las puertas del hospital.

Me reí histérica durante las contracciones, de tal manera que aquella comadrona de mandíbula firme, que no lograba comprender mis palabras, pensó que yo no debía de estar en mis cabales. No sabría decir qué me ocurrió. Me reía a carcajadas porque quise tenerla en casa y él me dijo que no podía ser, que él no podría soportar correr el riesgo de que surgieran complicaciones. Fue una de las pocas cosas en las que siempre estuvimos en desacuerdo. Por eso estábamos allí, él disculpándose y yo riendo y respirando entrecortadamente en la entrada, mientras las enfermeras chillaban y maldecían y los heridos que podían caminar chocaban entre ellos al avanzar a oscuras.

No sé por qué me reí tanto. Me contaron luego que no habían visto a nadie reírse de ese modo durante el parto, sobre todo sin hallarse bajo los efectos del Entonox. A lo mejor estaba histérica. Quizá el asunto entero era tan increíble que no podía aceptar lo que estaba sucediendo. Puede que incluso tuviera algo de miedo, aunque eso es algo que me cuesta creer. No temo demasiadas cosas en esta época de mi vida.

Ya no me reí tanto, sin embargo, cuando me empezó a doler de verdad. Mastiqué entonces la pieza bucal que me suministraba el aire y el gas y grité, ultrajada y traicionada por que nadie me hubiera advertido de que se pudiera llegar a sentir tanto. No recuerdo la parte final; se ha vuelto borrosa, imágenes difusas de dolor, sudor y manos, de voces animosas que me apremiaban en aquella penumbra para que yo empujara y siguiera empujando, diciéndome que podía hacerlo.

Aunque, por supuesto, yo ya sabía que podía hacerlo. A pesar del dolor, de la sensación extraña y conmocionante que anunciaba el parto, no necesitaba sus ánimos. Sabía que podía empujar a ese bebé y sacarlo de mis entrañas. Aunque allí mismo no hubiera habido nadie más que yo. Y mientras contemplaba mi torso desnudo durante nuestros minutos finales como si fuera uno solo, con los nudillos blancos de agarrar con fuerza las sábanas, ella se deslizó hacia fuera con algo de mi misma determinación, la misma confianza en sus propias capacidades, con los brazos levantados ya en señal de victoria.

Él estaba allí para recibirla. No sé cómo, no creo haberle visto moverse. Le había hecho prometer de antemano que no permanecería en la habitación, que no estropearía la visión romántica que conservaba de mi persona. Él se rió y me dijo que no fuera ridícula. Por eso estaba allí cuando la niña respiró por primera vez en este mundo, e incluso en la penumbra pude ver el brillo de las lágrimas surcándole las mejillas mientras cortaba el cordón y la levantaba, sosteniéndola en lo alto, frente a la luz de las velas, para que yo pudiera verla y creer también en ella.

La comadrona, quien, pienso yo, había planeado cuidar de la niña, se apartó para que él la sostuviera, besándole con ternura la cara, y le limpiara la sangre de las extremidades, del oscuro pelo, mientras iba canturreándole una canción de cuna que yo no comprendí. Pronunció su nombre, el nombre que habíamos acordado: Verónica de Marenas. Entonces, como por arte de magia, volvió la luz, iluminando la ciudad, distrito a distrito, retornando a la claridad las silenciosas calles. Cuando se encendieron las luces de nuevo en nuestro pequeño dormitorio, intensas y resplandecientes, la comadrona fue corriendo al interruptor y las apagó. Reinaba la belleza en esa oscuridad, una magia especial que imperaba en nuestra habitación iluminada a medias y que incluso ella podía ver.

Mientras esa mujer me limpiaba, con brusquedad y ternura a la vez, yo observaba a mi marido y a mi hija moverse por la habitación, con los rostros iluminados por las velas, y finalmente empecé a llorar. No sé por qué: de agotamiento, quizá, o bien por la emoción de todo a la vez. Por no acabar de creerme que yo pudiera sacar a esa niñita preciosa y perfecta de mi propio cuerpo, que yo pudiera ser la creadora involuntaria de tanta alegría.

—No llores, amor —dijo Alejandro a mi lado, con la voz todavía ahogada por las lágrimas. Se había desplazado hasta uno de los lados de la cama. Titubeando, contempló a la niña y luego se inclinó y me la entregó con suavidad. Aun cuando sus ojos me hablaban de amor, sus manos se movían despacio, como si se negara a dejarla marchar. Y cuando ella nos miró a los dos, parpadeando con la sabiduría de quien no comprende, él me estrechó hasta que los tres nos fundimos en un solo abrazo—. No tienes por qué llorar. Será muy querida.

Sus palabras lo atravesaron todo, sin dejar resquicio alguno para la duda, como sigue ocurriendo todavía.

Será muy querida.